TRIGGER WARNING

Au début de cet ouvrage, vous trouvez le préquel «THE FALLEN : GENESIS». Il permet de comprendre comment les Déchus en sont arrivés là. Attention, il est très dur et contient des scènes explicites de torture et de viol d'enfants. Vous n'êtes pas obligé.e.s de le lire pour savourer l'histoire de Raphaël et Maria.

Cette dark romance contient des scènes de sexe, de la violence, et aborde des sujets très sensibles.

Âmes sensibles s'abstenir, réservé à un public averti.

DEADLY SINNERS

1 - RAPHAEL

DE LA MÊME AUTEURE
CHEZ ALTER REAL :

Deadly Sinners :
Raphaël #1
Jegudiel #2

Titre original : Deadly Virtues #1 Raphael + préquel : The Fallen : Genesis

Traduction : Annabelle Blagier

Collection Real Love
Directrice de collection : Violaine Georgiadis
Illustration : Edantes
ISBN papier : 9782385750589
ISBN numérique : 9782385750589
Dépôt : août 2024

TILLIE COLE

DEADLY SINNERS

1 - RAPHAEL

Alter Real
ÉDITIONS

À ceux qui comprennent mon amour pour les histoires non conventionnelles.

PRÉQUEL
THE FALLEN : GENESIS

CHAPITRE 1

Boston, Massachusetts

Joseph fut tiré du sommeil par des cris lointains, qui étaient comme étouffés. La grosse horloge égrenait les secondes, son tic-tac rebondissait sur les murs blancs du foyer des Saints-Innocents. Joseph ouvrit les yeux, un voile de ténèbres familier accueillant son réveil. Il cligna des paupières dans le noir, le temps de revenir à lui. Le visage de sa mère s'évapora peu à peu de son esprit.

Le bruit qui l'avait réveillé lui parvint à nouveau aux oreilles. Joseph tenta de se redresser, mais quelque chose le retint par le bras. Des volutes de peur lui étranglèrent le cœur quand une lampe terne s'alluma à l'autre bout de la pièce. Le visage de son frère sortit de l'ombre, il se tourna vers la source du cri de douleur.

La panique déferla dans les veines de Joseph, les bouchant comme du goudron. Il tira sur son bras, mais la corde qui le maintenait immobile bougea à peine. Les fibres rugueuses entaillèrent la peau délicate de son poignet.

— James, murmura Joseph, essayant d'en appeler au peu de bonté qui subsistait peut-être en son frère.

En vain. James continuait de regarder de l'autre côté de la pièce, la tête penchée sur le côté. Il était évident que les paroles de Joseph n'avaient pas pénétré la brume de sa tête – une brume rouge qui le maintenait prisonnier. Quand il était petit, cette même rage sanguinaire était pareille à une braise qui apparaissait de temps en temps. Désormais, c'était un feu constant de folie, mêlé au besoin implacable d'infliger la douleur. Cette brume rouge dévorante, jour après jour, année après année, avait pris le contrôle du cœur et de l'âme de James, le privant de toute capacité à ressentir, à éprouver de l'empathie… à se soucier de qui ou quoi que ce soit à part l'appel insatiable de la noirceur qui contrôlait ses sens.

Diabolique. C'était diabolique. Une malveillance que Joseph ne pouvait comprendre, et dont il n'avait aucune idée de l'origine. Une malveillance qu'il avait tenté de cacher à ceux qui ne partageaient pas la même chambre que lui. Pour protéger son frère de ceux qui pourraient soupçonner que quelque chose ne tournait pas rond chez lui, ou se rendraient compte qu'il ne pensait qu'à la mort, à la violence et au sang.

C'était toujours une question de sang.

Joseph n'avait qu'un but dans la vie : prendre soin de James. Il n'avait que lui au monde, mis à part Jésus et Dieu.

— James, murmura-t-il à nouveau, plus fort, cette fois.

Sa supplique resta sans réponse. James était près du mur du fond. Impuissant, Joseph le vit se diriger vers un garçon assis sur une chaise, à l'autre bout de la pièce. De fins couteaux étaient plantés dans ses bras et ses jambes, on aurait dit un coussin à épingles humain.

Joseph frissonna en se souvenant de l'expression de son frère, quelques secondes plus tôt, pendant qu'il regardait les couteaux qu'il avait plongés dans la chair du garçon. James, voyeur sadique, admirant son œuvre… Le regard nerveux de Joseph se posa sur la cible de son frère. Le garçon était attaché avec des cordes, un chiffon dans la bouche étouffait ses cris.

Luke.

La peur envahit le corps de Joseph. Luke, le garçon qui tyrannisait James depuis qu'il avait huit ans. Le garçon qui crachait à ses pieds quand ils passaient devant lui. Le garçon qui le traitait de bizarre, de gothique, de psychopathe muet. Ses railleries étaient inépuisables. Joseph croyait que ces attaques verbales n'avaient jamais fait mouche... jusqu'à ce qu'il trouve un morceau de papier caché sous le lit de Joseph. Y était dessiné avec force détails ce que James voulait faire à Luke.

L'attacher.

Lui entailler la chair.

Le vider de son sang.

Puis boire ledit sang.

— Ce ne sont que des fantasmes, hein ? demanda Joseph à James quand ce dernier sortit de détention.

Il lui montra les dessins. Des pages et des pages de douleur, de désespoir et de cruauté. James s'avança lentement vers lui et fit courir sa main sur la page ouverte du bloc-notes. Ses doigts glissèrent avec délicatesse sur un dessin au crayon représentant Luke, la gorge tranchée.

— C'est une promesse, répondit-il sans la moindre honte. Chaque page montre ce qui va arriver à Luke.

James croisa le regard de son grand frère.

— J'attends juste le moment parfait.

À partir de ce jour, Joseph s'était assuré que Luke ne s'approche jamais trop de James, de peur de ce que ferait son petit frère. Parce qu'il croyait chaque mot qu'il avait prononcé.

La vérité, c'était que Joseph savait qu'un jour, si on ne l'arrêtait pas, James ferait quelque chose de si terrible qu'il n'y aurait pas de retour en arrière. Et il n'avait aucune idée de comment guérir son petit frère. Il ignorait comment le purger de l'horreur qui s'était logée dans son âme. Il priait pour qu'un miracle se produise, même s'il savait que c'était impossible.

Le cœur de Joseph se mit à battre fort dans sa poitrine quand James leva un couteau. Son frère était torse nu. Il s'automutilait, ses cicatrices étaient bien visibles, routes de chair blanche cartographiant les veines sous sa peau. Des veines qui contenaient le sang dont James avait si soif. La nuit, quand ils étaient en sécurité dans leur chambre, il les tranchait et léchait les gouttes écarlates qui ruisselaient sur ses bras.

Joseph se débattit sur le lit, luttant contre les liens. James l'avait sans doute entravé pendant son sommeil.

— James, écoute-moi, lança-t-il.

Impuissant, il regarda son frère approcher peu à peu sa lame de l'épaule de Luke. Ce dernier hurla, mais le chiffon sur sa bouche absorba son cri. Sa chaise faillit se renverser. James ne tressaillit même pas. Le ventre de Joseph se contracta quand le sang commença à couler de l'épaule de Luke, pendant que James retirait la lame avec prudence.

Onze ans. C'était l'âge de James. Onze ans et pourtant, il ne pensait qu'au sang... Pire encore... Il ne pensait qu'à consommer du sang.

James amena la lame devant son visage, la lampe éclaira le sang sur l'acier. Joseph se figea, sachant ce qui allait se passer ensuite. Il reporta son attention sur Luke, les yeux marron terrifiés du garçon étaient rivés sur son frère. Luke resta concentré sur James quand celui-ci approcha le couteau de sa bouche et lécha le sang, puis ferma les yeux et en savoura le goût. *Comme l'Eucharistie, comme si le vin rouge était le sang du Christ, sa substance même,* songea Joseph. Sauf que ce sang-là n'avait pas été offert volontairement. Il n'était pas destiné à sauver l'Humanité, il était né du péché, et avait été violemment arraché à un autre pour rassasier un besoin impie, anormal.

— James, pose ce couteau, tenta à nouveau Joseph.

Il avait parlé d'une voix égale, avec calme et autorité. Cette même autorité dont Joseph devait faire preuve avec James, depuis que son âme avait commencé à noircir, des années plus tôt. Cette fois, son frère tourna la tête dans sa direction. Joseph retint son souffle quand le regard bleu glacial de James plongea dans le sien.

— Détache-moi, James. Tout de suite. Détache-moi et on pourra arranger tout ça.

Mais il connaissait ce regard vide… Il connaissait ce rictus froid sur les lèvres de James, ce sourire qui lui soufflait que ses appels resteraient vains.

Quand James se tourna à nouveau vers Luke et lui entailla le ventre, Joseph tira sur la corde, l'effroi et la peur chassant la moindre bribe d'espoir : James ne pourrait pas être arrêté avec des mots. Ignorant la douleur causée par ses efforts pour se libérer, Joseph tira jusqu'à ce que la peau de son poignet soit à vif… Par miracle, la corde se desserra.

Il reporta son attention sur James et Luke et réprima un haut-le-cœur. James était en train de lacérer Luke, l'entaillant jusqu'à ce qu'il ne reste quasiment aucune trace de peau sous les plaies béantes et le sang sur son corps nu.

Joseph tira une dernière fois, la corde se relâcha. Il bondit du lit. Sans accorder un seul regard à son poignet éraflé, alors que Luke était affaissé sur la chaise, blessé, et que la lame de James s'enfonçait dans la chair de son biceps droit.

Joseph glissa, se rattrapa comme il put et baissa la tête. Ses pieds nus étaient couverts de sang… celui de Luke, qui formait une flaque à ses pieds. Mains tendues, Joseph se plaça face à son frère.

— James, écoute-moi.

Ce dernier retira la lame du bras de Luke et lécha le sang.

— James, insista Joseph d'une voix plus ferme. Arrête. Tu l'as assez blessé comme ça. Il est temps d'arrêter. Tu as eu ta vengeance. Ce niveau de revanche va bien au-delà des agressions verbales de Luke.

James se figea, puis regarda son grand frère. Joseph garda les mains tendues pour bien faire comprendre qu'il ne lui voulait aucun mal. Les pupilles de James étaient dilatées, les ténèbres avaient chassé la lumière de ses iris bleu glacier. Il y eut des pas précipités dans le couloir. La panique explosa comme un feu d'artifice dans la poitrine de Joseph. Les prêtres arrivaient. Ils savaient qu'il se passait quelque chose dans cette pièce. Ils avaient sans doute entendu les cris de Luke.

— James, murmura-t-il à la hâte.

Aucune trace de remords dans les yeux de son frère. En fait, la faim qu'il avait perçue plus tôt n'avait fait que s'intensifier. James fit courir sa main sur le torse lacéré de Luke et enduisit sa paume du sang du garçon. Puis il l'approcha de sa propre poitrine nue, étalant le rouge sur sa peau, son cou et son visage, revêtant la preuve de sa vengeance comme une seconde peau. Ses paupières papillotèrent de plaisir.

Luke laissa échapper un gémissement de douleur et remua sur la chaise, ses poignets et ses chevilles liés entravant ses mouvements. James tourna aussitôt la tête vers lui, une expression sauvage transforma son beau visage. Joseph avait toujours pensé que c'était là, l'ironie de la chose... La beauté cachait le mal qui rampait en-dessous.

Quand Luke gémit à nouveau. James serra le couteau plus fort. D'instinct, Joseph s'interposa entre eux. Il déglutit avec peine, la colère brûlait dans les yeux de James. Ça n'avait aucune importance, que Joseph soit son frère. Il interférait avec la saignée. Avec sa proie. Avec un fantasme qu'il nourrissait depuis longtemps, très longtemps.

James s'élança en avant et referma la main autour du cou de Joseph. Un avertissement. Joseph ne recula pas. Un défi. Avec un grognement furieux, James plaqua son frère sur le sol en pierre dure. Une sensation froide se répandit dans le dos de Joseph, et il sut qu'elle venait du sang au sol. Il ne se défendit pas. Quand la poigne de fer de James lui coupa la respiration, Joseph plongea dans les yeux bleus de son frère, en quête d'une trace d'humanité, même infime, qu'il pourrait atteindre. Il n'en trouva aucune et son cœur se brisa. James serrait les dents. Joseph allait bientôt perdre connaissance. Puis les mains de James se resserrèrent davantage et il devina ce que son frère cherchait : les veines de son cou. James enfonça l'ongle de son pouce dans la veine saillante. Joseph refusa cependant de détourner les yeux. Comme sa mère le lui avait dit sur son lit de mort, il devait protéger son cadet. Il était intervenu à chaque fois qu'il était près d'attraper quelqu'un, de le blesser... que ce soit l'un de leurs camarades de classe, un prêtre, ou bien un membre de la congrégation. Joseph avait toujours détourné James de ses pulsions, l'empêchant de maltraiter un innocent... d'anéantir ainsi la dernière bribe de lumière encore enfouie en lui, quelque part.

Il avait passé des années à tenter de contrôler la noirceur en James et ce dernier ne lui avait jamais fait de mal. Même dans sa soif de sang, quelque chose, sans doute le lien fraternel gravé en eux, l'avait retenu de punir Joseph.

Je dois croire que ce lien l'empêchera de me faire du mal, cette fois encore.

La porte du dortoir s'ouvrit soudain. Des points noirs commençaient à brouiller la vision de Joseph, il allait s'évanouir. Pour la première fois, il envisagea l'atroce possibilité que James le tue. Avant que les ténèbres s'emparent de lui, on arracha les mains de James de sa gorge. Il toussa, hoqueta. Il devait rejoindre son petit frère. Le protéger.

Joseph roula sur le ventre et se redressa en prenant appui sur ses mains. Mais elles glissèrent et il atterrit lourdement dans le sang. Des grognements familiers résonnaient de l'autre côté de la pièce, ceux de James. Quand Joseph leva la tête, le Père Brady avait enroulé ses bras autour de James dans un étau implacable. Le garçon se débattait pour se libérer, mais le Père Brady était trop grand et trop fort.

Le Père Quinn entra dans la pièce et Joseph se figea. Le prêtre regarda Luke sur la chaise, puis Joseph au sol. Ce dernier imaginait sans mal ce qui se passait dans la tête de l'ecclésiastique. Ce qu'il pensait en voyant Luke et Joseph en sang et blessés. Par James.

Le Père Quinn se tourna vers le Père Brady et agita la main. Une instruction silencieuse. Le Père Brady traîna James hors de la pièce. La peau de James était couverte du sang de Luke, ses dents étaient rouges. Il grognait et donnait des coups de pied pour se libérer, le regard fou.

— Non, murmura Joseph.

Il s'efforça de se relever malgré le sang visqueux sous ses pieds. Il voulut courir vers la porte, mais le Père Quinn le retint d'une main ferme sur son bras. Le Père Quinn fit un signe de tête en direction du banc contre le mur. Joseph le regarda, il avait beaucoup d'estime pour ce prêtre des Saints-Innocents.

— Je dois le voir, dit Joseph d'une voix rocailleuse, empreinte de tristesse. Il a besoin de moi. Je dois rester avec lui. Il ne sait pas ce qu'il a fait de mal. Il ne comprendra pas ce qui se passe.

— Sur le banc, Joseph, lui ordonna le Père Quinn.

Joseph lui obéit, même si chaque mouvement était un calvaire pour ses jambes, qui le poussaient à courir vers James. Toutefois il ne désobéissait jamais aux prêtres.

Juste au moment où il s'asseyait sur le banc, le Père McCarthy franchit la porte. Il avait environ vingt ans de moins que le Père Quinn, et des cheveux roux flamboyants. Il avait toujours mis Joseph mal à l'aise. Quelque chose de sombre et sinistre semblait rôder dans ses yeux bleus. Joseph ne savait pas quoi, mais son instinct lui disait de ne pas lui faire confiance.

Suivant les instructions du Père Quinn, le Père McCarthy s'empressa de détacher Luke pour l'emmener hors de la chambre. Le Père Quinn ferma la porte et vint s'asseoir sur le banc à côté de Joseph. Le silence emplit la pièce, mais Joseph se raidit quand il entendit les grognements enragés de son frère résonner quelque part dans la maison.

Il serra les poings le long de ses flancs. Joseph ne défierait pas le Père Quinn, il le respectait trop pour ça. Il ferma les yeux.

— Où allez-vous l'emmener ? Vous... Vous n'allez pas lui faire du mal, hein ?

Quand Joseph rouvrit les yeux, il ne vit que du sang. Sur le sol, les murs... Il baissa la tête. Il en avait même sur les mains. Il regarda le mur blanc en face de lui. Un gros crucifix était fixé au milieu, seule décoration dans la pièce. Il avait toujours représenté un symbole de paix à ses yeux. Un signe qu'il menait une vie pure et vertueuse. Mais une goutte de sang coula sur le visage en bronze de Jésus. Une éclaboussure. L'estomac de Joseph se contracta, l'horreur et la disgrâce emplirent sa poitrine. Le sang de Luke, souillant le sacré.

Joseph regarda le Père Quinn. Le prêtre avait plissé les yeux et contemplait les mains de Joseph. La preuve écarlate de sa vilenie.

— Dis-moi, Joseph. As-tu toujours l'intention de rejoindre l'Église ? De devenir prêtre ?

— Oui, répondit Joseph.

C'était la vérité. La vérité était le seul absolu dans sa vie. Chaque once de son corps voulait consacrer sa vie à sa foi. Dévouer son existence à Dieu, à Jésus, et à l'Église catholique qui l'avait élevé... sauvé. Il savait quelle voie l'attendait depuis ses six ans. Il en avait quinze, maintenant, et ses convictions, ainsi que la force de sa foi, ne faisaient que grandir.

Le Père Quinn hocha la tête, comme s'il s'attendait à cette réponse. Joseph se frotta les mains. Le sang de Luke était encore humide sur sa peau.

— Il est un fardeau, pour toi.

Joseph se figea et tourna vivement les yeux vers le Père Quinn. Son cœur se mit à battre plus fort, comme les cloches d'une église sonnant à toute vitesse.

— C'est mon frère.

Il n'avait pas d'autre réponse à donner. Rien n'était plus important que son frère, pour lui. James était tout ce qu'il avait. Il devait le sauver.

Le Père Quinn posa une main douce sur l'épaule de Joseph.

— Et c'est pour ça que tu seras un excellent prêtre. Ta compassion te guide. Ta volonté de sauver les âmes troublées t'aidera à bien servir l'Église.

Le prêtre marqua une pause, comme s'il choisissait ses prochains mots avec soin.

— Néanmoins ton devoir n'est plus de sauver James. Quelque chose de sombre vit en lui. Quelque chose qui requiert une attention spéciale. D'un genre que tu ne peux lui offrir, mon garçon. Tu n'as ni la formation nécessaire, ni l'expérience pour faire face à de telles forces.

Le Père Quinn lui pressa l'épaule.

— Je te libère de ce devoir que tu t'es imposé. Il est temps que tu te concentres sur tes études de théologie et tes devoirs de prêtre.

Les oreilles de Joseph bourdonnaient. La peur étouffait tous les bruits environnants. Il ne pouvait pas abandonner James. Non, il ne pouvait pas.

— Où allez-vous l'emmener ? demanda-t-il, paniqué.

— En isolement.

— Vous n'allez pas..., commença Joseph. Vous n'allez pas faire venir la police ? À cause de ce qu'il a fait à Luke ?

La main du Père Quinn quitta l'épaule de Joseph, emportant sa chaleur et son réconfort avec elle.

— C'est une affaire d'Église, Joseph. La police ne gère pas les maux de l'âme.

— Combien de temps il va rester en isolement ?

Le Père Quinn se remit sur ses pieds sans répondre à sa question.

— Viens, fils. Tu dois nettoyer tout ce sang que tu as sur toi. Tu vas dormir dans une chambre d'ami, cette nuit. Celle-là a besoin d'un récurage en profondeur.

L'adolescent lui obéit. Mais après avoir pris sa douche, il repartit dans la chambre qu'il partageait avec James. Le Père Quinn et les autres lui faisaient confiance, ils ne le surveillaient pas. Joseph regarda le sang qui maculait la pièce. Une scène horrible. Il resta immobile et repensa à la première fois où il avait vu son frère s'entailler le bras. Il l'avait trouvé dans la salle de bains. Le miroir au-dessus du lavabo avait été brisé. Joseph avait suivi le filet de sang jusqu'à la baignoire. James était caché derrière le fin rideau de douche, mais Joseph avait reconnu sa silhouette familière.

Les mains tremblantes, Joseph avait repoussé le rideau. Son estomac se tordit quand il se rappela l'état dans lequel il avait trouvé son petit frère. Huit ans. Il serrait un bris de verre… mais ce n'était pas ce qui avait le plus effrayé Joseph. C'était la façon dont James… léchait le sang qui coulait d'une entaille sur son avant-bras.

Son frère avait levé la tête, les pupilles dilatées. Il avait toujours été torturé. Depuis la mort de leur mère, depuis qu'on l'avait amené aux Saints-Innocents, James ne dormait pas et parlait à peine. Son visage était toujours tendu. Joseph savait que c'était à cause de cette force obscure qui tourmentait son esprit, du mal qui luttait pour s'emparer de son âme. Cependant, à cet instant, alors que du sang tachait les dents de son frère et que des gouttes écarlates coulaient sur son menton, Joseph avait aperçu quelque chose sur son visage, quelque chose qu'il n'avait encore jamais vu : de la sérénité. De la satisfaction... Un air rassasié.

— James, avait murmuré Joseph en se rapprochant pas à pas de la baignoire.

Il s'était arrêté en remarquant une fiole, le genre dans lesquelles les prêtres mettaient de l'eau bénite. Sauf que celle-ci était remplie de sang. Le sang de James. Ce dernier avait laissé retomber son bras, il serrait la fiole entre ses doigts et s'était levé de la baignoire. Joseph était aussi immobile qu'une statue, aussi figé que les saints qui se dressaient fièrement dans l'église des Saints-Innocents. James était retourné dans leur chambre, il l'avait suivi, essayant de comprendre ce que son frère ferait ensuite. Il était à la fois terrifié et fasciné. James n'avait toutefois rien fait d'effrayant. Au contraire. La fiole serrée contre sa poitrine, sa blessure saignant sur les draps, James avait fermé les yeux et, quelques minutes plus tard, s'était endormi.

Le cœur battant fort dans sa poitrine, Joseph avait contemplé son cadet qui dormait, le visage serein. Il semblait détendu. Il était beau. Joseph n'aurait su dire combien de temps s'était écoulé avant qu'il aille chercher une serviette pour s'occuper de la blessure de James. Son petit frère ne s'était pas réveillé. Même après avoir nettoyé les estafilades, Joseph resta à ses côtés sur le lit, veillant sur lui comme les anges de la Bible.

Une simple saignée avait accordé un peu de répit à l'esprit torturé du garçon. Et la fiole contre sa poitrine lui avait permis de dormir.

Joseph ne savait vraiment pas quoi faire de tout ça.

Il cligna des paupières et émergea de ce souvenir. Cette pièce... Ce n'était pas comme ce soir-là, dans la baignoire. C'était pire. Pire en tous points. Joseph se souvint du visage de James pendant qu'il léchait le couteau. De l'extase sur son visage. Son obsession pour le sang empirait. Plus son frère grandissait, plus il se renfermait sur lui-même. Il s'était laissé pousser les ongles et les avait taillés en pointe. Un prêtre s'en était vite rendu compte et avait obligé James à les couper. Il changeait de jour en jour. Et pas en bien. Il était en train de plonger dans une spirale de ténèbres où Joseph ne pouvait pas le suivre. Les seuls moments où il avait l'impression de voir une once de pureté chez son frère, c'était quand il dormait, tenant contre lui la fiole de sang qu'il avait collectée.

Mais il n'y aurait plus de fiole. On avait emmené James, maintenant, pour Dieu seul savait combien de temps. Le cœur de Joseph se brisa : son frère n'arriverait jamais à dormir sans une fiole. Son agitation augmenterait et il se renfermerait encore plus sur lui-même. Joseph craignait que, d'ici à ce qu'il revienne, son cadet soit perdu pour toujours.

Sans se laisser le temps de réfléchir à ses actes, Joseph prit un petit flacon d'eau bénite dans le tiroir de sa table de chevet. Il vida le liquide sur le sol. Puis il s'accroupit et, prenant garde de ne pas tacher ses vêtements, il récupéra quelques gouttes du sang de Luke avec le récipient. Il le reboucha et le fourra dans sa poche.

Le sang était encore chaud.

Joseph ferma les yeux et adressa une prière à Dieu. Il demanda pardon pour les péchés de James. Son frère était sa faiblesse. Sa seule faiblesse. Hormis ce point, Joseph était le futur prêtre parfait. Excepté quand il s'agissait de son frère. De son sang. La fiole du sang de Luke était comme un feu dans sa poche, qui lui brûlait la peau tant c'était mal. Pourtant, Joseph était prêt à accepter toutes les pénitences. S'il revoyait James un jour, il savait que ce cadeau lui offrirait enfin un peu de quiétude… et pour ça, il était prêt à endurer le Jugement Dernier.

Joseph suivit les instructions du Père Quinn et alla dans une chambre d'ami. Néanmoins, même blotti dans un lit aux draps propres, dans une chambre peu familière, même en fixant le crucifix accroché au mur, il ne parvint pas à trouver le sommeil. Il repensait aux yeux de James pendant qu'il le maintenait au sol, quand il s'était demandé si le mal qui étouffait l'âme de son frère avait fini par conquérir le peu de bonté qui lui restait. Il s'était demandé si le frère qu'il aimait plus que tout au monde était perdu pour toujours.

La couverture ramenée sous son menton pour repousser un froid qui n'avait rien à voir avec la température de la pièce ou les bourrasques hivernales derrière les hautes fenêtres, il contempla le crucifix de bronze et murmura :

— S'il te plaît, Jésus, je t'en supplie, sauve-le. Rachète-le, pardonne ses péchés. Pardonne les miens. Je veux juste qu'il aille bien. Il est tout ce qu'il me reste.

CHAPITRE 2

Dès que les gouttes d'encens touchèrent le charbon dans le creuset, une fumée odorante s'éleva. Le poids familier des chaînes de l'encensoir était stable dans les mains de Joseph, le doux cliquetis du métal emplissait son cœur et lui donnait un but. Au-delà des portes en bois, la congrégation attendait le début de la messe. Les murmures étouffés des gens qui assistaient à l'office du dimanche s'infiltraient sous la porte.

Joseph regarda Paul, à sa droite, et Matthew, à sa gauche. Ils étaient tous trois les enfants de chœur préférés du Père Quinn, ceux qu'il préparait à devenir prêtres. Paul sourit quand le Père Quinn arriva derrière eux.

— Prêts, les garçons ? demanda le prêtre.

Les enfants de chœur hochèrent la tête et les portes en bois s'ouvrirent ; la messe allait commencer. En tant que thuriféraire et servant d'autel le plus fidèle du Père Quinn, la tâche de Joseph était de balancer l'encensoir d'un côté et de l'autre, l'encens parfumé s'échappant du boîtier en métal poreux pour se déployer dans la nef des Saints-Innocents. Les hauts plafonds de l'église étaient couverts de peintures de saints, protégés par les bras protecteurs des archanges, les yeux baissés sur les humains faillibles s'efforçant de mener une vie honnête.

Les aubes violettes et blanches portées par les enfants de chœur les faisaient vibrer de joie. Elles leur donnaient une place dans ce monde. Une chose dont les orphelins manquaient souvent. Joseph s'était toujours senti à sa place dans l'église. C'était sa maison. Son réconfort. Le seul foyer qu'il ait jamais connu.

Les pas de Joseph résonnaient sur les murs pendant qu'il ouvrait la marche jusqu'à l'autel. Il se mit sur le côté pendant que le Père Quinn s'adressait à la congrégation et commençait la messe. Joseph assistait le prêtre, lui donnant le pain consacré pour la communion. Quand Paul tendit le vin rouge au Père Quinn, l'estomac de Joseph se noua. Durant la communion, le vin représentait le sang du Christ. Mais en fixant la carafe pleine, Joseph ne voyait qu'une chose : James.

Cela faisait trois mois. James était en isolement depuis trois mois. Joseph était séparé de son frère depuis trois mois. Il ne dormait plus depuis qu'on lui avait enlevé son frère. Depuis son retour dans leur chambre, James qui poignardait Luke et consommait son sang, l'extase sur son visage quand il avait léché la lame souillée... tout ça tournait en boucle dans sa tête la nuit. Joseph n'arrêtait pas de se demander comment James s'en sortait, sans lui. S'il se faisait du mal. Le Père Quinn ne lui disait rien, et après avoir été durement réprimandé trois semaines plus tôt pour avoir demandé de ses nouvelles, il n'avait plus osé poser de question.

Une légère toux tira Joseph de ses lourdes pensées. Il secoua la tête pour chasser son inquiétude. Le Père Quinn le fusillait du regard, un air réprobateur sur le visage. Le prêtre indiqua le pain dans les mains de Joseph. Ce dernier s'empressa d'avancer vers l'autel pour tendre l'assiette. Il avait commis un certain nombre d'erreurs, en l'absence de James. C'en était une parmi d'autres.

Le reste de la messe se déroula dans un brouillard d'hymnes, de paraboles et de prières. Quand la congrégation se fut dispersée, Joseph suivit Paul et Matthew dans le vestiaire au fond de l'église. Paul avait à peu près le même âge que Joseph, mais était de nature encore plus discrète. Matthew avait deux ans de plus et commencerait bientôt sa formation de prêtre auprès du Père Quinn. Joseph ne les voyait pas souvent à l'école des Saints-Innocents, mais il s'était rapproché d'eux grâce à leurs devoirs à l'église.

Paul quitta le vestiaire, laissant Matthew et Joseph seuls. Ce dernier était en train de suspendre son aube dans son placard quand Matthew lui demanda :

— C'est à cause de ton frère ?

Joseph se figea, ses épaules se raidirent. Matthew vint s'asseoir sur le banc à côté de lui. Joseph tourna la tête vers lui.

— De quoi tu parles ?

Matthew lui lança un regard entendu. Joseph soupira et regarda la porte pour vérifier que le Père Quinn n'était pas dans le coin.

— Il est avec un paroissien. Il ne viendra pas ici tout de suite, le rassura Matthew.

Les épaules de Joseph s'affaissèrent.

— Je ne sais pas où est James. Je sais qu'il est en isolement, mais je ne sais pas où, dit-il en passant ses mains dans ses cheveux blonds bouclés. Il est parti depuis trop longtemps, et le Père Quinn ne me dit rien. Personne ne me dit rien. Je ne sais même pas s'il va bien.

Tout l'espoir et toute la volonté de Joseph s'échappèrent de son corps pour imprégner le parquet usé du sol, marqué par les traces de talons. Les vestiaires de l'église formaient un contraste saisissant avec l'opulence qui décorait la nef et l'autel. La pièce était poussiéreuse, les meubles anciens. Un portrait de Marie, la mère de Jésus, le regardait depuis le mur. Ce tableau lui apportait toujours du réconfort. Il lui faisait penser à cette mère qu'il avait à peine connue.

À cet instant, cette peinture lui rappelait surtout son échec en tant que fils… en tant que frère. Il avait promis à sa mère de s'occuper de James, de le protéger, de l'aimer pour deux. Elle aurait été déçue. Il avait laissé les prêtres emmener James. Ils ne le comprendraient pas. Ils ne comprendraient pas son comportement. Joseph était le seul que James avait jamais laissé approcher, et encore.

Il ne supportait pas l'idée que son frère soit tout seul, blessé. Même si, quand Joseph pensait à James, il ne se rappelait pas l'avoir vu effrayé une seule fois. Joseph n'était pas sûr que son petit frère soit capable d'éprouver de la peur. De ressentir quoi que ce soit, hormis cette avidité pour la douleur et cette soif intarissable et inhumaine pour le sang.

Matthew se rapprocha. Il parcourut la pièce d'un regard nerveux, puis il reporta son attention sur Joseph.

— Il y a cinq ans, mon colocataire a attaqué un prêtre.

— Quel prêtre ? s'empressa de demander Joseph.

Matthew pencha la tête vers lui.

— Le Père Brady.

Matthew gardait les yeux rivés sur la porte, et finit par se lever pour s'assurer qu'elle était fermée. Il se rassit sur le banc et fit signe à Joseph de le rejoindre. Ce dernier s'exécuta. Matthew se pencha et se passa nerveusement une main dans les cheveux.

— Ça avait commencé quelques mois plus tôt. Christopher, c'était son nom, s'est mis à se comporter de façon bizarre. Je croyais que c'était parce qu'il était à l'orphelinat et dans notre école. Une façon de se rebeller, en quelque sorte. On l'avait retiré d'une famille d'accueil. Ce n'était pas ce qu'il lui fallait, alors on l'avait envoyé ici, aux Saints-Innocents. Mais il aimait s'entailler la peau.

Joseph cessa de respirer pendant quelques instants. *Comme James,* songea-t-il. *Exactement comme James.*

— Christopher était du genre discret, solitaire, lui expliqua Matthew en secouant la tête. Les prêtres n'aimaient pas ça. Il était provocateur, il ne faisait jamais ce qu'on lui demandait. Il avait tout le temps des corvées à faire, c'étaient ses punitions parce qu'il se comportait mal. Et puis il a commencé à se mettre en colère.

Matthew haussa les épaules.

— Un jour, le Père Brady est venu dans notre chambre et, sans raison, Christopher l'a attaqué.

— Qu'est-ce qu'ils lui ont fait ? chuchota Joseph, les paumes moites.

Matthew soupira.

— Les Pères Quinn, Brady et McCarthy sont entrés dans la chambre et l'ont emmené. En « isolement », précisa-t-il en mimant des guillemets.

Joseph déglutit avec peine, ses nerfs étaient tendus, il avait l'impression que des balles lui transperçaient les muscles.

— Combien de temps il y est resté ?

Matthew garda le silence un instant, puis murmura :

— Il n'est jamais revenu.

Le sang se glaça aussitôt dans les veines de Joseph. *Il n'est jamais revenu...*

— Il y a cinq ans..., marmonna Joseph entre ses dents.

Il avait du mal à y croire. Son cœur se serra quand il comprit le sous-entendu contenu dans les mots de Matthew.

Ce dernier desserra le col de son aube. Il regarda à nouveau la porte.

— Quand j'étais plus jeune, j'ai entendu certains élèves plus âgés parler d'un bâtiment souterrain, au nord de la propriété. Apparemment, il est sur le domaine des Saints-Innocents.

— Où ? s'enquit Joseph, perplexe.

Il croyait connaître toute l'école et ce qui l'entourait, et ne se souvenait pas avoir aperçu de construction dans cette direction. Il n'y avait rien, juste des arbres et des terrains infinis. Les Saints-Innocents s'élevait sur une terre qui appartenait au Vatican, aux abords de Boston. La maison était aussi isolée que possible. Joseph avait toujours pensé que c'était l'environnement parfait. Presque aucune interférence du monde extérieur... Et pourtant, tout était facile d'accès, si le besoin se faisait sentir.

Matthew se pencha si près que Joseph perçut la légère odeur de gel douche de son cou.

— J'ai entendu des gens appeler ça le « Purgatoire ».

La respiration de Joseph devint saccadée.

— Le bâtiment n'est pas visible.

— Comment ça ?

— Je ne les ai pas cherchés, et je n'ai pas l'intention de le faire, mais d'après la rumeur, il y a des escaliers qui mènent à une porte cachée. Elle rentre sous terre et conduit à un autre dortoir. C'est là qu'est le Purgatoire.

Matthew se redressa, puis se leva. Comme s'il ne venait pas de révéler un secret choquant à Joseph, il commença à ôter son aube pour remettre son uniforme de l'école.

Joseph baissa les yeux sur ses mains. Elles tremblaient. *Le Purgatoire.* Il n'arrivait pas à s'ôter ce mot de la tête. Tous les bons catholiques le connaissaient. Un lieu de souffrance, rempli des âmes des pécheurs. C'était là où ils payaient pour leurs crimes avant de pouvoir aller au Paradis.

Un lieu de souffrance... où les pécheurs paient pour leurs crimes... Les sermons du Père Quinn résonnaient dans sa tête. Ses mots tournaient en boucle, comme une moquerie, ou peut-être un avertissement. Un pacte entre les prêtres et les élèves : si l'un des jeunes des Saints-Innocents s'engageait sur le mauvais chemin, il existait un endroit spécial où il pourrait se repentir. Et ce que James avait fait, les péchés qu'il avait commis... Qu'est-ce qu'on lui ferait subir ?

Trois mois. Il se repentait pour ses péchés depuis trois mois. Joseph bondit sur ses pieds. Il devait agir. Chaque cellule de son corps était animée du besoin de trouver James. De trouver ce Purgatoire. À cause du mouvement soudain de Joseph, Matthew regarda par-dessus son épaule.

— Fais attention, le prévint-il, comprenant ce qu'il allait faire. S'ils sentent que ça t'intéresse, tu risques de te retrouver du mauvais côté de cette porte cachée.

Matthew riva ses yeux à ceux de Joseph.

— Il ne faudrait pas qu'ils te prennent pour un pécheur, toi aussi.

Joseph soutint son regard. L'inquiétude de Matthew était évidente.

— Comment... ? commença Joseph d'une voix râpeuse.

Il se racla la gorge et reprit :

— Comment tu as appris l'existence de cet endroit ? Si c'est un si gros secret...

— L'un des gamins est revenu.

Une étincelle d'espoir s'éveilla dans la poitrine de Joseph. Toutefois, en voyant la gravité du visage de Matthew, cet espoir s'évanouit. L'enfant de chœur avait l'air ailleurs.

— Ah oui ?

Matthew parut revenir à lui et hocha la tête.

— Il est revenu. En plus, il était devenu prêtre. Mais...

— Quoi ?

— Je ne le connaissais pas personnellement avant qu'on l'emmène. J'étais trop jeune. Mais j'ai été placé sous son instruction quand il est revenu en tant que professeur.

Matthew secoua la tête.

— Je ne l'aimais pas. Quelque chose de sombre rôdait dans ses yeux. Les garçons plus âgés, qui étaient autrefois ses amis, disaient qu'il était différent. Qu'il avait un comportement étrange. Il était carrément flippant. Il n'est pas resté longtemps, il a disparu encore. Quelqu'un a dit qu'il avait été transféré dans une église en Irlande.

— Tu n'y as jamais cru, hein ? devina Joseph.

— Je n'en ai aucune idée, répondit Matthew en haussant les épaules. Pour ce qu'on en sait, toutes ces histoires de Purgatoire ne sont que des légendes urbaines, créées par les élèves voulant faire peur à ceux qui arrivaient après eux. Et tous les enfants qui se conduisent mal sont juste emmenés dans une partie de la maison où on n'est jamais allés. Dans un vrai isolement. C'est sans doute la vérité. On n'a accès qu'à un quart de cet endroit. Qui sait ce qui se passe là où on ne va pas ?

Désormais quelque chose, un pincement douloureux au fond des tripes, indiquait à Joseph qu'il devait chercher le Purgatoire. Après tout, si cet endroit existait, si James était là-bas… Il n'avait pas le choix.

***

Joseph attendit le début du couvre-feu et que toutes les lumières soient éteintes pour sortir de son lit. Il était vêtu de noir et avait dissimulé sa tête sous la grande capuche de sa veste. Ses cheveux blond platine étaient trop reconnaissables et faciles à repérer, même dans le noir complet.

À pas feutrés, Joseph se dirigea vers la porte et tourna la poignée en silence. Il eut l'impression de sentir son cœur lui remonter dans la gorge quand le battant s'ouvrit en grinçant. Il regarda dans le long couloir du dortoir. Une fois certain que la voie était libre, Joseph s'y engagea d'un pas furtif et descendit le corridor menant à la porte du fond. Les doigts serrés autour de son chapelet pour se rassurer, et demandant pardon en silence pour sa désobéissance, il entra le code qui lui permettait de sortir. Le Père Quinn lui faisait confiance, il le lui avait donné. La culpabilité courut dans les veines de Joseph à l'idée de trahir cette confiance sincère.

À la seconde où la porte fut ouverte, le vent fouetta le visage de Joseph. Il hoqueta, le froid hivernal lui coupa le souffle et lui gifla les joues. Il remonta davantage sa capuche sur sa tête, on aurait dit un spectre qui se fondait tout entier dans la nuit. Il serra les bras autour de sa taille pour lutter contre le froid mordant de Boston. Il resta sur le sentier plongé dans l'obscurité, bordé d'arbres, et partit vers le nord. Les yeux plissés, il scrutait le moindre espace autour de lui à la recherche d'un signe de l'escalier et de la porte cachée. Il traversa quatre terrains de sport avant que ses pieds se figent devant un brusque flash rouge. Il s'empressa de repartir sous le couvert des arbres et regarda à travers le bouclier de fines branches entremêlées. Un garçon qu'il ne reconnaissait pas apparut. Il rampait et paraissait sortir du sol. Il était tout de blanc vêtu, et portait un pantalon et un T-shirt. L'éclat brillant de la lune permettait à Joseph de bien le voir. Les pieds nus du garçon étaient sales. Ses cheveux roux coupés court étaient comme un phare dans l'obscurité. Ils étaient si flamboyants qu'ils formaient un contraste saisissant avec ses vêtements blancs. D'un pas vacillant, le garçon se mit debout. Il faillit retomber aussitôt, il avait l'air très faible.

Tout l'air s'échappa des poumons de Joseph, le laissant à court d'oxygène, quand le garçon leva les yeux vers la lueur de la lune. Sa peau sale était couverte d'entailles. Du sang imbibait le tissu blanc de ses habits. Joseph prit une brusque inspiration et, instinctivement, fit un pas en avant pour l'aider. C'est alors que soudain, de la même entrée qui semblait s'enfoncer dans le sol, un homme s'élança. Un homme qu'il connaissait bien, se rendit compte Joseph : le Père Brady. L'adolescent était sûr que, s'il avait été dans sa chambre, à l'autre bout des terrains de sport, il aurait entendu le craquement du fouet que le prêtre abattit sur le dos du rouquin.

Joseph tressaillit, ses pieds refusèrent de bouger. Le fouet claqua de plus belle et le garçon tomba à quatre pattes. Il plongea les doigts dans la boue pendant que le religieux lui infligeait trois autres lacérations brutales dans le dos. Son T-shirt se déchira sous la force des coups, retombant en deux morceaux de chaque côté de son corps et se recourbant autour de lui, comme pour protéger son cœur. *Des ailes d'ange...* Voilà ce que pensa Joseph.

Mais un nouveau claquement de fouet tonitruant retentit, et cette vision disparut aussi vite qu'elle était venue. Des chauves-souris et des oiseaux nocturnes jaillirent des arbres pour s'enfuir ; des feuilles mortes dansèrent sous le vent.

Le pouls de Joseph battait si vite qu'il se demanda si son corps pourrait le supporter. Le garçon resta à quatre pattes. Les efforts qu'il déployait pour ne pas s'écrouler sous les assauts du Père Brady lui faisaient trembler les bras. Joseph était bouleversé par la douleur que le garçon devait ressentir, par cette punition cruelle que le prêtre lui infligeait. Puis le garçon leva la tête. Tout le sang déserta la figure de Joseph quand il vit l'expression de son visage. Il s'attendait à des larmes. À des traits tordus de douleur et de désespoir. Or le garçon souriait. Non, il riait. L'amusement brillait dans ses yeux verts. Joseph ne voyait rien de drôle aux coups assénés. Les yeux du rouquin roulaient dans leurs orbites, comme s'il trouvait du plaisir dans la douleur. Joseph ferma les paupières, tentant de comprendre à quoi il assistait. Pourquoi ce garçon ne demandait pas au Père Brady d'arrêter ? Pourquoi ne se repentait-il pas ? Ne cherchait-il pas la rédemption ?

— Mon frère. Arrête. Tout de suite.

Joseph rouvrit aussitôt les yeux à cet ordre sévère... délivré par une voix qu'il aurait reconnue n'importe où.

— Père Quinn..., dit Joseph d'une voix si basse que Dieu lui-même ne l'avait peut-être pas entendu.

— Rentre. Maintenant. Et maîtrise-toi, ordonna le Père Quinn.

Le Père Brady releva le garçon toujours au sol et, en le guidant d'une main ferme sur sa nuque, il disparut dans la terre. Le Père Quinn scruta les alentours. Joseph rabattit un peu plus sa capuche sur sa tête et se renfonça dans le large tronc creux de l'arbre derrière lui. Il ne quitta pas des yeux une seule seconde le prêtre qui était pour lui une vraie figure paternelle. Après s'être assuré qu'il n'y avait personne, le Père Quinn descendit ce qui devait être l'escalier dont Matthew lui avait parlé.

Joseph ne bougea pas pendant plus d'une heure. Son cœur eut du mal à se calmer ; son front était couvert de sueur. Sa respiration était lourde et ses jambes clouées au sol. Il n'était pas sûr d'être capable de marcher. Le garçon… Le fouet… Les prêtres… Le Père Quinn.

Le Purgatoire. C'était ça, le Purgatoire.

Tout était vrai.

Ça existait.

Le cœur de Joseph, qui battait si fort, parut voler en éclats lorsqu'il toucha le sol. James… James était là-dedans. Joseph le sentait de toutes les fibres de son être. *Qu'est-ce qu'ils te font ?* s'interrogea-t-il. Lui faisaient-ils du mal, à lui aussi ? Avec autant de cruauté ? Joseph savait que, comme le garçon roux, James ne leur montrerait jamais qu'ils l'avaient blessé, atteint. Il endurerait sa punition de la même manière. Mais Joseph savait que son frère ne rirait pas. Son visage demeurerait impassible. Sans expression. Vide, comme toujours… Sauf quand il faisait couler le sang. Il n'y avait que dans ces moments-là que James montrait un semblant d'émotion.

Une peur qu'il n'avait jamais ressentie s'embrasa dans la poitrine de Joseph, jusqu'à devenir un brasier furieux qui se mit à courir dans ses veines, comme si son sang était de l'essence. Il devait faire sortir James de là. *Il n'est jamais revenu.* Les paroles que Matthew avait prononcées plus tôt tournaient en boucle dans sa tête. Si les garçons revenaient rarement, alors où allaient-ils ? Il n'avait pas envie d'y réfléchir, mais une question atroce traversa son cerveau avec la force d'une lance romaine : ne revenaient-ils jamais aux Saints-Innocents parce qu'ils ne sortaient pas du Purgatoire en vie ? Leurs prétendus péchés n'étaient-ils jamais expiés, leur âme jamais repentie ?

Joseph se raccrocha à l'écorce rugueuse de l'arbre, luttant contre ces pensées qui menaçaient de le submerger. Des hiboux hululaient dans le vent froid et mordant. Il garda les yeux rivés sur l'entrée du Purgatoire. Quand les premiers rayons de soleil arrivèrent, il s'obligea à retourner dans le bâtiment principal, à sa chambre de dortoir. Il s'assit au bord du lit et contempla le crucifix au mur. Le visage en bronze de Jésus semblait plus étincelant à la lueur du soleil levant, qui filtrait par la fenêtre dépourvue de rideau, derrière lui. Tout l'avenir de Joseph défila dans sa tête, celui dont il rêvait depuis si longtemps. Il obtiendrait son diplôme aux Saints-Innocents, il entrerait au séminaire et épouserait l'Église. Il servirait la communauté et mènerait une vie épanouie et pieuse.

Une vie paisible.

Cependant au fil des minutes, ce rêve parut se teinter de noir. La tapisserie de sa vie prit feu et disparut peu à peu, consumée par les flammes. À la place, une autre voie se dessina, qui ressemblait plus à un cauchemar qu'à un beau rêve.

Veille sur ton frère. Aime-le pour nous deux.

Il devait sauver James. Le rejoindre.

Pour ça, il allait devoir pécher. S'écarter de sa voie consacrée à la dévotion.

Joseph allait devoir gagner une place au Purgatoire.

CHAPITRE 3

Joseph tremblait en ouvrant les portes de l'église des Saints-Innocents. On était mardi soir. Ce jour-là, les prêtres se réunissaient dans le bureau au fond de l'église. Sur le seuil, Joseph hésita. Il baissa les yeux sur le sol en marbre. Le couteau dans son aube semblait peser une tonne. Quand son regard se posa sur la peinture de Marie au mur, il détourna les yeux à la hâte. Mais ça n'avait pas d'importance ; Joseph sentait le poids des regards des saints et des archanges représentés au plafond et des apôtres sur les vitraux. Ils essayaient de le dissuader de faire ce qu'il s'apprêtait à faire. Joseph était incapable de jeter ne serait-ce qu'un coup d'œil au crucifix au centre de la pièce.

Un sacrifice, se répéta-t-il. *Pour James. Il a besoin de moi. J'ai fait le serment de le protéger. Je dois respecter cette promesse. Il n'est pas question de moi.*

Joseph prit ce qu'il savait être sa dernière inspiration d'air frais. Il compta jusqu'à dix, puis entra dans l'église. Les yeux rivés droit devant lui, il se dirigea vers le bureau d'un pas déterminé. Joseph n'hésita pas. Il tourna la poignée de la salle privée et, sans se laisser le temps de remettre en question le péché qu'il s'apprêtait à commettre, il tira le couteau de James de son aube et chargea. Ses pieds battaient le parquet, en direction du Père Quinn. Ce dernier leva la tête, surpris, puis écarquilla les yeux en voyant Joseph se précipiter vers lui. Aucun prêtre ne réagit jusqu'à ce que Joseph plonge sa lame dans l'épaule du Père Quinn.

Ils me faisaient confiance, songea-t-il. *Ils n'auraient jamais cru que je puisse tomber à ce point en disgrâce.*

Joseph savait que tant qu'il vivrait, il n'oublierait jamais la sensation horrible de la lame s'enfonçant dans la chair du Père Quinn. Ce haut-le-cœur en blessant quelqu'un, de ses propres mains.

Une vague de vertiges menaça de le faire tomber à genoux, mais il tint bon et retira la lame, se préparant à frapper une deuxième fois. Quand la lame sortit de la chair, il vit le sang sur le métal. La preuve de sa trahison envers l'Église, Dieu et l'avenir qu'il désirait si ardemment. Au moment où il leva le bras, une main puissante lui attrapa le poignet. Si fort que Joseph poussa un cri. La lame lui échappa et cliqueta au sol. Une autre main se referma sur sa gorge, mais Joseph garda les yeux rivés sur le Père Quinn. Son prêtre préféré, son mentor, qui regardait désormais Joseph comme s'il était le Mal incarné.

Une douleur lui parcourut le bras. Il serra les dents pour ravaler un cri, sans pouvoir détourner les yeux du Père Quinn. Du sang coulait sur le bras de l'ecclésiastique, le rouge se mêlant au noir de sa chemise. Le Père Quinn se releva, la paume pressée sur sa blessure. Quand il ôta sa main, elle était couverte de rouge. Il se plaça devant Joseph. Ce dernier réfréna le besoin de tomber à genoux pour demander pardon. De se confesser, de lui dire qu'il avait fait tout ça pour James. Cependant il avait un rôle à jouer. S'il voulait revoir son frère, il devait aller jusqu'au bout. Devenir un pécheur diabolique à leurs yeux.

— Joseph, commença le Père Quinn.

Il avait parlé d'une voix neutre, dénuée d'émotions. Joseph le fusilla du regard, comme il s'était entraîné à le faire dans le miroir. Il avait visualisé le visage de James quand il tremblait de rage. Et il reproduisit ce regard malveillant. Les narines du Père Quinn se dilatèrent, seule indication que cette situation l'atteignait.

Au moment où le prêtre ouvrit la bouche, Joseph lui cracha au visage. La salive macula la joue du Père Quinn et coula le long de sa mâchoire rasée de près. Joseph continua de le fusiller du regard, mais au fond de lui, son cœur se brisa en deux. Il avait profané l'homme qu'il respectait le plus en ce monde.

Il ne vit pas le Père McCarthy, sur sa gauche. Il ne prit conscience de la présence du prêtre que lorsqu'une main s'abattit sur son visage. La tête de Joseph fut projetée sur le côté. Il sentit un léger goût de sang dans sa bouche. *C'est mérité,* songea-t-il. Œil pour œil. Un sacrifice pour la douleur qu'il avait causée.

Des doigts brutaux lui agrippèrent le menton et lui firent lever la tête. Joseph se retrouva face aux yeux durs du Père Quinn et à ses lèvres pincées.

— Deux pécheurs nés de la même paire de païens, dit-il avec un calme mesuré, froid.

Une étincelle de colère s'alluma au fond de Joseph. Sa mère. Le Père Quinn parlait de sa mère. Une païenne ? Elle était tout sauf ça.

Depuis tout le temps qu'il était aux Saints-Innocents, c'était la première et unique fois que Joseph ressentait autre chose que de l'admiration pour le Père Quinn. À cet instant, il était furieux, et le feu causé par les paroles désobligeantes du prêtre était en train de le consumer de l'intérieur.

— Tu ressembles plus à ton frère que je le pensais, continua le Père Quinn.

Il reporta son attention sur le Père Brady, qui tenait encore fermement Joseph.

— Emmène-le.

Le cœur de Joseph se serra. Il savait où il allait. C'était le plan. Ce qu'il voulait. Ce qui n'empêcha pas un accès de peur de le consumer. Le Père Brady et le Père McCarthy traînèrent Joseph hors de l'église par une porte de derrière. Ils le jetèrent sur le siège arrière d'un SUV. Le Père Brady s'assit à côté de lui, l'immobilisant par le cou et lui maintenant les mains dans le dos. Du sang coulait de sa lèvre, sur le cuir noir. Le trajet en voiture se fit dans le silence, à exception de la respiration rapide de Joseph et du vent qui soufflait dehors. Tout était noir. Il entendit du gravier crisser sous les pneus.

Puis ils s'arrêtèrent.

Joseph garda les yeux grands ouverts quand on le tira du siège arrière. Le vent fouetta son aube, l'entaille sur sa lèvre le brûla. Il parcourut les ténèbres des yeux. Il était dans l'escalier qui plongeait dans le sol. Le Père Brady le projeta en avant sur les marches. Le Père McCarthy attendait déjà en bas, devant la porte. Le bruit du loquet lui parut aussi bruyant qu'un coup de tonnerre dans le silence.

La porte s'ouvrit en grinçant. Elle menait à un couloir faiblement éclairé. Le Père Brady poussa Joseph devant lui, lui emprisonnant toujours les mains dans le dos. Joseph trébucha, mais se redressa au moment où le battant claquait derrière eux. Il faisait froid, ce fut la première chose qu'il remarqua. La fraîcheur de ce couloir sombre s'infiltra dans ses os, qui devinrent douloureux. Les couloirs du Purgatoire constituaient un vrai labyrinthe. Joseph tenta de se souvenir du chemin qu'ils empruntaient. Toutefois, entre la pénombre, les murs et le sol qui étaient identiques, c'était impossible.

Ils finirent par arriver devant une porte close. Le Père McCarthy la déverrouilla et juste avant de l'ouvrir, adressa un sourire narquois au Père Brady.

— Enfin au complet. Je ne me souviens pas de la dernière fois que c'est arrivé.

Joseph ne savait pas du tout de quoi il parlait. Il n'eut pas le temps d'y réfléchir, le Père Brady le poussa par la porte ouverte. Joseph tomba au sol, sa joue heurta le ciment dur. Il entendit la porte se refermer derrière lui. Le verrou tourna et les pas des Pères McCarthy et Brady se dissipèrent jusqu'à ce qu'il n'y ait plus qu'un silence épais.

Joseph resta allongé sur le sol, le temps de digérer ce qui venait de se produire. Ses mains étaient moites sur le ciment, ses paumes couvertes de sueur, celle de sa honte et de son péché. Il avait l'impression d'être consumé par la culpabilité, par l'horreur de ce qu'il avait fait. Il ne voyait que le sang sur l'épaule du Père Quinn. Comment James pouvait-il aimer ça ? Comment pouvait-il vouloir blesser les gens comme ça ? Et consommer leur sang ?

Joseph avait la tête posée sur le sol froid, savourant cette absence de confort sur son visage meurtri, quand une voix lança :

— Je crois qu'il est mort. Je ne l'ai pas entendu se relever.

Joseph se figea. Il écarquilla les yeux et sonda l'obscurité. Il n'y avait aucune lumière. Comme si quelqu'un lisait dans ses pensées, une lampe s'alluma, donnant un peu de vie à la pièce plongée dans la pénombre.

Joseph tourna lentement la tête, s'efforçant d'ignorer son pouls qui pulsait dans son cou. Il leva la tête et vit des lits. Un dortoir. Un garçon, qui semblait avoir son âge, était assis sur le matelas le plus proche. Il avait des cheveux blonds, pas aussi clairs que les siens, et des yeux gris. Il était habillé tout en blanc. Pieds nus. Exactement comme…

— Non. Il est pas mort. Dommage.

Joseph écarquilla les yeux de plus belle en regardant le lit opposé. Le garçon de dehors. Celui aux cheveux roux et au penchant apparent pour la douleur le fixait alors que Joseph était toujours prostré au sol. Ses yeux verts étaient calculateurs, et il inclinait la tête comme un fauve qui étudiait sa proie.

Joseph se remit sur ses pieds. Il avait la tête qui tournait un peu, le contrecoup de la gifle du Père McCarthy. Néanmoins il carra les épaules et s'obligea à examiner la pièce. Le blond et le roux étaient les plus près de lui, il scruta le visage des autres. Un garçon aux cheveux bruns et aux yeux marron, un autre aux cheveux noirs et aux yeux bleus, un autre encore, brun aux yeux marron si clairs qu'ils avaient l'air dorés. Et...

Joseph laissa échapper un souffle d'air et ses jambes faillirent céder sous lui. Assis sur le lit au fond de la pièce, il y avait James. James, qui fixait le mur de brique peint en gris en face de lui, et dont les yeux ne se tournèrent pas une seule fois vers Joseph. Son visage était dénué d'expression, et il portait un uniforme blanc, lui aussi. Ils le portaient tous.

— James, croassa Joseph, sa voix se brisant sous l'effet du soulagement qui menaçait de l'envahir.

Mais James ne tressaillit même pas.

— James.

Joseph dépassa les autres pour rejoindre son frère. Il baissa les yeux sur lui, mais James ne bougea pas. Il n'avait jamais été très réceptif, mais c'était différent, cette fois. L'appréhension submergea Joseph.

— James ?

— C'est Michaël, maintenant.

Joseph chercha l'origine de cette voix. Le rouquin était allongé sur son lit avec désinvolture. Une expression ennuyée sur le visage, il observait Joseph avec une curiosité manifeste. Ce dernier craignit que le garçon comprenne qu'il était un imposteur.

— Quoi ?

Le rouquin se redressa et se leva. Il montra sa tête de lit. Le nom « Barachiel » était écrit sur le bois.

— Barachiel ? s'étonna Joseph.

Le rouquin esquissa un sourire narquois. Il devait avoir douze ans, treize tout au plus.

— Bara, pour faire court, expliqua-t-il avant de faire un geste vers le blond aux yeux gris. Uriel.

Puis il indiqua le garçon aux cheveux noirs et aux yeux marrons.

— Selaphiel, ou Sela.

Vint ensuite le garçon aux cheveux noirs et aux yeux bleus. Joseph croisa son regard et se figea. Sous cet angle, il se rendit compte qu'il avait un bras enchaîné au lit. La chaîne était assez longue pour lui permettre de bouger un peu, mais pas beaucoup.

— Jegudiel, un nom vraiment chiant à prononcer, on est tous d'accord là-dessus. Alors on l'appelle Diel. Oh, et ne t'approche pas trop de lui.

Bara pencha la tête sur le côté, une lueur amusée brillait dans ses yeux verts.

— Il aime attaquer, expliqua-t-il en haussant les épaules. Il a du mal à se contrôler, tu vois.

Le malaise que ressentait Joseph à cause de cette pièce augmenta, ses griffes diaboliques enserraient son cœur, menaçant de l'étouffer. Ces garçons étaient… différents. La lueur dans leurs yeux, les ténèbres qui émanaient d'eux…

— La belle gueule là-bas, c'est Raphaël.

Joseph se tourna vers ce dernier. Ses yeux dorés fascinants étaient rivés sur lui, mais ses mains étaient occupées. Raphaël avait un morceau de ficelle dans une main. Il l'enroulait autour de son index, encore et encore. Son doigt était violet là où le sang avait cessé de circuler.

— Des archanges, murmura Joseph en réfléchissant à ces noms. Vous portez chacun le nom de l'un des sept archanges.

— Il percute vite, dit Bara à Uriel, un sourcil haussé d'un air sardonique.

Il montra ensuite James.

— Et ça, c'est Michaël.

Joseph lut le nom au-dessus de la tête de lit de son frère.

— Michaël..., murmura Joseph.

En entendant ce nom, James leva la tête. Ses yeux bleus étaient si pâles qu'ils semblaient presque argentés, à la faible lueur de la lampe. Il fronça ses sourcils sombres en regardant Joseph.

— James, tu vas bien ?

Rien. Aucune réaction. Joseph se balança sur ses pieds avec nervosité.

— Michaël, tenta-t-il. Tu vas bien ?

Il vit une lueur s'allumer dans ses yeux à ce nom, mais James, ou Michaël, regardait Joseph sans le voir.

Ce dernier plongea la main dans la poche de son aube et en sortit la fiole de sang qu'il avait conservée avec lui pendant tous ces mois. Il l'avait nouée à une ficelle en cuir, comme un collier. Il la tendit à son frère. Michaël écarquilla les yeux, seule indication de son enthousiasme. Avant que Joseph ait pu dire quoi que ce soit, Michaël lui arracha le flacon des mains et le leva à la faible lueur de la lampe.

— C'est celui de Luke, expliqua Joseph.

Michaël se figea et son regard passa de la fiole à son frère. Joseph déglutit, ravalant sa culpabilité à l'idée d'avoir conservé une preuve des péchés de Michaël.

— Le sang que tu as versé... le premier sang que tu aies jamais versé. J'ai...

Joseph devait lutter pour parler, une boule épaisse s'était formée dans sa gorge.

— Je me suis dit que tu aurais voulu le collecter, termina-t-il en haussant les épaules. Alors puisque tu n'étais pas là, je l'ai fait à ta place.

Michaël reporta son attention sur la fiole dans ses mains, l'admirant comme si c'était le Saint Graal. Même s'il savait que c'était dingue, quand il lut le plaisir sur le visage de Michaël, Joseph put enfin respirer à nouveau. Michaël était satisfait. Il était aussi heureux que possible. Il réussirait à dormir.

Michaël… Pas James. Qu'avait-il bien pu se passer ici, pour qu'il ne réponde plus au nom de James ?

Il était Michaël. Il ne réagissait qu'à ce nom-là.

Joseph se passa une main sur le visage et grimaça quand il toucha accidentellement sa lèvre enflée. Il examina chacun des garçons tour à tour. Aucun n'avait son âge, il en était certain. Il était le plus âgé, ici, d'au moins deux ans.

— Pourquoi des noms d'archanges ? s'enquit-il.

Il se moquait de qui lui répondrait. Il avait juste besoin de réponses.

— Un genre de second baptême.

Ce fut au tour d'Uriel de prendre la parole, cette fois. Bara s'avança vers Joseph. Ce dernier se raidit, il ne faisait pas du tout confiance au rouquin. Mais Bara se contenta de passer un bras autour de ses épaules et d'indiquer le lit en face de celui de Michaël, qui fixait toujours la fiole de sang. Joseph laissa Bara le guider vers le lit vide, puis se figea en voyant le nom gravé sur la tête de lit. « Gabriel ».

— Oublie celui que tu étais avant. Tu es Gabriel, maintenant.

Bara esquissa ce sourire qui lui était propre, un sourire déstabilisant. Il n'avait pas l'air réel. Comme s'il portait un masque pour dissimuler son vrai visage.

— Ils vont faire en sorte que tu oublies qui tu étais avant d'arriver ici. Attends de voir.

Bara se tourna vers les autres garçons de la chambre et ajouta :

— Les sept noms sont pris.

Joseph ouvrit la bouche pour protester, pour répondre à Bara qu'il était Joseph et ne serait jamais quelqu'un d'autre. Il voulait demander ce que les prêtres lui feraient. Ce qu'était cet endroit. Ce qui se passait, ici.

Mais Bara s'éloigna avant que Joseph ait pu poser une seule question. Quand Bara eut atteint son lit, il se tourna vers lui et écarta les bras.

— Bienvenu au Purgatoire.

Son sourire s'effaça et Joseph vit soudain le garçon caché sous le masque, celui qui avait la mort dans les yeux et une noirceur ignoble dans l'âme.

— Ou, comme on l'appelle le plus souvent… en Enfer.

CHAPITRE 4

Le lendemain, Joseph fut réveillé par un bruit de clef qui tournait dans la serrure. La porte s'ouvrit en même temps que ses yeux. Il cligna des paupières dans la pénombre ; la lumière du couloir était le seul éclairage de cette chambre souterraine. Évidemment, il n'y avait pas de fenêtres. Même pas d'horloge au mur. Joseph ne savait pas du tout combien de temps il avait dormi. La veille, tous les garçons s'étaient endormis une fois les présentations faites. James – non, Michaël – serrait la fiole dans sa main. Joseph avait observé son frère depuis le bout de son lit. Sa gorge s'était nouée pendant qu'il regardait Michaël dormir. D'aussi longtemps qu'il s'en souvienne, son cadet avait toujours été une âme torturée. Joseph avait mis ça sur le compte de la perte de leur mère, il était très jeune à l'époque. Juste après, ils avaient été placés au foyer pour enfants des Saints-Innocents. Mais en voyant les autres enfants dans le dortoir, ceux qui portaient des noms d'archanges, Joseph s'était demandé s'il n'y avait pas autre chose, dans les tréfonds de son frère. Ces garçons... Ses yeux s'étaient posés sur Jegudiel, ou Diel, comme Bara le surnommait. Joseph entendait la chaîne cliqueter contre le lit en métal quand il remuait dans son sommeil. Il était enchaîné à un lit.

Il aime attaquer...

Ces garçons... Ils étaient tous comme Michaël.

Et pas du tout comme lui.

Joseph s'était blotti dans son lit et avait tenté de lutter contre l'angoisse et la peur qui lui étouffaient le cœur et l'âme. Au bout d'un moment, il s'était endormi.

— Gabriel.

Le Père Brady se tenait sur le seuil, vêtu d'une aube noire et violette. Son regard était rivé sur Joseph. Ce dernier entendit les autres garçons s'agiter. Il se leva. Jeta un coup d'œil à Michaël. Son frère l'observait avec une expression neutre sur le visage. Joseph s'avança vers le Père Brady.

Jouant son rôle, il arbora le même masque de méchanceté que la veille. Quand il s'approcha du Père Brady, Joseph esquissa un rictus, comme si la présence du prêtre l'offensait. Un brasier s'alluma dans les yeux de Brady. Un défi. Il lui prit le bras et le poussa en avant. Le religieux le guida dans le couloir, à droite, à gauche, jusqu'à ce qu'ils arrivent devant une porte. Elle était en bois et un « B » ouvragé et à l'air moyenâgeux était gravé au centre. Joseph ignorait ce qu'il signifiait.

Le Père Brady poussa la porte et fit entrer Joseph. Des chants grégoriens résonnaient dans la pièce ; les voix harmoniques, qui lui apportaient autrefois du réconfort, lui rappelaient désormais un chant funèbre, la bande originale de sa peur. À la seconde où Joseph entra dans la grande salle, il sentit tout le sang quitter son visage. Ses pieds étaient comme collés au sol. Il étudia ce qui l'entourait.

Des équipements de toutes sortes, de nature médiévale, étaient éparpillés partout. C'était une salle remplie de bois, de métal et de promesses de douleur. La peur que ce lieu diffusait était instantanée. Le sang de Joseph se glaça. Il reconnut un grand nombre d'outils. Il avait suivi les cours du Père Quinn sur l'Inquisition espagnole. Il avait entendu de la bouche du prêtre que les Inquisiteurs punissaient et torturaient les païens, les obligeant à confesser leurs péchés, leurs actes de sorcellerie, à avouer que le Diable était venu leur rendre visite pour acheter leur âme. Il ignorait que de tels instruments existaient encore. Même dans ses pires cauchemars, il n'aurait jamais pu imaginer qu'on continuait à les utiliser…

Les mains de Joseph pendaient le long de ses flancs. Il serra les poings en se rendant compte qu'elles tremblaient. À cause des engins de torture de cette époque lointaine. Sa respiration devint lourde. Il y avait une cheminée du côté droit de la pièce, et les flammes s'élevaient dans l'âtre. Juste devant, un lit en bois, et à côté de ce lit, le Père Quinn. Quand le prêtre se retourna, Joseph remarqua ses vêtements. Il portait une aube noire, mais son col d'ecclésiastique, au lieu d'être blanc, était rouge. Et au milieu de son aube était brodé un « B » rouge. Le même que celui sur la porte de la pièce. Joseph ne savait pas ce qui se passait. Il n'arrivait pas à comprendre ce qu'était cet endroit. Ce n'était pas l'Église. Ni même du catholicisme moderne. C'était quelque chose d'arraché au passé… Une cruauté vicieuse, qui n'aurait jamais dû être ressuscitée.

— Gabriel, commença le Père Quinn en s'avançant vers Joseph.

Il entendit un froissement derrière lui, le Père Brady l'imita ; il portait lui aussi l'étrange aube. Le Père McCarthy passa une porte de l'autre côté de la salle, vêtu de la même tenue. Les pensées tourbillonnaient dans la tête de Joseph. *Qu'est-ce que c'est que tout ça ?*

— Nous fondions de grands espoirs en Joseph, dit le Père Quinn en s'arrêtant devant l'adolescent.

Il ne s'adressait pas à Joseph, il ne faisait que parler de lui. Il leva la main et fit glisser ses doigts le long de sa joue. Joseph se figea, ne bougeant plus un seul muscle. Le Père Quinn ne l'avait encore jamais touché de cette manière. Joseph lui faisait tacitement confiance, et son prêtre préféré, son mentor, n'avait jamais brisé cette confiance. Le

Père Quinn se pencha. Son instinct lui disait de s'écarter, mais il resta où il était. Il ne pouvait pas leur laisser entrevoir que chaque minute passée au Purgatoire était une véritable torture pour son âme. Qu'il était quelqu'un de bon, qui faisait juste semblant d'être damné.

— Joseph était mon prodige. Le garçon destiné à bien plus que ce que la vie lui avait offert. Dieu l'avait mis sur mon chemin pour une bonne raison.

Le Père Quinn fit un pas en arrière, pencha la tête sur le côté et observa Joseph.

— J'étais loin de me douter que le but était de me tester. J'étais loin de savoir que c'était pour me montrer jusqu'où le Diable et ses créatures sont prêts à aller pour corrompre les hommes bons. Des hommes comme moi et mes frères.

Les jambes de Joseph tremblaient. Il était certain que ses genoux allaient flancher d'une seconde à l'autre. Le Père Quinn croyait qu'il était une créature des Enfers ? Qu'il était possédé par un démon ?

Joseph ouvrit la bouche pour protester, avant de la refermer en prenant conscience que ses mots le sépareraient de son frère. Son frère qui ne portait plus son nom, mais qui avait été rebaptisé Michaël.

— Nous sommes la Brigade, continua le Père Quinn.

Il fit un signe de tête vers les Pères Brady et McCarthy qui se tenaient à ses côtés.

Le « B » signifiait donc « Brigade ».

— L'Église catholique a abandonné les punitions les plus rigoureuses pour les cas de possession démoniaque il y a des années. Les Inquisiteurs ont disparu à l'apparition de l'époque moderne. Et à partir de ce moment-là, les démons ont prospéré, tapis dans les endroits les plus inattendus. Attendant... Attendant le moment où ils pourraient déchaîner leur fureur et leur malveillance sur un monde sans méfiance.

Le Père Quinn sourit, mais ce n'était pas son sourire habituel.

— Tu vois, il y a un siècle, un groupe de prêtres s'est rendu compte que le Mal triomphait. Alors ils ont créé un groupe d'hommes pieux, qui partageaient les mêmes idées. Ils ont endossé ce fardeau, affronter ce Mal, alors que l'Église a laissé tomber.

Le Père Quinn écarta les bras.

— La Brigade. Nous sommes la Brigade. Les guerriers de Dieu et le pire cauchemar du Diable.

La Brigade. Ce groupe opérait donc de manière séparée de l'Église ? Ses prêtres préférés… Une secte, un groupe secret d'exorcistes ? Joseph n'arrivait pas à y croire.

— Je croyais que Joseph se joindrait à nous, un jour. Il était exactement comme la Brigade. Dévot, pur et déterminé à vouer sa vie à l'Église.

Le Père Quinn s'approcha d'une table en bois devant la cheminée.

— Ici, aux Saints-Innocents, nous avons repéré les êtres diaboliques. Nés sous le masque de l'innocence, mais incapables d'échapper à notre attention et de dissimuler bien longtemps les démons qu'ils étaient. Qu'ils sont. Le démon que tu es, Gabriel.

Les Pères Brady et McCarthy attrapèrent les bras de Joseph et le traînèrent jusqu'au lit en bois. En approchant de la cheminée, Joseph se débattit. Cette fois, ce n'était pas de la comédie. La terreur le submergea. Joseph serra les dents et donna des coups de pied. Le Père Quinn récupéra des menottes et les attacha au lit. L'adolescent n'avait aucune chance. Il ne pouvait pas repousser les prêtres qui le maintenaient de leur poigne forte. Un poing s'enfonça dans sa mâchoire. Le vertige qui s'ensuivit prit Joseph par surprise. Il était hébété quand on le jeta sur le lit en bois. Ses mains et ses pieds y étaient enchaînés, remarqua-t-il quand sa tête cessa de tourner. Il essaya de tirer sur les chaînes, mais c'était inutile. Le Père Quinn fit un signe de tête au Père Brady. Ce dernier se pencha au-dessus de Joseph et déchira son aube. Le tissu retomba de chaque côté de son corps. L'air poisseux lui fouetta la peau.

— Tous, ordonna le Père Quinn.

Joseph tenta de se débattre de plus belle quand le Père Brady reporta son attention sur son caleçon. C'était peine perdue. En l'espace de quelques secondes, il se retrouva nu. Exposé.

Le Père Quinn parcourut des yeux la peau de Joseph. Pour la première fois depuis des années, ce dernier sentit des larmes lui brûler les yeux. Il avait quinze ans. Il avait passé toutes ces années à veiller sur son frère, à se noyer dans le chagrin causé par la perte de sa mère. Son seul réconfort était auprès de ces hommes… Ces hommes qui venaient de le dénuder et de révéler qu'ils n'étaient pas ceux qu'il croyait.

La Brigade.

Joseph se raidit quand le Père Quinn fit courir ses mains sur sa poitrine, s'arrêtant juste au-dessus de son entrejambe. La respiration de l'adolescent était irrégulière et aussi agitée qu'une mer déchaînée.

— Quel déguisement, murmura le Père Quinn en passant la main dans les boucles blondes de Joseph. On dirait un ange. Pas une seule marque du Diable sur sa peau. Pas une seule cicatrice, pas un seul défaut. La ruse démoniaque parfaite.

Toute combativité s'évanouit chez Joseph quand le Père Quinn prit un fer sur la cheminée. Une croix inversée.

— Je combats le Mal depuis des années, mais je n'avais encore jamais vu de possession aussi parfaite.

Il sourit.

— Ça rendra l'exorcisme encore plus gratifiant… Je vais te prêter une attention spéciale…

Le Père Quinn plaça le fer dans les flammes. De la sueur perla au front de Joseph. Il tira sur ses entraves quand le feu chauffa le métal qui se mit à rougeoyer.

— Certains voient la croix inversée comme un symbole de dévotion. La croix de saint Pierre. On pensait qu'un homme crucifié à l'envers n'était pas digne d'être crucifié comme Jésus. Pas assez noble. Pas assez pieux.

Le Père Quinn retira le tisonnier du feu et le brandit au-dessus de la poitrine de Joseph.

— Ici, à la Brigade, nous avons découvert que les personnes possédées par des démons, celles dont un mal obscur coule dans les veines, craignaient toutes formes de croix, parce qu'elles sont un symbole de lumière contre leurs actes diaboliques. Comme saint Pierre, ils ne sont pas dignes de porter la croix du Christ, qui a été tué pour l'Humanité.

Le Père Quinn plaça la croix inversée au-dessus du torse de Joseph.

— Mais leur aversion pour la croix n'est que la première étape vers la confession, pour purger et exorciser ceux qui menacent de répandre le Mal sur le monde.

— Non, murmura Joseph en se cambrant pour éviter le fer brûlant que le Père Quinn commençait à abaisser. Non !

Il se débattit vivement et tira sur les menottes.

— Voyez comme ils se débattent, dit le Père Quinn aux autres prêtres. Voyez comme la vue de la croix les rend hystériques.

— Non.

Joseph voulut protester. Ce n'était pas de la possession, juste la peur de la douleur que lui infligerait le tisonnier. Et le Père Quinn appliqua la marque sur son torse. Une douleur chauffée à blanc enveloppa Joseph tandis que le fer lui brûlait la peau. Il hurla. Il hurla jusqu'à ce que sa voix devienne rauque et que le Père Quinn retire le tisonnier. Une sensation d'humidité explosa entre ses jambes : il s'était uriné dessus. Il hoquetait, mais ses poumons refusaient de fonctionner.

Des points noirs dansaient dans son champ de vision, il ne devait pas perdre conscience ; il s'accrocha et croisa le regard bleu victorieux du Père Quinn.

Cet homme était diabolique. Il affirmait combattre les démons et ceux qui s'écartaient du droit chemin, mais il était plus diabolique que tous ceux que Joseph avait jamais rencontrés.

Le Père Quinn reposa le fer rouge.

— Nous vous donnons le nom des archanges pour narguer vos âmes impies. Des noms de princes des cieux, de guerriers de la foi. Bien sûr, l'Église n'en reconnaît que trois : Gabriel, Michaël et Raphaël. Mais ici, à la Confrérie, nous en reconnaissons davantage. Et maintenant, nous avons sept démons ayant revêtu l'enveloppe de jeunes garçons à vaincre.

Il se pencha et murmura à l'oreille de Joseph :

— Et nous vous vaincrons.

Des larmes s'échappèrent des yeux de Joseph et coulèrent sur ses joues.

— Coupez-lui les cheveux, ordonna le Père Quinn à l'un des autres prêtres.

On lui coupa les cheveux très court, puis le Père Brady le fit lever du lit. Joseph était à peine conscient quand ils le traînèrent dans le couloir et le jetèrent sur son matelas, dans le dortoir. Quand la porte claqua, une lampe s'alluma aussitôt. Joseph ferma les yeux et s'obligea à respirer malgré la douleur. Les prêtres étaient une sorte de secte. Qui croyait qu'il était un démon déguisé en enfant. Né diabolique, avec l'intention d'apporter le Mal sur le monde.

Gabriel. Il n'était plus Joseph. Il était Gabriel, à leurs yeux.

— Respire, dit une voix.

Joseph entrouvrit les paupières. Le garçon aux yeux dorés était assis au bout de son lit. Joseph ne l'avait même pas senti s'asseoir. Il s'appelait Raphaël, se souvint-il. Il enroulait une ficelle autour de son doigt, encore et encore.

— La douleur finit par partir.

Joseph s'efforça de froncer les sourcils, mais il n'arrivait pas à bouger un seul muscle. La marque le déchiquetait, morceau par morceau. Il n'était pas d'accord avec Raphaël. Cette douleur ne s'apaiserait jamais.

— Bloque la douleur. C'est la seule façon de survivre, ici, intervint Sela, le garçon brun aux yeux marron.

Il s'assit à côté de Raphaël. Joseph essaya de faire ce qu'il lui conseillait. Il serra les dents et refusa de pleurer. Il se rendit compte qu'il était encore nu. Il n'avait cependant pas la force de s'en préoccuper. Bara vint se placer à côté du lit, suivi d'Uriel. Ces deux-là semblaient passer beaucoup de temps ensemble. Même Diel approcha, aussi loin que sa chaîne le lui permettait. Et enfin… Michaël vint se placer au bout du lit de Joseph. Ce dernier garda les yeux rivés sur lui. Il ne savait pas si la douleur lui donnait des hallucinations, mais il eut l'impression que les yeux de Michaël étaient emplis de rage. L'espace d'un instant, ce fut comme si voir que Joseph était blessé l'affectait.

Mais c'était impossible. Michaël n'avait jamais montré la moindre émotion. Il ne s'était jamais confié à Joseph, lui parlait rarement, ne lui avait jamais dit qu'il l'aimait.

Bara commença à déboutonner sa chemise. Joseph se demanda pendant une fraction de seconde pourquoi, mais quand la chemise blanche de Bara fut ouverte, il découvrit la marque de la croix de saint Pierre sur son torse. Un par un, les autres garçons l'imitèrent. Une boule se forma dans la gorge de Joseph. Enfin, Michaël déboutonna sa chemise. Joseph ferma les yeux. Ils avaient tous été marqués. La Brigade pensait qu'ils étaient des démons. Diaboliques. Nés mauvais. C'était à ça que servait le Purgatoire. C'était un endroit où détenir les enfants qu'ils estimaient mauvais… marqués par le diable. Joseph n'avait pas envie d'y croire. Il ne pouvait associer les prêtres qu'il aimait tant avec ce genre d'atrocités. Il avait toujours su que son petit frère était d'une nature plus sombre que n'importe qui d'autre, mais ce genre de punition... Un exorcisme ? Ce n'était pas comme ça qu'on pourrait soigner Michaël.

— Tu n'es pas comme nous.

Joseph ouvrit les yeux pour voir qui venait de parler. Raphaël. Il plongea les yeux dans son regard doré et perturbant. Bara l'avait qualifié de « belle gueule ». Ce titre ne rendait pas justice à sa beauté. Il était aussi parfait que le *David* de Michel-Ange. Raphaël l'examinait comme s'il était anormal, étrange.

— Tu es différent.

Joseph prit une grande inspiration, luttant contre la souffrance qui lui cinglait la poitrine.

— Diff... différent ? articula-t-il d'une voix râpeuse, à peine audible.

— Je crois qu'il veut dire que tu n'as pas l'air d'avoir envie de tuer des gens, précisa Bara.

Joseph le regarda en écarquillant les yeux. Il souriait d'un air narquois. La marque sur sa poitrine était entièrement cicatrisée. Joseph se demanda depuis combien de temps il était ici. Depuis combien de temps ils étaient tous ici. Ce qu'ils avaient enduré des mains de la Brigade. Joseph ne répondit pas à Bara ou à Raphaël. Il fallait que la Brigade pense qu'il était comme les autres ; il n'avouerait à personne qu'il faisait semblant. Il était là pour Michaël. Quand Joseph reporta son attention sur lui, son frère fixait la fiole de sang que Joseph lui avait offerte. Le besoin et le désir qu'il éprouvait pour ce liquide écarlate étaient évidents sur son visage aux joues rougies. Son inquiétude pour Joseph semblait déjà loin.

Uriel croisa les bras sur sa poitrine, attirant l'attention de Joseph. Il avait le visage d'un ange. Son nouveau nom lui allait bien.

— Tu es normal, lâcha Uriel avec un rire sans joie. Quoi que ça puisse signifier ici.

Joseph essaya de surmonter la douleur qui lui ravageait le corps, mais ça devenait trop dur. Tous les garçons parurent comprendre qu'il ne parlerait pas. Ils rejoignirent leur lit. C'était tout ce qu'ils semblaient faire. Exister dans cette pièce obscure, sans aucune lumière mis à part une lampe terne, et sans rien d'autre à faire qu'attendre. Joseph se rappela les instruments de torture dans la pièce qu'il venait de quitter et comprit ce qui les attendait chaque fois que la porte du dortoir s'ouvrait.

Il songea à chacun de ces garçons. Il avait envie de les aider à sortir d'ici. Il repensa à leur poitrine, aux cicatrices sur leur peau. Ils avaient tous été marqués. Blessés. Et Michaël aussi. Joseph avait échoué. Il ne l'avait pas protégé. Trois mois que Michaël était ici. Trois mois de torture.

À partir de maintenant, Joseph allait faire en sorte de le protéger.

« Gabriel ». L'archange dont il portait désormais le nom. Il signifiait « Dieu est grand ». Gabriel était un messager de Dieu, un protecteur du peuple, un guerrier du Bien. Joseph laissa ce nom le submerger. Un protecteur. Il avait été un protecteur pour son frère. Il ne s'arrêterait pas maintenant. Impossible. C'était ce qu'il était.

Joseph ouvrit les yeux, et se figea en se rendant compte que Diel était encore au pied du lit. Les yeux bleus du garçon étaient rivés sur lui. Sa chaîne était tendue, tirée aussi loin qu'il le pouvait. Joseph plongea son regard dans le sien. Il ne s'attendait pas à ce que le garçon dise quelque chose, mais Diel finit par prendre la parole :

— Ils mourront un jour. Ils mourront tous pour nous avoir fait ça.

Diel repartit vers son lit comme s'il n'avait pas prononcé un mot. Joseph remarqua que le meuble était vissé au sol. Diel s'allongea juste au moment où la porte s'ouvrit. Le cœur de Joseph se fissura comme une statue s'écrasant sur le sol quand le Père McCarthy s'approcha du lit de Diel et déverrouilla la chaîne. Le prêtre menotta les poignets du garçon dans son dos, avant de l'emmener hors de la pièce.

Il eut l'impression que plusieurs heures s'étaient écoulées quand Diel revint. Joseph avait résisté au sommeil, les yeux rivés sur la porte en métal, attendant le retour du garçon. Il voulait voir s'il était blessé. Quand Diel fut traîné dans la chambre, du sang sur le visage et le corps, les yeux révulsés et inconscient, Joseph sentit une fureur comme il n'en avait encore jamais éprouvé le saisir. Le Père McCarthy attacha la chaîne à Diel et quitta la pièce. Quand la porte s'ouvrit de nouveau et que Sela fut emmené, Joseph eut l'impression qu'il allait exploser.

Il ne savait pas comment, mais il trouverait un moyen de les protéger. Tous ces garçons avec une croix inversée sur la poitrine et des ténèbres dans le cœur. Des garçons avec des noms d'anges, mais une soif de démon dans le sang.

Il les protégerait tous.

D'une manière ou d'une autre. Il devait au moins essayer.

CHAPITRE 5

La marque de Joseph avait guéri. On ne l'avait pas encore ramené dans la salle de torture, mais il savait que son heure viendrait. Les garçons y allaient souvent. Neuf fois pour Michaël. À chacune, Joseph en avait été malade.

Mais Michaël était revenu, le regard aussi vide qu'avant. Joseph ne savait pas du tout combien de temps s'était écoulé. Ça devait durer depuis des semaines ; peut-être même des mois. Il ne disposait pas du moindre rai de lumière du jour pour évaluer le temps qui passait. Les repas n'étaient pas réguliers. Les prêtres le faisaient exprès, pour briser leur esprit. Pour exorciser les démons. Les sept emprisonnés dans la cruauté et la nuit éternelle.

Tous les garçons se trouvaient dans la chambre quand la porte s'ouvrit. Joseph écarquilla les yeux en voyant les Pères Brady et McCarthy. Derrière eux, se tenaient d'autres prêtres, qu'il n'avait encore jamais vus. Ils paraissaient jeunes. Certains n'étaient pas beaucoup plus âgés que lui.

Il se souvint de ce qu'avait dit Matthew à propos d'un prêtre revenu aux Saints-Innocents plusieurs années après qu'on l'eut emmené. Qu'il semblait différent, et que ses yeux reflétaient une nouvelle noirceur.

Étaient-ils comme lui ? Ces prêtres étaient-ils autrefois à la place de Joseph et des autres ?

— Debout, leur ordonna le Père Brady.

Les garçons lui obéirent tous. Les sourires narquois de Bara et Uriel avaient disparu. Bara avait la mâchoire crispée et les poings serrés le long de ses flancs. Les épaules d'Uriel étaient rigides. Les yeux de Sela, orageux. Ceux de Raphaël promettaient la mort des prêtres. Michaël grogna en posant les yeux sur les hommes dans le couloir. L'air déserta des poumons de Joseph. Il fut le dernier à se lever de son lit. Sa poitrine était encore douloureuse, mais désormais, il arrivait à bouger. Sa marque était rouge, meurtrie, couverte de croûtes… Une caractéristique permanente de sa peau.

En suivant les autres, dans le couloir, Joseph croisa le regard des prêtres. Les garçons portaient tous les mêmes chemises et pantalons blancs. Les religieux renvoyèrent à Joseph un regard noir. Ils marchèrent pendant plus longtemps qu'il n'en fallait pour rejoindre la salle de torture, Joseph devina donc que ce n'était pas leur destination. Son pouls pulsait deux fois plus vite que ses pas. Les prêtres escortaient les garçons, ils descendirent un escalier en spirale et s'enfoncèrent plus profondément dans les entrailles du Purgatoire.

Soudain, Bara s'arrêta et les garçons s'alignèrent le long d'un mur. Des bougies projetaient des ombres partout et des éclats de lumière ténue dansaient dans la grande pièce. Joseph écarquilla les yeux en voyant les peintures accrochées aux murs. Des démons effrayants, à cornes, déchiquetés par des hommes d'Église… Des individus brandissant des crucifix, des épées à la main, au « B » écarlate sur la poitrine.

Les prêtres se postèrent du côté opposé de la pièce. Ils levèrent leurs crucifix, comme les hommes sur les tableaux. Le Père Quinn pivota pour leur faire face, son expression provoqua des frissons dans le dos de Joseph. Ce n'était pas le gentil prêtre qu'il avait toujours connu.

C'était un homme qui considérait que les enfants devant lui étaient des entités venues d'un autre monde. Quelque chose à conquérir. À vaincre. À détruire.

Joseph ne pouvait croiser le regard du Père Quinn. Il baissa les yeux sur les sandales de celui-ci, puis les suivit quand elles s'approchèrent de l'endroit où il se trouvait. Il était effrayé, se sentait faible.

Il avait peur.

Le Père Quinn ne le quittait pas du regard. Des gouttes de sueur coulèrent sur la peau de Joseph, puis le Père Quinn fit un geste de la main et les garçons entreprirent aussitôt de déboutonner leur chemise. Un par un, ils exhibèrent leur poitrine, leur marque. Puis ils commencèrent à dénouer la ceinture de leur pantalon blanc. L'air humide ambiant manqua d'étouffer Joseph quand les garçons écartèrent leur pantalon d'un coup de pied et s'agenouillèrent. Leur visage était dénué d'émotion, ils se soumettaient aux instructions silencieuses, sans combattre. À côté de lui, Michaël s'agenouilla, lui aussi. D'instinct, Joseph se pencha pour lui prendre le bras. Il tira, essayant de l'amener à se relever. Mais Michaël était comme un poids mort, refusant de bouger. Paniqué, Joseph tira de plus belle, à plusieurs reprises, et un cri de frustration s'échappa de sa bouche. Une douleur soudaine lui lacéra le bras. Il poussa un gémissement quand sa peau le brûla, avant de s'engourdir. La peur, forte et épaisse, obstruait ses veines. Il croisa le regard du Père Quinn une seconde avant que le prêtre lui donne un autre coup de fouet, la corde en cuir s'abattant sur sa joue. Joseph vit des points noirs danser devant ses yeux, puis la scène ignoble devant lui s'éclaircit. Il recula en titubant et fixa le Père d'un regard paniqué. Il avait du sang dans la bouche. Le fouet lui avait ouvert la joue.

— Recule, démon, lui ordonna le Père Quinn en levant son fouet dans un geste d'avertissement.

Les prêtres contre le mur s'avancèrent en un groupe menaçant vêtu de noir et se débarrassèrent de leur aube dans une synchronie terrifiante.

— Non, murmura Joseph.

Le Père Quinn s'était tourné vers le mur, Joseph en profita pour se redresser et se mettre à quatre pattes. Il rampa désespérément le long de la rangée de garçons.

— Levez-vous, dit-il, en tentant de les amener à se mettre debout.

Ses mains tremblaient.

Il ne croisa que des regards vides. Ceux de garçons dont l'esprit était parti ailleurs, très loin d'ici, loin de cette pièce, là où ils ne pourraient ressentir la douleur.

— Levez-vous ! S'il vous plaît ! s'écria-t-il.

Il arriva au bout de la rangée, devant Bara, qui fut le seul à lui rendre son regard. C'était le plus virulent du groupe. Un combattant. Il se battrait ; Joseph savait que si Bara et lui arrivaient à convaincre les autres de bouger, ils pourraient se défendre, échapper à cet enfer.

— Bara, aide-moi. Bara !

Bara haussa les sourcils et un sourire étira ses lèvres, comme s'il trouvait amusant le désespoir de Joseph. Il n'y avait toutefois rien de drôle dans cet instant. Puis le sourire disparut et le visage de Bara redevint aussi vide que celui de ses compagnons d'infortune.

Une main se referma soudain sur les cheveux de Joseph et une poigne implacable l'écarta des autres. Les prêtres, nus, dans un seul mouvement, vinrent se placer juste devant les garçons. Joseph s'immobilisa. Ses yeux devaient lui jouer des tours, c'était impossible : les membres de la Brigade agrippaient leur sexe. Joseph lutta pour ravaler la bile qui lui montait dans la gorge. Les pupilles des prêtres étaient dilatées, leur poitrine se soulevait et s'abaissait en rythme. Leur impatience était palpable.

Le cœur de Joseph se brisa quand, un par un, les prêtres attrapèrent les têtes de ses camarades et de leur main libre les obligèrent à ouvrir la bouche. Joseph émit un sanglot étouffé quand ils enfoncèrent leur érection entre leurs lèvres. Avec des mouvements impitoyables, ils pilonnèrent Bara, Sela, Diel, Raphaël, Uriel… et Michaël. *Michaël !* Les jambes de Joseph faiblirent, ses genoux flanchèrent. Son petit frère. Son petit frère dont la bouche était agressée sexuellement par un prêtre pas beaucoup plus vieux que lui. Aux cheveux blonds et aux yeux bleus à l'intensité perturbante.

Tiré de sa stupeur, Joseph se débattit contre celui qui le tenait. Il devait aider Michaël, tous les aider. Arrêter la Confrérie. C'était quoi, tout ça ? Quel genre de fraternité ferait une chose pareille ?

Joseph tenta de se libérer de la poigne de son geôlier. Quand il tourna la tête, il vit qu'il s'agissait du Père Quinn.

— Ils vont boire la semence de la pureté, murmura-t-il à l'oreille de Joseph.

La terreur et le dégoût étouffèrent Joseph.

— Et toi aussi, Gabriel.

Joseph se débattit, essayant de se libérer, d'aider les garçons, mais on lui asséna un coup de pied dans les jambes. Il tomba à genoux. Les mains sur ses épaules le maintinrent au sol pendant que le Père Quinn se déshabillait. Puis les mains qui le tenaient commencèrent à lui ôter ses vêtements, déchirant le tissu pour exposer sa peau vierge.

— Reculez ! les prévint Joseph.

Le Père Quinn s'avança vers lui. Les mains qui lui avaient retiré ses habits, sa dignité, se mirent à errer partout sur sa peau. Elles étaient calleuses. Rugueuses. Elles appliquèrent une pression et maintinrent son corps à genoux jusqu'à ce qu'il n'ait plus aucune échappatoire. Joseph jeta un coup d'œil derrière lui et vit le Père Brady et le Père McCarthy. Ils l'avaient trahi. Tous les prêtres avaient profané leur foi et vendu leur âme à Satan. Joseph entendit des cris de plaisir retentir dans la rangée de disciples de la Brigade. Ils étaient en train de violer ses amis et son frère. Il avait la nausée rien qu'à l'idée de ce que signifiaient ces gémissements. *La semence de pureté,* avait dit le Père Quinn.

Ce dernier profita de l'inattention de Joseph pour lui ouvrir la mâchoire de ses doigts forts. L'adolescent se débattit, tenta de refermer la mâchoire, mais en vain. Il était trop faible. Il hurla, en vain de nouveau ; des larmes s'échappèrent de ses yeux. Le Père Quinn enfonça son érection dans sa bouche, interrompant ses suppliques.

Le goût, la sensation du Père Quinn sur sa langue le répugnèrent. Il n'arrivait pas à croire ce qui se passait. Il priait pour que ce soit un cauchemar, il allait se réveiller. Mais des gouttes salées se mirent à couler dans sa gorge, et il sut... C'était réel. Il était vraiment en Enfer. Rien ne pouvait être pire que ça.

Ses larmes coulèrent pendant qu'on l'obligeait à rester immobile. Il ne s'était même pas rendu compte qu'il tentait de se lever, jusqu'à ce qu'on emprisonne ses mains dans son dos et que des pieds lourds lui maintiennent les jambes. Toute tentative de rébellion contre cet acte sexuel non désiré s'évanouit. Ne lui restaient que ses larmes, qui coulaient à flots. Il pria Dieu pour que la punition soit rapide. Pour qu'il l'emmène loin de ce moment, pour qu'il n'ait pas à ressentir, comme l'avaient fait ses camarades et son frère. Étonnamment le Père Quinn se retira avant d'avoir terminé. Quand Joseph ouvrit les yeux, il vit que les autres garçons, toujours à genoux, s'étaient réunis en cercle autour de lui. Les membres inconnus de la Brigade se tenaient derrière eux, comme des esprits sinistres menaçant de leur voler leur âme.

On plaqua Joseph à terre, sur le ventre. Les Pères Brady et McCarthy lui écartèrent les bras et le clouèrent au sol. Malgré sa panique, sa détresse, Joseph comprit que son corps formait une croix.

— Le pouvoir du Christ t'oblige, scanda le Père Quinn, encore et encore, tout en versant un liquide sur sa peau nue.

De l'eau bénite ? Il aspergeait Joseph d'eau bénite. Elle coulait le long de son dos et de ses côtes, jusqu'au sol de pierre sous lui. Le reste de la Brigade entonna le verset des Écritures qui se déversait de la bouche du Père Quinn. Joseph regarda les garçons qu'il pouvait voir : Diel, Raphaël et Michaël. Il garda les yeux rivés sur son frère. Son visage était figé dans une expression neutre, mais Joseph remarqua une flamme de colère dans les yeux bleus de son cadet. À cet instant, Michaël n'était plus là où son esprit trouvait refuge. Il était ici, avec Joseph. Dans cette pièce, durant cette agression… Il était avec lui. Joseph ne détourna pas les yeux de ce regard bleu glace, cherchant du réconfort au seul endroit où il pouvait en trouver.

La chaleur d'un corps lui recouvrit le dos. Joseph cessa de respirer quand on lui écarta les jambes. Il lutta pour se libérer, encore et encore, puis se mit à hurler quand le Père Quinn s'enfonça en lui. La douleur était indescriptible. Joseph ne quitta pas des yeux Michaël. Des larmes menacèrent de couler, mais Joseph les réprima. Il s'étrangla avec la douleur et la peur. Il était dévasté… Ce qu'on était en train de lui faire… Les bougies vacillaient sous l'effet du courant d'air qui s'infiltrait sous les portes fermées. La psalmodie de la Confrérie gagna en volume à mesure que le Père Quinn accélérait le mouvement. La sueur du prêtre lui coulait sur le dos, il entendait ses grognements dans ses oreilles. Ses ongles se retournèrent quand il griffa la pierre sous lui. Puis il céda et son esprit finit par dériver, loin de tout ça, loin de cette réalité.

Joseph ne sentit pas la conclusion de l'acte. Il n'entendit pas le rugissement d'extase et la semence qui jaillissait de son mentor pour entrer dans son corps brisé, en sang. Il revint à pas lents dans la pièce en clignant des paupières. Michaël crispa légèrement la mâchoire, une lueur de soulagement traversa ses yeux.

La respiration lourde et laborieuse de Joseph devint aussi bruyante qu'un coup de tonnerre quand la récitation des psaumes cessa. Sa peau était glacée à force d'avoir été pressée contre la pierre. Et quelque chose avait changé. Il avait perdu quelque chose. Il n'aurait su dire quoi, mais il le sentait. C'était comme si son âme avait muté, comme si son cœur s'était fissuré.

Son enfance était morte.

Joseph avait toujours chéri le nom de son église, de son foyer et de son école : les Saints-Innocents. Un hommage aux garçons perdus sous le règne d'Hérode, sacrifiés pendant que le roi cherchait Jésus, un bébé qui le détrônerait un jour. Ce foyer accueillait des enfants vulnérables, qui n'avaient aucune famille. Ces enfants étaient élevés avec l'Église comme famille.

Mais ça... C'était une insulte au nom et aux principes de l'école et de l'orphelinat. Une vaste mascarade.

L'enfance n'était pas protégée, elle était volée.

On hissa Joseph pour le remettre sur ses pieds et on lui fourra ses vêtements en lambeaux dans les mains. Ses jambes étaient faibles et il n'était même pas sûr de réussir à tenir debout. Il ne pouvait pas s'habiller. Il s'en fichait cependant. Il ne lui restait plus aucune trace de pudeur. La nudité n'était rien comparée à ce qui venait de se passer. Une main le prit par le bras pour l'aider à garder l'équilibre malgré ses jambes tremblantes. Raphaël. Il le tenait discrètement pour que la Brigade ne voie pas qu'il l'aidait. Joseph s'habilla en vitesse, en serrant les dents pour ne pas crier de douleur. Même à la lueur des bougies, il voyait le sang sur le sol de pierre.

Son sang.

Une vague de nausées lui remonta dans la gorge, mais Joseph ne savait pas quoi ressentir d'autre. Il était engourdi, sous le choc. La Brigade se rhabilla et ouvrit la marche sans un mot pour sortir de la pièce, comme si ces hommes ne venaient pas de torturer, de souiller des adolescents. Comme à l'allée, Bara ouvrit la marche. Plongé dans le brouillard, Joseph suivit Uriel. Raphaël était derrière lui, une présence réconfortante dans son dos. Quand ils entrèrent dans le dortoir et que la porte fut verrouillée derrière eux, Joseph se dirigea vers son lit en titubant. Il grimaça quand il tenta de s'asseoir, et finit par se coucher sur le flanc. Il leva la main, elle tremblait.

Un silence de mort s'était abattu dans la pièce, il ne fut donc pas surpris d'entendre les pas des autres approcher. Comme la fois où il avait été marqué par la croix inversée, ils se rassemblèrent autour de son lit. Joseph ferma les yeux et murmura :

— Je n'ai pas pu les empêcher de vous faire du mal. J'ai essayé… mais je n'étais pas assez fort.

Il prit une inspiration tremblante.

— Je suis désolé.

Il ne se pardonnerait jamais de ne pas avoir réussi à les faire sortir de cette pièce. Tous.

Il porterait cette croix toute sa vie… Aussi courte soit-elle.

CHAPITRE 6

Joseph ouvrit les yeux, le silence autour de lui était pesant. Les garçons le regardaient bizarrement. Il n'y avait ni peur ni colère sur leur visage. Après ce qu'ils venaient d'endurer, il s'attendait à ce que ses camarades soient aussi brisés et affaiblis que lui. Puis il se rendit compte qu'ils s'y étaient habitués. Il repensa à la façon dont ils s'étaient alignés contre le mur, comme des robots, avant de se déshabiller. La façon dont ils s'étaient mis à genoux. Combien de fois avaient-ils subi ça ?

— Ce ne sont pas des démons.

Joseph se tourna vers Bara. Ce dernier cilla et continua :

— En nous.

Il inclina la tête sur le côté.

— On a juste envie de tuer. Aucun démon ne nous y oblige. Aucune force diabolique n'est à l'œuvre. On en a envie, c'est tout.

Il esquissa un sourire sombre et perturbant.

— Ou on le fera tous si on sort un jour de ce trou à rats, devrais-je dire.

Joseph cessa de respirer un instant, Bara avait prononcé ces mots avec tant de désinvolture. Le rouquin parlait comme s'il ne venait pas d'admettre un besoin odieux.

— On a tous nos petits fantasmes perso, bien sûr. Moi, je voudrais tuer beaucoup de gens en même temps.

Sur ces dires, il ferma les yeux, un sourire étira ses lèvres, comme s'il visualisait un massacre dans sa tête. Joseph examina le visage des autres. Et il vit sur leurs traits que tous partageaient ce sentiment. Quand il regarda Michaël, toutes ses forces l'abandonnèrent. Il s'était battu pendant si longtemps pour empêcher que son frère ne blesse les autres. Il croyait que s'il l'en empêchait assez de fois, en tentant de faire appel à la bonté qu'il y avait en lui, son besoin de sang se dissiperait. Mais le désir de Michaël d'infliger de la douleur n'avait fait que se renforcer au fil des années. C'était une attraction sinistre, aussi puissante que le besoin d'être « bon » de Joseph. Il avait vécu dans le déni pendant trop longtemps. Allongé dans son lit, avec six paires d'yeux impies en train de l'observer comme Michaël l'avait fait toute sa vie, Joseph dut accepter la vérité. Michaël tuerait un jour. C'était sa nature. Et celle de ces garçons aussi… Ils étaient faits de la même noirceur que celle qui dévorait son frère.

— Tous ? murmura Joseph. Vous avez tous envie de… tuer ?

Un par un, ses camarades s'assirent autour de lui, sur le sol, veillant à rester dans son champ de vision pour qu'il n'ait pas à bouger son corps endolori. Bara hocha la tête et s'installa avec nonchalance sur le lit d'à côté.

— Comme je l'ai dit, j'ai envie de tuer plusieurs personnes d'un coup. J'en rêve toutes les nuits.

Il soupira et ajouta :

— Je dois juste sortir d'ici, d'abord.

La respiration de Joseph s'accéléra, le visage de Bara affichait une expression décidée.

— Je tuerai les gens qui ne font que s'aimer eux-mêmes, dit Uriel.

Joseph reporta son attention sur lui. L'autre garçon esquissa un rictus. Uriel était le plus maussade de tout le groupe. Celui qui semblait le plus en colère.

— Les gens vaniteux, narcissiques. Je les tuerai tous.

Une vague de froid se répandit dans tout le corps de Joseph.

— Qu'est-ce que tu as fait pour te retrouver ici ?

Uriel sourit.

— J'ai écrasé la tête d'un connard vaniteux contre un miroir, puis je lui ai entaillé les poignets avec un éclat de verre. Il m'énervait depuis des mois.

Le cœur de Joseph rata un battement.

— Est-ce qu'il… est mort ?

L'amusement d'Uriel s'estompa.

— Non. Mais dans un monde parfait, il le serait.

Joseph riva son regard à celui de Bara. Comme s'il savait à quoi il pensait, ce dernier expliqua :

— J'ai empoisonné l'équipe de foot avec de la mort-aux-rats.

Joseph écarquilla les yeux. Il avait entendu parler de la maladie qui avait affecté l'équipe victorieuse. Mais…

— C'était toi ?

Bara hocha la tête et rit.

— Personne n'est mort. Je me suis planté dans les quantités. Ceci dit, c'était drôle à regarder, quand ils se sont tous tortillés de douleur au sol. J'y repense encore, le soir.

Sa bonne humeur s'assombrit.

— Je ne commettrai plus jamais cette erreur. La prochaine fois, mes cibles mourront toutes. Lentement et dans d'atroces souffrances, avec un peu de chance.

— Je veux juste ce que les autres ont, intervint Sela.

Joseph le regarda. Sela passa une main sur son crâne rasé de près.

— J'aime créer.

Joseph fronça les sourcils, ne voyant pas en quoi ça justifiait sa présence au Purgatoire. Sela dut percevoir sa perplexité, parce qu'il précisa :

— J'aime créer… avec les morceaux que j'ai pris aux autres. C'est mon art.

Joseph pâlit.

— J'ai réussi à prendre un doigt et une oreille avant que le Père McCarthy me trouve, continua Sela, les yeux d'un noir glacé. Un jour, je fabriquerai l'œuvre parfaite.

En le voyant pincer les lèvres et baisser les yeux, Joseph devina qu'autre chose tourmentait l'esprit de Sela. Il n'avait pas envie de savoir quoi. Il n'était pas sûr d'être capable de continuer à écouter les fantasmes dépravés des garçons qu'il considérait désormais comme ses amis.

— J'ai envie d'étrangler. De regarder une fille mourir pendant que j'ai mes mains autour de son cou, expliqua Raphaël, concentré sur la ficelle autour de son doigt.

Il l'enroulait encore et encore, jusqu'à ce que l'extrémité de son index devienne bleue. Son fantasme expliquait la ficelle. Raphaël sourit et ses joues rougirent. Pas d'embarras, mais de ce qui ressemblait à du désir.

— Et dans l'idéal, je veux la baiser en même temps.

Joseph toussa et Raphaël recommença à enrouler la ficelle autour de son doigt.

— J'ai enroulé la corde de la cloche de l'église autour du cou d'un garçon, et j'ai serré. Il s'est évanoui. Pas de chance, je n'ai pas eu le temps de finir le boulot. Le Père Quinn m'a interrompu.

La tête de Joseph était emplie d'incrédulité et d'horreur à cause de ce que ses camarades lui avouaient.

— Je ne peux pas m'en empêcher, avoua Diel d'une voix faible, lasse.

Joseph sentit un éclair de tristesse lui transpercer la poitrine en voyant l'expression abattue sur le visage de Diel. Il leva la chaîne qui l'entravait.

— Je me perds dans mes pensées et avant de m'en être rendu compte, j'ai blessé quelqu'un.

— Tu n'aimes pas ça ? demanda doucement Joseph, chagriné par la situation de son ami.

Une étincelle de vie illumina les yeux de Diel.

— C'est bien le problème, Gabriel. J'adore ça.

Diel se pencha, sa chaîne se tendant contre le verrou à l'autre bout de la pièce.

— Je ne vis que pour ça. J'attends ce moment où la pulsion deviendra trop forte… J'ai envie de tuer tout le monde, l'un après l'autre. Encore et encore, chacun d'une manière plus affreuse que le précédent.

Sela posa une main sur le bras de son ami. Diel ferma les yeux et prit une grande inspiration. Au bout de quelques secondes, il parut se calmer. Il regarda à nouveau Gabriel dans les yeux pour s'assurer d'avoir toute son attention.

— J'attends avec impatience le jour où je perdrai tout à fait le contrôle et céderai à celui que je sais être vraiment, au fond de moi.

Une ébauche de sourire étira ses lèvres.

— Je ne suis pas quelqu'un de bien, Gabe. Et je n'ai aucune intention de le devenir.

Joseph ravala la boule qui s'était formée dans sa gorge. Parce qu'il les voyait dans les yeux de Diel… Il voyait cette soif de mort, son besoin de tuer.

Il avait toujours su que le Mal existait dans ce monde. Toutefois se retrouver entouré d'un tel mépris pour la vie, c'était terrifiant. Pourtant, il ne pouvait se résoudre à haïr ces garçons. Il pouvait abominer leurs désirs. Mais pas eux.

Les garçons tournèrent tous la tête vers Michaël. Il fixait la fiole du sang de Luke. Joseph n'était pas sûr qu'il ait entendu un mot de cette conversation, jusqu'à ce que son frère penche la tête sur le côté et prenne la parole :

— Je veux vider un corps de tout son sang, dit-il en s'humectant les lèvres. Et tout boire.

Il leva les yeux et les riva à ceux de Joseph.

— Je ne pense qu'à ça.

Joseph cessa de respirer. Un poids mort lestait sa poitrine, écrasant tout l'espoir qu'il avait pu avoir pour son cadet. Entendre les désirs intérieurs de Michaël était aussi suffocant que la ficelle autour du doigt de Raphaël.

Il prit soudain conscience que son frère était un meurtrier. La seule différence, c'était qu'il n'avait pas encore réussi à tuer. Cependant le nœud dans les tripes de Joseph lui disait qu'il le ferait, s'il en avait l'occasion. Ils le feraient tous. Sans exception.

Joseph se demanda si la Brigade avait raison. S'ils abritaient pour de bon des démons dans leur âme. La Bible parlait de possession, et la croyance du Père Quinn en la mission de l'Inquisition espagnole résonna dans sa conscience.

— Je ne suis pas comme toi, ajouta Michaël.

Joseph reporta vivement son attention sur son petit frère. Ce dernier n'ajouta rien, mais cela suffisait. Il n'avait jamais obtenu un tel aveu de son lui de toute sa vie.

Et il avait raison. Joseph n'était pas du tout comme lui… Comme aucun d'entre eux. La simple idée de blesser quelqu'un le répugnait. Ça lui brisait le cœur. Pourtant, il savait qu'il ne pourrait pas les abandonner. Jésus marchait parmi les pécheurs. Le droit chemin serait de marcher aux côtés de ces garçons... Ses frères.

Il ne les abandonnerait pas.

— Personne n'a encore jamais essayé de nous sauver, dit Diel.

Joseph reporta son attention sur lui.

— Tu as aggravé ta situation. Ils n'aiment pas qu'on les défie, ajouta Sela.

Joseph serra le drap qui recouvrait le matelas fin et inconfortable.

— Je m'en fous. Je me battrai contre eux chaque jour que je passerai ici. Contre tous sans exception. Même ceux dont je ne connaissais pas l'existence avant ce soir.

— Ils étaient comme nous, autrefois, dit Uriel en venant s'asseoir sur le lit à côté de lui. Ils ont été exorcisés avec succès, purifiés de leurs pulsions pécheresses, et ils ont entamé une nouvelle mission, en suivant la voie de la Brigade.

Joseph laissa échapper un soupir. Matthew avait raison. Certains revenaient bien aux Saints-Innocents, mais dans quel état ? À quel prix ?

— Le jour de notre dix-huitième anniversaire, on peut choisir de rejoindre la Brigade. De leur prêter serment et de vivre sous leur regard attentif pour toujours. D'œuvrer chaque jour pour combattre notre mal intérieur.

Uriel esquissa un sourire froid, comme s'il n'avait pas intention de faire disparaître cette malveillance qui vivait en lui.

— Ou bien quoi ? murmura Joseph.

— Ou mourir, répondit Raphaël en levant les yeux du morceau de ficelle enroulé autour de son doigt. Aller dans la salle de torture et n'en jamais ressortir.

— Je ne le permettrai pas.

— Tu ne peux pas les arrêter, répondit Sela.

— Je le ferai, affirma Joseph d'une voix pleine de conviction. Ils ne tueront aucun d'entre vous. Je vous le promets.

Bara se rapprocha, ses yeux verts plongèrent dans ceux de Joseph. Ils semblaient voir jusque dans l'âme honnête de Joseph.

— Gabriel..., dit-il d'une voix songeuse. Le seul et unique protecteur des Déchus. Le seul ange pur dans une mer de pécheurs pareils à Satan en personne.

— Les Déchus ? répéta Joseph.

— Les anges, précisa Diel en montrant les six personnes rassemblées autour du lit. Nous. Des anges qui ont embrassé le mal. On est des Déchus. Comme le rebelle originel, Lucifer, qui a refusé de s'incliner devant Dieu, devant les bonnes paroles du Père Quinn. Auxquelles on ne croit pas.

— Qui que tu aies pu être, il est mort. Tu es Gabriel, maintenant, sourit Bara.

Cette fois, ce n'était pas un sourire froid. On aurait dit que celui que Joseph considérait comme le plus complexe des garçons l'acceptait.

— Tu es l'un d'entre nous. Notre gardien du droit chemin aux cheveux blonds et aux yeux bleus.

Joseph... non... Gabriel poussa un soupir et hocha la tête, acceptant la vérité. Et ce titre. Joseph n'existait pas, ici. Il était Gabriel. L'un des Déchus. Et celui qui les sauverait tous. Il ne savait pas comment. Mais il le ferait. Il était déterminé.

Gabriel replia les genoux contre son ventre et prit une grande inspiration malgré la douleur. Les autres regagnèrent leur lit, il ferma les paupières. À la minute où il le fit, il revit toute la scène. Les Déchus à genoux, les membres de la Brigade nus qui approchaient. Et il sentit le Père Quinn... Son souffle dans son oreille... Sur lui... En lui.

Gabriel ouvrit aussitôt les yeux, échappant à cette vision juste à temps pour voir Michaël s'asseoir sur son lit. C'était un petit lit, et le bras de son frère effleura ses mains crispées. En position fœtale, Gabriel semblait avoir les mains jointes en signe de prière. C'était peut-être le cas. Il priait Dieu pour qu'on les retrouve et les sorte de cet enfer. Il avait la foi. Les membres de la Brigade n'étaient pas des hommes de Dieu, il était au moins sûr de ça. Il croyait encore au Bien. En un Seigneur bienveillant et protecteur.

Michaël s'allongea à côté de Gabriel. Il se mit à fixer le plafond, sans prononcer un mot, mais ce n'était pas nécessaire. Une boule se forma dans la gorge de Gabriel pendant qu'il observait son petit frère. Celui qui venait le voir quand il était blessé. La mâchoire de Michaël était crispée, son corps rigide. Mais il était là, avec Gabriel. Il était là... comme ce soir, quand on avait volé à Gabriel sa vertu.

Il n'aurait su dire combien de temps s'était écoulé quand il murmura :

— Le soir où tu as attaqué Luke...

L'expression de Michaël demeura inchangée.

— Quand tu m'as étranglé..., reprit Gabriel en se raclant la gorge. Tu te serais arrêté ? Dis-moi la vérité. Tu comptais t'arrêter ?

Michaël avait la lanière en cuir de la fiole enroulée autour de la main. Gabriel soupira, sachant que Michaël ne répondrait pas. Toutefois il attendit quand même. Priant pour un miracle. Il s'apprêtait à fermer les yeux, ayant perdu tout espoir d'une réponse et aspiré par l'épuisement, quand Michaël dit :

— Je me serais arrêté.

Gabriel se figea, et riva son regard sur Michaël. Les narines de ce dernier se dilatèrent.

— Seulement pour toi. Pour personne d'autre que toi.

Gabriel avait retenu ses larmes dans la salle aux bougies. Refusé de donner à la Brigade la satisfaction de le voir craquer. Mais dans ce lit, avec son frère à ses côtés, qui lui montrait enfin qu'il tenait à lui après toutes ces années, il les laissa couler. Michaël ferma les paupières et s'endormit, au contraire de Gabriel qui observa son frère pendant de longues secondes, puis laissa son regard errer sur les Déchus qui s'étaient endormis. Des garçons qui avaient envie de tuer. Qui évoluaient dans l'obscurité, et pas dans la lumière. Des garçons perdus. Sans espoir, sans personne dans ce monde.

À ce moment-là, tout devint clair. Le chemin de Gabriel, couvert de roches, de pierres et de confusion, se dégagea soudain et il sut. C'était son destin. Ce que Dieu voulait qu'il fasse. Il sentait son appel. Il sentait le chatouillis dans ses mains et ses pieds. La chaleur de Dieu qui l'enveloppait tandis qu'il acceptait cette tâche. Il était le berger. Et quelle que soit l'ampleur de leurs péchés, ces garçons étaient les enfants de Dieu.

Gabriel protégerait les Déchus de la Brigade.

Il ferait confiance à Dieu pour l'aider à trouver comment faire.

CHAPITRE 7

Trois ans plus tard…

Gabriel avançait dans le couloir en titubant. Son épaule saillait. Il avait encore eu droit à l'estrapade. Le poignet attaché avec une corde suspendue au plafond. Il avait du mal à respirer à cause de la douleur aiguë de son épaule déboîtée. Il était déjà passé par là.

Mais ça ne rendait pas la douleur plus facile à supporter pour autant.

Et dans deux jours, il avait une décision à prendre.

La porte du dortoir se referma derrière lui. Il s'approcha du lit d'Uriel, qui se leva. Gabriel regarda droit devant lui pendant qu'Uriel posait la main sur son épaule pour remettre celle-ci en place. Gabriel prit plusieurs courtes inspirations pour lutter contre cette douleur atroce. Il avait connu pire, néanmoins. Il endurait pire chaque jour qui passait.

— Il t'a dit quelque chose ? s'enquit Uriel.

Gabriel hocha la tête.

— Et ?

Il inspira profondément.

— Je lui ai dit que je prêterais serment.

Son regard dériva vers Michaël, qui était couché sur son lit et contemplait le plafond.

— Je dois rester près de vous tous si je veux vous aider. C'est le seul moyen pour moi de sortir… et de vous faire tous sortir.

Des années. Des années que Gabriel attendait une occasion de les sauver, en leur permettant de s'échapper. Cependant, aucune opportunité ne s'était présentée ; juste les mêmes tortures, exorcismes et soirées dans la salle des bougies, à genoux ou plaqué au sol pendant que le Père Quinn le purifiait de sa semence. Parfois, Gabriel essayait de se souvenir du garçon qu'il était avant le Purgatoire, mais cette vie paraissait être celle d'un autre. L'enfant de chœur dévoué à sa foi et à ses prêtres. Des prêtres qui l'avaient souillé.

La tension augmenta dans la chambre, les autres écoutaient. La Brigade était forcée de commettre des actes horribles. Ce que Gabriel ne ferait jamais. Même s'il prêtait serment, son temps serait compté. À la minute où il refuserait d'obéir à un ordre, il serait puni. Et s'il ne prêtait pas serment… ils le tueraient.

Il n'y avait pas de bon choix.

Gabriel se dirigea vers son lit. Il se frotta les yeux. Durant tout ce temps passé au Purgatoire, il n'avait jamais perdu la foi. Il croyait que Dieu l'avait placé sur cette voie, que c'était une épreuve à endurer. Il savait que la Brigade opérait en dehors de l'Église catholique. Le Père Quinn et les autres l'avaient admis. Gabriel était sûr que si le Pape était au courant de ces atrocités, de l'existence de cette secte qui avait dévié des principes de l'Église, ils seraient tous excommuniés.

Gabriel continuait de prier tous les soirs, pour qu'on les aide, pour que la Brigade soit découverte. Il croyait encore qu'ils pouvaient tous être sauvés. Même si elles étaient inutiles, les prières et la foi étaient tout ce qu'il lui restait. Il ne laisserait pas la Brigade le priver aussi de ça. Ils lui avaient déjà pris sa fierté, son amour-propre et son corps.

Ils ne lui prendraient pas son âme.

Quand arriva le matin de son dix-huitième anniversaire, il ne put empêcher ses mains de trembler. Gabriel ne savait pas du tout en quoi consistait la cérémonie d'initiation de la Brigade. Pendant qu'il s'habillait, il entendit des voix derrière la porte de leur dortoir. Il se tourna vers les Déchus, qui s'étaient rassemblés autour de son lit.

— Je vous libérerai, promit-il tandis que le bruit de pas se rapprochait. Faites-moi confiance. Je nous libérerai tous.

Les Déchus ne répondirent rien. Bara afficha un sourire narquois, doutant clairement de la promesse de Gabriel. Ce dernier ne pouvait lui en vouloir. Rien n'avait jamais tourné en leur faveur. Les âmes des Déchus étaient noires. Gabriel le savait. Il savait aussi que certains penseraient qu'ils ne devraient jamais être lâchés dans ce monde. Il ne se faisait pas d'illusions. Il savait qu'ils tueraient dès qu'ils en auraient l'occasion. Pourtant, durant ces trois années passées avec eux, ils étaient devenus sa famille. Ses frères.

Il n'était pas leur juge. Ce n'était pas son rôle.

La porte s'ouvrit et le Père Quinn entra. Gabriel se contrôla, il ne voulait pas que sa surprise soit évidente. Le Père Quinn était le grand prêtre. Il ne venait jamais chercher les Déchus dans la chambre.

Depuis trois ans, Gabriel bénéficiait de toute son attention.

— Gabriel, dit le prêtre, sa voix s'abattant comme un fouet dans la pièce.

Il avait l'air agité. Gabriel ne l'avait encore jamais vu dans cet état.

— Maintenant ! hurla-t-il.

Gabriel étrécit les yeux, son instinct lui soufflant que quelque chose n'allait pas. Il se tourna vers Michaël. Comme d'habitude, le regard de son frère était dénué d'expression, mais Gabriel lança quand même :

— Tiens bon, Michaël. Sois fort.

Une douce chaleur se déploya dans la poitrine de Gabriel quand les yeux bleus de son frère se rivèrent aux siens quelques secondes : il avait compris. Puis Gabriel traversa la pièce, laissant les garçons qu'il avait juré de protéger. Le Père Quinn claqua la porte derrière eux et Joseph sut que c'était aussi la porte d'un autre chapitre de sa vie qui venait de se refermer. Il suivit le prêtre dans le couloir. Mais quand ils tournèrent à gauche, le soupçon et une vague de malaise s'infiltrèrent dans ses os. Une porte apparut au loin… Elle lui était familière. Il ne l'avait franchie qu'une seule fois jusqu'alors. Quand le Père Quinn la déverrouilla et que la lumière afflua dans le couloir, Gabriel plaqua le dos contre le mur, la lueur vive du jour était trop intense pour ses yeux. Il n'avait pas revu le soleil depuis trois ans. Il n'avait été exposé qu'aux ténèbres.

— Bouge, cracha le Père Quinn en prenant Gabriel par le bras.

Il le poussa dans les rayons de soleil. Gabriel vacilla tandis qu'on l'entraînait dans l'escalier qu'il avait découvert trois ans plus tôt. Le flot de lumière l'aveuglait. On le jeta à l'arrière d'un SUV. Dans la voiture, il faisait plus sombre. Il cligna des paupières pour apaiser ses yeux qui le brûlaient. On lui balança quelque chose sur les genoux.

— Change-toi, aboya le Père Quinn.

Gabriel était passé en mode pilote automatique, il obéit. Quand il eut terminé, il baissa les yeux et reconnut l'uniforme qu'il portait aux Saints-Innocents. Il ne comprenait pas ce qui se passait. Pourquoi portait-il à nouveau son uniforme ?

L'explication vint presque immédiatement.

— Quelqu'un est venu te voir. Un homme très puissant. Je ne sais pas du tout pourquoi, expliqua le Père Quinn.

Gabriel se frotta les yeux. Il sentait poindre une migraine. Le Père Quinn étrécit les yeux.

— Tu n'avais aucune famille. C'est pour ça que tu t'es retrouvé aux Saints-Innocents. C'est qui, bordel ?

— Je n'ai pas de famille.

Le Père Quinn se pencha sur le siège et serra le bras de Gabriel. Fort.

— Si tu parles à qui que ce soit de la Brigade ou du Purgatoire, tous tes camarades de chambre mourront.

Le cœur de Gabriel se serra, il savait que ce n'étaient pas des mots en l'air.

— C'est une promesse, Gabriel. Ce sera lent et douloureux. Michaël sera celui qui souffrira le plus.

Le SUV s'immobilisa devant les portes de derrière de la maison. Il ne l'avait pas revue depuis très longtemps. Le Père Quinn ouvrit la portière et Gabriel sortit. On le guida dans des couloirs vaguement familiers, en direction du bureau du Père Quinn. Gabriel songea soudain que, pendant que les Déchus étaient au Purgatoire à vivre un enfer, les prêtres continuaient d'être un symbole de paix pour la communauté, pour les garçons qui vivaient ici. C'était la plus cruelle des ruses. Des gens bien, fourvoyés par des hommes diaboliques, déguisés en agents de Dieu.

Quand Gabriel entra dans le bureau, un homme vêtu d'un costume hors de prix, et qui semblait friser la cinquantaine, était assis sur une chaise.

— M. Miller, dit le Père Quinn en serrant la main de l'homme.

Ce dernier adressa un sourire pincé au prêtre, avant de reporter son attention sur Gabriel.

— Joseph Kelly ?

Gabriel vacilla. Il reconnaissait à peine ce nom. Il lança un rapide coup d'œil au Père Quinn, vit l'avertissement dans son regard et hocha la tête.

— Oui, monsieur.

M. Miller regarda le Père Quinn.

— Si nous pouvions profiter de votre bureau… Je dois parler à Joseph. En privé.

Le Père Quinn resta assis une seconde, une expression de marbre sur le visage. Toutefois ses lèvres pincées indiquaient clairement qu'il était offensé de se voir ainsi congédier. Gabriel était sûr qu'il allait refuser et défier l'homme venu lui rendre visite. Pourtant, le prêtre se leva. Il posa une main sur l'épaule de Gabriel au passage et la serra avec force. Un avertissement. Il fallait qu'il se taise. Quand le Père Quinn fut parti, M. Miller fit signe à Gabriel de s'asseoir. Ce dernier obtempéra et attendit.

— Joseph, je suis ici en tant que représentant de Jack Murphy. As-tu déjà entendu parler de lui ?

Gabriel secoua la tête.

— Ce n'est pas grave. J'imagine que vous êtes assez isolés, ici, aux Saints-Innocents.

Gabriel garda le silence. M. Miller l'observa, puis reprit la parole :

— C'était le créateur ainsi que le propriétaire d'une entreprise de technologie très réputée, lui expliqua M. Miller, avant de balayer ces mots d'un geste de la main. Mais c'est un détail, ça. Tout ce qui compte, c'est que tu es son seul et unique héritier.

Gabriel digéra les mots que M. Miller venait de prononcer. Un par un, ils s'écoulèrent dans son cerveau. Ça n'avait pas de sens. Un héritier. Un héritier ? Gabriel secoua la tête, tentant de comprendre ce que l'homme lui disait. Son cerveau ne fonctionnait plus aussi bien qu'autrefois. Il était insensibilisé à toute pensée rationnelle. Ça faisait des années qu'il passait son temps à se déconnecter de son quotidien : la torture, la douleur, la purification sexuelle de son âme prétendument noire.

Gabriel et Michaël n'avaient jamais eu personne dans leur vie. Personne sauf leur mère, qu'ils avaient vue mourir, succombant à la maladie qui l'avait privée de son énergie et de sa joie de vivre. Malgré ses pensées engourdies, la colère prit le dessus. Ces derniers jours, c'était une émotion forte. Gabriel avait toujours été d'une nature calme, placide même, mais la colère l'avait consumé, grignotant son cœur depuis des années, éradiquant sa bienveillance innée, à chaque fois qu'on l'emmenait dans la salle de torture, qu'on l'obligeait à s'allonger et qu'on lui étirait les membres pour les faire craquer, qu'on lui infligeait l'estrapade, en le suspendant, bras liés, jusqu'à ce qu'il hurle... La bonté semblait n'être qu'un souvenir lointain, le mépris et la fureur avaient pris sa place.

Maintenant, on lui annonçait qu'il avait quelqu'un hors de cet enfer depuis le début ? Un proche qui aurait pu leur épargner cette douleur, à Michaël et lui ?

— Comment ? demanda Gabriel en serrant les dents.

— Jack Murphy est... était ton grand-père maternel.

La confusion et la fureur de Gabriel ne se dissipèrent pas. Elles ne firent que se renforcer. Un nœud de chaleur naquit dans sa poitrine et se répandit comme un incendie dans tout son corps. Sa mère n'avait jamais parlé de son père. Bien sûr, Gabriel n'avait que six ans à sa mort, mais il pensait qu'elle n'avait aucune famille, à part lui et Michaël. Leur père avait plié bagages peu de temps après la naissance de Michaël. Gabriel n'avait aucun souvenir de lui. D'après ce qu'il avait compris, sa mère ne connaissait pas son père, elle non plus. Elle avait été élevée par une mère célibataire, qui était morte bien avant la naissance de Gabriel. Ils étaient seuls. Et quand Michaël et lui avaient été retrouvés, affamés et frigorifiés, le corps pourrissant de leur mère encore dans son lit avec ses deux enfants accrochés à sa chair en décomposition, personne n'avait parlé d'un grand-père ! De quelqu'un qui aurait dû les accueillir et les protéger.

Miller semblait attendre que Gabriel prenne la parole, or ce dernier ne pouvait pas. Il avait peur de ce qu'il risquait de dire ou de faire, s'il libérait la rage qui bouillonnait en lui.

À cet instant, il n'en avait rien à faire, de ce grand-père qui les avait abandonnés. Il se foutait de ce qu'il avait pu lui léguer. Sa place était avec ses frères, au Purgatoire. Pas ici.

— Ton grand-père était un homme complexe, lui expliqua M. Miller en voyant la colère de Gabriel.

Il remua sur son siège, nerveux, et continua :

— Joseph, ton grand-père était un homme riche. Très riche. Son entreprise était gérée par un conseil d'administration, mais son argent et son capital te reviennent, maintenant.

Gabriel n'entendit pas vraiment cette nouvelle. Son esprit flotta vers ses frères. Il se demanda qui serait emmené aujourd'hui. Ce que la Brigade leur ferait subir, et si les prêtres allaient les punir pour l'absence de Gabriel.

— Tu as dix-huit ans aujourd'hui, dit Miller.

Gabriel cilla et reporta son attention sur l'avocat.

— Je suis désolé d'avoir à t'annoncer la mort de ton grand-père, c'est arrivé il y a un mois. Mais dans son testament, il a demandé qu'on te retrouve à ton dix-huitième anniversaire pour te donner ton héritage.

Gabriel serra les poings sous la table. Il tremblait. Si fort que, pour une fois, il eut l'impression de comprendre un peu ce que ressentaient ses frères chaque minute de leur vie. Ce besoin de libérer le feu au fond d'eux, et au diable les conséquences… Il ferma les yeux et s'efforça de respirer. Le salopard qui aurait dû les sauver était mort. Pourtant il avait tout laissé à Gabriel. À quoi servait l'argent ? À quoi servaient les biens matériels, quand le corps et l'esprit avaient été violés, souillés et abîmés pour toujours ?

— On peut partir tout de suite. J'ai des documents à te faire signer, et ensuite je pourrai te montrer ta nouvelle maison.

Gabriel se contenta de le fusiller du regard. Il voulait qu'il s'en aille ? Qu'il parte mener une vie d'homme riche alors que sa place était ici, avec ses frères ?

— Est-ce que tu comprends, petit ? Ton grand-père avait des milliards. Qui sont désormais à toi. Tu as dix-huit ans. Tu aurais dû pouvoir quitter les Saints-Innocents aujourd'hui. Tu as un endroit où aller, maintenant.

— Je me fous de son fric, cracha Gabriel d'une voix qui n'était pas la sienne.

Miller cilla, avant de parcourir la pièce des yeux. Il fronça les sourcils, l'air mécontent.

— Écoute, petit. Je sens que tu es en colère. Mais il n'y a pas que ça, il y a des détails dont je ne peux pas te parler ici.

Miller se pencha et baissa la voix :

— Pense à tout ce que tu pourrais faire avec cet argent. Tu pourrais aider les gens, si tu n'en veux pas pour toi. Tu peux l'utiliser comme tu veux.

Il croisa les mains devant lui.

— Ton monde vient de s'ouvrir, d'une manière que tu n'imagines même pas. Je sais que pour l'instant, les Saints-Innocents semblent être tout ton monde, mais ce n'est pas le cas. Tout est possible, quand on est aussi riche.

Pour la première fois depuis que Miller s'était assis, la colère de Gabriel s'estompa et un éclat de lumière naquit dans sa poitrine. Il comptait prêter serment à la Brigade, aujourd'hui, tout ça pour ne pas quitter ses frères. Il s'était dit qu'en restant près des prêtres, il pourrait tenter de les détruire de l'intérieur. Mais maintenant qu'il avait de l'argent… il pouvait peut-être les libérer autrement. Il pourrait leur offrir un foyer, les protéger. Il riva les yeux à ceux de Miller et tenta d'y trouver les réponses qu'il cherchait. L'argent pouvait lui acheter des ressources, des informations… de l'influence et du pouvoir. Il n'était pas sûr de pouvoir en accumuler assez pour rivaliser avec la puissance de l'Église catholique, mais il pouvait essayer. Il trouverait un moyen.

Gabriel était tiraillé, hésitant entre deux voies différentes. Il réfléchit, se creusa la tête et le cœur pour trouver la bonne solution. Toutefois il n'avait pas beaucoup de temps. Le Père Quinn était déjà de retour dans la pièce, la posture rigide et les yeux brillants d'irritation… et d'inquiétude, comprit Gabriel. Le Père Quinn avait peur.

— Tout va bien ?

Voir le grand prêtre aussi ébranlé aida Gabriel à prendre sa décision. Durant toutes ces années passées sous ses règles sévères, Gabriel ne l'avait encore jamais vu aussi perturbé. Ses yeux n'arrêtaient pas de passer de Gabriel à Miller. Gabriel sut qu'il avait trouvé un point faible. Aucun des enfants qui avaient été enlevés n'avait jamais été libéré sans avoir d'abord prêté serment à la Brigade. Mais Gabriel pouvait y arriver. Il pouvait être la faille de leur armure impénétrable.

— OK, dit Gabriel à M. Miller. Allons-y.

Le Père Quinn se concentra aussitôt sur lui.

— Et où vas-tu ?

Il réussit à feindre l'inquiétude, mais Gabriel perçut la panique dans sa voix.

— Il m'accompagne, répondit M. Miller en se levant. Joseph a dix-huit ans, il a hérité d'une propriété, et ce n'est pas son seul héritage.

M. Miller se tourna vers Gabriel.

— Je vais t'attendre pendant que tu récupères tes affaires.

— Je n'ai pas d'affaires, répondit Gabriel.

Il regarda le grand prêtre. *Je n'ai rien, sauf la volonté, portée par le devoir de libérer mes frères et d'éradiquer une secte,* songea-t-il.

M. Miller hésita, mais finit par hocher la tête.

— Dans ce cas, une voiture nous attend devant.

Gabriel suivit M. Miller hors du bureau. Il s'arrêta quand le Père Quinn lui tendit la main.

— Ce fut un plaisir, fils, dit-il entre ses lèvres pincées.

Gabriel hésita, des années de conditionnement à craindre cet homme l'empêchant d'agir. Pourtant, après avoir pris une grande inspiration, il finit par serrer la main du Père Quinn. Un avertissement flottait dans les yeux du prêtre. Gabriel comprit le message. *Ne dis rien.*

— Pour moi aussi, mon Père, répondit-il en lui serrant la main. Ce fut un vrai plaisir.

Il lâcha sa main. Il venait de le défier ; son cœur s'accéléra, et il se détesta pour ça. La chair de poule lui recouvrit le dos tandis qu'il parcourait les couloirs des Saints-Innocents, autrefois un sanctuaire, mais qui n'étaient désormais rien d'autre qu'une prison. Il hésita en arrivant devant les portes. Il s'arrêta et étudia le bois sculpté. Pas un seul « B » en vue. Sentant qu'on le regardait, Gabriel se retourna. Les Pères Quinn, McCarthy et Brady l'observaient. Une trinité de torture. Personne ne quittait la Brigade vivant. Gabriel savait qu'ils ne laisseraient pas passer ça. Ils devaient protéger leurs secrets. Ils ne pouvaient pas le laisser partir.

— Joseph ? appela M. Miller, attirant ainsi l'attention de Gabriel.

Il franchit le seuil et sortit dans l'air frais. Il grimaça à cause de la lueur du soleil, mais dissimula son inconfort, il ne voulait pas que M. Miller s'en rende compte. Quand il dépassa l'avocat, il précisa :

— C'est Gabriel. Je me fais appeler Gabriel, maintenant.

Si M. Miller se posait des questions, il ne les exprima pas à voix haute.

— Appelle-moi Miller, dans ce cas. M. Miller, c'est mon père.

Un chauffeur attendait derrière le volant d'une Bentley noire. Gabriel monta et Miller s'assit à côté de lui. Il regarda droit devant lui pendant que la voiture s'engageait sur la route de campagne. Chacun de ses mouvements était ceux d'un robot, nourri par la promesse d'aider ses frères. Il n'avait aucune idée de comment agir. Gabriel avait vécu dans l'isolement et ne connaissait rien du monde. Mais il apprenait vite, et il se promit de libérer ses compagnons. Et malgré sa foi puissante, même s'il croyait encore en la bonté et aux bonnes intentions de l'Humanité, il était prêt à emprunter les voies les plus sombres pour obtenir ce qu'il voulait. Il sacrifierait son âme avec joie, pour sauver celles de ses frères.

— J'ai récupéré tous les documents du foyer avant ton arrivée, dit Miller en mettant un dossier dans sa mallette. On va d'abord passer par mon bureau pour signer les papiers, puis je t'emmènerai chez toi.

Miller soupira devant l'absence de réaction de Gabriel, puis lui demanda :

— Est-ce que tu as des questions, Gabriel ? Sur ton grand-père ? Ton héritage ? Ça doit faire beaucoup à encaisser, pour toi.

La frustration fut remplacée par la compassion sur le visage de Miller.

— Tes débuts dans la vie ont été tragiques, Gabriel. Que tu sois en colère envers ton grand-père serait compréhensible.

— Je n'ai rien à dire, rétorqua Gabriel en gardant les yeux rivés devant lui.

Un étau comprima sa poitrine quand il pensa au visage du Père Quinn, à sa colère à l'idée de perdre Gabriel. Ce dernier redoutait ce qui attendait les Déchus, au dortoir. La fureur que le Père Quinn lâcherait sur eux plutôt que lui.

Gabriel avait de l'argent, maintenant, apparemment. Avec l'argent venaient les relations. Il devait se raccrocher à ça.

— Vous le connaissiez bien ? finit-il par demander.

— Ton grand-père ?

Gabriel hocha la tête.

Miller remua sur son siège. Gabriel perçut ce subtil mouvement embarrassé. Il se demanda pourquoi cette question le mettait mal à l'aise.

— Très bien. C'était mon ami le plus proche.

Gabriel avait beau être rongé par l'inquiétude, il ne pouvait ignorer la douleur de quelqu'un. Il se tourna vers Miller.

— Toutes mes condoléances, dit-il.

Le visage de Miller se détendit.

— À toi aussi, répondit-il.

— Je ne le connaissais pas.

Gabriel se concentra sur les routes bordées d'arbres qu'il voyait par la fenêtre. Tout était si vert… Il n'était habitué qu'au noir, au gris et au vieux bois usé des engins de torture. Gabriel n'avait pas envie de poser la question. Il était en colère contre son grand-père, mais dans sa faiblesse, il ne put s'empêcher de demander :

— Pourquoi il n'est pas venu nous chercher plus tôt ?

— Nous ?

Gabriel regarda Miller.

— Ouais. Mon frère et moi. Nous.

Miller fronça les sourcils.

— Je n'ai vu aucune mention d'un frère. On n'a réussi à retrouver ton nom que parce que ton grand-père l'a découvert avant le plantage du système informatique des Saints-Innocents, il y a quelques années. Toutes les infos sur les habitants du foyer ont été perdues pendant un certain temps. Quand le système informatique a été réparé, tous les noms et antécédents des enfants ont dû être entrés à la main. Les prêtres ont assuré au gouvernement que les registres étaient complets et à jour.

C'est donc comme ça qu'ils ont fait, songea Gabriel. C'était comme ça qu'ils avaient effacé plusieurs enfants des registres. Pour ça que personne n'était jamais venu chercher ceux qui avaient été emmenés au Purgatoire. Et qui l'aurait fait ? C'étaient tous des orphelins. Délaissés. Personne ne s'intéressait à eux.

— J'ai un frère, répéta Gabriel. J'ai un frère plus jeune que moi. Il est encore là-bas.

Miller s'agita, son malaise était évident.

— Tu as dix-huit ans. On peut récupérer ton frère et le placer sous ta tutelle.

Le poids dans la poitrine de Gabriel s'allégea un peu. Cependant Michaël n'était plus le seul dont il se souciait.

— Des frères.

— Quoi ?

— Des frères, répéta Gabriel.

Miller fronça les sourcils.

— Des frères ? s'étonna-t-il, paraissant de plus en plus perdu. Tu n'en as mentionné qu'un. Combien de frères as-tu ?

— Six, répondit Gabriel.

Il vit la surprise se peindre sur le visage de l'avocat.

— J'ai six frères.

Gabriel soupira, visualisant Bara, Uriel, Sela, Diel, Raphaël et Michaël dans sa tête.

— Et on doit se dépêcher de les faire sortir. Je n'ai pas de temps à perdre, dit-il, un courant froid s'infiltrant dans ses veines. C'est la seule raison de ma présence ici. Je me moque de mon grand-père et de sa richesse. Mais si l'argent peut m'aider à faire sortir mes frères, je m'en servirai.

Miller garda le silence pendant tout le reste du trajet. Gabriel ne savait pas du tout à quoi il pensait. Il devait prendre Gabriel pour un fou.

Il l'était peut-être, après toutes ces années au Purgatoire. Il savait qu'il n'était plus le garçon qui avait descendu cet escalier qui plongeait dans le sol et qui avait franchi cette porte en métal. Désormais, une noirceur rôdait aussi en lui. Il la sentait grandir jour après jour. Il ne savait pas si elle le consumerait un jour.

Ce n'était pas le moment de se poser la question.

Une fois les documents signés, ils roulèrent jusque chez Gabriel, sortant de Boston et entrant dans la campagne du Massachusetts. Après des kilomètres sans rien voir, ils arrivèrent devant un haut portail en fer. Ce dernier s'ouvrit automatiquement. Gabriel écarquilla les yeux en découvrant la vaste propriété.

— Il est interdit de survoler cette zone, précisa Miller en montrant les prairies vallonnées et bien entretenues qui s'étendaient sur des kilomètres. Ton grand-père était un homme très particulier. Il voulait que les choses soient faites d'une manière précise. Cette adresse ne figure sur aucun document public, et en échange d'une petite fortune, ton aïeul s'est assuré qu'elle soit protégée par le gouvernement. Personne ne connaît l'existence de ce manoir mis à part nous et le personnel. Il est aussi invisible que n'importe quelle base militaire.

— Le personnel ? répéta Gabriel, ignorant le reste.

Miller hocha la tête.

— Juste quelques personnes. Assez pour faire fonctionner un domaine de cette taille. Un personnel discret, qui ignore ce qui doit l'être et vit sur la propriété, dans sa propre maison en récompense de son silence. Et il y a Winston, ton chauffeur, bien sûr. Tous les employés ont été approuvés et ont signé un accord de confidentialité. Ils ont été loyaux envers ton grand-père pendant des années, des décennies pour certains. Ils l'aimaient, et c'était réciproque. Ils étaient sa famille, enfin, avec les limites qu'il fixait. Et ils seront aussi la tienne, si tu le veux bien.

Gabriel se demandait comment ils réagiraient quand les Déchus emménageraient dans la maison. Ce qu'ils penseraient de six adolescents qui étaient tout sauf normaux. Parce que Gabriel n'avait aucun doute : ils viendraient ici, avec lui. Ils y avaient leur place. Malgré leurs obsessions violentes et perturbantes. Comment allait-il les expliquer au personnel de Jack Murphy ? Michaël et ses saignées ? Diel et son corps enchaîné ?

La voiture s'arrêta. Gabriel regarda en haut des marches de pierre qui menaient à une entrée majestueuse et ouvragée. Il n'avait jamais quitté l'orphelinat, mais il avait vu des photos de maisons seigneuriales en Irlande, dans le bureau du Père Quinn. Ce manoir… Il ressemblait à la plus belle de toutes. Les portes s'ouvrirent et quatre membres du personnel, trois femmes et un homme, vêtus d'uniformes noir et blanc, s'alignèrent le long du sentier en gravier en haut des marches. Gabriel les observa avec un intérêt distant. Néanmoins la réalité commençait à pénétrer dans son cerveau. C'était à lui. Tout ça lui appartenait. Il avait désormais plus d'argent qu'il en aurait jamais rêvé. Malgré tout ce qui s'était passé, Gabriel était un homme de Dieu. Il s'était convaincu que ce n'était qu'une épreuve à passer. Que le Seigneur le récompenserait plus tard pour le sacrifice de son âme. L'argent n'avait aucune importance pour lui. Mais il s'en servirait pour sauver ses frères. Il pécherait et en profiterait assez pour les libérer.

Un homme en costume noir, chemise blanche et nœud papillon noir ouvrit la portière de la Bentley.

— Maître Kelly, dit-il quand Gabriel sortit de la voiture. Bienvenu chez vous.

— Merci, répondit-il avant de commencer à gravir les marches.

Le vent le fit frissonner. Le manoir était si grand qu'il s'étendait à perte de vue. La pierre grise était recouverte de lierre qui donnait l'impression que la bâtisse était vivante. Les nombreuses fenêtres étaient décorées avec des motifs de diamants en plomb sur les vitres. C'était aussi grand que les Saints-Innocents. Peut-être même plus.

— Maître Kelly.

Il passa devant le personnel qui le salua.

Gabriel hocha la tête et leur serra la main. L'homme qui l'avait aidé à sortir de la voiture ouvrit les portes d'entrée.

— Patrick, dit Miller en indiquant l'homme en question. Ton majordome.

Avec un sourire, Gabriel passa le seuil et se retrouva dans le vestibule. Il n'avait jamais vu un tel niveau de splendeur ailleurs que dans les églises catholiques autour de Boston. Et les cathédrales.

Miller et Patrick firent visiter les lieux à Gabriel. Patrick les laissa seuls pour aller préparer le souper et Miller conduisit Gabriel au bureau. Ce dernier s'immobilisa dans l'entrée de la pièce. Elle était impressionnante, avec ses meubles en bois de cerisier, ses murs et sa moquette verte. Derrière le bureau, il y avait une grande peinture du Christ sur la croix. Gabriel déglutit. Autour de Jésus se trouvaient les sept archanges. Ils brandissaient des épées et repoussaient les démons, leurs ailes blanches déployées.

Un frisson glacé le poignarda en plein cœur.

— Gabriel ?

— Pourquoi il nous a abandonnés dans ce putain d'endroit ? demanda crûment Gabriel sans quitter le tableau des yeux. Pourquoi il ne nous a pas accueillis chez lui ? Pourquoi il nous a laissés sans famille ? Sans protection ?

Gabriel dut faire un effort pour maîtriser la colère dans sa voix.

Miller garda le silence. Quand Gabriel pivota, l'avocat semblait tiraillé.

— Gabriel… Ton grand-père n'était pas tout à fait normal.

Le jeune homme fronça les sourcils, perplexe.

— Quand il a découvert qu'il avait un enfant, ta mère, il a su qu'elle ne pourrait jamais faire partie de sa vie. Ta mère a été conçue après un coup d'un soir. Elle croyait que son père ne voulait pas d'elle. En réalité, ce n'était pas vrai. Il la voulait. Mais il avait… des démons personnels à combattre.

Les cheveux de Gabriel se hérissèrent sur sa nuque. Il connaissait ça.

— Avec lui, elle aurait été en danger. Alors il n'est pas entré dans sa vie. Ce n'est que quand il a été mourant qu'il l'a cherchée.

Une expression compatissante s'afficha sur le visage de Miller.

— Il a découvert qu'elle était morte. Ça l'a dévasté. Et puis il a découvert ton existence. Quand on a réussi à te localiser aux Saints-Innocents, il ne lui restait que quelques jours à vivre. Cependant il voulait que tu hérites de son domaine. Il voulait que tu aies tout.

— Pourquoi il était dangereux ? s'enquit Gabriel.

Un début d'intérêt sincère éclaircit son esprit.

— Tu es jeune, Gabriel. Tu n'as jamais été exposé à certaines choses de la vie. Des choses sombres. Mieux vaut se méfier de l'eau qui dort. Tu es un homme riche, maintenant, protégé ; ton grand-père s'en est assuré. Tu peux avoir une belle vie.

Gabriel rit en entendant Miller. Toutefois son rire se tarit rapidement, toute trace d'humour le déserta.

— Croyez-moi, monsieur Miller, je connais très bien le côté sombre de la vie.

Il reprit sans laisser à l'avocat l'occasion de répondre :

— Je vais me coucher. Dites à Patrick que je n'ai pas faim.

Il dépassa Miller et monta les marches jusqu'à sa chambre, celle que Patrick lui avait montrée pendant la visite. Il verrouilla la porte et examina la suite. Elle était immense. Un grand lit à baldaquin occupait le centre de la pièce. Le matelas semblait trop confortable. Gabriel n'était pas habitué au confort.

Il se rendit dans la salle de bains et actionna la douche. Il la voulait la plus froide possible. Il se déshabilla et se plaça sous le jet d'eau. Son épaule était douloureuse, après tout, il se l'était démise peu de temps auparavant. Des coupures le brûlèrent, aux endroits où le Père Quinn avait entaillé sa peau avec un couteau ; des cicatrices étaient encore visibles là où on l'avait fouetté pour exorciser les démons de son âme.

Il sortit de la douche et aperçut son reflet dans le miroir de la coiffeuse. Il s'immobilisa. Il ne s'était pas vu depuis trois ans. Il ne bougea pas et étudia ses cheveux platine coupés court ; ses boucles n'étaient plus du tout visibles. Ses yeux bleus semblaient ternes, ils étaient cernés. Il était maigre, trop maigre. Sa peau était marbrée de cicatrices et de rougeurs causées par les lacérations, les coups de fouet et les charbons ardents... Mais c'était la marque au milieu de son torse qui attirait son regard comme un aimant. Le rappel du courroux de la Brigade. La croix inversée, qui hurlait au monde ses péchés.

Voilà ce qu'ils avaient fait.

Ce qu'il était.

Il sortit de la salle de bains, dégoûté, et se dirigea vers le lit. Il récupéra les draps sur le gros matelas, se coucha sur le plancher de bois et remonta la couverture sur lui. Il ne dormit pas pour autant. Il ne pourrait pas trouver le sommeil tant que ses frères ne seraient pas à ses côtés.

C'était son serment.

Il leur avait fait une promesse. Il ne la briserait pas.

CHAPITRE 8

Quatre semaines s'étaient écoulées. La nuit venait tout juste de tomber et Gabriel arpentait les couloirs du manoir comme un fantôme. Il entra dans le bureau de son grand-père, contourna le bureau et s'assit dans le fauteuil. Le jeune homme laissa tomber sa tête dans ses mains. Il n'y arrivait pas. Il ne savait pas comment les faire sortir de là. Miller avait entamé les procédures d'adoption, mais aucune trace de ses frères, dans aucun registre. Ils s'étaient volatilisés. Ils avaient été bannis de la terre par la Brigade. Gabriel était prêt à parier que Miller pensait qu'ils étaient le fruit de son imagination. Que le temps passé aux Saints-Innocents l'avait perturbé psychologiquement et qu'il s'était inventé des frères pour mieux supporter la solitude et l'abandon.

Stressé et à bout de nerfs, Gabriel se passa les mains dans les cheveux. Il se renfonça sur le siège et regarda le bureau ancien, en bois sculpté, comportant des tiroirs de chaque côté. Il les avait fouillés, sans rien y trouver. Rien qui puisse l'aider à comprendre son grand-père. Il s'apprêtait à se lever quand il remarqua le bord d'un papier qui dépassait de l'un des tiroirs des meubles de la pièce. Ils n'étaient que décoratifs, du moins le supposait-il. Il fronça les sourcils. Une étincelle de curiosité s'alluma dans sa poitrine et il se mit sur ses pieds pour aller sonder ces tiroirs. Il fit courir sa main sur le bois de cerisier coûteux et l'artisanat exquis. Il en étudia les serrures ; aucun signe d'une clef. Il tira sur la poignée pour tenter de les ouvrir. Ils ne bougèrent pas. Il ne comprenait pas pourquoi il était si déterminé à voir ce qu'ils renfermaient. Mais cette tâche, aussi futile soit-elle, détournait ses pensées de son angoisse constante pour ses frères. Alors il s'y concentra.

Il se laissa tomber à genoux et examina les tiroirs. Il ressentit un élan de triomphe quand il découvrit un petit espace. Ça prouvait qu'il y avait bien quelque chose à l'intérieur. Il se tourna à nouveau vers le bureau, prit le coupe-papier et glissa la lame dans le faux tiroir. Elle rencontra ce qui ressemblait à un verrou caché. Gabriel frappa le métal encore et encore, jusqu'à entendre quelque chose cliqueter. Le compartiment s'ouvrit.

Il regarda ce qu'il contenait, laissant tomber le coupe-papier par terre. Des carnets étaient empilés au fond. Il prit le premier, s'assit par terre et ouvrit la couverture en cuir brun.

Je ne me souviens pas de la dernière fois où je n'ai pas eu envie de tuer. Où cette idée n'a pas consumé la moindre de mes pensées, n'a pas motivé toutes mes actions, chaque jour de ma vie…

Tout l'air s'échappa des poumons de Gabriel, à mesure qu'il tournait les pages. Le sang quitta son visage et ses mains se mirent à trembler. Gabriel était si concentré sur sa lecture qu'il ne se rendit pas compte que le soleil s'était levé et était désormais bien haut dans le ciel, jusqu'à ce que la porte du bureau s'ouvre.

Miller contourna le bureau et se figea en le voyant assis par terre.

— Gabriel ?

La frayeur se peignit sur son visage quand il vit ce que le jeune homme avait à la main.

— Vous saviez, dit-il.

Ce n'était pas une accusation. C'était un énoncé des faits. Gabriel leva le carnet. Il en avait déjà lu trois. Chacun définissait un peu plus son grand-père. Un tueur. Un assassin. Il y avait des descriptions détaillées de sa façon de tuer, de la noirceur qui vivait au fond de lui et lui donnait envie de prendre des vies… de la raison pour laquelle il était resté loin de sa fille. Par peur que ce mal lui ait été transmis. Ou pire, de perdre le contrôle et de la blesser.

Sauf que ça ne s'était pas transmis à sa fille. Ça avait sauté une génération et s'était transmis à son petit-fils. Qui était en ce moment même entre les mains sadiques de la Brigade.

— Gabriel, commença Miller en se passant les mains sur le visage, je peux tout t'expliquer.

— Pas la peine, répondit Gabriel.

Le sang bouillonnait dans ses veines.

Il venait de lire comment son grand-père canalisait sa soif de sang. Le protocole qu'il avait mis en place auprès de son personnel, afin de pouvoir satisfaire ses besoins mortels… Un personnel qui travaillait dans le manoir. Et comment son meilleur ami, John Miller, avait gardé son secret et l'avait aidé à trouver des gens à tuer. Il avait créé un système, évitant que des innocents soient blessés… Seuls ceux qui le méritaient vraiment étaient assassinés.

— Gabriel, je peux t'expliquer, répéta Miller en se laissant tomber pesamment sur le fauteuil derrière le bureau.

Il desserra sa cravate et déboutonna son col.

— Je veux que vous me montriez. Que vous me montriez comment vous trouviez les personnes à tuer. Comment vous avez aidé Jack à garder le contrôle, et fait en sorte que ça fonctionne pendant toutes ces années sans attirer l'attention, sans tuer de personnes innocentes.

La culpabilité sur le visage de Miller fut remplacée par de la stupeur.

— Quoi ? Pourquoi ?

— Michaël est comme Jack. Michaël, mon frère, mon frère de sang… Tous mes frères sont comme Jack.

Miller déglutit et écarquilla les yeux.

— Quoi ?

— Ils ont envie de tuer. Un jour, ils tueront. Ils me l'ont dit. C'est pour ça que la Brigade les a emmenés au Purgatoire. Parce qu'ils pensent qu'ils sont possédés par des démons.

Gabriel laissa aller sa tête en avant. Il prit une grande inspiration et raconta tout, le poids de la vérité qui lui étouffait la poitrine. Il lui avoua tout. Lui parla du Purgatoire, de la Brigade, des Déchus… Absolument tout. Quand il eut terminé, le visage de Miller était écarlate de fureur.

— On doit les faire sortir, dit Gabriel.

— Il n'y a aucune trace de leur existence. Gabriel, l'Église est puissante. À Boston, l'Église catholique a une place majeure. Crois-moi, on n'a pas envie de se lancer dans cette guerre. On doit se montrer malins.

— Ce n'est pas l'Église catholique, le problème. Juste un groupe de prêtres qui ont dévié du droit chemin.

— Combien de personnes appartiennent à cette secte ?

— Je ne sais pas trop… Mais pas beaucoup. On n'a jamais vu plus de vingt prêtres.

Miller s'affaissa sur sa chaise et plaqua ses paumes sur ses yeux.

— Merde, petit, grogna-t-il. Jack croyait qu'en restant à l'écart, il vous épargnerait ce qui souillait son âme.

Il avait parlé dans un murmure, comme si ces mots n'étaient que pour lui, et pas à destination de Gabriel.

— Il n'a pas réussi. Ce qui courait dans ses veines court désormais dans celles de Michaël. Les Déchus ont été frappés du même mal, répliqua Gabriel.

Il ferma les yeux et continua :

— Dans ses carnets, Jack mentionne des personnes ayant fait des choses peu reluisantes pour lui. Enterré des corps, nettoyé… Ces personnes ont même fait sortir des gens d'endroits dangereux sans être vues.

Miller eut l'air de vouloir protester, mais il se contenta de hocher lentement la tête.

— Vous avez encore leurs coordonnées ?

Il hocha à nouveau la tête. Le cœur de Gabriel battait fort dans sa poitrine, une esquisse de plan se dessinait dans son esprit, une possibilité.

— On pourrait faire sortir mes frères de là en secret. Les ramener ici. Le manoir est indétectable, vous l'avez dit vous-même. Personne ne nous retrouvera. Ils ne pourront jamais nous récupérer.

L'espoir envahit le cœur de Gabriel.

— Je pourrais utiliser les mêmes méthodes que Jack pour les guider, protéger les innocents. Je peux le faire. Je peux les aider. C'est…

Il sentit ce poids qu'il portait au quotidien et qui lestait ses épaules s'alléger.

— C'est peut-être ça. La raison de toute cette douleur, de ces actes ignobles. C'est peut-être ma vocation depuis le début.

Miller se redressa.

— Gabriel, tu ne sais pas ce que c'est, que d'endosser ce genre de responsabilité.

À cause de la fatigue, de l'abattement dans la voix de Miller, l'enthousiasme de Gabriel fut remplacé par un flot d'appréhension.

— Tu es jeune. Trop jeune. Mais plus que ça, tu es un gosse bien, Gabriel. Ce genre de vie… Être entouré par des gens qui ont envie, besoin de tuer…

Il soupira.

— Ça va souiller ton âme. Et ce sera irrémédiable. Je suis bien placé pour le savoir.

Miller scruta Gabriel.

— J'ai lu ton dossier. Il y est écrit que tu étais destiné à devenir prêtre. Une vie totalement à l'opposé de ce que tu prévois maintenant. Tu es prêt à sacrifier ton âme pour eux ?

Gabriel repensa à sa vie, à celle des Déchus, ces dernières années. Il repensa aux viols, à la douleur, aux exorcismes et aux ténèbres qui résidaient encore au fond de ses frères, ainsi qu'un peu en lui-même. Des ténèbres qui ne partiraient jamais, comme il l'avait compris après des mois de punition. Ses frères n'avaient pas le choix. C'était ce qu'ils étaient.

— Je suis prêt à faire ce sacrifice.

Gabriel venait de se damner. En endossant la responsabilité des Déchus, il savait quel tournant son existence allait prendre. Toutefois il devait essayer. Il devait les sauver pour en sauver d'autres. Après tout, il n'était pas question que de lui et de ses frères. Il y avait plus en jeu que l'état de son âme.

Il devait éliminer la Brigade.

Pour faire ça, il allait devoir pécher. Être complice de la mort et du meurtre, comme Miller l'avait fait pour Jack.

Miller se leva.

— Tu sais où se trouve le Purgatoire ? Comment sont agencés les lieux ?

Gabriel hocha la tête. Il n'oublierait jamais cet endroit, où les prétendus pécheurs devaient « se repentir », alors qu'en réalité, il s'agissait d'une salle de torture dirigée par des prêtres qui corrompaient la foi catholique et ses idéaux.

— Ça va te coûter cher. Il faudra dépenser beaucoup d'argent pour employer les meilleurs hommes.

Gabriel sourit. C'était la première fois qu'il éprouvait de l'amusement depuis très longtemps.

— Apparemment, j'ai les moyens.

Miller ne lui rendit pas son sourire. Au lieu de ça, il s'approcha du tableau des archanges et fit coulisser la peinture sur le côté. Elle dissimulait un coffre-fort encastré dans le mur. Miller l'ouvrit et en sortit un livre noir.

— Il n'y aura pas de retour en arrière. Tu t'en rends compte, hein ? Tu as déjà enduré beaucoup de choses, je le sais. Personne ne devrait jamais avoir à subir ce que tu as vécu. On peut trouver d'autres moyens d'arrêter la Brigade. Je peux t'aider. Ce sera peut-être un long processus, mais on peut faire réapparaître tes frères dans les registres du gouvernement en un temps record. Illégalement, bien sûr, mais c'est possible.

Il agita le livre noir.

— Il n'y a pas que des meurtriers et des voleurs dans ce registre. Réfléchis-y, petit. On pourrait passer par les canaux appropriés.

Gabriel carra les épaules.

— On doit faire comme ça. J'accepterai le péché de mon plein gré. La Brigade ne laissera jamais partir mes frères. Je suis sûr qu'à l'heure où on parle, ils essaient de découvrir où je suis et cherchent un moyen de me récupérer. Personne ne quitte le Purgatoire en vie sans avoir rejoint leur cause. Ça prendrait trop longtemps de les faire sortir autrement. La Brigade est le produit de l'Inquisition espagnole, Miller. Elle existe depuis plus de cent ans. Ils ne me laisseront pas détruire ce qu'ils ont bâti.

Miller soupira, puis, d'un air solennel, il acquiesça. Gabriel resta dans la pièce pendant qu'il ouvrait le livre noir et contactait les bonnes personnes. C'était facile, très facile, et ça le surprit.

— Assieds-toi, petit. Il y a beaucoup de choses dont on doit parler, si c'est la vie dans laquelle tu veux te plonger.

Gabriel obéit. Miller et lui s'assirent au bureau et l'avocat lui expliqua comment tout fonctionnait, et à quel genre de personnes il avait accès. Quand il finit par refermer le livre noir, mettant ainsi fin à la conversation, il sortit une carafe de whisky et deux verres en cristal. Il se servit un verre, puis en remplit un autre pour Gabriel.

— Je ne bois pas, murmura ce dernier.

Il était encore sous le choc à cause du degré de dépravation que son rôle impliquait.

— Tu veux un conseil, petit ? demanda Miller en poussant le verre de whisky vers Gabriel. Commence. Ce jour n'est rien comparé aux épreuves que tu vas devoir affronter. Tu dois en être conscient.

Gabriel ferma les yeux, poussa un soupir et prit le verre. Il vida le whisky d'une traite, hoquetant quand le liquide brûlant embrasa sa poitrine. Il toussa, se racla la gorge. Miller ne rit pas. Il n'y avait rien de drôle à cette situation. Il se contenta de se lever et de regarder sa montre.

— On doit partir si on veut être à l'heure à la réunion.

***

Deux heures plus tard, deux hommes arrivaient au bureau de Miller en centre-ville. Gabriel leur dessina un plan du Purgatoire. Il leur expliqua où était le dortoir, et où ses frères devaient être amenés après l'extraction. Pas au manoir, mais dans un endroit neutre et sûr. Miller ferait en sorte que Winston, le chauffeur, les escorte à la maison dans une camionnette. Gabriel ne savait pas qui étaient ces hommes et ce qu'ils faisaient dans la vie. Il n'avait pas besoin de savoir quoi que ce soit, mis à part comment ils sauveraient ses frères. Il leur indiqua à quelle heure les prêtres seraient à l'église des Saints-Innocents. C'était le moment idéal pour entrer dans le Purgatoire.

— Et s'il reste des prêtres dans le bâtiment ? Est-ce qu'on doit les éliminer ? demanda l'un des hommes.

Gabriel sentit la croix inversée sur sa poitrine le brûler. C'était le moment. Il oscillait entre la damnation et le salut. Une vie de dévotion, ou une vie d'égoïsme. Mais quand il visualisa le visage des Déchus dans sa tête, leur scepticisme quand Gabriel leur avait promis de revenir les sauver… il sauta sans hésiter dans l'abysse.

— N'en laissez pas un seul en vie.

Gabriel et Miller retournèrent au manoir en silence. Miller ne prononça pas un mot non plus quand Gabriel sortit de la voiture et franchit les portes d'entrée. Tout en marchant, Gabriel repensa au temps qu'il avait passé à étudier le protocole de Miller pour encadrer les Déchus, comme l'avocat l'avait fait avec son grand-père. Gabriel songea à leur vie aux Saints-Innocents. Leur temps passé au Purgatoire. L'institutionnalisation systématique qui contrôlait leur vie depuis qu'ils étaient enfants. Gabriel s'en était servi de point de départ pour établir des règles et des préceptes que les Déchus comprendraient. Qui leur seraient familiers. Une structure et des principes. Des cérémonies, des rituels.

Gabriel se mit à courir. Il descendit les escaliers jusqu'à atteindre une petite chapelle secrète. Son grand-père l'avait fait bâtir à l'époque de la construction de la maison.

Il parcourut la petite allée en pierre d'un pas vif et s'agenouilla. Il regarda le crucifix et laissa couler les larmes. Ses paumes étaient plaquées sur la pierre froide. Gabriel pleura. Il expulsa toute la honte et la répulsion qu'il ressentait pour lui-même et ce qu'il venait de faire. Pour les âmes qu'il n'avait aucun droit de condamner. Il leva la tête, une prière sur les lèvres, une demande de pardon.

Quelque chose de noir attira son regard au coin de la chapelle. Un genre de fouet était abandonné au sol. Non, pas un fouet. Un bâton de flagellation. Gabriel rampa vers l'outil et prit la poignée en bois dans ses mains. Sept lanières de cuir pendaient du fouet, chacune entrelacée d'os et de billes en métal. Gabriel leva les yeux vers le visage du Christ et retira sa chemise. Il s'agenouilla devant l'autel, ferma les yeux et se fouetta le dos. Il siffla, serra les dents, mais ne cria pas. Tandis que les lanières mêlées d'os et de métal lui lacéraient la peau, il sentit la punition de Dieu purger les péchés de son corps. Sentit les années de péchés et de mensonges jaillir. Ses yeux roulèrent de plaisir dans leurs orbites tandis qu'il laissait les sept lanières de cuir prendre leur revanche. Sept, une pour chacun des Déchus, pour chaque péché mortel qu'ils commettraient un jour, Gabriel en était certain. Sept pour les péchés capitaux, et sept pour les vertus salvatrices qui l'aideraient dans sa rédemption.

Gabriel resta là jusqu'à être en sang, meurtri, prostré sur le sol de la chapelle, le visage en bois de Jésus observant cette autoflagellation avec approbation.

Il se reposa sur le sol, attendant que ses frères rentrent à la maison. Il ferma les yeux, couvert de son propre sang, et dormit à poings fermés… pour la première fois depuis des années.

CHAPITRE 9

Quelqu'un se racla la gorge, tirant Gabriel du sommeil. Il cligna des paupières, les yeux lourds de fatigue. Le sol était glacé sous lui, il avait la bouche sèche. Gabriel vit des chaussures noires cirées sur le seuil et leva la tête.

— Monsieur, la camionnette approche. J'ai pensé que vous voudriez être prévenu.

Le corps de Gabriel passa de l'épuisement à l'euphorie en quelques secondes. Il se mit sur ses pieds, ignorant la brûlure des lacérations sur son dos. Si Patrick vit le bâton de flagellation qui gisait par terre, il ne le montra pas. Mais il avait forcément vu le sang sur le dos de Gabriel. Les entailles. L'espace d'une fraction de seconde, le jeune homme se demanda ce que ce fouet faisait ici. Dans la chapelle. Était-ce celui de son grand-père, ou de Miller ?

Patrick inclina la tête de façon polie et quitta la pièce pendant que Gabriel enfilait sa chemise. Il grimpa quatre à quatre les marches qui menaient au vestibule. Il déboucha dans la vaste entrée du manoir et resta au bas du grand escalier central conduisant aux chambres et aux suites à l'étage. Il s'obligea à rester immobile. Miller sortit du bureau de feu Jack Murphy et fit un signe de tête à Gabriel.

Le plan avait fonctionné.

Ça avait marché.

L'avocat tenait un verre de whisky à la main. Ce devait être sa façon d'encaisser. Miller pensait à coup sûr que ses années passées à aider des tueurs avaient pris fin à la mort de Jack Murphy. Gabriel décelait la tension causée par cette vie dure dans les yeux tourmentés du quinquagénaire. Cependant Miller n'avait pas à s'en faire. Gabriel porterait seul le fardeau des années à venir. C'étaient ses Déchus. Sa responsabilité.

Sa croix.

Il entendit les portières de la camionnette coulisser. Il compta jusqu'à trente, puis la poignée tourna. Il retint son souffle. Winston fut le premier à passer la porte. Le chauffeur semblait sur ses gardes, un peu déstabilisé par ailleurs. Gabriel priait pour qu'aucun de ses frères n'ait tenté de lui faire du mal durant le trajet. Il avait demandé aux hommes qu'il avait embauchés de les placer dans la cellule verrouillée de la camionnette. Même s'il les aimait, il savait qu'ils seraient perturbés par ce qui se passait. Il ne voulait pas qu'ils se ruent contre leurs sauveurs. Le laps de temps pour l'extraction était court. Tout devait se dérouler en douceur. Gabriel avait aussi demandé à ce que Diel reste enchaîné. Les désirs sombres de ses autres frères n'étaient pas aussi imprévisibles que les siens ; il savait qu'ils ne tueraient pas les hommes venus les secourir. En ce qui concernait Diel, rien n'était moins sûr.

Un éclat roux familier passa l'entrée, balayant les inquiétudes de Gabriel pour Winston.

Bara.

Il scruta le vestibule de ses yeux verts, l'air soupçonneux... Quelqu'un qui ne le connaissait pas n'aurait pas vu la lueur incrédule dans ses iris. Mais Gabriel le connaissait bien. Il connaissait intimement chacun de ces garçons. Et Bara était si surpris qu'il était aussi immobile qu'une statue.

Uriel entra ensuite, suivi de Sela. Ils s'arrêtèrent en voyant Gabriel. Et le manoir dans lequel ils se trouvaient. Raphaël ne tarda pas à apparaître, menant Diel par la chaîne autour de sa gorge. Le morceau de ficelle dont il ne se séparait jamais était enroulé autour de son doigt. Il parcourut l'entrée de ses yeux dorés. Diel l'imita bientôt. Son visage se détendit de soulagement quand il vit Gabriel. Il parut lâcher un soupir.

Gabriel sourit en voyant la réaction de Diel. Puis il retint son souffle quand Michaël passa enfin la porte. Ils portaient tous les chemises et pantalons blancs des Déchus. Y compris Michaël. Autour du cou de ce dernier pendait la fiole que Gabriel lui avait donnée, rendue visible par sa chemise déboutonnée jusqu'au nombril. Michaël s'arrêta à côté de Raphaël et plongea les yeux dans ceux de Gabriel. Il observa son frère en clignant des paupières, avant de regarder par-dessus sa tête, comme il le faisait toujours. Néanmoins Gabriel le vit. Un éclair de soulagement, peut-être même de gratitude, était passé dans le regard bleu de Michaël.

Les tripes de Gabriel se nouèrent quand il prit conscience à quel point son frère lui avait manqué. Le fait de le voir, en vie et en bonne santé, bien qu'un peu meurtri, le fit presque tomber à genoux.

Gabriel regarda ses frères. Et comme un puzzle, il sentit les pièces éparpillées de son âme s'emboîter.

Quand les portes furent fermées et verrouillées, Gabriel fit un pas en avant.

— Bienvenus chez vous.

Il sourit, la joie apaisant sa nervosité.

— Bienvenus à Eden Manor.

— C'est notre récompense ? demanda Bara avec un lent sourire. Pour avoir survécu au Purgatoire ?

Gabriel hocha la tête.

— Oui. C'est votre récompense pour avoir survécu à la vie.

Bara l'examina.

— Tu as tenu ta promesse.

Une chaleur explosa dans la poitrine de Gabriel.

— Je t'avais dit que je le ferais.

Bara hocha lentement la tête, comme s'il ne comprenait pas du tout Gabriel. Comme s'il ne comprenait pas le fonctionnement de son sens moral, comparé au sien.

Gabriel vint se placer devant eux. Scruta leur visage. Certains avaient quelques cicatrices de plus depuis la dernière fois qu'il les avait vus. Ils étaient plus maigres et semblaient épuisés. Il ne se le pardonnerait jamais. Mais ils étaient ici, désormais. Ils étaient libres et en sécurité. Il devait au moins s'accorder ça.

— Cette maison m'a été léguée par un ancêtre dont je ne connaissais même pas l'existence.

Il regarda Michaël en prononçant ces mots. Comme il s'y attendait, ce dernier n'eut pas l'air de s'en soucier.

— C'est notre maison, maintenant. Elle est protégée. Et bien assez grande pour nous tous.

Gabriel fit un pas en arrière.

— Mais je dois d'abord vous parler.

Il pivota et traversa le rez-de-chaussée du manoir, en direction d'un escalier à l'arrière de la maison. Il le descendit, sachant que les autres le suivraient. Il avait gagné leur confiance au Purgatoire. Les sauver n'avait fait que renforcer sa place au sein de leur fraternité. Il le voyait sur leur visage, ils l'acceptaient.

Gabriel entra dans une pièce sombre illuminée par des bougies. Un autel de pierre se dressait au fond. Un couteau attendait sur un banc en bois.

Les Déchus entrèrent et froncèrent les sourcils devant cette pièce étrange. Gabriel se plaça en centre, sur l'autel.

— C'est quoi, cet endroit ? s'enquit Uriel.

La porte se referma derrière eux.

— Je sais qui vous êtes, dit Gabriel quand il eut toute leur attention. Je sais quels désirs résident dans vos cœurs.

Il marqua une pause et repoussa la pointe de peur qu'il éprouvait à l'idée de faire quelque chose de mal. Néanmoins, quand il regardait les visages émaciés des Déchus, les os saillants de leur corps trop maigre, leurs yeux ternes et meurtris, il savait que ça ne pouvait pas être mal. Il devait leur donner une chance.

— Votre soif de meurtre. Les différents scénarios que vous imaginez.

Gabriel avait toute leur attention, maintenant. Pas un seul ne détourna les yeux.

— Je ne peux pas vous laisser blesser des innocents.

Bara jeta un coup d'œil à Uriel, un sourcil haussé. Ce dernier regarda Gabriel en étrécissant les yeux. Avant qu'ils aient pu parler, protester ou remettre en question ce qu'il faisait, Gabriel continua :

— Je peux vous offrir une vie ici. Qui vous permettra de nourrir cette soif, de réaliser vos plus grands fantasmes. Mais vous ne tuerez que des gens qui le méritent. Ceux qui n'ont pas leur place sur cette terre.

— De quoi tu parles ? lui demanda Sela.

— Vous vivrez ici, au manoir. Et un jour, je vous donnerai le feu vert pour tuer. Vous satisferez vos désirs. Toutefois ce sera de façon maîtrisée. Contrôlée. Vous tuerez quand vous serez prêts...

— Mais ? l'interrompit Raphaël, les bras croisés sur son torse.

Il faisait courir son pouce sur la ficelle autour de son doigt qui était devenu violet.

— Mais d'abord, vous allez vous entraîner, et affûter vos... talents. Vous allez apprendre à tuer efficacement. À être furtifs. J'ai des gens, des gens discrets, qui vont vous aider.

Gabriel sentit son cœur se fissurer. Il savait que tout ça le dépassait, mais il avait pris sa décision. Il devait aller jusqu'au bout.

— Mais d'abord, vous allez apprendre à être patients. Vous êtes jeunes et irréfléchis. Et depuis ce soir, vous avez une cible dans le dos. Une cible qui pourrait vous être fatale. La Brigade n'acceptera jamais votre évasion. On sait tous qu'ils sont déterminés. Ils nous considèrent comme des démons. Des êtres diaboliques qui viennent d'être libérés et risquent de détruire le monde.

Gabriel fit un pas en avant.

— Nous sommes les Déchus. Et nous devons nous montrer meilleurs qu'eux.

Il montra la porte.

— Je ne suis pas votre geôlier ni votre gardien. Si vous ne voulez pas de cette vie, de ce foyer, si vous ne voulez pas que nous formions une famille, vous êtes libres de partir. Winston, notre chauffeur, attend près de la camionnette pour emmener ceux qui ne voudront pas de ce que je vous offre. Où ils voudront.

— Et si on veut rester ? demanda Diel.

Ses veines étaient gonflées contre la chaîne autour de son cou, désormais tenue par Sela, son ami le plus proche.

— Il y a des règles. Des attentes, expliqua Gabriel avec un signe de tête vers l'autel. Et un serment à prêter. Qui ne pourra être rompu qu'à votre mort. Un serment de sang, qui fera de vous l'un d'entre nous pour le restant de votre vie.

Gabriel prit un ton solennel et ajouta :

— C'est comme ça que ça fonctionnera.

— Des règles ? répéta Sela.

Gabriel s'approcha de la pile de papiers sur le bureau. Il en tendit un à chacun des Déchus. Tout y était expliqué. Michaël ne lut pas le sien, contrairement aux autres. Gabriel s'y attendait.

Le cœur au bord des lèvres, il attendit qu'ils prennent leur décision. Enfin, Bara fit un pas en avant et leva la paume.

— Où est-ce que je signe ?

Gabriel cilla, stupéfait que Bara soit le premier à accepter. Il revint sur l'autel et prit le couteau. Il leva la main de Bara, lui entailla la paume et regarda le sang de son ami couler à grosses gouttes sur son contrat.

— Barachiel, t'engages-tu auprès des Déchus, et promets-tu de respecter nos commandements ?

— Oh que oui, répondit Bara en affichant le sourire froid et perturbant qui le caractérisait.

Gabriel prit la plume dans sa poche et la lui tendit. Sans cesser de sourire, Bara en plongea la pointe dans son propre sang et signa son nom sur la ligne en pointillés.

Un par un, encouragés par Bara, les Déchus s'avancèrent pour signer leur nom. Michaël fut le dernier. Sa réaction était celle que Gabriel craignait le plus. Si Michaël décidait de partir, il ignorait ce qu'il ferait. Les joues de son frère avaient rougi à la vue des éclaboussures de sang sur le bureau et les contrats. Sa respiration était courte, saccadée. Puis il fit un pas en avant, la fiole du sang de Luke accrochée à son cou, juste au-dessus de son cœur. L'agression de Luke avait constitué la genèse des Déchus, comprit Gabriel. C'était le péché qui les avait tous placés sur cette voie sombre et douloureuse.

Michaël se laissa tomber à genoux devant Gabriel et tendit la main. Sans quitter son frère des yeux, ce dernier lui entailla la paume. Il faillit lâcher le couteau en voyant une ébauche de sourire étirer les lèvres de Michaël à la vue de son sang. Mais Gabriel retrouva l'usage de la parole et demanda :

— Michaël, t'engages-tu auprès des Déchus, et promets-tu de respecter nos commandements ?

— Oui, répondit Michaël, avant de prendre la plume pour signer de son sang.

Puis il lâcha la plume et lécha sa blessure. Il ferma les yeux et prit une grande inspiration satisfaite. Il se remit sur ses pieds et Gabriel se plaça face à ses frères, désormais liés par les mêmes principes.

— Je sais qu'il est inutile de le préciser, mais le personnel de cette maison est intouchable. Vous savez tous vous maîtriser, et vous avez prouvé à de nombreuses reprises que vous êtes capables de contenir vos pulsions quand c'est nécessaire. Vous avez lu les règles des Déchus. Les gens de cette maison sont notre famille : aucun mal ne sera fait à tous ceux qui entrent ici.

Quand ses frères hochèrent la tête en silence, Gabriel se calma et reprit :

— Patrick va vous montrer vos chambres. Cette maison est la vôtre autant que la mienne. Le dîner est servi à 19 heures. Votre présence est obligatoire, tous les soirs.

Miller lui avait expliqué que même si ça semblait arbitraire sur le papier, le repas du soir était important pour renforcer les liens, mais surtout pour aider ses frères à se raccrocher à leur humanité… ou au peu qu'il en restait.

Gabriel fit remonter les Déchus au rez-de-chaussée. Les employés de maison étaient là pour les accueillir. La plupart des frères de Gabriel les saluèrent froidement, mais il ne vit aucune avidité dans leurs yeux. Il parvint enfin à respirer. Pendant que ses frères étaient conduits à leurs chambres, remplies de placards de vêtements et de tout ce dont ils auraient besoin, Miller le rejoignit.

— Ils ont prêté serment ?

— Oui, acquiesça Gabriel en réprimant un sourire. Ils ont tous signé.

— Ils te font confiance, remarqua Miller.

Gabriel hocha la tête, le cœur plein à cette idée. Il ferma les yeux et pria Dieu pour qu'il lui donne la force d'être le leader dont ses frères avaient besoin. Et pour que, quand le jugement viendrait, Dieu ne le châtie pas pour les crimes qu'il commettrait pour protéger des tueurs. Il avait créé des règles pour ses compagnons, mais aussi pour lui-même. Comme le prêtre qu'il avait toujours été destiné à devenir, il se mettrait au service de Dieu et de ses frères. Il mènerait une vie chaste en échange des péchés qu'il permettrait et dont il serait complice. À chaque meurtre commis par l'un des adolescents, il lacérerait sa propre chair en guise de sacrifice.

Sang pour sang.

Chair pour chair.

Quand Gabriel ouvrit les yeux, il entra dans le bureau de son grand-père, qui était désormais le sien. Il s'assit, prit une grande inspiration et fit signe à Miller de le rejoindre.

— On a des coachs ?

Il avait planifié des sessions d'entraînement pour les Déchus. Miller ouvrit le livre noir, la version personnelle de la Bible de son grand-père.

— Ils sont prêts, répondit-il.

Ils commencèrent donc à établir un emploi du temps pour chacun des Déchus. Comment tuer vite et de manière efficace, comment ne pas se faire repérer quand on se baladait en ville en plein jour. Ils travaillèrent jusque tard dans la nuit, une bouteille de whisky sous la main pour endurer les détails les plus difficiles : comment maîtriser les victimes et comment disposer des cadavres.

Gabriel sentit une partie de lui mourir pendant qu'il parlait de tout ça avec une neutralité feinte. Mais il le fit quand même, avec l'aide du whisky. Quand Miller partit, Gabriel pivota et leva les yeux vers la peinture accrochée au mur. Jésus et les archanges qui le protégeaient du Mal. Leurs épées dans les mains, les ailes déployées. Gabriel fit courir sa main sur son torse, sur la cicatrice de croix inversée. Il prit le livre noir sur le bureau, trouva le numéro qu'il cherchait et passa un coup de fil. La Brigade leur avait apposé cette marque en guise de moquerie. Gabriel la transformerait en autre chose : un symbole de force. D'unité et de foi.

La Brigade ne dirigerait plus jamais leur vie.

Les Déchus étaient des frères ressuscités. Rebaptisés.

Gabriel prit le carnet vide qu'il avait trouvé dans le tiroir caché de son grand-père. Il l'ouvrit à la première page. Un espace blanc n'attendant qu'à être rempli. Il prit un stylo et se mit à écrire.

Au début…

***

Le Père Quinn ouvrit la porte de la prison de la Brigade ; les Pères McCarthy et Brady le suivirent. La messe s'était terminée plus tard que prévu. Le Père Quinn était fatigué, mais surtout, la colère bouillonnait dans ses veines. Gabriel s'était volatilisé. Aucune trace du démon qu'ils devaient exorciser. Un démon désormais en liberté, protégé par quelqu'un de puissant. Il ne comprenait pas qui ça pouvait être. Il le découvrirait cependant. En temps voulu.

À la seconde où le plafonnier s'alluma, il comprit que quelque chose clochait. Il leva une main pour signaler à ses frères de se mettre sur leurs gardes et traversa lentement le couloir. Il tourna à droite et vit l'un de ses hommes étendu par terre. Du sang coulait de sa poitrine et ses yeux étaient ouverts, vides. En y regardant de plus près, le Père Quinn remarqua des coups de couteau dans la poitrine du prêtre.

Les trois religieux remontèrent le couloir en direction du dortoir. Ils accélérèrent le pas à mesure qu'ils approchaient. Une succession de prêtres massacrés jonchaient le sol. Le Père Quinn n'avait toutefois pas de temps ou de considération à accorder à ces victimes. Il devait rejoindre le dortoir. Quand ils tournèrent au coin du couloir et ouvrirent la porte, ils se retrouvèrent face à sept lits vides.

— Non, cracha-t-il.

Il parcourut chaque pièce du bâtiment en courant.

— Non ! hurla-t-il, sa voix résonnant contre les murs. Comment c'est possible ?

Le Père Quinn se tourna vers ses frères.

— On doit partir. Maintenant.

Une demi-heure plus tard, les prêtres entraient dans la salle de réunion du hall de la Brigade, une forteresse loin des Saints-Innocents et de l'œil attentif de l'Église. Le Père Brady avait appelé leurs frères locaux pour requérir leur présence. Le Père Quinn se posta à l'avant de la pièce.

— Ce soir, notre sanctuaire a été profané. Sept garçons possédés par des démons sont désormais en liberté. Nous n'avons retrouvé aucune trace, aucun indice sur l'endroit où ils peuvent être. Ce sont des garçons dangereux. Et si on ne les retrouve pas, le Mal se déchaînera sur ce monde.

Le Père Quinn observa ses frères. Des centaines d'yeux lui rendaient son regard. Cette vision l'emplissait toujours de joie. L'Église ne reconnaissait peut-être plus la nécessité de pratiquer des exorcismes, mais les hommes dans cette pièce connaissaient la vérité. C'étaient de vrais guerriers de l'Inquisition ; ils comprenaient comment le Mal fonctionnait. Mais plus que ça, ils savaient à quel point il était important de retrouver les garçons qui abritaient tant de malveillance.

— Mes frères, nous n'aurons de cesse de les pourchasser tant que nous ne les aurons pas récupérés. Et une fois qu'ils seront à nouveau entre nos mains, nous ne prendrons pas de repos avant d'avoir pu purifier leur âme et vaincre leur mal.

Le Père Quinn laissa le sens du devoir, qui était le seul but de son existence, pulser dans chacune de ses cellules.

— Nous mettrons les Anges Déchus au pas. Nous obtiendrons leur confession. Et mes frères… Nous rachèterons leur âme.

ÉPILOGUE

Dix ans plus tard...

Eden Manor, Massachusetts

Gabriel redressa son col de prêtre. Il aplatit la carte blanche contre sa chemise noire et passa une main dans ses cheveux blonds qui lui effleuraient les oreilles. La cloche du dîner retentit et il prit une grande inspiration. Son dos le faisait souffrir et les cilices en métal autour de ses cuisses s'enfonçaient dans sa chair à chacun de ses pas. Mais Gabriel serra la mâchoire et endura le trajet jusqu'à sa chambre, puis jusqu'à la nef au rez-de-chaussée. La salle à manger des Déchus. Quand il entra dans la pièce, ses frères étaient déjà assis.

Gabriel s'installa en bout de table. Il parcourut ses frères des yeux. Bara était installé en face de lui, à l'autre bout. Comme tous les Déchus, il avait laissé pousser ses cheveux plus longs qu'au Purgatoire ; une forme de rébellion pour les garçons qu'ils étaient qui avaient subi tant de mauvais traitements. La tignasse rousse de Bara lui arrivait aux épaules. Ses iris verts tourmentés observaient ses compagnons, et son sourire si particulier était présent, cette fois encore.

Uriel était assis à la gauche de Bara, ses cheveux à peu près aussi longs que ceux de son ami. Uriel était plus large d'épaules que les autres jeunes hommes. Plus grand, aussi. Sela était à la droite de Bara, et ses cheveux bruns cascadaient dans son dos. Son regard sombre fixait Gabriel. Tous ses frères attendaient chaque soir qu'une Révélation leur soit délivrée. Que l'ordre d'aller à la Tombe après le dîner soit donné... qu'un meurtre soit demandé, qu'un désir soit satisfait. Ils n'attendaient que ça. Ils avaient faim de ça.

C'était le moteur de leur existence. Peu de choses avaient de l'importance, à part cela.

Diel était assis à côté de Sela. Ses épaules étaient détendues, sa chevelure noire hirsute retombait devant ses yeux bleus. Il portait le collier en métal qu'on ne lui retirait jamais. Gabriel l'avait fait concevoir spécifiquement pour lui. Il lui envoyait des décharges électriques. Il suffisait d'appuyer sur un bouton pour immobiliser Diel à la seconde où il perdrait le contrôle, et Gabriel était le seul à détenir la télécommande capable d'administrer le choc.

Raphaël était assis en face de Diel, il enroulait son bout de ficelle autour de son doigt, comme il le faisait depuis des années. Il observait Gabriel de ses yeux dorés, ses cheveux sombres coiffés en avant sur son front. Il avait de longues mèches désordonnées, mais plus courtes que celles des autres.

Il cherchait le moindre signe qui indiquerait que le prochain meurtre serait pour lui. Gabriel sentait son désespoir silencieux.

Et à la droite de Gabriel, il y avait Michaël. Vêtu d'une chemise noire déboutonnée jusqu'au nombril et d'un pantalon en cuir noir, il jouait avec la fiole de sang encore accrochée autour de son cou. Un côté de ses cheveux sombres était rasé, l'autre retombait en boucles naturelles jusqu'au bas de son oreille. Les yeux bleus de Michaël étaient rivés sur le vin rouge dans sa main. Ses tatouages, qui imitaient des lignes successives de veines recouvrant son corps, dissimulaient chaque centimètre carré de peau nue. La plupart de ses frères portaient un tatouage, souvent pour exprimer la douleur qui hantait leur cœur perturbé. Sela était un artiste de haut calibre. Il pouvait dessiner leur histoire sur leur peau pour l'exposer au monde.

— Tout le monde va bien ? demanda Gabriel.

Bara sourit et se renfonça dans son siège, un bras sur l'accoudoir. Il portait une chemise verte assortie à ses yeux perçants.

— On irait mieux si tu nous disais qu'on allait à la Tombe après, répondit-il avant de se pencher en avant. On est un peu irritables, en ce moment, Ange.

Gabriel ferma les yeux quand la température de la pièce parut grimper. Il sentit les cilices autour de ses cuisses le brûler, la tension des blessures fraîches causées par le fouet dans son dos, et hocha la tête. Il ouvrit les yeux, but une gorgée de vin et répondit :

— Nous allons manger en famille…

Il prit une inspiration, puis la relâcha, sentant un peu plus de dépravation emplir son âme.

— Puis l'un d'entre vous aura droit à un meurtre.

Les dix commandements des Déchus

1. *Tu ne tueras point d'innocent*

2. *Tu ne dévieras point du chemin vertueux des Déchus*

3. *Tu ne ramèneras point de proie à Eden Manor*

4. *Tu ne tueras point à Eden Manor*

5. *Tu ne trahiras, ne blesseras ou ne tueras point de frère des Déchus*

6. *Tu ne tueras que les Élus*

7. *Tu ne feras passer personne avant les Déchus*

8. *Tu ne tueras point la proie d'un autre frère*

9. *Tu ne tueras que dans les limites de tes désirs*

10. *Tu t'exerceras à la retenue*

Playlist

Night Rain — Sumie

Young God — Halsey

Psychotic Kids — Yungblud

Heathens — Twenty One Pilots

Losing My Religion (Cover) — Passenger

Madness — Ruelle

Bad Guy — Billie Eilish

Faded — Alan Walker

Killer — Phoebe Bridgers

This Fire — Richard Walters

Glossaire

Les Déchus : composés de Gabriel, Raphaël, Selaphiel, Barachiel, Jegudiel, Uriel, Michaël. Sept hommes ayant grandi aux Saints-Innocents, puis au Purgatoire. Nommés par la Brigade selon les archanges de la foi catholique, dans l'espoir que leur nom sacré leur inspire la rédemption. Ils sont devenus les Déchus en référence à leur nom d'archange et leur nature rebelle.

La Brigade : secte issue de l'Église catholique de Boston, Massachusetts. Elle exorcise les enfants de leur malveillance innée, de leur soif de meurtre, par le biais de techniques de tortures sexuelles et médiévales agressives inspirées de l'Inquisition catholique.

Le foyer pour enfants des Saints-Innocents : orphelinat pour les garçons originaires de Boston et ses environs. Son nom est un hommage aux garçons tués quand Hérode cherchait Jésus.

Purgatoire : structure secrète sur le domaine des Saints-Innocents. Dirigée par la secte catholique secrète nommée « la Brigade ». Les garçons considérés comme intrinsèquement mauvais sont amenés ici pour être « exorcisés » de leurs démons.

Eden Manor : Grande demeure aux abords de Boston, Gabriel en a hérité de son grand-père, Jack Murphy, un milliardaire tueur en série. Elle est située dans un emplacement secret, protégé par le gouvernement. C'est le foyer des Déchus.

La Tombe : sous-sol d'Eden où les « Révélations » sont menées.

La nef : lieu où les Déchus se rassemblent pour le repas. Les dîners chaque soir sont obligatoires pour renforcer les liens sociaux de la fraternité. C'est une manière pour Gabriel d'évaluer l'état de ses frères et de s'assurer qu'ils gardent le contrôle de leur humanité.

Révélation : rituel des Déchus. Cérémonie durant laquelle Gabriel charge l'un des Déchus de la « mission » de tuer. Les Déchus portent des aubes cérémonielles.

Le Serment des Déchus : prêté dans la Tombe. Chaque frère des Déchus signe un contrat avec son sang et la plume sacrificielle, s'engageant à devenir un Déchu et à respecter les dix commandements auxquels il doit adhérer. Pratiqué par Gabriel. Ne peut être brisé que par la mort.

TOME 1 : RAPHAËL

... et toute sa chevelure
En un long cordon jaune j'enroulai
Trois fois autour de sa petite gorge
Et l'étranglai. Elle ne ressentit aucune douleur ;
Je suis bien sûr qu'elle ne ressentit aucune douleur.

L'amant de Porphyria
Robert Browning

NOTE DE L'AUTEUR

Deadly Virtues est une série de dark romance basée sur les sept péchés capitaux et ses sept vertus salvatrices. Ils sont bien évidemment opposés, et chaque vertu sert de « remède » ou de « traitement » à l'un des péchés.

L'Humilité soigne l'Orgueil.
La Charité soigne l'Envie.
La Tempérance soigne la Gourmandise.
La Chasteté soigne la Luxure.
La Patience soigne la Colère.
La Générosité soigne l'Avarice.
Le Zèle soigne la Paresse.

Raphaël (premier tome de *Deadly Virtues*) explorera la notion de Chasteté pour soigner la Luxure.

CHAPITRE 1

Eden Manor, Massachusetts

Les chants grégoriens de Gabriel leur parvenaient depuis l'abrupt escalier en colimaçon de la Tombe. Raphaël fit courir ses doigts le long des murs en pierre grise. Ils étaient humides, couverts de l'eau qui émanait du lac, dehors. Une mousse vert forêt s'insinuait par les brèches et les fissures de la brique, trahissant l'âge du manoir.

À chacun de ses pas, dans cette pénombre éclairée à la bougie, Raphaël sentait son cœur battre à un rythme de plus en plus entêtant. La ficelle toujours enroulée plusieurs fois autour de son index droit était si serrée qu'il sentait son pouls pulser au bout. Il se concentra sur les battements de son cœur, sur la pression du fil autour de sa chair. Une flamme de plaisir se déploya dans sa poitrine et afflua dans ses veines à cause de cette pression, de cette suffocation, de cette asphyxie hédoniste de son doigt. Il se privait de sang, de la vie dont son doigt avait besoin pour survivre, pour s'épanouir... pour exister. Raphaël s'humecta les lèvres en souriant. Il savait que le bout de son index finirait par bleuir, dépossédé de la substance nécessaire à son bon fonctionnement. Il siffla de plaisir quand le feu provoqué par cette vision fusa dans son sexe. Raphaël se moquait que ses frères entendent ses gémissements. Ils étaient trop accaparés par leurs pensées, leur excitation. Ils voulaient ce meurtre et se fichaient bien de ce qu'il faisait. Ils s'en fichaient toujours.

Raphaël sentit la respiration forte de Michaël derrière lui, comme pour confirmer ses pensées. Il savait que Michaël était en train de caresser la fiole de sang qui pendait à son cou, et qu'il était à deux doigts de jouir dans son pantalon en cuir à l'idée de planter ses dents pointues dans une veine pour en aspirer le sang. Gabriel leur avait dit que Michaël souffrait d'hématolagnie. Il avait un mot pour chacune des affections dont ils « souffraient ».

Ils ne souffraient de rien du tout.

Gabriel ne comprenait pas ce qu'ils étaient, ce qu'ils devaient être, les six Déchus qui ne lui ressemblaient pas. Ils aimaient tuer. Ils en avaient autant besoin que de respirer. Pour eux, ça n'avait rien d'anormal. Le sang, les plaies et les cris de douleur qu'ils infligeaient ne leur causaient aucune répugnance, que de la satisfaction.

Ils étaient comme ça, tout simplement.

De tous les frères, Michaël était celui dont Raphaël était le plus proche. Mais à cet instant, tous les frères étaient seuls. La cérémonie de la Révélation faisait ressortir leur égoïsme.

L'occasion de semer la mort les consumait. Les contrôlait.

Et ça convenait parfaitement à Raphaël.

Son sexe durcissait dans son jean rien qu'à l'idée de recueillir le dernier souffle de quelqu'un. Le sang afflua dans son entrejambe, il se la pressa. Le flot de plaisir douloureux qui lui parcourut le dos le fit grogner plus fort. La cage de latex qu'il portait toujours autour de son sexe étranglait sa chair et commença à se tendre, s'enfonçant dans sa peau quand le latex se rebella contre son érection. Le but de cet instrument BDSM était de faire souffrir. Et ça fonctionnait. Toutefois, Raphaël ne voyait pas la douleur comme une punition. Il ne vivait que pour elle.

Plus il souffrait, puis il éprouvait du plaisir. Il se repaissait de cette sensation d'étranglement de son pénis, savourait son érection malmenée, tandis qu'elle luttait pour se libérer de cette entrave en latex.

Raphaël chancela, son dos heurta le mur. Il remarqua à peine l'humidité qui imbiba sa chemise, et ferma les yeux. Il n'était concentré que sur la strangulation incessante de la cage. Il serra les poings quand ce feu addictif ravagea son corps.

Des flashs de son fantasme ultime déferlèrent dans sa tête, nourrissant son extase. Il ne pouvait rien faire. Il aurait été incapable de les repousser, même s'il l'avait voulu. Mais pourquoi le voudrait-il ? C'était ce qui le poussait à se lever tous les matins, ce qui justifiait qu'il apporte de l'air à ses poumons. Ce qu'il attendait depuis des années, ce qu'il était prêt à attendre toute sa vie. La respiration de Raphaël devint profonde et laborieuse pendant qu'il imaginait la scène : un lit double, des pétales de rose rouges jetées sur une couette blanche, en coton égyptien. Et elle, étendue devant lui, sur le dos, nue. Une tentation devenue réalité. Ses joues seraient empourprées, ses lèvres rouge cerise. Sa peau si douce, sans la moindre imperfection, ses yeux brillants, rivés à ceux de Raphaël, n'exprimant que de l'adoration. Elle serait à lui, et il serait à elle. Il n'y aurait personne d'autre pour lui comme pour elle. Elle serait son unique possession, qu'il garderait sa vie durant.

Raphaël savait que ses pupilles étaient dilatées sous ses paupières closes. Ses yeux étaient d'une drôle de couleur marron doré, qui le distinguait de tous les autres. Son meilleur outil. Ses yeux qui attiraient ses victimes… Ces femmes sans importance qu'il traquait un temps, qu'il séduisait, aguichait, qu'il faisait tomber amoureuses de tout ce qu'il prétendait être… avant de piller leur existence, de les baiser fort pendant que la mort collectait leur âme. Il se déchargeait dans leur corps mourant et récoltait leurs derniers battements de cœur, leur dernier souffle, entre ses mains implacables.

Raphaël ouvrit vivement les yeux en entendant la cloche de l'église retentir dans le sous-sol en pierre. Le signal de Gabriel les invitant à s'habiller pour la Révélation. Quand il descendit les dernières marches, la cage en latex serrée autour de son sexe fit couler du liquide séminal dans son jean. Il ne vivait que pour la strangulation sexuelle. C'était une nécessité chez lui, comme l'oxygène.

Raphaël se rendit compte qu'il était en retard. Il franchit les larges portes en bois de la Tombe en courant. Ses frères portaient déjà leur aube. Leur tête était dissimulée par les lourdes capuches. Ils attendaient son arrivée en silence.

Il se rendit dans le vestiaire de la Tombe pour se changer et enfiler l'aube noire, noua le cordon à sa taille et rabattit la capuche sur sa tête. Les chants grégoriens noyaient tous les autres bruits de la pièce. De hautes bougies d'église blanches menaient à un autel en pierre au fond de la petite pièce ; il était surélevé d'une marche. Devant l'autel, une silhouette vêtue d'une aube se tenait face à ses frères. Une aube rouge, qui se démarquait dans la marée de noir. Gabriel. Les frères de Raphaël s'agenouillèrent. Gabriel attendit patiemment que Raphaël prenne sa place et les imite. Ce dernier prit une grande inspiration et plia un genou. Sa mâchoire se contracta. Tout en lui lui dictait de refuser ce signe de soumission. De se relever et de ne plus jamais s'incliner devant rien ni personne. La colère monta en lui, un sang brûlant déferla dans ses veines tandis qu'il obligeait son corps à obéir. Il luttait, comme toujours, contre l'assujettissement. Ses muscles se raidirent et sa peau lui parut soudain trop tendue sur sa chair.

Raphaël resserra la ficelle autour de son doigt et inspira profondément. Il pensa à des roses. Des roses rouges, roses et jaunes. La chanson familière qu'il fredonnait toujours entre ses dents s'échappa de sa gorge, emplissant la Tombe de ses notes graves.

C'était Gabriel, se rassura-t-il. C'étaient ses frères. C'était une Révélation… Et les Révélations menaient à un meurtre. Raphaël posa les mains sur le sol, à côté de son genou. Il perçut la pierre dure et lisse sous ses paumes. Il se remémora les nombreuses fois où Gabriel avait prononcé son nom, et la légèreté qu'il avait ressentie dans sa poitrine quand il avait su que ce meurtre était pour lui.

Raphaël réprima tous les instincts rebelles de son âme et posa le deuxième genou par terre. La pierre était froide sous son jean. Sa respiration laborieuse résonnait sous sa capuche, son souffle tournoyait dans cet espace étriqué. Il attendit, les muscles tendus, que Gabriel commence. Il devait se relever. Quitter le sol, ne pas rester à genoux. Des souvenirs défilèrent dans sa tête, on lui tenait le cou et on lui baisait la bouche, contre sa volonté. Il secoua la tête, balayant ces images de son esprit.

Des roses… Il se concentra sur les roses…

Gabriel baissa le volume des chants grégoriens jusqu'à ce qu'ils ne soient plus qu'un murmure lointain. Sous le bord de sa capuche, Raphaël le vit prendre le parchemin posé sur le plateau doré au centre de l'autel. Comme toujours, il était enveloppé d'un ruban rouge. Rouge pour le sang qui serait versé. Le péché qui serait commis.

Puis il y eut le silence.

Raphaël fixa les pieds de Gabriel qui se déplaçaient devant les six Déchus. Devant Bara, Uriel, Sela, Diel… et enfin Michaël. Gabriel s'immobilisa devant Raphaël.

— Debout, dit Gabriel d'une voix autoritaire.

Une vague d'adrénaline sombre afflua dans son corps, elle était comme de la lave. Toujours au sol, il repoussa sa capuche et regarda Gabriel. Les yeux bleus de son frère étaient rivés aux siens. Les narines de Raphaël se dilatèrent et il reporta son attention sur le parchemin. Celui qui contenait le nom de sa prochaine victime. Gabriel attendit que Raphaël se soit lentement relevé. À la minute où les Déchus avaient été amenés au manoir, Gabriel leur avait enseigné la retenue. Il voulait qu'ils lui prouvent qu'ils pouvaient maîtriser leurs pulsions meurtrières, du moins assez pour qu'il puisse leur permettre de sortir de l'enceinte du manoir, et donc de tuer, quand on le leur ordonnait. C'était une torture. L'attente, devoir refréner l'envie de fuir la réclusion du manoir pour aller tuer et baiser qui ils voulaient.

Bien sûr, aucun d'entre eux n'était obligé d'obéir à Gabriel. Ils pouvaient partir quand ils le voulaient. Néanmoins ils ne le feraient pas. Ils avaient signé un pacte avec leur frère, celui qui était pur. Quand ils étaient enfants, Gabriel les avait sauvés de la Brigade. Il avait sacrifié son avenir en tant qu'homme d'église en agressant le Père Quinn, tout ça pour suivre son petit frère dans les profondeurs de l'Enfer. Il avait été déshabillé, violé, baisé par des prêtres, torturé, marqué… détruit. Tout ça pour sauver leurs âmes déjà damnées. Ces frères adoptifs qu'il n'avait jamais voulus, mais qu'il avait toujours gardés près de lui.

Ce type était un saint, un vrai. Et Gabriel avait l'allégeance des Déchus… même si ça les mettait à l'épreuve et les obligeait à contrôler leurs désirs les plus vils. Leur retenue était une manière de remercier leur frère pour tout ce qu'il avait fait.

Sans Gabriel, ils seraient morts.

Gabriel tendit le parchemin à Raphaël, et ce dernier vit dans les yeux de son sauveur la même chose que d'habitude. Ça ressemblait à de la douleur. Raphaël ne comprenait pas. Il ne comprendrait jamais ce que ressentait Gabriel dans ces instants. De son point de vue, leur leader ressentait trop de choses. Il était trop innocent. Gabriel était leur strict opposé. Au Purgatoire, Bara se moquait de lui et le surnommait « l'Ange ». Ce sobriquet était tout à fait approprié.

L'ange qui vivait volontairement dans une tanière de démons. Des démons dénués de remords, des voleurs d'âmes.

— La Révélation a été partagée, annonça Gabriel.

Un par un, les frères de Raphaël se remirent sur leurs pieds. Ils écartèrent leur capuche pendant que Raphaël dénouait le ruban rouge qui maintenait le parchemin fermé. Il le laissa tomber au sol, où il forma un tas aussi rouge que le sang qu'il verserait bientôt. Puis il ouvrit le parchemin et lut le nom que l'écriture parfaite de Gabriel avait noté au centre.

Angela Bankfoot.

— Une trafiquante de petites filles, lui expliqua Gabriel. Elle s'est fait des millions en kidnappant des adolescentes chez elles pour les vendre à l'industrie du sexe.

Raphaël sourit.

Angela Bankfoot serait marrante à tuer.

Il s'avança vers le bénitier de pierre où était gravé l'emblème des Déchus : une épée avec des ailes d'ange. Il n'était pas là pour recueillir l'eau bénite, comme à l'église des Saints-Innocents. C'était un brasero. On ne l'utilisait pas pour bénir une congrégation ou pour baptiser un enfant, non. Le bénitier des Déchus consumait les noms des futurs morts et envoyait leur nom en Enfer à l'avance, en attendant que l'âme de la proie le suive. Hypnotisé par les flammes orange et rouge, Raphaël laissa le feu lui réchauffer le visage. Il savoura cette sensation de brûlure sur sa peau.

Il laissa tomber le parchemin dans le feu et regarda les flammes dévorer le papier, engloutissant les lettres qui formaient le nom de cette garce. Quand il se retourna, Gabriel lui tendit un dossier en cuir brun. Des informations sur la cible. Chaque frère en recevait un quand on lui donnait une Révélation. Toutes les infos nécessaires pour chercher la victime et jouer avec elle comme elle le méritait, avant de la faire disparaître.

Un par un, ses frères lui adressèrent un signe de tête. Un geste silencieux de félicitations. Raphaël lut toutefois l'envie dans leur regard, la déception de ne pas avoir l'occasion de causer la douleur d'une autre âme tordue et de savourer la symphonie de ses cris. Gabriel revint se placer devant l'autel. Les Déchus tournèrent leur visage vers lui. Quand Gabriel hocha la tête, ils baissèrent le menton et se mirent à réciter les commandements des Déchus :

— Tu ne tueras point d'innocent. Tu ne dévieras pas du chemin vertueux des Déchus… Tu ne ramèneras pas de proie à Eden Manor…

Les commandements s'égrainaient, sortaient des lèvres de Raphaël, et il luttait contre l'envie de fuir cette pièce pour trouver un peu d'intimité. Pour se lancer dans la préparation de cette élimination. Il sourit au fond de lui.

Il était temps de commencer la traque. Elle était presque aussi enrichissante que le meurtre. Presque. Gabriel se dirigea vers la corde de la cloche de cérémonie et tira dessus. La cloche retentit, son tintement vibra dans les os de Raphaël. Il regarda la corde et son sourire s'élargit. S'il fermait les yeux il repenserait à la genèse de sa chute. Quand il était un gamin de douze ans qui ne voyait pas où était le problème à regarder quelqu'un mourir. Et qui ne parvenait plus à contenir son besoin de tuer.

Raphaël se souvenait encore de la scène dans les moindres détails. Il avait enroulé la corde rouge autour du cou fin de Gavin. Après avoir passé des mois à étudier tous les élèves de l'école des Saints-Innocents, il avait fini par sélectionner Gavin, il serait son premier. Celui qui prendrait la virginité de Raphaël, sa virginité d'étrangleur. S'il fermait plus fort les yeux, Raphaël sentait encore les fibres de la corde de la cloche de l'église sous ses doigts, ses fils écarlates caresser sa paume pendant qu'il la serrait vigoureusement autour de la gorge de Gavin. Il l'avait enroulée encore et encore, pendant que la cloche annonçant la messe résonnait dans ses oreilles. Raphaël prit une brusque inspiration en sentant son sexe enfler dans la cage. Se rappeler les gémissements étranglés et la respiration hachée de Gavin le rapprochait de l'extase. Il se souvenait de chaque détail, les efforts de Gavin pour rester conscient, pendant que Raphaël tirait sur la corde de plus en plus fort, pour qu'elle étouffe la vie de Gavin, mais sans lui écraser la trachée. Raphaël voulait que le cou soit parfait, qu'il ne se brise pas, ne se torde pas. La beauté du meurtre était dans la préservation de la perfection. L'élégance d'une mort lente, sans mutilation.

Une asphyxie parfaite.

Soudain, Raphaël fut consumé par le besoin de commencer la traque. Le souvenir de l'étranglement de Gavin avait affaibli ses sens, éveillé la bête démoniaque qui avait pris possession de son âme noire. À la seconde où le dernier tintement de cloche retentit, il se précipita dans le vestiaire, suspendit son aube et se dirigea vers l'escalier. Les marches en pierre de l'escalier en colimaçon ne firent qu'embraser les braises de l'impatience nichée au fond de lui. Il avait le souffle court, inspirait avec peine à cause du mouvement circulaire. Mais pas seulement.

Raphaël s'arrêta dans la nef. Il ouvrit le dossier sur la grande table en bois où les Déchus prenaient leur repas. La première chose qu'il vit fut le visage de la garce sur une photo. *Angela Bankfoot.* Une grande blonde élancée, gonflée par le silicone, le Botox et la chirurgie esthétique. Cependant il n'en avait rien à foutre de son visage ou de sa silhouette. Ses yeux se rivèrent sur son cou. Il pencha la tête sur le côté. Il était de la bonne taille. Pas assez fin pour faire d'elle la plus excitante des cibles, mais assez pour que son meurtre soit savoureux. Il pourrait satisfaire la noirceur qui rugissait dans son cœur.

Raphaël esquissa un rictus dégoûté en voyant ses cheveux. Des mèches blond peroxydé qui lui arrivaient aux épaules. Ils les aimaient plus longs.

Raphaël serra les poings sur la table, ferma les yeux et prit plusieurs inspirations rapides pour refouler la rage causée par la déception. Quand il se fut ressaisi, il se concentra à nouveau sur le dossier. Il sourit en voyant où la garce aimait aller pour le plaisir.

Un endroit que Raphaël connaissait bien.

Angela Bankfoot aimait les jeux tordus. Hélas pour elle, Raphaël aussi. Cette garce n'avait aucune idée de ce qui l'attendait.

— Alors ? demanda Sela.

Raphaël se redressa, ses frères se rassemblèrent autour de lui. Cinq d'entre eux, en tout cas. Gabriel avait dû rester dans la Tombe, sans doute pour prier Dieu de pardonner à son âme d'avoir donné cette mission à Raphaël. La haine qu'il ressentait pour lui-même devait le dévorer vivant, la souffrance qu'il éprouvait à l'idée d'être le juge, le juré et le bourreau de l'âme d'un autre.

C'était ridicule. Dieu n'avait pas sa place dans leur vie, dans le manoir. Il les avait abandonnés depuis longtemps, en laissant ses agents du péché les baiser et les frapper, les rendre encore plus détraqués qu'ils ne l'étaient déjà.

Quelqu'un agita une main devant son visage. Quand la vision de Raphaël s'éclaircit, il vit Bara et ses cheveux flamboyants. Ses yeux verts rayonnaient d'excitation.

— Une bonne cible ?

Raphaël montra la photo de Bankfoot. Une main se posa sur son épaule. Sela.

— Dommage que ce ne soit pas la bonne, mon frère, dit-il.

Sela se pencha pour mieux voir. Ses longs cheveux bruns retombèrent sur la photo et, pendant une fraction de seconde, ce fut comme si ceux de Bankfoot lui descendaient jusqu'à ses gros faux seins. Raphaël siffla.

Bara sourit, il savait exactement ce qui lui avait fait perdre la boule un instant.

— Peut-être la prochaine fois, dit Sela en s'écartant.

Il rassembla ses cheveux, le fantasme de Raphaël disparut. Il étudia la photo.

— Mais elle serait facile à recréer. Toute cette chirurgie esthétique faciliterait le masque mortuaire.

Ses yeux s'embrasèrent. Sela faisait des masques de toutes ses victimes. Il les accrochait dans sa chambre pour qu'elles le regardent pendant qu'il dormait.

— Et ces lèvres en caoutchouc seraient très agréables autour de ma queue.

Il haussa les épaules et ajouta :

— Jusqu'à ce que je les lui découpe pour les mettre dans un bocal, en tout cas.

— Où tu dois la trouver ? s'enquit Diel.

Son frère aux cheveux noirs et aux yeux bleus tira une chaise et s'assit à la table. Sa tête tressautait régulièrement, signe qu'il luttait pour maîtriser le tueur en lui. Il voulait un massacre. De ses mains. Son collier vibra, indiquant que Gabriel l'avait passé sur contrôle automatique. Dès que Diel faisait un geste trop brusque, que son pouls pulsait trop fort ou qu'il accélérait le pas, le collier s'activait, envoyant une décharge de cinquante mille volts dans son corps et le faisant tomber à genoux.

Raphaël s'apprêtait à répondre quand on l'interrompit.

— Son sang serait infect.

Michaël. Il parlait rarement. Leurs regards convergèrent vers lui. Quand il prenait la parole, il s'adressait surtout à Raphaël. Pour une raison inconnue, il s'était toujours plus tourné vers lui plus que vers les autres. Les yeux bleu glacé de Michaël ne reflétaient rien d'autre que de la répulsion pour la cible. Il écarta ses cheveux noirs qui lui barraient le visage.

— Tout ce Botox et ces merdes en gâchent le goût, il est moins raffiné.

Michaël se passa la langue sur ses dents affûtées, ces crocs qui étaient désormais fixés à ses gencives de manière permanente. Il haussa les épaules, puis ses yeux fixèrent ceux de Raphaël.

— Si tu l'étrangles assez fort, tu pourras faire saigner ses yeux, dit-il. Ce serait un sacré spectacle.

Ses narines s'étaient dilatées.

Diel tourna le dossier vers lui.

— Des donjons sexuels, dit-il, amusé. Ton endroit préféré, Raphe. Mis à part ses cheveux, c'est ce que tu aimes le plus, non ?

Raphaël hocha la tête.

— Et elle fréquente mon club préféré, en plus.

Il sourit et croisa le regard de chacun de ses frères.

— Là où on a accès aux jouets les plus extrêmes, les plus tordus.

— Sympa, répondit Diel avec un sourire froid.

— Tu dois la tuer à petit feu, intervint Uriel.

Il se rapprocha de Raphaël pour voir la photo plus en détail.

— Cette pute est amoureuse d'elle-même, reprit-il avec un rictus dégoûté, d'une voix qui ressemblait à un grognement sourd. Toutes ces opérations de merde... Prends ton temps pour la tuer, des heures... Fais hurler cette conne jusqu'à ce qu'elle en perde la voix.

Uriel se frotta le haut de sa poitrine, juste au-dessus de la marque des Déchus qu'ils arboraient tous avec fierté. Son corps était couvert de piercings et de tatouages, qui marbraient chaque centimètre carré de sa peau. Seuls son cou et son visage étaient indemnes. Il suivit du doigt l'un des nombreux mots gravés sur sa peau, le plus gros. « HIDEUX ». C'était ironique ; le visage d'Uriel était tout sauf ça. Il plongea ses yeux gris dans ceux de Raphaël.

— Quand ce sera fait, dis-moi si elle a hurlé fort. À quel point tu l'as fait payer. J'ai besoin de savoir. J'ai besoin de connaître chaque seconde de sa souffrance, ou je n'arriverai pas à dormir.

— Toujours, répondit Raphaël.

Et il le ferait. L'un de leurs plus grands plaisirs était de se raconter les meurtres. Dans les moindres détails, les moindres sensations... Comment leurs victimes les avaient suppliés de les épargner, d'avoir pitié d'elles.

Les Déchus ne faisaient jamais preuve de pitié. Personne n'était épargné.

Il n'y avait aucune bonté dans leur âme. Les larmes et les cris glissaient sur leur conscience comme des gouttes de pluie ; les protestations et les suppliques les faisaient sourire.

Raphaël referma le dossier.

— On se voit plus tard.

Il parcourut le vaste manoir et monta dans sa chambre. Il la traversa jusqu'à la porte secrète du mur recouvert d'un papier peint vintage et entra dans sa pièce privée. Il se dirigea droit vers le large mur de photos. Des clichés de ses meurtres, pris quelques minutes après la mort, d'yeux grands ouverts et de visages figés pour l'éternité. Des mots étaient griffonnés en rouge et noir pour préciser ce qu'avait fait chaque victime. Si elle avait hurlé. Si elle lui avait griffé la peau... Si elle s'était étranglée sur son dernier souffle.

Son regard dériva sur la gauche. Vers un mur orné d'un cadre doré, d'une table de bougies éteintes et d'un vase vide attendant l'unique rose qui le remplirait et serait placée au premier plan.

Une pointe de déception l'envahit. Il serra les poings le long de ses flancs.

Pas encore, songea-t-il. *Pas encore...*

Il épingla la photo de sa prochaine victime sur le mur nord de la pièce, celui où il planifiait ses crimes, et commença à élaborer sa stratégie. Pendant qu'il regardait Angela Bankfoot, ses désirs quant à la façon dont elle devait mourir se firent de plus en plus sombres. Elle n'était pas celle qu'il voulait. Pour ça, elle allait payer. Raphaël se concentra sur ses techniques de séduction : le quand, le comment, les méthodes utilisées pour la tenter et l'attirer vers sa chute.

Un petit moment plus tard, Michaël entra dans la pièce. Comme tous les soirs, il avait un verre de sang à la main. Raphaël savait que c'était le sien, extrait de ses propres veines quelques minutes plus tôt. Des gouttes rouges tachaient encore son poignet, sa chemise noire cachant à peine la blessure. Michaël s'assit sur la chaise dans le coin de la pièce, plongea les doigts dans le verre et macula ses lèvres jusqu'à ce qu'elles soient d'un rouge écarlate. Ses doigts continuèrent de tourner autour de sa bouche, la colorant pendant qu'il lapait le liquide.

— Quand ? demanda Michaël sans jamais quitter son sang du regard.

Comme d'habitude, sa chemise était ouverte jusqu'au nombril, et la fiole qu'il portait toujours reposait contre l'insigne des Déchus gravé sur sa peau. Depuis qu'ils avaient emménagé au manoir, Michaël venait dans la chambre de Raphaël tous les soirs. Il ne restait jamais toute la nuit, il tenait juste compagnie à Raphaël jusqu'à ce qu'il aille se coucher. Parler n'était pas une obligation, Michaël le faisait rarement. Mais il venait toujours.

Ils avaient vécu au Purgatoire pendant des années. Des années de torture, à ne pouvoir compter que les uns sur les autres. Quand ils avaient échappé aux griffes du Père Quinn et que Gabriel leur avait donné leur propre chambre à chacun, ça avait été trop étrange pour eux. La première année, ils avaient tous dormi dans la même pièce, ensemble, sur le sol dur de la Tombe.

L'humidité, l'absence de fenêtre et de lumière, l'air stagnant, le froid... Voilà ce qu'ils avaient connu pendant si longtemps... Même Gabriel les avait rejoints, il était lui aussi incapable de dormir. Au fil des années, ils avaient peu à peu gagné en indépendance. Pourtant ils se retrouvaient chaque soir au dîner, et souvent à d'autres moments de la journée. C'était une fraternité dans sa forme la plus forte. Ils ne savaient pas comment vivre les uns sans les autres... et n'avaient pas envie de le découvrir.

Michaël était le plus jeune des Déchus après Raphaël. Ils avaient été naturellement attirés l'un vers l'autre. Dix ans plus tard, c'était encore le cas.

— Je commence demain, répondit Raphaël.

Il fit un pas en arrière et lança un regard noir à la photo de Bankfoot. Elle le lui renvoya, ses lèvres rouges gonflées offensant ses yeux dorés. Raphaël attrapa la ficelle autour de son doigt et la desserra, apportant un soulagement momentané à son membre, avant de l'enrouler à nouveau autour de la base, puis autour de l'articulation, jusqu'à l'ongle... Encore et encore.

— D'abord, je vais entrer en contact avec elle, attirer son attention. Ensuite, je la ferai venir à moi.

Raphaël sentit sa respiration s'approfondir pendant qu'il visualisait la scène. Il songea au club, à la pénombre et la fumée qui emplissaient chaque recoin des lieux. L'odeur de sexe et de sperme, les instruments en bois exposés aux yeux de tous.

Raphaël esquissa un sourire tout en fusillant du regard le visage de sa future victime sur papier glacé. La route vers la mort commencerait demain. Il attendait ça avec impatience.

CHAPITRE 2

C'était l'antre du péché.

Le Père Murray observa ce qui l'entourait. Il devait faire un gros effort pour réprimer sa colère. Il se tenait dans un coin de la pièce, vêtu d'une chemise et d'un pantalon noirs. Il avait abandonné son col de clerc rouge et son aube pour la mission, mais son chapelet pendait encore autour de son cou, symbole de sa foi. Il sentit presque la croix lui brûler la peau de révulsion quand il aperçut une femme enfermée dans une cage en métal, les jambes écartées de force, pendant que son amant la pénétrait avec différents sex-toys. Ses tétons étaient enserrés dans des pinces reliées à une chaîne, qui descendait vers une troisième chaîne, au niveau de son clitoris.

Le Père Murray détourna les yeux de son visage quand elle poussa un cri d'extase devant tout le monde, se donnant en spectacle. Mais son regard revint sur elle lorsqu'elle rejeta la tête en arrière, exposant son cou long et fin.

Murray sentit une sensation familière dans son entrejambe. Il serra les dents, il se dégoûtait. Il grogna contre sa faiblesse, contre les ténèbres qui attendaient, au fond de son âme, prêtes à bondir.

Il se tourna vers le mur peint en noir derrière lui, et s'enfonça dans l'ombre. Il serra le poing et s'asséna un coup sur le sexe. L'explosion de douleur le fit se cambrer, il ferma les yeux. Cet élan de souffrance le paralysa. Il plaqua la paume sur le mur et s'efforça de respirer malgré la brûlure douloureuse qu'il ressentait. Il avait du mal à rester debout. Il visualisa le mal qui le dominait autrefois, il était en train de remonter à la surface. Non, impossible. Pas encore. Il ne pouvait pas revenir en arrière. Jamais. Pas alors qu'il avait trouvé la lumière, qu'il avait été initié et était entré dans la fraternité.

Le prêtre se donna plusieurs coups de poing successifs entre les jambes, il en tomba presque à genoux. L'odeur du tabac lui brûlait les narines, et la perversité des relents de sexe et d'immoralité qui flottaient dans l'air lui obstruaient les poumons. Le dégoût et l'aversion qu'il éprouvait pour ceux qui polluaient le monde de leur vice emplirent toutes les cellules de son corps. Quand son pénis ramollit sous l'effet du dernier coup de poing, il pivota pour affronter toute cette dépravation écœurante. Son érection avait beau s'être dissipée, sa colère devant ces actes impies était toujours aussi forte.

Encore plus, même.

Le Père Murray riva à nouveau les yeux sur la femme, qui avait été libérée de sa prison de métal et était dans les bras de son amant. L'homme écrasa sa bouche contre la sienne et plongea les doigts dans son vagin malmené. Leur tenue en cuir était scandaleuse et ne dissimulait quasiment rien de leur corps. Le Père Murray grimaça de dégoût. L'homme s'écarta et se dirigea vers le bar. Les joues de sa traînée étaient rouges et ses lèvres enflées après ce violent baiser. Elle avait des marques sur tout le corps, comme la sorcière qu'elle était. Des bleus et des zébrures causées par le fouet, des chaînes et Dieu sait quoi d'autre que le pécheur avait utilisé sur sa chair.

Une chair qui appartenait au Seigneur, pas à elle. Une chair qu'elle souillait, qu'elle méprisait.

Tout en sirotant son eau, le Père Murray vit que la putain se dirigeait vers les toilettes. Il la suivit des yeux, puis scruta le club pour vérifier que personne n'était dans son sillage. Précaution inutile, car les païens présents ce soir-là étaient trop occupés à forniquer pour la remarquer ou s'en soucier. Son cœur s'accéléra ; elle était seule dans les sanitaires. Il serra la bouteille d'eau si fort qu'il l'écrasa entre ses doigts.

La peau du Père Murray le brûlait pendant qu'il regardait la porte des WC. Ses muscles se tendirent tellement qu'il crut qu'ils allaient exploser. Une brume rouge recouvrit ses yeux... Puis il se mit en mouvement. Il laissa le Seigneur envahir ses sens et lui céda le contrôle.

Fais de moi ce que tu voudras. Utilise-moi comme réceptacle pour détruire le Mal qui parcourt cette terre.

Aussi vif qu'une ombre, le Père Murray tourna la poignée de la porte des toilettes et entra. La putain se tenait devant le miroir, elle essuyait son sexe rance avec une serviette. Elle le regarda. Ce qui, dans un premier temps, ressemblait à de la stupeur se transforma en intérêt brûlant.

— Je peux t'aider ? demanda-t-elle d'une voix lourde de séduction.

La voix du Diable, songea le prêtre. *Une tentation vivante essayant de me détourner du droit chemin.*

Sa purification n'en serait que plus puissante.

Le Père Murray s'humecta les lèvres et écarta de ses yeux ses cheveux noirs qui lui descendaient jusqu'à la mâchoire. Les pupilles de la putain se dilatèrent. C'était pour ça qu'on le choisissait pour ce genre de mission. Le Père Quinn lui avait expliqué que Dieu lui avait donné cette apparence et ce corps pour cette raison précise. Pour piéger les traînées impures et les envoyer dans les profondeurs de l'Enfer, là où était leur place et là où elles resteraient pour l'éternité.

En silence, le religieux se retourna et adressa un léger signe de tête à la femme pour l'encourager à le suivre. Il ne regarda pas derrière lui, et la musique sourde qui jaillissait des haut-parleurs du club l'empêchait d'entendre ses hauts talons claquer sur le sol. Malgré tout il savait qu'elle le suivrait. C'était la volonté de Dieu.

Ces missions étaient la raison d'être de la Brigade.

Le Père Murray sortit par la porte de derrière et descendit l'escalier de secours en colimaçon. Une porte en métal l'amena dans l'allée sombre, dehors. Il s'immobilisa contre le mur et attendit. Il esquissa un sourire quand la porte de secours s'ouvrit et que la traînée sortit. Il la regarda plisser les yeux dans la pénombre, elle le cherchait. Elle sourit en voyant son regard intense fixé sur elle.

— Tu aimes l'intimité, hein ? demanda-t-elle en venant se poster devant lui. Tu n'es pas fan de faire ça en public ? Pas du genre exhibitionniste ?

Elle sourit à nouveau.

— Tu devrais essayer. Il n'y a rien de mieux que de sentir qu'on te regarde quand tu jouis.

La putain fit courir ses ongles longs sur la poitrine du Père Murray. Son contact ne lui faisait aucun effet. Son sexe ne remua pas, son attention ne lui procura aucune satisfaction. Cette catin ne savait pas ce qui l'excitait.

Elle le saurait bientôt.

Elle posa les mains sur la braguette de son pantalon et l'ouvrit. Elle sortit la langue et la passa sur ses dents trop blanches. La catin était un démon déguisé en femme attirante.

Toutefois elle ne pousserait pas cet homme de Dieu à pécher.

Le Père Murray prit la putain par le bras et la plaqua contre le mur. Une âme innocente aurait éprouvé de la peur, elle aurait détesté ce contact brutal. Mais pas cette traînée. Elle sourit, appréciant la douleur provoquée par la poigne agressive du prêtre.

Païenne. Une païenne qui mérite de mourir.

— Tu vas me baiser, ou quoi ? lui murmura-t-elle à l'oreille.

La putain leva la main et repoussa ses cheveux derrière son épaule, dans un geste qui se voulait séducteur. Le Père Murray savait que c'était un message du Seigneur. Une invitation à frapper, à accomplir son œuvre et débarrasser le monde des pécheurs.

Il sourit ; la putain lui sourit en retour. Il ne prit pas la peine de remettre son sexe dans son pantalon. Il fit courir ses mains le long de ses courbes créées en Enfer et écouta ses gémissements. Ses doigts glissèrent sur sa taille fine avant de remonter sur ses gros seins. Enfin, il posa les mains de chaque côté de son cou.

Le Père Murray regarda la putain dans les yeux. Il se pencha et murmura :

— Tu es une plaie pour ce monde. Tu n'as pas ta place sur cette terre... et je serai le guerrier saint qui te renverra au deuxième niveau de l'Enfer.

La peur envahit les pupilles de la femme pendant une fraction de seconde, mais le Père Murray avait déjà commencé à serrer. La catin ouvrit la bouche, l'oxygène lui manquait.

Ses caresses n'avaient pas excité le Père Murray. Pourtant à cet instant, pendant que ses mains la privaient de vie, son sexe était dur. Il se mit à haleter quand le corps de la traînée se débattit. Mais elle était trop faible ; il était trop fort. Il pressa son large torse contre ses seins et la plaqua contre le mur. Le Père Murray se frotta contre sa fente nue, tout en serrant son cou de plus en plus fort, jusqu'à ce que les yeux de la putain sortent de leurs orbites. Elle lui griffa le torse, mais sa lutte, la douleur qu'elle tentait d'infliger à son âme pure lui firent juste raffermir sa prise.

— Je vous salue, Marie, pleine de grâce, le Seigneur est avec vous.

Le Père Murray sentit le pouls de la putain ralentir. Il se frotta plus fort contre elle, la friction lui provoqua des décharges de plaisir dans le dos.

— Vous êtes bénie entre toutes les femmes, et le fruit de vos entrailles est béni.

La voix du Père Murray devint râpeuse à l'approche de l'accomplissement.

— Sainte Marie, mère de Dieu, priez pour nous, pauvres pécheurs, maintenant et à l'heure de notre mort.

Le corps de la putain s'immobilisa entre ses mains et l'épais voile de la mort recouvrit ses yeux. Ce spectacle, sa prise ferme autour de son cou, lui firent émettre un grognement. Il serra sa gorge plus fort, jusqu'à ce que l'os se brise. Il l'entendit et le sentit. Un rugissement de félicité s'échappa de sa bouche ; sa semence sacrée purifia sa peau profanée. Il était à bout de souffle. Son sexe pulsait sous le contrecoup de son orgasme. Le Père Murray laissa retomber son front en sueur contre la poitrine de la catin et murmura :

— Amen.

Quand il releva la tête, il remarqua que le crucifix autour de son cou avait laissé une empreinte sur la poitrine de la traînée. Il sourit, certain que le Seigneur était satisfait. Une âme démoniaque de plus renvoyée en Enfer.

Il ne perdit pas de temps à admirer son œuvre. L'orgueil n'avait pas sa place dans la vie de la Brigade. En quelques minutes, le Père Murray avait remis son sexe dans son pantalon, rajusté ses vêtements et déposé le corps sans vie dans sa camionnette, qui attendait dans un coin sombre de l'allée. Il vérifia l'heure : il avait encore le temps de purifier une autre âme avant le lever du jour. Les sex-clubs de Boston étaient remplis d'hérétiques et d'ennemis de la foi. Ils devaient tous mourir. Ce club était le pire de tous. Seuls les transgresseurs les plus atroces venaient ici.

Le Père Murray remonta les marches et reprit sa place dans l'ombre. Ses yeux sombres observèrent l'homme qui avait donné du plaisir à la putain : le pécheur était passé à une autre catin, qu'il attachait avec une corde pendant qu'elle était suspendue au plafond, un bâillon-boule dans la bouche. Ses yeux roulèrent dans ses orbites de plaisir à la torture que subissait son corps.

Le Père Murray s'apprêtait à sortir de l'ombre pour tenter de séduire cet homme quand au bar, quelqu'un attira son regard. Il se figea, les pieds cloués au sol. Il arrivait à peine à respirer. Il garda les yeux rivés sur l'homme vêtu de noir, qui discutait avec une blonde aux faux seins. Le doigt de l'homme suivait le bord de son verre, il esquissa un sourire charmeur aux mots de la femme. Elle remua sur son siège, plongeant à pieds joints dans cette séduction. Quoi que soit en train de dire l'homme, ça lui faisait beaucoup d'effet. Elle était comme de la pâte à modeler entre ses mains. Mais avec cette mâchoire et cette carrure, le Père Murray pouvait comprendre pourquoi. Tout comme il avait été doté de la beauté pour accomplir le Bien, cet homme avait été modelé pour le péché.

Impossible... Pas après tout ce temps...

— Lève la tête, murmura le Père Murray.

Il avait parlé d'une voix basse, que la musique forte des haut-parleurs étouffait complètement.

— Lève la tête, répéta-t-il.

Et comme si Dieu le récompensait, l'honorait de sa bénédiction, l'homme leva la tête. L'incrédulité heurta le corps du Père Murray de plein fouet, il dut s'appuyer sur le mur pour ne pas s'écrouler. Des yeux dorés. Des yeux dorés brûlants et des lèvres sensuelles étirées en un sourire, qui fit rougir la femme et battre des cils.

— Raphaël, murmura le Père Murray.

Il ferma les yeux en prononçant ce nom, les souvenirs déferlèrent dans sa tête.

— Mets-toi à genoux.

Le Père Murray travaillait sur l'âme de ce garçon depuis des mois. Raphaël était le premier. Sa première âme à purifier. Quand Murray avait prêté serment auprès de la Brigade, le Père Quinn l'avait récompensé avec ce garçon.

Il était exactement comme lui. Le Père Quinn avait pratiqué sur lui des exorcismes pendant cinq ans, lui permettant ainsi d'offrir son âme au service de Dieu plutôt qu'au Diable, mais Raphaël résistait.

Le Mal qui habitait ce garçon était puissant.

Néanmoins il n'était pas de taille face au Père Murray. Ce dernier allait prouver au Père Quinn qu'il était digne du serment de la Brigade, de la fraternité qui l'avait accueilli. Il briserait ce corps et le Mal qui y résidait.

Raphaël le fusilla du regard, dans ses étranges yeux dorés flottait le refus. Le temps qu'il avait passé sur la table d'écartèlement avait affaibli son corps, l'étirant jusqu'à ce qu'il ne puisse le supporter une seconde de plus. Pourtant, Raphaël se dressait encore devant le Père Murray, épaules affaissées par la douleur et l'épuisement… mais pas vaincu.

Le Père Murray sortit le bâton de la poche profonde de son aube et frappa l'arrière des genoux de Raphaël. Les jambes du garçon cédèrent sous son poids et il s'écroula au sol, paumes à plat. Raphaël tenta de se remettre sur ses pieds, refusant de se soumettre, mais le Père Murray enserra sa gorge pour l'immobiliser. Le prêtre avait conscience du crime qui avait mené ce garçon au Purgatoire. Il était étonnamment similaire au sien.

Raphaël se figea, le souffle court, on aurait dit un lapin pris dans le piège d'un chasseur. Plus le prêtre serrait, plus son corps se détendait. Un léger soupir s'échappa de ses lèvres, ses pupilles étaient dilatées. Il aimait ça. Raphaël aimait être étranglé.

Le Père Murray contempla Raphaël. Il sortit son membre de son pantalon et se rapprocha du garçon.

— Je vais te purifier, païen. Je vais purifier ton âme noire.

Le souvenir se dissipa, le Père Murray jura : les sièges où Raphaël et sa putain étaient assis étaient vides. Il se précipita au bar.

— Où sont-ils partis ? Le couple qui était ici ? demanda le prêtre au barman.

Ce dernier était en train d'essuyer un verre avec un torchon blanc, mais s'interrompit pour lui répondre :

— Tu connais les règles. On ne donne aucune info sur les membres. Si tu n'es pas capable de respecter les règles du club, tire-toi.

Le Père Murray mourait d'envie de tordre le cou du pécheur pour le punir de son insolence, mais il se retint. Son boulot était de se mêler à la foule, de se fondre dans la clientèle.

Cependant cet homme était Raphaël. Après toutes ces années, il avait repéré un Déchu. Ils étaient donc dans les environs de Boston. Forcément.

Il devait prévenir le Père Quinn. Murray parcourut le club des yeux, voulant avoir un autre aperçu du garçon qui représentait son échec. Il y avait bien longtemps, il n'avait pas réussi à l'exorciser. Raphaël était le seul esprit diabolique qu'il n'avait jamais pu briser. Le Père Murray n'échouait jamais. Et il avait toujours eu un certain penchant pour Raphaël. Ils se ressemblaient trop pour qu'il oublie ce beau garçon au regard doré.

Ils étaient des âmes sœurs. Mais l'un d'eux était pur, empli de lumière, et l'autre fait du sang de l'Enfer.

Le Père Murray vit une porte se refermer au fond, à droite. Un homme en noir guidait une femme de l'autre côté. La femme assise au bar, captivée par le charme de Raphaël. Le religieux s'apprêtait à les suivre quand l'homme qu'il avait choisi pour être sa prochaine victime s'accouda au bar à côté de lui.

— Tu as vu Suzy, Ben ? Elle est allée aux toilettes et n'est pas revenue.

Le Père Murray tendit l'oreille.

— Désolé. Je ne l'ai pas vue.

— Je vais continuer à la chercher. Elle a peut-être trouvé un autre partenaire avec lequel on pourra jouer.

Le païen sourit et disparut dans la foule.

Le Père Murray devait quitter les lieux. Il ne pouvait pas rester si quelqu'un avait remarqué l'absence d'une victime. Son cerveau lui intimait de partir, mais tout le reste, de demeurer ici. De trouver l'homme aux yeux dorés et de le ramener à la Brigade.

— Tu veux un verre ?

Le Père Murray regarda le barman, qui attendait qu'il commande. Il ne répondit pas. Au lieu de ça, il franchit la porte en courant et traversa le magasin d'alcool qui servait de façade à cette fosse infernale de dépravations, derrière la salle où ils entreposaient la marchandise. L'hiver glacial de Boston le gifla en pleine face, mais il n'était pas de taille face au brasier déchaîné qui consumait sa chair de l'intérieur, manifestation de la satisfaction d'avoir trouvé l'un des pires pécheurs à avoir jamais passé les portes du Purgatoire.

Le seul échec de la Brigade en plus de quatre cents ans.

Enfin, un parmi les sept.

Le Père Murray sauta dans sa camionnette et s'engagea dans les rues du centre-ville. Le soleil commençait à se lever. Un autre jour du Seigneur. Il entendit le cadavre rouler dans la camionnette, mais n'y prêta aucune attention. Il se débarrasserait du corps, irait trouver le Père Quinn et lui raconterait ce qu'il avait découvert.

Il était temps d'agir.

De mener à bien cet exorcisme commencé tant d'années auparavant.

Une heure plus tard, le Père Murray arriva au crématorium aux abords de la ville. Il rentra dans le parking souterrain et sortit de son véhicule. Le croque-mort s'approcha de l'arrière de la camionnette et, en silence, prit le cadavre pour l'emporter vers l'incinérateur.

Quand le croque-mort revint, le Père Murray sourit en remarquant le chapelet qu'il portait, il y avait un crucifix avec un « B » sur la poitrine de Jésus. L'Église n'avait aucune idée de la grandeur qui évoluait en son sein. Des chevaliers de Jésus, des guerriers du Seigneur, qui protégeaient la foi en éradiquant un mal qu'on ne pouvait imaginer que dans ses pires cauchemars. Et les prêtres n'étaient pas les seuls à faire partie de la Brigade et de leur mission, il y avait des hommes de toutes conditions.

Le Pape et l'Église catholique étaient loin de se douter de ce qui existait sous leur bannière. C'était comme ça depuis plus d'un siècle. Et plus les années passaient, plus la Brigade se renforçait.

Elle était inarrêtable.

Et elle ne serait jamais vaincue.

Le croque-mort prit un tuyau et aspergea l'arrière de la camionnette avec des produits chimiques. Il était important d'effacer toute trace des pécheurs qu'ils tuaient. Chaque détail devait être pris en compte avec professionnalisme. Le Père Quinn s'assurait que les hommes de son église ne partent pas en mission avant de maîtriser l'art d'éradiquer toute preuve d'un exorcisme.

Nerveux, le prêtre se balançait sur ses pieds, en attendant que le croque-mort ait terminé la purification. Il se rongeait les ongles et repensait aux yeux de Raphaël. Ce sourire. Cette peau olive et ces cheveux sombres. Des cheveux bien plus longs qu'ils ne l'étaient au Purgatoire.

Quand il était enfant, Raphaël était déjà beau. Mais maintenant qu'il était adulte, son apparence était sans égal. La beauté était un péché, et la vanité le pire de tous. De toute évidence, Satan avait doté Raphaël, son précieux fidèle, d'une beauté extrême pour lui permettre d'attirer ses victimes. Les faibles pécheurs n'avaient aucune chance contre l'attention hypnotique de Raphaël.

Ses meurtres doivent être faciles.

C'était pour ça que Raphaël devait mourir. Il était trop puissant pour demeurer sur cette terre. Un aimant mortel pour les âmes perdues et innocentes.

Une demi-heure plus tard, le Père Murray retournait à Boston. Ne restait plus aucune trace de la femme, elle n'était plus que de la cendre dans le ciel. Après avoir garé la camionnette, il courut prendre une douche pour laver sa peau du contact empoisonné de la putain. Le souvenir de sa main autour de sa gorge fit affluer le sang dans son sexe. Non ! Il ne voulait pas qu'étrangler quelqu'un l'excite encore, lui réchauffe la peau et les os.

Il récupéra la fine aiguille qu'il conservait dans un petit étui en plastique dans la douche, inspira à fond par le nez et la planta au bout de son pénis. Le Père Murray serra les dents et réprima un cri en l'enfonçant plus profondément.

Il hoqueta et se laissa tomber à genoux. Son menton toucha sa poitrine. L'eau chaude devint glacée et s'abattit sur sa tête. Une douleur insoutenable vibra dans toutes les cellules de son corps. Le Père Murray ouvrit les yeux. Du sang coula sur le sol de la douche. Il esquissa un rictus de dégoût face à sa propre faiblesse. Face à cette dureté qui ne le quittait jamais. Malgré son exorcisme et des années de Purgatoire, la sensation d'un cou fin sous ses paumes, les derniers hoquets de vie désespérée et les yeux qui se voilaient l'excitaient encore. Mais le Père Murray avait épousé la Brigade. Il avait fait une croix sur les désirs sexuels et ne succomberait pas à ses instincts les plus vils. Il ne sacrifierait pas son âme comme il l'avait fait autrefois.

Après avoir pris une grande inspiration, il enfonça davantage l'aiguille dans sa chair dure. La douleur l'aveugla, et il hurla en s'écroulant sur le côté. Il se recroquevilla en position fœtale sur le sol carrelé. Le sang coulait de son sexe avant d'être aspiré dans le siphon pour aller rejoindre les profondeurs de l'Enfer. Il prit de grandes inspirations, luttant contre cette torture.

Puis, par miracle, son sexe commença à désenfler. Le Père Murray contempla son érection qui disparaissait peu à peu. Le triomphe étouffa la luxure, la douleur de l'aiguille s'engourdit. Un péché mortel auquel il ne succomberait plus jamais.

Il resta allongé là pendant plusieurs minutes, jusqu'à ce que son corps se soit calmé et qu'un sentiment entêtant de sérénité enfle dans ses veines. Une sérénité apportée par la victoire du Bien contre le Mal. Il retira lentement l'aiguille de son pénis désormais ramolli. Du sang écarlate s'écoula au bout, mais la pénitence de sang était le prix à payer pour les ténèbres temporaires qu'il avait laissées entrer dans son corps.

Plus tard, en confession, il en parlerait au Père Brady, le gardien de ses transgressions. Il endurerait volontairement les instruments de la salle des hérétiques, et la purge du péché qu'il savait roder encore quelque part dans son corps. Dans un endroit inatteignable.

Mais d'abord, il devait parler au Père Quinn.

Lui raconter ce qu'il avait vu… Ce don de Dieu miraculeux.

***

— Il est aux Sœurs de Notre-Dame-de-Grâce, lui apprit le Père Cormack, un prêtre pas beaucoup plus âgé que le Père Murray. Avec les novices.

Le Père Murray jura en silence. Il quitta les Saints-Innocents et après un trajet de quatre-vingt-dix minutes, il arriva aux Sœurs de Notre-Dame-de-Grâce, le couvent que le Père Quinn supervisait aux côtés de la Mère Supérieure.

Il grimpa les marches. Des nonnes de tous âges et de niveaux d'expérience variés déambulaient dans cette campagne pittoresque du Massachusetts. L'endroit était superbe, silencieux, les jardins verts et entretenus à la perfection. Les pierres grises du bâtiment étaient délicatement émaillées de plantes grimpantes d'un beau vert forêt. Ce couvent était vieux, grand et tout à fait adapté aux sœurs qui y vivaient recluses. Des sœurs qui restaient à l'écart de la communauté, préférant se plonger dans la prière et se mettre au service du Seigneur.

— Père Murray.

Il leva la tête. La Mère Supérieure était dans le couloir et venait dans sa direction.

— En quoi puis-je vous aider, Père Murray ? Le Père Quinn ne m'a pas dit que vous alliez nous assister, aujourd'hui.

— Ce n'est pas le cas, répondit-il en s'efforçant de garder une voix égale pour ne pas laisser transparaître l'urgence de la situation. Toutefois je dois lui parler. Nous devons discuter d'une affaire de la plus haute importance.

La Mère Supérieure sourit, mais secoua la tête.

— J'ai bien peur qu'il se soit cloîtré avec les novices dans la salle d'éducation. Il va en avoir pour la journée. Il compte y rester jusqu'à la tombée du jour, et il a été très clair : il ne veut pas être dérangé. La patience est une vertu, Père Murray. Voyez cela comme une leçon.

Le Père Murray s'obligea à réprimer l'accès de colère qui montait en lui. Il devait parler à son grand prêtre. En privé. Personne ne devait entendre un seul mot de leur conversation.

— Les novices vont prononcer leurs vœux dans quelques mois. Leur éducation à cette période de leur apprentissage est essentielle, elle ne peut pas être interrompue.

— Je vais attendre, alors.

— Très bien, lui dit la Mère Supérieure en lui faisant signe de la suivre dehors. Dans ce cas, vous pourriez vous rendre utile. L'oisiveté est mère de tous les vices, après tout. Nos buissons ont besoin d'être taillés.

Le Père Murray eut envie de rire au nez de cette sœur au visage ridé. Elle était l'esclave d'une Église qui refusait la vérité au monde et au Seigneur. Qui avait tenté d'arrêter les procès d'hérétiques et qui ignorait le Mal qui se répandait comme un cancer, pour se concentrer sur les services de l'église et le fait d'attirer les riches dans sa congrégation, histoire de gonfler leur butin qui débordait déjà.

— Bien sûr, lui répondit le Père Murray sur un ton poli.

Il suivit la vieille femme dehors et prit les cisailles qu'on lui tendait.

***

Six heures plus tard, le Père Murray patientait devant la salle d'éducation. Il entendait le murmure du Père Quinn, qui parlait aux novices. Des pas s'approchèrent soudain de la porte. Il se plaqua contre le mur et regarda les novices sortir de la pièce. Il chercha rapidement des yeux celle qui attirait toujours son attention. La plus dévote. La plus discrète. Celle qui osait à peine croiser son regard. Il retint son souffle quand elle sortit enfin. Tête baissée avec modestie, les yeux rivés sur ses mains jointes, cachées sous ses larges manches. Sa coiffe blanche couvrait sa tête et sa tenue noire dissimulait sa silhouette menue.

Le Père Murray fit un pas délibéré en avant pour se mettre sur son passage.

Stupéfaite, elle leva ses beaux yeux bleus sur lui et les riva aux siens.

— Père Murray, vous m'avez fait peur, dit-elle avec un sourire timide.

Il le lui rendit.

— Sœur Maria Agnès. Ravi de vous revoir.

Sœur Maria hocha une fois la tête, puis baissa à nouveau les yeux et reprit sa route vers le réfectoire pour le repas du soir.

— Père Murray ? l'appela le Père Quinn, détournant ainsi son attention de Sœur Maria.

Le Père Murray regarda le grand prêtre, il vit l'éclat réprobateur de ses yeux.

— Je peux t'aider ? Tu étais en service aux Saints-Innocents, aujourd'hui.

Bien sûr, le Père Quinn s'exprimait de manière vague. En réalité, le Père Murray était en service au Purgatoire, aujourd'hui, il supervisait la purification des garçons.

Le Père Murray regarda autour de lui pour vérifier qu'ils étaient seuls et se rapprocha du grand prêtre.

— Je dois vous parler. C'est urgent.

Le Père Quinn étrécit légèrement les yeux. Ils entendirent la Mère Supérieure s'avancer vers eux et se tournèrent de concert dans cette direction.

— Pères, le repas du soir sera servi bientôt. Joignez-vous à nous.

Juste à ce moment-là, une cloche retentit dans les couloirs vides, son écho se répercuta sur les murs de pierre.

— Nous parlerons après le repas, quand les nonnes se seront retirées dans leur chambre pour la nuit, lui répondit le Père Quinn. Viens.

Le grand prêtre ouvrit la marche vers le réfectoire. Le Père Murray et le Père Quinn furent installés à la table principale, celle de la Mère Supérieure. Tout le monde mangeait en silence ; la discipline était d'une importance capitale dans ce couvent. Ce n'était pas un couvent progressiste ou moderne, il embrassait le passé et ses pratiques les plus strictes et rigides. Le Père Murray avait toujours pensé que si la Brigade accueillait un jour des femmes dans ses rangs, ce couvent leur fournirait les candidates idéales.

D'où il était, le Père Murray avait une vue parfaite sur les nonnes qui mangeaient leur frugal repas. Et comme toujours, il ne pouvait détourner les yeux de Sœur Maria Agnès. Il ne savait pas pourquoi elle accaparait autant son attention. C'était sans doute à cause de sa peau laiteuse, d'un blanc délicat, de sa pâleur préservée du soleil. Et de son cou... long et fin, qui exhibait tous ses os chaque fois qu'elle bougeait, ainsi que ses veines où circulait son sang.

Il se demandait si elle avait déjà remarqué qu'il la regardait. Ça n'avait pas d'importance. Sœur Maria Agnès était l'épouse la plus fidèle du Christ. La sœur parfaite, une sainte : docile, soumise et totalement dévote. Il savait que le Père Quinn pensait comme lui. Il avait vu le grand prêtre lui parler plus longtemps qu'il ne le faisait avec celles qui allaient prononcer leurs vœux. Il avait vu son regard se réchauffer chaque fois que Sœur Maria était près de lui, quand elle lui adressait un sourire nerveux.

Le Père Murray engloutit le bouillon de légumes insipide et le pain, attendit que les nonnes aient quitté la salle et suivit le Père Quinn dans l'intimité de son bureau. Dès que la porte fut verrouillée et que le Père Quinn lui indiqua qu'ils étaient seuls, le Père Murray se mit à parler d'une voix précipitée :

— J'en ai vu un.

Le grand prêtre eut d'abord l'air un peu perdu, mais le Père Murray ajouta :

— Dans le club, hier soir, après avoir envoyé une pécheresse en Enfer. Je l'ai vu. Raphaël. L'un des Déchus perdus.

Un silence terrible s'abattit sur la pièce. Le Père Quinn écarquilla les yeux.

— Tu es sûr ?

— Certain.

— Et où est-il, maintenant ?

Le Père Murray se passa une main sur le visage.

— J'ai dû partir. Des gens avaient remarqué l'absence du sacrifice. Mais on sait quel endroit il fréquente, maintenant. On peut lui tendre un piège, suggéra-t-il avec un sourire enthousiaste. On va enfin pouvoir le capturer, Votre Excellence. Le ramener pour finir ce qu'on a commencé.

— Il nous faut un plan. Il faut qu'on organise une réunion avec les autres. C'est trop important, on ne peut pas attendre.

Le Père Quinn s'était assis derrière le bureau, mais Murray voyait bien qu'il était aussi excité que lui. Le vieil homme ne tenait pas en place. Le Père Quinn était un maître parmi eux. L'exemple à suivre. Néanmoins le Père Murray fut rassuré de voir qu'à l'annonce de cette nouvelle, le grand prêtre était au comble de l'agitation.

— Je dois appeler le diocèse du Maine. Après ça, j'organiserai une réunion en urgence au quartier général pour élaborer un plan. Il faut qu'il soit solide, mon frère. On ne peut pas se permettre de les perdre encore une fois. On n'aura peut-être pas d'autre occasion d'envoyer enfin leurs âmes en Enfer.

Le Père Quinn se leva et posa une main sur la joue du Père Murray. Ce dernier était habitué au contact du grand prêtre. C'était le Père Quinn qui l'avait exorcisé quand il s'était retrouvé au Purgatoire des années plus tôt, et qui l'avait purifié de sa semence. Au début, il s'était débattu. Mais il était encore entre les griffes du Mal qui le dévorait et avait capturé son âme. Une fois libéré de ce mal, le Père Murray n'aspirait qu'à être touché par le Père Quinn. Il priait pour qu'il vienne dans le dortoir, l'emmène et le gratifie de son attention.

Le Père Murray appuya la joue contre la main du prêtre, son esprit s'apaisait. Il lui embrassa la paume.

— Beau travail, Francis.

— Merci, Votre Excellence, répondit-il.

Il avait parlé dans un murmure.

— Va attendre dans la voiture, maintenant. Je te rejoins bientôt.

Quand le Père Murray sortit dans le couloir vide, le contact béni du Père Quinn lui réchauffant encore la joue, il fut accueilli par le silence et les ténèbres. Il regarda les portes d'entrée, mais son cœur se contracta dans sa poitrine, le persuadant de partir dans la direction opposée. À pas feutrés, en silence, il suivit les ombres jusqu'à l'escalier et monta au premier étage. Ce n'était pas la première fois qu'il s'aventurait dans les quartiers privés des nonnes. Comme si une balise appelait son cœur, il laissa ses pieds l'emporter jusqu'à ce qu'ils s'arrêtent devant une porte en bois quelconque, ébréchée et usée par le temps.

Le Père Murray vérifia qu'il n'y avait personne dans le coin, puis pressa l'oreille contre le bois et écouta. Tout était silencieux de l'autre côté. La sœur devait avoir terminé ses prières du soir et s'être déjà endormie. Il plaqua une paume sur la porte et laissa ses doigts s'enrouler autour de la poignée en fer, avant de la tourner vers la droite en silence. La porte s'ouvrit et le Père Murray scruta l'intérieur à travers l'embrasure de deux centimètres.

Il se figea.

Tous les muscles de son corps devinrent rigides et glacés au spectacle qui se révéla devant lui. Sœur Maria Agnès se déshabillait dans la lueur tamisée d'une lampe posée sur sa table de chevet, elle enveloppait son corps d'une auréole éthérée. Le souffle du Père Murray se coupa quand elle retira son habit. Elle était aussi méticuleuse pour se dévêtir que quand elle marchait. Chaque geste était délicat et mesuré, elle était concentrée sur sa tâche. Le Père Murray sentit une agitation familière entre ses jambes pendant que Sœur Maria enfilait sa chemise de nuit et retirait sa coiffe. Le tissu blanc laissa place à des cheveux blond cendré, noués dans un chignon serré à la base de sa tête. Il ne les avait encore jamais vus, Lentement, l'apprentie nonne ôta les épingles l'une après l'autre, jusqu'à ce qu'elles forment une petite pile sur son bureau vide. De ses mains délicates, elle commença à dérouler ses cheveux. Ils cascadèrent au-delà de ses épaules, jusqu'au milieu de son dos... et finirent par s'arrêter sous ses fesses. Le Père Murray écarquilla les yeux quand la nonne passa les mains dans les mèches soyeuses, avant de les coiffer avec un petit peigne. Puis son cœur se figea. Son sang cessa de circuler. Un souvenir lui revint en tête.

— Ce sont les cheveux, n'est-ce pas ? avait demandé le Père Murray à Raphaël, le visage triomphant. Ce sont les cheveux.

Le Père Murray referma la porte à la hâte la porte et se précipita dans le bureau du Père Quinn. Il entra au moment où ce dernier raccrochait le téléphone.

— Père Murray, je t'ai demandé de m'attendre dans la voiture, lança le grand prêtre.

— Je sais comment l'attraper, dit-il, à bout de souffle. Je sais comment capturer Raphaël.

Le Père Murray sourit, tout son corps irradiait d'une joie pure.

— Et je sais qu'on n'échouera pas. Il sera à nous. Il sera enfin à nous.

CHAPITRE 3

Le tintement bruyant de la cloche tira Maria de son sommeil. Les hymnes chantés par les sœurs qui marchaient dans le couloir s'infiltraient sous sa porte. Dehors, il faisait encore noir. L'hiver du Massachusetts se raccrochait encore fermement à ses derniers frissons glacials. Maria se redressa et frotta ses yeux ensommeillés. Elle cligna des paupières dans la pénombre et tendit la main pour allumer sa lampe. Une lueur chaude baigna la pièce. La jeune femme sourit en entendant les oiseaux se mettre à chanter, de l'autre côté de sa fenêtre sans rideau. Un hibou niché dans l'arbre le plus proche avait cessé son chant nocturne et laissé la place à la sérénade matinale des geais.

Maria s'agenouilla sur le plancher froid et joignit les mains pour prier. Elle ferma les yeux et murmura dans la chambre plongée dans le silence. Quand elle eut terminé, elle se remit sur ses pieds, se dirigea vers son placard et enfila une robe propre. Enfin, elle récupéra sa coiffe blanche. Elle la posa au bord du lit et s'assit à son bureau. Il ne disposait que d'un petit miroir. Ça et son peigne. Maria observa son reflet tout en peignant ses mèches épaisses. Comme tous les matins sans exception, elle ne voyait pas son reflet actuel, mais celui de dix ans plus tôt. De cette fille. Celle qui se cachait encore dans un coin de son âme. Celle qu'elle n'arrivait pas à atteindre pour la guérir. Pour l'apaiser et la convaincre que tout irait bien.

Une fois tous les nœuds de ses longs cheveux défaits, Maria les rassembla en une queue de cheval, puis se fit un chignon bas, sur la nuque, le maintenant en place à l'aide d'épingles.

Avec une grande inspiration, Maria croisa son regard bleu dans le miroir et plaça sa coiffe sur sa tête, lissant le moindre pli qui aurait pu se former sur sa robe noire.

Quand elle s'avança vers la porte, une sensation de sérénité la submergea. Sa vie au couvent lui avait donné la liberté qu'elle croyait ne jamais trouver. L'emploi du temps strict et les prières profondes, silencieuses étaient comme un baume sur son âme, un pansement sur son cœur qui continuait de saigner.

À la seconde où Maria foula le sol du couloir, elle baissa les yeux et joignit les mains, les cachant dans les manches de sa robe. Ses pieds la menèrent jusqu'au réfectoire pour le petit déjeuner. Elle se concentra sur la pierre sous elle. Bientôt, elle prononcerait ses vœux, à l'église, s'engageant dans une vie de sacrifice et de servitude. Une vie à aimer Dieu et le remercier de l'avoir sauvée, de l'avoir épargnée parmi toutes celles qui avaient péri avant elle.

Maria se souvint de ses premiers vœux. Elle éprouva à nouveau cette sensation de bonheur et de joie qu'elle avait senti affluer dans son corps et son esprit, quand elle avait enfilé la robe blanche et s'était agenouillée devant le Père Quinn, accomplissant la première étape qui ferait d'elle une épouse dévouée du Christ. Il lui était arrivé quelque chose, ce jour-là. Dans son cœur. Dans ses tripes. Quelque chose lui avait dit qu'elle s'apprêtait à embarquer pour un voyage qui lui expliquerait pourquoi on l'avait épargnée. Dieu la prévenait que la raison de sa survie s'apprêtait à lui être révélée. Et elle était prête à recevoir son message et à se dévouer entièrement à la tâche. D'esprit, de corps et d'âme, si nécessaire.

Le petit déjeuner passa vite. Cette journée était un jour de réflexion et de corvées. Les leçons du Père Quinn reprendraient le jour suivant. Une brume épaisse encombrait l'air, et le soleil levant avait du mal à percer. Quand Maria sortit pour s'occuper du jardin, la rosée matinale lui embrassa le visage. *Voilà,* songea Maria. *C'est la seule preuve dont j'ai besoin pour savoir que Tu existes.*

Maria songea à toutes les personnes dans le monde qui prenaient chaque lever de soleil pour acquis. Ils ne comprenaient pas que la vie pouvait être éphémère. Ils n'avaient pas conscience du cadeau qui leur était fait chaque jour, quand ils ouvraient les yeux et voyaient le ciel. Quand ils inspiraient l'air frais, apportant la vie dans leurs poumons.

Maria, elle, en avait conscience. Et elle s'était promis des années plus tôt de ne jamais plus prendre les choses simples pour acquises.

Une main se posa sur son épaule. Surprise, Maria se retourna. C'était la Mère Supérieure.

— Je suis désolée, Révérende Mère, chuchota Maria en s'efforçant de calmer les battements de son cœur.

La Mère Supérieure sourit.

— Je t'ai appelée trois fois.

— J'étais accaparée par ma gratitude, Révérende Mère. Plongée dans la prière et les remerciements.

— Je m'en suis doutée, mon enfant. Personne ici n'est plus reconnaissante de sa position que toi.

— Merci.

— Viens, mon enfant. Tu as des visiteurs.

— Ah oui ? s'étonna Maria, perplexe.

Elle n'avait aucune famille. Personne sauf celle de l'Église.

— Ils sont venus spécialement pour te voir.

Maria suivit docilement Sœur Thérésa, sa Mère Supérieure, dans le couloir menant au bureau du Père Quinn et à la salle d'éducation. Tête baissée et mains jointes, Maria tenta de se concentrer sur Dieu et Jésus, comme le requérait sa confession, mais sa tête était trop pleine de questions. Qui voulait la voir ?

Maria eut la réponse quand la porte du bureau s'ouvrit et que les Pères Murray et Quinn se levèrent de leurs sièges.

— Ma Sœur, bonjour, dit le Père Quinn.

— Père Quinn, répondit Maria d'une voix douce. Père Murray.

— Je vous en prie, dit le Père Quinn en montrant d'un geste de la main la chaise de l'autre côté du bureau.

— Je vais vous laisser seuls.

Maria ne regarda pas derrière elle quand Sœur Thérésa s'en alla et referma la porte. La pièce fut plongée dans le silence. Maria garda la tête baissée, les yeux rivés sur ses mains jointes.

— Détendez-vous, Sœur Maria, dit le Père Quinn. On ne vous a pas fait venir pour vous réprimander.

Maria laissa échapper un soupir et leva la tête pour lancer un regard nerveux aux deux prêtres.

— Ma Sœur, nous nous cloîtrons ensemble pour étudier depuis longtemps, maintenant. Des années, même, reprit le Père Quinn. Dans quelques mois, si les sœurs décident que cette vie est faite pour les novices, elles prononceront leurs vœux.

Il marqua une pause, l'observant avec curiosité.

— Que pensez-vous de ça ? Des vœux ?

— Je vais prêter serment, s'empressa de répondre Maria avec assurance. Je me considère déjà comme une épouse du Christ. J'en ai envie. Cette vie représente tout, pour moi. Je comprends, maintenant, que c'est ce que Dieu prévoyait pour moi depuis le début. Tout ce qui m'est arrivé… est arrivé pour me guider vers cette voie, aussi douloureux et difficile qu'ait pu être le chemin.

Le Père Quinn et le Père Murray échangèrent un regard, ils semblaient penser la même chose. Puis le Père Quinn reporta son attention sur elle et sourit.

— Entendre ça me rend très heureux, Sœur Maria.

Elle poussa un long soupir soulagé.

— Cependant, reprit le Père Quinn, interrompant ainsi son soulagement, je vais devoir vous demander quelque chose.

Maria attendit patiemment qu'il continue. Le Père Quinn se pencha en avant sur le bureau en bois qui les séparait, les mains croisées.

— Parfois, Ma Sœur, en tant que prêtres et hommes de foi expérimentés, nous avons besoin que les novices nous prouvent qu'ils sont prêts.

Le cœur de Maria se serra, se déchira. Personne n'était plus adapté à la vie de nonne que Maria. Elle voulut répliquer qu'elle était prête, qu'elle s'était préparée à ce que cette vie impliquait. Toutefois elle ne parlait jamais sans y avoir été invitée. Jamais elle ne se serait montrée aussi impolie avec un supérieur.

— Personne ne doute de votre foi ou de votre diligence dans vos devoirs, Ma Sœur, la rassura le Père Quinn en levant les mains. Mais nous craignons que vous manquiez de conviction. De cette capacité nécessaire à accomplir des tâches difficiles ou effrayantes au nom de Dieu et de l'Humanité. Rester cloîtrée ici, aux Sœurs de Notre-Dame-de-Grâce est très noble et vous préparera à une vie de servitude, mais ce que nous cherchons, c'est la preuve que vous êtes prête à quitter les entraves de ces hauts murs pour être une disciple de Jésus, et pas juste son épouse soumise.

Les mains de Maria tremblèrent. Elle ne voulait pas franchir ces portes qui la protégeaient de l'extérieur. Quand elle avait décidé de rejoindre l'Église à dix-sept ans, Maria était la nonne la plus jeune du couvent. Désormais, elle n'avait que vingt et un ans. Son vingt-deuxième anniversaire tombait la même semaine que ses vœux. Néanmoins malgré son jeune âge, elle avait une lourde expérience de la vie. À seize ans, elle avait déjà l'impression d'en avoir quatre-vingt-dix. Les épreuves faisaient vieillir l'âme, même si la peau de votre corps racontait une autre histoire.

Le Père Quinn se carra dans son siège.

— Êtes-vous prête à relever ce défi, Sœur Maria ? Qui vous fera sortir de votre zone de confort et vous poussera dans les bras aimants du Christ ?

Maria ne répondit pas aussitôt. Le Père Quinn en profita pour continuer :

— Le Christ est mort sur la croix, dans une souffrance lente et atroce, pour sauver l'Humanité. Est-ce trop demander que de faire des sacrifices pour lui en retour ? L'amour n'est pas à sens unique. Pour prendre, il faut aussi donner.

— L'amour et le sacrifice, Sœur Maria, intervint le Père Murray, parlant pour la première fois d'une voix douce. C'est ce qui résume notre vie auprès de l'Église. Elle nous protège, ainsi que notre âme de mortels. Parfois, on doit la protéger en retour.

Maria déglutit, craignant que sa voix tremble quand elle prendrait la parole.

— Je... je..., balbutia-t-elle, avant de se racler la gorge. Je suis prête à me sacrifier pour l'Église.

Et c'était vrai. Sa voix avait peut-être trahi sa peur, mais elle savait qu'elle était capable d'endurer les épreuves qu'on placerait sur son chemin.

Elle l'avait déjà fait.

Les lèvres du Père Quinn s'étirèrent en un large sourire. Une vague de chaleur réconfortante se répandit dans la poitrine de Maria. Elle lui avait fait plaisir.

— C'est très bien, Ma Sœur. Je pense qu'il s'agira de votre dernier test avant vos vœux. Quand vous vous agenouillerez et vous vous donnerez au Christ, vous saurez qu'Il est satisfait.

Maria hocha la tête. Le visage du Père Quinn recouvra son sérieux.

— Dans l'Église, nous devons parfois faire face à un mal que nous ne pouvons comprendre.

Le Père Murray soupira, ses yeux s'adoucirent.

— Mais pas vous, Ma Sœur. Nous savons que vous avez conscience de ces forces. Que vous les avez déjà affrontées.

Maria dut faire un effort pour conserver une respiration égale.

— Oui, Mon Père murmura-t-elle.

Elle s'efforça d'oublier la brûlure des marques permanentes qui marbraient son corps de rouge. D'oublier le contact sombre qu'elle avait voulu effacer. Son souffle, le son de sa voix, et la raillerie dévastatrice de son rire affreux quand il s'était infiltré dans sa prison.

— Depuis que nous sommes prêtres, nous avons rencontré beaucoup d'hommes corrompus comme William Bridge.

Entendre ce nom prononcé à voix haute lui provoqua des frissons, et des perles de sueur naquirent sur son front. Dans son esprit, elle revit son visage, celui qui la hantait encore la nuit. Elle se réveillait le souffle court, incapable de calmer ses battements de cœur. Elle revit son sourire froid, pendant qu'il observait son corps nu d'adolescente, ses yeux qui parcouraient sa peau… Et le sang sur son visage quand il avait détruit tout son monde, rien que pour pouvoir la détruire, elle, morceau par morceau, pour assouvir ses besoins impies.

Le Père Quinn se racla la gorge, la tirant de son cauchemar.

— En fait, nous connaissons un groupe d'hommes que nous savons être encore plus diaboliques que lui. L'influence de ces hommes leur a permis d'échapper à la loi, de s'intégrer à la société, parmi les gens bons et honnêtes. Ces hommes sont déterminés à blesser les autres, sans se soucier que leurs victimes aient une famille, des proches, des personnes qui dépendent d'eux et qui ont besoin d'eux. Ils veulent juste faire du mal aux autres, d'une manière vile et malsaine. Ils veulent tuer.

Le visage du Père Quinn devint écarlate, et Maria vit une colère immense grandir dans ses yeux d'habitude bienveillants.

— Nous nous sommes déjà retrouvés dans ce genre de position, où il incombait aux guerriers quotidiens de Dieu de vaincre le Mal. D'accomplir un jugement. C'est pareil, cette fois-ci.

Maria se concentra sur sa respiration, certaine qu'elle allait s'évanouir. Elle n'avait pas envie d'affronter des individus comme William Bridge, ou pires encore. Elle aimait sa vie tranquille. La peur la paralysait à l'idée de se confronter aux terreurs de son passé.

— C'est là que vous entrez en jeu, Sœur Maria, dit le Père Murray.

— Comment ? demanda-t-elle d'une voix tremblante.

— On vient de repérer un de ces hommes, il a disparu il y a de nombreuses années. On l'a trouvé dans un lieu de péché, de disgrâce. Il se sert de sa beauté et de la luxure des autres pour attirer ses victimes, lui expliqua le Père Quinn.

Maria écarquilla les yeux tout en l'écoutant avec attention.

— Nous avons besoin de quelqu'un pour le mener jusqu'à nous.

— Moi ? murmura Maria.

— Cet homme sait qui nous sommes. Il comprendra qu'on est là pour lui. En revanche, vous…

Le Père Murray s'interrompit. Maria plongea dans les yeux sombres du prêtre. Il devait avoir environ trente ans. *Encore jeune,* songea Maria. *Mais il a déjà risqué sa vie pour Dieu plusieurs fois.* Elle baissa les yeux sur ses mains, des mains qui se souvenaient encore de ce que c'était, que d'être piégé dans le noir, de chercher un moyen de sortir de son enfer personnel. Maria ferma les yeux et tenta de contrôler sa nervosité. Elle avait toujours su que ce jour viendrait. Elle avait choisi les Sœurs de Notre-Dame-de-Grâce pour leur solitude, mais Dieu ne l'avait pas sauvée pour qu'elle aille se cacher derrière de hauts murs le reste de sa vie.

Sa survie servait un but plus grand.

Était-ce celui-là ?

Quelque chose au fond d'elle lui disait que c'était peut-être le cas.

— D'accord, acquiesça Maria, même si elle était terrifiée par la tâche qu'ils lui confiaient.

L'idée de rencontrer l'homme dont ils parlaient était presque insoutenable. Toutefois, s'il ressemblait un tant soit peu à William Bridge, s'il était aussi mauvais et vil, elle devait agir. Si quelqu'un blessait un innocent comme William l'avait blessée, ainsi que sa famille et tant d'autres… Un frisson d'horreur la parcourut.

Elle devait surmonter sa peur.

Le Père Quinn soupira, son soulagement était évident.

— Dieu verra votre dévotion avec cet acte, Ma Sœur. Tous ses grands prophètes et disciples ont connu des épreuves pour prouver leur amour. Le vôtre sera reconnu, lui aussi.

— Nous vous protégerons, ajouta le Père Murray. Nous serons tout près, et vous pourrez nous contacter aussitôt, discrètement, si vous craignez pour votre sécurité.

Il se pencha et riva ses yeux aux siens.

— Je ne permettrai pas qu'il vous arrive quoi que ce soit. Je ne le laisserai pas vous toucher.

— Merci, dit Maria. Que voulez-vous que je fasse ?

— Nous allons tout vous expliquer. Mais d'abord…

Le Père Quinn étrécit les yeux en fixant sa coiffe.

— Je vais vous demander de nous montrer vos cheveux.

Le pouls de Maria se mit à pulser sous sa peau.

— M... Mes cheveux ? Mais ils doivent rester cachés. Mes vœux...

— Ce n'est pas un péché si je vous le demande. Je suis votre supérieur et je vous fais cette requête au nom de Dieu, l'interrompit le Père Quinn d'une voix sévère.

Les deux prêtres se turent en attendant que Maria retire sa coiffe. Cette dernière n'avait pas montré ses cheveux en public depuis des années. Ils n'étaient destinés qu'à elle. Ils n'étaient libérés que dans l'intimité de sa chambre. Cependant les prêtres attendaient. Maria savait qu'elle devait obéir, même si c'était difficile.

Ses mains tremblaient quand elle retira la coiffe d'un geste lent. Elle ôta ensuite les épingles de son chignon et laissa cascader ses longs cheveux dans son dos, ils tombèrent jusqu'en haut de ses fesses et de ses cuisses.

— Levez-vous, Ma Sœur, s'il vous plaît, dit le Père Quinn d'une voix râpeuse.

Maria se leva, les yeux baissés au sol.

— Retournez-vous.

Maria obéit. Elle ne savait pas ce que voulaient les prêtres, ni pourquoi ils tenaient à voir ses cheveux. Sans prononcer un mot, les prêtres se levèrent et tournèrent autour d'elle pour l'examiner.

— Oui, acquiesça le Père Quinn, une pointe d'excitation dans la voix. Ça va fonctionner.

Une heure plus tard, Maria se tenait devant les portes du monastère. Le Père Quinn et le Père Murray l'attendaient devant l'entrée du bâtiment pendant que la Mère Supérieure lui parlait. Sœur Thérésa prit les mains de Maria. L'inquiétude se lisait sur son visage.

— Mon enfant, tu es sûre de vouloir faire ça ?

Le cœur de Maria se serra, mais elle hocha la tête et pressa les mains de la vieille femme.

— Oui.

La Mère Supérieure se rapprocha.

— Je ne sais pas ce qu'ils t'ont demandé. Le Père Quinn n'a pas à me le dire. Ni toi. Mais je sais combien il te sera difficile de quitter ces murs.

Maria baissa les yeux, avant de les relever.

— Révérende Mère, ça fait des années que vous êtes à mes côtés, que vous œuvrez pour m'aider. Le moment est arrivé. Celui où j'aurai le courage de partir.

— Tu es sûre d'être prête ?

Maria ne l'était pas. Elle fut honnête avec la femme qui avait été son roc depuis ses premiers jours ici, quand elle n'était que postulante.

— Je suis sûre de devoir essayer. Ces prêtres sont des hommes bons. Ils se sont montrés patients avec moi.

Maria esquissa un faible sourire.

— Vous avez toujours voulu que j'envisage le travail de missionnaire, hors de ces murs.

La Mère Supérieure soupira. Elle serra Maria dans ses bras, puis murmura :

— Sois prudente, mon enfant. Je te vois à ton retour.

Elle quitta Maria sans un mot de plus et alla parler au Père Quinn. Maria la regarda partir, une boule dans la gorge.

— Tout va bien ? demanda le Père Murray en venant se placer à côté d'elle.

Un vent frais s'insinua en elle. Maria se concentra sur le portail de fer, sur le loquet fermement verrouillé.

— Ça fait presque cinq ans que je n'ai pas passé ces portes, avoua-t-elle.

Pour une fois, paraître faible ou lâche lui était égal.

Le monde extérieur l'effrayait. C'était la vérité. Elle ne mentirait jamais.

— Nous veillerons sur vous, promit à nouveau le Père Murray.

Maria sourit au jeune prêtre.

— C'est promis, affirma-t-il. Vous avez ma parole.

Elle savait qu'il était sincère. Le Père Murray était un bon prêtre. Il aimait son église et sa foi. Elle le voyait sur son visage.

— Merci. Je vous fais confiance. À tous les deux.

Sur ces mots, la Mère Supérieure ouvrit le lourd verrou et les Pères Quinn et Murray franchirent le seuil pour rejoindre la voiture qui les attendait. Après avoir embrassé la Mère Supérieure et lui avoir dit au revoir d'une voix douce, Maria s'avança à son tour, prête à se sacrifier pour le Christ.

Quelle que soit la forme du sacrifice.

***

Maria ne se reconnut pas dans le miroir. Elle portait une robe noire qui lui arrivait à mi-cuisses. Ce tissu ajusté des plus impudiques exhibait toutes ses courbes. Maria n'avait plus rien porté de moulant depuis qu'elle était une pré-adolescente, et même alors, ça n'avait jamais ressemblé à ça. Les prêtres avaient embauché une femme pour recouvrir son visage d'une épaisse couche de maquillage. Ils avaient prétendu que Maria était une fille comme les autres, qui s'apprêtait à fêter son vingt-et-unième anniversaire avec son frère et son père.

La styliste lui avait bouclé les cheveux, les rendant ainsi brillants et volumineux. À cause des boucles, ils étaient un peu moins longs, mais seulement d'un centimètre ou deux. De grosses créoles argentées étaient clipsées à ses oreilles non percées. Le khôl noir et le mascara accentuaient le bleu de ses yeux. Un rouge à lèvres écarlate et de hauts talons noirs complétaient son apparence. Maria avait la peau claire et sa robe, choisie pour ça, dissimulait toutes ses blessures. Une odeur de roses lui parvenait aux narines, celui du parfum entêtant que le Père Quinn lui avait donné pour qu'elle l'applique sur son cou et ses poignets.

Maria entendit une brusque inspiration derrière elle. Elle se retourna et découvrit le Père Murray sur le seuil, habillé en civil, comme elle. Ça faisait partie de la ruse. Personne ne devait savoir qu'ils étaient ici en mission officielle pour l'Église catholique. Quand l'homme aurait été capturé, il serait livré à la police et on se chargerait de lui en passant par les canaux officiels. Maria n'avait pas remis en question la parole des prêtres. Ils ne mentiraient jamais. C'étaient des hommes de Dieu dévoués.

Ils s'étaient installés dans un hôtel dans le centre-ville de Boston. Maria avait grandi tout près. C'était étrange, d'être de retour dans ces rues familières. Familières et pourtant si éloignées de sa vie actuelle.

— Sœur Maria…, murmura Père Murray.

Maria sentit ses joues s'empourprer à cause de l'examen du prêtre. Ses yeux errèrent sur son corps, elle fit un pas en arrière. Ça ne lui plaisait pas. Comme s'il prenait conscience de son regard tout sauf pur, le Père Murray carra les épaules et détourna vivement les yeux.

— Le Père Quinn m'a demandé d'aller voir si vous étiez prête. C'est l'heure.

Maria jeta un dernier regard à son étrange reflet et prit le sac à main que le prêtre lui avait donné. À l'intérieur, il y avait un traceur. Un bouton d'urgence était aussi caché dans la couture du sac, entre autres choses. Quand le moment de prévenir les prêtres pour qu'ils entrent dans le club serait arrivé, ou si elle se sentait en danger, elle appuierait sur ce bouton et ils seraient là en quelques minutes.

Elle se retourna et se dirigea vers le salon de la suite d'hôtel. C'était une pièce opulente, tout en dorures et velours épais. Le plan était simple : elle devait se rendre au club tous les soirs jusqu'à ce que « Raphaël » fasse son apparition. Elle devait se rapprocher de lui autant que possible. Si Dieu était de son côté, elle pourrait exécuter le plan dans ses moindres détails.

Le Père Quinn se leva et hocha la tête.

— Il en restera sans voix en vous voyant, Ma Sœur, la complimenta-t-il.

Maria baissa les yeux. Elle ne ressentait aucune fierté à porter ce masque qu'on avait peint sur elle. Elle ne tirerait aucun plaisir de cette tâche. C'était un sacrifice, pour Dieu. Et rien ne la détournerait de son objectif.

— Souvenez-vous, dit le Père Murray, vous le reconnaîtrez dès que vous le verrez. Il est extrêmement attirant. Il a la peau mate et ses cheveux noirs lui retombent devant les yeux.

Le Père Murray marqua une pause, une drôle d'expression sur le visage, comme s'il était perdu dans ses pensées. Il se racla la gorge et reprit :

— Mais ce sont ses yeux qui vous confirmeront son identité. Des yeux marron clair qui ont l'air étrangement dorés.

Maria hocha la tête. Nerveuse, elle joua avec ses cheveux.

— Ça…, dit le Père Quinn en montrant sa main.

Maria la laissa retomber.

— Désolée. Je joue avec mes cheveux quand je suis nerveuse. C'est pour ça que la coiffe du monastère est une bénédiction.

Elle tenta de sourire, mais son angoisse grandissante l'en empêcha.

— Non, répondit le Père Quinn. Continuez. Raphaël aimera ça. Ça attirera son attention. Ça et le geste que je vous ai montré.

Le Père Quinn la fixait. Comprenant qu'il lui demandait en silence de s'entraîner une dernière fois, Maria inclina la tête sur le côté et ramena tous ses cheveux sur une de ses épaules, exposant ainsi son cou nu. Comme le lui avait indiqué le Père Murray, elle fit courir ses ongles vernis de rouge le long des os, sous sa peau. Un geste caressant, séducteur. Il la faisait se sentir malade à chaque fois qu'elle le faisait.

— Oui, ronronna le Père Murray.

Elle interrompit aussitôt son geste en entendant ce compliment vibrant de plaisir. Elle reporta son attention sur le prêtre. Pour la première fois depuis qu'elle l'avait rencontré, Maria vit quelque chose sur son visage... Du désir, un besoin... Tout ça parce qu'il regardait son cou dénudé. Maria s'empressa de remettre ses cheveux à leur place pour couvrir ses épaules et dissimuler sa gorge. Le Père Quinn attrapa le bras du Père Murray, qui continuait de la dévisager. Sentir la main de son supérieur le tira des pensées impures dans lesquelles il s'était égaré. Le Père Murray écarquilla les yeux en voyant que Maria le regardait, et le Père Quinn lui murmura quelque chose à l'oreille.

— Je reviens tout de suite. Je dois vérifier quelque chose, dit le Père Murray avant de partir en courant dans sa chambre.

Il avait fui. Maria tressaillit quand la porte claqua. Elle entendit l'eau de la douche couler.

— Il est tendu, lui expliqua le Père Quinn, juste à côté d'elle.

Maria sursauta. Elle ne s'était pas rendu compte que le prêtre plus âgé était si près.

— Il veut qu'on attrape ce pécheur. Qu'on l'empêche de se balader librement dans les rues, qu'on protège ces vies innocentes. Ça l'attriste que cette tâche nous incombe à nous et à l'Église.

Une vague de tristesse s'infiltra à travers les hauts murs défensifs que Maria avait érigés des années plus tôt.

— Je comprends.

Elle s'agrippa à son sac à main. Elle savait ce que c'était, d'éprouver le sentiment d'avoir été abandonné par les autorités. Elle savait ce que ça faisait de perdre espoir.

— Vous êtes prête, mon enfant ?

Maria hocha la tête, luttant contre la tentation de plonger dans le puits noir du désespoir. Elle avait déjà réussi à ramper hors de l'abysse. Elle n'était pas sûre d'avoir la force de recommencer.

Il regarda sa montre.

— Il est minuit passé. Le club sera rempli de pécheurs de la chair. Vous avez vos cartes ?

Maria fouilla son sac à main à la recherche de la carte d'identité que les prêtres lui avaient fournie et de celle qui lui permettrait d'entrer dans le club. Le Père Murray lui avait assuré qu'on ne lui poserait aucune question : c'était la politique du club.

— Gardez ce sac sur vous en permanence. Et appuyez sur ce bouton quand vous le verrez, ou si vous vous sentez en danger.

Maria hocha à nouveau la tête. Elle garda le silence, se préparant mentalement à la suite des événements.

Maria se dirigea vers la porte, mais le Père Quinn posa une main sur son bras pour l'arrêter. Elle pivota et le prêtre lui mit un chapelet dans les mains. Elle avait laissé le sien au couvent pour ne pas le perdre. Les perles qu'elle faisait glisser entre ses doigts durant la prière lui manquaient.

— Gardez ça avec vous, Maria. Ne le portez pas autour du cou, et ne le laissez pas en évidence. Mais gardez-le pour vous donner du courage. Pour vous souvenir que le Seigneur et la Vierge Marie sont avec vous.

Dès que le chapelet fut dans sa paume, un sentiment de sérénité l'envahit. Elle contempla les perles noires de ce chapelet, ainsi que la croix en argent ouvragée où Jésus était suspendu, pour racheter les péchés de l'humanité. Maria remarqua un minuscule « B » gravé sur la poitrine de Jésus.

— C'est beau, murmura-t-elle. Mais que signifie le « B » ?

Un éclat qu'elle ne put déchiffrer passa dans les yeux du Père Quinn. Il se reprit rapidement et répondit :

— On m'a dit qu'il représentait l'archidiocèse de Boston.

Maria acquiesça, même si elle était surprise de ne l'avoir encore jamais vu. Le Père Quinn posa une main sur son épaule. Maria se figea. Elle n'aimait pas qu'on la touche. Surtout quand c'était un homme. Le Père Quinn se pencha vers elle.

— Mais je préfère me dire qu'il signifie « Baptiste ». Comme Jean le Baptiste. L'homme dont le sacrifice a permis à Jésus de sauver l'Humanité tout entière.

Maria laissa ces mots l'envelopper.

— Ça me plaît aussi, répondit-elle en gardant le chapelet dans sa main.

Elle se tourna vers la porte et, sans un regard en arrière, sortit dans le couloir. Sa mission l'attendait.

Dans l'intimité de l'ascenseur qui l'emmènerait dans le vestibule de l'hôtel, Maria cacha le chapelet dans la bretelle gauche de son soutien-gorge. Elle ne pouvait pas le porter en public, mais elle pouvait le garder aussi près de son cœur que possible.

Ses jambes flageolaient quand elle traversa le sol de marbre du hall et sortit dans l'air hivernal glacé de Boston. Le club n'était qu'à quelques mètres de là. La tête haute, elle joua son rôle du mieux qu'elle pouvait. Feindre l'assurance était son plus gros défi pour le moment. Maria était habituée à garder les yeux baissés, les mains jointes en une prière constante. Ses mains n'étaient pas jointes, mais elle pouvait trouver l'apaisement dans sa foi. *Je vous salue Marie pleine de grâce,* pria-t-elle en silence en approchant du magasin d'alcool. Elle passa les portes automatiques et se dirigea vers le fond de la pièce, en priant pour que l'entrée soit bien là. Un escalier raide l'attendait de l'autre côté de la porte. Il y avait un homme massif en bas. Maria lui tendit ses cartes et il la détailla de haut en bas, un sourire salace sur les lèvres. Il lui rendit les cartes et ouvrit la porte qui permettait d'accéder à l'étage.

Maria entendit la musique pulser contre les murs à l'intérieur. Elle serra son sac contre elle. Elle n'était encore jamais entrée dans une boîte de nuit. Elle était très jeune quand William Bridge l'avait enlevée. Quand elle avait été libérée, elle avait prêté serment à l'église. Maria était bien plus isolée que la plupart des gens de vingt ans. En général, elle en était soulagée. À cet instant, elle regretta d'être si ignorante, elle ne savait pas dans quoi elle s'engageait.

Sa main tremblait, mais Maria n'en tint pas compte et ouvrit la porte du club. Elle faillit trébucher en voyant la scène devant elle. Elle se figea. Une femme était attachée à un poteau en bois au centre de la pièce, par des sangles en cuir et des chaînes en métal. Elle était nue, à l'exception du tissu noir dans sa bouche… et un homme dans un costume trois-pièces la fouettait avec une fine lanière en cuir. Malgré le hurlement de la musique, Maria entendait les coups de fouet qui zébraient la peau de la femme. Il y avait même du sang. Mais ce qui perturbait le plus Maria, c'était l'extase sur son visage.

Maria avait du mal à respirer. Plus rien ne tournait rond, chez elle. Sa respiration et son rythme cardiaque étaient trop rapides. Ses yeux étaient trop grands ouverts et sa bouche sèche à cause de la stupeur.

Qu'est-ce que c'était que cet endroit ? Maria avait envie de s'enfuir. Ce qu'elle voyait, ce qu'elle entendait… C'était trop… Ça lui rappelait le ranch… celui de William. Pourtant ces femmes étaient ici par choix, elles voulaient être avilies, blessées, elles voulaient qu'on les utilise sexuellement, c'était leur choix. Elle avait l'impression d'être entrée dans un monde parallèle, où plus rien n'avait de sens et où le péché, la violence et la luxure étaient la norme.

Puis Maria posa les yeux sur les jambes de la femme, et tout le sang quitta son visage. Un jouet semblable à un membre masculin avait été inséré en elle. Toutefois, ce n'était pas ce qui horrifiait le plus Maria. C'étaient les pointes sur le jouet. Ses cuisses se crispèrent, comme si elle pouvait protéger la femme de cet objet effrayant. Pour le bien de cette femme, elle pria pour que ces pointes soient en caoutchouc et pas en métal, comme elles semblaient l'être. Or, à en croire les cris et les hurlements qui retentissaient dans chaque coin de la pièce, elle n'en était pas si sûre.

Le corps de Maria se glaça, mais elle s'obligea à bouger. Des hommes et des femmes s'arrêtèrent pour la regarder quand elle passa devant eux, tendant la main pour caresser ses jambes nues, sa robe et ses seins. Maria refoula ses larmes quand d'autres tentèrent de passer la main entre ses jambes, se pressant contre elle d'une manière qu'elle supportait à peine. Elle frissonna. Le froid s'enroula autour d'elle lorsque des souvenirs jaillirent dans son esprit. Des souvenirs qu'elle aurait voulu oublier.

Ténèbres… douleur… désespoir… faiblesse… abandon, j'abandonne… personne ne vient m'aider… s'il vous plaît… je vous en prie, Dieu, s'il vous plaît, sauvez-moi…

— Tu veux un verre ?

Une voix tira Maria de ses sombres souvenirs. Un barman la regardait.

— Juste un verre d'eau, s'il vous plaît, répondit-elle en s'asseyant au bar.

Elle laissa son sac à main à côté d'elle et, machinalement, se mit à jouer avec ses cheveux. Il posa le verre devant elle, elle but une grande gorgée d'eau et s'obligea à parcourir le club des yeux. Ce qui s'y déroulait était accablant, c'était insupportable, mais malgré tout, elle fouilla la foule à la recherche de l'homme qui était leur cible. Elle devait le trouver, et vite. Ainsi, elle serait rapidement de retour chez elle. Dans son sac, il y avait une petite seringue remplie d'un liquide qui endormirait Raphaël. Elle l'avait sur elle au cas où elle aurait l'occasion de l'attirer dans une salle privée. Le Père Quinn et le Père Murray n'avaient pas trop insisté sur ce point, mais elle savait que c'était ce pour quoi ils priaient.

Elle devait le faire.

Presque comme en réponse à ses pensées, un homme franchit la porte. Maria se statufia, son verre à mi-chemin de sa bouche. Il portait une chemise noire ajustée et un pantalon noir, et il entra dans le club comme un dieu. Son assurance irradiait par tous les pores de sa peau. Le cœur de Maria s'accéléra quand elle remarqua la teinte olive de sa peau, les cheveux noirs qui retombaient sur son front et ses yeux. Maria était trop loin pour voir de quelle couleur ils étaient. L'homme regardait vers la gauche, pas du tout dans sa direction. Mais sa silhouette élancée et sa carrure solide (il mesurait plus d'un mètre quatre-vingts) correspondaient à la description qu'on lui avait donnée.

Il était la beauté incarnée.

Maria se figea. Il traversa le club pour rejoindre une femme qui attendait à l'autre bar. Elle avait des cheveux blonds et arborait une robe qui exhibait chaque centimètre carré de sa silhouette, ainsi que le peu qu'elle portait dessous : un soutien-gorge minuscule et une culotte qui révélait son postérieur bombé. Maria n'avait jamais vu de tels vêtements...

Maria posa son verre vide sur le bar et joua nerveusement avec ses cheveux. La blonde tendit la main pour caresser le large torse de l'homme. Les premiers boutons de sa chemise étaient ouverts, dévoilant le haut d'un tatouage. Maria n'arrivait pas à voir de quoi il s'agissait. La femme se passa la main dans ses épaisses mèches blondes et épaisses, attendant que l'homme regarde dans sa direction. Il pivota et un sourire si sublime qu'il en était éblouissant se dessina sur ses lèvres, il rejeta la tête en arrière et rit. Tout le club parut disparaître autour de Maria.

Puis il regarda dans sa direction… Ses yeux dorés se posèrent sur elle. Maria se sentit à court d'oxygène quand ce regard marron clair, teinté d'or, se mit à la fixer. Elle s'efforça de se souvenir de ce que le Père Quinn lui avait appris et pencha la tête, exposant ainsi nonchalamment son cou. Elle ferma les yeux et fit passer sa main le long des os fins, ceux qui étaient juste sous sa peau pâle. Ses ongles la chatouillaient, la chair de poule recouvrit son dos. Maria visualisa les Sœurs de Notre-Dame-de-Grâce dans son esprit, songeant que dès que ce serait fait, elle pourrait rejoindre son monastère bien-aimé. Plus jamais elle ne se retrouverait dans un repaire de pécheurs pareil. Sa dernière tâche à accomplir, avant de prononcer ses vœux.

Maria le sentit avant de le voir. Une odeur d'eau fraîche et de sel lui parvint aux narines. Un parfum addictif. La pulsation régulière de la musique semblait faire écho à ses battements de cœur, et après avoir pris une profonde inspiration parfumée à l'eau fraîche, elle laissa ses yeux se rouvrir sur la dépravation qui régnait dans ce club. Sauf qu'elle ne la vit pas. Elle ne vit pas non plus les clients et les gens qui hurlaient d'extase charnelle pendant qu'on les fouettait et qu'on les flagellait. Elle ne vit que le visage le plus fascinant qu'elle ait jamais vu, ce visage scandaleusement séduisant et ces yeux dorés hypnotiques qui la paralysaient.

Raphaël. Cette créature à la beauté diabolique était Raphaël, l'un des hommes les plus dangereux que cette terre ait connu.

— Salut.

Sa voix grave parvint aux oreilles de Maria, l'accent prononcé de Boston vibrant dans ce simple mot. Quand le sort fut rompu, Maria s'obligea à jouer avec ses cheveux. Raphaël dévorait chaque petit geste qu'elle faisait comme une offrande. Maria ne comprenait pas pourquoi une mauvaise habitude de ce genre inspirait autant de fascination chez un homme, mais chacun de ses mouvements faisait se soulever et s'abaisser plus vite la poitrine de celui-ci. La peau mate de ses joues finit par se teinter de rouge.

— Bonjour, répondit Maria.

Raphaël délaissa la main qui allait et venait sur le cou de la jeune femme pour la regarder dans les yeux. Maria caressait la courbe de sa gorge. Ses gestes étaient discrets, subtils, comme le lui avait appris le Père Murray. Les mouvements lui semblaient si peu naturels qu'elle était certaine qu'elle allait bientôt être découverte.

— C'est la première fois que je te vois ici, dit Raphaël en faisant un geste au barman.

Moins d'une minute plus tard, un verre de liquide ambré apparaissait sur le comptoir devant lui. Du whisky ? Du brandy ? Difficile à dire. Maria ne buvait jamais d'alcool, mis à part le vin rouge à la messe. Raphaël vida le verre en une longue gorgée, et sa pomme d'Adam s'agita. Il ferma les yeux une seconde et secoua la tête, comme s'il menait un dur combat au fond de lui. Maria fut déstabilisée par ses actes étranges, par sa façon de pincer les lèvres, son visage tendu. Raphaël avait l'air de souffrir, comme si quelque chose le blessait de l'intérieur.

Il ouvrit les yeux et la fixa avec une drôle d'intensité. Il se redressa.

— Je suis ici pour quelqu'un d'autre, dit-il.

Sa voix était passée de séductrice à froide et sèche. Comme s'il lui reprochait d'exister. Un éclat de colère traversa son visage et il serra les poings le long de ses flancs. Ce geste attira le regard de Maria et au passage, elle remarqua son excitation. La bosse dans son pantalon était plus qu'évidente.

Ses joues se mirent à la brûler.

Elle se tourna vers le bar et ses cheveux retombèrent sur son cou. Elle était chaste. Rien chez un homme ne devait attirer son attention, encore moins chez un homme aussi dangereux que lui. Le barman déposa un autre verre d'eau devant elle. Maria tendit la main vers celui-ci, mais avant qu'elle ait pu le prendre, elle sentit des doigts rugueux écarter ses longues boucles. Sa gorge se noua, son pouls battit plus vite. Elle était mal à l'aise, mais elle endura ce contact inconfortable. Elle laissa Raphaël écarter ses cheveux de sa peau laiteuse. Il fit courir le bout de ses doigts le long de l'os qu'elle était en train de caresser.

Le Père Murray savait que ce simple geste attirerait Raphaël. Comme un insecte vers une flamme… Il était en train de plonger la tête la première dans le feu.

— Tes cheveux, lui murmura-t-il à l'oreille.

Il s'était remis à parler d'une voix douce, et une nuée de papillons voleta le long du dos de Maria. Elle ne put les retenir. Elle regarda les yeux de Raphaël, qui ne quittaient pas sa main qui bougeait lentement.

De haut en bas. Le long de l'os, encore et encore. Maria avait envie de tourner la tête, mais son regard était aimanté au visage de cet homme. Celui d'un ange.

Ce n'est pas un ange, c'est le Diable qui s'est déguisé.

Le dégoût qu'elle éprouvait pour elle-même submergea Maria, comme si on l'aspergeait d'eau bénite après une vie entière d'impiété. Ça la ramena à la réalité. Cet homme était laid à l'intérieur, autant que William Bridge l'était. Mais William était bien plus âgé. Maria ne put s'empêcher de remarquer que Raphaël semblait jeune. Il ne devait pas être beaucoup plus vieux qu'elle. Peu importe, songea-t-elle. Les Pères Murray et Quinn avaient affirmé que c'était l'un des hommes les plus diaboliques en ce monde. Son âge n'avait pas d'importance.

Elle devait rester concentrée. Même si, au fond d'elle, la part de son être – celle qui pensait que les gens avaient droit à la rédemption – voulait en savoir plus, la détournant ainsi de sa tâche. Elle voulait découvrir pourquoi un homme comme ça, qui avait le monde à ses pieds, avait choisi d'emprunter cette voie maudite.

Raphaël se rapprocha davantage, il était désormais juste devant elle. Il ne la touchait pas, mais n'était qu'à un cheveu d'elle. Son parfum était étourdissant, sa taille et son corps mince plus imposants que ceux des hommes que Maria avait croisés.

— Je suis ici pour quelqu'un d'autre, répéta Raphaël.

Il avait parlé d'un ton mesuré, mais quand elle se répéta cette phrase dans sa tête, son estomac se contracta et un étau comprima sa poitrine. *Je suis ici pour quelqu'un d'autre.* Pas « avec » quelqu'un, mais « pour » quelqu'un.

La panique l'envahit et elle reporta son attention sur la blonde qui l'avait fait rire si ouvertement. Elle était plus âgée que Maria et Raphaël de plusieurs années, mais elle les observait d'un air renfrogné. Sa jalousie était évidente. Les yeux plissés, elle regardait l'homme qui était en train de la séduire quelques minutes plus tôt parler à une autre.

Je suis ici pour quelqu'un d'autre.

Raphaël n'était pas dans ce club pour soulager un désir sexuel : il était ici pour du sang. Pour prendre une vie et priver ses proches de sa grâce.

Impossible. Maria ne pouvait laisser cet homme piéger une femme innocente… Au prix de plonger elle-même dans les ténèbres pour l'en empêcher.

Elle se rapprocha, ignorant la voix dans sa tête qui lui intimait de fuir, et s'obligea à jouer le rôle de la tentatrice, une véritable Dalila devant ce Samson aux cheveux noirs et aux yeux dorés. Elle ordonna à ses doigts de bouger et fit courir son ongle recouvert de rouge sur les boutons de la chemise de Raphaël. Il se raidit. Elle l'entendit s'efforcer de respirer, il essayait de se maîtriser. Maria était dans un sex-club, elle devait faire semblant de chercher le même plaisir que les clients.

Même si au fond d'elle, elle demandait pardon en hurlant.

Elle se noyait dans un océan de honte et de désespoir.

Raphaël se rapprocha, son souffle effleura son visage.

— Viens avec moi, lui dit-il d'une voix rauque.

La note sensuelle qui flottait dans ses mots éveilla quelque chose d'inconnu dans les profondeurs de son âme. Maria ferma les yeux et tenta de combattre cette étrange sensation. Raphaël ne parut pas remarquer son moment de faiblesse. Il était trop occupé à passer ses doigts dans ses cheveux, de la racine jusqu'en bas, d'un geste aussi délicat que possible. Maria s'obligea à bouger. Elle descendit du tabouret et fit de son mieux pour cacher sa peur. Raphaël sourit. Le résultat était à couper le souffle. Ce sourire aurait pu pousser un million de cœurs chastes à succomber aux ténèbres.

Elle refusait d'en faire partie.

— Mon sac, murmura-t-elle juste au moment où Raphaël s'apprêtait à prendre sa main tremblante.

Mais quand Maria regarda le comptoir du bar, elle ne le vit pas. La panique l'envahit.

— Mon sac à main a disparu.

Le barman l'entendit.

— Nouvelle réglementation. Aucun objet personnel n'est autorisé dans le club. Il y a eu des fuites, à cause de gens qui ont utilisé leur téléphone. Le patron refuse que ça se reproduise. Le secret est primordial.

Il déposa un ticket rose à côté d'elle.

— Vous êtes le numéro dix-neuf. Donnez ça au portier quand vous partirez et il vous rendra votre sac à main. Il est en sécurité, dans les vestiaires.

La vision de Maria devint floue. Des larmes affluèrent dans ses yeux quand le désarroi et la terreur refermèrent leurs griffes autour de son cœur. Son sac était sous clef, loin d'ici. Le traceur. Le bouton d'urgence. La seringue qui endormirait Raphaël.

Captive de la vague de désespoir qui déferlait sur elle, Maria tressaillit quand Raphaël lui prit la main dans un geste possessif. Son instinct lui criait de se libérer, de s'enfuir du club pour retrouver le giron de l'église, là où elle serait en sécurité, mais du coin de l'œil, elle vit la blonde traverser la pièce et s'avancer d'un pas déterminé vers Raphaël.

Cette femme était innocente.

Et Raphaël avait l'intention de la tuer.

Maria ferma les yeux. Elle devait faire un choix. Elle ne pouvait pas le laisser la tuer. Beaucoup auraient exhorté Maria à ne pas intervenir. La blonde était une pécheresse qui n'avait aucun respect pour le Seigneur. Mais Maria ne jugeait pas les gens. Elle ne jetterait pas la première pierre. Une âme était une âme. Tout le monde méritait une seconde chance dans la vie. Une chance de réparer ses torts. C'était pour ça surtout qu'elle avait foi en l'Humanité.

Personne ne mourrait à sa place, elle ne le permettrait pas.

— Je viens avec vous, murmura-t-elle.

À cause de la musique, elle n'était pas sûre qu'il l'ait entendue. Cependant une lueur s'alluma dans les yeux si particuliers de Raphaël et elle sut. Il l'avait entendue.

— Robert ? lança la femme blonde en s'arrêtant à côté d'eux.

Elle toisa Maria en l'étudiant de haut en bas, son mécontentement était visible.

— Tu vas nous chercher une chambre ? demanda-t-elle avec un sourire qui se voulait séducteur.

Robert. Un faux nom qu'il réservait sans doute à ses victimes.

Raphaël ne lui prêta pas une once d'attention. Il garda les yeux rivés sur Maria. Ne lui lâcha pas la main. En fait, il la serra même plus fort, comme s'il pensait qu'elle allait essayer de s'échapper. Néanmoins Maria avait pris sa décision. Elle irait jusqu'au bout.

C'était étrange. Elle s'était déjà retrouvée dans cette position. Pendant qu'elle était prisonnière, elle était convaincue qu'elle allait mourir, qu'il allait la tuer. Chaque jour. Elle n'avait pas le choix, on l'avait privée de son libre arbitre. Aucune décision n'était la sienne. Pourtant, à cet instant, elle n'éprouvait que de la sérénité à l'idée de mourir entre les mains de ce prédateur diabolique. Ainsi qu'un fort sentiment de contrôle.

Parce qu'elle faisait ce choix librement.

Sœur Maria Agnès s'engageait dans cette situation de son plein gré. Les yeux ouverts. C'était peut-être ce que Dieu avait prévu pour elle, après tout, ce pour quoi on l'avait sauvée toutes ces années plus tôt. Pour livrer un autre tueur à la justice. Le Père Quinn et le Père Murray sauraient qui l'avait tuée. Ils pourraient l'amener à la police et sauver toutes ces vies qu'il aurait inévitablement prises.

— J'ai trouvé quelqu'un d'autre.

Le ton venimeux de la voix de Raphaël alors qu'il s'adressait à la blonde déstabilisa Maria. C'était un caméléon, comprit-elle. Il pouvait être charmant, séducteur, et devenir en une fraction de seconde froid, brusque même. Au regard qu'il lança à la femme, Maria devina le Mal qui s'ébattait sous sa peau.

— J'ai une nouvelle partenaire de jeu. Tu peux t'en aller.

Le visage de la blonde devint écarlate, elle était furieuse. Gênée aussi. Elle tourna les talons et disparut dans la foule dense. Quand Raphaël pivota à nouveau vers Maria, il avait remis son masque charmeur.

— Où en étions-nous ?

Il porta la main de Maria à sa bouche et déposa un léger baiser sur sa peau pâle. Même si elle savait que c'était un homme malveillant, elle ne put réprimer le frisson de plaisir qui dévala son bras.

— On y va ? proposa-t-il en indiquant une chambre privée.

Maria le laissa ouvrir la marche. Elle avait oublié le ticket pour son sac à main sur le comptoir. Aucune importante. Elle ne pourrait pas venir le chercher. Maria garda la tête baissée tandis que la foule les avalait. Partout où elle posait les yeux régnait la dépravation. Pendant qu'ils marchaient, Maria formula une prière silencieuse. *Protège-moi, Seigneur. Fais que ce soit rapide. Que je ne ressente aucune douleur.*

Raphaël ouvrit une porte et attira Maria à l'intérieur. Il tendit le bras par-dessus sa tête pour la refermer. Le dos de Maria était pressé contre le bois et Raphaël fit glisser sa main le long de son bras jusqu'à trouver le verrou.

D'un geste sec, il le tourna.

Dans l'intimité de la chambre, on entendait à peine la musique. Seul le bourdonnement des pulsations en arrière-plan leur parvenait. La pièce était sombre. Chaque mur était couvert de cuir clouté et capitonné. Des spots rouges encastrés dans un plafond bas éclairaient les lieux. Des menottes et des chaînes pendaient de l'un des murs noirs. Ce qui ressemblait à des crosses en bois médiévales se trouvait sur la droite. Des balançoires en caoutchouc et en métal étaient accrochées au plafond, des chaînes, des menottes et des sangles en cuir pendaient de chaque dispositif. Des palettes et des fouets étaient exposés sur le mur de gauche. Un grand lit à la couverture de cuir trônait au milieu de la pièce. Les quatre poteaux en métal qui l'entouraient proposaient toute une série d'entraves : chaînes, sangles en cuir, cordes... Une liste infinie d'engins de torture.

Le cœur de Maria battait si fort qu'il résonnait dans ses oreilles. Qu'est-ce que c'était que cet endroit ? Comment les gens pouvaient-ils apprécier ce genre d'exploration sexuelle ? Maria était chaste. Elle n'avait jamais été touchée. Tout ce qu'elle savait du sexe, elle l'avait appris des rumeurs au lycée et de la télévision, quand elle était ado. Ça... C'était différent de tout ce qu'elle aurait pu imaginer.

Il y avait deux autres portes du côté opposé de la pièce. Elle n'avait aucune idée d'où elles menaient. La chambre sentait le cuir et une odeur de musc entêtante qui s'infiltrait à travers la ventilation du plafond, supposa-t-elle.

La main de Raphaël, jusqu'ici sur le verrou, remonta soudain le long du bras de Maria, avant de se refermer sur ses cheveux. Elle remarqua la ficelle enroulée autour de son index droit. Le bout de son doigt était bleu à cause du manque de sang. Comme un automate, elle referma les mains dans le dos de Raphaël. Elle chancela, elle craignait que ses jambes cèdent sous elle, la peur menaçant de prendre le contrôle. Maria ne savait pas du tout comment séduire cet homme. Pourtant, à la minute où ses paumes touchèrent le tissu ferme de sa chemise noire, quand ses doigts sentirent les muscles durs et prononcés qui se contractaient dessous, Raphaël siffla dans son oreille. Il agrippa ses cheveux épais, tirant ainsi sur son cuir chevelu.

— Tu es parfaite, dit-il lentement. Si parfaite, putain.

Maria aurait presque pu le croire. Il la regardait comme les congrégations catholiques s'émerveillaient de la chapelle Sixtine, comme la Mère Supérieure admirait la statue de Marie dans la chapelle. Mais c'était une ruse. Ça ne pouvait être que ça. La séduction faisait partie de son plan.

Maria plongea dans les yeux de Raphaël et tenta de déchiffrer la malveillance qui se tapissait au fond de lui. Elle savait toutefois que c'était peine perdue. Elle ne comprendrait jamais le Mal. Ce désir de blesser une âme. Elle voulait prendre ses mains et le supplier d'arrêter, de se repentir et de se détourner de ce mode de vie.

Cependant elle faisait confiance au Père Quinn. Il lui avait assuré que l'Église ferait en sorte que Raphaël soit traduit en justice par les voies officielles. Il serait aidé, sauvé. Les Pères Quinn et Murray étaient des hommes bons et honnêtes.

Les mains de Raphaël étaient délicates, douces. Il les porta au visage de la jeune femme et fit courir un doigt sur sa joue. Il lui fit incliner la tête sur la gauche et écarta ses cheveux. Il exposait son cou. Le cœur de Maria s'affola.

— Comment tu aimes jouer ? lui demanda-t-il.

Il ne quitta pas une seconde des yeux le doigt qui courait le long de son cou, jusqu'au col de sa robe.

— Quelles sont tes préférences ?

Le Père Murray l'avait prévenue qu'il allait lui poser cette question. Si quelqu'un voulait obtenir la carte de membre du club, il devait signer un contrat. Les prêtres avaient falsifié le sien. En effet, elle y donnait son consentement pour tout ce qui se passerait dans le club. Ce n'était pas un endroit modéré, et le Père Quinn l'avait avertie qu'elle devrait faire ce qui était nécessaire pour ramener Raphaël dans les bras de l'Église. Elle ne savait pas du tout quelles pratiques sexuelles attiraient Raphaël. Il fallait qu'elle le laisse prendre les commandes.

— Tout ce que vous voudrez… monsieur, répondit-elle dans un murmure, n'osant pas bouger.

Raphaël fit un pas en arrière, il grogna en scrutant le visage de Maria.

— Une soumise ?

Son sourire s'élargit, et son excitation illumina son visage.

— C'est mon jour de chance.

Il se mordilla la lèvre inférieure. Maria ne comprenait pas tout à fait ce qu'était une soumise, mais le mot était assez clair : quelqu'un de docile, de totalement obéissant.

— J'aime avoir le contrôle, dit-il. J'aime regarder, toucher et que tu te tortilles sous mes mains.

Sa bouche s'approcha de son oreille, il ajouta :

— Avant de te baiser et de te briser.

Il prit une grande inspiration.

— J'adore les regarder se briser.

Le sang déserta le visage de Maria. *J'adore les regarder se briser.*

La douceur qu'avait montrée Raphaël jusqu'ici s'évapora en une seconde. Un masque de supériorité recouvrit son visage.

— Retire ta robe, lui intima-t-il d'une voix sèche.

Maria écarquilla les yeux et l'air s'échappa de ses poumons. Raphaël croisa les bras sur sa poitrine et attendit, ses yeux dorés se couvrant d'un voile d'autorité. Elle vacilla.

— J'attends. Je n'aime pas attendre.

Maria sursauta, Raphaël avait parlé d'une voix dure. Non sans nervosité, elle commença à retirer les manches de sa veste. Raphaël se contentait de regarder, immobile. Il la fixait, très concentré. Son expression était neutre. Impossible de deviner à quoi il pensait.

Elle baissa les yeux au sol.

— Lève les yeux.

Elle lui obéit aussitôt.

— Regarde-moi dans les yeux. En permanence.

Ses lèvres s'étirèrent en une esquisse de sourire.

— Ou tu seras punie, ajouta-t-il.

Maria déglutit avec peine, une sensation de chaleur se déploya sur sa peau. Elle était perdue. Est-ce que cette vague de chaleur sur sa peau était provoquée par la peur, ou pire… le plaisir ?

Non, songea-t-elle. C'était juste une réaction liée à sa tendance innée à l'obéissance. Elle n'aimait pas déplaire aux gens. Elle ne se rebellait jamais. Ça la rassurait de suivre les ordres, de ne pas avoir à prendre de décision. Oui, cette forme de torpeur la rassurait.

Maria était douée pour obéir aux ordres. C'était ce qu'elle avait toujours fait. Elle avait cédé son libre arbitre à l'Église. Et à cet instant, à Raphaël.

Voilà comment elle considérerait ce moment. Raphaël était son Église, du moins, pour le moment.

Elle prit une inspiration pour se calmer, se demandant quelle punition Raphaël choisirait. Elle retira son bras droit de la longue manche avec lenteur. Est-ce qu'elle pourrait faire durer tout ça assez longtemps pour permettre aux Pères Quinn et Murray de se lancer à sa recherche ? Elle se concentra à nouveau sur le regard intense et affamé de Raphaël et douta qu'ils arrivent à l'attraper, même s'ils venaient. Il était en parfaite condition physique. Fort. Dominateur. Maria était convaincue que s'il était attaqué, il pourrait s'en sortir sans mal. Les Pères Murray et Quinn étaient gentils et bienveillants, des hommes de Dieu. Ils ne seraient pas de taille face à lui.

— Arrête de gagner du temps. Retire l'autre manche.

Des frissons lui parcoururent le dos. Ce n'était pas du plaisir, se rappela-t-elle. Elle avait dit à Raphaël qu'elle ferait tout ce qu'il voudrait. Ce besoin de lui obéir n'était qu'un instinct de survie.

Comparé aux spectacles hédonistes de la salle principale du club, tout ça lui parut plutôt sobre. Pour l'instant, en tout cas. Maria savait que ça allait empirer. Beaucoup. Elle lisait cette promesse dans les yeux dorés de Raphaël. Les instruments et appareils obscurs, effrayants, qui se trouvaient dans la pièce ne faisaient que renforcer cette vérité.

Raphaël se rapprocha.

— Je ne te le répéterai pas. Retire tes manches. C'est ta dernière chance.

Maria s'empressa de retirer les manches de sa robe et révéla ainsi son soutien-gorge noir. Raphaël était tout près d'elle, désormais. Si près qu'elle voyait le léger chaume qui recouvrait ses joues et sa mâchoire, ainsi que la cicatrice qui lui barrait le sourcil droit. Il avait une croix à l'oreille gauche. Elle déglutit de nouveau avec peine, mais se sentit intriguée en voyant que la croix était inversée.

— Je n'aime pas qu'on me désobéisse, et tu mets ma tolérance à l'épreuve, la prévint-il.

Il tendit la main et, dans un contraste frappant avec son ton dur, abaissa avec délicatesse la bretelle droite de son soutien-gorge. Il se pencha, ses lèvres frôlèrent l'oreille de Maria.

— Je veux que tu fasses tout ce que je dis. Tout de suite. Est-ce que tu comprends, ou est-ce que je dois t'apprendre ? Tu en as besoin ? Je te promets que je n'aurai qu'à te le montrer une fois.

Mais Maria était incapable de lui répondre. Il fallait qu'elle se dénude devant ce pécheur éblouissant ?

— J'ai dit..., continua Raphaël.

Ses lèvres pleines effleurèrent son oreille gauche.

Il s'attaqua à la bretelle gauche de son soutien-gorge et entreprit de la faire glisser sur la peau. Le tissu frotta son avant-bras et elle prit une brusque inspiration.

Raphaël sourit en voyant sa réaction.

— Est-ce. Que. Tu. Comprends ?

Soudain, il tira sur la bretelle si fort que les seins de Maria se retrouvèrent exposés. La robe retomba autour de sa taille. Mais juste au moment où un gémissement stupéfait s'échappait de sa bouche et qu'elle plaquait les mains sur sa poitrine pour préserver sa pudeur, un claquement résonna dans la pièce. Maria n'eut même pas le temps de se demander ce qui était tombé. Horrifiée, elle regarda Raphaël se pencher et récupérer l'objet au sol. Il se redressa. Il avait le chapelet à la main, les perles rouges roulèrent entre ses doigts. Comme si l'artefact religieux était une flamme, Raphaël tressaillit, sa peau olive pâlit d'un coup. On aurait dit que le chapelet l'offensait.

Puis il l'approcha de son visage et examina le crucifix avec attention. Maria vit quelque chose changer, chez lui. Son corps se raidit, il serrait tant les dents que les tendons de son cou saillirent. Il rougit, la rage à l'état pur semblait avoir pris possession de son visage.

Maria s'empressa de remonter les bretelles de son soutien-gorge, puis les manches de sa robe. Au moment où elle rajustait son col, Raphaël releva vivement les yeux. Toutefois son beau visage n'avait plus rien de l'expression avide qu'il affichait quelques minutes plus tôt, il avait perdu également son superbe sourire et ne promettait plus que la douleur.

Avant qu'elle ait le temps de s'écarter de la porte pour remettre un peu d'espace entre eux, Raphaël tendit le bras et referma la main sur son cou. Il la poussa en arrière. Le crâne de Maria heurta le bois et ses omoplates encaissèrent le plus gros de l'impact. Ses poumons se vidèrent de leur oxygène quand il la souleva. Seuls ses pieds touchaient le sol. Maria tenta de griffer les bras musclés de Raphaël, mais il était trop fort. Ses yeux dorés étaient emplis de rage et il fusillait du regard son visage terrifié.

— Qui es-tu ? grogna-t-il d'une voix sauvage.

Ses lèvres se fendirent d'un rictus qui exhibait ses dents.

— Comment tu as su où me trouver ? Ce sont eux qui t'envoient ?

Maria se mit à battre des jambes pour se libérer. Raphaël ne prêta aucune attention à ses protestations. Au lieu de ça, il lui agita le crucifix sous le nez.

— Je connais ces chapelets. Le « B » sur sa poitrine. Je sais à qui ils appartiennent. Je sais quel genre d'ordures les portent.

Raphaël fourra les perles dans sa poche et Maria écarquilla les yeux. Son cœur vibrait de peur. De peur et de confusion. Raphaël écarta ses longs cheveux et son autre main enserra son cou. Il ajusta sa prise pour lui couper tout à fait la respiration. Maria le supplia des yeux de l'épargner, mais sa vision commença à s'assombrir. Elle hoqueta, luttant pour sa vie. Et lui… Lui la regardait. Puis elle le vit, le sourire avide sur son beau visage. Pendant qu'elle perdait conscience. Maria continua de lui griffer les bras, les mains. Elle se battrait jusqu'à son dernier souffle.

Son corps faiblissait, les ténèbres se déployaient dans ses yeux, mais Maria se concentra sur le bel homme devant elle. L'homme qui enverrait son âme au Paradis, parmi les anges et les saints.

Cet homme qu'ils appelaient Raphaël.

Son beau tueur.

CHAPITRE 4

Son pouls faiblit sous ses pouces. Au début, il était aussi rapide que les ailes d'un papillon. Mais désormais, il était lent comme une biche mourante qui se débattait en vain dans de la mélasse. Raphaël était pris dans une brume rouge. Le crucifix creusait un trou dans sa poche. La Brigade. Elle était liée à la Brigade. Raphaël avait reconnu le « B » sur la poitrine du Christ à la seconde où il l'avait tenu dans ses mains. Ce « B » était gravé dans son âme détruite. Il ne l'oublierait jamais. Il avait traumatisé son enfance.

Cette femme, son fantasme en chair et en os, sa plus grande tentation, était avec cette foutue Brigade. Elle se débattait sous ses mains, luttant pour sa vie. Mais son instinct le poussait à la tuer, à l'envoyer en Enfer, là où était sa place, tout comme les autres violeurs déguisés en prêtres. Néanmoins, quand le regard de Raphaël se posa sur ses longs cheveux, qui lui arrivaient sous les fesses, ses doigts commencèrent à relâcher leur prise.

De longs cheveux.

De longs cheveux épais.

Qu'il pourrait enrouler autour de son cou… et tirer de plus en plus fort, jusqu'à ce que…

Raphaël grogna. Son grondement tourmenté fut aussitôt avalé par les murs capitonnés.

Cette femme était parfaite, c'était celle qu'il avait attendue toute sa vie. Longs cheveux épais. Assez solides pour pouvoir être tirés, malmenés... Assez solides pour la tuer... Pour lui souhaiter une bonne nuit éternelle. Et son cou... Un cou de la taille parfaite pour ses mains. Des os fragiles, parfaits eux aussi, tout juste de la bonne longueur et largeur. Il contempla ses doigts sur sa peau pâle. Cette sensation était aussi douce que du beurre sous sa paume.

Raphaël grogna, son entrejambe pulsait.

Il n'aurait peut-être pas d'autre occasion. Il l'avait enfin entre ses mains. C'était elle... C'était la bonne.

Sa décision était prise, Raphaël recula. Le corps menu de la femme s'effondra au sol. De toute sa hauteur, il regarda son visage. Une peau pâle, recouverte de maquillage qui dissimulait sa blancheur naturelle. Il voyait son véritable teint grâce aux traces des larmes qui avaient maculé ses joues quand il avait serré sa gorge parfaite. Ses yeux étaient d'un bleu cristallin, quand ils étaient ouverts. Raphaël durcit en se souvenant de la peur qu'il y avait vu, quand il avait commencé à lui ôter la vie. Des yeux qui avaient demandé grâce.

Il aurait pu rire. Il n'éprouvait jamais la moindre pitié. Il n'offrait que la mort.

Des taches de rousseur éparses saupoudraient son nez et ses joues, la faisant paraître plus jeune qu'elle l'était sûrement. Mais ses cheveux... Ils étaient parfaits...

Raphaël tendit la main, ignorant la voix dans sa tête qui lui interdisait de faire ce qu'il désirait. Cette voix était celle de Gabriel. Elle récitait les dix commandements des Déchus. *Tu ne ramèneras point de proie à Eden Manor... Tu t'exerceras à la retenue... Tu ne tueras que les Élus...*

Raphaël laissa pourtant la musique qui retentissait de l'autre côté noyer ces mots. Il souleva le corps de la femme. Il émit un grognement et son sexe enfla jusqu'à devenir douloureusement dur quand les cheveux de la jeune femme recouvrirent ses bras, avant de presque toucher le sol. Il empoigna son membre et fit courir sa main sur toute sa longueur emprisonnée. Il imagina ses cheveux autour de son sexe, enroulés plusieurs fois et serrant si fort que c'en était douloureux.

— Tant de potentiel, murmura-t-il dans la pièce silencieuse tout en baissant les yeux vers la femme.

Il regarda son cou, qui était étiré, puisque sa tête pendait sur son bras. Il était rouge là où ses mains l'avaient serré. Il avait la taille parfaite. Il se remémora ce qu'il avait ressenti, quand il avait refermé les doigts sur ses os fins. Il n'avait encore jamais éprouvé ça. Elle lui allait comme un gant. Elle était faite pour lui. Elle était mince et, avant qu'il réagisse à cause du chapelet, elle n'avait pas une seule marque sur la peau.

— C'est elle. C'est forcément elle.

Il sentit son sexe palpiter rien qu'à l'idée de la pénétrer pendant qu'elle lui souriait, les bras noués dans son dos.

Raphaël savait qu'il ne trouverait jamais personne de plus parfait qu'elle. Il se foutait qu'elle soit innocente. Il ne s'était jamais soucié que ses victimes méritent de mourir ou pas. Elles n'étaient rien, pour lui. C'était Gabriel qui insistait pour ne tuer que ceux qui blessaient les autres.

Et cette femme n'était pas innocente, se raisonna-t-il. Quel que soit son lien avec la Brigade, elle méritait une mort lente et douloureuse. Il ne faisait que protéger les siens. C'était ce qu'il se disait, en tout cas, en traversant la pièce en direction de la porte qui menait à la sortie. Il était content que les chambres aient toutes une issue de secours. Parfois, les sessions privées étaient si intenses que les gens ne voulaient pas retourner dans le club ensuite.

Raphaël la serra contre sa poitrine et descendit les marches. Le portier était occupé à cause d'une femme qui tentait de résilier son abonnement. Il profita de cette diversion pour se fondre dans l'ombre et ouvrir la porte de derrière. La femme était toujours inconsciente, elle oscillait dans ses bras. Raphaël rejoignit sa voiture en passant par les petites allées. Il mit la femme sur le siège arrière et la recouvrit d'une couverture pour que personne ne la voie. Il récupéra le masque qu'il conservait dans sa boîte à gants et y versa du chloroforme avant de le nouer autour de sa tête en pressant le tissu imbibé sur sa bouche, puis il sauta derrière le volant et prit la route. Plus il approchait du manoir, plus il avait du mal à se concentrer. Il imaginait comment il allait la prendre, la séduire, puis la tuer.

Soixante-dix minutes plus tard, à un kilomètre et demi de sa destination, Raphaël prit conscience qu'il ne pouvait pas arriver par l'allée principale. Le personnel risquait de le voir. Il décida de passer par-derrière, un chemin qu'ils empruntaient rarement, et d'utiliser le tunnel menant au pavillon de jardin inoccupé, au rez-de-chaussée de la maison.

Raphaël éteignit les phares de la voiture et ralentit avant de s'engager dans le sentier de derrière. Les pneus de sa voiture crissaient sur le gravier. Pourvu qu'aucun de ses frères ne l'entende. Le manoir semblait plongé dans le noir. Mais ça ne voulait rien dire. Ses frères et lui vivaient dans l'obscurité. Même s'ils avaient quitté le Purgatoire depuis dix ans, ils avaient encore du mal à supporter la lumière... Sous toutes ses formes.

Raphaël gara sa voiture derrière le pavillon de jardin. En silence, il récupéra la femme sur le siège arrière et entra dans le bâtiment vide. Il se dirigea vers la bibliothèque derrière laquelle se cachait le tunnel et y tira un exemplaire des *Hauts de Hurlevent.* La bibliothèque bougea. Raphaël s'enfonça dans le tunnel en gardant les yeux rivés droit devant lui. Arrivé à la porte tout au bout, il écouta attentivement. Aucun bruit. Il se faufila dans la maison et grimpa les marches en courant. Il ne s'arrêta qu'après avoir verrouillé la porte de ses quartiers privés derrière lui.

Pour la première fois depuis son retour à la maison, il regarda la femme dans ses bras. Grâce au masque, elle était encore inconsciente. Il parcourut des yeux la suite qu'il occupait. Où pouvait-il la mettre ? Le dressing. Comme tout le reste dans le manoir, il était immense, il pourrait l'accueillir. Et aucun de ses frères n'entrerait ici. Quand Michaël venait dans sa chambre, il ne regardait même pas dans cette direction.

Il sortit vivement de sa chambre, verrouilla derrière lui et repartit dans le tunnel pour rejoindre sa voiture. Il s'engagea à nouveau sur la route, alluma les phares et entra dans le manoir par la porte habituelle. Dix minutes plus tard, il était de retour dans ses quartiers.

Raphaël savait qu'il ne réfléchissait pas de manière rationnelle. Il savait qu'il désobéissait aux commandements, à Gabriel et à ses frères. Mais il ne pensait pas avec sa tête. La luxure… Son désir… Avoir son plus gros fantasme à portée de main… Tout ça avait pris le contrôle sur lui. Et il avait cédé ce contrôle avec joie.

Dans le dressing, il récupéra une boîte sur l'étagère du haut. Il en sortit de l'adhésif et un bâillon, puis attacha les bras dans le dos de la femme et lia ses chevilles. Il lui retira le masque et le mit dans un coin du dressing. Il allait lui fourrer le bâillon dans la bouche, mais il suspendit son geste et s'autorisa à la contempler. Le club était plongé dans la pénombre et baignait dans la lueur des néons rouges. Dans ce placard, une lumière vive illuminait chacun de ses traits. Il prit une brusque inspiration. Elle était magnifique. Pâle et belle. Comme une rose anglaise. Ses cheveux blond foncé s'enroulaient autour de la partie supérieure de son corps.

Raphaël ferma les yeux et reporta le poids de son corps vers l'arrière. Il s'agrippa à ses cuisses musclées.

Il l'imagina couchée sur le lit, nue, sous lui. Avec des pétales éparpillés autour de sa tête. Elle tendrait la main pour l'attirer vers elle, un sourire sur ses lèvres roses. Il ramperait sur son corps jusqu'à pouvoir embrasser sa bouche tout en se glissant en elle. Elle gémirait dans son oreille. Raphaël irait lentement. Pour commencer, sa bouche s'attarderait sur son cou, il lécherait sa peau chaude. Il prendrait ses cheveux dans ses mains. Il les tordrait, encore et encore, pour en faire une corde. Ses yeux bleus seraient rivés sur lui, ses joues se teinteraient de rose tandis qu'il irait et viendrait, le plaisir imprégnant son corps. Il la soulèverait dans ses bras, et ses seins se presseraient contre son torse nu. Et il enroulerait ses cheveux autour de son cou. Raphaël l'allongerait à nouveau sur le lit moelleux et accélérerait la cadence. À chaque coup de reins, il tirerait fort. De plus en plus fort, jusqu'à ce que ses joues rougissent de plaisir. Elle écarquillerait les yeux et entrouvrirait ses lèvres roses. Trois coups de boutoir plus tard, il se déchargerait en elle, et son dernier hoquet se déploierait sur sa peau chaude.

Il la ramènerait contre son torse et nouerait ses bras autour de son corps doux pour la protéger. Et elle ne le quitterait jamais. Elle resterait comme ça, pour toujours.

Elle serait à lui pour l'éternité… Rien qu'à lui.

Raphaël grogna et prit appui sur ses paumes en les plaquant sur la moquette pour se pencher en avant. Il haletait, son pouls battait fort dans son cou. Il ouvrit les yeux et regarda son sexe. Du sperme avait taché son jean, au niveau de l'entrejambe. Raphaël contracta la mâchoire en se rappelant cette vision. Elle avait semblé si réelle qu'il avait l'impression de l'avoir vraiment vécue.

Il leva les yeux vers la femme, tendit la main et lui caressa la joue.

— Bientôt, murmura-t-il.

La chaleur de sa peau marqua ses doigts d'une promesse. Celle qu'un jour tout proche, elle l'accueillerait dans son lit, de son plein gré. Elle l'inviterait à la pénétrer… Puis ses cheveux s'enrouleraient autour de sa jolie petite gorge et elle lui offrirait sa vie. Parce qu'elle l'aimait. Parce qu'elle voulait lui donner son âme.

Parce qu'il était son Dieu.

Raphaël contempla la silhouette endormie. Il se rendit compte qu'il avait perdu la notion du temps quand la cloche retentit dans le manoir, signalant l'heure du petit déjeuner.

Il se hâta de replacer le bâillon sur sa bouche et de recouvrir ses lèvres d'adhésif. Il ne voulait pas marquer sa peau, mais il ne fallait pas qu'on la trouve ici.

Et encore moins que ses frères l'entendent crier.

Raphaël sauta sous la douche et rinça le sperme séché sur son sexe. Il ne se toucha pas. Le plaisir viendrait de ce qu'il ressentirait en brisant cette femme, en la faisant céder, puis en contrôlant chacun de ses mouvements. Il s'obligea à enfiler un jean et une chemise blanche, avant d'écarter ses cheveux noirs de son visage. Il ferma les portes du dressing avec soin, verrouilla sa chambre et descendit au rez-de-chaussée.

Quand il entra dans la cuisine, tous ses frères étaient déjà là. Lynn, la cuisinière, mettait le repas sur la table et les écartait quand ils se mettaient sur son chemin. Sela fut le premier à le voir. Appuyé contre le comptoir, il s'adressa à lui, un morceau de pain grillé dans la bouche.

— Alors ? lança-t-il.

Des miettes tombèrent par terre. Ses longs cheveux étaient encore humides de sa douche.

Raphaël s'efforça de se comporter normalement et alla droit sur la machine à café.

— Je l'obsède déjà.

Sela sourit et hocha la tête d'un air approbateur.

— Tu l'as attachée ? s'enquit Bara qui était assis à la table.

Il avait posé ses pieds sur une chaise et fourrait ses œufs dans sa bouche.

— Cette garce a joui en hurlant ton nom ?

Lynn ne cilla pas malgré les paroles vulgaires de Bara et déposa d'autres plats sur la table. Raphaël se laissa tomber sur son siège en face de Bara et croisa son regard vert.

— Plusieurs fois.

— Et c'était quoi, ce nom ? demanda Diel en venant s'asseoir à côté de Raphaël, son café à la main.

— Robert, répondit-il.

En riant, Uriel écarta les pieds de Bara de la chaise et s'assit.

— Tu lui as fait mal ? Tu as fait souffrir cette pute ? l'interrogea-t-il, ses yeux gris brillant d'excitation.

Personne n'aimait autant infliger de la douleur qu'Uriel. Ses victimes étaient celles qui souffraient le plus.

— Lanières de cuir. Cannes en bois. Et l'estrapade.

Les narines d'Uriel se dilatèrent d'approbation.

— Quand est-ce qu'elle va mourir ? C'est un jeu long, ou un court et agréable ? demanda Sela.

Michaël s'assit à côté de Raphaël et remua son café, les yeux rivés sur la table.

— Bientôt, répondit Raphaël en bougeant sur son siège.

Bara fronça les sourcils. Il savait que ses frères se demandaient pourquoi il restait aussi vague alors que d'habitude, il expliquait et revivait ces moments dans leurs moindres détails.

— Bonjour, dit Gabriel en entrant dans la pièce.

Il portait sa sempiternelle chemise noire et son col de clerc. Il avait enfilé un jean noir, ses cheveux blonds bouclés retombaient sur son front. Ses frères se mirent à parler entre eux. Gabriel s'assit en bout de table, son petit déjeuner habituel devant lui : du pain grillé et un café.

— Raphaël, lança-t-il en souriant quand il vit que ce dernier l'observait.

Raphaël se demanda ce que Gabriel ferait s'il savait qu'il y avait une femme pieds et mains liés dans son placard. Une femme qu'il avait l'intention de tuer sur le territoire des Déchus.

Il tenta d'éprouver de la honte, un semblant de culpabilité. Mais il n'en ressentait aucune. Personne ne s'interposerait entre lui et sa victime.

Raphaël avait besoin d'une diversion, de quelque chose qui pourrait occuper l'esprit de ses frères (en particulier de Gabriel). Il plongea donc la main dans sa poche et en sortit le chapelet. Il le jeta au milieu de la table. Quand le métal heurta la surface en bois, ses frères cessèrent de manger et de boire, et toute conversation mourut.

— Lynn, tu veux bien nous accorder un instant ? demanda Gabriel en souriant à la cuisinière.

Elle s'en alla aussitôt. Dès qu'elle fut partie, le sourire de Gabriel disparut. Bara tendit la main et prit le chapelet.

— Les salopards, cracha-t-il avant de le passer à Uriel.

Tous les frères de Raphaël examinèrent les perles rouges et le crucifix gravé d'un « B », Gabriel fut le dernier à le prendre. Il conserva une expression neutre tout en l'étudiant.

— Où l'as-tu trouvé ?

— Au club. Hier soir.

Gabriel releva vivement ses yeux bleus. Il les écarquilla et Raphaël vit passer un éclair de panique sur son visage.

— Tu as vu l'un d'entre eux ? Est-ce qu'ils t'ont vu ?

— Je l'ai ramassé dans l'une des chambres privées. Je n'ai vu aucun d'entre eux. Je ne sais pas s'ils m'ont vu.

Pas tout à fait un mensonge. La femme à l'étage était liée à la Brigade, d'une manière ou d'une autre, mais elle n'était pas l'une d'entre eux, Raphaël en était sûr. Ils n'acceptaient pas les femmes en leur sein. Ils les considéraient comme inférieures, elles étaient trop facilement influencées par le Mal. Faibles et pathétiques, incapables d'être aussi pures que les hommes au point de vue spirituel. Les femmes saignaient une fois par mois, ce qui les rendait impropres d'un point de vue spirituel. Et aux yeux de la Brigade, elles étaient l'origine de tous les maux. Ève et la Chute avaient expulsé l'Humanité du Paradis et l'avaient privée de l'étreinte de Dieu.

Raphaël ne savait pas comment ils l'avaient convaincue de faire leur sale boulot, mais il était sûr d'une chose : ils n'en auraient rien à foutre, si elle mourait.

Sa petite prisonnière à l'étage était sans importance.

— Ne retourne pas là-bas, lui ordonna Gabriel en rangeant le chapelet dans sa poche. C'est la première fois depuis dix ans qu'on passe aussi près d'être découverts. On ne peut se le permettre.

Ses yeux bleus sondèrent Raphaël.

— Est-ce que quelqu'un t'a suivi ? Jusqu'au manoir ?

— Non.

C'était la vérité. Il n'avait pas quitté la route des yeux. Les experts qu'avait embauchés Gabriel pour les protéger l'avaient bien entraîné pendant sa jeunesse. Il était passé maître dans l'art de disparaître. De s'enfoncer dans l'ombre qui l'accueillait toujours à bras ouverts. Il s'était montré plus que jamais vigilant, ce soir. À cause de sa précieuse cargaison sur le siège arrière. Il s'était assuré que personne ne les voie partir.

— Il faut que tu m'indiques tous les endroits où tu es allé, et à quelle heure. Si la Brigade a découvert où nous étions, nous devons nous montrer beaucoup plus attentifs. Aucune envie qu'ils reviennent dans notre vie et cherchent à nous tuer.

— On devrait peut-être les laisser venir, fit remarquer Diel.

Tous ses frères se tournèrent vers lui. Il fit rouler son cou, les os craquèrent sous le poids de son collier électrique.

— Il est peut-être temps qu'on les affronte. Qu'on leur montre ce qu'on est devenus.

— Je suis d'accord, dit Sela.

Il était toujours d'accord avec Diel. Sela et lui étaient les meilleurs amis du monde. Tout comme l'étaient Bara et Uriel, ou Raphaël et Michaël. Seul Gabriel restait en marge du groupe. Il était leur grand frère. Mais il préférait rester seul, ou en compagnie de John Miller, l'avocat qui travaillait avant pour le grand-père de Gabriel. Un grand-père qui était un tueur, lui aussi.

— On est plus forts qu'eux, maintenant. On peut les combattre et gagner. S'ils nous ont trouvés, ou s'ils nous cherchent à nouveau après tout ce temps, c'est peut-être le signe qu'on doit enfin les affronter, insista Diel.

Son cou se tendit sous son collier. Sa tête tressaillit quand il bourdonna. Il avait réagi à son pouls qui accélérait.

— C'est peut-être un signe de ton Dieu bien-aimé, l'Ange, ajouta Bara avec un sourire narquois. Il est peut-être redevenu le Dieu courroucé de l'Ancien Testament et se languit d'un peu de bonne violence à l'ancienne.

Bara montra la table d'un geste de la main.

— On est volontaires pour être ses soldats, si ça nous permet d'éliminer ces connards de la Brigade.

Gabriel se leva, ignorant Bara.

— Je vais mettre ce club sous surveillance. Je veux savoir qui nous cherche. Quand on aura découvert de qui il s'agit, on réfléchira à un plan.

Gabriel soupira et regarda Raphaël. Il avait l'air fatigué. Il avait toujours l'air fatigué.

— Raphaël, ton meurtre est annulé. Pour l'instant, en tout cas.

Gabriel se prépara, le corps tendu. Il s'attendait clairement à subir la colère de Raphaël. Or, contre toute attente, ce dernier se contenta de hocher la tête. Gabriel fronça les sourcils, perplexe. Puis, sans un mot de plus, il quitta la pièce.

Uriel dévisageait Raphaël comme s'il avait devant lui un inconnu. Même Michaël avait quitté des yeux son café noir.

— Pourquoi tu n'es pas en rogne ? Il vient de t'enlever ton meurtre, lui lança Uriel.

— Je le récupérerai.

— Tu es cinglé ? s'enquit Sela.

— Ou dans ton cas, tu es soudain devenu sain d'esprit ? le corrigea Bara.

Il ricana à sa propre blague et plaqua une main sur sa poitrine.

— Raphaël… Tu as trouvé Dieu, toi aussi ?

Ses frères regardèrent le rouquin avec un sourire narquois.

— La pute était rance. Il n'y avait rien d'excitant à pénétrer sa chatte trop utilisée, même si ça me permettait de lui tordre le cou en même temps, répondit Raphaël en haussant les épaules. Elle n'avait aucun attrait à mes yeux. C'était une mauvaise cible. Pas du tout mon type. Quand j'y retournerai, je délivrerai une mort rapide et pas du tout satisfaisante à cette traînée.

Il se leva.

— Je vais dormir, annonça-t-il.

Puis il quitta la pièce et monta les marches. Michaël ne venait jamais traîner avec lui avant la fin du dîner ni avant la tombée du jour. Il disposait d'un peu de temps avec la femme. Des heures entières sans qu'on vienne le déranger.

Une fois de retour dans sa suite, il s'assura que tous les verrous à sa porte étaient fermés avant de se diriger droit vers le dressing. Quand il entra et alluma, il tomba sur deux grands yeux bleus qui le fixaient.

Un lent sourire fendit son visage.

— Rebonjour.

CHAPITRE 5

Maria respirait fort, elle ne pouvait quitter des yeux ce regard doré si perturbant. Le sourire du jeune homme était aussi dévastateur que dans ses souvenirs, aussi séducteur et charmant. Mais le cœur de Maria se mit à battre à tout rompre. Elle était dans les ennuis jusqu'au cou, elle le savait. La vitesse avec laquelle le pécheur avait perdu ce faux sourire pour se jeter sur elle et refermer les mains autour de sa gorge lui revint en mémoire. Elle sentait encore sa poigne douloureuse lui écraser la trachée. Sa peau était sans doute marquée. Elle avait mal quand elle déglutissait.

Maria ferma les yeux. La veille au soir – enfin, elle pensait que c'était la veille au soir, elle n'avait aucune idée du temps qui s'était écoulé depuis –, elle avait cru qu'il allait la tuer. Quand elle avait perdu connaissance, elle avait cru mourir. Pourquoi l'avait-il gardée en vie ? Les Pères Quinn et Murray lui avaient dit que c'était un meurtrier. Pourtant elle était encore en vie. Elle pâlit à l'idée du sort qu'il lui réservait.

Raphaël avait l'air différent de la veille. Pour commencer, il portait des vêtements décontractés. Ses mèches sombres n'étaient pas coiffées, ses cheveux étaient ébouriffés. Il paraissait plus jeune, gentil même. Cependant Maria avait vu le monstre qui rôdait sous cette jolie façade. Elle ne se laisserait plus duper. Pour une raison inconnue, Dieu l'avait épargnée. Une fois de plus. Elle tira sur les liens qui retenaient ses mains dans son dos. Tenta de pousser de sa langue le bâillon et l'adhésif sur sa bouche. Mais elle ne pouvait pas bouger. Ni hurler. Elle était muette, incapable de faire un mouvement. Elle essaya de lutter contre la panique qu'elle pressentait la submerger, mais cette absence de liberté était comme des sables mouvants menaçant de l'engloutir. Une poigne de fer qui la tenait par la cheville et la tirait vers le bas. Vers son passé, qu'elle avait essayé d'oublier pendant des années...

Maria cligna des paupières. Ses yeux lui faisaient mal. Elle tenta de bouger, mais quelque chose entravait ses mains, ses jambes. Son esprit était embrouillé. Elle essaya de se rappeler où elle était, ce qui se passait. Comme des premiers signes de pluie, des gouttes éparses se mirent à s'infiltrer dans sa conscience. Un homme était entré chez eux. Il avait tiré une balle dans la tête de son père. Ce dernier s'était écroulé au sol, yeux grands ouverts et rivés sur Maria. Elle avait hurlé, assise par terre, à fixer son père. Il venait de leur apporter du pop-corn quelques minutes plus tôt, et le film qu'ils avaient choisi de regarder défilait encore sur l'écran.

Le frère de Maria courut vers leur mère, qui tentait d'éviter les lourds poings de l'homme. Mais juste au moment où Mark voulut s'emparer de l'arme de l'agresseur, l'homme appuya sur la détente et Mark tomba à genoux. Maria hurla en voyant son frère se tenir le ventre et s'effondrer sur le côté. Il tendit la main vers elle. Maria se redressa aussitôt et parvint à la lui prendre. Les yeux de son frère se voilèrent et il exhala un dernier souffle saccadé. Maria ne vit pas l'agresseur tuer sa mère, mais elle entendit le coup de feu.

On la fit rouler sur le dos. Elle était hébétée, sous le choc. On l'attacha, la bâillonna et la fourra dans une voiture...

Raphaël tendit la main vers Maria, la tirant des ténèbres de son passé. Elle tressaillit quand il la prit dans ses bras. Il baissa les yeux sur elle.

— Je ne te ferai aucun mal, petite rose.

Maria ne savait que penser de ces mots tendres, qu'il avait prononcés d'une voix douce. Elle n'avait encore jamais fait l'objet de l'affection d'un homme. Elle se souvint de l'expression sauvage qui avait déformé son beau visage pendant qu'il la tenait par la gorge, dans la chambre privée du club. Les deux facettes opposées de cet homme lui mettaient les nerfs à vif.

Seigneur, donnez-moi la force d'endurer cette épreuve, quelle qu'elle soit.

Raphaël l'emmena dans une autre pièce. Elle était plus grande que la plupart des appartements qu'elle avait vus jusqu'à maintenant. Peut-être même que certaines maisons. Le vif soleil hivernal s'infiltrait à travers les baies vitrées qui occupaient un mur. Avec la délicatesse d'un saint, Raphaël la porta jusqu'à un fauteuil en velours rouge. Il l'y déposa et s'assit au bout du lit. Il rapprocha la jeune femme et sourit.

— J'aimerais te détacher, te parler. Mais tu ne dois pas crier.

Il lui adressa un signe de tête comme pour s'assurer que le message était bien passé.

— Est-ce que tu comprends ? Il faut que tu gardes le silence.

Raphaël se concentra sur le cou de Maria. Ses narines se dilatèrent et il serra les dents, on aurait dit qu'il était en colère. Il tendit la main et fit courir ses doigts sur sa peau. Elle tressaillit ; ça faisait mal.

— Je n'aurais pas dû faire ça, dit-il en s'écartant. Ton cou est trop parfait pour être marqué.

Il secoua la tête et se passa les mains sur le visage.

— Tu étais là, tu étais parfaite, et… tu mentais.

La souffrance transforma à nouveau son beau visage, mais elle vit qu'il la combattait, en prenant de grandes inspirations et en contractant la mâchoire, jusqu'à adopter une expression coupable. Maria ne savait pas si c'était une ruse ou s'il regrettait vraiment de l'avoir blessée. Une pointe d'espoir naquit dans sa poitrine. Il pouvait éprouver de la culpabilité. Et de la honte. Il n'était peut-être pas si irrécupérable que ça. Peut-être qu'elle pouvait l'aider ?

— Tu avais ce chapelet, reprit-il, tirant ainsi Maria de ses pensées.

Son regard avait perdu toute trace de gentillesse. Ses sautes d'humeur lui faisaient l'effet d'une tornade, qui partait dans des directions imprévisibles, sans laisser à personne le temps de se préparer à la destruction à venir.

— Quel lien as-tu avec eux ?

Les Pères Quinn et Murray. C'était d'eux qu'il parlait. Ils lui avaient dit que ce tueur les connaissait. Elle ne savait ni comment ni pourquoi ; elle n'avait pas posé la question. Maria ignorait quel était le *modus operandi* de Raphaël pour tuer, quelles étaient ses préférences ou ses motivations. Elle avait plongé à l'aveugle dans cette mission parce que l'Église le lui avait ordonné. En tant que novice, elle n'avait pas le droit de poser la moindre question. Les nonnes ne doutaient jamais des prêtres.

— Tu es une femme. Comment ils ont pu te rallier à leur camp ?

Raphaël ignorait qu'elle s'apprêtait à devenir nonne, à se consacrer à l'Église. Il voyait une femme, et pas une épouse du Christ. Le Père Quinn était son supérieur ; c'était son devoir de lui obéir. Et elle avait confiance en lui. Elle ne parlerait pas à Raphaël des prêtres qui voulaient juste accomplir l'œuvre de Dieu.

Raphaël se rapprocha davantage. Maria devinait les contours des tatouages sous sa chemise blanche. Le tissu était fin et trahissait les nombreuses lignes noires. Elle n'arrivait pas à distinguer le motif. Il posa les mains sur les accoudoirs du fauteuil. Elle sentit son parfum, d'eau fraîche et de sel. Il n'aurait pas dû être aussi attirant. Il l'était. Elle n'aurait pas dû le trouver séduisant du tout, mais c'était le cas. Cet homme était le Mal enveloppé dans un bel emballage. Chacun de ses traits exquis était un masque qui dissimulait la mesquinerie qui se tapissait au-dessous. Maria priait pour qu'il reste encore une once de bonté au fond de lui. Elle priait pour réussir à en appeler à cette bonté.

— Je veux connaître ton nom. Je veux t'aider. Je ne veux pas te blesser.

Il étrécit ses yeux dorés dans une expression mi-menaçante, mi-suppliante.

— Ne m'oblige pas à te faire du mal. Ça ne se terminera pas bien pour toi, sinon.

L'estomac de Maria se contracta. Il avait parlé d'un ton désinvolte, mais l'avertissement était clair. Raphaël tendit la main vers l'adhésif sur sa bouche.

— Tu promets de ne pas faire de bruit ?

Maria hocha la tête, elle n'avait pas le choix. Elle savait avec quelle rapidité il pouvait changer d'humeur, et elle n'avait pas envie de prendre le risque. Elle devait veiller à garder ce Raphaël sympathique en face d'elle. Elle n'avait pas envie de revoir le Raphaël diabolique ; cet homme dépourvu de moralité la terrifiait. La peur la maintiendrait silencieuse, si c'était ce qu'il voulait, jusqu'à ce qu'elle trouve un moyen de s'échapper.

— Très bien, dit Raphaël en souriant fièrement, avant de commencer à décoller l'adhésif.

Maria ne le quitta pas des yeux. L'adhésif lui tira la peau, ça faisait mal, mais elle ne tressaillit pas. Elle ne voulait pas qu'il sache qu'il lui faisait mal, au cas où il s'en servirait contre elle. Une fois que sa bouche fut libérée, Maria prit une longue inspiration. Raphaël se raidit, comme s'il s'attendait à ce qu'elle hurle. Elle ne le fit pas.

Après l'avoir observée avec attention pendant quelques secondes, Raphaël se rassit au bout du lit.

— Tu as soif ?

Elle hocha la tête. Il sortit une bouteille d'eau d'un petit frigo, posé sur un bureau en merisier, et la déboucha. Puis il l'amena à sa bouche avec prudence. Maria entrouvrit les lèvres et but plusieurs gorgées rafraîchissantes sans jamais quitter le tueur des yeux. Ses pupilles se dilatèrent quand il la regarda déglutir, il semblait fasciné par le subtil mouvement de sa gorge. Quand elle eut terminé, elle se passa la langue sur les lèvres. Elle ne comprenait pas son attirance pour cet homme. Maria n'avait jamais prêté beaucoup d'importance à l'apparence ; elle avait rencontré des gens beaux qui étaient affreux à l'intérieur. Elle savait en plus qu'elle n'était pas particulièrement jolie. En vérité, elle était même très ordinaire. Elle n'arrivait pas à la cheville de Raphaël en termes de beauté, mais sa façon de la regarder lui donnait l'impression d'être une œuvre d'art de la Renaissance florentine, que les gens venaient admirer en masse.

Raphaël écarta la bouteille et s'assit. Il s'appuya en arrière sur les mains, les muscles de ses bras se tendirent.

— Comment tu t'appelles ?

Elle ne voyait pas l'intérêt de mentir.

— Maria, murmura-t-elle.

Elle avait parlé d'une voix rauque à cause de sa gorge meurtrie.

— Je m'appelle Maria.

En tout cas, c'était le nom qu'elle avait choisi. On l'appelait comme ça depuis des années. Se souvenir de la fille qu'elle était avant lui faisait trop mal.

— Maria, répéta Raphaël.

Son nom roula dans sa bouche sublime. Il sourit, des fossettes apparurent sur ses joues mal rasées. Raphaël se pencha en avant et appuya ses coudes sur les cuisses.

— Et qu'est-ce que tu faisais au club hier soir ? Tu vas me faire croire que tu voulais jouer ?

— J'étais là-bas pour jouer, dit-elle d'une voix plus assurée qu'elle ne l'était en réalité.

Elle avait promis au Père Murray et au Père Quinn qu'elle garderait le silence. Elle ne faillirait pas. Elle ne romprait pas sa promesse. Plutôt mourir.

Maria avait renoncé à tout ce qu'elle possédait en entrant au monastère. Sa parole était tout ce qu'elle avait en ce monde.

— Hum..., réfléchit Raphaël.

Il croisa une jambe sur l'autre et se passa les mains sur le visage, perplexe.

— Alors c'était ta première fois ?

Maria refusait de laisser sa nervosité prendre le dessus. Elle avait un rôle à jouer. Et c'était ce qu'elle allait faire. Le Père Quinn voulait débarrasser les rues de cet homme, et le faire enfermer quelque part où il ne pourrait plus jamais blesser personne. Maria était certaine que le Père Quinn aiderait Raphaël, qu'il l'amènerait à comprendre ses erreurs. Elle priait pour que Raphaël puisse trouver la voie de la rédemption, grâce aux prêtres.

Tout le monde méritait qu'on balaie les ténèbres de son âme. Raphaël ne faisait pas exception. Maria ne savait pas ce que l'avenir lui réservait. Mais tandis qu'elle étudiait le beau visage de Raphaël, elle se demanda si elle pouvait l'aider. Apporter un semblant de lumière à son monde obscur.

— C'était ma première fois. J'ai postulé pour entrer au club. Ils se sont dit qu'une vierge pourrait intéresser certains de leurs membres les plus expérimentés, expliqua Maria, s'en tenant au script qu'elle et le Père Quinn avaient préparé.

Les yeux de Raphaël s'embrasèrent et ses lèvres s'entrouvrirent. Sa réaction était subtile, mais Maria la vit. Elle était devenue très douée pour capter les moindres gestes des gens. Les plus petits tics qui pouvaient indiquer si quelqu'un risquait de lui faire du mal ou pas. Elle n'avait pas eu le choix.

— Tu es vierge ? s'étonna-t-il d'une voix grave.

— Oui.

Maria baissa la tête. Sa timidité n'était pas feinte. Elle était réelle.

Raphaël se pencha davantage.

— Et tu attendais quoi de ce club ?

Il pencha la tête sur le côté. Dans cette position, il était à couper le souffle, ses longs cils encadrant ses yeux si séduisants. La beauté de Raphaël était le péché personnifié. Maria faillit lui dire toute la vérité. Elle se réprimanda pour sa faiblesse. Elle ne devait pas se laisser attirer par son beau visage et sa voix sensuelle.

— Tu voulais être attachée, sanglée… Tu voulais que ta chatte soit déflorée par un homme en cuir avec un penchant pour la douleur ?

Ses mots étaient grossiers, mais sa voix était aussi douce que de la soie. Elle flotta jusqu'à ses oreilles comme un drap noir de haute qualité soulevé par une brise froide.

Voilà comment il fait, comprit Maria. *Comment il attire ses victimes. Avec sa voix, son sourire… son parfum addictif.*

— Je…, commença Maria, cherchant une réponse qu'il pourrait croire. Je voulais être… éveillée d'une manière non conventionnelle.

Raphaël poussa un long soupir, comme si sa réponse lui plaisait, mais étrécit les yeux d'un air soupçonneux. Elle soutint son regard.

— Tu as quel âge ?

Encore une fois, Maria n'avait aucune raison de mentir. Moins elle le ferait, moins elle aurait de choses à se souvenir. Sa mère l'avait toujours prévenue que pour mentir, il fallait avoir une excellente mémoire.

— Vingt et un ans. Presque vingt-deux.

Elle tenta de deviner l'âge de Raphaël. Il était jeune, lui aussi. Trop, de son point de vue, pour mener cette vie de déviance. Maria ne comprenait pas comment quelqu'un d'aussi jeune pouvait avoir envie de tuer, de voler la vie de quelqu'un.

Elle se demanda à qui appartenait la maison dans laquelle ils se trouvaient. Elle était spacieuse et exsudait l'argent, le statut social... Elle ne pouvait pas appartenir à Raphaël. À moins qu'il en ait hérité. Mais qu'est-ce qu'elle en savait ? Raphaël était peut-être un homme d'affaires riche comme Crésus, qui aimait tuer pour passer le temps. Ça expliquerait comment il avait payé les autorités, comme l'avait dit le Père Quinn. Avant d'avoir pu se retenir, elle demanda :

— Et vous, quel âge avez-vous ?

Raphaël sourit devant son audace. Est-ce que c'était parce qu'elle était attachée à une chaise, en train de jouer à un jeu dangereux avec un prédateur, entravée et emprisonnée ? Difficile à dire, mais elle avait quand même eu le courage de poser une telle question.

— Quel âge tu penses que j'ai, petite rose ?

Maria ne savait pas pourquoi il n'arrêtait pas de l'appeler comme ça. À la façon dont sa langue s'enroulait autour du mot « rose », elle devinait que ça devait avoir une signification particulière pour lui, mais laquelle ? Elle repoussa ses questions et répondit :

— Vingt-quatre ans.

— Pas loin, dit Raphaël en haussant les épaules. J'ai vingt-cinq ans.

Maria repensa à la femme blonde dans le club. Elle devait avoir cinquante ans, au moins, son âge réel était dissimulé par la chirurgie esthétique qu'avait endurée son visage. Ils n'allaient pas ensemble. Il aurait pu être son fils. À moins que ça fasse partie de son mode de vie alternatif. Il aimait peut-être les femmes plus âgées.

Ou alors il n'avait aucune préférence en termes de victimes, tant qu'il pouvait tuer.

Toutefois, au regard que Raphaël lui lançait à cet instant, Maria sut que ce n'était pas vrai. Il était fasciné. Il arrivait à peine à détourner les yeux d'elle une seconde.

— Quelles sont tes préférences, Maria ? demanda-t-il en se levant et en posant les mains sur les accoudoirs du fauteuil. Dis-moi comment tu aimes jouer ?

Il avait le souffle court et était pendu à ses lèvres depuis qu'il l'avait sortie du placard pour l'amener dans cette chambre.

— Tout ce que vous voudrez.

— Fais attention, petite rose, répliqua Raphaël en faisant claquer sa langue et en secouant la tête. Tu n'as aucune idée de ce que tu demandes. Tu ignores tout de mes désirs personnels.

Maria était contente que ses mains soient attachées dans son dos. Elles tremblaient. Beaucoup. Qu'est-ce qu'il voulait dire par là ? Elle n'imaginait même pas quelles pouvaient être les préférences sexuelles d'un tueur. Rien qu'elle puisse concevoir, elle en était certaine.

Raphaël la dévisageait, des flammes dans les yeux, attendant qu'elle lui réponde. On y était. Le point de non-retour. Elle oscillait devant un précipice mortel. Mais elle n'avait pas le choix. Il fallait qu'elle aille jusqu'au bout. Maria pensa aux martyrs qu'elle admirait. Ses homonymes. Elles étaient mortes pour leur foi, pour ce qu'elles croyaient juste aux yeux du Seigneur. Elle pouvait faire pareil. Si elle faisait ça, si elle se donnait à Raphaël pour protéger une innocente, elle pourrait se présenter devant Dieu en sachant qu'elle L'avait bien servi. Comme le Père Quinn l'avait dit, se donner à l'Église requérait de l'amour et du sacrifice. On ne pouvait aimer sans sacrifice.

Ceci serait le sien.

Et peut-être... Peut-être pourrait-elle en appeler à ce qu'il y avait encore de bon en lui. Comme Jésus qui avait marché parmi les pécheurs et les damnés... Elle pouvait faire pareil. Maria n'avait jamais cru que l'Humanité était née mauvaise. Quand elle regardait Raphaël, elle se demandait ce qui avait pu lui arriver pour le pousser à emprunter une voie aussi brutale et cruelle. Son estomac se serra d'espoir... L'espoir de lui offrir du réconfort et de le libérer d'une partie du Mal qui consumait son âme.

Maria planta les yeux dans ceux de Raphaël, se redressa et tenta d'avoir l'air plus assuré qu'elle ne l'était en réalité.

— Je veux que tu me montres le plaisir, comme tu l'aimes, toi, quels que soient tes penchants personnels. Je veux que tu me contrôles... que tu me montres comment faire, comme tu voudras. Je veux te faire plaisir. Je veux être utilisée, et je veux te servir, toi.

Les joues de Raphaël s'embrasèrent. Sa poitrine se souleva avec force, et Maria sut que ses paroles l'avaient profondément affecté, qu'elles avaient touché une corde sensible dans son cœur noir. Raphaël prit une mèche de ses longs cheveux blonds. Maria le regarda l'enrouler autour de son doigt, de haut en bas, sur la ficelle en coton qui était déjà là. Elle était tout le temps là. Sa respiration s'approfondit, devint plus laborieuse à mesure qu'il serrait. Son doigt devint bleu, le sang ne circulait plus. Ses pupilles se dilatèrent.

Raphaël sortit brusquement de sa transe, lâcha ses cheveux et lança :

— Tu vas te donner à moi, petite rose. Tu vas faire ce que je dis et tu ne me remettras jamais en question. C'est compris ?

— Oui, murmura-t-elle.

Raphaël lui caressa la tête, ses doigts se promenant dans ses cheveux.

— Alors convaincs-moi. Fais-moi croire que tu en as envie. Je ne te toucherai pas tant que tu ne l'auras pas fait. Je ne suis pas du genre à violer les femmes, petite rose. Tu dois en avoir envie autant que moi.

Les tendons de son autre main saillaient tant il serrait fort les accoudoirs du fauteuil.

— Je veux que tu aies besoin de moi. Que tu aies besoin de ce que je suis le seul à pouvoir te donner.

Maria ne savait pas comment faire ce qu'il lui demandait. Elle n'avait aucune expérience dans la séduction et était ignorante en matière de sexe. Elle était perdue, dépassée par les événements. Elle se demandait surtout pourquoi il ne lui avait pas posé d'autre question sur les prêtres et sur son lien avec eux. Il ne lui avait pas demandé pourquoi ils l'avaient envoyée dans le club. Il avait ignoré toute l'affaire… Il n'était concentré que sur elle et sa requête. Il abandonnait toute question pour satisfaire ses sombres désirs.

Son âme damnée était dominée par la luxure. Il ne voyait que le plaisir qui l'attendait. Il se moquait de la vérité en dehors de ces quatre murs, seul comptait le corps de Maria. Malgré sa peur, elle ne put s'empêcher d'éprouver une pointe de compassion pour Raphaël. *Ce doit être dur, de vivre ainsi dans les ténèbres.*

— Raphaël, murmura-t-elle en bougeant tant bien que mal sur le fauteuil pour se rapprocher.

Elle le regarda à travers ses cils baissés et adopta une voix douce :

— Je veux que tu m'apprennes.

Elle prit une grande inspiration, les yeux de Raphaël se posèrent sur sa poitrine. Un signe d'encouragement.

— Je veux que tu me montres le plaisir, reprit-elle. À ta manière. Comme tu en as envie. Tu choisis et j'obéis. Je te donne mon consentement, Raphaël. Et je ne le reprendrai pas. Peu importe jusqu'où tu iras. Je veux tout. Je veux tout… avec toi.

Raphaël se leva. Avec ce simple mouvement, il se dressait désormais de toute sa hauteur devant elle, qui était assise, et toujours attachée. Il la fit se lever et plaça les mains sous ses bras pour la maintenir en équilibre.

— Tu es à moi, Maria. Ma petite rose.

Il se pencha pour déposer un baiser léger sur sa joue. Ce contact interdit, inconnu lui provoqua des frissons dans le dos.

— Et je te briserai. Je ferai en sorte que tu ne puisses plus respirer sans moi. Que tu ne puisses plus te réveiller sans voir mon visage dans ta tête. Tu rêveras de moi… Et je te consumerai. Au bout du compte, tu seras à moi. Tu ne te débarrasseras jamais de moi. Tu vas me donner tout ce que j'ai toujours voulu. Tout ce dont je rêvais. Enfin… Ma petite rose.

Maria entendit ses paroles, mais perçut aussi la vérité qu'elles dissimulaient. Il allait la tuer. Elle en était certaine. Raphaël allait la tuer. Elle ne savait pas quand ni comment, mais Maria sentait le lourd poids de la Faucheuse au-dessus de sa tête, elle attendait patiemment le moment de frapper.

Sauf si elle arrivait à le raisonner. À atteindre le bon qu'il y avait encore en lui, elle en était sûre. À utiliser son plus grand désir, sa luxure, comme outil pour l'aider. Peut-être même le sauver.

— On doit te nettoyer.

Raphaël plongea la main dans sa poche et en sortit un couteau. Maria sursauta, son corps se figea de peur. Ça lui plut. Elle le savait, parce qu'elle le sentit durcir contre sa cuisse. Raphaël siffla comme s'il souffrait, mais lui prit les mains et trancha les liens. Maria gémit de soulagement quand le sang afflua dans ses membres. Elle ramena ses bras engourdis devant elle et regarda les zébrures laissées par les liens. *Comme le Christ,* songea-t-elle. *Les stigmates.* Cette pensée lui donna de la force et emplit ses veines de courage et d'une sérénité inattendue.

Raphaël la souleva et la déposa sur le lit, comme si elle ne pesait rien. Il fit courir la pointe du couteau le long de ses jambes nues. Maria prit une brusque inspiration, l'acier était froid sur sa peau. Il coupa les liens qui retenaient ses pieds. La même douleur que celle qu'elle avait éprouvée dans les mains explosa dans ses jambes. Mais les paumes chaudes de Raphaël lui massèrent les chevilles, la voûte plantaire, les doigts de pied. Son cœur rata un battement. Ses mains sur son corps… Personne n'avait touché sa peau nue depuis des années, et le dernier à l'avoir fait…

Maria ferma les yeux et repoussa ce souvenir. Quand elle les rouvrit, Raphaël s'était levé et la regardait. Il attendait.

— Debout, lui dit-il en tendant la main.

Maria obéit. Ses pieds étaient encore engourdis, mais elle parvint à garder l'équilibre.

— Tu vas prendre une douche et retirer tout ce maquillage.

Il enfouit les doigts dans ses cheveux encore bouclés.

— Et toute cette saleté dans tes cheveux. Je les veux au naturel. Je veux les voir sans artifices, dans leur état brut.

Maria paniqua. Allait-il la regarder prendre une douche ? Rester dans la salle de bains avec elle et lorgner son corps nu ? Elle savait qu'il le verrait bientôt, mais face à cette perspective, une peur froide l'envahit.

Raphaël tira un fauteuil qui se trouvait contre le mur et s'assit en face de la porte de la salle de bains.

— Je vais attendre ici que tu aies terminé. Je vais mettre des habits pour toi là-dedans. Ensuite, tu ressortiras et tu t'assiéras sur ce siège. Tu attendras mes instructions, comme une bonne petite rose.

Maria prit la direction de la douche. Raphaël la suivit des yeux, tout en allant vers le placard. Il revint avec un T-shirt noir. Ce devait être le sien. Il le déposa sur le meuble en marbre de la salle de bains.

Juste avant de partir, il se tourna vers elle, la mort et l'enfer se reflétant dans ses yeux dorés.

— Si tu essaies de t'échapper ou si tu fais le moindre bruit qui pourrait trahir ta présence, tu seras punie. Et crois-moi, ça ne te plaira pas. Ce sera douloureux. Une douleur insoutenable.

La terreur la frappa comme la foudre lors d'un orage d'été. Elle était terrifiée en imaginant ce dont cet homme était capable. Il fit courir son pouce sur sa lèvre inférieure.

— Je n'ai pas envie de te faire du mal, mais si tu désobéis, je le ferai. Ne m'oblige pas à te blesser, petite rose. Je veux juste ton plaisir.

Puis, comme si on avait pressé un interrupteur, Raphaël afficha un sourire chaleureux et ajouta d'une voix douce :

— N'oublie pas d'ôter tout ce maquillage. Tu seras tellement plus belle sans...

Raphaël la laissa seule avec sa nervosité, son angoisse et sa détresse totale. Elle ferma la porte ; il n'y avait pas de verrou. Maria fit couler l'eau de la grande douche le plus chaud possible. De la buée tourbillonna dans la pièce et se colla à sa peau. Le brouillard lui rappelait la confusion qui obstruait son esprit.

— Tu dois aller au bout, Maria, murmura-t-elle.

Devant le grand miroir, elle essuya la buée sur le verre et examina son reflet. Elle était encore maquillée, même si ses yeux étaient cerclés de noir là où l'eye-liner et le mascara avaient coulé. Les boucles de ses cheveux s'étaient aplaties et formaient des touffes semblables à des queues de rats. Son rouge à lèvres écarlate était étalé autour de sa bouche.

Elle ressemblait aux femmes du club.

— C'est ce que tu dois devenir, dit-elle à son reflet. Tu dois jouer son jeu. Même si ça te coûte la vie. Tu dois tenter de l'aider, de le sauver.

Son cou était couvert de marques rouges là où Raphaël l'avait étranglée.

Il l'avait étranglée.

Maria tressaillit en se souvenant de l'écho sinistre de son regard, quand il avait refermé ses mains autour d'elle et avait serré. Raphaël était un vrai tueur de sang-froid, il n'éprouvait pas de remords.

Elle priait pour qu'il y ait plus que ça, chez lui. Qu'une part de son âme s'était juste perdue… Et qu'il y ait quelqu'un de bon, tout au fond de lui, qu'elle pourrait amadouer, qu'elle pourrait persuader de remonter à la surface et de mettre fin à cet affreux mode de vie.

Maria fit passer la robe par-dessus sa tête, s'efforçant d'empêcher l'angoisse d'anéantir son courage. Elle retira ensuite son soutien-gorge et sa culotte. Quand elle se tourna vers la douche, elle fut incapable de regarder derrière elle. Malgré les années qui s'étaient écoulées depuis qu'on l'avait retrouvée et qu'elle avait été libérée du ranch de William Bridge, elle n'avait jamais eu le courage de regarder son dos nu.

Elle était incapable de revivre cette période de sa vie. Pas maintenant. Pas alors qu'elle affrontait ce nouvel Enfer.

Maria se plaça sous le jet d'eau et soupira. Le débit de cette douche était plus puissant que celles du couvent. Elle était opulente, le carrelage tout autour d'elle était d'un onyx raffiné qui brillait. Il y avait des shampoings et des après-shampoings sur une étagère sur le côté. Des gels douche, des rasoirs… Tout ce dont on pouvait avoir besoin.

Maria prit un gant propre sur l'étagère. Elle effaça toute trace de la veille au soir de son corps ; le péché, la fumée, les actes de dépravation qu'elle avait vus. Elle savait que des actes similaires l'attendaient dans les jours, ou les semaines qui venaient… Le temps qu'il faudrait pour que Raphaël se lasse d'elle. Elle baissa les yeux sur ses poignets et ses chevilles, sur les anneaux rouges sur sa peau. Son cou lui faisait mal.

Maria ferma les paupières et appuya la tête contre le carrelage humide. Elle prit une profonde inspiration. Pendant qu'elle essayait de se calmer, de trouver un sens à ce moment, elle vit la Mère Supérieure dans sa tête.

— Je veux rester derrière les murs du monastère, dit Maria à la Mère Supérieure quand la vieille femme posa une main dans son dos.

Maria s'était réveillée en pleine nuit en hurlant, les joues baignées de larmes.

— Je ne peux pas retourner dehors..., murmura-t-elle. Le monde, les hommes cruels qui y vivent...

Maria secoua la tête.

— Je veux servir Dieu dans la réclusion. Être Son serviteur dévoué.

Les yeux de la Mère Supérieure s'emplirent de compassion. Elle connaissait le passé de Maria. Elle savait quelles horreurs elle avait endurées. La Mère Supérieure regarda par la petite fenêtre de la chambre de Maria.

— Jésus marchait parmi les pécheurs.

Maria se figea et tenta d'apaiser les battements de son cœur.

— Il refusait de les ignorer, de les rejeter, comme le faisaient tous les autres. Il marchait à leurs côtés, malgré les péchés et les crimes affreux qu'ils avaient commis. Il leur parlait, il tentait de les aider à voir la lumière.

La Mère Supérieure se tourna vers Maria.

— Être dévoué à l'Église ne signifie pas être séquestré à l'écart de tout. Ça signifie écouter et aider quand tout espoir semble perdu. Ça signifie suivre l'exemple de Jésus. Marcher parmi les pécheurs et les aider à trouver le droit chemin.

Maria secoua la tête. Elle savait que la Mère Supérieure avait mené cette vie avant que la vieillesse l'amène à prendre sa retraite aux Sœurs de Notre-Dame-de-Grâce. Maria enviait cette nonne bien plus âgée qu'elle. Elle avait conseillé des prisonniers, des hommes ayant commis des crimes innommables.

— Je… Je ne peux pas, dit-elle en secouant la tête.

Des larmes coulèrent sur ses joues, terminant leur chute sur le drap sous elle. La Mère Supérieure posa une main sur la sienne pour la réconforter.

— Tu n'es peut-être pas encore prête, mon enfant. Mais un jour, tu le seras. Un jour, quelque chose t'appellera. Une personne ou une cause arrivera à ta porte, et tu ressentiras le besoin de devenir la nonne que tu pensais ne jamais devenir. Tu suivras l'exemple de Jésus. Tu marcheras main dans la main avec les damnés.

La Mère Supérieure sourit.

— Et tu répondras à cet appel, Sœur Maria. Ton cœur te dira que le moment est venu.

Maria ravala la boule qui s'était formée dans sa gorge au souvenir des paroles de la Mère Supérieure. C'était quelques années plus tôt, quand son âme était encore à vif et ses blessures encore ouvertes. Elle cligna des yeux sous le jet d'eau et sentit comme un déclic se produire en elle. Était-ce le moment dont elle parlait ? Maria repensa à Raphaël, au club, à ses mains autour de sa gorge. Ses yeux dorés qui étaient emplis de douceur et de gentillesse quand il regardait son visage, avant de changer en une seconde pour ne plus refléter que la cruauté et la promesse d'une mort certaine.

L'âme de Maria était tiraillée. La peur et le courage luttaient pour prendre le dessus, chacun gagnait du terrain sur l'autre à tour de rôle, mais aucun ne réussissait à l'emporter.

Cependant elle devait avancer. Aller de l'avant.

Pendant combien de temps Maria se lava les cheveux pour les débarrasser de tous produits ? Elle n'en avait aucune idée. Plus elle se nettoyait, plus elle se sentait elle-même. Elle s'assura que ses jambes et son corps étaient bien rasés et coupa l'eau.

Maria sortit de la douche et s'essuya avec la serviette. Elle fit durer chaque mouvement. Enfin, quand elle se fut lavé les dents et n'eut plus rien d'autre à faire, elle fit passer le T-shirt de Raphaël par-dessus sa tête. Il avait son odeur. Eau fraîche et sel.

Bizarrement, ça la calma.

Maria prit une grande inspiration et sortit de la pièce. Raphaël était exactement là où il l'avait dit, sur le fauteuil rouge ouvragé. Il avait un verre de liquide ambré à la main, qu'il faisait tourner. La boisson lapait les bords du verre en cristal. Il le posa sur le sol.

— Je me suis séché les cheveux du mieux que je pouvais, mais il n'y avait pas de brosse dans la salle de bains. Ni de sèche-cheveux.

— Approche, dit Raphaël en lui faisant un signe de l'index.

Comme la nonne soumise qu'elle était, Maria avança dès qu'il prononça cet ordre. C'était ce qu'elle aimait le plus dans sa vie quotidienne. Ne pas être aux commandes, obéir aux ordres.

Maria s'arrêta quand Raphaël leva la main, un autre ordre silencieux. Il se remit debout, sa chemise ajustée s'étira sur sa poitrine musclée, exhibant ainsi son physique athlétique. Il avait incliné la tête pour examiner son visage dépourvu de maquillage. Raphaël se mit à tourner autour d'elle. Maria sentit ses jambes faiblir, mais demeura bien droite pendant que Raphaël s'abreuvait d'elle.

— Assieds-toi sur la chaise.

Maria fit ce qu'on lui demandait. Raphaël traversa la pièce et ouvrit un tiroir. Le cœur de Maria lui remonta dans la gorge. Qu'est-ce qui allait se passer ? Est-ce qu'il allait la toucher ? Commencer ses jeux ? La faire souffrir et lui prendre sa virginité maintenant ?

Mais quand Raphaël se retourna, il n'avait qu'une brosse à la main. Il se plaça derrière elle et, avec une délicatesse à laquelle elle ne s'attendait pas, fit glisser la brosse le long de ses cheveux humides. Peu à peu, Raphaël démêla chaque mèche, jusqu'à ce que tous ses cheveux soient lissés. Maria n'avait pas osé bouger. Elle s'attendait à du sexe et à de la brutalité. Pas à de la tendresse. Ça la troublait plus que tout ce qui s'était passé jusqu'ici.

Raphaël récupéra un sèche-cheveux et l'alluma. L'air chaud détendit le corps épuisé de la jeune femme. Ses épaules s'affaissèrent et le sommeil commença à la gagner. Elle dériva dans un état à mi-chemin entre le sommeil et la conscience. Elle entendit vaguement le sèche-cheveux s'éteindre et sentit la brosse glisser dans ses cheveux propres. Elle ne se réveilla pour de bon que lorsque des bras forts la soulevèrent et l'attirèrent contre un torse dur et chaud. Maria sursauta en sentant cette connexion entre leurs corps, et paniqua. Elle essaya de se libérer, mais Raphaël l'allongea sur le lit au milieu de la pièce.

— Dors, petite rose, murmura-t-il avec la délicatesse d'une plume tombant sur un lac aux eaux calmes. Il est temps de dormir.

Maria essaya de rester éveillée, mais finit par succomber à sa voix grave qui était comme une berceuse à ses oreilles. Elle ferma les yeux, obéissant à son ordre sans poser de question.

***

Le bruit des cloches de l'église s'infiltra à travers l'épais voile de son sommeil. Ce son réconfortant et familier la réveilla. C'était l'heure des prières matinales avant le petit déjeuner. Maria tenta de repousser sa fine couverture du couvent, mais elle lui parut trop lourde. Elle cligna des paupières dans la pénombre et parcourut ce qui l'entourait d'un regard fatigué. Son cœur s'accéléra ; elle ne reconnaissait pas cet endroit. Elle secoua la tête. Les souvenirs de ces deux derniers jours commençaient à affleurer à la surface de son esprit. Les prêtres, le club, la strangulation… Raphaël.

Raphaël.

Maria bondit hors du lit et fouilla la pièce. Elle n'avait aucune idée de l'heure qu'il était, mais le ciel était sombre derrière les grandes fenêtres. Au début, Maria n'entendit rien à part le battement assourdissant de son cœur dans ses oreilles. Puis elle détecta le bruit de l'eau qui coule dans une douche.

Elle pivota vers la salle de bains et se rapprocha prudemment de la porte, qui était entrouverte. Elle jeta un coup d'œil dans le petit interstice qui ne devait pas faire plus de deux centimètres, et regarda dans l'immense miroir. La pièce était glaciale, il n'y avait pas une seule trace de buée dessus. Son estomac se contracta quand elle vit Raphaël dans le reflet. Il était nu et lui tournait le dos. Elle plissa les yeux, s'efforçant d'ignorer son pouls qui s'accélérait. Raphaël avait des marques sur l'intégralité du dos. Sa peau était marbrée de rouge, elle était très abîmée.

Un drôle de sentiment tenta d'envahir son esprit. De l'empathie. *Comme moi...*, murmura une voix traîtresse. La compassion submergea ses sens, et elle ne put s'empêcher de se demander comment il avait reçu ces marques. Était-ce pour cette raison qu'il était comme ça ? Lui était-il arrivé quelque chose qui l'avait rendu comme il était ?

Maria s'écarta de la porte quand Raphaël fit un mouvement pour se retourner, sans cesser de shampooiner ses cheveux noirs ébouriffés sous l'eau froide. Ses joues s'embrasèrent, elle avait presque vu son entrejambe. Elle recula jusqu'à heurter le bord du lit. Puis son attention fut attirée par le plancher de l'autre côté de la pièce. Une fine bande de lumière s'infiltrait à travers l'espace au bas de la porte. Le bruit de la douche était maintenant derrière elle. Avant d'avoir pu changer d'avis, Maria se dirigea vers la porte.

N'essaie pas de t'échapper... Tu seras punie si tu fais ça... Une douleur insoutenable... L'avertissement de Raphaël résonnait encore dans sa tête. Mais la porte et ce qu'elle entendait de l'autre côté l'appelaient.

Raphaël ne voulait pas qu'elle fasse de bruit. Ce qui voulait dire qu'il y avait des gens tout près.

Des gens qui pourraient peut-être l'aider.

À cet instant, la peur l'emporta sur son sens du devoir de nonne envers le pécheur sous la douche. Les paroles de la Mère Supérieure furent balayées de son esprit et son instinct de survie prit le dessus. L'ancienne Marie prit le contrôle, la jeune fille blessée et torturée… et elle la supplia de fuir. De ne pas redevenir cette fille. Cette prisonnière, incapable de combattre, qui attendait juste de mourir.

Avant de se rendre compte de ce qu'elle faisait, Maria ouvrit les verrous en silence. Puis elle tourna la clef dans la serrure. Juste au moment où la poignée bougeait dans sa main, la douche s'éteignit et Raphaël en sortit, vêtu d'un pantalon de survêtement. Son torse nu luisait à cause de l'eau. Il se figea en la voyant, puis secoua lentement la tête.

— Ne fais pas ça, petite rose, la prévint-il.

Sa voix était douce, apaisante, mais son visage s'était durci, lui indiquant qu'à cet instant, il n'y avait pas une once de tendresse en lui. Ses yeux reflétaient une cruauté qui la glaça jusqu'à l'os.

Maria ouvrit la porte et, avant d'avoir pu changer d'avis, se mit à courir. Elle entendit des pas lourds derrière elle pendant qu'elle s'enfuyait dans le large couloir. Elle n'avait aucune idée d'où elle allait. Cependant il fallait qu'elle essaie de s'échapper.

— Il n'y a aucune issue, petite rose. Nulle part où aller, entendit Maria derrière elle.

Un voile de sueur froide lui recouvrit la peau. Raphaël était sur ses talons, mais sa voix était lointaine. Il ne courait pas pour la rattraper. Il la laissait essayer…

C'était le calme d'un prédateur sûr qu'il allait attraper sa proie.

Maria tourna et tomba sur un grand escalier. Elle commit l'erreur de regarder derrière elle. Raphaël avançait vite, ses longues enjambées avalant la moquette sous ses pieds nus. Son regard doré était rivé sur elle. Son torse musclé et recouvert tatouages était tendu, ses poings serrés le long de ses flancs. Il fronçait les sourcils. Ses cheveux noirs étaient mouillés et retombaient sur son front, gouttant sur sa peau olive.

— Je vais t'attraper, lui promit-il.

Maria accéléra. Elle s'enfuit dans les escaliers. Quand elle atteignit l'impressionnant vestibule en marbre tout en bas, elle leva la tête et vit que Raphaël descendait calmement les marches. Sans réfléchir, elle se remit à courir. Elle bifurqua à droite en courant. Un autre couloir. La maison était comme un terrier de lapin, avec des couloirs infinis qui tournaient et ne menaient qu'à d'autres passages interminables. Elle était perdue, mais au moins, elle n'entendait plus Raphaël derrière elle. Quand elle perçut le bourdonnement de plusieurs voix derrière deux grandes portes ouvragées en bois, Maria sentit une pointe d'espoir enfler dans sa poitrine.

Elle franchit les portes en trombe, se retourna et les referma derrière elle. Elle était à bout de souffle, sa poitrine lui faisait mal. L'épuisement, l'adrénaline couraient dans ses veines. Elle s'éloigna des portes, sans quitter des yeux la poignée au cas où Raphaël la suivrait. Elle entendit à peine le raclement d'une chaise sur le plancher derrière elle. Elle se figea. Le cœur battant la chamade, Maria se retourna lentement. Elle écarquilla les yeux. Quatre hommes étaient assis à la table à manger… et ils la regardaient. Elle fit un pas en arrière, puis un autre, jusqu'à ce que ses épaules heurtent l'une des portes derrière elle. Elle examina la table. Un homme aux cheveux roux flamboyants lui souriait, tout en buvant un grand verre de vin rouge. Celui qui se trouvait à côté de lui, un blond aux yeux gris, esquissa un rictus dégoûté en posant les yeux sur ses jambes nues. Maria tira sur le bas de son T-shirt, bien consciente qu'elle ne portait rien en-dessous. Son regard se posa ensuite sur un homme aux longs cheveux bruns, qui lui arrivaient aux épaules, et aux yeux aussi sombres que la nuit. Il se passa la langue sur les lèvres tout en la dévorant des yeux, la tête penchée sur le côté pour étudier chaque centimètre carré de sa peau. Enfin, elle regarda l'homme aux cheveux noirs et aux yeux bleu glace. Maria faillit pousser un cri horrifié en le voyant s'entailler le poignet avec l'anneau en pointe qu'il portait à son pouce. Du sang jaillit de la veine et il plongea un doigt dedans, comme si c'était de la peinture, avant de l'étaler sur ses lèvres et de sucer la blessure. Il avala le sang et retroussa les lèvres, révélant des dents pointues… Des dents de vampire.

Maria se pressa contre la porte, elle aurait voulu pouvoir disparaître à travers le bois dur. *Qu'est-ce que c'est que cet endroit ? Qui sont ces hommes ? Que sont-ils ?*

Un autre individu aux cheveux sombres et aux yeux bleus passa l'une des deux portes menant à la pièce. Il portait un drôle de collier autour du cou. Il se figea en voyant Maria. Elle le vit fermer les yeux et prendre une grande inspiration, comme s'il s'efforçait de garder le contrôle.

Ce fut le rouquin qui prit la parole en premier :

— Eh bien, qu'est-ce qu'on a là ? demanda-t-il en se levant.

Il n'avait pas lâché son verre de vin. Il portait une chemise verte ouverte sur sa poitrine et un pantalon noir. La chemise était assortie à ses yeux saisissants. Il fit un pas en avant. Maria tenta de planter les ongles dans la porte. En vain. Ils griffèrent le bois solide sans trouver de prise.

— On dirait que le Petit Chaperon rouge s'est perdu et est tombé dans la tanière du loup.

Un par un, les hommes se levèrent. Mais Maria ne sentait aucune bonté dans cette pièce. Au lieu de ça, la malveillance saturait l'air et le nimbait de ténèbres. Les regards et les yeux avides devant elle ne promettaient qu'une chose : la mort et la douleur… *Ils sont comme Raphaël.*

Comme s'il avait entendu les pensées de Maria, l'homme au collier autour du cou ouvrit les yeux. Une faim manifeste dansait dans son regard perturbant. Il se rua sur elle. Maria retint son souffle, incapable de bouger, paralysée par la peur qui déferlait dans ses veines. Elle tenta de respirer, de trouver la force de faire bouger ses pieds. Mais juste au moment où elle en arrivait à la conclusion que ce serait futile, l'homme tomba à genoux. Les tendons de son cou saillirent et il rejeta la tête en arrière pour lâcher un cri de douleur.

Maria s'empressa de s'éloigner pour se mettre en sécurité, contre le mur au papier peint rouge, puis elle leva la tête. Son cœur se remit à cogner fort dans sa poitrine quand elle vit un homme blond aux boucles délicates. Il la regardait, effaré. Toutefois ce ne fut pas ça qui la fit presque pleurer de soulagement. Ce fut sa chemise et son col. Un col qui lui avait apporté plus de réconfort que n'importe quoi d'autre en ce monde.

Celui d'un prêtre.

— S'il vous plaît…, le supplia-t-elle en croisant son regard bleu vif. Aidez-moi, Mon Père… Aidez-moi.

La porte à sa droite s'ouvrit à la volée. Raphaël. Il regarda l'homme à terre. Son visage s'enflamma de rage. Il tourna la tête vers elle, elle était toujours recroquevillée contre le mur. Il s'avança vers elle, s'interposant ainsi entre elle et eux.

— Que personne n'approche d'elle, dit-il. Frères ou pas, je vous tuerai si vous la touchez. Elle est à moi.

Il avait parlé d'une voix calme, mais chacun de ses mots était teinté de menace. Il fixa l'homme au sol. Celui au collier, qui avait levé la tête vers lui.

— Si tu refais ça, Diel, toi et moi, ce sera fini.

Le regard de l'homme au sol passa de la froideur à la tristesse en quelques secondes. Bizarrement, le cœur de Maria se serra.

— Raphaël, dit le prêtre blond en faisant un pas en avant.

Il avait quelque chose à la main. Un genre de télécommande. L'homme au sol tressaillit. Maria comprit que ce devait être celle du collier autour de sa gorge.

— Qu'est-ce que tu as fait ?

Raphaël recula, pressant ainsi Maria contre le mur. Cette dernière sentit la chaleur du dos du jeune homme s'infiltrer à travers son T-shirt tandis qu'il essayait de la cacher pour que les autres ne la voient pas. Son parfum l'enveloppait, submergeant ses sens comme une armée conquérante. Elle ferma les yeux de honte, elle était perdue. Sans qu'elle comprenne pourquoi, ce parfum sembla apaiser sa nervosité.

— Gabriel, recule, le prévint Raphaël.

Maria fronça les sourcils. Gabriel ? Raphaël ? Dans sa tête, elle compta les hommes autour de la table. Ils étaient sept en tout.

Sept.

Comme les archanges.

— Tu as enfreint les commandements, dit Gabriel. Pourquoi ? Pourquoi avoir fait ça ? Tu as...

Il parut soudain prendre conscience de quelque chose. Il écarquilla les yeux et les posa sur Maria, avant de reporter son attention sur Raphaël.

— Le chapelet que tu as trouvé, dit-il.

Maria se raidit. *Le chapelet ?* Gabriel se rapprocha davantage. Raphaël recula encore contre Maria, elle ne pouvait plus bouger. Elle avait du mal à respirer tant il était pressé contre elle. Elle remarqua malgré tout que son corps n'était pas aussi tendu en présence de Gabriel qu'avec les autres.

Il lui faisait confiance. Raphaël faisait confiance à ce prêtre.

— D'où venait le chapelet, Raphe ? Dis-moi.

Gabriel se rapprocha assez pour examiner Maria derrière le large torse de Raphaël. Puis le prêtre ferma les yeux. Le combat semblait faire rage en lui.

— Les cheveux.

Maria ne put s'empêcher d'entendre la tristesse tendue dans sa voix :

— Ses cheveux...

Elle baissa les yeux sur ses longs cheveux, désormais propres, que Raphaël avait pris le soin de lisser. Qu'est-ce que Gabriel voulait dire ?

— Raphaël... Ils étaient au courant de ta préférence.

Raphaël ne dit rien. Maria baissa les yeux, elle ne comprenait pas ce qui se passait. Elle était très près du dos de Raphaël, et ne voyait que les marques qu'elle avait aperçues sous la douche. Son estomac se serra quand elle se rendit compte que son dos tout entier était abîmé. Sa chair était striée de marques rouges qui s'enchevêtraient. Pas un seul centimètre carré de peau n'était intact. Son visage était parfait, sa poitrine aussi, mais ça... C'était là que se cachaient les imperfections de Raphaël, un chef-d'œuvre de mutilation. Elle se demanda quelles horreurs étaient piégées sous ces lourdes cicatrices, sous cette peau boursouflée et ces zébrures écarlates.

Le flot d'empathie qu'elle avait éprouvé pour lui quand elle l'avait vu sous la douche ressurgit, si dense et vif qu'elle dut réfréner le réflexe de tendre la main pour la poser sur ses cicatrices.

Elles sont comme les miennes, comme les marques de Jésus. Au moment où cette image lui venait à l'esprit, elle regarda la croix inversée à son oreille. La croix de saint Pierre. Un symbole d'humilité et de martyr héroïque. Néanmoins rien de tout ça n'avait de lien avec le Mal qui semblait courir dans les veines de Raphaël. La malveillance qui étouffait son âme. Mais les marques de coups de fouet… La douleur qu'il avait dû endurer… Pourquoi quelqu'un l'avait-il blessé ainsi ?

Maria était trop sensible. Elle l'avait toujours été. Elle ne supportait pas de voir souffrir quelqu'un d'autre. Même cet homme… Cet homme qui voulait la tuer.

— Je l'emmène avec moi, dit Gabriel.

Maria cessa de s'interroger sur la nature de l'âme de Raphaël pour reporter son attention sur un camarade fidèle du Christ.

— Non, grogna Raphaël.

— Raphe, tu as défié les commandements. Tu nous as tous mis en danger. Est-ce que tu comprends ça ? Est-ce que tu as seulement conscience de la gravité de ta trahison ?

À en croire l'expression furieuse de Raphaël, il ne comprenait pas, non. Ou bien il s'en moquait.

— Tu ne la prendras pas, cracha-t-il.

Les yeux de Gabriel s'emplirent aussitôt de tristesse, de pitié. Sans regarder les hommes derrière lui, il lança :

— Attachez-le et emmenez-le dans la cellule de la Tombe.

Tout le corps de Raphaël se raidit. Avec réticence, le rouquin, le blond et l'homme aux longs cheveux bruns lui prirent les bras et l'écartèrent de Maria.

— Non ! NON ! hurla Raphaël.

Il essaya de repousser les hommes, mais ils le retinrent et l'emmenèrent hors de la pièce. L'homme au collier se remit sur ses pieds, il observait Gabriel d'un œil prudent.

— Tu vas bien ? lui demanda ce dernier.

— Oui, répondit-il entre ses dents serrées.

Enfin, l'homme aux lèvres tachées de sang suivit les autres sans dire un mot.

Gabriel leva les mains.

— Je ne vous ferai aucun mal. Je vous le promets. Mais suivez-moi, s'il vous plaît.

Maria n'avait pas vraiment le choix. Elle suivit le prêtre hors de la salle à manger. Ils traversèrent le vestibule en direction d'une porte fermée à clef. De l'autre côté, il y avait une salle de séjour. Gabriel lui tendit une bouteille d'eau.

— Je dois parler à Raphe. Je vais vous enfermer ici. Je suis le seul à avoir la clef. Vous y serez en sécurité.

— Vous n'êtes pas comme eux, lui dit Maria au moment où il pivotait pour partir.

Gabriel regarda par-dessus son épaule et lui adressa un sourire triste.

— Ne vous laissez pas duper par mes vêtements, dit-il en passant la main sur sa chemise. Je leur ressemble plus que vous le croyez.

Sur ces mots, il quitta la pièce, la laissant seule. Maria se recroquevilla sur le fauteuil. Le papier peint floral bleu et blanc de la large pièce parut se refermer sur elle. La bouteille d'eau plaquée contre la poitrine, elle pria Dieu de la guider. Qu'était-elle censée faire ? Rester et essayer de dissiper les ténèbres de Raphaël ? Ou supplier qu'on la laisse partir ? S'échapper de cet endroit étrange et obscur ?

Je te laisse choisir, Seigneur, montre-moi la voie. Quoi que tu décides, j'obéirai.

Maria s'efforçait de garder son calme, mais elle ne pouvait se sortir l'image du dos de Raphaël de la tête, ni l'écho de ses paroles…

Elle est à moi…

Elle est à moi.

CHAPITRE 6

Plus Gabriel s'approchait de la Tombe, plus les rugissements de fureur de Raphaël s'amplifiaient. En atteignant le haut de l'escalier en colimaçon qui le mènerait vers ses frères, il tendit la main et prit une grande inspiration. Il ferma les yeux et l'appréhension lui comprima la poitrine, l'étouffant presque. Il s'adossa à la pierre froide le temps de se donner du courage et ouvrit les yeux. En face de lui, sur le mur en pierre, il y avait les commandements écrits en noir. Les règles auxquelles les Déchus devaient adhérer pour que leur système fonctionne. Celui qui protégeait des vies innocentes, tout en permettant à ses frères de satisfaire leurs instincts meurtriers. Une ligne en particulier semblait scintiller sur la pierre.

Tu ne tueras point d'innocent.

Il repensa à la jeune femme dans la salle de séjour. Celle aux longs cheveux qui lui arrivaient aux cuisses. Elle était jolie, mince, elle avait l'air innocente. Peut-être même qu'elle était de nature soumise… Et ses cheveux… Elle était le fantasme ultime de Raphaël, en chair et en os.

Gabriel frappa le mur du plat de la main.

— J'aurais dû m'en douter, murmura-t-il pour lui-même et pour Dieu.

Il aurait dû se douter que ses frères, mis face au meurtre de leurs fantasmes, ne pourraient résister. À cet instant, ils n'obéiraient à aucun commandement, aucun décret venant de lui. La vérité, c'était qu'ils étaient dominés par les ténèbres qui vivaient en eux.

Ces dernières s'étaient soumises pour un temps aux tentatives pathétiques de Gabriel de les tenir en laisse, lui donnant ainsi l'impression que ce système représentait une forme d'autorité qui agissait sur leurs désirs les plus vils. Mais pendant tout ce temps, les ténèbres n'avaient fait qu'attendre le moment de se libérer.

Gabriel enfouit ses doigts dans ses cheveux. Il ne savait pas quoi faire. Pendant dix ans, et même avant ça, quand ils étaient encore aux Saints-Innocents et au Purgatoire, Gabriel avait toujours trouvé un moyen de protéger Michaël, puis ses nouveaux frères. Toutefois, à cet instant, il ignorait quoi faire. Raphaël devait être puni. Son frère aux yeux dorés le savait. Mais Gabriel n'avait aucune idée de quoi faire de cette femme. Elle était si jeune… Elle semblait avoir à peine vingt et un ans. Et si elle avait été envoyée par la Brigade, quelle était la couleur de son âme ? Est-ce que c'était un autre membre impie du groupe qui avait infligé tant de souffrance à Gabriel et ses frères pendant toutes ces d'années, les changeant irrévocablement ?

— Laissez-moi sortir ! hurla Raphaël.

Sa voix assassine s'éleva dans l'escalier en pierre, aussi féroce et impie que celle d'un démon émanant des profondeurs de l'Enfer.

Gabriel reconnaissait à peine son frère. D'ordinaire, Raphaël était calme. Posé. Dans la retenue. Or là, il était tout sauf ça.

Gabriel descendit les marches, et en se rapprochant de la Tombe, il sentit le Mal qu'il tentait de maintenir à distance ronger le peu de bonté qu'il restait dans son âme. Quand il entra dans la Tombe, il vit Raphaël, dans la cellule du coin de la pièce. En dix ans, il n'y avait que Diel qui l'avait occupée, et ce n'était que dans les cas où il était incapable de se maîtriser. Lorsqu'il vit Gabriel, Raphaël agrippa les barreaux et secoua le métal.

— Laisse-moi sortir, Gabe. Elle est à moi. Tu ne me la prendras pas. Elle est à moi et je l'aurai, que tu sois d'accord ou pas. Tu ne peux pas m'enlever ça. Pas alors que je l'ai enfin trouvée.

Les yeux de ses autres frères étaient posés sur lui, Gabriel le sentait. Ils étaient éparpillés dans la pièce et observaient ses moindres mouvements. Pour une fois, ils étaient tous silencieux. Même Bara n'avait rien à dire. Les yeux de Raphaël brillaient d'une lueur sauvage, prouvant à Gabriel que son frère était très près du précipice. Il s'arrêta devant la cellule, en veillant toutefois à rester hors de portée de Raphaël. Ça l'attristait, mais il ne pouvait pas lui faire confiance. Or, il avait toujours fait confiance à son frère.

La respiration de Raphaël était saccadée, les muscles de son torse nu contractés. Gabriel regarda le tatouage d'épée et d'ailes d'ange qu'ils arboraient tous. Ils se l'étaient fait quand ils avaient prêté serment d'allégeance à la fraternité des Déchus. Cette marque avait recouvert la croix inversée gravée au fer rouge sur leur peau par la Brigade, quand ils étaient enfants. Une façon pour eux de reprendre un semblant de contrôle sur les prêtres qui avaient rogné tout ce qu'ils étaient, qui s'étaient amusés avec leurs corps comme s'ils n'étaient que des jouets, et qui avaient brisé leur esprit jusqu'à ce qu'il ne reste quasiment rien à sauver.

Ce symbole les liait à leur étrange fraternité. Mais Gabriel eut soudain l'impression que Raphaël ne faisait que railler ce qu'ils étaient et tout le chemin qu'ils avaient parcouru.

— Tu as tourné cette marque en ridicule, dit Gabriel, exprimant à voix haute ses pensées.

Il indiqua l'épée et les ailes sur la poitrine de Raphaël.

— Tu as pris tout ce que nous sommes, le serment de sang, notre fraternité, nos commandements, et tu nous as tourné le dos. Tout ça pour une femme.

— Ce n'est pas qu'une femme, répondit Raphaël d'une voix où flottait un calme sinistre. C'est la bonne.

Gabriel réprima l'envie de se passer les mains sur le visage, de laisser transparaître combien les actes de Raphaël l'avaient blessé. Au lieu de ça, il conserva une expression neutre. Ses frères avaient échappé au Purgatoire des années plus tôt, et depuis, Gabriel était leur leader. Il n'avait pas eu le choix. Il ne fallait pas qu'ils perçoivent une once de faiblesse en lui. Jamais.

Il fit un pas en avant. Raphaël l'observait avec attention. Gabriel n'arrivait pas à se dire que ce sauvage devant lui était l'homme qu'il connaissait. Raphaël était l'un des frères dont il était le plus proche. Cependant son ami semblait perdu, obsédé par une seule chose : la jeune femme à la peau pâle, au cou élancé et aux cheveux épais qui lui arrivaient aux cuisses.

— C'était son chapelet ?

Raphaël crispa la mâchoire et serra les barreaux plus fort.

— Est-ce que c'était son chapelet, Raphe ? Est-ce qu'elle avait le chapelet de la Brigade sur elle quand tu l'as rencontrée au club ?

Raphaël fusilla Gabriel du regard ; ce dernier ne cilla pas. Enfin, Raphaël poussa un soupir furieux.

— Oui.

Gabriel entendit les murmures de colère de ses frères derrière lui. Son cœur se serra. Il repensa à la femme, à sa terreur quand Diel l'avait attaquée. Ses yeux grands ouverts, comment elle s'était recroquevillée, comment elle avait fixé le sol, comme une victime démontrant sa soumission totale à son agresseur. Comment pouvait-elle travailler pour la Brigade ? Ou n'était-elle qu'un pion utilisé pour attirer Raphaël dans un piège ? Non, sa docilité n'était pas une ruse. Trop de pensées encombraient la tête de Gabriel, il sentait poindre une migraine.

— Ils savent ce que tu préfères, Raphe. Ils ont dû découvrir où tu chassais et t'ont tendu un piège.

Gabriel regarda son frère, qui faisait les cent pas dans la cellule.

— Mais tu as découvert leur piège avant qu'ils puissent t'attraper.

Raphaël s'immobilisa. Sa colère commençait à s'estomper, il semblait avoir recouvré un peu de raison.

— Elle voulait jouer.

— Ta cible, ce n'était pas elle, lui rappela Gabriel.

C'était la trafiquante. Les Déchus avaient reçu une somme généreuse en échange de ce meurtre.

Raphaël se mit à fixer un point au loin.

— Dès que je l'ai vue, ma cible a changé.

Gabriel réprima un haut-le-cœur. Raphaël avait abandonné toute retenue pour se jeter sur l'appât de la Brigade bien trop vite.

— J'ai trouvé le chapelet dans son soutien-gorge. Il était caché là, jusqu'à ce qu'il tombe à mes pieds. Ton Dieu voulait peut-être me sauver, en définitive, ajouta-t-il sans sourire.

Gabriel en était convaincu, mais là n'était pas le sujet.

— Et tu as décidé de la ramener ici ?

Raphaël baissa les yeux sur ses mains, avant d'agripper les barreaux en métal. Il se mit à les serrer et son regard redevint lointain, comme s'il sortait de la Tombe pour se réfugier au fond de son esprit complexe. Le métal grogna sous ses doigts. Il s'y agrippa de plus en plus fort, jusqu'à ce que ses articulations blanchissent.

— J'ai serré sa gorge, dit Raphaël d'une voix soudain plus grave et rauque. J'ai serré son cou fin, j'ai senti son pouls ralentir sous mes pouces.

La respiration de Raphaël accéléra.

— Je l'ai regardée dans les yeux pendant que sa vie s'échappait.

Gabriel ignora la satisfaction sexuelle impudique que Raphaël éprouvait clairement à ce souvenir. Ce dernier se pressa contre les barreaux en métal et siffla quand ils entrèrent en contact avec son entrejambe gonflé.

— Elle s'est débattue. Elle m'a griffé les bras.

Le plaisir de Raphaël se mua bientôt en colère.

— Ça ne devait pas se passer comme ça. Elle n'est pas censée se débattre. Elle doit se donner volontairement à moi. Quand je suis au fond d'elle, elle murmure mon nom. Elle m'aime. Elle a besoin de moi. Je l'obsède, je la consume. Il n'y a que moi dans son monde.

Raphaël reporta son attention sur Gabriel, revenant ainsi sur terre.

— Je dois faire ça comme il se doit. Je dois l'avoir comme il faut.

— Tu ne peux pas tuer une innocente, Raphe. Je ne le permettrai pas.

— Elle n'est pas innocente, intervint Uriel en s'écartant du mur pour faire un pas en avant.

Il avait les bras croisés sur la poitrine.

— Elle est avec la Brigade. Elle est tout sauf innocente.

Quelque chose se tordit dans les tripes de Gabriel. Au fond de lui, il voulait être d'accord avec Uriel. Mais il avait sondé les yeux de cette femme. Il avait vu sa confusion, quand elle avait découvert les Déchus. Sa peur. Il l'avait vue regarder le dos de Raphaël et leurs cicatrices, celles qu'ils avaient tous en commun. Il y avait de la stupeur et de la tristesse dans ses yeux, elle n'avait pas reconnu les punitions de la Brigade. Il ne savait pas comment ils avaient fait, mais il était certain que la Brigade avait dupé cette femme. Comme lui, quand il était enfant. Leurs masques de bonté l'avaient trompé. Elle n'avait aucune idée du genre de prédateurs qu'elle allait affronter avec les Déchus.

Elle ne pouvait pas savoir. Personne ne se placerait volontairement sur la route d'un tueur.

— La Brigade n'accepte pas les femmes dans ses rangs. C'est une version moderne de l'Inquisition espagnole. Ils considèrent que les femmes sont des tentatrices, des êtres faibles, des sorcières prédisposées au péché. Ils n'en emploieraient jamais. Même s'ils sont plus modernes que leur version médiévale, leur idéologie n'a pas changé.

— On ne peut pas la laisser partir, Gabe, dit Sela en venant se poster à côté d'Uriel.

Il connaissait mieux la Brigade que les autres. Il était plus lié à eux qu'aucun des Déchus.

— Elle a vu où on vit. Elle nous a tous vus. Si elle part, elle retournera voir le Père Quinn en courant et lui racontera tout. Crois-moi. Je suis bien placé pour le savoir. Elle nous trahira, et ils viendront nous chercher. Tu le sais.

Les frères de Gabriel acquiescèrent. Ce dernier se tourna vers Raphaël, qui l'observait avec tout autant d'attention que le vitrail de Marie à l'église des Saints-Innocents. Il savait qu'ils avaient raison. Mais à la simple idée d'approuver la mort d'une innocente… Gabriel n'arrivait plus à respirer. Des mains fantômes emprisonnaient son cœur et le serraient. Néanmoins quel autre choix avait-il ? Quand il avait plongé dans le Purgatoire plusieurs années plus tôt, suivant la piste dangereuse de son petit frère, il avait signé pour devenir celui qu'il était aujourd'hui : le leader des Déchus. Son allégeance leur revenait. Leur protection importait plus que tout le reste.

Gabriel sentit les ténèbres qui envahissait l'éclat de la lumière auquel il se raccrochait. Comme si une tempête d'immoralité soufflait sur une bougie.

— Pas de Révélation pendant six mois, s'entendit-il dire.

Il était comme détaché de son corps, ce n'était pas réellement lui qui donnait cet ordre à Raphaël. Sa bouche prononçait des mots qu'il refusait d'accepter. Gabriel percevait l'excitation impossible à contenir de Raphaël dans sa cellule.

— Elle ne doit plus ressortir du manoir… Plus jamais.

Ce fut comme si une lance transperçait le flanc de Gabriel et s'enfonçait dans son cœur.

— Reste dans ta chambre. Et quand ce sera terminé, ne nous trahis plus jamais.

— Jamais, affirma Raphaël. C'est promis.

Gabriel croisa enfin le regard de Raphaël. Ses pupilles étaient dilatées. L'excitation irradiait du visage de son frère. Ses joues étaient rouges et ses yeux brillants. Gabriel ne l'avait encore jamais vu aussi heureux. Jamais. Une vague de nausées le secoua. Raphaël était enthousiaste, on venait de l'autoriser à prendre la vie de quelqu'un. Gabriel ne le supportait pas. Il ne supportait pas d'être en présence du triomphe de Raphaël. Il se tourna vers Bara.

— Laisse-le ici pendant quelques heures encore, ensuite remmène-le dans ses quartiers. Je ferai en sorte qu'on amène la femme là-bas.

— Maria, dit Raphaël au moment où Gabriel pivotait pour partir.

Il s'immobilisa.

— Elle s'appelle Maria.

Gabriel ferma les yeux. Connaître son nom ne faisait qu'empirer les choses. Maria. Il venait de signer l'arrêt de mort d'une jeune femme qui s'appelait Maria.

Gabriel grimpa les premières marches de l'escalier suivant l'incurvation du mur jusqu'à être hors de vue. Dès qu'il fut sûr que les autres ne le voyaient pas, ses jambes cédèrent et son dos heurta le mur. Il se laissa glisser contre la pierre froide et s'assit sur une marche dure. Il enfouit le visage dans ses mains. Il venait de donner à un meurtrier la permission de tuer une innocente. Ce qu'il s'était promis de ne jamais faire.

Il se concentra sur sa respiration à travers le feu de la culpabilité qui brûlait dans sa poitrine. Toutefois pendant qu'il se concentrait pour ne pas voler en éclats, il entendit la voix reconnaissable de Bara :

— Oui, mon frère ! Tu l'as eue ! Tu as droit à la victime que tu attendais. C'est ce dont on rêve tous. Tu as touché le gros lot !

— Prends le papier et le stylo là-bas. Je dois récupérer certaines choses pour elle.

Gabriel se figea, des pas résonnèrent sur le sol en pierre.

Le silence s'étira pendant quelques minutes, puis :

— Sympa. Mais je suppose que tu veux que l'un d'entre nous aille récupérer ça chez nos amis pas si purs, rit Sela.

— Oui. Et j'en ai besoin ce soir. Mais la pièce maîtresse…

Raphaël marqua une pause. Gabriel se doutait qu'il devait sourire d'excitation.

— Elle n'arrivera qu'une fois que tout sera parfait. Tout doit être parfait. À toi de faire en sorte que ça le soit, Sela. Tu sais ce que je veux.

— Je m'en occupe, Raphe.

Gabriel entendit Sela se diriger vers le fond de la Tombe pour passer un coup de fil à l'un des nombreux hommes douteux avec qui ils collaboraient. *Des amis du marché noir*. C'était comme ça que John Miller les avait présentés quand il avait donné à Gabriel le carnet noir rempli de contacts.

— Alors, qu'est-ce que tu comptes faire ? s'enquit Uriel.

— Je vais la séduire. Passer des jours entiers en elle. Je vais la posséder, la consumer, faire en sorte qu'elle ait besoin de moi pour vivre.

Raphaël avait parlé d'une voix grave, teintée d'une détermination sinistre. Gabriel se mit à fixer le bas des marches, comme s'il regardait dans les yeux dorés de son frère et voyait son visage rayonnant d'excitation.

— Ensuite, je la tuerai. Je la tuerai si parfaitement que je ne l'oublierai jamais.

Raphaël haleta.

— Aucun meurtre ne sera jamais à la hauteur de celui-ci. Ce sera ce que j'ai attendu toute ma vie.

Gabriel avait l'impression que son corps était plongé dans un bassin d'eau glacée. Il laissa aller sa tête contre le mur de pierre du manoir dont il avait hérité de son grand-père tueur en série.

Il était épuisé. Il aurait été incapable de bouger, même s'il en avait eu envie.

Les prêtres avaient raison. Il l'avait toujours su. C'était de plus en plus évident au fil des années. La Brigade avait détecté quelque chose de sinistre dans les veines de ses frères.

Gabriel repensa au Père Quinn, aux prêtres de la Brigade, à ce qu'ils infligeaient aux garçons du Purgatoire. Ils ne leur avaient jamais laissé aucune chance de rédemption. Ils n'essayaient pas de les comprendre. Ils avaient juste considéré qu'ils étaient damnés et avaient décidé de les exorciser avec ferveur. Gabriel maudissait ces prêtres qui n'avaient pas essayé de les aider quand ils étaient enfants. Ce qu'ils avaient fait n'avait pas purgé ses frères de leurs pensées et désirs diaboliques. Au contraire… Cette secte de prêtres corrompus les avait plongés encore plus dans les ténèbres, les privant de tout espoir de salut. Ils leur avaient fait du mal, les avaient brutalisés, humiliés, jusqu'à ce qu'il ne reste plus rien de bon dans leur âme. Plus aucun éclat de lumière à stimuler pour les ramener sur le droit chemin. Maintenant, ils étaient tous aussi noirs que la nuit. Pas une étoile pour illuminer leur monde impie.

La Brigade avait fait croire à ses frères que les gens ne cherchaient qu'à les blesser. Qu'ils n'avaient pas leur place dans la société.

Gabriel ne savait pas comment les soigner, comment les guérir. Assis sur cette marche en pierre, il était submergé par l'impuissance.

— Tu es un incube, Raphe, remarqua Diel.

Gabriel entendit le ricanement de ses autres frères dans la Tombe.

— Cette femme n'a aucune chance. Elle sera à toi en un rien de temps.

Gabriel poussa un soupir tremblant et s'obligea à bouger. Il ne montrerait jamais à ses frères que leur mode de vie le détruisait. Il l'avait accepté. Il avait adopté le système de son grand-père. C'était son idée. Pas la leur. On les avait fait se sentir inférieurs toute leur vie. Gabriel ne jetterait pas plus de pierres sur leur âme déjà meurtrie.

Gabriel traversa le vestibule et rejoignit son bureau. Là-bas, il récupéra la trousse médicale et, les jambes flageolantes, se dirigea vers la salle de séjour et frappa à la porte. Quand il entra dans la pièce, Maria était assise sur le canapé. Elle avait ramené ses jambes contre elle et les entouraient de ses bras. Gabriel ravala la honte qu'il éprouvait à cause de ce qui allait se passer.

— Mon Père, dit-elle quand il approcha.

Il baissa les yeux sur elle, sur ses cheveux drapés autour de son corps comme un cocon. Maria était clairement croyante, catholique. Ça n'avait rien d'étonnant, à Boston. Ce devait être pour ça que la Brigade lui avait donné pour tâche de retrouver Raphaël. Mais il n'avait pas envie de savoir si elle faisait partie de cette congrégation. Il ne voulait pas découvrir si sa foi était forte. Il l'observa. Ses yeux bleus méfiants étaient rivés sur lui.

Gabriel s'agenouilla et ouvrit son sac. En silence, il sortit l'épaisse bande élastique. Maria l'observait avec attention.

— Tendez le bras, dit-il.

Maria n'hésita qu'une seconde avant d'obéir. Elle ne lui demanda pas pourquoi. Elle se contenta de faire ce qu'il lui disait. Gabriel ferma les yeux et prit une grande inspiration pour se calmer. Elle était parfaite en tous points pour Raphaël. Il ne savait pas pourquoi elle était aussi soumise, surtout face à un inconnu. Entourée de dangers. Elle obéit cependant et lui offrit son bras pour qu'il en fasse tout ce qu'il voulait.

Gabriel noua la bande autour. Il retourna son poignet pour exposer ses veines saillantes. Il récupéra une aiguille dans le sac et l'enfonça dans sa chair, regardant le sang rouge affluer dans la seringue transparente.

Maria ne tressaillit même pas. Quand Gabriel leva la tête, elle l'observait. Ses yeux bleus examinaient son visage. Maria ne demanda pas pourquoi il lui prenait du sang. Elle ne s'interrogea pas sur la propreté de l'aiguille. Elle se contenta de faire ce qu'il disait.

De toute évidence, sa tolérance à la douleur était élevée, parce qu'elle n'avait pas tressailli ni grimacé quand l'aiguille avait percé sa peau. Gabriel se demanda si ce n'était pas le Diable en personne qui avait mis cette jeune femme entre les mains de Raphaël, comme une sorte de récompense. Il n'avait jamais rencontré personne d'aussi parfaitement assorti à quelqu'un d'autre… À son frère.

Gabriel retira l'aiguille, essuya la petite blessure avec une compresse antiseptique et lui mit un pansement. Il glissa la fiole de sang dans un sachet et se remit debout. Son cœur battait fort quand il leva la tête et découvrit que Maria l'observait encore.

— Quelqu'un va venir vous chercher un peu plus tard.

L'espoir brilla dans les yeux de Maria, celui d'être libérée. Il ne pouvait pas la laisser espérer en vain. Il n'était pas cruel.

— On… On va vous ramener à Raphaël, Maria.

Elle garda la tête haute. Elle baissa un instant ses yeux bleus, mais quand elle les releva, elle hocha la tête, comme si elle venait d'avoir la réponse à sa question silencieuse. Il ne vit que de la force et de la résolution dans son regard. *Elle s'est résignée à mourir.* Gabriel se racla la gorge, repoussant la douleur qu'il ressentait.

— Vous ne devez pas quitter cette pièce.

Il parlait comme s'il lui interdisait de partir. Néanmoins ils savaient tous deux ce que sous-entendaient ses mots : elle ne quitterait jamais cette pièce en vie.

Gabriel se retourna. Il fallait qu'il parte. Juste avant qu'il atteigne la porte, Maria lança :

— Vous tenez à eux.

Il ferma les yeux, il n'y avait aucun jugement dans sa voix. Aucune réprobation. Il ne se souvenait pas de la dernière fois où il avait parlé à quelqu'un qui n'avait rien à voir avec leur mode de vie anormal au manoir. Il se retourna et croisa son regard. C'était le moins qu'il puisse faire, après l'avoir condamnée à mort.

— Ces hommes... Raphaël... Vous les aimez. Malgré leur nature. Vous tentez de les racheter.

— C'est ce que j'ai cru, autrefois..., commença Gabriel, avant de se taire. Il n'y a aucune rédemption possible pour eux. Je le sais, maintenant.

Maria sourit. Ce fut le coup de grâce porté à Gabriel. Sa culpabilité explosa.

— Je... Je crois que tout le monde peut trouver la rédemption. Même ceux que l'on pense irrécupérables.

Maria serra les bras autour de sa poitrine, comme si elle avait soudain froid.

— Tant que les gens qui les aiment ne les abandonnent pas, tant qu'ils repoussent leur peur et leurs préjugés pour essayer de faire ressortir le bon en eux, même si cet effort paraît futile... Un jour, quelqu'un réussira peut-être à les atteindre et à leur montrer une autre voie, une voie meilleure. Ou à leur apporter la lumière dont ils avaient besoin sans le savoir, dans leurs ténèbres perpétuelles. Vous n'êtes pas d'accord, Mon Père ?

Gabriel dévisagea cette femme qui avait l'air si petite, si fragile, sur le canapé.

— Pourquoi vous travailliez pour eux ?

À la réaction de Maria, à sa façon de se raidir et d'écarquiller les yeux, il devinait qu'elle savait exactement de qui il parlait. Le Père Quinn. La Brigade.

Elle carra les épaules.

— On fait tous ce qu'on doit faire, répondit-elle.

Le léger tremblement de sa voix trahit son absence de conviction.

— Je sais que vous comprenez, ajouta-t-elle.

La poitrine de Gabriel se contracta. Parce qu'il comprenait. Il comprenait très bien. Même s'il était curieux de savoir quel moyen de pression ces vieux prêtres détenaient sur Maria pour la rendre aussi docile. Il ne poserait pas la question. Son temps était limité. Quels que soient les démons qui tourmentaient son esprit, ils étaient son problème. Il n'avait aucun droit de s'immiscer dans ses affaires après l'avoir condamnée à mort.

Gabriel la salua d'un mouvement de la tête et quitta la pièce. Il verrouilla la porte derrière lui. Il laissa sa culpabilité ronger son âme pendant qu'il se précipitait vers ses quartiers. C'était insoutenable. Une fois là-bas, il traversa la chambre au sol recouvert de moquette et fit glisser sa bibliothèque sur le côté. Gabriel entra dans la pièce secrète qu'il avait construite peu de temps après leur emménagement et se débarrassa de ses vêtements sans attendre.

Le dégoût et la honte submergeaient son corps. Il sortit le sang de Maria de son sac et le versa dans une fiole. Il en sortit une autre du frigo, étiquetée au nom de Raphaël. Il fit courir un instant ses doigts sur le nom de chacun de ses frères. Toutes ces fioles de sang qui l'attendaient, qu'il leur prenait une fois par semaine. Ils croyaient que c'était pour un examen médical. Ils ne se doutaient pas de la vérité.

Il alluma les bougies d'église qui ornaient l'autel et contempla la surface en bois usée, tachée par des années de sang versé. Il prit la miche de pain qui se trouvait sur le côté, se laissa tomber à genoux et en arracha un morceau. Il déboucha la fiole du sang de Maria et en versa trois gouttes sur le pain. Le liquide écarlate imbiba la mie, chassant rapidement le blanc. Trois gouttes pour la trinité. Gabriel ferma les yeux et murmura sa prière habituelle :

— Mon âme pour la sienne. Que les transgressions de Maria me soient transférées. Qu'elle entre dans le royaume des cieux en étant purifiée de ses péchés.

Gabriel mâcha le pain et quand il avala, il sentit le poids de ce fardeau peser sur sa poitrine. Avec une inspiration tremblante, Gabriel prit la fiole de Raphaël et répéta le même geste avec un autre morceau de pain.

— Mon âme pour la sienne. Que les transgressions de Raphaël me soient transférées. Qu'il entre dans le royaume des cieux en étant purifié de ses péchés.

Le goût cuivré du sang envahit la bouche de Gabriel et coula dans sa gorge quand il avala le pain de Raphaël. Il s'assit sur ses talons et regarda le crucifix accroché au mur. Il se concentra sur l'agonie qui se lisait sur le visage de Jésus pendant qu'on le crucifiait. Sur les clous dans ses paumes et ses pieds, ainsi que sur la blessure à la lance à son flanc.

Gabriel tendit la main vers la couronne de barbelés posée sur le coffre derrière lui et la mit sur sa tête. Ses blessures, qui avaient à peine guéri et qui remontaient à une semaine se rouvrirent, le sang se mit à couler. Il serra les dents. Il savait que ses boucles blondes allaient être maculées de sang, souillées. Il ramassa le bâton et fit courir les sept lanières de corde et de lames sur sa paume. Les scorpions à lames étaient conçus pour déchirer la chair. Il baissa les yeux sur ses cuisses, son cilice à pointes mordait la chair de sa jambe. Gabriel laissa la colère contre laquelle il se débattait au quotidien grandir dans son cœur, cette noirceur qui avait commencé à le posséder au fil des années. Les muscles de ses cuisses se tendirent et du sang s'échappa de ses blessures. Il prit le bâton à sept lanières, chacune représentant un péché capital, ainsi qu'un frère, aux yeux de Gabriel, et se servit de la colère pécheresse qui courait dans son sang pour se flageller le dos. La douleur fut aveuglante, les lanières fouettant sa peau encore sensible et les scorpions s'enfonçant dans sa chair.

— Raphaël, murmura Gabriel.

Il ramena le bâton vers lui et se flagella à nouveau.

— Uriel...

Il se fouetta encore et encore, le nom d'un frère s'échappant de ses lèvres à chaque coup, pour purger les péchés qu'il avait avalés et la colère qu'il avait accumulée dans son corps.

— Selaphiel... Barachiel... Jegudiel... Michaël...

Il rassembla les forces qui lui restaient, luttant contre la douleur qui menaçait de le submerger et asséna le dernier coup, le plus violent.

— Gabriel !

Il laissa tomber le bâton et s'écroula en avant. Ses paumes heurtèrent le sol froid. Il tenta de respirer par le nez, d'apaiser la douleur qu'il s'était infligée à lui-même. Mais la souffrance rugit plus fort encore, jusqu'à ce qu'il s'affaisse sur le sol, le vent froid de l'hiver s'infiltrant à travers les fissures du mur de brique pour venir fouetter son corps nu. Sa tête était lourde quand il la releva pour se concentrer sur le visage de Jésus.

— Pardonne-moi, murmura-t-il.

Sa voix fut emportée par la brise.

— Ils ne savent pas ce qu'ils font, termina-t-il.

Cependant Gabriel, lui, avait conscience de chacun de ses actes. Et pour ça, il sacrifierait son âme. Il avait juré de protéger ses frères. Et c'était ce qu'il ferait.

Il absorberait leurs péchés et sauverait leur âme.

Après tout ce qu'ils avaient enduré, ils méritaient au moins ça.

***

Le Père Murray tira sur la roue. Les cris du garçon aux cheveux noirs résonnèrent dans toute la pièce. Il continua pourtant de tourner, tout en le fusillant du regard. Il avait les yeux marron. Ils n'étaient pas dorés, mais presque. Le garçon hurla de plus belle, ses membres commençant à se déboîter. Mais le prêtre avait besoin de voir souffrir ce garçon possédé par le démon. Il avait besoin d'entendre ses os craquer et ses cris annonçant sa mort imminente.

— S'il vous plaît, murmura le garçon, je vais me repentir.

Le Père Murray interrompit son geste. Il croisa le regard du garçon. Des mois. Il avait fallu des mois pour le briser, pour le pousser à se repentir et se livrer à la Brigade comme l'hérétique et l'adorateur de Satan qu'il était. Cependant quand le Père Murray vit son visage terrifié et suppliant, il n'éprouva que du dégoût. Il en avait brisé un autre. Il les avait tous brisés, sauf un. L'image du garçon dont il n'avait jamais triomphé apparut dans son esprit. Ce garçon diabolique aux yeux dorés, à la peau olive et au visage créé par le Seigneur en personne.

— Repends-toi, cracha-t-il.

Raphaël demeura impassible. La semence du Père Murray coulait à l'arrière de ses jambes. Du sang maculait sa peau après les coups de fouet, et il avait des marques sur le cou, là où le Père Murray avait refermé les mains et serré. Toutefois le garçon ne prononça pas un mot. Il se contenta de le dévisager avec une expression rebelle. Le religieux attrapa les cheveux courts de Raphaël et lui tira la tête en arrière. Le garçon planta les yeux dans les siens : ils ne reflétaient aucune faiblesse, aucun signe de fatigue ni de soumission.

— Je te briserai, promit le Père Murray. Un jour, Raphaël, je te briserai, et tu me supplieras, à mes pieds. Tu t'agenouilleras devant moi et tu me donneras ton âme.

Perdu dans ses pensées, le Père Murray baissa les yeux sur le garçon sur la table d'écartèlement, mais ce ne fut pas lui qui lui renvoya son regard, ce fut Raphaël.

— Je te briserai, promit-il à nouveau.

— Non, le supplia le garçon.

Mais cette voix n'était pas la bonne… Ce n'était pas celle que le Père Murray voulait entendre. Il voulait que cette voix rauque lui dise qu'il avait gagné.

— S'il vous plaît !

Le prêtre trembla de rage en entendant cette voix pleurnicharde. Il tourna la roue de toutes ses forces. Le garçon hurla, des craquements et des bruits secs résonnèrent sur les murs de pierre. Sans même regarder le corps qu'il venait de disloquer, il sortit de la pièce en trombe et remonta le couloir.

— Le garçon est mort, annonça-t-il à son prêtre apprenti quand il le croisa. Débarrasse-toi du corps.

Le Père Murray ne s'arrêta pas avant d'avoir atteint sa carafe de whisky. Il se servit un grand verre et se concentra sur la photo accrochée au mur. La fureur bouillonnait en lui, menaçant de réveiller les ténèbres endormies dans son âme. L'espace d'un instant, il libéra ces ténèbres. Il plongea la main dans sa soutane, sortit son couteau et se précipita sur le mur. La lame s'enfonça profondément. Le prêtre montra les dents. La photo était très abîmée, mais les yeux dorés qu'il détestait tant lui rendirent son regard, se moquant ouvertement de lui.

— Je te tuerai, je te le promets, grogna-t-il, le whisky nourrissant ses mots.

Essoufflé après cette perte de contrôle momentanée, le Père Murray recula et regarda la photo d'école de Raphaël qu'il avait récupérée dans les archives du coffre des Saints-Innocents.

Raphaël avait Sœur Maria.

— Elle n'est rien, Père Murray, lui avait dit le Père Quinn quand elle avait disparu dans le club. Elle n'était qu'une nonne qui s'est éloignée sans peine de sa chasteté. Comme toutes les femmes, c'est un produit d'Ève. Faible, qu'il est facile de tenter. Elle était sans importance. J'espère qu'il l'a tuée à petit feu.

Le Père Quinn posa sa main à la peau ridée sur l'épaule du Père Murray.

— On les aura. Notre jour avec les Déchus viendra. Le Seigneur nous montrera bientôt une autre voie.

Le Père Murray se tira les cheveux. Il se foutait que Sœur Maria soit morte. Ce qui l'insupportait, c'était que Raphaël l'ait battu encore une fois.

Sa peau le démangeait à cause de sa fureur. Ses muscles se contractaient, il avait besoin d'agir. De se lancer à la poursuite du païen. Le Père Quinn devait reconsidérer sa position. Sans pouvoir se raisonner, le Père Murray bondit de sa chaise, le whisky dans son sang prenant le dessus. Il parcourut les couloirs vides du Purgatoire d'un pas vif, jusqu'à arriver devant la porte du Père Quinn. Sans même frapper, il fit irruption dans les quartiers du grand prêtre. Il s'arrêta devant le bureau. Le Père Quinn était en train de s'habiller, sa poitrine nue était exposée. Le sexe du Père Murray durcit, cet homme l'avait sauvé dans son adolescence. C'était lui qui l'avait débarrassé de son démon.

Le Père Quinn interrompit son geste. Le Père Murray savait que le grand prêtre revenait sans doute d'une purification.

— Père Murray, dit-il.

Il avait parlé d'une voix neutre, or son visage arborait une expression courroucée. Des frissons dévalèrent l'échine du Père Murray.

— Vous n'avez pas été invité à entrer.

— Il faut qu'on récupère Sœur Maria, lâcha-t-il.

La chemise du Père Quinn tomba sur le sol. Sa braguette était ouverte et l'élastique de son sous-vêtement était visible.

— Il ne peut pas l'avoir. Il faut l'arrêter. J'en ai assez qu'ils gagnent ! J'en ai marre de leurs péchés et de leurs actes diaboliques.

Le Père Murray termina sa tirade en haletant. Le Père Quinn conserva un silence total, puis :

— Viens par ici, Francis.

Le Père Murray eut le souffle coupé en voyant le Père Quinn reculer à trente centimètres de son bureau. Le sexe du grand prêtre était dur dans son pantalon. Sous les yeux du Père Murray, le Père Quinn sortit son membre.

— Viens devant moi, démon.

Le Père Murray sentit le démon en lui détaler pour se cacher. Mais son sang souillé par le Mal affluait malgré tout dans ses veines ; il l'ignora et s'approcha du Père Quinn. Puis il se retourna, se pencha sur le bureau du grand prêtre, souleva sa soutane et abaissa son pantalon. Il posa les mains à plat sur le vieux bureau en bois devant lui. Il sentit le Père Quinn agripper ses hanches et retint son souffle quand il le pénétra. Les yeux du Père Murray roulèrent dans leurs orbites. C'était ce dont il avait besoin. Comme quand il était enfant, Père Quinn devait le débarrasser du Mal au fond de lui, maintenir le Diable à distance. De la sueur perla au front du prêtre tandis que le plaisir grandissait dans son bas-ventre. Il essaya de réprimer un gémissement, qui s'échappa quand même de ses lèvres. Le Père Quinn sourit. L'homme plus âgé se pencha en avant et approcha sa bouche de son oreille.

— Je te purifie du Mal qui souille ton âme.

Il plongea de plus belle dans le Père Murray. Ce dernier poussa un cri, mais le Père Quinn ne s'arrêta pas. Il continua ses va-et-vient, et le sexe du Père Murray devint de plus en plus dur. Puis il le sentit. Ce flot de douleur atroce dans son entrejambe. Il baissa la tête et se rendit compte que le Père Quinn avait refermé la main sur son sexe et plantait une fine aiguille tout au bout. Du sang coula, expulsant le Mal de sa chair. Son érection reflua, et le Père Quinn se déchargea en lui, le purifiant des ténèbres qui vivraient à jamais en lui, menaçant de jaillir.

Le Père Murray pressa la joue contre le bois de la table, l'aiguille toujours dans son sexe. Le Père Quinn se retira, sa semence sacrée coula le long des jambes du Père Murray. Ce dernier avait l'impression d'avoir à nouveau quatorze ans. Un garçon diabolique exorcisé par le Père Quinn.

Il l'avait sauvé.

Le Père Murray l'aimait.

Le Père Quinn vint se placer à côté de lui, son sexe était flasque désormais. Le Père Murray leva les yeux vers lui. Le grand prêtre posa une main sur sa joue.

— Là, Francis. Les ténèbres sont vaincues pour un jour de plus.

— Merci, Mon Père, murmura-t-il d'une voix brisée par le cocktail entêtant de douleur et de plaisir.

Le Père Quinn ôta l'aiguille du sexe du Père Murray. Ce dernier savait qu'il aurait une cicatrice supplémentaire à ajouter à sa chair déjà abîmée. Mais c'étaient des cicatrices de victoire contre le Mal. De son combat perpétuel contre le Diable.

Ce grand prêtre ne le laisserait jamais perdre ce combat.

Le Père Quinn tendit les mains au Père Murray. Ce dernier lui embrassa les doigts, et son supérieur le récompensa d'une caresse sur la joue. Puis il s'agenouilla et caressa les cheveux trempés de sueur du Père Murray.

— Tu dois t'exercer à la patience, mon enfant. Dieu ramènera les Déchus dans notre giron. Tu dois être patient. Ils ont peut-être remporté cette bataille, mais nous gagnerons la croisade.

— Oui, Mon Père, répondit le Père Murray.

Il se remit sur ses pieds, replaça son sexe palpitant dans son pantalon et quitta la pièce. Sa tête tournait un peu. Hébété, il se dirigea vers sa chambre, plus calme maintenant que le Père Quinn avait réduit au silence le démon tapi dans son âme.

Le Père Murray s'obligea à s'asseoir et se servit un autre whisky. Le feu rugissait devant lui, ces hautes flammes étaient un écho à son ambition personnelle.

— Un jour, Raphaël, dit-il à la photo qui était presque déchiquetée, je te détruirai.

Le Père Murray sourit.

— Et tu te repentiras enfin.

CHAPITRE 7

Depuis combien de temps Maria attendait dans le salon ? Elle n'en avait aucune idée. Il n'y avait pas d'horloge au mur. Elle posa la main sur le pansement sur son bras et le décolla pour étudier la petite marque que lui avait laissée la prise du sang du prêtre, Gabriel. Elle ignorait pourquoi il lui en avait fait une, mais elle n'avait pas protesté. À quoi ça aurait servi ?

Tu ne quitteras plus jamais ses quartiers...

Elle ne rentrerait pas chez elle. C'était fini. Dieu lui avait indiqué quelle était sa décision par le biais de Gabriel.

C'est décidé.

Maria prit une grande inspiration pour se calmer et repensa à cette pièce remplie d'hommes. Elle tenta de comprendre ce qu'elle avait découvert. Est-ce que c'étaient tous des tueurs ? Le Père Quinn et le Père Murray étaient-ils au courant ? Et Gabriel, le prêtre ? Permettait-il ce comportement malveillant ?

Maria était perdue dans ses pensées quand le verrou grinça. Elle retint son souffle, attendant de voir qui allait entrer. Un homme plus âgé, en costume, passa la porte.

— Mademoiselle Maria ? demanda-t-il sur un ton policé.

— Oui.

— Si vous voulez bien me suivre.

Il se retourna et lui tint la porte ouverte. Maria ignora ses jambes tremblantes et se leva du canapé pour traverser le salon et rejoindre le… majordome ? Oui, ça devait être ça. Un manoir de cette taille avait forcément du personnel.

— Par ici, s'il vous plaît, lui dit-il.

Maria tira sur son T-shirt ; gênée, elle essayait, en vain, de préserver sa pudeur. Le majordome ne lui jeta même pas un regard, il se contenta de la conduire à l'étage. Était-il au courant lui aussi ? Connaissait-il la nature des hommes qu'il servait ?

Maria ne croisa personne en traversant le manoir. Elle parcourut un nombre incalculable de couloirs, ornés de peintures et de meubles qui devaient valoir des millions. A priori, Gabriel lui faisait confiance, il pensait qu'elle n'allait pas tenter de s'enfuir. Elle ne le ferait pas. Après tout, elle ignorait tout de l'endroit où elle était.

Elle finit par arriver devant une porte qui lui était familière. Le majordome frappa trois fois. Le cœur de Maria battait fort, en rythme avec la main du domestique

qui frappait le bois. Des pas approchèrent de l'autre côté. Quand la porte s'ouvrit, Maria dut contenir sa nervosité. Raphaël se tenait devant elle. Son torse fin et musclé était nu, il ne portait qu'un bas de pyjama en soie noire. Il était pieds nus également. Ses joues étaient rouges et ses cheveux noirs retombaient sur son front. Ses mèches désordonnées ne faisaient qu'accentuer son incroyable beauté.

— Monsieur, dit le majordome, interrompant ainsi les pensées de Maria.

Il s'en alla. Maria le suivit du regard jusqu'à ce qu'il disparaisse au coin du couloir. Quand elle se tourna à nouveau vers la porte de la chambre, Raphaël attendait.

— Petite rose, lui dit-il d'une voix grave et douce, séductrice.

La perplexité, mêlée à la peur, envahit Maria. Il lui avait dit que si elle s'échappait, si elle fuyait, elle serait punie. Or il ne venait pas de lui parler comme quelqu'un qui avait l'intention de la punir.

— Tu vas entrer ?

La voix de Raphaël était aussi douce que la soie drapée autour de ses hanches fines. Un petit sourire étirait ses lèvres pleines. Il était on ne peut plus séduisant. Ses fossettes étaient apparentes et ses longs cils effleuraient ses joues quand il clignait des paupières. À son oreille gauche pendait sa croix inversée en argent.

Maria obligea ses pieds à franchir le seuil. Raphaël referma la porte derrière elle. Puis elle le sentit se rapprocher dans son dos. Elle avait du mal à respirer, ses pieds étaient comme cloués à l'épaisse moquette.

— Entre, lui murmura-t-il à l'oreille.

Son parfum d'océan et d'eau fraîche l'enveloppa comme un cocon. Il s'avança un peu plus dans la pièce, mais s'immobilisa en voyant qu'elle ne le suivait pas.

Raphaël tendit la main.

— Par ici, dit-il.

Ses lèvres tressaillirent.

— Je ne mords pas, ajouta-t-il.

Maria mit sa paume tremblante sur la sienne. Elle était chaude. Le cœur de Maria battait de manière irrégulière quand Raphaël lui prit la main. On aurait dit l'étreinte d'un amant, protectrice et nourricière. Elle n'y connaissait rien, mais d'après ce qu'elle avait pu observer ou lire, ça lui semblait familier. Raphaël la guida vers le dressing. Quand il ouvrit la porte, elle cilla. C'était le dressing où il l'avait attachée et bâillonnée, mais tout avait changé. Les vêtements de Raphaël avaient disparu et à la place, se trouvait une rangée de robes blanches qui touchaient le sol. Elles étaient toutes à fines bretelles, et une fente courait le long de la jupe. Maria déglutit avec peine en voyant qu'elles étaient légèrement transparentes.

Elle détourna la tête, et avec ce mouvement, elle vit le lit, au centre du dressing. Il était drapé de blanc. Le matelas et la couette semblaient moelleux et doux. Il y avait des oreillers blancs au sommet du lit. L'estomac de Maria se contracta quand elle vit des roses rouges dans un vase, posé sur la table. Une lampe éclairait la pièce.

— Ça te plaît ?

Maria tourna la tête vers Raphaël. Quand elle baissa le menton, elle se rendit compte qu'elle n'avait pas lâché sa main. Elle tenta de se libérer, mais Raphaël la retint fermement. Il se plaça devant elle et Maria ne put détourner les yeux de ses iris dorés captivants.

— Je veux que tu sois à l'aise pendant ton séjour ici.

Maria savait qu'elle aurait dû se taire, mais il fallait qu'elle lui pose la question :

— Pourquoi ?

Elle parcourut la pièce des yeux. Elle n'avait pas été dans une chambre aussi belle depuis longtemps. Les roses attirèrent de nouveau son attention, et elle dût repousser les larmes qui menaçaient de jaillir à cause de ces fleurs rouges, à cause des souvenirs douloureux qui remontaient.

— Tu m'as dit que si je m'échappais, si je quittais la chambre… je serais punie. Ça… On dirait plutôt une sorte de récompense.

Raphaël soupira et laissa tomber sa tête en avant. Puis il releva les yeux vers elle et la regarda à travers ses longs cils noirs. Il était la perfection incarnée. Elle craignait de ne jamais s'habituer à son physique si éblouissant.

— En voyant que tu étais partie, j'ai été en colère, admit-il en lâchant sa main.

Maria ne put s'empêcher de remarquer que d'un seul coup, elle avait froid.

— Il m'arrive de me mettre en colère. Mais j'essaie de me contrôler.

Raphaël grimaça, un fantôme de sourire étira sa bouche.

— Je me suis dit que rien ne valait le présent pour commencer, ajouta-t-il en se frottant la nuque.

Un geste de nervosité, du moins ce fut ainsi que Maria l'interpréta. Toutefois elle resta sur ses gardes. Elle savait qu'elle ne devait pas croire un seul des mots qui sortaient de sa jolie bouche.

— J'ai demandé au personnel de te préparer cette chambre pour ton séjour ici.

Maria prit une inspiration tremblante.

— Et…

Elle carra les épaules.

— Et ce sera pour combien de temps ? Combien de temps est-ce que je vais rester ici… avec toi ?

En réalité, ce n'était pas cette question qu'elle se posait : combien de temps avant qu'il la tue ? Maria préférait ne pas voir arriver la mort. Elle n'avait pas envie de compter les jours qu'il lui restait.

Raphaël étrécit les yeux une seconde et releva la tête. Il sourit à Maria, caressa sa joue de son doigt prisonnier de la ficelle, puis il se tourna vers la rangée de vêtements, ignorant sa question. Il attrapa l'une des robes en soie – elles étaient toutes identiques – et la lui apporta.

— Change-toi, dit-il en lui tendant la robe.

Elle la prit.

— Tu dois avoir faim. Le dîner va arriver d'une minute à l'autre.

Raphaël se dirigea vers la sortie et Maria le suivit des yeux. Avant de refermer les portes du dressing, il pivota et croisa son regard un bref instant. Puis ses pas s'éloignèrent. Quand elle fut certaine qu'il ne pourrait plus l'entendre, elle laissa échapper un soupir étranglé et se laissa tomber sur le lit, tout au bord. Elle fouilla la pièce des yeux, s'efforçant de comprendre ce que tout ça signifiait. L'opulence des lieux, des meubles... Mais elle sentait encore les mains de Raphaël la plaquer contre le mur du club et lui couper la respiration. Maria resta assise sur le lit, ferma les yeux et pria.

Aidez-moi, s'il vous plaît, demanda-t-elle à Dieu. *Suis-je ici pour le guider vers Votre grâce ? Suis-je ici pour trouver du bon en lui, pour l'amener vers la lumière ?* Maria refoula le souvenir du moment où il l'avait étranglée et se concentra sur celui où il l'avait protégée, en la pressant contre le mur pour empêcher ses frères de la voir. Une drôle de chaleur se déploya dans sa poitrine. Elle ferma plus fort les paupières, la vague de chaleur se répandit dans tout son corps, comme une couverture qui recouvrait son être. Elle sourit et bascula la tête en arrière. Maria était certaine que c'était un signe du Seigneur. Il lui confirmait que si elle était là, c'était pour ça.

Sauve-le, songea-t-elle. *Tu es ici pour le sauver. Par tous les moyens. Tu es ici pour sauver son âme damnée.*

Maria entendit un coup discret à la porte des quartiers de Raphaël. Il fut aussitôt suivi d'une odeur de nourriture, qui s'infiltra sous les portes closes de la penderie. Le ventre de Maria gargouilla. Toutefois elle n'était pas sûre d'être capable d'avaler quoi que ce soit. Elle avait l'estomac noué. Elle ne comprenait pas Raphaël. Il était violent, oui. Et pourtant il l'avait épargnée. S'il avait voulu sa mort, il aurait pu l'étrangler pendant quelques secondes de plus. Et sa façon de se comporter maintenant... Sa gentillesse, ses sourires, cette chambre... Il la faisait se sentir en sécurité.

La foi de Maria n'avait jamais été autant mise à l'épreuve.

La porte des quartiers de Raphaël se referma, elle se débarrassa rapidement de son T-shirt pour enfiler la robe blanche. Elle observa son reflet dans le miroir sur pied qui était appuyé contre le mur. Maria déglutit avec peine. Son corps était presque entièrement dissimulé. Mais même si le tissu était plus opaque qu'elle l'avait cru au départ, elle distinguait les contours de ses seins, le rose foncé de ses tétons. Elle se retourna et passa ses mains tremblantes sous ses cheveux, le long de son dos pour les ramener devant. Le soulagement l'envahit, sa peau était désormais couverte jusqu'au col de la robe. Il ne remontait pas très haut sur son cou et affichait un décolleté en V, exhibant ainsi ses omoplates. Néanmoins il dissimulait ce qui la faisait tant souffrir, ce que cachaient ses longs cheveux.

— Petite rose ? l'appela Raphaël de l'autre côté de la porte. Les plats sont arrivés. Viens manger.

Maria cilla, et lança un dernier regard au miroir. Elle pouvait y arriver. Il le fallait. C'était la volonté de Dieu.

Elle ouvrit la porte du dressing. De la musique s'élevait d'une pièce au-delà de la chambre. Elle suivit les hymnes familiers qu'elle chantait à l'église. C'était une version sans paroles, avec des voix douces qui fredonnaient en harmonie, tout juste assez fort pour noyer ce silence tendu.

Quand elle franchit l'arche menant à ce qui ressemblait à un salon, Maria s'arrêta. Raphaël se tenait à côté d'une grande cheminée. Une table avait été dressée pour deux. Il y avait des assiettes, surmontées d'une cloche argentée, et de hauts candélabres au centre. Raphaël contemplait les flammes et ne s'était pas rendu compte de son arrivée. Alors elle se permit de l'étudier. Il n'avait pas changé. Il portait encore son pantalon en soie et était torse nu. Ses cheveux sombres retombaient devant ses yeux, l'empêchant de voir son visage. Il était appuyé au manteau de cheminée en marbre, et serrait le poing. Il semblait si jeune, à la lueur orangée apaisante des flammes… Innocent et pur. La perfection d'un archange. Comme son homonyme.

La théologie expliquait que l'archange Raphaël était un grand guérisseur. Maria n'éprouvait que de la tristesse face à l'ironie de la situation. Ce Raphaël-là ne voulait que tuer. Le contraire de ce que symbolisait son nom...

Raphaël dut sentir la présence de Maria, car il tourna la tête. Elle était debout sur le seuil. Il écarquilla les yeux, entrouvrit les lèvres. Maria fut certaine que cette fois, sa réaction n'était pas feinte.

Ses yeux dorés parcoururent tout son corps. Maria était incapable de dire si c'était à cause de la chaleur du feu ou de sa façon de la dévorer des yeux dans sa robe blanche, mais une légère rougeur recouvrit les joues mal rasées de Raphaël.

— Tu es belle, dit-il d'une voix rauque.

Maria tenta de ne pas prendre ce compliment à cœur. Cependant on ne lui en avait jamais fait aucun de toute sa vie. Le péché capital de la vanité pointa le vilain bout de son nez dans son âme, elle se sentit honteuse de l'intérêt inattendu de Raphaël et de ce qu'elle ressentait.

Maria baissa la tête, essayant d'échapper au regard trop intense de Raphaël. Elle lissa le tissu blanc si doux de sa robe. Elle était habituée à garder les yeux baissés. À fixer le sol pour éviter d'être distraite. Elle se sentait plus en sécurité comme ça. Quand elle pensait à Dieu et à ses devoirs de nonne, elle ne pensait à rien d'autre. Les démons de son passé étaient trop proches, ils planaient au-dessus de sa tête, prêts à frapper. Elle aimait ça. Elle aimait ce moment, où Raphaël était aux commandes. Son contrôle maintenait ses pensées sombres à distance.

Les pieds nus de Raphaël apparurent dans son champ de vision, il s'immobilisa devant elle.

— Lève la tête, lui ordonna-t-il.

Maria lui obéit. L'expression satisfaite sur le visage de Raphaël fit l'effet d'un baume sur son âme meurtrie. Surprenant. Il leva la main.

Maria tressaillit. Il allait la frapper, elle le savait. Elle se prépara. Mais il écarta la main, sans cesser de l'observer avec un intérêt non dissimulé.

— Je ne te ferai aucun mal, petite rose, lui dit-il d'un ton apaisant.

Maria reprit son souffle et leva les yeux. Raphaël tenait une fleur. Une belle rose, aussi rouge que celles qu'il y avait dans sa chambre. Son estomac se contracta à la vue des pétales de velours, mais elle ne bougea pas quand il se pencha avec prudence et coinça la tige derrière son oreille. Les pupilles de Raphaël se dilatèrent, sa mâchoire se crispa. Il détourna brièvement les yeux, puis son sourire réapparut.

— Là..., dit-il. Maintenant, tu es parfaite.

Il alla se placer derrière l'une des chaises et la tira.

— Assieds-toi, s'il te plaît.

Maria s'exécuta. Elle parcourut la pièce des yeux pendant que sonnait, grâce aux enceintes, le début de son hymne préféré, *Reste avec nous*. Un sentiment de sérénité submergea aussitôt son corps. Elle ne se rendit pas compte qu'elle souriait, jusqu'à ce que Raphaël dise d'une voix râpeuse :

— Tu aimes cette chanson ?

Maria revint au moment présent. Les harmonies du chœur illuminèrent son cœur et l'emplirent de joie.

— Oui.

— Ça me rappelle mon enfance, dit-il.

Maria fut stupéfaite que Raphaël, de lui-même, évoque ça. Il n'ajouta rien. Difficile de déterminer s'il s'agissait de bons ou de mauvais souvenirs.

— Du vin ? lui proposa-t-il.

Il leva la bouteille et lui servit un verre, s'empressant de changer de sujet. Maria ne buvait jamais d'alcool en dehors de la communion. Mais elle était ici pour soigner Raphaël. Elle suivrait son exemple de. Se conformerait à ses règles.

Maria but une gorgée de vin. Il était bon. Un vin cher, sans doute. Raphaël souleva la cloche qui surmontait l'assiette devant elle.

— Mange, lui dit-il en se rasseyant.

Il ne toucha pas à l'assiette qui était devant lui et se carra dans sa chaise. Il se mit à siroter son vin sans quitter Maria des yeux. Elle prit sa fourchette ainsi que son couteau et commença à manger. Elle se rendit compte qu'elle était affamée, elle ne savait pas quand elle aurait à nouveau l'occasion de se remplir l'estomac.

Elle mangea en silence, avec en fond sonore les beaux hymnes harmoniques et le crépitement du feu. Quand son assiette fut vide, Raphaël débarrassa les plats et remplit à nouveau son verre. Maria sentait ses joues s'empourprer sous l'effet de l'alcool. Pourtant elle accueillit avec joie cette sensation apportée par le vin. Il l'enveloppait d'une torpeur bienvenue, tout en atténuant ses inhibitions.

Elle était sûre qu'elle en aurait besoin, avec cet homme.

— Dis-moi, commença Raphaël en se redressant sur sa chaise, tu es encore d'accord pour jouer ?

Maria cessa un instant de respirer, mais dissimula bien vite la pointe de peur qui venait de la traverser et acquiesça.

— Oui, murmura-t-elle en posant son verre sur la table.

Pour le sauver, elle devait l'atteindre en s'éloignant de ce qu'elle était.

La luxure.

Ça devrait passer par la luxure.

Raphaël sourit. Maria fut certaine que son sourire pourrait suffire à illuminer les plus sombres profondeurs de l'Enfer.

— Je suis content de l'entendre.

Maria hocha à nouveau la tête, cette vague de chaleur qui lui était désormais familière flottait de nouveau dans sa poitrine.

— Mais on doit établir des règles, petite rose.

Maria s'obligea à contrôler sa respiration. Elle garda les yeux baissés. C'était naturel, pour elle ; elle faisait ça depuis des années, d'abord en tant que postulante, puis que novice. Ça l'aidait à cacher sa peur.

— Maria, regarde-moi.

Elle s'exécuta. Il sourit à nouveau, et l'effet fut aussi dévastateur que la fois précédente.

— Tu vas être douée pour ça, petite rose. Tu es déjà très réceptive. À mes ordres.

Raphaël posa les mains sur la table.

— Tu dois te demander ce que j'attends de toi, non ? Ce que j'entends par « jouer » ?

Maria hocha la tête et croisa les mains sur les genoux.

— La soumission, dit Raphaël.

Le cœur de Maria rata un battement.

— Ta soumission totale envers moi, ajouta-t-il d'une voix grave.

Maria sentit ses joues s'enflammer.

— Je veux que tu sois suspendue à mes lèvres, Maria. Que tu te donnes à moi de toutes les manières possibles. Oublie le monde extérieur. Oublie qui tu étais avant de me rencontrer au club.

Raphaël s'humecta les lèvres. Maria se concentra sur sa langue, incapable de faire autrement.

— Tu vas renaître dans cette suite. Tu t'épanouiras plus que jamais sous mes instructions, sous mes attentions. Je vais t'emmener vers des sommets que tu n'as jamais imaginés, même dans tes fantasmes les plus intenses.

Maria écarquilla les yeux en écoutant les promesses vibrantes d'interdit de Raphaël. Elle reporta son attention sur son torse nu. Les flammes du feu dansaient de manière séductrice sur sa peau olive. Des tatouages recouvraient ses bras, sa poitrine et son ventre. Des représentations de femmes en proie aux affres de la passion, qui hoquetaient de plaisir, les lèvres entrouvertes. Des cordes épaisses qui emprisonnaient des cœurs, les serraient tant qu'ils n'étaient plus capables de battre. Des amants enlacés en pleine extase. Maria se figea en découvrant le bouquet de roses sur ses épaules. D'un côté, elles étaient rouge vif, comme celle dans ses cheveux. Leur tige verte montrait qu'elles étaient bel et bien vivantes. Mais de l'autre... Elles étaient aussi noires que les plumes d'un corbeau, Les tiges couvertes d'épines, mortelles, se déployaient comme du lierre toxique et s'enroulaient autour de son cœur.

Le motif d'épée et d'ailes d'ange formait un contraste frappant avec les œuvres d'art érotiques qui léchaient le reste de sa peau bronzée. Elle se demanda sa signification. Il était tellement en décalage avec les autres dessins qu'il devait avoir une importance particulière. Et sa texture semblait différente. Comme si ce n'était pas du tout un tatouage, mais qu'il avait été gravé dans sa peau, brûlé au fer rouge. Comme si le métal avait été incrusté dans sa chair avant d'être encadré d'encre noire, lui donnant ainsi l'aspect d'un tatouage.

— Je vais te faire ressentir des choses, petite rose. Des choses que tu n'as jamais imaginées.

Raphaël se mordilla la lèvre inférieure. Il faisait ça souvent, Maria l'avait remarqué depuis son arrivée au manoir. Ce n'était qu'un tic, mais ça lui semblait sensuel, et ça l'attirait comme une offre de salut à un pécheur.

— Tu n'as qu'à dire oui. Je veux ton consentement, petite rose...

Il sourit.

— Puis ton âme.

Raphaël prit une gorgée de son vin rouge avec nonchalance. Difficile de croire en le voyant qu'il ne venait pas de négocier le prix de son âme comme le Diable en personne. Mais ses yeux dorés fixaient Maria, la mettant au défi d'accepter. Elle baissa les yeux sous la force et le poids de son regard. Maria vit la blancheur de sa robe. La couleur de la pureté.

Raphaël lui avait donné une robe blanche, il savait qu'elle était vierge. Ses forces vacillèrent un instant.

Sa chasteté était son vœu ultime à Dieu. La seule chose qu'on ne lui avait pas prise. La seule fois qu'elle avait porté du blanc ces dernières années, c'était quand elle s'était donnée à l'Église, quand elle avait épousé Jésus en présence du Père Quinn. Et maintenant, Raphaël lui proposait des plaisirs qu'elle n'avait jamais désirés.

Peut-être que sa chasteté serait un remède à la luxure insatiable de Raphaël ? Sa pureté constituerait-elle le pain sacré qui pourrait satisfaire son appétit vorace de tuer ? Était-ce pour ça que Dieu l'avait placée sur sa route ? Pour ça qu'elle était la seule à pouvoir lui offrir une chance de rédemption ?

Maria se rappela la proposition de Raphaël. Elle se répéta chacun des mots qu'il avait prononcés. En était-elle capable ? Pouvait-elle se donner à cet homme ? L'accueillir ?

Elle pensa à sa vie de nonne. À ses croyances, à sa vocation… Elle aimait aider les autres. Elle ne vivait que pour aider les gens dans le besoin. Et qui avait plus besoin d'aide qu'un tueur ? Un homme qui n'avait aucun scrupule à priver un autre de la vie ? Ne méritait-il pas le salut, lui aussi ?

Cette vague de chaleur, qui ne pouvait venir que de Dieu, envahit à nouveau sa poitrine, lui donnant la réponse qu'elle cherchait désespérément.

Et il lui demandait la permission. Malgré tous ses péchés, tous les actes malveillants qu'il était prêt à commettre sans hésiter, Raphaël lui avait demandé son avis.

Il ne la prendrait pas sans son consentement.

Cependant elle savait au fond de son cœur que si elle refusait, il la tuerait sans doute avant qu'elle ait l'occasion d'en appeler à ce qu'il y avait de bon en lui. Avant qu'elle ait pu lui montrer l'amour des autres. Lui montrer qu'il n'avait pas besoin de tuer.

— Oui, murmura Maria, presque comme si Dieu avait pris le contrôle de son corps et parlé pour elle. J'accepte. J'accepte ta volonté.

Le silence s'abattit dans la pièce pendant plusieurs secondes.

— Bonne petite rose, soupira Raphaël, tu ne le regretteras pas.

Il se leva et posa son verre de vin sur la table. Il tendit la main, un geste chevaleresque. Maria la prit. Que sa main était petite comparée à la sienne ! Son estomac se tordit quand elle se rendit compte que Raphaël pourrait la tuer sans efforts. Elle était fine, minuscule même, à côté de lui. Il la fit pourtant lever de sa chaise avec la délicatesse d'un murmure.

Raphaël la guida vers sa chambre. Le fauteuil rouge où il lui avait brossé et séché les cheveux était encore au bout du lit. Il la fit asseoir. Puis il la contourna et s'accroupit pour être à sa hauteur et planter les yeux dans les siens. La pièce était plongée dans une semi-pénombre, les rideaux tirés empêchaient la lueur de la lune de s'infiltrer à l'intérieur.

Il se mit à enrouler la ficelle autour de son doigt. C'était un geste si naturel que Maria devina qu'il s'agissait d'une habitude, il l'effectuait sans même en être conscient.

— Tu es à moi, maintenant, Maria. Est-ce que tu l'acceptes ? Dis-le-moi une dernière fois.

— Oui, murmura-t-elle. Je l'accepte.

C'était la vérité. Elle l'acceptait. C'était ce qui devait arriver. Elle en était convaincue.

Les yeux de Raphaël s'embrasèrent.

— À partir de maintenant, tu feras tout ce que je te dis.

Ses joues rosirent. Son torse ferme se tendit encore plus, faisant saillir ses muscles. Ce pouvoir… Son consentement lui donnait du plaisir. Raphaël grogna entre ses dents. Il rejeta la tête en arrière et ferma les yeux. Les tendons de son cou ressortirent, les tatouages de rose qui remontaient sur sa gorge se mirent à danser comme s'ils étaient secoués par la brise.

Elle remua sur son siège, un picotement lui remonta le dos. Maria était ici pour Dieu. Parce qu'elle était une nonne et qu'on lui avait donné pour mission de sauver une âme. Mais l'excitation si inhabituelle qui la consuma quand elle remisa son devoir religieux pour n'être qu'une femme la surprit. Elle n'avait encore jamais eu d'amant, n'avait jamais été touchée de manière sexuelle… mais son corps vibrait d'électricité quand Raphaël était tout près, les yeux révulsés de plaisir. Maria ne savait comment l'expliquer. C'était inattendu. Elle avait l'impression de sortir d'un long sommeil.

Raphaël avait du mal à respirer, et un grondement s'échappa de ses lèvres rouges. Il y passa sa langue, humidifiant sa bouche. Maria ne comprenait pas ce qui lui apportait tant de plaisir. Toutefois, en baissant les yeux, elle vit qu'il tirait sur la ficelle si fort que son doigt en était bleu. Elle ne voulait pas regarder, mais sous ce doigt, il y avait une bosse bien visible dans son pantalon. Le tissu fin ne cachait rien du tout ; cette soie noire ne permettait aucune pudeur. Maria prit une inspiration tremblante en remarquant les contours proéminents de son érection. Elle écarquilla les yeux.

Puis elle détourna le regard, se concentrant sur ses mains croisées à elle, sur ses genoux. Quand elle releva enfin la tête, Raphaël avait les yeux rivés sur elle. Ses pupilles étaient dilatées à cause de son excitation. Il se rapprocha et attrapa les accoudoirs du fauteuil. Maria sentit sa dureté effleurer son genou. Elle déglutit avec difficulté. Elle était trop inexpérimentée pour savoir quoi faire, comment se comporter.

— À partir de maintenant, tu m'appelleras Seigneur.

Maria releva vivement les yeux vers Raphaël, stupéfaite.

— Dans cette chambre, petite rose. Je suis ton Seigneur. Je suis ton Dieu et ton sauveur. Je suis ton professeur et ton guide.

Il leva la main et fit courir son doigt le long d'une mèche de cheveux. Le doigt, que la ficelle étranglait, passa près de son cou, de son épaule, avant de longer la courbe de son sein. Sans pouvoir se retenir, elle hoqueta et ferma les yeux. Quand elle les rouvrit, Raphaël l'observait, comme si elle était la créature la plus fascinante sur cette planète.

— Tu ne parleras pas, sauf si je te le demande.

Ses instructions étaient strictes, mais il avait parlé d'une voix délicate et douce, comme une plume posée sur un lit de clous.

— Tu fixeras le sol en ma présence.

Raphaël mit le doigt sous son menton pour l'amener à relever la tête.

— À moins que j'aie envie que tu me regardes. Et crois-moi, je vais vouloir que tu le fasses très souvent.

Maria garda le silence. Ses ordres s'enfonçaient profondément dans son cœur. Son ton exigeant lui donnait l'impression que son corps flottait sur la mer Morte. Il apportait avec lui un sentiment de liberté enivrant, qu'elle avait du mal à comprendre. Pourquoi aimait-elle ça à ce point ?

— Est-ce que tu comprends, petite rose ?

— Oui, murmura Maria en détournant à nouveau les yeux.

Son cœur accéléra quand elle vit son érection. Son membre de taille non négligeable était pressé contre le tissu de son pantalon. Elle prit une goulée d'air. Son inexpérience sexuelle n'avait jamais été plus évidente qu'à cet instant.

— Oui qui ?

Cette fois, Raphaël avait parlé d'une voix plus dure, avec une pointe d'agressivité. Un sillon de feu parcourut le dos de Maria.

— Oui, mon Seigneur, s'empressa-t-elle de corriger.

Raphaël se figea, puis sa bouche s'approcha de l'oreille de Maria.

— « Mon » Seigneur… Ce n'est pas ce que je t'ai demandé de dire, si, petite rose ?

Maria paniqua, elle s'était trompée, mais avant qu'elle ait pu demander pardon, Raphaël laissa échapper un souffle saccadé.

— Mais je préfère, c'est mieux comme ça. Mon Seigneur. Ton souverain, ton sauveur. Ton monde.

Raphaël caressa sa lèvre inférieure de son doigt emprisonné par la ficelle. Le pouls de Maria palpita.

— Répète.

— Mon Seigneur, murmura-t-elle.

Le souffle de Raphaël se bloqua dans sa gorge.

— Gentille fille, dit-il. Ces mots ne sont-ils pas parfaits, quand ils sortent de tes jolies petites lèvres ?

— Oui, mon Seigneur, répéta-t-elle.

La peau de Raphaël luisait de sueur, ses muscles tressaillaient à chaque mot qu'elle prononçait, à chaque mot qui trahissait son obéissance.

— Tu ne feras rien sans ma permission, petite Maria. Et je ne me répéterai pas. Jamais. Tu m'écouteras tout le temps. Si je dois me répéter, il y aura des conséquences. Est-ce que c'est compris ?

— Oui, mon Seigneur.

Un sourire aveuglant étira les lèvres de Raphaël, il était ravi. Il desserra la ficelle autour de son doigt et les tendons de son cou disparurent, ainsi que la tension dans sa voix.

— Si on fait quelque chose dont tu n'as pas envie, contente-toi de dire « rose rouge » et je m'arrêterai. C'est compris ?

— Oui, mon Seigneur.

Raphaël se leva et contourna son fauteuil. Maria se demanda ce qu'il faisait, jusqu'à ce qu'elle sente une brosse passer dans ses cheveux.

— Tous les jours, après le petit déjeuner, tu prendras une douche. Tu te laveras les cheveux et tu enfileras l'une des robes que je t'ai apportées. Ensuite, tu t'assiéras dans ce fauteuil et tu m'attendras. C'est compris ?

— Oui, mon Seigneur.

— Je vais prendre soin de toi, petite rose. Je te brosserai les cheveux, je les sécherai et je les ornerai d'une jolie rose.

Maria dissimula sa perplexité. Pourquoi voulait-il tout ça ? Pourquoi prenait-il la peine de se soucier d'elle ? Néanmoins elle garda le silence. Il ne lui avait pas donné la permission de parler.

Raphaël lui brossa les cheveux jusqu'à ce que tous les nœuds soient défaits. Elle se figea quand il se mit à fredonner. Cette douce mélodie pénétra jusqu'au plus profond de ses os. Pendant que la brosse lissait ses mèches, le ventre de Maria se serra. Elle reconnaissait cette chanson. Ça semblait si naturel, sortant de ses lèvres, qu'elle n'était pas sûre qu'il en ait conscience.

Ring around the Roses. La chanson que fredonnait Raphaël était *Ring around the Roses*. Cette comptine enfantine emplit son cœur d'un mélange de compassion et d'appréhension. De la compassion pour l'homme qui chantonnait une comptine d'un air si triste que les larmes lui piquaient les yeux. Et de l'appréhension à cause du thème de cette comptine.

La mort.

Il fredonnait une comptine enfantine sur la mort.

Sans remarquer sa détresse, Raphaël posa la brosse, puis vint se placer devant elle et la fit lever.

— Mais il est tard, tu as eu une longue journée.

Le soulagement envahit Maria, même si une sensation tenace au fond de son cerveau lui fit froncer les sourcils. Elle était soulagée. Elle était épuisée. Et elle était dépassée à l'idée de ce qui l'attendait. Or, malgré tout cela, elle était un peu déçue.

Maria mit ça sur le compte de son besoin d'aider cet homme. De l'aider à combattre les ténèbres au fond de lui.

Raphaël l'accompagna jusqu'à sa chambre. Il s'arrêta devant la porte et mit sa main sur sa bouche. Sans la quitter des yeux, il déposa un baiser au dos de sa main.

— Dors, petite rose, dit-il avant de se retourner.

Il ne partit pas tout de suite et mit la paume à plat sur le battant.

— La porte doit rester ouverte. Ne t'avise pas de la fermer. Je veux pouvoir te voir en permanence.

Il la regarda, attendant sa réponse.

— Oui, mon Seigneur.

Raphaël ferma les yeux et prit une grande inspiration.

— Dors bien, petite rose.

Une fois devant le lit, Maria écarta la couette. Elle éteignit la lampe. Cependant, depuis son lit, elle voyait Raphaël qui se déplaçait dans la pièce principale. Elle l'entendit verrouiller la porte, pour qu'elle ne puisse plus s'échapper. Il se dirigea vers son lit, retira son pantalon et se glissa sous les draps. La pénombre l'empêcha de voir ses parties intimes, mais elle avait le souffle court à l'idée qu'il était nu de l'autre côté de la pièce.

Elle eut du mal à trouver le sommeil. Elle avait l'impression qu'elle venait tout juste de fermer les yeux quand, soudain, un rugissement de douleur la réveilla. Maria se figea, paralysée par la peur. Mais d'autres plaintes et des « non » s'élevèrent de la pièce principale.

Raphaël.

Maria s'obligea à bouger, elle se redressa pour jeter un coup d'œil dans la chambre. Raphaël s'agrippait aux draps noirs de son lit et se tortillait dans tous les sens, comme si quelque chose le clouait sur place et lui faisait du mal. Maria repoussa sa couette et se leva. Elle alla jusqu'à la porte sur la pointe des pieds. Elle se retint à l'encadrement, ignorant les tremblements qui secouaient son corps.

Elle plissa les yeux pour tenter de mieux voir dans la pénombre. Elle aperçut l'ombre de Raphaël qui se débattait. Il poussait des cris de douleur indescriptibles. Sa terreur lui transperça le cœur comme une flèche, le faisant voler en éclats. La souffrance de Raphaël était évidente. Ses cris rauques étaient la manifestation physique de la douleur qui vivait en lui et le torturait. Maria traversa la pièce en silence. Son cœur se déchaîna tel une tempête dans sa poitrine quand elle vit son visage. Des larmes. Des larmes coulaient sur ses joues. Son beau visage était grimaçant, il serrait les dents et avait le cou tendu.

Maria avait du mal à respirer. La Mère Supérieure lui disait toujours qu'elle ferait une bonne nonne parce qu'elle éprouvait de l'empathie pour les autres. En cette seconde, alors qu'elle regardait cet homme sur le lit, rongé par ses rêves obscurs, elle sut que sa Mère Supérieure avait raison.

Quand Raphaël lâcha un autre cri horrible, Maria s'obligea à retourner dans le dressing, le cœur au bord des lèvres. Il n'était pas prêt à ce qu'elle le touche, le réconforte. Elle devait lui laisser les commandes. Le laisser venir à elle quand il serait prêt. Elle attendrait.

Tout le monde méritait qu'on prenne soin de lui, même le plus pécheur des hommes. C'était ce qu'elle allait faire.

Alors au lieu d'offrir à Raphaël le réconfort dont il avait tant besoin, elle ferma les yeux. Ses jambes cédèrent et elle tomba sur le sol. Maria ramena ses genoux contre elle et les emprisonna de ses bras. Ses larmes commencèrent à couler. Parce qu'elle connaissait cette douleur. Elle connaissait les démons qui rampaient en vous pour affleurer dans votre conscience pendant que vous dormiez. Ces cauchemars qui semblaient si réels, qui nous faisaient revivre l'horreur et l'agonie des moments les plus sombres, encore et encore.

Raphaël lâcha un autre grognement tourmenté et Maria appuya l'arrière de son crâne contre l'encadrement de la porte pour pleurer. Elle vivait avec la douleur de son passé depuis des années, sans personne pour comprendre que ça la consumait, que ça menaçait de détruire tous les progrès qu'elle avait pu faire. Si son empathie était réelle, c'était grâce à l'expérience de ses propres traumatismes.

Les cris et les plaintes de Raphaël se prolongèrent pendant une bonne partie de la nuit, et Maria se demanda s'il pouvait comprendre… S'il pouvait encore éprouver de la compassion pour les autres ou si cette partie de son âme était perdue. Était-il capable d'aimer ? Connaissait-il cette émotion ?

Quand le silence se fit enfin dans la pièce, Maria se leva et revint vers Raphaël sur la pointe des pieds. Il dormait désormais à poings fermés, les draps enroulés pêle-mêle autour de lui, préservant ainsi la pudeur de Maria. Son front était humide et il avait des cernes foncés sous les yeux. Maria tendit machinalement la main et ses doigts effleurèrent les douces mèches de cheveux noirs qui retombaient toujours devant les yeux de Raphaël. Elle écarta la main, mais ne bougea pas. Ses pieds étaient comme plantés dans le sol. La douleur qu'elle éprouvait dans sa poitrine la poussait à veiller sur cet homme, ce tueur.

Parce que Maria n'avait jamais rencontré quelqu'un comme lui. Elle n'avait jamais rencontré quelqu'un qui était, lui aussi, tourmenté par des cauchemars qui avaient l'air si réels qu'ils vous dévastaient. Quand Raphaël roula sur le ventre, Maria contempla les cicatrices qui couvraient son dos. Elle ferma les yeux et sentit ses cicatrices à elle la brûler.

Est-ce pour ça que je suis ici ? demanda-t-elle à Dieu en silence. *Parce que je comprends ?* Elle ouvrit les yeux et regarda Raphaël. *Quelqu'un qui vit dans l'ombre et quelqu'un qui vit dans la lumière, deux êtres qui entrent en collision. Qui peuvent partager le poids de leur passé… et guérir ?*

Cette vague de chaleur désormais familière vibra dans la poitrine de Maria. Elle sut que c'était la vérité. Elle repartit dans son lit et se coucha.

Son devoir envers Raphaël commencerait le lendemain matin. Elle ne s'attarda pas sur l'étincelle d'excitation dans son cœur. Elle se contenta de remettre sa vie entre les mains de Dieu et s'endormit.

CHAPITRE 8

Un membre du personnel apporta le repas dans la suite, le bruit réveilla Maria. Elle cligna des paupières à cause de la lumière. Elle étira ses muscles et se redressa, juste à temps pour voir apparaître Raphaël dans l'embrasure de la porte.

Ses cheveux noirs étaient humides, il avait déjà pris sa douche. Ses yeux dorés brillaient, et sans les larmes séchées sur ses joues, Maria aurait douté d'avoir assisté à ses cauchemars.

Son sang se mit à bouillir dans ses veines et elle baissa les yeux dès qu'elle fut assez éveillée pour se souvenir des règles.

— Ma belle petite rose, la complimenta Raphaël.

Ces louanges résonnèrent jusque dans les os de Maria.

— Tu as le droit de me regarder jusqu'à ce que tu aies mangé et pris ta douche. Après, c'est fini.

Maria obéit.

— Viens.

Elle suivit Raphaël dans la pièce où ils avaient mangé la veille au soir. Une assiette sous une cloche l'attendait. Raphaël avait une tasse de café à la main, et l'odeur forte et réconfortante du breuvage apaisa en partie sa nervosité. Il avait sans doute déjà mangé.

Comme la soirée précédente, il tira une chaise pour l'inviter à s'asseoir. Elle mangea vite et en silence. Ça ne la dérangeait pas. C'était ce qu'elle faisait tous les jours au couvent. Raphaël débarrassa les plats, puis lui tendit la main et la conduisit à la salle de bains. Il écarta ses cheveux de son épaule et lui murmura à l'oreille :

— Quand tu ressortiras, les règles s'appliqueront.

Maria hocha la tête, en fermant les yeux. Son souffle chaud lui provoqua un long frisson dans le dos.

— Tu te souviens de ce que tu dois faire en premier ?

— Oui, mon Seigneur.

— Bien. Alors vas-y.

Les jambes de Maria flageolaient alors qu'elle prenait sa douche. Une robe l'attendait dans la salle de bains, suspendue à la porte. Après avoir lavé son corps avec soin et rasé tous ses poils, elle l'enfila.

Son pouls battait à un rythme entêtant quand elle ouvrit la porte. Comme promis, Raphaël l'attendait. Il était assis sur le fauteuil rouge et portait le même pantalon de pyjama en soie noire que la veille. Il était torse nu. Il se leva et se plaça derrière le fauteuil en silence. Il attendait. Maria baissa les yeux et s'assit, les mains sur les genoux. Raphaël commença aussitôt à lui brosser les cheveux.

— *Ring around the Roses*, fredonna-t-il doucement.

Cette mélodie lancinante résonna au plus profond de son cœur, lui provoquant de nouveaux frissons dans le dos. Le corps de Maria était fatigué, mais son esprit était bien réveillé, et elle se demanda ce qui allait se passer dans les heures qui suivraient.

Elle prit une grande inspiration et expira lentement. Elle était prête. Dieu était avec elle.

L'air chaud du sèche-cheveux caressa ses épaules tendues, dénouant ses muscles pendant que la voix douce de Raphaël la berçait. Elle ferma les yeux et savoura ce moment. Quand Raphaël eut brossé la dernière mèche de ses cheveux, il se mit devant elle. Elle garda les yeux baissés.

— Lève la tête.

Maria obéit, et vit Raphaël aller vers un bouquet de roses fraîches posé sur une commode, à l'autre bout de la pièce. Cette fois, les roses étaient d'un rose foncé. D'où sortaient-elles ? Raphaël prit la plus grosse fleur et coinça la tige dépourvue d'épines derrière son oreille. Quand il s'écarta, le petit sourire qui étirait ses lèvres disparut et il lui ordonna d'un ton sévère :

— Monte sur mon lit.

La respiration de Maria s'accéléra. Elle joignit les mains, comme si elles étaient encore cachées sous sa robe de nonne. Elle s'empressa de se lever. Raphaël ne voulait pas qu'elle le fasse attendre. La moquette, d'un rouge sang saisissant, était douce sous ses talons et ses doigts de pied. Puis le rouge laissa place au noir quand elle arriva à côté du lit. Elle vit les pieds de Raphaël à côté des siens. Il ne prononça pas un mot et attendit qu'elle grimpe sur le matelas. Maria s'assit tout au bord et garda la tête baissée.

Raphaël disparut de son champ de vision. Quand il réapparut, une pointe de nervosité parcourut le corps de Maria.

— Allonge-toi au milieu du lit, lui ordonna Raphaël d'une voix rauque.

Ce timbre grave résonna dans ses oreilles et s'infiltra dans toutes les cellules de son corps. Maria recula et s'allongea au milieu du matelas. Elle garda les yeux baissés, mais quand le matelas s'affaissa, elle sut que Raphaël s'était rapproché. Les draps de lit noirs étaient imprégnés de son parfum d'eau salée. L'odeur l'enveloppait comme un cocon, et étrangement, cela chassa une partie de son malaise.

— Dis-moi, dit Raphaël en chevauchant le bas de ses jambes.

Il ne la toucha pas, mais ça n'empêcha pas le cœur de Maria de se mettre à battre très vite quand elle le vit au-dessus d'elle.

— Est-ce que quelqu'un t'a déjà touchée ?

Des images sinistres de chaînes et d'espaces oppressants, noirs comme la nuit, assaillirent son esprit. Comme une thérapie par l'aversion, elle fut projetée cinq ans en arrière. Une sueur froide lui recouvrit la peau, un étau lui comprima la poitrine. Elle sentit son corps remuer dans le petit espace, la panique prendre le contrôle. Elle ferma les yeux et, même si elle faisait tout son possible pour lutter, elle eut soudain l'impression d'une chute sans fin dans les ténèbres. Elle dégringola dans cet enfer auquel elle croyait ne jamais échapper. Elle était piégée. Les murs se refermaient autour d'elle et ses ongles se cassaient à force de griffer les murs en métal...

— Ouvre les yeux.

L'ordre brutal de Raphaël la tira de son cauchemar et la fit revenir dans la pièce à l'éclairage tamisé. Quand sa vision s'éclaircit et qu'elle parvint à refouler les larmes qui menaçaient de couler, elle vit le torse nu de Raphaël au-dessus d'elle. Ses yeux dorés fixaient son visage avec un intérêt non dissimulé. Maria s'efforça de reprendre son souffle, mais ses poumons refusaient de fonctionner. Elle s'agrippa aux draps pour se raccrocher à quelque chose.

— Respire.

À la seconde où cet ordre sortit de la bouche de Raphaël, le corps de Maria se relâcha et le poids sur ses poumons s'envola. Elle plongea dans les yeux du jeune homme et prit une profonde inspiration.

Raphaël pencha la tête sur le côté. Une intense curiosité dansait sur son beau visage.

— Intéressant, dit-il à voix basse.

Il avait parlé pour lui-même. Il reporta son attention sur son cou et, lui touchant légèrement le menton, lui fit tourner la tête.

— Tu n'arrivais plus à respirer, ton pouls s'est mis à battre très vite, dit-il en effleurant ses pulsations toujours rapides du bout du doigt. Ton cou est si doux, la peau si claire, que j'en voyais le moindre mouvement.

Les narines de Raphaël se dilatèrent.

— C'était beau. Tu as un cou parfait, petite rose.

Il s'agenouilla, Maria était perdue. Sans quitter son cou des yeux, il lui reposa la question, non sans l'avoir corrigée avec ce qu'il venait d'apprendre :

— As-tu déjà été touchée de manière sexuelle ?

Maria sentit son pouls se remettre à pulser. Elle déglutit, trahissant son inexpérience, en voyant son érection tressaillir dans son pantalon en soie. Raphaël fronça les sourcils et planta les yeux dans les siens. Il n'était pas content.

— Je n'ai pas envie de te reposer la question, petite rose. Souviens-toi des règles. Je ne tolérerai pas qu'on les enfreigne.

— Non, mon Seigneur, s'empressa de répondre Maria.

Ça lui valut un hochement de tête approbateur de Raphaël. Le poids qui était revenu sur sa poitrine s'allégea.

— Je n'ai jamais été touchée.

— Hum, fit-il, songeur.

Il pivota pour prendre quelque chose derrière lui. Quand il lui refit face, il avait un objet à la main. Il s'agissait d'une tige noire, dotée à son extrémité de plumes de taille et de largeur variées. Maria entrouvrit les lèvres tandis que Raphaël les faisait glisser entre ses doigts. La ficelle était toujours enroulée autour de son index, qui avait une légère teinte bleutée. Maria était hypnotisée par le mouvement de ces plumes si douces que les mains calleuses de Raphaël caressaient.

— Je vais te toucher, petite rose. On va jouer.

Il mit la main sur sa cheville. Maria sursauta, un homme venait de toucher sa peau virginale. Mais la main de Raphaël était douce, chaude.

Elle commença à remonter peu à peu, la chair de poule recouvrit la peau de Maria sur son passage, comme un vent violent d'hiver effleurant une gorge exposée. Maria s'habituait à peine à la main de Raphaël qu'il l'enleva. Une drôle de sensation vibra au plus profond de Maria. Ses joues s'embrasèrent et elle serra les cuisses à cause de ce chatouillis inhabituel qu'elle ressentait entre les jambes. Raphaël rampa vers elle. Maria garda les yeux baissés, c'était ce qu'il attendait d'elle.

— Regarde-moi.

Maria prit une grande inspiration et elle cilla en voyant les pupilles dilatées de Raphaël. Il pencha la tête, son nez caressa le cou de Maria de son épaule à sa mâchoire. Elle hoqueta. Ses orteils se recroquevillèrent et elle fit tout ce qui était en son pouvoir pour ne pas bouger. Le nez de Raphaël taquina sa joue, ses lèvres effleurèrent son oreille.

— Je vais te faire jouir, petite rose. Te faire jouir très fort.

Maria ferma les yeux et sa poitrine se contracta, il venait de lui faire une promesse charnelle, une promesse vulgaire. Celle-ci s'insinua dans son sang bouillonnant et, comme du charbon, réchauffa son corps de l'intérieur. Raphaël sourit, comme s'il avait conscience de l'effet qu'il avait sur elle. Il se déplaça jusqu'à ce que son visage ne soit plus qu'à un centimètre du sien.

— Je vais regarder la rougeur éclore sur tes joues, comme la jolie rose que tu es.

Raphaël attendit. Que la respiration de Maria se cale sur la sienne. Puis il parcourut son corps des mains, avant de s'attarder sur ses pieds avec déférence. Il revint sur ses cuisses en les chevauchant et attrapa les plumes. Il s'humecta les lèvres, puis approcha les plumes de ses pieds. Elles frôlèrent la peau de Maria, qui hoqueta. Sans pouvoir se contrôler, elle bougea le pied. Raphaël interrompit son geste. Elle ne leva pas les yeux. De l'électricité circulait dans tout son corps, comme si tout son être n'était qu'un amas de fils sous tension et d'étincelles. Ses cellules, qui dormaient depuis si longtemps, qu'elle réprimait même, prirent vie.

— Ne bouge pas, lui ordonna Raphaël.

— Oui, mon Seigneur.

Raphaël gronda. Maria faillit resserrer les cuisses, ce qu'elle éprouvait à ce simple bruit... Cependant elle se retint et prit une grande inspiration. Elle n'avait pas le droit de bouger. Elle sentit à nouveau les plumes l'effleurer, sur le mollet, cette fois. Maria tenta de résister à l'envie de bouger, de réagir au chatouillis des plumes.

— Ma gentille petite rose.

Quelque chose s'embrasa dans son ventre, et une vague de joie submergea son cœur. Le débat intérieur qu'elle menait encore disparut quand Raphaël souleva sa robe. Maria écarquilla les yeux. Son souffle se bloqua dans sa gorge.

— Respire, lui rappela Raphaël.

Les plumes caressaient désormais le bas de ses cuisses.

Il en a besoin, se rappela-t-elle. *C'est ce que tu dois faire pour le sauver.*

Raphaël bougea, les plumes disparurent et soudain, il posa la main sur la bretelle de sa robe. Il serra délicatement le tissu entre son index et son pouce, puis la baissa. La peau de Maria s'embrasa, son corps était de plus en plus exposé et elle savourait la sensation soudaine de l'air frais sur sa peau. La robe disparut ensuite, libérant ainsi sa poitrine. Le mot de sécurité était sur sa langue. C'était sa voie, elle le savait. C'était pour ça qu'on l'avait choisie. Toutefois c'était perturbant... Ces sensations inconnues, ces émotions trop fortes, et Raphaël... Raphaël au-dessus d'elle, son corps large, dominateur. L'effet qu'il avait sur ses sens, sur son cœur...

Pourtant, quand la brise fraîche de la pièce flotta sur sa chair et que Raphaël siffla, comme si la simple vue de sa poitrine nue était trop dure à supporter, elle sut. Elle était là où elle devait être.

Tu peux lâcher prise.

Raphaël a besoin de toi. Il a besoin que ça se passe comme ça. Il a besoin que tu lui fasses confiance, il doit avoir envie de toi… Il doit te voir. Voir la lumière de ton âme.

Alors elle lâcha prise. Elle s'abandonna aux caresses expertes de Raphaël. Son téton durcit à cause de la fraîcheur de la chambre, à cause du regard doré de Raphaël qui ne la quittait pas. Il mit la main sur sa jambe et remonta la robe jusqu'à ce que l'air frais effleure le haut de ses cuisses.

Malgré la fraîcheur de la pièce, un brasier naissait dans son corps. Chacune de ses cellules était embrasée, chacun de ses sens en alerte. Alors quand Raphaël approcha les plumes de sa poitrine et que les mèches douces léchèrent sa peau, Maria gémit. Ce bruit était surprenant, étranger pour elle. Mais les attentions de Raphaël ne ralentirent pas malgré ses gémissements et ses hoquets de surprise. Les plumes dansèrent sur son téton jusqu'à ce que Maria n'arrive plus à reprendre son souffle. Raphaël insista, tournant encore et encore jusqu'à ce qu'elle ait l'impression d'être une bobine enroulée au maximum. Sa bouche s'assécha et elle entrouvrit les lèvres. Les paupières closes, elle se contenta de ressentir.

Une sensation qu'elle ne connaissait pas grandit dans son ventre. Comme une pression. Elle avait besoin de quelque chose. Quelque chose qu'elle ne pouvait décrire, et qui était tout près. Cette sensation s'accrut de plus en plus, ses sens s'aiguisèrent et sa respiration s'accéléra. C'était Raphaël qui tenait les rênes. Néanmoins il écarta la plume, lui refusant le fruit interdit qu'elle désirait.

— Regarde-moi, lui ordonna-t-il.

Son ton avait changé. Il était encore autoritaire et inflexible, n'acceptant aucun refus, mais flottait aussi dans sa voix une note dangereuse, désormais. Comme s'il se tenait en équilibre au bord d'un précipice et qu'il était à deux doigts de perdre le contrôle. Maria lui obéit. Ses pupilles étaient dilatées et il arborait une expression féroce, sauvage, qui aurait dû enlaidir son beau visage. Or c'était le contraire, sa beauté était presque surnaturelle.

— Regarde-moi.

Elle n'aurait pu détourner les yeux, même si elle l'avait voulu. Il s'humecta les lèvres. Ses joues recouvertes d'un voile de barbe étaient rouges. Raphaël leva les plumes et, les yeux rivés aux siens, les baissa vers ses cuisses. Maria prit une brusque inspiration, qui se coinça dans sa gorge quand Raphaël lui écarta délicatement les jambes de sa main libre. Le pouls sur le cou de Maria, qui le fascinait tant, se mit à battre aussi vite qu'un tambour. La respiration de Raphaël s'accéléra, elle aussi, et son torse musclé et mat brilla sous un voile de sueur. Maria n'avait pas besoin de vérifier s'il était excité. Elle le voyait à la rougeur de ses joues et à ses cils baissés.

Il est en train de lâcher prise. Il te sent, il sent la bonté de ton âme.

À cet instant, Maria éprouva quelque chose qu'elle n'avait jamais connu de toute sa vie : la certitude que tout ce qu'elle avait enduré était arrivé pour une bonne raison. Pour cet instant précis. Pour sauver cet homme et le ramener dans les bras de Dieu. Elle était un réceptacle, le serviteur volontaire qui accomplirait cette tâche.

L'air frais de la chambre caressa ses jambes ouvertes, embrassant l'intérieur de ses cuisses et son entrejambe. Maria gémit quand les plumes empruntèrent le même chemin que la brise. Son corps trembla et elle écarquilla les yeux, sans jamais quitter Raphaël du regard. Il fit remonter les plumes de plus en plus haut, elles finirent par effleurer son intimité.

Maria poussa un cri quand elles passèrent sur son clitoris.

— Sens-le, dit Raphaël.

Il fit tourner les plumes encore et encore, là où elle supportait à peine leur contact. Maria s'agrippa aux draps, se raccrochant à ce tissu si doux. Elle avait du mal à se concentrer. Son dos se cambrait, et elle n'arrivait pas à se contrôler. Elle n'avait jamais rien ressenti de tel. Ça l'enveloppait, c'était irrésistible, et provoquait un désir des plus intenses.

Raphaël ne s'en tirait pas beaucoup mieux qu'elle. Les joues rouges et le souffle court, il maintint ce rythme démentiel sur son clitoris tout en venant se placer au-dessus d'elle. Son parfum se drapa autour d'elle, accentuant encore cette sensation de volupté. La chaleur de son corps anéantit la moindre fraîcheur résiduelle qui pouvait encore flotter dans le petit espace qui les séparait.

Maria contempla Raphaël tout du long, son regard plongé dans le sien. La pression grandit dans le bas de son ventre, et elle dut mobiliser toute sa volonté pour ne pas bouger, ne pas balancer des hanches contre les plumes qui la torturaient et faisaient voler son corps en éclats. Elle ne supportait pas cette sensation si inhabituelle, et pourtant, il lui en fallait plus… Beaucoup plus. En silence, elle supplia Raphaël de ses yeux bleus, lui en demandant davantage. Maria accueillit les sensations, abandonna ses craintes et ses problèmes et se donna à cet homme. Cet homme dont la bouche s'approchait de son sein.

Elle poussa un cri, son gémissement de douleur résonna dans toute la pièce quand les lèvres de Raphaël happèrent son téton et le sucèrent. Ses jambes se mirent à trembler. Les plumes remuaient de haut en bas, en cercle, la langue brûlante de Raphaël imitait ces mouvements sur son sein. Il lâcha un grondement rauque qui vibra jusque dans son âme. Elle réprima le besoin insatiable d'enfouir les mains dans ses cheveux ébouriffés, de caresser sa peau olive, de sentir les muscles se contracter sous sa paume. Les yeux de Raphaël restèrent rivés aux siens pendant qu'elle s'élevait de plus en plus haut, vers ce sommet inconnu où les plumes et sa langue voulaient l'amener.

— Jouis, grogna Raphaël.

Cet ordre la traversa comme un édit prononcé par Dieu à l'attention de son cœur. Son corps se raidit et elle explosa en une supernova de petits fragments, qui s'élevaient vers une sérénité béate et merveilleuse. Son corps tressauta et un cri s'échappa de sa gorge, avant d'être attrapé par Raphaël, toujours au-dessus d'elle. Il mit le pouce sur sa lèvre inférieure et aspira ses cris avec ses inspirations rapides.

Maria n'avait pas envie de redescendre. Pas parce qu'elle souffrait ou avait peur, mais parce qu'elle éprouvait le besoin de garder cette sensation plus longtemps, de plonger dans la lueur provoquée par un tas de plumes et une langue chaude. Mais, incapable de se raccrocher à cette nouvelle sensation une minute de plus, elle se mit à dériver vers son corps, légère, renouvelée. Elle revint vers le lit, vers l'homme qui lui caressait les cheveux, son corps pressé contre le sien. Quand le plaisir se dissipa, Maria se sentit changée. Comme une pécheresse qui renaît.

Son corps tremblait. Elle ne savait pas si c'était dû au contrecoup de son premier orgasme ou à cause des regards de Raphaël pendant qu'il lui donnait du plaisir. Comme si elle était la Madone et lui un simple pèlerin en quête d'une aide spirituelle. Une aide qu'elle était la seule à pouvoir lui apporter.

Comme s'il avait besoin de la toucher, Raphaël mit la main sur sa joue en un geste décidé et l'amena à tourner la tête. Maria rougit, cette caresse paraissait sincère. Raphaël sourit, ce qui eut un effet dévastateur sur son cœur. Parce que ce sourire semblait différent de ceux qu'il lui avait adressés avant. Celui-là se reflétait aussi dans ses yeux.

Il était satisfait.

C'était étrange, mais ça la rendit heureuse.

Il tendit la main et, d'un contact aussi timide que les plumes qui lui avaient procuré son premier aperçu du plaisir, il fit glisser son doigt sur sa joue.

— Comme une rose, murmura-t-il.

Puis il se pencha jusqu'à ce que son torse recouvre le sien. Maria hoqueta quand son téton effleura la poitrine nue de Raphaël. Elle ignorait ce qu'il comptait faire. Mais elle ne s'attendait pas au baiser qu'il déposa au coin de sa bouche. Heureusement qu'elle était allongée, sinon ses jambes auraient flanché sous l'effet formidable de ce baiser sur son cœur.

— Tu es belle, petite rose. Je ne pouvais rien demander de plus.

Maria plongea dans ses yeux dorés et crut voir un éclat de bonté s'y refléter. Une petite étincelle de bienveillance, comme la promesse silencieuse de ce que cet homme pouvait être.

Ce n'était pas grand-chose. Cependant c'était un début.

CHAPITRE 9

Son cou délicat. La rougeur sur sa peau pâle. Le voile sur ses yeux bleus.

Parfaite. Elle était parfaite. Tandis qu'il l'observait, Raphaël voyait son rêve devenu réalité. Il imagina ses yeux se voiler, ses paupières cesser de cligner. Ses doux cheveux effleureraient sa joue pendant qu'elle était allongée sur son torse. Tout serait silencieux, après, pas un seul bruit dans la pièce… Le bonheur parfait. La rougeur de ses joues perdurerait, même plusieurs heures après. Elle resterait dans ses bras, son corps encore chaud.

Quand Raphaël releva la tête, il sentit le baiser qu'il avait donné à Maria teinter ses lèvres. Son sexe palpitait dans son pantalon, la cage en silicone étranglait son érection et lui faisait mal. Parfait. Tout était parfait. La strangulation, le corps chaud de Maria à côté de lui. Il se perdit dans la contemplation de ses cheveux. Ils étaient épais et s'étaient étalés sur le matelas quand elle s'était tortillée sur le lit. Mais sa rose était encore à sa place. Raphaël posa une main au bas de son cou et descendit jusqu'à son sein. À la minute où son doigt toucha son téton, Maria hoqueta et ses yeux, qui le fixaient, se voilèrent de désir. Pour quelqu'un d'aussi pur, d'aussi intact, elle avait soif de ses caresses, et elle était esclave de ses doigts. Une sensation étrange naquit dans sa poitrine tandis qu'elle le regardait, paupières mi-closes. Ses lèvres roses...

Raphaël grogna.

Refusant que la rougeur de ses joues disparaisse, il fit descendre sa main de plus en plus bas, par-dessus le tissu fin de sa robe, le long de son ventre, jusqu'à son intimité. Le sexe de Raphaël tressauta. Sa jolie petite rose s'était rasée. Comme la parfaite soumise qu'elle était. Elle était née pour ça, semblait-il. Maria ouvrit davantage les jambes sans même qu'il ait à le lui demander. Raphaël s'immobilisa et releva les yeux vers les siens. Il ne lui avait pas encore demandé de ne plus le regarder. Il n'aimait pas quand ses conquêtes soutenaient son regard trop longtemps. Il fallait qu'il lui ordonne de baisser les yeux ; il allait ouvrir la bouche... malgré tout il se tut. Les mots refusaient de sortir.

Maria le regardait, lèvres entrouvertes, tétons durcis. Sa petite rose paraissait si pure. Pure et bienveillante. Elle l'observait, une lueur étrange dans les yeux, pendant qu'elle sondait son âme noircie. Un ange au lit avec le Diable. Raphaël se passa la langue sur les lèvres, songeur. Il n'avait encore jamais été avec quelqu'un comme elle.

D'intact.

D'immaculé.

De totalement à lui.

Raphaël ne put empêcher la fierté de le submerger à l'idée qu'elle ne connaîtrait que lui. Elle ne quitterait jamais cette suite. Elle porterait son odeur sur sa peau pour l'éternité. Ses caresses, ses baisers la marqueraient à jamais. Elle serait à lui pour toujours.

Toutes les femmes qu'il avait tuées avaient été baisées à outrance. À ses yeux, elles n'étaient pas attirantes. Mais un meurtre était un meurtre, une baise était une baise... Jusqu'à elle.

Jusqu'à la petite Maria.

Elle serra les cuisses, poussant Raphaël à baisser les yeux. Son sexe était humide, il brillait du jus que lui avait offert sa main. D'un geste régulier il caressa ses cuisses à la peau laiteuse et écarta les jambes de Maria pour mieux voir. Elle gémit doucement, s'agrippant aux draps tandis que l'air frais léchait les lèvres soyeuses de son sexe. Raphaël contempla ses joues qui devenaient écarlates. Son sexe était aussi rose que la fleur dans ses cheveux, et son clitoris était épais et enflé. Sa fente se crispa et Raphaël pressa son membre contre le matelas, s'imaginant plonger en elle. La cage étrangla son sexe. Il grogna, la douleur était délicieuse. Ses yeux roulèrent dans leurs orbites quand ses testicules se tendirent. Sa prison de latex lui coupait la circulation et son gland palpitait. Il prit une grande inspiration au milieu de tout ce plaisir, et réprima le besoin de jouir. Il serra les poings, les muscles de son cou se raidirent. Quand il leva la tête, Maria l'observait.

Ses cheveux. Ses longs cheveux blonds formaient une auréole sur l'oreiller. Un ange. Son ange à lui tout seul.

Stop. Il devait arrêter. Il ne gâcherait pas ce meurtre à cause de son impatience. Il ne gâcherait pas la beauté dans son lit, le cadeau que le Diable avait déposé sur le seuil de sa porte. Il la savourerait et s'abreuverait de ses cris d'extase. Il se délecterait de chaque contact entre son corps et ses mains dangereuses. Et il collecterait son plaisir, jour après jour, semaine après semaine, jusqu'à ce qu'elle ne soit plus qu'à lui. Jusqu'à ce que ses sourires soient sans retenue et son amour pour lui absolu, obsessionnel… Jusqu'à ce qu'il soit l'air qu'elle respire.

Lentement. Il devait aller lentement. Il ne fallait pas qu'il effraie sa petite rose.

Il fit courir ses mains le long de l'intérieur de ses cuisses, atteignit son sexe en manque d'attention et, de ses pouces, écarta ses lèvres avec délicatesse. Maria poussa un petit cri. Raphaël releva les yeux pour vérifier qu'elle le regardait encore. Il détestait que ses amantes lui désobéissent. Elle devait obéir à tout ce qu'il lui disait. Il voulait que sa petite rose se souvienne de chaque seconde de ce moment ; sa ruine et l'ascension de son roi, Raphaël. Elle allait regarder sa langue plonger dans sa fente dégoulinante, le regarder détruire son innocence pour la transformer en sa petite chose parfaite, qu'il conserverait pour toujours.

À la grande satisfaction de Raphaël, toute son attention de Maria était concentrée sur lui. Il remonta un peu plus le long de son corps, puis se baissa pour amener sa bouche au-dessus de son clitoris. Pour tester l'ampleur de son besoin désespéré de ses caresses, Raphaël souffla avec douceur sur son sexe palpitant. Du pouce, il effleura son clitoris sensible. Maria hoqueta, sa fente parfaite et vierge se crispant, avide de son sexe. Les yeux de Maria roulèrent dans leurs orbites et ses hanches tressautèrent. Toutefois cette gentille petite rose ne bougea pas. Les chaînes fantômes des ordres stricts de Raphaël l'avaient clouée au lit. Sa volonté était le verrou qui la maintenait docile. Ses paroles en étaient la clef. Un verrou qu'il n'avait aucune intention d'ouvrir… Pour l'instant.

Cela viendrait en temps voulu. Il avait tant d'autres choses à montrer à sa petite rose avant ça. Quand il la prendrait, elle aurait désespérément besoin qu'il la remplisse. Elle miaulerait, halèterait à cause du besoin de le sentir la déchirer.

D'abord, Raphaël devait faire en sorte qu'elle l'aime. Il n'y aurait de place pour personne d'autre dans sa vie. Ni Dieu. Ni Jésus. Juste lui… Son vrai sauveur, l'homme pour qui elle serait prête à se sacrifier… Juste pour lui plaire.

— Tu aimes ça, petite rose ?

La bouche de Maria remua, mais aucun mot n'en sortit. Raphaël immobilisa ses pouces. Une pointe d'agacement le traversa, elle ne lui avait pas répondu. Cependant elle apprenait vite.

— Oui, mon Seigneur, dit-elle. Je… J'aime ça.

Elle avait murmuré ces mots, mais cela suffit à satisfaire le besoin d'obéissance de Raphaël.

— Hum, murmura-t-il.

Il écarta davantage les cuisses de la jeune femme, assez pour pouvoir les maintenir ouvertes avec ses épaules. Il se rendit compte qu'entre les jambes de Maria, la largeur de son corps s'accordait à la perfection. Elle tenta de refermer les cuisses. Il sourit, le regard triomphant. Elle était en train de tomber. De tomber tout au fond de son piège.

Il s'humecta les lèvres, massa les replis du sexe de Maria et donna un coup de langue sur son clitoris. Le cri qui s'échappa de la gorge de Maria fut démoniaque. Son âme d'ange était ravagée par ses méthodes sataniques. Malgré cela, elle veilla à rester immobile. Ses yeux trahissaient son ivresse, mais elle les garda rivés sur lui. Sa peau pâle était aussi blanche que les ailes d'un ange. Ses iris bleus avaient la couleur des vêtements de la Madone. Néanmoins il n'y avait aucune Madone dans cette pièce. Maria serait bientôt sa pute, dévouée à son sexe, ses caresses et tous ses gestes. Une pute qui ne serait destinée qu'à lui, sa parfaite petite rose obéissante. Le cœur noir de Raphaël s'emplit de chaleur tandis que la peau angélique de Maria se recouvrait de rouge… La couleur du péché, un si beau péché.

Il serait sa perte.

Personne ne la toucherait jamais à part lui. Elle était à lui. Elle ne lui échapperait jamais.

Dès que Raphaël eut le goût de Maria sur sa langue, il s'immobilisa. Son cœur battait à tout rompre. Paralysé, il ne comprenait pas sa réaction. Qu'est-ce qui lui arrivait ? Et quelle était cette sensation qu'il ne connaissait pas ? Une vague de chaleur se lova dans sa poitrine, il ne la reconnut pas.

Mais quand il regarda son visage, quand il vit la rougeur de sa peau, son pouls qui palpitait là, juste sur son cou, tout devint clair. Elle était la perfection incarnée. Elle en avait aussi le goût. C'était son âme qui lui disait qu'il avait enfin trouvé la bonne. Qui lui confirmait que c'était elle. Il avait trouvé sa moitié, son agneau sacrificiel.

Raphaël grogna, un étrange instinct de possession afflua dans son sang, puis il lécha le sexe de Maria de sa fente jusqu'à son clitoris. Ses gémissements se mêlèrent aux hymnes en arrière-plan, une harmonique hédoniste ajoutée à la mélodie sacrée. Il était concentré sur son goût. Sa chaleur sur sa langue était tout ce qu'il pouvait sentir. Et il était incapable de s'arrêter. À chaque coup de langue, il lui en fallait plus, encore et encore. Il était insatiable. Maria tremblait sous sa bouche, et quand il leva les yeux, il lut un désespoir enragé sur son beau visage.

Il releva la tête et interrompit ce qu'il était en train de faire pour lui ordonner :

— Attrape-moi par les cheveux.

Elle obéit si vite qu'il grogna de plus belle. Son sexe palpita.

— Tire dessus, ordonna-t-il d'un ton sombre.

Maria n'hésita pas. Pendant que la bouche de Raphaël revenait à son intimité, elle enfonça les doigts dans les mèches du jeune homme. Les larmes montèrent aux yeux de Raphaël quand Maria, perdue dans son euphorie, tira jusqu'à lui arracher quelques cheveux. Il frotta son membre contre le matelas tout en la dévorant, léchant et suçant son clitoris. Ses cris se muèrent en chant d'adoration. Son clitoris palpitait de plus en plus fort dans sa bouche, jusqu'à ce que, tirant une dernière fois sur ses cheveux et en arrachant plusieurs mèches, Maria jouisse enfin, se répandant sur sa langue.

Mais Raphaël ne s'arrêta pas là, il ne pouvait pas. Il était accro, il lécha, lapa et avala son goût. Il avait la gorge sèche, comme s'il errait dans un désert depuis un mois et que le sexe de Maria était son eau.

Maria tressauta sous lui, et il comprit qu'elle ne serait pas capable d'en supporter davantage. Ce qui ne le fit pas s'arrêter, au contraire.

Ses efforts redoublèrent, la poussant de plus en plus vers l'oubli. Il continua, mettant sa soumission à l'épreuve. Il voulait déterminer jusqu'où il pouvait aller, à quel moment elle le défierait en enfreignant ses ordres. Ce ne fut que lorsqu'elle sanglota, que lorsque des cris de douleur s'échappèrent de ses lèvres tremblantes, que Raphaël s'écarta. Ses joues étaient en feu quand il remonta sur son corps las. Les yeux de Maria étaient mi-clos, des larmes coulaient sur ses joues. À la vue de son visage défait, de ses larmes dont il était la cause, un flot de plaisir explosa dans ses testicules. Il se détendit en la voyant vidée et épuisée. Elle le regardait, et Raphaël se passa la langue sur les lèvres. Il sentait encore son goût dans sa bouche, comme le meilleur des vins. Maria observait le moindre de ses mouvements, sa peau pâle couverte d'une fine pellicule de sueur. Raphaël se pencha et lui lécha le cou, lapant une larme qui tentait de s'échapper. Aucune partie d'elle ne pouvait lui échapper.

Il la rattraperait. Il la rattraperait toujours.

Quand Raphaël s'écarta, il vit que Maria regardait sa poitrine. Ses larmes se tarissaient et sa respiration s'apaisait. Il sentit un calme étrange envahir son corps. Raphaël s'immobilisa, peu habitué à cette sensation de paix qui le parcourait des pieds à la tête. Il n'était jamais calme. Il en voulait toujours plus. Plus de sexe, plus de meurtres, plus de mort. Fasciné, il lui prit la main. Dès que leurs paumes se touchèrent et que leurs doigts s'entremêlèrent, il se figea, curieux. Elle tremblait. Un drôle de tourbillon lui remua l'estomac, lui donnant la chair de poule. Avait-elle peur de lui ? Maria resserra les doigts autour des siens. Il examina son visage. Elle contemplait leurs mains jointes. Il suivit son regard, son cœur rata un battement.

Raphaël détestait qu'on le touche, sauf s'il l'avait ordonné. Sauf si ça l'aidait à tuer. Aucune de ses victimes ne l'avait jamais touché de cette manière ; il l'interdisait. Cependant au moment où il allait récupérer sa main d'un geste brusque, Maria lui caressa doucement la paume du pouce. Son cœur se mit à battre plus fort. Il ne comprenait pas pourquoi il n'avait pas retiré sa main, pourquoi il ne l'avait pas obligée à se mettre à genoux pour lui baiser les pieds et se faire pardonner son audace. Pourquoi il ne s'assurait pas qu'elle sache qu'il ne devait pas être touché, à moins qu'il l'ait demandé. Et quand le pouce de Maria glissa à nouveau sur sa paume, Raphaël grogna et lui prit la main pour la plaquer sur son torse. Il grogna de plus belle, c'était un geste intime. Il marquait son être au fer rouge, tout comme la croix de saint Pierre de la Brigade avait marqué sa chair.

Il ferma les yeux, luttant contre la sensation de ses mains douces sur sa peau nue. Il était en feu, son sang bouillonnait dans ses veines comme de la lave.

C'était douloureux.

Inconfortable. Et pourtant, il ne la repoussa pas.

Il reporta son attention sur elle. Elle écarquillait les yeux et avait les lèvres entrouvertes en observant leurs mains jointes sur sa poitrine. Raphaël traversa le mur impénétrable qui le protégeait de la moindre faiblesse et articula d'une voix rauque :

— Touche-moi, petite rose.

À la seconde où les mots quittèrent sa bouche, il sentit des frissons lui parcourir la peau. La colère enfla en lui, c'était une décision stupide. C'était lui qui touchait. Il était le seul aux commandes.

Il ouvrit la bouche pour révoquer son ordre. Qu'est-ce qui lui prenait ? Personne ne le touchait. Ils ne le méritaient pas. *Il* ne le supportait pas. Il…

Les doigts de Maria tremblèrent, se libérèrent et effleurèrent sa peau chaude. La colère bouillonnante qui menaçait de se déchaîner, et peut-être d'ôter la vie à Maria, se dissipa en un instant, comme si on avait versé de l'eau glacée sur une flamme rugissante. Les doigts timides de la jeune femme errèrent sur ses pectoraux. Raphaël était aussi immobile qu'une statue pendant qu'elle l'explorait. Ses muscles tressautèrent sous son contact. Il avait du mal à respirer.

Il laissait quelqu'un le toucher.

Maria le touchait sans qu'il contrôle ses moindres mouvements.

Raphaël ferma les yeux et secoua la tête. La noirceur familière, celle qui vivait en lui, l'appelait. Il était de nouveau dans la salle de torture. Avec lui. Ses mains qui couraient sur son torse nu et son cou, ses doigts qui s'enroulaient autour de sa gorge. Il le touchait. Il le touchait tout le temps. Raphaël ne le supportait pas. Il avait envie d'arracher ces mains à leurs bras pour les jeter dans le feu.

— Soumets-toi à moi, démon.

La colère et le dégoût grandirent dans le corps de Raphaël, il allait entrer en combustion. Il touchait sa poitrine. La caressait. Il devait le repousser. Il devait le repousser !

Une main frôla ses pectoraux, Raphaël ouvrit soudain les yeux. Il attrapa le poignet et serra. Un cri de douleur tenta de transpercer le brouillard de son cerveau, mais il ne parvint pas à pénétrer ses murs épais. Raphaël devait le tuer. Il devait l'éliminer une bonne fois pour toutes, faire en sorte qu'il ne le touche plus jamais, ne l'étrangle plus jamais, ne le baise plus jamais.

Raphaël tira sur le poignet et fit basculer le prêtre sur le dos... Puis il se figea, incapable de bouger. Des doigts se promenaient, plus légers qu'une plume, sur son visage.

— Mon Seigneur.

La douceur de ces mots doux essayait de s'insinuer dans la brume rouge qui obstruait sa vision. Les doigts du prêtre étaient différents. Ceux-ci étaient doux. Légers.

— Je suis vraiment désolée, mon Seigneur. Je n'aurais pas dû vous toucher la joue sans votre permission.

Ces mots tournaient en boucle dans sa tête. Cette voix... Elle était différente, elle aussi. Comme des dagues, ce ton haut perché s'infiltrait dans sa tête.

— Comment puis-je me faire pardonner, mon Seigneur ?

Mon Seigneur... Mon Seigneur...

Raphaël cligna des paupières, sa vision s'éclaircit rapidement. Prêt à attaquer, il baissa les yeux sur la personne qui était sur le lit et mit les mains sur sa gorge. Il allait serrer quand deux yeux bleus lui renvoyèrent son regard. Raphaël haleta. Qu'est-ce qui se passait ? Où était-il ? Ces yeux étaient différents. Ils étaient bleus et non marron. Une chaleur étrange enveloppa soudain sa joue, il tourna aussitôt la tête pour l'éviter. Une main... Il y avait une main sur son visage.

— Mon Seigneur.

Raphaël hoqueta. Maria était sous lui. Il avait refermé les mains autour de sa gorge, prêt à frapper. Un rictus tordit ses lèvres, et Raphaël engagea le combat contre le démon en lui, qui n'attendait que le plaisir de tuer. Il n'avait qu'à serrer... Elle était à sa merci, et il pouvait faire en sorte qu'elle ne le touche plus jamais sans sa permission.

— Ne me touche pas, grogna-t-il.

Maria écarta aussitôt la main.

— Raphaël ?

Son nom sur ses lèvres provoqua une douleur sourde dans sa poitrine. Une sensation lancinante qu'il n'avait encore jamais ressentie. C'était paralysant. C'était dégoûtant. Ça le répugnait...

Mais pour une raison inconnue, son pouls s'accéléra.

Raphaël écarta ses mains d'un geste vif, comme si la gorge de Maria était protégée par un anneau de flammes. Il n'aimait pas se sentir vaincu, ne savait comment réagir. Il n'hésitait jamais à tuer. Or désormais, il avait l'impression de suffoquer. Il avait l'impression que des mains fantômes serraient ses poumons.

— C'est « mon Seigneur », cracha-t-il.

Il attrapa les bras de Maria et la souleva du lit.

— Ne m'appelle pas par mon nom. Jamais.

Il l'attira sur lui. Les genoux de Maria chevauchèrent les siens et ses tétons se pressèrent contre sa poitrine. Elle baissa aussitôt les yeux. Obéissant à son ordre.

— Oui, mon Seigneur, murmura-t-elle.

Une décharge électrique parcourut le corps de Raphaël, trop vite et trop fort. Les mains de Maria étaient le long de ses flancs, évitant sa peau. Il les imagina sur son torse, son visage. *Non !* Il tourna la tête sur le côté, le combat faisait rage en lui. Il n'en avait pas envie. Ne voulait pas qu'on le touche de façon aussi intime. Jamais. Il devait garder le contrôle. Il en avait besoin.

Ne te soumets pas. Ne te soumets jamais plus à personne.

La chaleur sur sa joue se dissipa. Mais son corps tangua. Il voulait qu'elle revienne ; il voulait sentir sa main sur sa joue. Et il n'aurait pas dû le vouloir !

Raphaël lâcha un grognement de frustration. Il enroula les cheveux de Maria autour de ses doigts. Il avait besoin de sentir les mèches couper la circulation sanguine dans son index.

— Écarte les jambes, lui ordonna-t-il.

Il avait parlé à voix basse, son ton était plus dur, exigeait une obéissance totale. Maria n'hésita pas, et la sensation d'étranglement dans ses poumons s'accrut. Il ne savait pas pourquoi. Qu'est-ce que c'était que cette sensation, putain ?

Elle écarta les jambes.

— Remonte ta robe.

Maria ouvrit les lèvres. Il la regarda, la mettant au défi de refuser. Cependant, avant de voir son regard meurtrier, elle attrapa le bas de la robe blanche et la souleva petit à petit.

— Jusqu'à la taille, dit Raphaël d'un ton rauque quand elle s'arrêta au niveau de ses hanches fines.

Elle déglutit, mais remonta davantage la robe, un centimètre après l'autre, jusqu'à ce que le tissu vaporeux soit rassemblé autour de sa taille menue. La peau de Raphaël s'enflamma quand il la vit aussi dénudée, aussi réceptive à ses ordres. Son entrejambe se contracta, le sexe de Maria était pleinement exposé. Il resserra les mains dans ses cheveux. Maria fixait le matelas sous elle. Le corps de Raphaël se réchauffa.

Maria le réchauffait. Sa main sur sa joue avait réchauffé son visage.

Il avait froid. Il avait tout le temps froid. Au Purgatoire, il n'y avait toujours eu que le froid, la douleur et les cris. Aucune chaleur, aucune douceur, aucun sourire. Il vivait dans le noir et le froid. C'était ce qui l'avait modelé, façonné.

Il était les ténèbres.

Un grognement grandit dans la gorge de Raphaël. Il n'aimait pas ce qu'elle lui faisait. Elle lui donnait l'impression de perdre le contrôle. Il fallait qu'il le récupère. Qu'il la remettre à sa place et s'assure que ça ne se reproduirait plus jamais.

Sa petite rose devait être éduquée.

Raphaël enroula le reste de ses cheveux autour de son autre main. Elle était désormais jambes écartées devant lui. Il tenait ses cheveux comme s'il s'agissait de cordes. Il les serra de plus en plus fort, jusqu'à ce que ses mains soient au niveau de son crâne, puis profita de sa prise pour lui faire lever la tête.

— Regarde-moi.

Maria lui obéit. Raphaël secoua lentement la tête.

— Tu m'as désobéi, petite rose. Tu m'as appelé par mon nom. Tu m'as touché le visage. Tu es devenue trop audacieuse.

Maria écarquillait les yeux… Mais sa respiration s'accéléra, sa poitrine rougit.

— Non..., cracha-t-il en se rendant compte que sa sévérité, son agressivité la faisaient réagir comme ça.

Elle aimait ça.

Ses poumons se contractèrent encore plus. Elle aurait dû avoir peur. Craindre son courroux.

Raphaël avait envie de l'obliger à baisser la tête et à prendre son sexe dans sa jolie bouche pour la punir. Elle le sucerait si fort que ses testicules tendus auraient mal. Ça serait insoutenable. Mais il aimerait ça. Il devait la punir. Se purger d'elle.

— Tu comprends que tu m'as désobéi ? Contrarié ?

— Oui, mon Seigneur, murmura Maria d'une voix timide.

Sa timidité ne fit qu'accentuer l'effet qu'elle avait sur lui.

— Tu comprends que tu dois en payer le prix ? lâcha-t-il.

Les joues de Maria s'empourprèrent.

— Oui, mon Seigneur, répondit-elle d'une voix rauque.

Elle était impatiente, il le sentait. Raphaël dut mobiliser toute sa volonté pour ne pas grogner. Sa voix était douce, addictive.

Avec une lenteur méticuleuse, il déroula ses cheveux. Il voulait avoir assez d'espace pour pouvoir s'allonger sur le lit. N'ayant plus qu'une fine touffe de cheveux enroulée autour de chaque main pour contrôler ses mouvements, Raphaël s'étendit sur le dos.

— Grimpe sur moi.

Il tira sur ses cheveux, comme si c'étaient les rênes d'un cheval. Maria s'approcha jusqu'à ce que ses genoux soient juste au-dessus de la tête de Raphaël.

— Plus près. Mets tes genoux de chaque côté de ma tête. Je veux que ta chatte soit au-dessus de ma bouche. Et c'est la dernière fois que je te le dis. Ne me désobéis plus.

Raphaël tira plus fort sur les cheveux de Maria pour lui montrer qu'il ne plaisantait pas. Maria lâcha un petit cri, mais se rapprocha. Sa timidité était évidente, et sa peau qui avait rougi trahissait sa nervosité. Cela ne fit qu'empirer les choses. Sa nervosité était du carburant pour les flammes qui faisaient déjà rage en lui. Il ne pouvait s'arrêter. Il avait besoin de la goûter, de la sentir sur sa langue.

Elle s'immobilisa, son sexe juste au-dessus de sa bouche.

— Tu vas te baisser et t'asseoir sur ma bouche, lui dit-il. Et tu vas prendre ce que je te donne.

Maria haleta.

— Tu ne bougeras pas tant que je ne te l'aurai pas dit. Tes bras ne doivent pas bouger. Tu les garderas le long de ton corps. Tu peux crier.

Raphaël lui laissa le temps d'absorber ces règles.

— Et je veux entendre chaque seconde de ton plaisir. Est-ce que c'est compris ?

— Oui, mon Seigneur. C'est compris.

Il était hors de contrôle. Incapable de s'arrêter. Son désir, cette femme... Les deux le dominaient. *Ne la tue pas,* se répétait-il alors que ses mains mouraient d'envie de prendre sa vie, de le débarrasser de cette étrange sensation qui flottait en lui. D'elle, de ses yeux bleus et de sa paume chaude sur sa joue.

Il tira sur les cheveux de Maria et goûta une première fois à son sexe. Un brasier envahit ses muscles dès que sa saveur explosa sur sa langue. Il devait s'arrêter. S'arrêter et la tuer tout de suite. Interrompre cet effet étrange qu'elle avait sur lui en lui tordant le cou, avant d'en trouver une autre avec qui réaliser son fantasme. Toutefois il ne s'arrêta pas. Il en était incapable. Elle était trop parfaite pour qu'il se débarrasse d'elle. Il la prit au contraire comme un homme affamé, léchant, suçant et grognant profondément à chaque cri d'extase qu'elle poussait au-dessus de lui. Ses cuisses tremblaient sous la pression, incapables de bouger. Ses bras étaient le long de ses flancs, et mis à part ses frissons de plaisir provoqués par la langue insatiable de Raphaël, Maria demeura exactement là où il le fallait. Son désir pour elle grandit encore. La sensation de ses cheveux autour de ses mains, le goût de son sexe et sa soumission firent se tendre le membre emprisonné de Raphaël, si fort qu'il sentait le sang et le sperme piégés dans leur entrave.

Les cris de Maria étaient un chant à ses oreilles pendant qu'il tirait sur ses cheveux et lui dévorait le clitoris. Son corps se raidit soudain, un cri jaillit à sa gorge quand elle jouit. Sa moiteur emplit la bouche de Raphaël. Il ne s'arrêta pas là. Il lécha encore et encore, jusqu'à ce que Maria convulse au-dessus de lui, incapable d'en supporter plus. Il s'immobilisa, mais elle ne bougea pas.

Cette docilité lui plaisait plus qu'elle aurait pu l'imaginer.

La poitrine de Raphaël se soulevait et retombait à un rythme soutenu. Le silence s'abattit sur la pièce. Seuls les hymnes obsédants et la respiration forte de Maria et Raphaël le brisaient.

Il devait sortir de là. Faire en sorte que sa poitrine cesse de se contracter. Elle ne s'était pas relâchée un seul instant. Les griffes s'enfonçaient de plus en plus profondément en lui, s'incrustant dans sa chair.

Il ne supportait pas cette nouvelle sensation. Il voulait qu'elle disparaisse.

Il roula sur le lit et se mit à genoux. Son sexe palpitait, la douleur était euphorisante. Maria avait la tête baissée, le corps affaibli par l'épuisement ; un voile de sueur recouvrait sa peau pâle et des mèches de cheveux collaient à ses joues rouges. Pourtant, Raphaël ne lui lâcha pas les cheveux. Il ne pouvait pas. Pas encore. Ses mains refusaient de la lâcher. L'incendie en lui redoubla quand il vit ce que lui avait fait sa bouche. Ses attentions. Elle était incapable de bouger.

Il se redressa, fier de lui. C'était lui qui avait fait ça. Ses ordres, ses instructions. Sa soumission complète à ses moindres paroles. Dans cet état, elle était encore plus belle à ses yeux.

— Détends-toi, lui dit Raphaël.

Le corps de Maria se relâcha. L'extase fit rouler ses yeux dans leurs orbites quand il la vit à ce point défaite.

— Allonge-toi.

Son corps était comme sans vie quand elle laissa aller ses bras et ses jambes sur le matelas. Raphaël n'était pas préparé à l'effet que cela causerait à son esprit ravagé et tordu. En la voyant ainsi immobile, vidée de ses forces... chaque muscle de son corps se figea. Ses paupières lourdes, sa bouche rose le fascinèrent. Il baissa les yeux sur ses mains. Il n'avait pas lâché ses cheveux. Il cilla. Il devait aller au bout. Maria devait rester. C'était la bonne. Son rythme cardiaque s'accéléra, marquant ainsi son accord. Raphaël l'ignora. Tout comme il ignora cette sensation inconnue qui s'était nichée dans sa poitrine quand elle l'avait touché au visage, alors qu'elle n'aurait pas dû.

— Dors, lui dit-il d'une voix râpeuse en se rendant compte qu'elle attendait son ordre.

Les lèvres douces de Maria s'étirèrent en un léger sourire. Une petite fossette se forma au coin de sa joue. Le cœur de Raphaël rata un battement. Quelques secondes plus tard, les paupières de la jeune femme se fermèrent, elle venait de sombrer dans un profond sommeil.

Elle dormait dans son lit. Personne ne dormait jamais dans son lit à part lui. Il aurait dû lui demander de retourner dans sa chambre. Il ouvrit la bouche pour le faire, mais aucun mot n'en sortit.

Tue-la. Tue-la maintenant.

Raphaël réprima l'envie de frapper quelque chose, de se rapprocher du corps de Maria et d'enrouler ses cheveux autour de son cou. De tirer de plus en plus fort jusqu'à ce qu'elle ouvre les lèvres et tente de prendre une inspiration qui ne viendrait jamais.

Raphaël vit la scène dans son esprit. Il la vit si clairement qu'elle lui parut réelle.

— Non, grogna-t-il quand elle déplaça sa jambe, le ramenant au présent. Non.

Il libéra ses cheveux qui tombèrent sur le lit. Raphaël s'obligea à reculer, ses pieds touchèrent l'épaisse moquette. Sa respiration était laborieuse et il dut mobiliser toute sa volonté pour la laisser en un seul morceau sur le lit. Les poings serrés, il se précipita dans la salle de bains et baissa son pantalon. Il s'adossa au mur et ferma les yeux, tentant de se calmer. Mais ça ne servit à rien. Il ne ressentait rien. N'avait pas envie de ressentir. Il se retourna et agrippa son sexe. Il serra les dents, son cou se crispa et il rejeta la tête en arrière tout en serrant. Il serra sa chair si fort qu'il tomba à genoux. La douleur était vive et provoquait des décharges dans tout son corps. Il se mordit la langue si violemment qu'il sentit le goût du sang. Malgré cela, c'était le paradis, une pure utopie, tandis que la torture et le tourment dévoraient sa peau, ses muscles, ses os et son sang, un véritable brasier de ravissement. Raphaël fit aller et venir sa main le long de son membre, frottant sa chair engorgée. Il ravala un rugissement en jouissant. La douleur provoquée par la semence s'échappant de la prison de silicone de son pénis suffit à le faire pâlir, le sang avait déserté son visage. Raphaël s'écroula en avant, ses paumes heurtèrent le sol carrelé. Son pantalon était autour de ses chevilles et son sexe pulsait de manière si douloureuse qu'il dut serrer les dents pour ne pas perdre connaissance.

Puis il sourit. Un grand sourire. Un rire rauque s'échappa de ses lèvres. Il s'esclaffa à cette douleur insoutenable. C'était somptueux. C'était la perfection... Tout ce qu'il méritait. Raphaël tressauta quand le dernier jet coula sur ses cuisses.

Il lui fallut de longues secondes pour se ressaisir, mais il finit par se lever en titubant. D'un coup de pied, il envoya son pantalon en soie valser à l'autre bout de la pièce et s'avança lentement vers le miroir, grognant de douleur à chaque pas qu'il faisait. La souffrance entre ses jambes était pareille à un million d'aiguilles qui lui auraient transpercé la peau. Raphaël regarda son reflet et vit ses yeux dorés assombris, ses cheveux noirs ébouriffés. Il se passa un doigt sur les lèvres. Il sentait encore Maria sur son corps. Son goût sur ses lèvres. Elle était partout. Sur sa peau, dans sa tête… Au fond de son âme noire et venimeuse.

Il l'avait embrassée au coin de la bouche. Il n'embrassait jamais personne. Ça le répugnait.

— Qu'est-ce qui te prend, putain ? cracha-t-il à son reflet en grimaçant. Reprends-toi. Tu l'as attendue toute ta vie. Tu attendais ce moment.

Raphaël balaya de ses pensées la sensation de sa main sur son visage et s'abandonna à son cœur sinistre et glacé. Son sang refroidit et la torpeur avec laquelle il vivait tous les jours reprit le contrôle.

Il marcha sur la moquette en silence et rejoignit le lit. Il s'arrêta à côté du haut matelas de son lit à baldaquin et contempla Maria qui dormait. Sa robe blanche souillée était froissée, ses seins et son sexe exposés à son regard avide.

Raphaël grimpa sur le lit et se rapprocha d'elle avec délicatesse. Il s'arrêta à ses côtés, se pencha et tendit les mains au-dessus de son corps. Comme si elle se languissait de ses caresses, comme si son esprit était attiré par son âme noire, Maria se tourna vers lui et exposa son cou. Dévoré par son fantasme, Raphaël releva la tête vers le plafond. Il ne savait pas si sa petite rose avait été envoyée par le Paradis ou l'Enfer. Si c'était une compensation pour ce que Dieu avait laissé faire toutes ces années plus tôt, ou pour le punir de la plus tordue des manières.

Maria poussa un petit soupir, la chaleur de son souffle vint danser sur sa peau. Raphaël écarta une mèche de cheveux qui était encore collée à sa joue. Il baissa la main jusqu'à ce que ses doigts curieux soient au niveau de sa gorge. Il caressa sa peau douce, perçut le contact soyeux sous ses doigts. Son pouls sous son pouce, fort et régulier. Puis il referma la main autour de son cou. Maria releva la tête dans son sommeil.

— Oui, petite rose, dit Raphaël à voix basse. C'est un bien joli cou que tu m'offres.

Il leva sa main libre et la mit elle aussi sur sa gorge. D'un geste aussi délicat qu'un murmure, il referma les doigts autour des os fragiles de Maria. Les narines de Raphaël se dilatèrent, ce spectacle était magnifique. Il serra un peu, appliquant tout juste assez de pression pour lui donner un avant-goût de ce que lui apporterait sa soumission totale, mais pas assez pour laisser de marque ou pour la réveiller.

Elle gémit tout bas et se cambra. Sa poitrine nue se souleva et ses tétons durcirent. L'excitation afflua dans les veines de Raphaël. Elle ne le savait peut-être pas encore, mais elle aimait sentir ses mains autour de son cou ; elle en avait envie. Elle était née pour lui, pour lui offrir ce cadeau. Comme s'il était le soleil et que sa petite rose s'incurvait vers ses rayons apaisants. Il la laissa dormir dans son lit pendant un moment, juste assez longtemps pour que son odeur imprègne les draps. Pendant ce temps, il garda les mains autour de son cou… et imagina…

— Tu ne me vaincras pas, petite rose, chuchota-t-il dans la pénombre de la nuit.

Il était encore enivré par cette étrange sensation dans sa poitrine.

— Je te vaincrai, je te posséderai. Ensuite, je te tuerai. Je t'en fais la promesse solennelle.

CHAPITRE 10

Trois semaines plus tard...

Uriel se leva et retira sa capuche. Raphaël se balançait d'un pied sur l'autre. Il n'avait pas envie d'être dans la Tombe. Il voulait retourner dans sa chambre.

Que faisait Maria en ce moment ? Obéissait-elle à son ordre de l'attendre sur son lit, à genoux, les yeux baissés ?

— Raphe.

Il leva la tête en entendant son nom. Sela était devant lui et l'observait avec curiosité.

— C'est pour bientôt ?

Sela ôta sa cape et l'accrocha dans le placard. Raphaël l'imita machinalement. Une drôle de sensation dans ses tripes le perturbait, il était comme ébranlé. Maria... Elle avait un comportement étrange, aujourd'hui. Ses yeux bleus étaient ternes, sa peau plus pâle que d'habitude. Elle obéissait à ses ordres, mais il n'y avait aucun sourire sur son visage, aucun hoquet quand il suçait son clitoris. Quand elle avait joui, elle avait à peine poussé un cri. Une pointe de douleur traversa la poitrine de Raphaël quand il se souvint avoir vu ses yeux se perdre dans le coin de la pièce au lieu de rester sur lui. Ces dernières semaines, elle s'était mise à le regarder d'une façon différente. Elle souriait. Et à chaque fois qu'elle le faisait, son sang se réchauffait et ses poumons se contractaient. Il se frotta le sternum. Il détestait ça. Ne comprenait toujours pas ce qui lui arrivait. Il avait dépassé le point de non-retour. Quand il s'imaginait ne plus lui brosser les cheveux, ne plus lécher ses tétons et son clitoris, une affreuse douleur lui tiraillait le ventre.

Était-elle blessée ? Il tenta de se souvenir s'il lui avait fait du mal. Sa tête se mit à bourdonner. Il ne savait pas… Non, ce n'était pas le cas. Il l'avait observée, avait tenté de la faire sourire. Il l'avait fait jouir, mais ses yeux n'avaient pas étincelé.

— Raphe ! répéta Sela. Seigneur, mon frère, qu'est-ce qui cloche, chez toi ?

— Je dois retourner dans ma chambre.

Raphaël dépassa Bara, Uriel, Diel et Sela. Michaël se plaça devant lui au moment où il atteignait le bas des marches. Son meilleur ami aux yeux de glace se mit à le scruter.

Michaël n'était pas venu dans sa chambre depuis que Maria était là. Gabriel lui avait demandé de rester à l'écart et d'accorder à Raphaël le temps dont il avait besoin pour honorer son meurtre.

Michaël pencha la tête sur le côté et l'observa d'un air impassible.

— Elle n'est pas encore morte ? Ça fait des semaines.

Raphaël serra la mâchoire, la tension dans sa poitrine s'accrut.

— Non. Pas encore.

Il ne l'avait même pas encore baisée. Elle n'avait jamais touché son sexe. Il ne savait pas pourquoi il retardait l'échéance.

Non, c'était un mensonge. Il voulait qu'elle ait envie de lui. Qu'elle le désire autant qu'il la désirait. Elle devait venir à lui, accepter la mort de son plein gré.

Maria était en train de craquer. Lentement. Mais aujourd'hui… Quelque chose clochait. Et ça le tourmentait. Ça l'énervait.

Le sang pompé par son cœur ressemblait à de l'essence. Ses os pesaient une tonne à chacun de ses pas. Et il était en colère. La fureur embrasait chaque cellule de son corps quand il pensait à l'absence de plaisir de Maria. Aujourd'hui, elle ne s'était pas donnée à lui. Elle avait joui, mais ses yeux n'avaient pas roulé pas dans leurs orbites et ses cris n'étaient pas haut perché.

Il avait besoin de ses cris plus que de respirer.

Sans un mot de plus, Raphaël contourna Michaël et courut dans sa chambre. Il ouvrit la porte, la scène qui l'accueillit le paralysa.

Maria n'était pas sur le lit.

Il parcourut la pièce des yeux. La lampe du dressing était allumée. Il s'avança vers les portes ouvertes. Elle était sur le sol, dans le coin. Les bras enroulés autour des jambes et la tête appuyée contre le mur. Raphaël cilla, il était figé sur place. Maria leva la tête et il vit des larmes couler sur son visage. Il serra les poings. Regarda ses doigts tendus. Il ne comprenait pas la fureur qui le submergeait. L'expression tourmentée du regard de Maria lui donnait envie de tuer. Tout était flou dans son esprit, ça le mettait à cran. Il devait expulser cette colère. Quand le visage de Maria se décomposa et que de légers sanglots s'échappèrent de sa bouche, une douleur peu familière le traversa. Les poumons de Raphaël se figèrent ; ce n'était pas le genre de douleur qu'il aimait. Elle ne faisait pas tressaillir son sexe ou rouler ses yeux dans leurs orbites de plaisir.

C'était une douleur qu'il ne pouvait pas utiliser. Il détestait ça.

Raphaël s'avança vers Maria, dans l'intention de la faire se lever, de sécher ses yeux et de l'attirer sur son lit. Néanmoins quand il approcha et tendit les mains pour la prendre dans ses bras, Maria croisa son regard et murmura :

— Rose rouge.

Il se figea.

— Rose rouge, répéta-t-elle.

Une tristesse que Raphaël ne pouvait identifier ni même comprendre lestait son corps menu.

Les émotions n'existaient pas, dans sa vie.

Maria avait prononcé le mot de sécurité. Pourquoi ? Pourquoi elle avait fait ça, putain ? Sa mâchoire se crispa de plus belle, et elle resserra les bras autour de ses jambes.

— J'ai besoin de ce soir. J'ai besoin de ne rien faire avec toi, ce soir.

Raphaël ne savait pas du tout comment agir. Quoi dire. Il serra à nouveau les poings. Il avait besoin d'elle, sous lui. Il avait besoin de l'entendre crier son nom. Il l'avait prise tous les jours, goûtant son sexe et s'abreuvant de ses cris.

— S'il te plaît, le supplia-t-elle, des larmes coulant sur ses joues.

Il recula vers la porte. Il s'exhorta au calme, il fallait qu'il se rappelle le pourquoi de ces mots. Il ne voulait pas la prendre contre sa volonté. Ça ne ferait que gâcher son jeu de séduction. Mais quand il atteignit le milieu de sa chambre, la brume rouge familière obstrua sa vision. Elle l'avait rejeté. Sa petite rose avait prononcé les mots de sécurité.

Elle l'avait arrêté.

Elle était censée l'aimer.

Son visage était triste, des larmes roulaient sur ses joues. Il ignorait pourquoi. Il était incapable de déchiffrer les émotions des autres. Il ne les comprenait pas. Pourquoi les gens pleuraient-ils ?

Il voulait comprendre. L'idée de ne pas en être capable, malgré tous ses efforts, ne faisait qu'accroître sa colère.

La brume rouge déploya ses serres, dévorant son visage et son cou, ses bras et ses jambes. Elle recouvrit sa poitrine jusqu'à plonger son cœur dans l'obscurité. Elle l'étouffa afin d'attiser sa soif de mort. Raphaël entendit un autre sanglot s'échapper de la bouche de Maria et sortit de la pièce. Il avait fui.

Il claqua la porte et la verrouilla, piégeant Maria avec ses larmes et son mot de sécurité. Il dévala les marches sans s'en rendre compte, et jaillit dans l'air glacial. Puis, toujours sans en être conscient, il se retrouva derrière le volant de sa voiture, roulant en direction du centre-ville de Boston.

Dans l'habitacle, le silence régnait, seule résonnait la respiration forte de Raphaël. Il serrait le volant un peu plus fort à mesure qu'il roulait. Il posa les yeux sur ses mains, qui connaissaient désormais chaque centimètre carré de Maria, la sensation de sa peau, de ses tétons qui durcissaient sous ses caresses. De ses doigts entrelacés aux siens. Il serra les dents en l'imaginant dans le coin du dressing. Il ajusta sa prise et serra encore. Ce n'étaient plus ses doigts sur le volant qu'il voyait, mais sur un cou.

Il serra si fort que si ça en avait été un, il l'aurait brisé, il aurait écrasé la trachée et déformé les os. Ça, il savait faire. Ça, il comprenait.

Et il en avait envie.

Il devait l'avoir. Devait satisfaire sa soif de mort.

Le paysage défilait à travers la vitre dans un flou de vert foncé tandis que Raphaël roulait à toute vitesse vers le sex-club. Il gara sa voiture dans l'allée devant la boîte de nuit, laquelle était dissimulée par l'ombre. Raphaël laissa ses pieds et son désir obscur le guider jusqu'à l'entrée. Il montra sa carte et monta les marches. Il se fichait de savoir si la Brigade l'observait. En fait il l'espérait. Il serait ravi de pouvoir se battre. Raphaël avait besoin de l'adrénaline que seule la mort pouvait apporter. Plus ses mains désespérées tordraient de cous, mieux ce serait.

L'odeur de sexe et de sperme fut la première chose qui assaillit les narines de Raphaël. De la fumée encombrait l'air, dissimulant l'identité des individus. Ces derniers payaient une fortune pour être fouettés, fessés et dévorés pendant qu'ils étaient entravés par des cordes et des chaînes. Ce soir, Raphaël ne jouait pas son rôle habituel. Il n'était pas calme et doux, ne lançait pas de regard charmeur pour attirer des femmes consentantes dans son piège.

Ce soir, il était sauvage. Indomptable, prêt à baiser et à tuer. Pour effacer Maria de sa tête. Maria et son flot de larmes, ses longs cheveux parfaits, ses suppliques murmurées. Maria qui lui avait dit non, à lui, à sa bouche, à sa langue et à ses mains sur son corps.

Raphaël n'eut pas à attendre longtemps pour obtenir ce qu'il voulait. La blonde qu'il devait tuer des semaines plus tôt émergea de la foule ; elle le dévorait du regard. Elle portait un soutien-gorge en cuir et une culotte, ses faux seins débordant du mince bandeau qui ne cachait rien de sa silhouette. Sa culotte était constituée de deux lanières de cuir enroulées autour de ses cuisses et de ses hanches. Son sexe était apparent, ainsi que ses fesses. Raphaël ne se souvenait même pas du nom de cette conne. Elle s'arrêta devant lui, le menton dressé avec arrogance, et sourit.

— Pollyanna[1] ne te donne plus ce dont tu as besoin ?

Raphaël ignora cette remarque complètement stupide, tendit la main et la referma sur le sexe nu. Il était déjà trempé. Tant mieux. Il aurait moins de boulot. De sa main libre, Raphaël attrapa ses cheveux filasse et abîmés par le peroxyde. Ils étaient comme de la paille sous ses doigts. Rien à voir avec ceux de Maria, qui étaient épais, soyeux, et sentaient la vanille et la rose. La colère et l'amertume bouillonnèrent dans les tripes de Raphaël, cette odeur de lavande l'agressait. Il tira la tête de la garce en arrière, savourant la surprise dans ses yeux. La trafiquante gémit ; elle aimait quand c'était brutal. Parfait. Lui aussi.

1. Personnage d'un roman éponyme destiné à la jeunesse et caractérisé par sa joie de vivre.

Raphaël attendit que son sexe soit étouffé dans sa cage, convoitant la sensation piquante que la brûlure de l'instrument lui apporterait. Mais son membre ne remua pas. Pas même un tressautement.

À cet instant, il céda à la rage qui menaçait de le consumer.

Malgré la brume rouge, Raphaël se rendit compte qu'ils étaient en train d'attirer l'attention. Les autres membres voulaient le regarder mettre cette garce au pas. La faire hurler, tordre sa peau tannée, avant de la baiser si fort qu'elle ne pourrait plus marcher pendant une semaine. Il savait qu'il devait l'amener dans l'une des chambres du fond.

Les leçons de Gabriel étaient trop ancrées en lui pour qu'il les oublie. Il devait être discret, ne pas se faire remarquer.

La main encore dans ses cheveux, Raphaël entraîna la garce avec lui pendant qu'elle miaulait et gémissait face à son agressivité. Il traversa la foule pour rejoindre une pièce privée. Les spectateurs étaient déçus, ils auraient voulu assister au spectacle. Il claqua la porte et traîna la garce vers le cheval en bois installé au centre. L'instrument triangulaire était parfait pour ce qu'il voulait. Il l'installa dessus, une jambe de chaque côté, et lui attacha les mains avec les chaînes qui y étaient reliées. Il noua des poids à ses chevilles pour la maintenir en place. Puis il enfonça un bâillon dans sa bouche avant de s'écarter. La peau de son dos était encore rougie là où un autre l'avait fouettée.

Raphaël s'approcha des bâtons de flagellation et des fouets accrochés au mur et choisit une fine lanière en cuir. Il la fit claquer dans sa main, le bruit assourdissant résonna sur les murs. La garce gémit et roula des hanches, pressant son clitoris contre le bois pointu qu'elle avait entre les jambes.

— Rose rouge, cracha Raphaël. « Rose rouge » pour tout arrêter.

Rien que d'entendre ces mots s'échapper de ses lèvres accrut son besoin de tuer. Il n'était capable de penser qu'à la mort, il ne voyait qu'elle, ne respirait qu'elle. Hors de question qu'il s'arrête. Cette fois, les mots de sécurité ne serviraient à rien. Cette garce ne ressortirait pas de cette pièce en vie. Raphaël sourit. Elle vendait des enfants à des hommes pour le sexe. Il serra plus fort la lanière. Raphaël était un tueur, un païen détraqué qui avait un trou noir à la place du cœur et dont l'âme était souillée par Satan. Mais même lui, le Mal incarné, savait que cette conne méritait de mourir, elle s'en était prise à des enfants. Il connaissait ce genre de vie. Elle devait crever.

D'une mort douloureuse.

Brutale.

Elle devait périr sous ses mains sadiques.

La garce acquiesça en entendant le mot de sécurité. Cependant ses yeux étaient emplis d'excitation, rien à voir avec la timidité que reflétaient ceux de Maria. Raphaël crispa la mâchoire au souvenir de Maria. Puis il pensa à ses larmes. Ces foutues larmes qu'il ne comprenait pas, mais qui lui tordaient le ventre.

— Non, cracha-t-il pour lui-même.

Il fallait qu'il écarte Maria de ses pensées. Il enroula la lanière trois fois autour de sa main et afficha un rictus furieux. Ça n'avait rien à voir non plus avec les cheveux de Maria quand il les enroulait autour de sa paume.

— Putain ! hurla-t-il quand elle revint encore dans son esprit.

Les mains de Raphaël se mirent à trembler quand il revit Maria s'agripper aux draps pendant qu'il dévorait son clitoris et s'abreuvait de son jus addictif. Il poussa un rugissement et abattit la lanière sur le dos de la garce. Un claquement retentit. Elle poussa un cri, une zébrure rouge se dessina sur sa peau trop bronzée. Raphaël la contempla. Son cri assourdissant se répercuta dans son entrejambe. Il la frappa à nouveau. Il imagina Maria sur le cheval de bois. Ses pleurs, quand elle l'avait repoussé. Elle devait être punie. Il frappa encore et encore, jusqu'à ce que la traînée rejette la tête en arrière et jouisse, en frottant son clitoris contre le cheval de bois. Il se figea. Le cri d'extase de la garce ne ressemblait pas à celui de Maria. Il n'était ni doux ni à bout de souffle. Il était vulgaire, bruyant, et il lui écorchait les tympans. Mettait ses nerfs à vif.

Raphaël jeta le fouet. Il descendit sa braguette et sortit son membre mou. Il l'approcha de la bouche de la femme.

— Lèche-le, lui ordonna-t-il. Fais-le durcir.

La garce gémit d'excitation, les joues rouges, avide, affamée de son sexe. Elle sourit en voyant la cage qui entravait son membre énorme.

— Hum, gémit-elle. Oui.

Raphaël plongea son sexe dans sa bouche ouverte. Il serra les dents quand elle sortit la langue et lécha sa fente. Il regarda sa bouche et sa langue expérimentée. Mais plus elle le léchait, plus il ramollissait. Il s'enfonça encore davantage dans sa bouche, l'obligeant à le prendre en entier, d'un geste ferme et implacable. Elle roula à nouveau des hanches, son clitoris cherchant une autre occasion de jouir. Il la pilonna de plus en plus vite, attendant que les barreaux de la cage en silicone enserrent sa chair, qu'un puits de souffrance l'engloutisse, le plonge dans de délicieuses ténèbres. Toutefois il ne ressentit rien. Ses testicules n'étaient pas douloureux. Le sang n'affluait pas dans son entrejambe.

Il ne durcissait pas.

— Non ! s'écria-t-il.

Sa voix rebondit sur les murs capitonnés de la pièce. Il se retira vivement, libéra la garce du cheval et l'attira vers le mur en l'attrapant par les cheveux.

— Attends ici, ordonna-t-il.

La traînée se passa la langue sur les lèvres, ses pupilles étaient dilatées à cause de son impatience. Raphaël sortit un godemichet d'un tiroir et montra le lit dans le coin de la pièce.

— Allonge-toi.

Elle lui obéit. Il lui tendit le godemichet.

— Baise-toi avec.

Raphaël déchira sa chemise, les boutons tombèrent au sol. Il attrapa son sexe et le serra tout en regardant le godemichet glisser dans la fente humide de la femme. Elle ralentit, aguicheuse, mais ça ne fit que le dégoûter encore plus.

— Plus vite. Fais-toi jouir.

Elle fit ce qu'il lui demandait et se baisa comme si elle avait besoin de ça autant que de respirer. Raphaël caressa son sexe en suivant le même rythme, mais il ne se passait rien du tout. La brume rouge qui l'avait englouti depuis qu'il avait quitté le manoir s'épaississait de plus en plus. En lui, il n'avait plus qu'une rage aiguë, prête à bondir. Il s'approcha de la pute et lui écarta la main. Le godemichet suivit. Il finit sur le sol. Raphaël aligna son sexe avec sa fente.

— Enfin, gémit la garce en écartant les jambes autant qu'elle le pouvait.

Il mit la main sur son cou. Son pouls battait à toute vitesse sous son pouce, on voyait sa peau tressauter. Malgré cela, le sexe de Raphaël ne s'éveillait toujours pas. Rien. Il fit glisser son gland le long de celui de la femme et rugit de rage. C'était sa faute. Celle de la petite rose. Il avait besoin de baiser. De tuer.

Tout ça c'était sa faute, elle l'avait détruit. À cause de ses larmes. Pourquoi est-ce qu'elle pleurait, putain ?

— Dépêche-toi de me baiser.

Raphaël se figea. Le joli visage pâle de Maria et les taches de rousseur sur son nez quittèrent ses pensées, il était de retour dans cette chambre. Avec cette garce qui pressait sa fente rance contre son membre.

— Baise-moi, cracha-t-elle. Ou j'irai chercher quelqu'un qui pourra le faire. Quelqu'un qui bande.

Un lent sourire étira les lèvres de Raphaël. Un sourire tout sauf amical. Il serra la gorge de la traînée. Elle gémit. Il continua. Il serra de plus en plus fort, contemplant les veines qui gonflaient sous sa peau. Elle écarquilla les yeux en se rendant compte qu'elle ne pouvait plus respirer. Mais Raphaël continua de sourire, d'un air froid et triomphant. Il ôta la main de son sexe inanimé et referma les doigts autour de son cou pour recouvrir chaque centimètre carré de peau. La femme commença à se débattre. Et pour la première fois ce soir-là, une décharge passa dans son entrejambe. Néanmoins ça ne suffit pas à faire enfler son sexe. Ça ne suffisait pas pour baiser cette garce pendant qu'elle luttait pour survivre. Il serra encore et encore. Elle avait les yeux injectés de sang à cause de la pression qu'il exerçait. Elle attrapa ses bras, lui griffa la peau de ses longs ongles rouges et tenta de se libérer. Du sang se mit à couler des éraflures. Il ne s'arrêta toujours pas. Il ne pouvait pas. Il n'avait aucune intention de s'arrêter.

— Meurs, dit-il d'une voix rauque.

Il vit le moment où la traînée saisit le sens de ses paroles.

— Meurs, espèce de putain de trafiquante.

Elle écarquilla les yeux en l'entendant, et battit des jambes pour le faire basculer sur le côté. Il rit. Affolée, elle le griffa de nouveau pour tenter de se libérer. Son visage devint écarlate. Raphaël continua de serrer… puis, dans un craquement, ses os se brisèrent et sa trachée s'affaissa.

Les yeux de la garce le fixaient ; ses paupières ne cligneraient plus jamais. Haletant, Raphaël reprit son souffle. Il la lâcha et regarda son sexe. Il était toujours mou. Une fureur telle qu'il n'en avait jamais ressenti le submergea. Il remonta son pantalon, fourra son membre dedans et attrapa le cadavre encore chaud sur le lit.

Il se dirigea vers la porte de derrière et disparut dans le couloir sombre qui menait à l'allée extérieure. Après être sorti sans être vu, il jeta la victime dans le coffre de sa voiture. Quelques minutes plus tard, il avait repris la route en direction du manoir. Son sang était trop brûlant, il affluait dans ses veines trop vite. Il n'était que lave incandescente. Il serra le poing et se donna un coup entre les jambes. Il contracta la mâchoire, mais il n'y eut aucune réaction. Il ne durcit pas. Il frappa le volant du plat de la main et laissa échapper un grognement assourdissant. Il appuya sur l'accélérateur en s'intimant de se calmer. S'il attirait l'attention des flics en roulant trop vite, Gabriel allait le tuer de ses propres mains. Mais Raphaël n'en avait rien à foutre. À cet instant, il n'était que flammes et frustration. Des putains de flammes… Il tenta de visualiser la garce luttant pour respirer, de revoir ses yeux quand il lui avait dit de mourir. Il aurait dû être dur comme la pierre. Il aurait dû réussir à pénétrer sa fente usée et jouir juste au moment où elle poussait son dernier souffle.

Malgré tout il ne l'avait pas fait. Il ne pensait qu'à Maria. Ses longs cheveux blonds et ses hoquets de plaisir innocents. Ses larmes. Ses foutues larmes qu'il ne comprenait pas.

— Garce ! grogna-t-il. Espèce de garce de petite rose !

La voiture de Raphaël dérapa quand il s'arrêta brusquement devant le manoir. Il sauta hors du véhicule et récupéra son appareil photo dans la boîte à gants. Il ouvrit le coffre, braqua l'objectif sur le corps de la garce et prit une photo qui rejoindrait son mur. Il jeta l'appareil sur le siège arrière, mit le Polaroid dans sa poche et grimpa les marches de pierre en courant. Dès qu'il eut passé la porte, il se dirigea vers l'escalier.

— Raphe, ta commande est arrivée, lui dit Sela en lui souriant.

Raphaël l'ignora.

— C'est magnifique, mon frère.

Sela fronça les sourcils, puis étudia les vêtements de Raphaël. Ce dernier ne s'arrêta pas pour autant. Il n'avait monté que quelques marches quand il croisa Gabriel qui descendait. Pour la première fois depuis des années, il se sentit offensé en le voyant habillé en prêtre. Raphaël tenta de le dépasser, mais Gabriel se mit sur son chemin. Son frère le scruta de ses yeux bleus. Gabriel remarqua la chemise ouverte de Raphaël, les griffures sur ses bras, son torse et ses joues. Le sang. La garce lui avait mis du sang partout.

— Où étais-tu ? demanda-t-il d'une voix sévère.

Raphaël esquissa un sourire froid. Ses joues lui faisaient mal à cause de cette amabilité feinte.

— La garce est morte.

— Tu l'as tuée ? Alors pourquoi tu ne le célèbres pas ? s'enquit Bara depuis le bas des marches.

Tous ses frères étaient là, à le regarder. Ils avaient l'air perplexe. Tous, sauf Michaël, dont le visage était impassible, comme d'habitude.

Raphaël se tourna à nouveau vers Gabriel et précisa :

— La trafiquante est morte.

La mâchoire de Gabriel se crispa.

— Tu es retourné au club ? Je t'avais dit de ne pas le faire. La Brigade...

— Je me fous de ce que tu as dit. Cette conne est morte. Contrat rempli.

Raphaël tendit ses clefs de voiture et ajouta :

— Elle est dans le coffre de ma voiture.

— File-moi les clefs, demanda Sela, d'une voix grave. Je la veux avant qu'elle aille au crématorium.

L'expression de son visage était sérieuse. Raphaël jeta les clefs à son frère. Il pouvait la prendre. La découper et faire ce qu'il voulait de son corps hideux.

— Je veux voir, intervint Uriel.

Lui, Bara, Sela, Michaël et Diel passèrent la porte d'entrée en courant.

— Je t'avais interdit de retourner au club, lui rappela Gabriel. Ils auraient pu te voir. Ils auraient pu te capturer…

— Ils ne l'ont pas fait, répliqua Raphaël entre ses dents serrées.

— Ce n'est pas le problème…

Raphaël tenta de repousser Gabriel pour rejoindre sa chambre, mais son frère l'attrapa par le bras. Raphaël libéra toute la colère qui vibrait en lui et plaqua Gabriel contre le mur. Sa main se tendit vers son cou. Surpris, Gabriel le regarda dans les yeux.

— Fous-moi la paix, mon frère, et ne me touche pas sans ma permission. J'ai tué la garce. Et maintenant, je vais aller dans ma chambre pour voir Maria. Ne te mets plus jamais sur mon chemin.

Raphaël repoussa Gabriel sur le côté. Il sentit les yeux choqués de son frère qui le suivaient pendant qu'il grimpait les marches et se précipitait dans sa chambre.

Dès qu'il fut dans sa suite, il verrouilla les portes et se dirigea vers la porte secrète cachée dans le mur. Il la poussa, la referma derrière lui et alluma. Arrivé devant l'imprimante, il scanna le polaroid et en imprima une copie plus grande. Il la colla au mur. En utilisant le stylo à côté de l'imprimante, il inscrivit les mots « garce » et « trafiquante d'enfants » à côté de la photo de son visage sans vie, aux yeux ouverts pour l'éternité.

Puis Raphaël jeta le stylo. Il s'apprêtait à quitter sa chambre lorsqu'il vit l'autel. Le cadre doré qui attendait la photo de Maria.

Elle allait être parfaite…

Sa colère se dissipa au moment où il approcha et, dans sa tête, vit la photo qu'il capturerait. Les bougies seraient allumées, une rose serait disposée dans le vase. Elle serait si belle, dans la mort…

Mais l'image se déforma quand des larmes coulèrent de ses yeux, sur ses joues, gâchant l'image qu'il visualisait. Sa lèvre inférieure trembla et sa peau se vida de toutes ses couleurs.

— Non, grogna-t-il, les poings serrés. Non !

Raphaël sortit de la pièce en trombe et courut à la salle de bains. Il retira ses vêtements et se regarda dans le miroir. Ses muscles étaient tendus, et ses trapèzes crispés par la tension qui affluait dans tout son corps. Il prit son sexe par-dessus la cage et serra. Son reflet lui renvoyait ses yeux dorés. Toutefois rien ne se passait. Il tira, pressa et se frappa les testicules. Rien ne fonctionna. Pas de sang. Pas de constriction. Pas de douleur. Il ne pouvait pas bander sans douleur !

Raphaël ouvrit la douche et fit couler l'eau, il fallait qu'elle soit aussi brûlante que possible. Elle bombarda sa tête, éliminant le goût du sexe putride de cette garce de trafiquante sur ses doigts et son corps. Puis il recula, les cheveux plaqués sur le front et le visage, et braqua le jet d'eau brûlante sur son sexe. Il bascula la tête en arrière et grogna quand l'eau lui brûla la peau, mais quand il baissa les yeux, il n'était pas dur. Il s'écarta de la douche et trébucha, trempé, sur le sol carrelé.

Qu'est-ce qui se passait, putain ?

Raphaël serra les poings et libéra sa rage grandissante. D'un geste du bras, il balaya le sommet de sa commode du bras, envoyant les bouteilles et le miroir valser sur le sol. Il ouvrit brusquement les tiroirs et balança ses vêtements à travers la pièce, avant de jeter les tiroirs en bois contre le mur. Il se dirigea vers la cheminée et donna un coup de poing au tableau qui trônait au-dessus. Il recommença encore et encore jusqu'à ce que sa main soit en sang et que le plâtre du vieux mur soit abîmé.

Il n'entendit pas Maria arriver dans son dos. Il ne la vit pas le regarder réduire en morceaux sa suite. Il ne pensa même pas à elle, jusqu'à ce qu'elle pose sa main délicate sur son dos. Raphaël pivota et ne vit que la mort devant lui. Le visage baigné de larmes de Maria émergea du brouillard qui l'enveloppait.

— Toi, grogna-t-il d'un ton sombre en s'avançant vers elle.

Maria recula en titubant, essayant de s'écarter. Raphaël était furieux, il était hors de contrôle. Sa colère était telle qu'il était capable de tuer tous ceux qui oseraient se dresser sur son chemin. Maria plaqua le dos contre le mur et se recroquevilla sur elle-même.

— C'est ta faute, dit-il en serrant son sexe défaillant.

Maria baissa les yeux sur sa main.

— Tu as pleuré, grogna-t-il en plaquant la paume contre le mur au-dessus de sa tête. Tu pleurais et tu as dit « rose rouge ». Pourquoi tu pleurais, putain ?

Raphaël fit un pas en arrière et se donna un autre coup entre les jambes, mais rien ne se produisit. Sa chair n'enflait pas et ne se pressait pas contre la cage. La douleur dont il avait besoin ne venait pas. Les jambes de Raphaël flageolèrent et il dut se raccrocher à la colonne du lit pour rester debout. Il tenta de respirer, de garder pied. Mais c'était ce qu'il était. Il tuait et il baisait. Il baisait et il tuait.

Ces mots étaient des synonymes, pour lui. L'un n'existait pas sans l'autre. Il imagina des mains autour de cous, des griffures sur sa peau. De la douleur. Toujours de la douleur. Il y en avait tout le temps. Les coups… Les fouets… Quand on le maintenait au sol et…

Raphaël rejeta la tête en arrière quand un flot de plaisir transperça son corps telle une balle en plein cœur. Il prit une brève inspiration et sentit son sexe s'éveiller, se presser contre la cage en silicone. Il serra la colonne en bois du lit… et baissa les yeux.

— Maria…, dit-il d'une voix rauque, aussi coupante que des bris de verre.

Les paupières de Raphaël s'alourdirent… La petite main délicate de Maria était autour de son sexe. Sa chair enflait de seconde en seconde. La main de la jeune femme ne bougeait pas. Elle se contentait de tenir son sexe, comme si le caresser la brûlerait. Maria sentit ses yeux sur elle. Elle leva la tête et lui lança un regard qui trahissait sa nervosité.

Sa peau était si pâle… Sa main tremblait. Cependant la chaleur familière dont Raphaël avait besoin était en train d'effacer la panique qui flottait dans son corps.

— Laisse-la ici, lui ordonna-t-il en s'agrippant encore davantage à la colonne.

Maria ne retira pas la main. Elle laissa son sexe emplir sa cage et sa main, jusqu'à ce que la douleur dont Raphaël avait besoin se mette à pulser dans son entrejambe, des éclairs lui morcelant le dos.

Combien de temps resta-t-il comme ça ? Raphaël n'en avait aucune idée. Quand il sentit un peu de force revenir dans les jambes, il s'assit au bord du matelas. Maria commença à le lâcher, mais il intercepta sa main. Il écarta les jambes et ferma les yeux. La main de Maria était chaude… L'opposition parfaite avec la douleur constrictive de la cage.

— Je ne sais pas quoi faire, avoua Maria d'une voix timide.

Raphaël ouvrit les yeux. Elle se tenait devant lui, dans sa robe blanche qui exposait les courbes de son corps menu. La rose jaune qu'il avait calée derrière son oreille ce matin y était encore. Ses cheveux doux et lisses retombaient en une cascade blonde sur ses épaules et son dos.

— Serre, lui ordonna-t-il, sa voix grave révélant le peu de contrôle qu'il exerçait encore sur lui-même. Serre aussi fort que tu peux.

Un hoquet s'échappa des lèvres entrouvertes de Maria. Elle était choquée. Raphaël garda les yeux rivés sur elle, ne les détourna pas une seule seconde.

— Je t'ordonne de serrer ma queue aussi fort que tu peux. Est-ce que tu comprends ?

— Oui, mon Seigneur, répondit Maria.

Elle baissa ses yeux brillants, comme la gentille petite soumise qu'elle était. Ses joues rougirent, laissant entendre à Raphaël qu'elle en avait envie. Qu'elle avait envie de le toucher et de le faire jouir.

— Maintenant, exigea-t-il.

Les doigts de Maria commencèrent à serrer plus fort. Raphaël siffla quand la pression familière des aiguilles s'accumula dans ses testicules.

— Plus fort, articula-t-il avec difficulté.

Du sang afflua dans sa bouche, mais il l'avala. Le sang, la douleur et la sensation de Maria en train d'étrangler son membre, c'était le paradis.

— Plus fort. Plus fort ! répéta-t-il quand la main de Maria se mit à trembler d'épuisement. PLUS FORT !

Sa deuxième main le prit, elle aussi. Sa petite rose étrangla son sexe de toutes ses forces.

Toutefois il avait besoin d'être au-dessus d'elle. Il avait besoin de son petit corps sous lui. Raphaël l'attrapa par le bras pour qu'elle s'allonge sur le lit. Il chevaucha sa taille et remonta sa robe jusqu'à exposer son sexe et son ventre.

— Serre-moi. Étouffe-moi. Étrangle ma queue, grogna-t-il d'un ton déterminé.

Maria lui obéit, ses deux mains serrèrent plus fort son sexe. Quand la pression fut telle que ses doigts risquaient de laisser des marques, Raphaël se pencha en avant et posa une main de chaque côté de sa tête. Elle haletait autant que lui et ses joues étaient rouges. Ses pupilles, qui ne quittaient pas son visage, étaient dilatées. Elle regardait la douleur hédoniste parcourir son corps, comme un million de dagues plongées dans sa peau.

— Déplace la main. Frotte-moi de haut en bas. Branle-moi.

Raphaël se pencha et lécha la joue de Maria, son menton, sa lèvre inférieure. Elle laissa échapper un petit gémissement.

— Étrangle ma queue, petite rose. Fais-le-lui payer, elle m'a lâché.

Maria fit bouger sa main en va-et-vient, par-dessus la cage en silicone. Raphaël laissa aller sa tête en arrière et ferma les yeux. Maria accéléra le rythme, resserra sa prise, et la cage commença à le comprimer. Ses testicules étaient privés de sang et son gland se mit à pulser sous l'effet de l'asphyxie. Les caresses de Maria étaient frénétiques et le corps de Raphaël se repaissait de la douleur. Chaque muscle palpitait, ayant besoin du soulagement que seul son orgasme pourrait apporter. Puis Raphaël serra les dents et, avalant le sang qui coulait de sa lèvre entaillée, il rugit et jouit. Son cou se tendit et il ouvrit grand les yeux pour regarder les flots blancs décorer le ventre immaculé de Maria. En tressaillant, sans cesser de jouir, Raphaël inclina les hanches jusqu'à ce que les derniers jets de semence recouvrent le sexe nu de Maria. Il gronda quand son intimité se contracta au moment où le sperme la toucha.

Les yeux de Raphaël fixaient le sperme qui recouvrait le corps à demi nu de Maria. Il grogna, puis enduit son ventre de sa semence. Il était poussé par un besoin charnel, primitif. Qui lui donnait envie d'étaler sa semence, encore et encore, jusqu'à ce qu'elle soit absorbée par la peau de Maria. Puis il s'attarda sur son nombril, ses hanches. Elle haleta. La main de Raphaël se lova entre ses jambes, il étala son sperme sur son clitoris, avant de passer à sa fente. Il planta les yeux dans les siens pendant qu'il glissait un doigt en elle. Maria gémit bruyamment alors qu'il enfonçait sa semence en elle. Son instinct possessif l'enveloppa si fort qu'il lui fit mal à la poitrine. Il fit aller et venir son doigt en elle jusqu'à ce qu'il ne reste plus de sperme du tout sur son corps. Raphaël retira son doigt et, s'assurant que les yeux bleus de Maria l'observaient, il l'approcha de sa bouche et suça le mélange de lui et d'elle.

Maria hoqueta. Le cœur battant, Raphaël approcha la bouche pour lécher l'intérieur des cuisses de Maria, son sexe, puis ses hanches. Il lécha son ventre, lapa son nombril ; tous les endroits que son sperme avait touchés. Il se positionna au-dessus d'elle et mit ses mains de chaque côté de sa tête. Il contempla son visage, ses yeux innocents. Sa peau pâle maculée de larmes et les taches de rousseur sur son nez.

— Qu'est-ce que tu as fait ? demanda-t-il d'une voix rauque en secouant la tête. Qu'est-ce que tu as fait, putain, petite rose ?

L'épuisement le gagna, ses yeux commencèrent à se fermer, son corps voulait du repos. Raphaël se laissa tomber à côté de Maria et prit ses cheveux. Allongé sur le matelas, il regarda son joli visage.

Il n'avait pas réussi à baiser.

Il adorait tuer et baiser. Il ne vivait que pour ça. Il n'était rien, sans ça.

La petite Maria avait interféré avec son plaisir. Son seul but dans la vie.

Raphaël la contempla pendant qu'il enroulait ses cheveux autour de sa main.

L'excitation tournoya dans son ventre à l'idée de ramener les mèches soyeuses autour de son cou. De la baiser pendant qu'elle murmurait son nom…

Elle était la seule qu'il pourrait avoir jusqu'à ce que tout ça soit terminé.

Comme la petite rose qu'elle était, elle était en train d'éclore à son contact, grâce à ses ordres. Puis, le moment venu, elle se flétrirait et mourrait, ses pétales tomberaient, emportant ses jolis souffles et battements de cœur avec eux. Raphaël prit une grande inspiration, le sommeil remportant la victoire.

Au moment où il ferma les yeux, il la vit dans son cercueil, de longues tiges dans les mains, des pétales de rose autour de sa tête.

Raphaël sourit.

Quel sublime spectacle ce serait.

CHAPITRE 11

Maria libéra avec précaution ses cheveux des mains de Raphaël. Elle se fit aussi silencieuse que possible pour sortir du lit et se rendit dans la salle de bains. À chacun de ses pas, son cœur battait plus fort dans sa poitrine. Elle referma la porte derrière elle. Maria se retourna et aperçut son reflet dans le miroir. Elle ne bougea pas. Elle se contenta de le regarder. Ses cheveux ébouriffés et ses joues rouges. Elle fit un pas hésitant en avant, puis un autre. Tout en s'approchant du miroir, elle fit glisser les bretelles de sa robe et laissa le tissu tomber à ses pieds.

Nue, elle observa son reflet. Elle fit courir ses mains sur son ventre, entre ses jambes. Elle sentait encore le sperme chaud de Raphaël sur sa peau, sa main calleuse qui la touchait, massait sa semence pour que sa peau l'absorbe. Maria effleura son intimité des doigts et sentit ses joues se réchauffer, comme brûlées par une flamme. Mais sa semence sur sa peau n'était pas ce qui lui paraissait le plus impie. C'était le moment où Raphaël l'avait pénétrée avec un doigt, une expression primale, sauvage sur le visage.

À cet instant, il l'avait revendiquée. Maria faillit rire. Ce n'était pas nouveau. Ça faisait des semaines que Maria tombait de plus en plus dans les bras de Raphaël. Elle s'était donnée au tueur, corps et âme, parce que c'était ce que Dieu voulait. Toutefois, après chaque heure agréable passée dans sa suite, après chaque jour dans ses bras, la bouche de Raphaël entre ses jambes, Maria pouvait de moins en moins faire comme si la volonté de Dieu était la seule chose qui l'amenait à rester dans son lit. Elle avait senti une partie d'elle-même disparaître dès le premier orgasme qu'il lui avait donné. Elle avait senti cette part brisée se coller à lui volontairement. Et il la conservait là depuis lors, liée à lui.

Elle n'était plus Sœur Maria Agnès, elle était Maria, la petite rose de Raphaël.

Elle prit une inspiration tremblante. Elle leva la main et étudia sa paume, ses doigts. Elle sentait encore l'écho de Raphaël entre ses mains. Elle secoua la tête en se souvenant de son besoin de souffrir. Du désespoir sur son visage, quand il n'arrivait pas à avoir une érection. De sa colère, quand il l'avait fait reculer contre le mur et avait plaqué la main au-dessus de sa tête.

Elle l'avait fait jouir.

Elle avait étranglé son pénis à deux mains et l'avait caressé de haut en bas, jusqu'à le faire jouir. Et quand il avait... Son visage, quand il avait baissé les yeux sur elle... C'était comme si elle lui avait offert son âme sur un plateau d'argent. Il avait prononcé son nom comme une bénédiction.

Maria... Petite rose...

Maria tressaillit et ferma les yeux, la chair de poule recouvrant sa peau. Ça n'avait rien à voir avec le froid, et tout avec la paire d'yeux dorés qui avait ébranlé les hauts murs qu'elle avait bâtis autour de son cœur meurtri.

Maria se positionna à nouveau face à son reflet et leva les yeux vers le miroir.

— C'est une âme perdue, qui tue des gens, murmura-t-elle.

Malgré cela, elle ne pouvait penser qu'à la douleur qui le dévastait, quand il avait ravagé sa chambre. Qu'à son visage défait, lorsqu'il avait agrippé la colonne de lit, positionné comme si quelqu'un le frappait dans le dos. Le dos arqué comme si quelqu'un lui donnait des coups de fouet, déchaînant un torrent de violence. Son dos… Des larmes montèrent aux yeux de Maria.

Elle pivota lentement vers la douche. Ses mains tremblaient à la simple idée de se retourner. Pendant toute la journée, depuis qu'elle avait entendu le majordome mentionner la date, cette dernière l'avait tourmentée, poignardée en plein cœur, lui ôtant toute force.

Les jambes tremblantes, Maria souleva ses cheveux longs jusqu'aux cuisses. L'air chaud et encore humide de la salle de bains effleura sa peau, cette peau qu'elle ne révélait jamais. *Retourne-toi,* s'intima-t-elle en silence. Cette année, elle le ferait. Elle était déterminée. Cette année, elle affronterait les douleurs de son passé, elle exorciserait les souvenirs qu'elle refoulait depuis longtemps, qu'elle avait enfermés à double tour au plus profond de son être. Cependant ses bras faiblirent. La couverture que formait son épaisse chevelure retomba dans son dos. Elle avait échoué, une fois de plus.

Elle aimait croire qu'elle était forte. Elle aimait faire comme si elle était ici, avec Raphaël, dans ce manoir de tueurs, pour Dieu. Et c'était le cas. Mais l'ironie de la situation c'était qu'elle s'efforçait de guérir Raphaël… alors qu'elle ne pouvait même pas se guérir elle-même.

Maria regarda son corps nu. Elle ignorait combien de temps il lui restait à vivre, mais elle voulait être en paix avec son passé le moment venu.

Quand elle se sacrifierait pour sauver un pécheur, comme de nombreux martyrs avant elle. Un rire sans joie lui échappa. Parce qu'elle était certaine que les martyrs qui étaient morts pour leur foi et leur Dieu n'y avaient pas pris de plaisir. Un accès de honte la submergea. Parce qu'elle y prenait du plaisir. Elle aimait la soumission. Elle aimait qu'on lui ôte tout contrôle. Pire encore, elle aimait que les mains habiles de Raphaël la touchent. Elle aimait sa langue entre ses jambes, ses doigts qui plongeaient en elle, la faisant se fragmenter de plaisir. Son cou rougit. Elle se mordit la lèvre, la pression entre ses cuisses grandissait. Rien que l'idée d'être touchée de manière charnelle faisait trembler et frissonner son corps. Est-ce que Dieu lui avait offert cette jouissance pour l'aider à guérir Raphaël ? Ou était-ce juste l'œuvre de Raphaël ? À eux deux, ils avaient fait s'éveiller ce qui dormait en elle.

Quand elle ouvrit les yeux, ses pupilles avaient presque fait disparaître tout le bleu de ses iris. Elle était épuisée. Vidée. Maria jeta un regard à la douche et allait l'allumer, pour nettoyer la semence de Raphaël sur sa peau. Néanmoins elle ne le fit pas. Non, elle récupéra sa robe par terre et l'enfila.

Elle ne savait pas pourquoi elle ne voulait pas laver sa peau. Elle sentait Raphaël partout sur elle. Son parfum était enivrant. Bizarrement, il la faisait se sentir en sécurité. Elle faillit rire à l'ironie de la chose. Son kidnappeur, qui était aussi son futur assassin, la faisait se sentir en sécurité.

C'était la pire des afflictions.

C'était pourtant ce qu'elle ressentait.

Maria sortit de la salle de bains et se dirigea vers le dressing où se trouvait son lit. Quand elle aperçut Raphaël, elle s'immobilisa. Elle lissa sa robe, en proie à une lutte intérieure.

Raphaël l'emporta.

Sur la pointe des pieds, elle le rejoignit. Il était là où elle l'avait laissé, son corps fatigué étendu sur le matelas. Il était couché sur le flanc, la joue posée sur le bras.

Il était beau. Un ange déchu en chair et en os. Est-ce que Satan ressemblait à ça ? Au plus beau de tous les hommes, mais avec la plus noire des âmes. Après tout, c'était un ange déchu, lui aussi. Le premier. Il n'avait pas toujours été mauvais ; c'était un enfant de Dieu. Autrefois, il y avait du bon en lui.

Comme Raphaël. Elle y croyait de tout son cœur.

Maria baissa les yeux sur le pénis désormais flasque de Raphaël. Elle déglutit en voyant l'objet qui l'emprisonnait. Une cage de silicone noir autour de sa chair. Elle ne comprenait pas comment un instrument pareil pouvait lui procurer du plaisir. Puis soudain, elle comprit. C'était pour ça qu'il sifflait, parfois. Pour ça qu'il rejetait la tête en arrière et grimaçait quand il était excité, comme s'il était enveloppé dans une couverture de douleur.

— Pourquoi ? murmura-t-elle.

Maria étudia le corps de Raphaël et remarqua plusieurs cicatrices sous les muscles et les tatouages noirs.

Pourquoi portait-il cette affreuse cage ?

Elle laissa retomber sa tête en avant. S'il avait subi des actes innommables... Lui ou qui que ce soit d'autre... Cela laissait des cicatrices plus profondes que celles qu'on pouvait voir sur la chair. C'étaient les cicatrices intérieures qui blessaient le plus. Celles qui transperçaient l'âme, qui griffaient le cœur.

Qui mutilaient l'esprit.

Elle le savait. Oh oui, elle le savait...

Maria eut soudain froid et repartit vers son lit. Elle se glissa sous les couvertures et ferma les yeux. Mais les souvenirs de cette date, cinq ans plus tôt, et des mois qui avaient suivi l'assaillirent, lui coupant le souffle. Alors elle se raccrocha à l'oreiller, le serrant contre sa poitrine. Quand le sommeil vint enfin, les draps étaient humides de ses larmes et son corps était douloureux à force d'être aussi tendu.

Le sommeil finit par l'emporter malgré tout. Même si ça ne dura pas longtemps.

***

Un cri s'échappa de la chambre, Maria ouvrit vivement les yeux. Son cœur se mit à battre à toute vitesse tandis qu'elle s'efforçait d'émerger du lourd brouillard dans lequel était plongé son esprit.

Raphaël.

Maria ramena son drap contre sa poitrine. Raphaël se débattait dans son sommeil, luttant contre les démons qui le dévoraient dans ses rêves. Chaque nuit, il hurlait. Chaque nuit, elle restait près de lui, comme un ange qui veillait sur lui pendant qu'il dormait. La première fois qu'elle l'avait touché, il l'avait punie. Depuis, elle n'osait plus le faire. Elle n'imposerait pas son réconfort à quelqu'un que cela semblait répugner. Mais ce soir, c'était différent. Il criait de douleur. D'angoisse. Sa souffrance paraissait intense. Et ça ne s'arrêtait pas. Les cris se succédaient par vagues, jusqu'à ce que la voix de Raphaël devienne rauque, jusqu'à ce que ses cris soient remplacés par des sanglots discrets, mais non moins douloureux.

Le corps tremblant, les nerfs à vif, elle sortit du lit et s'approcha des portes du dressing sur la pointe des pieds. Les rideaux de la chambre étaient ouverts et la pleine lune brillait bien haut dans le firmament. La lueur bleue du ciel baignait la pièce, éclairant l'endroit où Raphaël dormait d'habitude. Toutefois quand Maria posa les yeux sur lui, il n'était pas allongé, mais à genoux, sur le lit, la tête baissée et les paumes à plat sur le matelas. Il prenait des inspirations saccadées et tremblantes. Maria s'avança et vit qu'il était couvert de sueur. Ses cheveux noirs ébouriffés étaient emmêlés, des mèches retombaient pêle-mêle sur son front. Face à cet homme remarquable, mais si tourmenté, une boule se forma dans sa gorge.

Maria ne put s'en empêcher. Elle posa la main sur la tête de Raphaël. Il cessa de respirer. Le cœur de Maria lui remonta dans la gorge, elle craignit d'être allée trop loin. Le corps de Raphaël se raidit, mais il leva lentement la tête. Maria retint son souffle quand ses yeux dorés plongèrent dans les siens. Sa lèvre inférieure trembla. L'expression de son visage... Ses joues mal rasées... Ses tatouages... Il avait l'air perdu. Ses lèvres étaient pâles et en le voyant là, seul sur son lit, sans nulle part où aller, sans personne vers qui se tourner, Maria eut envie d'être celle vers qui il se tourne. Non, elle en avait besoin. Elle connaissait ce sentiment. Cette impression de se noyer, de suffoquer... D'être seul au monde, isolé par la douleur et le désespoir.

Maria poussa un cri quand Raphaël lui attrapa le poignet, montrant les dents. Une flamme s'alluma dans ses yeux. Ce qui ressemblait à de la haine pure remplaça la tristesse. Maria tenta de mettre fin à ce contact indésirable, mais Raphaël était plus fort qu'elle.

— Tu veux mourir, petite rose ? demanda-t-il avec calme.

Malgré sa fatigue, sa lassitude, il y avait une note de menace dans sa voix grave.

— Tu veux que je referme les mains autour de ton joli cou fin et que je te tue maintenant ?

Maria garda le silence, comme si elle était face au plus dangereux des prédateurs. Elle baissa les yeux et son corps se relâcha, docile. Elle voulait lui montrer qu'elle n'était pas une menace, qu'elle voulait juste le réconforter. Raphaël serra plus fort. Maria réprima un gémissement, mais il finit par la libérer d'un geste brusque.

— Retourne au lit et ne me dérange pas avant demain matin.

Malgré ses paroles dures, son ton lourd de dédain, elle percevait sa douleur. Elle était à vif. Elle entendait la fragilité de son cœur.

Maria savait qu'elle aurait dû se retourner, mais, le défiant, elle resta immobile. Elle savait qu'elle aurait dû garder les yeux baissés, comme Raphaël le lui avait ordonné à son arrivée dans ce manoir. Mais elle ne le fit pas. Elle désobéit.

Elle leva la tête et planta ses yeux dans ceux de Raphaël. Il était furieux. Il tenta de s'approcher, mais elle fit un pas en arrière. Elle repensa au reflet de son corps nu dans la salle de bains. Elle avait échoué, une fois de plus. Elle n'avait pas été capable d'affronter ses cicatrices. Raphaël paraissait perdu, il était tourmenté. Une vague de courage la submergea. Maria agit aussitôt, au cas où celle-ci s'évaporerait. Elle leva les mains et écarta les bretelles de sa robe de ses épaules. Les narines de Raphaël se dilatèrent quand son corps apparut. Maria lui en avait montré la majeure partie, ces dernières semaines. Cependant elle n'avait jamais entièrement retiré sa robe. Elle n'avait jamais dévoilé son corps devant ses yeux avec tant de hardiesse. Elle-même ne le regardait jamais.

La mâchoire de Raphaël se crispa. Maria vit son membre enfler. Mais elle ne faisait pas ça pour le sexe ; elle faisait ça pour lui montrer qu'ils avaient un point commun et qu'elle le comprenait. C'était une question de compassion... De douleur et de ténèbres qu'ils partageaient.

Une question de guérison.

Ses jambes et ses bras tremblèrent, mais Maria les ignora et commença à soulever ses cheveux. Raphaël était fasciné, il observa les longues mèches remonter un centimètre après l'autre, jusqu'à ce qu'elle les rassemble en un chignon désordonné sur sa tête. Elle enroula les cheveux sur eux-mêmes, coinçant les mèches dessous pour qu'elles ne la gênent pas. D'un air curieux, il fronça les sourcils.

Maria repoussa la peur qui lui obstruait la gorge. Elle ferma les yeux et commença à se retourner. Elle craignait que ses jambes flanchent, mais elle tint bon et révéla son dos à Raphaël. Cinq ans. Cela faisait cinq ans, jour pour jour, qu'on l'avait enlevée. Cinq ans que son corps avait été dépouillé de sa peau. Depuis qu'on l'avait attachée, bâillonnée et mise dans un cercueil plongé dans l'obscurité.

Maria ouvrit les yeux et fixa le tableau que Raphaël avait détruit quelques heures plus tôt. Il représentait une colombe blanche qui s'envolait dans un ciel d'un bleu cristallin. Sauf que maintenant, la colombe était déchiquetée, la toile était fichue, le ciel bleu fragmenté.

— Il s'appelait William Bridge, avoua-t-elle.

Les souvenirs sombres de ce qu'elle avait vécu s'échappaient de la prison intérieure où elle les avait enfermés.

— Je ne l'ai appris que bien plus tard, reprit-elle, mais c'était le concierge de mon école. Il m'a observée pendant des mois avant de m'enlever.

Maria lutta pour continuer à parler malgré sa gorge nouée :

— Je ne sais pas pourquoi il m'a choisie moi, plutôt qu'une autre. Je ne l'ai jamais su.

Elle se tut, le temps de se ressaisir.

— Quand j'avais seize ans, il s'est introduit chez nous.

Elle parlait d'une voix calme, même si son pouls pulsait à la vitesse de la lumière. Les souvenirs de ce soir-là réduisaient à néant toute la joie qu'elle avait jamais pu ressentir.

— Il a tué mon père. Puis mon frère. Il a tué ma mère.

Maria sentit une larme s'échapper de son œil, mais ne l'essuya pas. Ses mains étaient comme paralysées. Que quelqu'un voie son dos… Elle n'avait jamais réussi à le regarder, et avait laissé pousser ses cheveux pour qu'ils forment un bouclier. Pour se protéger de ce passé qu'elle fuyait depuis tant d'années.

— Il ne m'a pas tuée, continua-t-elle. Ce n'était pas ce qu'il voulait. Il m'a enlevée et ramenée chez lui, en pleine campagne. Dans la maison où il emmenait toutes ses victimes.

Maria prit une inspiration tremblante.

— Il m'a mise dans un cercueil. Un cercueil en métal, qui avait de petits trous pour me permettre de respirer.

Elle ferma les yeux et fut aussitôt projetée là-bas. La peur s'empara de son corps, si forte et intense qu'elle la paralysa. Mais les mots continuaient de jaillir de ses lèvres. Elle savait qu'une fois qu'elle aurait commencé à raconter ce qui s'était passé, elle ne pourrait plus s'arrêter. Maria croisa les bras sur sa poitrine nue et fit de son mieux pour ne pas perdre son calme.

— Il m'a gardée là pendant des jours, n'ouvrant le couvercle que pour me donner tout juste assez d'eau et de pain pour que je ne meure pas.

Maria sentit ce puits de désespoir infini qui avait été sa seule compagnie pendant tous ces mois se former à nouveau dans son ventre.

— Il m'a affamée et maintenue dans le cercueil pendant tant de temps que j'ai cru que j'allais mourir.

Le visage de Maria était baigné de larmes, la pièce était floue devant elle.

— Et puis il est venu.

Maria tressaillit au souvenir du soleil qui l'avait aveuglée, après tant de jours passés dans le cercueil. Elle se souvint de la douleur de son corps quand il l'avait obligée à marcher, des crampes dans ses muscles quand ils avaient été tirés de leur sommeil forcé. Elle se souvint de sa violente migraine causée par le manque de nourriture. Maria baissa les yeux sur son corps nu. Elle se souvint de ses os qui saillaient sous sa peau blême, de son ventre creux et de ses jambes et ses bras qui n'avaient plus que la peau sur les os. Maria sanglota, mais continua de parler :

— Il m'a attachée à une table en bois par les poignets et les chevilles, sur le ventre. C'est à ce moment-là qu'il a commencé à découper ma peau. À lacérer la chair de mon dos, morceau par morceau, comme si j'étais une vache et qu'il me dépeçait pour faire du cuir.

Maria sentit le couteau sur son dos, elle avait l'impression d'être de retour sur la table. Elle retint un cri, la lame séparait sa peau de ses muscles épuisés. Du moins, dans sa tête.

— Quand il a eu fini de prendre ce qu'il voulait, il m'a remise dans le cercueil, à plat ventre. Il m'a laissée souffrir, sans rien faire pour soulager la douleur. Il m'a nourrie à travers une trappe dans le cercueil. Un trou par lequel j'ai pu vomir quand la douleur et l'infection sont devenues trop grandes.

Maria frissonna en se rappelant ces jours brumeux où elle n'avait connu rien d'autre que la souffrance.

— Il ne prenait qu'une petite partie de ma peau à la fois. Et il m'abandonnait pendant des semaines entre deux séances.

Elle secoua la tête.

— Je ne savais pas pourquoi. J'étais si atteinte mentalement et physiquement que je ne me suis jamais posé la question.

Elle prit une grande inspiration.

— Mais je savais que j'allais mourir. J'allais mourir dans l'obscurité de ce cercueil en métal, et je n'allais manquer à personne. Ma famille avait été tuée, tout ça pour qu'il puisse m'enlever et me dépecer. Je n'avais plus personne qui m'aimait si je m'échappais. Ça ne servait à rien.

Quelque chose remua dans le ventre de Maria, une pointe de force familière, celle-là même qu'elle avait réussi à rassembler ce jour fatidique. La combativité. La volonté de survivre, malgré tout.

— Je n'ai jamais été croyante. On n'allait pas à l'église. Mes parents étaient plutôt du genre new age qu'adeptes d'une religion. Mais pendant que j'étais allongée là-dedans, j'ai prié Dieu pour qu'il me libère, et je lui ai promis que s'il le faisait, je lui consacrerais ma vie. Je délirais. Je parlais à un dieu auquel je n'avais encore jamais pensé. J'étais aux portes de la mort quand j'ai entendu des gens se précipiter dans la pièce. Un tas de voix, que j'étais sûre d'imaginer. Quelqu'un m'a appelée par mon nom.

Maria sourit malgré la douleur.

— J'ai cru que j'étais morte et que j'étais arrivée au Paradis, que cette voix était celle de ma mère, qui m'accueillait à la maison.

La voix de Maria se brisa, et il lui fallut quelques minutes avant de pouvoir reprendre la parole. Elle se racla la gorge.

— On a soulevé le couvercle du cercueil, m'inondant de lumière. Je n'avais jamais vu une lumière aussi vive. Au loin, j'ai entendu un coup de feu. Des mains délicates m'ont soulevée et m'ont sortie du cercueil. Ce n'étaient pas celles de William Bridge, mais celles d'un homme habillé en bleu marine. Il m'a murmuré que j'étais sauvée. Qu'ils m'avaient trouvée. Que tout irait bien.

Maria ferma les yeux et leva le visage vers le plafond, comme si elle était de retour dans la clarté de ce jour.

— Mais tout ce que je voyais, c'était la lumière qui se déversait sur moi, on aurait dit qu'un projecteur était braqué droit sur moi.

Maria sourit.

— C'était Dieu, je le savais. Il avait entendu ma prière. Il m'avait sauvée dans mes heures les plus sombres. Et je savais que c'était pour une raison. Même si j'ignorais laquelle.

Maria rouvrit les yeux, l'esprit clair. *Mais je sais, maintenant.*

— J'ai été la seule survivante, continua-t-elle, sentant le poids sur sa poitrine, celui avec lequel elle vivait depuis des années. Il a amené sept filles dans cette maison et les a toutes mises dans des cercueils.

La culpabilité afflua dans ses veines. Elle n'avait jamais réussi à s'en défaire.

— J'ai été la seule qu'on a retrouvée vivante. On a toutes été dépecées, il nous a affamées. Malgré tout je respirais encore. Mon cœur battait encore. Ils ont tué William Bridge quand il a tiré sur les policiers qui nous ont trouvées. Notre ravisseur était mort… Et j'étais la seule à être enfin libre.

L'air froid s'enroula autour du corps nu et exposé de Maria. Raphaël ne dit pas un mot. Son cœur se serra. Elle espérait qu'il trouverait un certain réconfort dans l'idée qu'on lui avait infligé des cicatrices, à elle aussi. Qu'elle était abîmée, que c'était peut-être irréparable. Elle pensait qu'il allait comprendre…

Maria baissa la tête, déçue. Ses mains retombèrent le long de ses flancs. Elle s'apprêtait à se retourner, mais elle s'immobilisa soudain en sentant des lèvres douces déposer un léger baiser sur l'une de ses cicatrices. Maria se figea, ses yeux s'emplirent de larmes. En un geste plus délicat que jamais, Raphaël posa les mains sur ses hanches. Elle retint son souffle quand il embrassa chaque bande de peau qui avait été arrachée à sa chair. Chaque cicatrice épaisse, d'un rouge foncé, qu'il avait sous les yeux ; qu'elle n'avait jamais vue elle-même.

Maria ne bougea pas pendant que Raphaël vénérait sa peau abîmée, comme un pèlerin devant son autel. Ce contact léger éradiqua peu à peu tous les souvenirs, toutes les sensations, de son esprit et son cœur. La nuit était silencieuse et la lune les baignait de sa lueur. Maria eut l'impression d'être sur une estrade, deux âmes traumatisées qui se trouvent dans un contexte des plus improbables, quelque chose de fort et inflexible les poussant l'un vers l'autre, chacun soulageant l'autre de ses terreurs et de ses douleurs.

Maria ferma les yeux et les mains de Raphaël remontèrent le long de ses flancs, de ses côtes, avant de redescendre. Il la caressa avec une telle chaleur que son cœur rata un battement. Elle le sentit se mettre sur ses pieds. Il s'était accroupi devant sa chair lacérée. En révérence, en vénération… En adoration.

Raphaël lui attrapa doucement les bras pour qu'elle se tourne et lui fasse face. Elle garda les yeux baissés. Il mit un doigt sous son menton et lui fit lever la tête. Ses yeux avaient perdu leur froideur, et une lueur ambrée flottait dans ses iris. Il était si grand et imposant. Pourtant, elle ne s'était jamais sentie autant en sécurité.

Raphaël se pencha, sa bouche approcha timidement de la sienne. Il plongea dans ses yeux, cherchant quelque chose qu'elle ne comprenait pas. Puis, avec hésitation, il pressa sa bouche sur la sienne. Maria eut l'impression de revenir sur la voie du soleil, aveuglée par une profonde forme de grâce. La chaleur s'infiltra dans ses os et ses membres, et la sérénité déferla dans son sang pour se lover dans son cœur fragile, le ravivant avec ce qui ressemblait à du contentement.

Quand Raphaël s'écarta, ce fut pour presser le corps nu de Maria contre le sien. Elle posa les mains sur ses épaules musclées et soutint son regard pendant qu'il les conduisait sur le lit. Il la déposa sur le matelas doux et grimpa sur elle, la recouvrant, la protégeant. Maria laissa les mains sur la peau de Raphaël. Elle parcourut des doigts sa chair couverte de cicatrices et ses tatouages. Elle caressa son dos. Raphaël ferma les yeux pendant qu'elle le vénérait en retour, touchant les blessures qui allaient bien au-delà de sa peau.

Raphaël souleva le menton de Maria et la regarda dans les yeux. Il l'embrassa à nouveau. Elle gémit quand sa langue s'introduisit dans sa bouche. Maria noua les jambes autour de la taille de Raphaël et se cambra quand il glissa la main entre eux, vers son entrejambe. Ses doigts familiers la caressèrent et la massèrent jusqu'à ce qu'elle interrompe le baiser pour reprendre son souffle. Raphaël l'embrassa dans le cou, sur la gorge et les joues. Sa bouche ne s'écarta jamais, même si elle sentait son membre durcir et l'entendait siffler à cause de la douleur de la cage. Raphaël enfonça un doigt en elle et Maria poussa un petit cri, qui ressemblait davantage à un soupir qu'à une plainte. Elle ne réfléchit pas à ce qui se passait. Elle se contenta de ressentir. Pendant cinq ans, elle avait gardé pour elle ce qui s'était passé. Avec Raphaël, elle avait ouvert une porte qu'elle n'était pas sûre de pouvoir refermer un jour. Ni d'en avoir envie.

Raphaël retira son doigt et elle observa son visage pendant qu'il baissait la main. Il lui fallut une minute pour comprendre qu'il serrait son pénis, qu'il l'empoignait de manière implacable par-dessus la cage de silicone. Une vague de tristesse la submergea. Elle voulait le libérer de ce qui l'obligeait à avoir besoin de douleur et de violence pour avoir des relations intimes. Mais quand elle regarda Raphaël dans les yeux, elle se figea. Elle vit quelque chose qu'elle n'avait encore jamais vu dans son regard doré. Ni chez lui ni chez aucun autre homme. De la vulnérabilité.

Raphaël ne prononça pas un mot, et Maria savoura ce silence. Ses vœux de nonne avaient fait du silence un sanctuaire pour son âme fragile. C'était parfait. Raphaël lui inclina les hanches en avant et plongea en elle, sans qu'ils échangent un seul mot. Ni cris de plaisir ni grognements primitifs. Il n'y avait que leurs respirations laborieuses et cette sensation de liberté merveilleuse.

Maria hoqueta et serra les cuisses quand les mouvements de Raphaël devinrent douloureux. Il s'arrêta et l'observa, attendant le signal pour continuer. Cet homme, cet homme brisé qui était si violent, si agressif, si dominateur et sombre, attendant un geste de Maria... Il lui laissait le contrôle. Elle n'était pas sûre qu'il en ait conscience. C'était néanmoins ce qu'il faisait.

Des larmes s'accumulèrent dans les yeux de Maria, qui posa les mains dans le bas de son dos et le guida en elle. Il donna un coup de reins, elle ferma les yeux, et retint un cri. Il venait de prendre sa virginité, la pénétrant jusqu'à la garde. Raphaël s'immobilisa pendant que Maria tentait de reprendre son souffle. Elle soutint son regard et hocha la tête pour l'encourager, sans un mot, à bouger. Il s'exécuta. Il plongea en elle, serrant les dents pendant que son membre allait et venait, chaque mouvement moins douloureux que le précédent. De la sueur perlait sur leur corps, et la lune projetait une lueur éthérée sur leur peau. Maria ne pouvait détourner les yeux, elle ne pouvait pas quitter du regard l'homme qui continuait de vouloir la tuer, elle en était certaine.

Il lui était arrivé quelque chose dans son passé. Elle ne savait pas s'il lui en parlerait un jour. Toutefois, quoi que ce puisse être, cela lui avait fait croire que sa seule option était la mort, la violence et le péché.

Raphaël marqua une pause, passa les mains sous les fesses de Maria pour la soulever. Il s'agenouilla et l'assit à cheval sur ses genoux. Il guida ses hanches, allant et venant en elle. Mais elle ne put empêcher ses larmes de couler quand il leva les mains. Avec lenteur, avec douceur, il les fit courir le long de son dos et caressa ses cicatrices. Sa lèvre inférieure trembla, mais quand elle regarda Raphaël dans les yeux, elle y lut un besoin désespéré, un besoin qu'il n'arrivait pas à exprimer. Elle lâcha les épaules de Raphaël et caressa ses stigmates, ces grosses zébrures rouges qui s'entrecroisaient en lignes irrégulières. Et ils continuèrent. Ils plongeaient de plus en plus profondément l'un dans l'autre et leurs mains encensaient leurs cicatrices respectives. Des cicatrices que personne ne voyait et dont on ne parlait jamais. Leurs secrets, les démons qui vivaient au fond de leur âme.

Raphaël accéléra de plus en plus, jusqu'à ce que Maria soit à bout de souffle, une pression grandissant dans son ventre. Ses yeux s'enflammèrent et ses coups de reins devinrent erratiques. Ce spectacle était trop intense pour Maria. Elle bougea les hanches plus vite, pourchassant le plaisir que seul Raphaël pouvait lui apporter. Il s'accorda à son rythme, l'écrasant contre sa poitrine. Et pendant qu'il pressait doucement ses lèvres contre les siennes et que sa langue emplissait sa bouche d'un goût délicieux, Maria vola en éclats. Elle ferma les yeux et fut baignée à nouveau dans la lumière.

Raphaël rugit et se figea. Sa semence chaude apaisa Maria plus qu'elle ne l'aurait cru possible, calmant l'angoisse que l'évocation de son passé avait déterrée.

Elle appuya le front contre le sien. Ils se raccrochèrent l'un à l'autre. Ils ne prononcèrent pas un mot. Raphaël se retira et les allongea sur le lit. Il baissa les yeux sur son membre couvert par la cage. Maria suivit son regard et rougit en voyant une tache de sang. Cependant avant que l'embarras ait pu l'envahir, Raphaël la fit rouler sur le dos et lui écarta les jambes. Elle l'observa, en retenant son souffle. Qu'est-ce qu'il comptait faire ? Il se baissa peu à peu le long de son corps et lui écarta davantage les jambes. Ses mains coururent sur ses cuisses, jusqu'à son entrejambe. Il toucha son intimité encore sensible, Maria tressaillit. Mais son cœur fondit quand Raphaël déposa des baisers dans le sillage de ses mains. Il lui embrassa les cuisses, atteignit son entrejambe, qu'il lécha avec délicatesse. Les yeux de Maria se fermèrent. Tant de dévotion de la part de Raphaël… Elle ne songea même pas au sang qu'il devait y avoir, un sang qu'il avait consommé. Raphaël était le maître de sa virginité. Son sang était le sien.

Il l'embrassa et la calma, puis leva la tête et vint s'allonger à côté d'elle, poitrine contre poitrine. Raphaël tira sur le chignon de Maria, libérant ses longues mèches. Son ventre se contracta quand elle vit ses yeux s'embraser. Ses cheveux les enveloppaient, recouvrant les épaules de Raphaël et ses bras, créant un cocon dans lequel ils pouvaient se cacher. Maria se demanda si elle devait bouger. Retourner dans son lit. Comme s'il avait lu dans ses pensées, Raphaël l'attira plus près encore.

— Tu restes dans mon lit, ce soir, petite rose, ordonna-t-il. Tu restes ici, c'est tout.

Il ferma les yeux et, un bras autour de sa taille, plongea très vite dans un profond sommeil. Maria effleura son front du doigt. Les rides autrefois si visibles avaient disparu. Il n'y avait plus aucune tension. Aucune douleur.

Maria ferma les yeux et l'enlaça à son tour.

Deux âmes brisées entremêlées.

***

Maria s'était levée à l'aube pendant des années, elle avait donc encore l'habitude de se réveiller tôt tous les jours, avant le lever du soleil. Alors que le reste du monde dormait profondément. Y compris Raphaël, qui était encore blotti contre d'elle, une expression de sérénité pure sur son beau visage.

Maria en profita pour s'abreuver de ses traits. Elle se sentait endolorie mais revigorée. Elle lui avait parlé de son passé. Se confier avait dissipé les ténèbres qui rôdaient dans sa tête.

Des oiseaux commençaient à s'éveiller de l'autre côté des fenêtres, mais le soleil dormait encore.

Maria bougea en faisant le moins de bruit possible, elle se libéra de l'étreinte du bras lourd de Raphaël avec précaution. Elle se figea quand il remua, mais sa respiration resta régulière, et elle put sortir du lit. Dans la salle de bains, elle se rafraîchit et se brossa les dents. Quand elle ressortit, elle regarda les portes fermées. Il fallait qu'elle quitte cette chambre. Qu'elle se change les idées. Elle était prisonnière, elle le savait, elle n'avait donc pas le droit de déambuler comme il lui plaisait. Et elle n'avait aucune intention de s'échapper. Elle avait juste besoin de marcher. De prendre un peu de distance, de réfléchir à tout ce qui s'était passé. De débarrasser son esprit de ces souvenirs douloureux qui avaient été si difficiles à revivre.

Maria baissa les yeux sur son corps. Elle devait trouver une tenue plus adéquate, alors elle se rendit dans la pièce où Raphaël se changeait.

En entrant, elle découvrit un autre dressing, plus petit que celui où il l'avait installée. Maria fit courir sa main sur les vêtements. Ils sentaient tous comme Raphaël. Ça la réchauffa.

Elle repéra le pantalon en soie qu'il aimait porter, le passa, puis récupéra une chemise noire qui traînait par terre. Elle avait été portée récemment. Elle l'enfila. Elle lui arrivait aux cuisses, et elle huma l'odeur d'eau fraîche et de mer salée. Cette odeur lui rappellerait toujours Raphaël.

Maria sortit du dressing et s'avança vers les portes closes. Se faisant aussi silencieuse que possible, elle tourna les verrous et se faufila dans le couloir. Elle le traversa, descendit les marches et progressa dans le vestibule. Elle admira tout ce qui l'entourait. Les vieilles peintures accrochées aux murs. Les tapis et les meubles hors de prix. Elle se perdit dans le manoir, laissant ses pieds la mener là où ils voulaient aller. Et à chaque pas qu'elle faisait, les entraves de son passé s'effaçaient. C'était grâce à Raphaël.

Ils avaient réussi, ensemble.

Maria s'apprêtait à remonter les marches quand elle entendit des cris de douleur et des grognements tout près, derrière une porte. Puis ce qui ressemblait à un fouet qui claque. Le cœur de la jeune femme accéléra, une sensation de malaise l'envahit. Elle aurait dû partir, s'enfuir, retourner auprès de Raphaël, là où elle était en sécurité, elle le savait. Mais la porte était entrouverte… Elle suivit les gémissements tourmentés et jeta un œil de l'autre côté. Elle pâlit. Le Père Gabriel était assis au centre de la pièce, sur le sol en pierre, nu, le dos en sang à cause des coups qu'il était en train de s'infliger. Maria sursauta quand le bâton qu'il tenait lui lacéra la peau, entaillant son dos et faisant jaillir du sang de la blessure. Il avait la tête baissée, le souffle court. Son dos était abîmé, comme… celui de Raphaël.

Les pensées se mirent à tourbillonner dans la tête de Maria. Qui étaient ces hommes ? Que leur était-il arrivé pour qu'ils se détestent à ce point ? Pour leur causer tant de souffrance ? Elle ne savait pas si c'était pareil pour les autres frères, mais après avoir vu Raphaël et Gabriel s'infliger de telles atrocités, elle supposait que oui.

Quand Gabriel voulut se frapper de nouveau, Maria craqua. Elle franchit la porte en courant et lui attrapa le poignet. Gabriel sursauta et tourna vivement la tête vers elle. Il écarquilla les yeux, ses iris si bleus étaient emplis de douleur. L'estomac de Maria se contracta quand elle vit des cilices autour de ses cuisses. Un sur chaque jambe, mordant le muscle.

— Gabriel, murmura-t-elle d'une voix teintée de tristesse.

En entendant son nom, il immobilisa le bâton et ramena son bras vers lui. Il se remit debout à la hâte et se précipita de l'autre côté de la pièce pour se couvrir d'un peignoir. Mais Maria avait vu sa peau. Chaque centimètre carré ou presque était couvert de cicatrices. Comme Raphaël, il arborait un tatouage d'épée et d'ailes d'ange sur la poitrine.

Maria se rendit compte qu'elle ne savait rien de ce qui se passait dans cette maison. Avec ces hommes.

Gabriel pivota, du sang imbibant son peignoir blanc en flanelle.

— Qu'est-ce que tu fais ici, Maria ?

Elle ignora sa question et ramassa sur le sol le bâton de flagellation couvert de sang. Il était usé à force d'avoir servi. Elle étudia les sept lanières, ces cordes nouées entrelacées de lames aiguisées.

— Gabriel, chuchota-t-elle, pourquoi vous vous infligez ça ?

Gabriel se passa une main dans ses cheveux blonds.

— Tu ne comprends pas.

— Alors expliquez-moi.

Maria avait besoin de réponses. Elle devait savoir ce qui se passait dans ce manoir. Son instinct la poussait à le découvrir. Gabriel la regarda. Il laissa échapper un rire sans joie.

— Tu fais partie de la Brigade. Tu ne peux pas comprendre.

Il haussa les épaules, une expression de dégoût manifeste sur le visage.

— Ou peut-être que si. Peut-être as-tu vu de tes yeux la raison de tout ça.

Le regard de Gabriel s'assombrit, il était désormais intimidant, ce qui surprit Maria. Elle n'aurait jamais pensé qu'il cachait une telle facette.

Mais après tout, elle ne le connaissait pas du tout.

Elle fronça les sourcils, en réfléchissant à ce qu'il venait de dire. Gabriel l'étudiait avec attention, comme un aigle observerait sa proie. Maria secoua la tête.

— Qui ? Qui est la Brigade ? De quoi vous parlez ?

Gabriel ouvrit la bouche, puis une expression perplexe se peignit sur ses traits.

— La Brigade, répéta-t-il d'une voix neutre.

Il étrécit les yeux, comme s'il tentait de détecter quelque chose sur son visage. Avant qu'elle ait pu poser d'autres questions, Gabriel se rapprocha. Il lui prit le bâton des mains. Maria remarqua qu'il grimaçait à chacun de ses pas. Il devait souffrir à cause de ces coups de fouet et des cilices...

Gabriel rangea le bâton dans un placard, puis se tourna vers elle, les bras croisés sur son torse.

— Tu travailles pour le Père Quinn, dit-il d'une voix tendue.

Maria devina sa colère contenue.

— Je... Je ne travaille pas pour eux, répondit-elle.

Elle ne le ferait plus, même s'ils la retrouvaient un jour. Pas après ce qu'elle venait de partager avec Raphaël.

Elle remarqua une table et une chaise non loin et s'assit. Toutes ses forces l'avaient abandonnée. Elle leva les yeux vers Gabriel et croisa les mains sur ses genoux.

— Je suis une novice des Sœurs de Notre-Dame-de-Grâce. Je m'apprête à prononcer mes vœux.

Gabriel haussa les sourcils, surpris.

— Une nonne ?

— Une future nonne.

Il garda le silence pendant deux minutes, réfléchissant à ce qu'elle venait de lui apprendre, puis s'assit en face d'elle. Maria parcourut la pièce des yeux. Il y avait une autre table au fond, une assiette avec du pain y était posée. À côté de l'assiette se trouvaient des fioles qui portaient toutes une étiquette, mais le lourd soupir de Gabriel attira son attention avant qu'elle ait pu déterminer ce qu'elles contenaient.

— Comment… Comment l'as-tu rencontré ? Le Père Quinn ?

— C'est mon mentor.

Gabriel se passa une main sur le visage. Il avait de larges cernes sous les yeux. Il paraissait fatigué et affreusement tourmenté.

— Gabriel, dit Maria en montrant sa poitrine, c'est quoi, cet emblème que vous portez, Raphaël et toi ? Qui est la Brigade ? Je suis perdue.

Gabriel lui lança un regard dur pendant ce qui parut une éternité, puis se renfonça sur sa chaise, l'air lui aussi à bout de forces. Son regard s'égara au loin, et Maria comprit qu'il était perdu quelque part dans sa tête. Elle s'assit au bord de son siège, un mauvais pressentiment lui tordant le ventre.

— On était des orphelins.

Le cœur de Maria se serra, la voix de Gabriel vibrait de tristesse.

— Depuis qu'on était bébés, pour certains d'entre nous. D'autres depuis l'enfance.

Maria comprit que ce « on » les désignait, lui et ses frères.

— On a nous a envoyés au foyer pour enfants des Saints-Innocents.

Gabriel cligna des paupières et croisa le regard attentif de Maria.

— On était sous la tutelle et le mentorat du Père Quinn.

Le sang de Maria se glaça. *Le Père Quinn.* Gabriel sourit, mais ce sourire, ses lèvres pincées, dissimulaient une réelle tristesse.

— J'étais son chouchou. Je rêvais de devenir prêtre. J'étais déterminé à vouer ma vie à l'Église. Comme toi, j'imagine, ajouta-t-il en faisant un signe de tête dans sa direction.

Maria esquissa un sourire tendu. Ce n'était pas vrai. Elle ne s'était tournée vers l'Église que parce que sa famille avait été tuée et que Dieu lui avait accordé un miracle en l'épargnant. Son mariage avec le Christ était une dette à payer, pas le rêve de toute une vie.

— Mais mon frère...

Gabriel s'interrompit quand Maria fronça les sourcils.

— Michaël, précisa-t-il.

Elle essaya de se souvenir des hommes de la salle à manger. Lequel était-ce ? Gabriel dut lire dans ses pensées.

— Celui qui a des crocs et une fiole de sang autour du cou, dit-il.

Maria se souvenait très bien de lui. Il ressemblait à un vampire, et il y avait un vide perturbant dans ses yeux bleus.

— Michaël. Mon frère de sang, a toujours été différent. Il y avait une noirceur en lui, depuis qu'on était tout petits. J'ai toujours pensé que c'était parce qu'on avait regardé notre mère agoniser lentement...

Il s'interrompit, ne terminant pas sa phrase.

— Mais je me trompais. Michaël aimait le sang, et blesser les autres, c'est tout.

Gabriel soupira.

— Pour résumer cette très longue histoire, le Père Quinn, le Père McCarthy et le Père Brady l'ont emmené parce qu'il avait blessé un autre élève. J'ignorais où. Un ami m'a dit qu'il avait été enfermé dans un bâtiment souterrain qui se trouvait sur la propriété de l'église. Un endroit appelé le Purgatoire.

Gabriel la regarda droit dans les yeux et continua :

— Un endroit où une secte secrète de prêtres catholiques, appelée la Brigade, emportait les enfants qu'ils considéraient comme diaboliques, pour les torturer, les violer, et un jour, soit les convertir à leur cause... soit les tuer.

Ce n'était pas possible, ça ne pouvait pas être vrai. L'espace d'un instant, Maria envisagea la possibilité que tous les hommes du manoir soient fous. Ce que Gabriel lui racontait n'était peut-être que la manifestation étrange de son imagination délirante. Toutefois elle repensa à la violence de Raphaël, à son besoin de contrôle... au bâton de flagellation de Gabriel, à ses cilices.

— Non, murmura Maria en secouant la tête, incrédule.

Gabriel se redressa et croisa les mains, comme s'il priait.

— J'ai fait semblant d'être mauvais pour entrer là-bas. Je devais retrouver Michaël.

Une expression tourmentée se peignit sur ses traits délicats.

— Il était là. Michaël. Ainsi que tous les autres frères que tu as vus dans cette maison.

— Raphaël, murmura Maria.

Un poids lui comprima la poitrine. Gabriel acquiesça tristement. Maria tenta d'imaginer un Raphaël, jeune, orphelin, seul et en souffrance. Ça lui brisa le cœur. Qu'avait-il dû endurer ?

— Maria, le Père Quinn est le grand prêtre de la Brigade. On s'est échappés. Et depuis, ils nous cherchent.

Maria prit une grande inspiration, il fallait qu'elle se maîtrise, qu'elle reste calme… Puis tout devint clair. On l'avait utilisée pour attirer Raphaël. Les Pères Quinn et Murray s'étaient servis d'elle pour capturer Raphaël, en prétendant qu'il s'agissait d'un test avant ses vœux… Ce n'était pas une mission pour son église, mais pour cette « Brigade ».

— Pourquoi ? murmura-t-elle. Pourquoi veulent-ils à ce point vous récupérer ?

— Ils croient qu'on est des êtres malfaisants et qu'on rôde dans le monde. Un échec qu'ils doivent réparer. La Brigade est une extension moderne de l'Inquisition espagnole, Maria. Si tu as entendu un peu parler des instruments et des techniques de torture utilisés à cette époque par les Inquisiteurs, tu comprendras le sadisme des croyances et des méthodes du Père Quinn et de la Brigade.

De la bile remonta dans la gorge de Maria. Elle n'arrivait pas à y croire. Des instruments ? L'Inquisition ? Gabriel devait se tromper. Elle exprima ses doutes :

— Je… Est-ce que vous dites la vérité ?

La colère brouilla les traits de Gabriel, et il ouvrit les pans de son peignoir.

— Ça nous représente, on a choisi ce symbole. On est les Déchus. La Brigade nous a donné, à chacun d'entre nous, un nom qui fait référence aux archanges. Pour se moquer de notre nature sombre et impie. Quand on était enfants, ils ont gravé la croix de saint Pierre sur notre poitrine pour exposer les païens que nous étions.

Gabriel referma son peignoir. Maria était hébétée, plongée dans un état de stupeur.

— On se fait appeler les Déchus. Ça nous aide à rester proches. Ça nous empêche de devenir fous.

Maria avait senti les marques au fer rouge sur la poitrine de Raphaël. Elle ferma les yeux et le revit se frapper à l'entrejambe. La cage qui enserrait son pénis, la façon dont il s'était retenu à la colonne de lit, comme si on le fouettait. Ses cris dans la nuit, les sueurs froides, les cauchemars…

C'était vrai. Tout ce que disait Gabriel était vrai.

— Non…, chuchota Maria.

Sa voix se brisa et ses yeux s'emplirent de larmes. Elle avoua :

— Ils m'ont dit que je devais accomplir une mission avant de prononcer mes vœux pour l'Église. Que je devais appréhender un tueur dangereux, pour qu'il ne se promène plus dans la nature et ne puisse plus blesser personne. J'ai accepté… à cause de mon passé.

Maria lui raconta le meurtre de ses parents, son kidnapping. Il l'écouta avec attention. Quand elle eut terminé, il frotta ses yeux fatigués.

— Ils se sont servis de toi, Maria. Ils t'ont manipulée. Ils connaissaient ton passé et ils s'en sont servi. Ils ont une piètre opinion des femmes. Ça fait partie de leurs croyances, les femmes sont les filles d'Ève, des tentatrices enclines au péché. Tu n'étais qu'un outil.

Les mains de Maria se mirent à trembler. Elle les garda sur ses genoux, de peur d'être consumée par la colère. Quand elle se fut un peu calmée, elle demanda :

— Ils ressentent le besoin de tuer ? Vos frères ? Ce sont tous des meurtriers ?

Gabriel rit, mais il n'y avait pas la moindre trace d'humour dans sa voix.

— C'était mon idée. Je trouve des gens qui se repaissent des choses les plus affreuses en ce monde, qui commettent des actes terribles. J'envoie mes frères tuer ceux qui le méritent avant qu'ils tuent des innocents... Parce qu'ils le feraient. Ils tuent d'autres tueurs, ceux qui sont pires qu'eux.

Il se plongea dans la contemplation des flammes de la cheminée à côté d'eux.

— Je pensais que c'était à cause de leurs débuts dans la vie. Je croyais de tout cœur qu'ils pouvaient être guéris.

Gabriel reporta son attention sur Maria, et elle sentit toute la douleur qui émanait de son cœur.

— Je me trompais, lâcha-t-il, avant de prendre une grande inspiration. Maintenant, je pense qu'ils sont nés comme ça. Que la noirceur vit au fond d'eux. Une noirceur qui ne peut être vaincue. Je ne peux plus faire comme si ce n'était pas vrai.

Il pâlit.

— Ta présence en ces lieux en est la preuve. Tu n'aurais jamais dû atterrir ici. Raphaël a défié mes ordres quand il t'a vue. Mais...

Gabriel indiqua les cheveux de Maria.

— Tu es le plus grand fantasme de Raphaël, Maria. Le Père Quinn t'a choisie parce qu'il connaissait Raphaël et savait ce qui l'attirerait.

— C'est-à-dire ?

— Ça, répondit Gabriel en montrant du doigt à nouveau ses cheveux.

Maria repensa à la façon dont Raphaël lui caressait les cheveux, les coiffait, les séchait, tout en fredonnant *Ring a-round the Roses*. Il aimait les tenir. Elle ne voulait pas savoir comment il voulait la tuer. Mieux valait ne pas penser à certaines choses.

— C'était surtout le Père Murray, répondit-elle.

Gabriel se figea.

— Quoi ? demanda-t-il en pâlissant. Le Père Francis Murray ? Jeune, cheveux et yeux sombres ?

Maria hocha la tête. Gabriel ferma les yeux. Le cœur de la jeune femme rata un battement.

— Gabriel…

— Raphaël…, se contenta-t-il de dire avant de laisser aller sa tête en avant.

L'appréhension s'infiltra dans les os de Maria.

— Quoi ? Dites-moi, s'il vous plaît.

Gabriel secoua la tête.

— Ce n'est pas à moi de raconter ça.

Il se leva et regarda les flammes.

— Ils m'ont battu. Torturé.

Il serra le poing et ferma les yeux.

— Ils… Ils m'ont violé.

Un sanglot étranglé jaillit de la gorge de Maria.

— Encore et encore, pendant des années.

Gabriel se tourna vers Maria, mais son regard était vide. Comme si ces souvenirs avaient privé son âme de toute vie.

— C'était le Père Quinn. J'étais sous la responsabilité du Père Quinn.

Maria ferma à son tour les yeux et s'obligea à respirer. Elle ne doutait plus des paroles de Gabriel. Elle le voyait dans son regard, dans sa posture, elle l'entendait dans sa voix brisée. Tout était vrai. Et si c'était arrivé à Gabriel… Elle ouvrit vivement les paupières.

— Raphaël, murmura-t-elle. Ça lui est arrivé aussi, hein ? À tous vos frères.

Elle retint son souffle, priant pour se tromper.

— C'est à lui de te raconter cette histoire, Maria. Je ne trahirai pas sa confiance.

Mais Maria savait que c'était vrai. Elle prit soudain conscience de quelque chose. Le Père Murray… La réaction de Gabriel quand elle avait mentionné son nom. Était-ce lui qui avait blessé Raphaël ? Qui avait abusé de lui ?

Maria se leva, elle était incapable de rester assise plus longtemps.

— Vous vous faites du mal parce que vous vous sentez coupable.

Ce n'était pas une question, mais l'âme de Gabriel irradiait de honte et du dégoût qu'il éprouvait pour lui-même.

Il lâcha un rire sans joie.

— Je me suis consacré à Dieu quand j'étais adolescent, tout ça pour me retrouver à accomplir l'œuvre du Diable. Je mérite d'être puni. Je mérite de brûler en Enfer.

Maria pivota sur ses talons pour quitter la pièce. Elle était abattue, épuisée. Elle ne savait pas comment offrir du réconfort à un homme drapé dans la haine de lui-même. Et pour être honnête, elle voulait rejoindre Raphaël. Elle avait besoin de le rejoindre. Une force magnétique l'attirait vers lui. Elle se sentait à vif, et il n'y avait qu'avec lui qu'elle se sentait entière.

Au moment où Maria s'apprêtait à partir, elle jeta un coup d'œil à la table dans le coin de la pièce. Elle se figea. Les fioles qu'elle avait vues depuis sa chaise étaient remplies de sang. À côté, se trouvaient des miettes de pain imbibées de sang. Elle toucha l'intérieur de son coude, là où Gabriel lui avait pris du sang.

Elle reporta son attention sur le leader des Déchus.

— Vous êtes un dévoreur de péchés.

Gabriel laissa retomber sa tête en avant. Maria s'approcha de la table et effleura du bout des doigts le bois usé. Elle les vit. Les fioles alignées, étiquetées. Michaël. Selaphiel. Barachiel. Jegudiel. Raphaël. Uriel… Maria…

Elle hoqueta en voyant son nom. Sa fiole de sang était vide. Il avait consommé ses péchés. Gabriel avait pratiqué ce vieux rituel abandonné depuis des années et tenté de purifier son âme du moindre péché, en les endossant lui-même.

— Je ne peux pas les regarder mourir avec tant de Mal dans leurs veines. Je les aime. Ce sont mes frères, dit Gabriel à voix basse. Ils sont tout ce que j'ai. Si je peux les sauver, je le ferai.

Le cœur de Maria se brisa pour cet homme dont l'âme portait un si lourd fardeau.

— Et moi ? demanda-t-elle.

Il soupira, mais la regarda dans les yeux avant de répondre :

— Raphaël va te tuer, Maria. C'est ce qu'il est. Il ne changera jamais.

Son sang courut plus vite dans ses veines, il avait été franc. Il s'approcha d'elle et posa les mains sur ses épaules.

— Quand Raphe t'a ramenée à la maison, j'ai dû nous protéger. Je ne pouvais pas te laisser aller retrouver ceux qui nous ont tant tourmentés, il ne fallait pas que tu leur dises où on vivait. Je devais protéger mes frères… Je ne pouvais pas te sauver la vie, mais je voulais sauver ton âme.

Maria hocha la tête, une boule s'était formée dans sa gorge. Il avait tenté de la sauver quand tout était perdu… et même si elle souhaitait de toutes ses forces qu'il en soit autrement, Raphaël allait la tuer.

Elle posa sa main sur celle de Gabriel. S'il sentit qu'elle tremblait, il eut la gentillesse de ne pas le faire remarquer.

— Vous êtes un homme bon, Gabriel, dit-elle en s'obligeant à sourire. Vous auriez fait un bon prêtre. Meilleur que ceux qui vous ont maltraité.

— Merci, répondit Gabriel.

Il avait l'air sincère. Il recula. Maria le regarda ouvrir les portes du placard et en sortir le bâton couvert de sang. Il se déshabilla et tomba à genoux, sur le sol en pierre. Maria se retourna avant de voir le bâton le frapper, mais elle entendit le bruit horrible de la corde qui mordait sa chair.

Hébétée, Maria ferma la porte. Un nombre incalculable de pensées tournoyait dans sa tête. L'existence de la Brigade, ce qu'on avait fait à Gabriel et à ses frères… à Raphaël. Toute la douleur qu'il avait dû endurer quand il était enfant. La torture… Le viol.

Et malgré tout ça, tout ce qu'ils avaient partagé, il allait la tuer. C'était ce qu'il était.

Les pieds de Maria la ramenèrent dans la suite de Raphaël. Il dormait encore à poings fermés. Elle ôta ses vêtements et les remis là où elle les avait trouvés. Puis elle grimpa sur le lit. Raphaël entrouvrit les yeux, passa un bras autour de sa taille et l'attira contre lui. Il fronça les sourcils, il avait l'air fatigué, un peu perdu aussi.

— J'avais envie d'aller aux toilettes, mentit-elle. Dors.

Encore à moitié endormi, Raphaël gratifia Maria du sourire le plus beau et rayonnant qu'elle avait vu de sa vie. Il la fit totalement craquer.

Cet homme… Malgré tout ce qui s'était passé, il détenait son cœur.

Raphaël ferma les yeux, enfouit les doigts dans les cheveux de Maria et les enroula autour de sa main d'un geste lourd de sommeil. Elle l'observa pendant que sa poitrine se soulevait à un rythme régulier. Elle fit courir un doigt le long de sa joue, admirant sa beauté. Elle baissa les yeux sur l'emblème sur sa poitrine. Celui que les Déchus arboraient pour dissimuler la croix inversée que le Père Quinn avait appliquée sur leur peau quand ils étaient enfants. Elle ferma les yeux et prit une grande inspiration. On l'avait blessée, torturée, brisée. Mais personne ne l'avait jamais agressée sexuellement, ni Bridge ni Raphaël. Elle savait que c'était sûrement qu'on l'avait privée de ce choix, que des hommes abusifs lui avaient arraché sa dignité. On ne lui avait pas répété, chaque jour pendant des années, qu'elle était diabolique et irait en Enfer. Des larmes coulèrent sur les joues de Maria. Elle avait été aimée. Pendant tout le temps où ils avaient été dans sa vie, sa mère, son père et son frère l'avaient aimée de toutes leurs forces.

Raphaël l'attira plus près de lui encore, comme s'il avait senti sa détresse émotionnelle. Que connaissait-il de l'amour ? Quel âge avait-il quand il était devenu orphelin ? Quelqu'un l'avait-il jamais aimé ? Comment ses parents étaient-ils morts ?

Maria étudia le visage de son futur assassin et ne trouva pas la force de le juger, de le rejeter en tant que pécheur, que tueur. Tout ce qu'elle voyait, c'était un petit garçon perdu. La Mère Supérieure de Maria lui avait dit que le péché était causé par l'absence d'amour. Raphaël avait besoin de tuer, il était dévoré par une douleur déchirante, des rêves obsédants, et le besoin d'infliger de la douleur. Maria avait promis à Dieu de l'aimer, ainsi que les autres, quelles que soient leurs transgressions. Elle repensa aux martyrs dont elle avait pris le nom. Deux femmes mortes parce que leur foi était si forte qu'elles avaient commis le sacrifice ultime, sans aucun regret. Maria Goretti, une jeune fille poignardée quatorze fois pour avoir refusé les avances d'un garçon. Et sainte Agnès de Rome. Une chrétienne, à l'époque où il était interdit d'être un fidèle du Christ. Elle n'était qu'une adolescente quand, pour la punir parce qu'elle était chrétienne, on l'avait traînée, nue, dans les rues, jusqu'à un bordel, où on avait ordonné à des hommes de la violer juste parce qu'elle avait la foi. La légende disait que ses cheveux étaient aussitôt devenus si longs qu'ils avaient couvert son corps, protégeant sa pudeur des regards avides de ses assaillants.

Maria avait survécu à un tueur, elle avait puisé du courage auprès de ces femmes. Elles étaient mortes pour leur foi. Pour ce en quoi elles croyaient. Alors Maria croirait en Raphaël. Tant qu'elle respirerait, il serait sa religion. Sa foi. Il serait son unique dieu, son prophète et son ange. Et Maria lui offrirait la gentillesse dont on l'avait privé toute sa vie. S'il décidait quand même de prendre sa vie, elle mourrait au moins en sachant qu'elle avait tout tenté pour sauver son âme.

Comme Maria et Agnès, elle défendrait son choix de vie... même si elle devait en payer le prix ultime.

— Dors, petite rose... dors..., murmura Raphaël en l'embrassant sur la joue.

Elle se blottit dans cette étreinte dangereuse et ferma les yeux Pour la première fois depuis des semaines, peut-être même des années, elle sentit un flot de lumière sacrée éradiquer la tension constante dans sa poitrine. Et tandis qu'elle s'endormait, elle pensa au destin. À la raison pour laquelle Dieu l'avait aidée à en réchapper cinq ans plus tôt, quand toutes les autres prisonnières étaient mortes. *Toi,* songea-t-elle en serrant la main de Raphaël. *C'était pour toi.*

Et elle s'endormit. La tête sur le torse de Raphaël, elle dormit et trouva la paix. Aucun des deux ne bougea jusqu'à ce que le soleil soit bien haut dans le ciel et les baigne de lumière. Raphaël l'embrassa sur les lèvres comme pour lui dire bonjour et s'enfonça en Maria... Il n'y avait plus qu'elle et lui, soudain en paix avec leur âme.

CHAPITRE 12

— C'est parfait.

Les mains de Raphaël se promenèrent sur le verre. Il était lourd et solide. Il referma le couvercle, mais grâce à la transparence du matériau, il pouvait voir à l'intérieur. Un flot d'excitation lui emplit la poitrine.

— Rien de neuf ? demanda Sela, qui avait reculé pour laisser Raphaël inspecter le cercueil.

— Non, répondit-il en secouant la tête.

Il l'imaginait sans mal. Il voyait Maria, allongée dedans, vêtue de blanc, des roses dans les mains et les cheveux.

— Fais-le apporter dans ma chambre.

Sela donna une tape dans le dos de Raphaël.

— C'est pour bientôt ?

Il se raidit, sans quitter le cercueil du regard. C'était fait. Il avait baisé Maria. Tout se passait comme prévu. Oui, c'était pour bientôt. Mais quand il pensait à cette dernière semaine, à Maria dans son lit toutes les nuits, à la possibilité de se noyer en elle quand il en avait envie, à sa façon de gémir son nom, à ses cris quand elle jouissait, il éprouvait une drôle de sensation au fond du ventre. Comme un vide.

— Bientôt, répondit-il.

Les lèvres de Sela s'étirèrent en un grand sourire.

— Tu es un sacré veinard, mon frère.

Raphaël sortit de la pièce et grimpa les marches. Il s'immobilisa sur le seuil de sa chambre. Maria était assise à la fenêtre et regardait dehors. Ses cheveux retombaient en cascade dans son dos. La rose du jour était rose. Sa poitrine se serra quand il la regarda, et il pencha la tête sur le côté, perdu. Ces derniers jours, cette tension revenait souvent. Quand il la regardait. Quand il jouissait en elle... Quand elle se tenait devant lui, nue.

Quelque chose avait changé, chez Maria, depuis qu'ils avaient couché ensemble. Elle était différente avec lui. Elle ne paraissait plus en avoir peur. Elle le touchait davantage. Lui souriait. Lui caressait le visage.

L'embrassait.

Ses baisers... Raphaël sentait encore sa bouche sur la sienne. Il l'embrassait souvent. Son sexe remua quand il pensa à sa bouche sur la sienne, ce matin. Elle n'avait jamais été embrassée avant lui. Mais ce que sa petite rose ne savait pas, c'était que lui non plus. Raphaël baisait. Il tuait et étranglait. Il n'embrassait jamais. C'était un geste trivial, inutile même.

Néanmoins il aimait embrasser Maria.

Il était accro. Il aimait l'entendre gémir contre sa bouche. Il aimait son goût. La façon dont son corps se détendait. Il aimait son apparence ensuite, ses yeux groggy et ses pupilles dilatées... le vénérant comme s'il était son dieu.

Il voulait être son dieu. Il avait besoin d'être tout pour elle.

Raphaël traversa la pièce, ses pieds ne faisant aucun bruit sur la moquette. Quand il atteignit la fenêtre où était assise Maria, il enfouit les mains dans ses cheveux et tira sa tête en arrière. Maria le regarda. L'avidité et le désir qu'il lut dans ses yeux le firent grogner, il plaqua sa bouche contre la sienne. Sa langue plongea entre ses lèvres. Sa petite rose était addictive. Il ne s'en lassait pas. Il la baisait chaque fois qu'il en avait l'occasion, et elle adorait ça. Elle accueillait chacun de ses gestes. Il voulait passer sa vie à dévorer son sexe, à la baiser, à la faire jouir. Mais plus que ça, il voulait sentir ses mains sur son dos couvert de cicatrices, caressant la marque sur sa poitrine. Il voulait ses bras autour de sa taille pendant qu'elle dormait, sa tête blottie dans son cou.

— Qu'est-ce que tu regardes ? lui demanda-t-il.

La main toujours dans ses cheveux, il regarda par la fenêtre. Elle donnait sur l'avant du domaine : on voyait le terrain bien entretenu, les fontaines et le labyrinthe de haies. Même s'il faisait froid dehors, le ciel était dégagé, c'était une journée ensoleillée.

— Ça fait longtemps que je ne suis pas sortie. Que je n'ai pas respiré l'air frais, pas senti le soleil sur mon visage, soupira Maria. Je comprends pourquoi je dois rester dans ta suite, mon Seigneur, mais je... L'extérieur me manque. Avant d'arriver ici, j'étais tout le temps dehors. Je faisais une balade tous les jours.

Maria esquissa un sourire triste.

— Après tous ces mois passés dans le cercueil... Je n'aime pas beaucoup rester enfermée.

Les tripes de Raphaël se nouèrent. Il s'assit en face d'elle, sur le rebord de la fenêtre, et la regarda admirer les vastes jardins. Quand Maria se tourna vers lui, elle sourit. Il lâcha un bref soupir. Ces derniers temps, son sourire le paralysait.

Raphaël se leva.

— Debout.

Maria fronça les sourcils, mais lui obéit. Elle ne gardait plus les yeux baissés quand elle était avec lui. Aucune de ses victimes ou amantes n'avait jamais eu l'audace de le regarder dans les yeux, pas sans subir une punition sévère. Elle enfreignait l'une de ses règles les plus importantes.

Cependant il l'y autorisait. Il ne savait pas pourquoi. Il se disait que c'était parce que si elle lui faisait confiance, elle se donnerait à lui plus facilement.

Oui, ça devait être ça.

En tirant Maria par la main, Raphaël alla dans son dressing. Il attrapa un pull à capuche et un pantalon de survêtement, qu'il lui tendit.

— Mets ça.

— Oui, mon Seigneur.

Comme la parfaite soumise qu'elle était, Maria prit les vêtements et laissa tomber sa robe sur le sol. Il dut mobiliser toute sa retenue pour ne pas la baiser sur-le-champ, contre la fenêtre. Mais lorsque Maria leva les yeux vers lui et le regarda à travers ses longs cils, Raphaël la poussa contre le mur et lui dévora la bouche. D'une main, il lui emprisonna les poignets au-dessus de la tête, et taquina son intimité de l'autre. Il introduisit un doigt en elle, avalant ses gémissements pendant qu'elle roulait des hanches en réponse à ses caresses. Sa rose était une femme en constante demande d'attention, animée d'un besoin désespéré d'éprouver le plaisir qu'il était le seul à pouvoir lui apporter. Raphaël s'écarta. Les lèvres de Maria étaient gonflées et rouges. Il soutint son regard, porta son doigt à sa bouche et le suça. Un soupir s'échappa des lèvres entrouvertes de Maria.

Raphaël la lâcha.

— Habille-toi, lui dit-il d'une voix tendue.

Maria s'exécuta, même si ses jambes tremblaient. Une vague de fierté déferla dans les veines de Raphaël, c'était lui qui lui avait fait ça. Il l'embrassa à nouveau, la goûtant avec sa langue.

Quand Maria eut fini de s'habiller, il regarda ses pieds.

— Je reviens tout de suite.

Il alla voir Lynn à la cuisine et demanda à emprunter ses baskets. Elle lui donna une boîte fermée qui en contenait une paire. Il courut retrouver Maria et lui tendit les chaussures.

— J'espère qu'elles t'iront.

Elle les enfila et sourit. Ce sourire s'infiltra jusque dans les os de Raphaël.

— Elles sont parfaites.

Raphaël lui prit la main et la guida vers la porte. Elle ralentit quand il l'ouvrit, mais il tira sur sa main pour l'entraîner dans le couloir. Il lut la stupéfaction sur son visage, et l'expression qui se peignit ensuite sur ses traits fit battre son cœur plus fort. Il la guida dans le manoir, lui fit descendre l'escalier. Ils atteignirent la porte de derrière. À la seconde où il l'ouvrit, le vent froid s'engouffra dans les longs cheveux de Maria. Raphaël se figea. Il était comme statufié. Tout ça à cause de la jeune femme qui souriait, offrant son visage au soleil. Ses longs cheveux jouaient sur son visage… et s'enroulaient autour de son cou.

Quand elle le regarda enfin, il l'entraîna lentement le long du sentier de gravier menant aux jardins qu'elle admirait quelques minutes plus tôt. Ils arrivèrent sur la terrasse qui donnait sur les fontaines et le labyrinthe, et elle soupira.

— Dis-moi à quoi tu penses, demanda-t-il.

Il enlaça sa taille par-derrière. Sa joue était glacée contre la sienne.

— C'est si beau, ici, murmura-t-elle. Si paisible. On dirait le paradis.

Maria contempla le vent qui soufflait dans les arbres. Raphaël l'embrassa dans le cou, sur les joues et au creux de l'oreille.

— Tu as la permission de parler librement, murmura-t-il. Jusqu'à ce que je te dise le contraire.

Maria tourna la tête, et son sourire fit tressauter son sexe. Raphaël grogna.

— Un conseil, petite rose. Si tu veux rester dehors un moment, ne me souris pas comme ça, dit-il en la serrant plus fort. Ou je te ramène à l'intérieur pour te baiser. Et tu ne reverras jamais l'extérieur.

Le corps de Maria trembla, Raphaël la lâcha. Il ne l'avait pas lâchée parce qu'elle avait peur. Mais parce qu'il avait vu le désir dans ses yeux. Ce regard était comme une allumette sur le feu qui flambait déjà en lui.

Maria s'avança vers la rambarde de pierre de la terrasse.

— Tu viens ici souvent ?

Raphaël inclina la tête sur le côté en entendant Maria parler sans y avoir été invitée. Sa voix paraissait plus douce, plus… vivante. Voyant qu'il ne répondait pas, elle se tourna vers lui. Raphaël hocha la tête. Il serra les poings le long de ses flancs. Il ne reconnaissait pas le bourdonnement qui lui parcourait le corps quand il la regardait. Il n'était pas sûr d'aimer ça. Maria acquiesça à sa réponse silencieuse.

— Si c'était chez moi, je vivrais ici. Ce terrain est magnifique…

Chez elle… Cette idée se mit à tourner en boucle dans la tête de Raphaël. Chez elle…

Il s'approcha d'elle. Elle portait ses vêtements, qui étaient trop grands pour elle, et des baskets. Il lui prit la main et la guida au bas des marches en pierre, vers le sentier gravillonné qui conduisait au labyrinthe. Le bruit de l'eau flotta dans l'air, ils étaient tout près de la fontaine. Maria serra sa main. Ils passèrent devant le labyrinthe. Raphaël était en train de se demander s'il devait lui montrer la serre quand ils arrivèrent devant la porte. Elle serra davantage sa main. Le doute le parcourut. Ce sentiment lui était inconnu.

Comme si elle l'avait senti, Maria lui pressa le bras et demanda :

— C'est quoi, cet endroit ?

Un tic nerveux agita la mâchoire de Raphaël qui ferma les yeux. Il était le seul à venir ici. Même ses frères ne s'en approchaient pas. Ils savaient qu'ils ne devaient pas empiéter sur son territoire. Cet endroit était à lui, et à lui seul.

— Raphaël ?

Il ouvrit les yeux en entendant son nom et riva son regard à celui de Maria. *Elle est là. Je veux qu'elle entre.* Sans lui répondre, il déverrouilla la porte et la fit entrer.

La chaleur de la serre les enveloppa, formant un contraste frappant avec le froid mordant du dehors. Maria hoqueta en découvrant ce qu'il y avait devant elle. Raphaël resta quelques pas en arrière et lui lâcha la main pour qu'elle puisse avancer dans la rangée étroite.

— Raphaël, dit-elle, émerveillée.

Elle le regarda par-dessus son épaule, un large sourire aux lèvres.

— Des roses.

Une boule se forma dans la gorge de Raphaël quand elle tendit la main et caressa prudemment les pétales ouverts. Les roses qu'il faisait pousser.

Raphaël obligea ses pieds à avancer et la suivit, observant chacun de ses gestes. Maria pivota et demanda :

— C'est quoi, cet endroit, mon Seigneur ?

Il ravala le nœud dans sa gorge et toucha la rose rouge éternelle qui était en fleur.

— Des roses, dit-il d'une voix rauque. C'est ma roseraie.

— La tienne ? répéta Maria dans un souffle, stupéfaite.

Raphaël sourit. Les joues de Maria devinrent presque aussi rouges que la fleur qu'il n'avait pas lâchée.

— La mienne.

Elle parcourut le jardin des yeux.

— Tu les fais pousser toi-même ?

Il s'agenouilla pour vérifier la santé des tiges et du sol.

— Hum, hum, répondit-il.

Du doigt, il effleura les pétales d'un rouge profond.

— Je fais pousser les graines. Je m'en occupe. Je les aide à grandir.

Il regarda Maria. Elle s'était rapprochée, comme attirée par la douceur de sa voix.

Raphaël reporta son attention sur la rose, la prit avec délicatesse, et la déplaça de droite à gauche pour vérifier son état. Elle était parfaite.

— Je fais en sorte qu'elles éclosent, je leur donne la vie...

Ses doigts longèrent la tige et il la cueillit, l'arrachant à son buisson. Il se leva et se tourna vers Maria. Il était plus grand qu'elle et la dominait de toute sa hauteur.

— Ensuite, je les arrache à leur foyer.

Raphaël prit la rose dans les cheveux de Maria et la jeta sur le sol. Il la regarda pendant quelques secondes, puis l'écrasa de sa botte sur le sentier gravillonné. Quand il leva le pied, les pétales étaient aplatis, abîmés. Son regard s'embrasa et sa poitrine se gonfla de satisfaction. Raphaël mit la rose éternelle derrière l'oreille de Maria. Cette couleur lui allait bien mieux.

— Je les rends toutes jolies au moment où la mort commence à se rapprocher.

Il mit un doigt sous le menton de Maria et lui inclina le visage pour qu'elle le regarde dans les yeux.

— Ensuite, elle se flétrit et meurt, elle perd sa beauté, sa raison de vivre.

Maria prit une brusque inspiration. Son doigt doux comme du coton se déplaça vers son cou, là où battait son pouls, très vite.

— Mais il n'y a aucune tristesse. La rose a rempli son rôle, en me satisfaisant pendant sa vie.

Maria retint son souffle, elle écarquillait les yeux. Raphaël fit courir son pouce sur sa joue de velours.

— Ensuite, je recommence. Je replante. Et j'attends qu'une autre pousse. Le cycle recommence.

Maria déglutit avec peine. Raphaël baissa la tête et pressa ses lèvres sur les siennes.

— Hum, murmura-t-il. Tu es toujours si délicieuse, petite rose.

Il la lâcha et marcha dans la rangée. C'était la première fois qu'il venait à la roseraie aujourd'hui. Raphaël vérifia les bourgeons, régla la température et le système de filtrage. Quand il croisa à nouveau le regard de Maria, elle l'observait avec attention.

Il pencha la tête sur le côté.

— Laquelle tu préfères, petite rose ?

Un léger sourire étira les lèvres de Maria. Le cœur de Raphaël battait à un rythme régulier tandis qu'il la regardait se rapprocher d'une rose en particulier. Elle leva les yeux vers lui.

— Celle-là, dit-elle. C'est ma préférée.

Raphaël se figea un instant, une douleur étrange lui transperça le cœur. Il se racla la gorge et repoussa cette sensation. Il s'avança vers Maria.

— La rose blanche.

Elle sourit et hocha la tête.

— Elle est si délicate… Si belle… Elle me fait me sentir… apaisée, je crois, expliqua-t-elle en haussant les épaules.

— C'est la rose de la pureté. De la chasteté.

Maria rougit. Il coupa la rose et se tourna vers elle.

— C'est aussi la rose de la mort.

Son entrejambe pulsa. Il se mordit la lèvre en imaginant Maria dans le cercueil, un bouquet de roses blanches parfaites dans les mains. Maria baissa la tête, esquivant son regard. Il reporta son attention sur les roses blanches.

— C'étaient les préférées de ma mère.

Son doigt caressa les pétales blancs. Dans sa tête, il ne voyait qu'un vase explosé et des pétales blancs imbibés de sang rouge. Il entendit l'écho de cris et…

Raphaël écrasa la rose dans sa main. Ses pétales tombèrent au sol, mais il garda la tige pleine d'épines dans la main.

Elle mit la main sur son bras. Il baissa les yeux et fit un geste pour s'éloigner.

— Raphaël, murmura-t-elle.

— Contre le mur, lui ordonna-t-il d'une voix stricte, implacable.

Le regard de Maria parut s'emplir de quelque chose… que Raphaël ne reconnut pas. Ses yeux semblaient… tristes ? Peut-être. Mais avant qu'il ait pu en être sûr, Maria avança vers le mur le plus proche et détourna la tête. Il ne pouvait plus voir son expression perturbante.

— Les mains sur la vitre.

Maria lui obéit.

— Oui, mon Seigneur.

Sa soumission fit affluer le sang dans son sexe. La cage se pressa autour de sa chair, l'excitant encore plus, comme toujours. Raphaël rejoignit Maria. Il n'attendrait pas. Il avait besoin de baiser. Il voulait se débarrasser de cette image de pétales blancs couverts de sang, éparpillés autour du vase en morceaux. Il baissa le pantalon de Maria jusqu'aux chevilles. Puis il souleva son pull, exposant ses fesses à son regard avide. Il se mordit la lèvre inférieure, ce spectacle était parfait.

Maria respirait fort. Raphaël sortit son sexe de son jean, oubliant la tige encore serrée dans sa main. Il plaça son gland entre les jambes de la jeune femme. Elle mouillait déjà. Sa petite rose était toujours humide et prête pour lui. Il passa les bras autour de sa taille, aligna son membre et plongea en elle. Maria poussa un cri, mais comme la bonne petite soumise qu'elle était, elle garda les mains à plat contre la vitre de la serre. Raphaël ne fut pas délicat. Il la baisa fort et vite. Sa poitrine se serra, l'image des roses blanches ensanglantées refusant de quitter son esprit. Maria gémit et quelques minutes plus tard, il la sentit se contracter autour de son sexe.

Elle rejeta la tête en arrière et la posa sur son épaule. Raphaël contempla son cou exposé, offert, et mit sa main dessus. Ça suffit à le faire rugir de plaisir. La douleur de la cage autour de son sexe le fit jouir en flots chauds et interminables. Sa main serra la gorge de Maria. Elle le regarda, et quand il vit ses yeux bleus, son cou offert et sa main autour de sa gorge, il perdit toute retenue. La vague possessive qui s'empara de lui le poussa à baisser la tête pour presser les lèvres contre son cou. Il suça encore et encore, laissant plusieurs marques rouges sur sa peau pâle. Il continua de la pilonner, puis se retira, à bout de souffle. Il avait laissé toute une fresque de morsures sur le cou de sa petite rose.

Maria laissa aller sa tête en avant et reprit son souffle. Raphaël repoussa ses cheveux sur le côté et déposa des baisers sur ses épaules. Il embrassa ses joues. Puis il la retourna et prit son visage en coupe. Son membre était toujours sorti et elle avait le pantalon autour des chevilles. Ses joues étaient rouges de plaisir ; il savait que les siennes aussi. Il n'arrivait pas à reprendre son souffle. Il était incapable de se calmer à cause des marques sur son cou et du sperme sur ses cuisses. Les lèvres de Raphaël s'écrasèrent sur celles de Maria. Il lui dévora la bouche, ravit ses lèvres et affronta sa langue.

Il s'écarta avec un hoquet et grogna en voyant la rose rouge coincée derrière l'oreille de Maria.

— Je ne me lasserai jamais de toi, petite rose.

Son estomac se contracta quand ses lèvres s'étirèrent en un sourire timide.

Il grogna encore et l'embrassa de plus belle. Il s'apprêtait à remettre son sexe dans son pantalon quand il vit du sang sur l'intérieur de la cuisse de Maria. Il s'immobilisa.

— Tu es blessée ?

Il se laissa tomber à genoux, et ses mains explorèrent ses cuisses, effaçant le léger filet de sang.

— Mon Seigneur, murmura Maria.

Mais Raphaël était trop occupé à chercher du sang ou des marques. La cage. C'était à cause de la cage ? Ça ne l'avait jamais blessée jusqu'alors. Raphaël se figea quand Maria posa les mains sur ses joues. Il leva la tête. Il écarquilla les yeux, aussitôt paralysé de stupeur. Il était à genoux. Il ne se mettait jamais à genoux devant personne. Plus jamais, plus depuis...

Il laissa Maria lui relever la tête et plongea dans ses yeux. Ses mains étaient chaudes sur son visage.

— Je ne suis pas blessée, lui assura-t-elle. C'est à cause d'une épine de la tige que tu tiens. C'est juste une petite coupure.

Raphaël lâcha la tige et mit les mains sur ses hanches. Ses doigts effleurèrent les cicatrices dans son dos. Sa respiration s'accéléra quand ils suivirent sa peau abîmée.

— Je ne suis pas blessée, répéta-t-elle. Lève-toi, mon Seigneur.

Il était à genoux. Il était à genoux... Il s'était promis de ne plus jamais se mettre à genoux devant personne...

— Debout.

Raphaël se hérissa, mais se surprit à obéir. Son corps se mit en mouvement à la douce injonction de Maria.

Ses jambes et ses bras se mirent à trembler. Il s'était mis à genoux, putain ! Tout assaillit soudain ses sens. Les roses, la serre, les pétales blancs... Maria qui lui donnait un ordre... Lui qui obéissait. Il prit une vive inspiration quand Maria remit son sexe dans son pantalon d'un geste prudent. Elle remonta son jogging et le prit par la main.

— Retournons dans la chambre.

Raphaël acquiesça, hébété, et pour une fois dans sa vie d'adulte, il laissa quelqu'un d'autre prendre les commandes. Maria marcha à ses côtés sans jamais lui lâcher la main. Ils traversèrent les jardins, entrèrent dans la maison et regagnèrent la suite de Raphaël. Maria verrouilla les portes derrière eux, puis lui sourit et amena leurs mains jointes à son cœur. Il ne comprenait pas la sensation de vide dans sa poitrine. Le creux dans son ventre. Il ne comprenait pas pourquoi il n'arrivait pas à se sortir ces roses blanches couvertes de sang de la tête. Il ne comprenait pas pourquoi ses mains tremblaient.

— Allons prendre un bain.

Il la dévisagea. Ils n'avaient encore jamais rien fait de tel. Ils ne s'étaient jamais baignés ou douchés ensemble. Ils baisaient, lui dominait. Elle faisait ce qu'on lui disait.

— Viens, mon Seigneur, dit Maria d'une voix douce, aguicheuse.

Raphaël la suivit, esclave improbable de ses ordres.

Maria lui lâcha la main pour faire couler le bain. Il se regarda dans le miroir tandis que la pièce s'emplissait de buée et que l'air s'imprégnait d'une odeur de vanille, provenant de la mousse de bain que Maria venait de verser dans l'eau. Son visage était pâle… Mais ce furent ses yeux qui le stupéfièrent le plus. Il ne reconnaissait pas ce regard. Morne. Un regard morne. Il écarquilla les yeux.

Qu'est-ce qui se passait, putain ?

Il les baissa en sentant Maria déboutonner sa chemise. Il déglutit avec difficulté et l'observa. Son estomac protesta. Elle lui retira la chemise, puis déboutonna son pantalon. Elle le fit descendre au bas de ses jambes et lui fit lever les pieds pour l'en débarrasser. Immobile, Raphaël regarda Maria se déshabiller à son tour. Elle était désormais nue devant lui. Elle éteignit le robinet, et lui tendit la main.

Raphaël la lui prit, ressentant encore cette drôle de sensation en lui ; il était comme engourdi. Quand il arriva au bord de la grande baignoire, il la fit s'arrêter. Maria se tourna vers lui, sourcils froncés. Elle avait l'air perplexe. Il tendit la main vers la rose dans ses cheveux. Il la prit et arracha les pétales, un à un. Il les jeta dans l'eau, ils se mirent à flotter à la surface. Il les contempla pendant quelques secondes, avant de lâcher le reste de la fleur qui tomba sur le sol, puis il entra dans l'eau chaude.

Raphaël tendit la main à Maria, qui le rejoignit. Il s'assit, l'eau chaude enveloppant son corps. Maria s'installa en face de lui. Des mèches de cheveux humides étaient collées à son cou. Le bas de ses cheveux plongeait dans l'eau.

— Retourne-toi, lui demanda-t-il.

Elle lui obéit et pressa son dos contre le torse de Raphaël. Il écarta ses cheveux de son cou et embrassa les marques de morsure. Avec elle, il était possessif, c'en était écrasant. Sa petite rose lui appartenait. Ces morsures le prouvaient au monde entier. Il l'avait marquée.

Il attrapa l'éponge dans le panier sur le rebord de la baignoire et la mit dans l'eau, avant de la serrer dans sa main, au-dessus de la tête de Maria. Elle pencha la tête en arrière et lâcha un soupir approbateur. Raphaël lui lava les cheveux avec lenteur, passant les doigts dans les mèches épaisses. Sa voix vibra dans toute la pièce quand il se mit à fredonner la berceuse qu'il chantait toujours quand il lui lavait les cheveux. Elle fondit contre lui. Quand il eut débarrassé ses cheveux de tout le shampoing et l'après-shampoing, il la fit s'appuyer à nouveau contre sa poitrine. Il inhala l'odeur de vanille et de rose. Il baissa les yeux sur le corps nu de Maria pressé contre lui et sur les pétales de rose rouges rassemblés autour de son ventre.

Ses pensées dérivèrent vers la serre. Il prit un pétale entre ses doigts. Maria ne perdait pas un seul de ses gestes.

— Pourquoi tu aimes autant les roses, mon Seigneur ?

Sans quitter des yeux le pétale, il répondit :

— Ma mère était botaniste. Elle travaillait au Arnold Arboretum.

Il avait parlé d'une voix dénuée d'émotion. Il n'en ressentait aucune. Maria lui avait posé une question. Il avait répondu.

— Ah oui ? murmura-t-elle.

Il se perdit dans les bribes de ses souvenirs, sa vue se brouilla.

— Elle en ramenait toujours à la maison, elle en mettait partout.

Il tenta de se raccrocher au souvenir lointain d'une femme aux cheveux noirs qui l'amenait dans le jardin à l'arrière de leur maison, elle aimait s'occuper des rosiers. Raphaël sentit la texture de velours du pétale entre ses doigts et se rappela les avoir touchés quand il était enfant.

Maria prit une inspiration tremblante.

— Ma mère faisait ça aussi. Mettre des roses dans la maison, je veux dire. Des roses rouges...

Elle sourit. De là où il était, Raphaël ne voyait que sa bouche. Son sourire n'était pas aussi large que d'habitude.

— À chaque fois que je vois une rose, je me souviens d'elle. Parfois, ça me fait mal. Si je passe une mauvaise journée... Si elle me manque plus que d'habitude...

Raphaël lâcha le pétale et le suivit du regard alors qu'il flottait vers un amas de bulles.

— Il l'a étranglée, dit-il, énonçant ce souvenir d'une voix morne, comme si ce qui s'était passé n'avait rien d'une tragédie.

Maria tourna la tête et riva ses yeux bleus aux siens. Elle ouvrit la bouche, puis la referma. Raphaël lui caressa la joue et le cou. Il se concentra sur ses os délicats. Ils étaient parfaits.

— Il m'a obligé à regarder pendant qu'il l'étranglait à mains nues.

Raphaël se remémora les yeux de sa mère pendant qu'elle essayait de respirer. Elle le regardait, lui.

— Le vase qu'elle tenait a explosé par terre et elle s'est entaillé le pied sur un éclat de verre.

Raphaël se rappela la flaque de sang. Ses yeux d'enfant avaient vu comment elle imbibait les pétales blancs sur le sol.

— Il a pris les pétales couverts de sang et les lui a fourrés dans la bouche tout en chantant *Ring around the Roses*.

Il caressait les cheveux de Maria, on n'aurait pas dit qu'il était en train d'évoquer la mort violente de sa mère.

— Après, il s'est levé et s'est tiré une balle dans la tête.

Maria avait du mal à respirer tant sa gorge était nouée. Mais Raphaël était perdu dans les rares souvenirs qui lui restaient.

— Je me suis avancé vers elle. Ses cheveux..., dit-il doucement. Ils s'étaient enroulés autour de son cou.

Il sourit. Elle était si jolie, avec les roses dans la bouche, et il l'avait regardée sans ciller.

— Ça m'a fait sourire. Son visage était paisible. Je ne l'avais jamais vue comme ça. Il la frappait tout le temps, ou l'étranglait. Quand il l'a tuée, je l'ai vue en paix pour la première fois.

Le cœur de Maria battait vite sous sa paume.

— Qui était cet homme ? Pourquoi il l'a tuée ?

Raphaël fronça les sourcils, il essayait de se souvenir.

— Son petit ami ? Je n'avais pas de père...

Il secoua la tête.

— Je ne crois pas. Je ne sais pas pourquoi il l'a tuée. Les prêtres ne me l'ont jamais dit. Je ne me souviens que de bribes.

Maria scruta son visage. Elle déglutit. Raphaël savoura le mouvement de sa gorge.

— Mon Seigneur..., dit-elle doucement. Combien de gens as-tu tués ?

Raphaël réfléchit à cette question. Il haussa les épaules.

— Beaucoup.

Les épaules de Maria s'affaissèrent.

— Beaucoup..., murmura-t-elle.

Il se leva et tendit la main. Elle la prit et il la fit sortir du bain. Il ne prit pas la peine d'attraper des serviettes, ils traversèrent la chambre et la petite salle à manger, puis ils franchirent la porte de sa salle privée. Il alluma. Maria hoqueta. Raphaël laissa son regard errer sur le mur. Il était couvert des visages de ses victimes. Maria le dépassa et s'approcha du mur. Il sentit sa poitrine se gonfler de fierté. Ces visages qui lui rendaient son regard, les yeux grands ouverts dans la mort...

— T... tu... tu as tué toutes ces femmes ? balbutia Maria. Ces photos... Elles sont toutes mortes ?

— Leur mort était récente, précisa Raphaël, qui se souvenait de chacune d'entre elles dans le détail. Leur corps était encore chaud.

Maria fit un geste pour effleurer les photos, mais s'interrompit.

— Étranglées ? s'enquit-elle en osant finalement suivre du doigt les marques rouges sur leur gorge.

— Toutes.

Raphaël se mit à étudier ses mains, il écarta les doigts et sourit.

Quand il releva la tête, il vit que Maria était comme figée devant le mur. Elle se tourna vers lui. Tout le sang avait déserté ses joues.

— Tu l'as tuée, dit-elle en lui montrant la photo la plus récente. La femme du club.

Ses mains tremblaient.

— Quand ?

Raphaël s'humecta les lèvres. Son cœur se mit à battre plus fort dans sa poitrine, Maria le regardait comme si elle était... étonnée. Déçue ?

— Il n'y a pas longtemps.

— Pendant que j'étais là ? demanda-t-elle d'un ton plus grave.

Ses yeux bleus se mirent à briller. Raphaël s'immobilisa. Allait-elle pleurer ? Il n'aimait pas quand elle pleurait. Il ne le supportait pas. Ça lui embrouillait la tête.

— Oui.

Maria recula en titubant. Son dos heurta le mur du fond.

— Est-ce que..., commença-t-elle en rivant son regard au sien. Est-ce que tu as couché avec elle ?

Il grimaça de dégoût.

— Non.

Maria commença à tourner la tête, puis s'écarta vivement du mur.

— Ce soir-là..., murmura-t-elle. Le soir où tu n'arrivais pas à avoir d'érection.

Raphaël crispa la mâchoire.

— Le soir où j'ai prononcé ces mots. Les mots de sécurité. Rose rouge.

Maria se mit à secouer la tête.

— C'était ça, hein ? Quand tu es parti... Tu es allé la tuer. À ton retour, tu avais des griffures sur la peau.

— C'était quelqu'un de mauvais. Elle faisait du trafic d'enfants. Elle méritait de mourir.

Maria se passa les mains sur le visage.

— Toutes les vies sont sacrées.

— Non, grogna-t-il.

La fureur grandissait en lui.

— Si ! protesta Maria.

Raphaël traversa la pièce d'un pas vif et l'attrapa par les épaules. Il la fit se retourner.

— Ces femmes... Ces femmes violaient des enfants, les vendaient, les prostituaient pour de l'argent.

Raphaël était incapable de contenir sa colère. Il eut l'impression qu'on l'obligeait à s'agenouiller, que les mains des prêtres étaient sur sa poitrine, sur son sexe, qu'on le plaquait au sol…

Raphaël se donna une tape sur la tête pour se débarrasser de cette image. Maria s'écarta en titubant, mais Raphaël continua de se frapper la tête. Il fallait que ces putains d'images sortent de son esprit. Des images mises là par des gens qui étaient comme les ordures sur son mur. Des gens qui abusaient d'enfants, les violaient.

Qui les baisaient, les baisaient, les baisaient ! Quelqu'un lui tira sur la main et il passa à l'action. Il repoussa la personne contre le mur, prêt à tuer.

— Mon Seigneur, c'est moi.

Mais il était perdu dans la brume rouge de sa colère.

— Raphaël.

Une voix douce s'infiltra dans sa tête, jusqu'à son esprit piégé dans la salle de torture, cloué au sol par le prêtre.

— Reviens, murmura la voix. Reviens vers moi.

Raphaël cligna des paupières, sa poitrine se soulevait à un rythme saccadé. Tout était flou autour de lui, mais soudain, sa vision s'éclaircit. Il était chez lui. Dans le manoir… Et Maria était là. Devant lui, ses yeux bleus brillant de larmes. Elle posa lentement la main sur sa joue.

— Tu es ici, avec moi.

Les muscles de Raphaël tressautèrent, il était si fatigué…

— Je suis là.

Raphaël suivit le rythme de la respiration régulière de Maria. Elle se rapprocha de lui, de plus en plus, jusqu'à ce que sa poitrine soit pressée contre la sienne.

Il grogna. Sa chaleur… Elle engourdissait les souvenirs douloureux dans sa tête. Elle apaisa la douleur dans sa poitrine.

— Tout va bien… Tout va bien.

Raphaël la serra contre lui et referma les bras dans son dos.

— Je suis une novice, Raphaël.

Il se raidit, mais il ne la lâcha pas. Il ne savait pas ce que c'était, mais sa rose avait parlé d'un ton sérieux. Il s'écarta pour observer son visage et Maria lui prit les mains.

— Avant de venir ici… je voulais devenir nonne. Je m'apprêtais à prononcer mes vœux.

Les yeux de Raphaël s'embrasèrent et le sang afflua dans ses muscles tendus, leur faisant prendre vie.

— Chaste, dit-il, l'excitation grandissant dans sa poitrine. C'est pour ça que tu étais chaste. Pure.

— Jusqu'à ce que je me donne à toi, acquiesça Maria.

Raphaël l'entendit à nouveau gémir son nom. Repensa à sa peau pâle et à son corps fin. Au cercueil sur mesure, Maria serait parfaite, elle y dormirait pour l'éternité, dans la chambre de Raphaël. Son autel attira son regard et une excitation débridée s'accumula en lui. Elle était dans ses bras. C'était la bonne.

Raphaël se pencha et prit les joues de Maria en coupe.

— Je vais te tuer, petite rose. Est-ce que tu comprends ?

Maria écarquilla les yeux une seconde, puis les ferma et prit une longue inspiration pour se calmer.

— Oui, mon Seigneur.

— Regarde-moi.

Elle ouvrit les paupières et plongea dans le regard doré de Raphaël.

— Bientôt, je te baignerai.

Il scruta son visage. Pas une seule imperfection visible.

— Je te coifferai et je sécherai tes cheveux.

La poitrine de Maria se soulevait et retombait, faisant bouger ses petits seins fermes. Raphaël esquissa un sourire, comme un amant confessant son amour à sa promise.

— Je te couvrirai des meilleures huiles, continua-t-il en fourrant son nez contre son cou pour inhaler son odeur. De vanille et de rose. Ce sont les parfums qui te vont le mieux.

Le pouls de Maria battait très vite ; il le sentait sous son pouce.

— Je t'allongerai sur le lit, petite rose. Et je t'aimerai. Je te vénérerai comme la reine que tu es.

Raphaël ferma les yeux, tenant toujours son visage dans ses mains.

— Je t'embrasserai, petite rose. Je goûterai ta peau, tes lèvres et ta douce chatte humide.

Il ouvrit les paupières. Il devinait qu'il avait les pupilles dilatées rien qu'à énoncer son fantasme à voix haute.

— Je m'enfoncerai en toi, je capturerai tes gémissements et tes soupirs avec mes lèvres…

Le sexe de Raphaël se réveilla et emplit la cage de silicone. Il libéra une de ses mains pour la passer sur les doux cheveux de Maria. Ils étaient encore mouillés.

— Je prendrai ces cheveux soyeux et les enroulerai dans mes mains. J'inclinerai ton cou délicat sur le lit, et j'enroulerai tes cheveux autour… Trois fois.

Son corps s'allégea, il avait l'impression d'être en apesanteur.

— Je te regarderai dans les yeux et je plongerai au plus profond de toi… Puis je tirerai de toutes mes forces.

Raphaël posa la main sur le cou de Maria.

— Tes joues rougiront, tes yeux brilleront. Tes lèvres s'ouvriront, mais aucun souffle ne quittera ta bouche. Tu te donneras à moi, petite rose. Ton corps perdra peu à peu ses forces pendant que je ferai grandir ton plaisir. Tu te cambreras et tu jouiras, si fort que tu ne ressentiras que ça. Tu essaieras de prendre des goulées d'air, mais tu n'y arriveras pas. Et quand ton regard commencera à se voiler, ton cœur à ralentir, je jouirai en toi, en grognant ton nom.

La pression dans le dos de Raphaël grandit, juste au creux de ses reins. Il ferma les paupières, les testicules lourds, et avec un grognement sonore, il se déchargea contre sa jambe. Son corps trembla. Son cou était tendu à cause de la vague de plaisir qui venait de le traverser. Quand il ouvrit les yeux, il poussa un soupir tremblant. Les joues de Maria étaient rouges, ses tétons avaient durci. Raphaël avait toujours la main sur son cou, son pouce caressait sa peau douce comme si c'était un pétale délicat. Un pétale de rose blanche... La couleur préférée de Maria.

Raphaël sourit. C'était un sourire tendre et bienveillant.

— Ton cœur cessera de battre.

Maria ouvrit les lèvres et laissa échapper un bref soupir.

— Je t'enlacerai, petite rose. Je te serrerai dans mes bras, jusqu'à ce que ton corps ne soit plus chaud.

Raphaël déposa un baiser sur la joue de Maria.

— Je mettrai une rose dans tes cheveux... La plus belle de mon jardin. Et tu auras un bouquet dans les mains. Douze roses blanches.

Il lui embrassa les lèvres et sentit un goût de sel sur sa bouche. Des larmes coulaient sur ses joues. Il les essuya de ses pouces.

— Tu seras parfaite, petite rose. Tellement parfaite... Tu ne ressembleras pas du tout à ces femmes.

Il montra les photos accrochées au mur avant de la faire pivoter pour qu'elle voie l'autel.

— Ta photo trônera à la place d'honneur, dans cette pièce.

Il l'attira contre sa poitrine. Maintint sa tête et son corps contre lui. Il enfouit les mains dans ses cheveux et ils restèrent ainsi jusqu'à ce qu'il l'emmène au lit.

— Je ne t'abandonnerai pas, mon Seigneur, dit Maria contre ses lèvres quand il l'embrassa pour lui souhaiter bonne nuit. Je suis là pour toi. Je suis là pour te servir, toi et personne d'autre.

***

— Magnifique, dit Raphaël quand elle sortit du dressing.

Sa robe violette touchait le sol. Il lui avait séché les cheveux, ils retombaient en vagues naturelles jusqu'à ses cuisses. Elle portait des sandales dorées aux pieds et une rose couleur pêche était coincée derrière son oreille. Contrairement aux robes blanches qu'elle portait dans les quartiers privés de Raphaël, celle-ci était opaque, et ne laissait rien deviner de sa peau.

Maria prit la main que Raphaël lui tendait. Il l'attira à lui et referma les mains dans son dos. Il se pencha et l'embrassa, sentant son corps se détendre à son contact. Quand il s'écarta, ses lèvres étaient rouges.

— Allons-y.

Il lui fit descendre les marches et l'accompagna à la salle à manger. La main de Maria trembla alors qu'ils approchaient de la porte. Elle était fermée. Raphaël entendit les voix de ses frères de l'autre côté. Maria était pâle.

— Ils ne te feront aucun mal, lui assura Raphaël.

Il amena le dos de sa main à ses lèvres et embrassa sa peau douce. Elle soupira et lui adressa un petit sourire.

Raphaël tourna la poignée et entra. Ses frères pivotèrent vers eux. Seul Michaël était absent. Il avait reçu une Révélation, il était sorti, une victime l'attendait.

Maria le suivit. Gabriel se leva. Il leur sourit à tous les deux.

— Raphe, Maria.

— Gabriel, répondit doucement Maria.

Son frère lui sourit et lui indiqua une chaise.

— Je t'en prie. Assieds-toi.

Raphaël la guida jusqu'à la table et tira sa chaise. Maria s'assit à sa gauche, à côté de Gabriel, en bout de table. Sela était à la droite de Raphaël. Ses frères gardèrent le silence et les observèrent avec attention.

Raphaël ne lâcha pas la main de Maria, et il posa leurs mains jointes sur la table, entre eux. Bara sourit, tout en sirotant son vin rouge. Il se racla la gorge.

— Maria, nous n'avons pas été présentés.

Il fit un signe de tête vers Diel.

— Notre frère ici présent a temporairement perdu la tête et tenté de te tuer.

Bara plaqua la main à sa poitrine et baissa la tête.

— Toutes nos excuses.

Il adressa un sourire narquois à Diel et ajouta :

— Nous ne sommes pas tous des tarés impulsifs, je peux te l'assurer.

Diel regarda Bara en plissant ses yeux bleus et ce dernier remua sur son siège. Diel se tourna vers Maria.

— Ça n'arrivera plus. Je suis calme.

Elle lui adressa un sourire tendu. Le personnel apporta les plats. Quand ils eurent chacun leur assiette devant eux, Sela demanda :

— Que fais-tu dans la vie, dans le monde extérieur, Maria ?

Ses yeux détaillaient son corps, errant sur ses bras et son visage. Raphaël savait que ça n'avait rien de sexuel. Sela était un artiste. Les parties du corps l'obsédaient.

Maria posa sa fourchette.

— J'étais une novice.

Elle lança un bref regard à Gabriel, puis se concentra sur Sela.

— Je me formais pour devenir nonne.

La tension épaissit l'air dans la pièce. Uriel se pencha, les lèvres pincées.

— Tu connais le Père Quinn.

— C'est mon mentor.

Maria avait parlé avec prudence. Raphaël étrécit les yeux. Elle se racla la gorge.

— Ce sont les Pères Quinn et Murray qui m'ont envoyée, ils voulaient que je trouve Raphaël.

Il se figea. Tous les muscles de son corps se contractèrent. Le nom du Père Murray tournait en boucle dans sa tête. La colère se mit à bouillonner en lui. La tablée était silencieuse, tous ses frères le dévisageaient. Sa poitrine était si serrée qu'il s'attendait à ce que sa peau se déchire sous sa chemise.

Maria pressa sa main, mais il ne pouvait détourner les yeux de la nourriture dans son assiette. La fureur affluait dans ses veines. Il sentait le sol de la salle de torture sous ses genoux, la main du Père Murray dans ses cheveux courts, tirant dessus jusqu'à lui faire mal au cou. Fourrant son sexe dans sa bouche, puis le clouant au sol.

— Je ne savais pas..., murmura Maria d'une voix tremblante. Je n'étais pas au courant, je ne savais rien de ce groupe.

Son souffle se bloqua dans sa gorge.

— Je ne cautionne pas leur comportement. Je ne le cautionnerai jamais.

Elle pressa plus fort sa main. Quand Raphaël reporta son attention sur elle, elle le regardait. Son visage était pâle et elle avait une drôle de lueur dans les yeux. Il avait envie de se lever de la table, de tout détruire sur son passage... Tout ça parce qu'elle avait prononcé le nom de ce salopard... À cause de ce qu'il lui avait fait... Mais une douce chaleur vibra dans sa poitrine à la seconde où le regard de Maria plongea dans le sien. La gorge de Raphaël se noua. C'était inconfortable. Pourquoi lui faisait-elle ressentir tant de choses étranges ?

— Donc..., reprit Bara, attirant ainsi l'attention de Maria.

Le frère aux cheveux roux sourit. D'un geste du bras, il désigna la table, son verre de vin toujours à la main.

— Tu sais qui sont ces salopards de la Brigade, et tu sais qu'ils baisaient des petits garçons pour le plaisir.

Il se pencha en avant.

— Mais est-ce que tu sais ce qu'on fait, nous ?

Maria releva le menton.

— Oui.

Les yeux bleus de Diel la scrutèrent.

— Et ?

— Je ne vous juge pas, répondit-elle simplement.

Elle baissa les yeux une seconde.

— Un tueur m'a kidnappée quand j'avais seize ans. Il m'a torturée pendant des mois. J'étais sa prisonnière.

— Torturée comment ? s'enquit Uriel.

Maria coula un regard en coin à Raphaël, puis se leva lentement. Elle souleva ses longs cheveux qui cascadaient dans son dos et se retourna. Le col de la robe était bas. Raphaël s'humecta les lèvres quand elle dévoila son dos. Sela se leva d'un bond. Raphaël aussi, mais ce fut pour s'interposer entre son frère et elle. Sela fronça les sourcils et leva les mains devant lui.

— Je voulais juste regarder.

— Regarde de là où tu es, répliqua Raphaël en reculant vers Maria.

Cette vague possessive qu'il ne ressentait qu'avec elle déferla en lui, le poussant à la protéger de tous les autres.

Sela étrécit les yeux, mais finit par hausser les épaules et jeter un coup d'œil en se penchant sur le côté. Ses yeux noirs s'embrasèrent.

— Du sale boulot, du travail bâclé.

Il sourit quand Maria laissa retomber ses cheveux et se tourna vers lui.

— Je me serais bien mieux débrouillé.

Elle pâlit mais garda la tête haute. Raphaël éprouva un accès de fierté devant sa réaction.

Maria se rassit. Raphaël se rendit compte que ses frères l'observaient avec intérêt. Il n'aimait pas toute cette attention. Il enfouit la main dans ses cheveux et l'attira près de lui. Maria se blottit aussitôt contre lui. Il l'embrassa sur la tête et elle soupira, son corps se détendit. Il commença à se détendre aussi.

— Un toast, lança Bara en levant son verre.

Raphaël prit le sien et le leva. Maria hésita, puis l'imita.

— À Maria, notre nonne dans la tanière des pécheurs, dit Bara en souriant à Gabriel. On dirait que l'un de tes semblables est avec nous, pour une fois.

Il haussa les épaules et ajouta :

— La balance est en train de s'équilibrer.

Gabriel hocha la tête et sourit à Maria. Puis il leva son verre dans sa direction et but son vin.

Au moment où Raphaël reposait le sien, la porte derrière eux s'ouvrit. Michaël entra. Son corps d'habitude tendu était relâché… mais il était couvert de sang. Sa chemise ouverte révélait sa poitrine. Son cou, son visage, ses dents pointues… Tout était maculé de rouge.

Michaël s'assit à l'autre bout de la table. Ses yeux bleu glace s'attardèrent sur Maria, puis sur Raphaël.

— Michaël, dit Gabriel, c'est terminé ?

Michaël passa la langue sur ses dents tachées de sang. Maria hoqueta. Raphaël la regarda, mais elle était concentrée sur Michaël. Les yeux écarquillés, elle étudia les traces sur son visage, sa poitrine et ses doigts ; ses ongles affûtés étaient écarlates.

— Il est mort, lâcha Michaël en serrant la fiole de sang autour de son cou.

— Et ? s'enquit Sela.

Le cœur de Raphaël se mit à battre plus vite. Des détails, il voulait des détails.

— Il a hurlé. Je l'ai pendu au mur par les bras et les jambes, avant de le saigner. Je l'ai entaillé encore et encore, et j'ai bu son sang à chacune de ses blessures.

Michaël se passa à nouveau la langue sur les lèvres. Il haussa les épaules.

— Il avait un goût sauvage. Son sang ne m'a pas plu.

— Michaël..., dit Raphaël.

Son meilleur ami se tourna vers lui.

— Voici Maria.

Il regarda Maria et précisa :

— C'est Michaël.

— Bonjour, dit timidement Maria.

Michaël lui lança un regard vide, puis répondit :

— Tu as de jolies veines dans le cou.

Raphaël entendit le brusque soupir de Maria.

— Tout va bien, Maria ? l'interrogea Gabriel.

— Oui, répondit-elle.

Gabriel lui fit un signe de tête. Raphaël n'aimait pas le voir lui faire des signes de tête ou lui sourire. Il n'avait pas envie que d'autres lui parlent. Il ne lui restait plus beaucoup de temps avec elle, et il la voulait pour lui tout seul. Son sexe tressauta et il se leva. Il avait besoin d'être en elle et de leur rappeler à tous les deux qu'elle lui appartenait, à lui et personne d'autre. Il prit la main de Maria et la fit se lever.

— On s'en va.

Maria se tourna vers la table.

— C'était un plaisir de tous vous rencontrer officiellement et de parler avec vous.

Raphaël la fit sortir de la pièce et la guida en haut de l'escalier. Il avait besoin d'être en elle. Ces derniers temps, il était de plus en plus anxieux, et il ne savait pas pourquoi ; sa peau se tendait quand elle n'était pas à ses côtés, quand il n'était pas en elle pour la revendiquer.

En ce moment, il n'y avait qu'en présence de Maria qu'il se sentait calme.

***

Gabriel fixa la porte close. Il entendait la course des pas de Raphaël tandis qu'il entraînait Maria en haut des marches.

— Eh bien, c'était intéressant…, dit Bara en prenant la bouteille au milieu de la table pour remplir son verre.

Gabriel continua de fixer la porte. Raphaël avait l'air différent. Il se rappela comment son frère regardait Maria. Ses yeux dorés paraissaient moins tourmentés, moins sous tension que d'habitude. C'était la première fois que Gabriel le voyait comme ça. Il fronça les sourcils. Il n'avait aucun point de comparaison, mais… quand Raphaël regardait Maria, et quand elle le regardait, lui… est-ce que c'était… de l'amour ? La poitrine de Gabriel se serra, il ne savait pas ce qu'était l'amour. Il dévisagea ses frères tour à tour. Ils parlaient avec animation du meurtre de Michaël. Ils souriaient et riaient. Rien ne leur avait paru étrange… Même pas Raphaël qui tenait la main de Maria, veillant à toujours être en contact avec elle, à la toucher tout le temps. Son bras, sa jambe, sa main dans la sienne. Gabriel se les remémora tous au Purgatoire, leur visage quand ils revenaient des salles de torture. L'humanité et la lumière dans leurs yeux d'adolescents diminuaient à chaque nouveau viol ou « exorcisme » douloureux infligé par la Brigade.

La lumière de Gabriel s'était ternie, elle aussi.

Ils ne connaissaient pas l'*eros,* l'amour romantique, intense et passionné. Gabriel n'était pas sûr que l'un d'entre eux, même lui, soit capable de reconnaître l'*eros* s'ils l'avaient sous le nez.

Mais ce changement chez Raphaël... Sa façon de tenir la main de Maria, comme s'il ne voulait jamais la lâcher. Et ce sourire désinvolte. Gabriel n'avait jamais vu ce sourire léger sur son visage. Et elle, les regards qu'elle lui lançait... Comme s'il était toute sa vie. L'air dont elle avait besoin pour survivre.

Le cœur de Gabriel se brisa pour son frère. Parce qu'il savait que si Raphaël était en train de tomber amoureux de Maria, si un amour véritable bourgeonnait entre eux, aussi improbable que ce puisse être, Raphaël ne s'en rendrait pas compte, il ne verrait pas ça comme le miracle que c'était. Son frère allait tuer Maria. Il n'avait pas le choix. Il était comme ça. Il allait tuer la femme qui le regardait comme s'il était tout pour elle, malgré ce qui les séparait : sa foi, son passé, les projets de Raphaël pour son âme pure.

Elle allait mourir.

Raphaël allait tuer celle qui était peut-être l'amour de sa vie. Sa moitié.

Gabriel prit une gorgée de vin pour se débarrasser du nœud dans sa gorge. C'était une tragédie. Il regarda ses autres frères et se demanda comment ils se comporteraient s'ils trouvaient l'amour, eux aussi, quelqu'un capable de voir au-delà de leur mode de vie sinistre et de les aimer pour qui ils étaient. Pouvaient-ils être guéris ? Ce type d'amour pouvait-il les sauver ? Sauver leur âme ? Était-ce la réponse ? L'amour ?

Il soupira et repoussa cette idée farfelue. C'était un rêve impossible.

CHAPITRE 13

Ils grimpèrent les marches, Raphaël ne lâchait pas la main de Maria. Il avait un comportement étrange. Il n'arrêtait pas de la dévisager, sourcils froncés. Comme si elle était une énigme qu'il essayait de comprendre. Maria ne savait pas ce qui se passait dans son esprit complexe, mais elle aimait qu'il la regarde. Dans ces cas-là, ses genoux manquaient de flancher.

Quand ils atteignirent la porte des quartiers de Raphaël, il s'arrêta et étudia son visage de plus belle. On aurait vraiment dit qu'il cherchait quelque chose, qu'il tentait de lire en elle. Le cœur battant, Maria le laissa l'observer tout son soûl. Les narines de Raphaël se dilatèrent et il grogna. Il prit son visage en coupe et plaqua sa bouche sur la sienne. Maria fondit dans son étreinte. Elle devina que Raphaël ouvrait les portes, ils entrèrent dans sa suite en titubant. Il la souleva et elle enroula les jambes autour de sa taille. Elle était l'esclave de ses caresses, la victime de son désir.

Sans dénouer ses bras sur sa nuque, elle s'arracha à sa bouche avec un hoquet. Il fallait qu'elle respire.

Mais soudain, Raphaël se figea. Il se mit à fixer un point par-dessus son épaule. Maria tourna la tête dans cette direction. Elle se raidit. Toutes les cellules de son corps s'éveillèrent, quand elle vit ce qu'il y avait d'un côté de la pièce. Son estomac se contracta, l'angoisse résiduelle qui vivait en elle depuis cinq ans consuma sa bravoure, faisant d'elle une créature faible, tremblante. Qu'est-ce que ce truc faisait ici ? Dans la chambre de Raphaël ?

Sans la reposer, Raphaël traversa la pièce. Maria était trop paralysée pour se débattre. Quand il s'arrêta, il fourra le nez dans son cou et lui embrassa la peau. Sa respiration s'accéléra. Son sexe durcit.

Raphaël posa Maria sur le sol et la fit se retourner. C'était sa plus grande peur. Des souvenirs accablants de l'époque où elle était piégée, privée d'oxygène, s'infiltrèrent dans son sang comme le plus mortel des poisons. L'effet fut rapide. Tout son être se glaça. Elle ne pouvait plus bouger.

— Qu'est-ce que tu en penses ? lui demanda Raphaël d'une voix rauque.

Des frissons lui dévalèrent le dos. Son corps ne savait pas comment réagir ; la peur et l'excitation se mêlaient en un cocktail paradoxal, mais enivrant.

— C'est un cercueil, constata-t-elle.

Il s'avança, la laissant là où elle était, pour caresser le verre du bout des doigts. Le cercueil était tout entier transparent, seul le fond était rouge.

— C'est pour toi, lui annonça Raphaël avec fierté, comme s'il lui montrait une nouvelle voiture ou lui offrait un bouquet de fleurs.

Il sourit. Maria hoqueta. La joie irradiait de l'âme de Raphaël. Ce moment avait des relents sinistres, son cœur se brisa. Cet homme sombre tirait satisfaction de la mort. De la promesse de la mort. Des larmes perlèrent aux coins des yeux de Maria. Pas pour elle, mais pour le petit garçon perdu qu'elle voyait encore devant elle. Celui qui avait assisté au meurtre particulièrement violent de sa mère, celui qui n'avait vu de paix sur son visage que quand elle était morte. Le garçon qui faisait pousser des roses en son honneur. Qui, la plupart du temps, ne comprenait pas ce qu'il ressentait. Celui qui voulait que Maria se réjouisse à la promesse de sa mort... Parce que lui se réjouissait. Son beau tueur.

Raphaël était un homme aussi triste que beau. Il s'avança vers elle, il avait vu quelque chose dans ses yeux.

— Il ne te plaît pas ?

Son sourire s'évanouit, une inquiétude sincère parut se peindre sur son visage si séduisant.

— Il est beau, murmura-t-elle, incapable de décevoir cet homme.

Raphaël relâcha le souffle qu'il avait retenu, soulagé. Avec douceur, il referma la main sur son cou. C'était l'étreinte d'un amant, pas d'un meurtrier. Il la regarda dans les yeux avec adoration, comme si elle était la chose la plus précieuse en ce monde.

— Je t'embaumerai.

Il lui prit la main et se tourna vers le cercueil. Ses doigts tremblaient d'excitation.

— Tu resteras dans cette pièce, à côté de moi, pour le restant de mes jours. Ma rose parfaite. Plus belle que toutes les fleurs que je ferai pousser.

Maria entendait ce qu'il lui disait, mais elle était comme engourdie. Ces mots... Ces détails... Sa mort. Ses propos ne parvinrent pas jusqu'à son cerveau. Raphaël écarta une mèche de cheveux qui lui barrait le visage.

— Tu veux l'essayer ?

L'hébétude de Maria disparut et la peur la submergea. Quand elle vit l'expression pleine d'espoir sur son visage, l'histoire de la Brigade que lui avait racontée Gabriel lui revint à l'esprit. Les viols, les tortures... Ainsi que l'histoire de la mère de Raphaël...

Elle plongea alors dans ses yeux et, sans trembler, elle déboutonna la chemise de son amant. Raphaël s'humecta les lèvres, mais la laissa prendre les rênes. Sa peau olive apparut et Maria écarta la chemise de ses épaules, jusqu'à ce que ses tatouages soient visibles. Maria leva la main et longea ceux qui représentaient des roses. Elle les comprenait, maintenant. Le rouge, songea-t-elle, représentait sa mère quand elle était encore en vie. Le noir... sa mort. Et les épines allaient tout droit vers le cœur brisé du petit garçon qu'était encore Raphaël au fond de lui.

Raphaël n'exprimait pas ses émotions comme une personne « normale ». Il était trop complexe pour que Maria puisse le cerner facilement. Mais elle savait qu'il ressentait des choses. Il ignorait quoi faire de ces sentiments, voilà tout. Sauf la mort. Il comprenait la mort et la douleur mieux que quiconque. Sa salle des trophées en était la preuve.

Pendant qu'elle passait la main sur la marque gravée dans sa chair par les prêtres qu'elle avait admirés et respectés autrefois, une force qu'elle ignorait avoir l'envahit soudain, mettant fin à ses tremblements.

Elle voulait lui offrir ça. À l'homme à qui on n'avait jamais rien donné de bon ou de pur dans sa vie.

— Petite rose ? demanda-t-il.

L'espoir dans sa voix hypnotique était flagrant.

— Oui, s'entendit-elle répondre. Je vais l'essayer... Pour toi...

Une expression qu'elle aurait été incapable de nommer passa sur le visage de Raphaël. Il agrippa ses hanches, puis recula d'un pas, et Maria affronta sa plus grande peur. Elle repoussa la terreur pure qui grandissait en elle et rassembla tout son courage. Il l'embrassa dans le cou, puis la souleva, les mains sous ses bras, jusqu'à ce que ses pieds touchent la soie rouge au fond du cercueil. Elle était douce. Maria ferma les yeux. Il la guida pour qu'elle s'allonge, sur le dos. La méditation. C'était comme quand elle méditait. Elle se concentra sur sa respiration et prit de grandes inspirations régulières tout en s'agrippant aux hauts bords du cercueil en verre.

— Petite rose..., dit Raphaël d'une voix de velours.

Elle suivit sa voix, savourant son admiration, le murmure sensuel de ce terme affectueux dans sa bouche, et ouvrit les yeux.

Raphaël était debout, à côté du cercueil, torse nu. Quand Maria leva les yeux vers lui, la peur ne la submergea pas comme elle s'y attendait. Au lieu de ça, le calme et la tranquillité sur son visage l'emplirent de sérénité. Elle ne l'avait jamais vu comme ça. Même dans son sommeil, il avait toujours le front plissé, le corps tendu. Là, toutefois, Raphaël était immobile, paisible... heureux. Avait-il déjà connu le vrai bonheur, dans sa triste vie ? Pas celui qui venait d'un meurtre, mais celui né d'une connexion humaine, d'un simple cadeau ?

— Tu..., commença Raphaël avant de se racler la gorge. Tu es très belle.

Le mâle dominant arrogant avait disparu, remplacé par un amant ému. Ses murailles s'étaient abaissées, et il exposait ainsi les cicatrices de son âme.

— Maria..., murmura-t-il.

Il se pencha sur le cercueil et effleura son visage du bout des doigts. Ce simple geste faillit la faire craquer.

Elle le revit dans la baignoire, dans sa salle des trophées. Il l'avait emmenée à la roseraie, il était perdu. Il lui avait parlé de sa mère. Il n'avait personne. Personne ne l'aimait... La poitrine de Maria se contracta.

L'amour.

Le péché est dû à l'absence d'amour.

Elle prit une grande inspiration et expira, tout en songeant à l'amour. Elle ne pouvait pas... C'était impossible. Il voulait la tuer... Mais...

Mais quand elle regardait Raphaël, posait sa joue sur cette main qui savait être si tendre, elle était plus déterminée que jamais à guérir cet homme qui n'avait jamais rien connu de bon, qui avait été maltraité par tous ceux qui avaient croisé sa route.

Elle ne serait pas comme eux, ceux qui l'avaient trahi.

En tant que nonne, elle était vouée à la compassion. Existait-il une compassion plus grande que d'apporter de l'amour à un pécheur ? Que de lui montrer que tout le monde n'allait pas l'abandonner ? Que de lui donner ce qui apportait de la joie à son cœur ?

Maria repensa aux photos des morts, sur son mur des trophées. *Elle était en paix.* C'était ça. Des larmes chaudes, mues par la tristesse qu'elle éprouvait pour lui, montèrent aux yeux de Maria.

Pour Raphaël, la mort était synonyme de la paix.

Ce petit garçon perdu, en proie à une lutte intérieure constante.

— Je l'adore, mon Seigneur, murmura Maria.

Raphaël sourit. Jamais Maria n'avait vu un sourire aussi éblouissant.

— C'est parfait.

Une joie sans retenue illumina les yeux de Raphaël.

En grognant, il la souleva du cercueil et l'emmena aussitôt au lit. Il l'embrassa encore et encore, jusqu'à ce que ses lèvres soient enflées et douloureuses.

Avec des gestes aussi délicats qu'une plume, il débarrassa Maria de ses vêtements et se glissa en elle. Il la regarda dans les yeux et lui fit l'amour.

Parce que c'était ça. Maria le savait, maintenant. Sa façon de la toucher, de caresser ses cheveux et d'embrasser ses lèvres... C'était de l'amour. De l'obsession, de la possessivité. De la revendication.

Maria savait qu'elle était à lui. On l'avait sauvée il y avait des années pour qu'elle puisse offrir à Raphaël le rêve de sa vie. Pour qu'elle lui montre que tout le monde n'allait pas le laisser tomber. Qu'il y avait des gens qui étaient prêts à le protéger et à se sacrifier pour guérir la noirceur de son âme.

Quand Raphaël et Maria jouirent, il se raccrocha à elle, la tête posée sur sa poitrine. Il était encore en elle lorsqu'il s'endormit. Maria caressa ses cheveux bruns ébouriffés et finit par s'assoupir, elle aussi.

La mort approchait.

Mais elle n'avait pas peur.

***

Maria se redressa sur le lit. Il faisait noir, les fenêtres ouvertes ne laissaient entrer qu'un éclat de lune. Une respiration forte lui parvint aux oreilles, ainsi que des gémissements douloureux. Maria tâta le matelas et découvrit qu'elle était seule.

— Non…, dit Raphaël, le souffle court.

Sa voix était lourde de douleur et de… peur ?

Son cœur se brisa. Il avait l'air effrayé. Jamais il n'avait l'air effrayé.

Maria se rapprocha du bord du lit pour partir à sa recherche. Elle se figea. Il était sur le sol, nu, face contre terre. Un sanglot s'échappa de ses lèvres. Son corps formait une croix, bras tendus. On aurait dit que quelqu'un le maintenait dans cette position. Et ses jambes… Ses jambes étaient écartées, son corps se balançait de haut en bas, comme s'il y avait quelqu'un entre ses jambes… qui le pénétrait de force.

— Père Murray, dit-il entre ses dents serrées. Je ne me repentirai pas.

Maria sentit tout le sang quitter son visage. Le Père Murray… Ses pensées se mirent à tourbillonner dans sa tête. Raphaël, cet homme redoutable, était au sol. Il essayait de s'agripper à la moquette. Il était incapable de bouger, piégé dans un cauchemar. Mais elle… Elle ne voyait que le petit garçon innocent qui avait perdu sa mère tragiquement. Et elle voyait le Père Murray au-dessus de lui, nu, un crucifix autour du cou. Le même qu'ils lui avaient donné avant la mission au sex-club, quelques semaines plus tôt.

— Je… ne me… repentirai… pas…, cracha Raphaël.

Il rejeta la tête en arrière et un hurlement tourmenté résonna dans la chambre. On aurait dit que des dagues jaillissaient de sa bouche.

Maria ne supporta pas une seconde de plus de le voir ainsi. Sa détresse… Elle sauta du lit et s'agenouilla à ses côtés. La lueur de la lune était faible, mais elle se rendit compte qu'une épaisse couche de sueur recouvrait son corps. Et ce n'était pas le pire. Le pire, ce fut l'érection qu'elle aperçut quand il leva les hanches, emprisonnée dans cette cage qu'il ne retirait jamais.

Elle ferma les yeux et respira pour calmer la colère qui s'embrasait en elle. Quelles horreurs la Brigade avait-elle fait subir à ces hommes, à ces sept êtres si perturbés ? Des larmes coulèrent sur ses joues… Un mélange de rage et de peine profonde.

Les mains de Raphaël se débattaient contre le sol, comme s'il tentait de se libérer. Maria tendit le bras et entrelaça leurs doigts.

— Je suis là, Raphaël. Je suis là, murmura-t-elle.

Un cri déchirant lui glaça le sang. Raphaël rejeta la tête en arrière, il ouvrit les yeux. Maria comprit qu'il dormait encore. Il était piégé dans son cauchemar. Il l'attira à lui et sa main libre enserra son cou.

— Ne me touche pas. Je ne veux plus que tu me touches, grogna-t-il.

Ce n'était pas son visage qu'il voyait, mais celui de son agresseur. Le Père Murray.

— Chut, dit Maria d'une voix apaisante.

Elle pria Dieu pour qu'il l'aide à percer la douleur de Raphaël, elle voulait lui apporter un peu de paix. Il grimaça et grogna.

— Arrête de me toucher. Arrête de me faire du mal !

La colère dans sa voix s'était dissipée, il ne restait que les supplications d'un petit garçon :

— S'il vous plaît, Mon Père... S'il vous plaît... Ça fait mal...

Maria se mit à sangloter. Malgré la main de Raphaël sur son cou, elle craqua en entendant sa voix. L'innocence. Celle qui était enfouie au plus profond de son être, piégée, incapable de se libérer.

Elle sentit son érection goutter sur sa cuisse. Que lui avaient-ils fait ? Il ne trouvait le plaisir que dans la douleur. Raphaël ferma à nouveau les yeux et se mit à donner des coups de reins. Il tenta de se frotter contre sa jambe, mais agacé, il grogna et... Maria hoqueta en voyant les larmes couler sur ses joues.

— Je ne peux pas..., murmura-t-il.

— Tu le feras, démon.

Maria se figea. Cette voix étrange, plus grave, était sortie de la gorge de Raphaël. Une imitation de celle du Père Murray, elle le savait.

Démon.

Il avait fait croire à Raphaël que c'était un démon.

Comment avaient-ils pu ? C'étaient des enfants. Des enfants qui avaient besoin d'aide, pas d'un ou de plusieurs exorcismes et punitions. Ils avaient détruit un être fragile, l'avaient vidé de toute bonté, de toute pureté.

— Jouis, démon. Relâche ta semence pécheresse.

Raphaël essaya. Il essaya encore et encore. Sa main était toujours sur la gorge de Maria, mais elle ne la serrait plus. Il n'avait plus de force. Ne pouvant supporter ce spectacle plus longtemps, Maria tendit la main par-dessus la poitrine trempée de Raphaël et prit son membre. Il palpitait contre sa paume, essayant désespérément de trouver le soulagement et de libérer Raphaël de son enfer. Il siffla quand la main de Maria s'activa de haut en bas, de plus en plus vite. Il finit par entrouvrir les lèvres et jouit en hurlant sur le corps nu de Maria. Il s'écroula contre elle, à bout de souffle. Maria le serra contre elle, elle voulait qu'il sache qu'il était en sécurité.

Plusieurs minutes s'écoulèrent sans que Raphaël bouge. Puis il remua. Ses jambes d'abord. Sa poitrine se souleva et il leva lentement la tête. Maria se prépara à sa colère. Or quand ses yeux dorés, fatigués et tristes se plantèrent dans les siens, elle eut l'impression de recevoir une lance en pleine poitrine. Raphaël la dévisagea. Entrouvrit les lèvres. Baissa les yeux. Et Maria comprit. Il était embarrassé.

Au fond de son cœur, elle savait qu'il ne parlerait pas du Père Murray ou de la Brigade, ni de son cauchemar. Il était incapable d'exprimer ses sentiments. Il ne l'avait jamais fait ; il ignorait que c'était le genre de choses que les autres confiaient.

Maria posa les mains sur ses joues.

— Raphaël, murmura-t-elle.

Sa voix douce résonna dans la pièce comme un coup de tonnerre. Il ne leva pas la tête.

— Raphaël, répéta-t-elle, regarde-moi.

Il ferma les yeux, mais il ne lutta pas quand elle lui releva la tête. Maria s'obligea à sourire, sa semence coulait encore sur ses cuisses, puis elle l'embrassa.

Ses lèvres tremblaient.

À cet instant, Raphaël n'était pas un tueur. Elle n'était pas une nonne. Elle était son baume sur ses plaies encore à vif, et lui était le sien.

— Allons te nettoyer.

Raphaël se remit sur ses pieds avec difficulté. Il ne lâcha pas la main de Maria une seconde. Elle se leva à son tour, mais il ne bougea pas. La fatigue, la tristesse irradiaient de tout son corps. Elle le conduisit à la salle de bains, le fit asseoir sur la chaise, à côté de la baignoire, et ouvrit le robinet. Raphaël ne lui lâcha pas la main. Maria le regarda. Il était penché en avant, ses yeux vitreux fixaient le sol. Son corps était secoué de tremblements. Ses cheveux luisaient de sueur.

Maria repoussa la colère qu'elle éprouvait pour le Père Murray et s'approcha de Raphaël. Elle se mit à genoux. Avec réticence, il accepta de la regarder.

— Entre dans la baignoire, mon Seigneur, dit-elle doucement.

Une étincelle s'alluma dans son regard, mais il ne bougeait toujours pas. Alors Maria se remit debout et le guida jusqu'à la grande baignoire.

Il s'immergea dans l'eau et Maria s'installa derrière lui. Elle prit le gant et entreprit de nettoyer la sueur sur son dos. Elle lava chaque centimètre carré de sa peau marbrée de cicatrices, et pendant tout ce temps, Raphaël ne releva pas la tête. Elle plongea la main dans l'eau pour nettoyer la cage par-dessus son pénis ramolli. Mais Raphaël ne réagissait toujours pas.

Le sang de Maria bouillonnait dans ses veines : la Brigade, ce Murray qu'elle considérait autrefois comme un ami la dégoûtaient.

Et le Père Quinn... Il avait fait la même chose à Gabriel. Quels autres prêtres avaient blessé les frères Déchus ? Les connaissait-elle ? Comment avaient-ils pu faire ça pendant si longtemps sans se faire prendre ?

Une boule se forma dans le ventre de Maria. Est-ce qu'ils continuaient ? Le Purgatoire existait-il encore ? Des enfants innocents et perturbés étaient-ils violés et torturés au nom d'un Dieu qui n'encouragerait jamais de telles atrocités ?

Maria fut tirée de ses pensées par les mains de Raphaël sur ses hanches. Elle interrompit son geste et lui laissa ce moment. Quand il releva la tête et que son regard tourmenté se riva au sien, elle vit de l'amour... Des vagues d'amour. Néanmoins elle n'osa pas prononcer ce mot de cinq lettres qu'elle avait pourtant sur le bout de la langue. Elle n'était pas sûre qu'il soit prêt à l'entendre.

— Tu t'es occupé de moi, finit-il par dire.

Sa voix était rauque à cause du tourbillon d'émotions en lui. Il avait également beaucoup crié pendant son cauchemar. Il déglutit et Maria, captivée, regarda sa pomme d'Adam rebondir. Elle n'était pas devant un homme fort, à cet instant, mais devant un petit garçon blessé et traumatisé, perdu dans un corps d'homme tourmenté.

— Personne..., commença-t-il avant de se racler la gorge. Personne n'a jamais pris soin de moi jusqu'à maintenant.

Si le cœur de Maria avait été en verre, il aurait volé en éclats. Elle lâcha le gant et lui prit le visage en coupe.

— Je vais prendre soin de toi. Je veillerai sur toi aussi longtemps que je serai ici.

Ces mots étaient difficiles à prononcer. Maria savait qu'il allait la tuer, c'était non négociable. Elle s'était résignée au cadeau qu'elle offrirait à Raphaël. Elle lui montrerait qu'il pouvait être assez aimé, qu'on pouvait faire le sacrifice ultime pour lui, pour lui prouver cet amour. Maria sourit pour rassurer Raphaël. Son visage était tiraillé.

— Allons nous coucher.

Il laissa Maria le sécher et le ramener vers le lit. Il passa un bras autour d'elle et posa la tête sur sa poitrine nue. Ils gardèrent le silence, et Maria crut qu'il s'était endormi. Mais il l'enlaça alors plus fort et murmura :

— Je ne te laisserai jamais partir.

Quelques secondes plus tard, sa respiration devint régulière, son souffle chaud dansa sur sa peau.

Toutefois Maria n'arrivait pas à s'endormir. Elle regarda le cercueil. Elle savait que c'était à cause de la Brigade si Raphaël était comme ça. Ils avaient pris le souvenir de la mort de sa mère et avaient fait en sorte que cela fasse partie de lui, qu'il ait besoin de perpétrer l'acte de son assassin.

À chaque minute passée dans le lit, à enlacer Raphaël, Maria sentait sa colère grandir. Il fallait les arrêter. Il fallait prévenir l'Église, lui dire que des monstres se cachaient dans sa paroisse. Maria se mit à trembler, elle était furieuse. Elle fit rouler Raphaël sur le flanc, elle ne voulait pas que sa rage le réveille. Pieds nus, elle traversa la pièce en direction de la salle de bains et se fixa dans le miroir. Elle sut alors ce qu'elle avait à faire. Elle ne pourrait pas se regarder en face si elle ne faisait rien. Il fallait qu'elle les arrête. Elle devait révéler leurs agissements à l'Église et au monde entier.

Elle ne supportait pas l'idée que des enfants soient blessés.

Elle se faufila dans le dressing de Raphaël, enfila le jogging, le pull à capuche et les baskets qu'il lui avait demandé de porter avant d'aller à la roseraie, puis une fois devant son bureau, elle prit un morceau de papier et un stylo et lui écrivit un message.

Elle le laissa sur le bureau pour qu'il le trouve facilement. Doucement, pour ne pas le réveiller, elle l'embrassa sur sa joue.

— Je reviendrai, mon Seigneur. Je te promets que je te reviendrai…, jura Maria en refoulant ses larmes. Je reviendrai pour toi.

Elle sortit de la suite de Raphaël sur la pointe des pieds. À chaque pas qui l'éloignait de lui, son cœur se faisait plus lourd. C'était comme un aimant. Elle dut se faire violence pour ne pas rebrousser chemin. Maria comprenait ce que Dieu attendait d'elle. Elle mourrait pour guérir la noirceur de l'âme de Raphaël. Ce que Jésus avait accompli pour l'Humanité, elle le ferait pour un homme brisé.

Maria s'orienta dans la maison et rejoignit la porte de derrière. Elle sortit dans la nuit glaciale et fuit à travers le terrain du domaine, suivant les bruits de la route, au loin.

Elle courut. Elle courut aussi vite que ses pieds le lui permettaient. Ses poumons la brûlaient tandis qu'elle inspirait et expirait l'air froid. Elle passa un portail et un haut mur qui traversait une forêt, puis les arbres se clairsemèrent et elle se retrouva sur une route. Elle ralentit et se mit à marcher, en priant pour que quelqu'un passe et s'arrête. Elle ne savait pas du tout dans quelle direction elle allait, mais elle priait pour que cette route la ramène à Boston.

Elle marchait depuis ce qui lui paraissait des heures quand elle entendit un bruit de pneus et vit les phares aveuglants d'un camion. Maria leva la main, espérant qu'il s'arrête. Son cœur bondit dans sa poitrine quand elle entendit des freins grincer.

Le camion stoppa et la vitre s'ouvrit. Le chauffeur, un homme âgé, se pencha sur le siège passager pour lui parler :

— Tout va bien, mademoiselle ?

Maria ramena les bras autour de la poitrine. Sa respiration formait un nuage blanc dans l'air glacial.

— Est-ce que vous allez à Boston, par hasard ?

— Ouais, répondit le conducteur.

Il regarda la route sombre et déserte autour d'eux.

— Vous êtes sûre que ça va ?

— Vous pourriez me déposer dans le centre-ville ?

Il hocha la tête et Maria ouvrit la portière. Le camion redémarra et elle mémorisa le chemin jusqu'au manoir. Elle ne révélerait jamais à personne où il se trouvait. Et quand ils passèrent devant le bois épais qui dissimulait la grande bâtisse, elle comprit pourquoi personne ne s'était jamais douté de sa présence.

Le camionneur essaya de faire la conversation, mais Maria ne lui offrit que des réponses courtes et vagues. Elle savait où aller ; son objectif était clair. Le ciel commença à s'éclaircir à l'horizon, adoptant des nuances roses et rouges bienvenues. Lorsque le camion s'arrêta devant la maison de l'évêque, le matin s'était levé.

Maria remercia le camionneur et se dirigea vers la porte. En frappant, elle ne pensait qu'aux Déchus. Et à Raphaël. Son estomac se noua.

À son réveil, il ne la trouverait pas à ses côtés. Elle réprima un sanglot. Hier soir… Elle avait vu combien son passé le torturait.

C'est parce que tu as mentionné le Père Murray au dîner. Tu as déterré ces horreurs si profondément enfouies dans sa tête.

Une vague de culpabilité l'assaillit. La porte s'ouvrit. Une femme se tenait sur le seuil.

— Je peux vous aider ?

— Je dois parler à l'évêque McGuiness. C'est urgent, répondit Maria.

La femme commença à refermer la porte, mais Maria tendit la main pour l'en empêcher.

— C'est à propos de certains prêtres des Saints-Innocents, ils ont un comportement abusif. Je suis Sœur Maria Agnès des Sœurs de Notre-Dame-de-Grâce, et je ne partirai pas tant qu'il ne m'aura pas reçue.

Le courage enfla dans la poitrine de Maria. Ce qu'elle faisait était juste. C'était ce qu'il fallait faire.

— Ou bien je peux aller voir la presse. Je sais de source sûre qu'un tas de journalistes vont adorer entendre ce que j'ai à raconter.

La femme vérifia que personne ne les écoutait autour d'elle, puis fit signe à Maria d'entrer.

— Entrez et arrêtez avec ces menaces. Je vais parler à l'évêque et voir ce qu'il en pense.

Maria entra. La porte claqua derrière elle.

— Restez ici.

La femme disparut. L'assurance que Maria avait rassemblée en chemin retomba un peu. Malgré tout elle garda le dos droit et attendit qu'on la reçoive. Quelques minutes plus tard, la femme était de retour et conduisait Maria dans un bureau. Elle s'assit et patienta. Elle s'attendait à être nerveuse, anxieuse à l'idée de rencontrer l'évêque, cet homme si important. Cependant ce n'était pas le cas. Elle était sûre d'elle, elle allait tout raconter, tout révéler sur ces prêtres qui s'étaient tant écartés du chemin de l'Église.

L'évêque entra. Il portait sa soutane, mais arborait un air renfrogné. Il s'assit.

— Ma Sœur, dit-il d'une voix froide, si vous vouliez me parler, vous auriez pu passer par les canaux appropriés.

Son regard s'assombrit.

— Au lieu de menacer mon personnel avec ces histoires de tabloïds.

Maria se hérissa. Elle n'aimait pas le ton avec lequel il s'adressait à elle. Elle n'était pas dupe, c'était parce qu'elle était une femme.

Il étudia sa tenue.

— Si vous êtes une sœur, pourquoi ne portez-vous pas votre habit ?

— Au foyer pour enfants des Saints-Innocents, certains prêtres abusent des enfants. Je connais deux noms, mais je sais que le problème va bien au-delà.

L'évêque se raidit en écarquillant les yeux.

Maria continua de parler, éprouvant le besoin de purger son âme de ces informations pour pouvoir retourner auprès de Raphaël.

— Une secte se cache au sein du clergé. Dérivée de l'Inquisition espagnole.

Maria prit une inspiration, il fallait qu'elle garde son calme.

— Les prêtres emmènent les enfants qu'ils considèrent comme diaboliques dans un bâtiment souterrain à l'écart de l'école, expliqua-t-elle, avant de prendre une autre grande inspiration. Ils leur font du mal, Votre Excellence. Ils les violent, ils abusent d'eux sexuellement, physiquement et mentalement. Ils détruisent ces enfants. Et il faut les arrêter.

La tension régnait dans la pièce. L'évêque secoua la tête.

— C'est impossible, Ma Sœur, vous devez vous tromper…

— C'est la vérité. Et ils seront arrêtés. D'une manière ou d'une autre.

L'évêque McGuiness se redressa sur son siège. La menace qui flottait dans ses mots ne lui avait pas échappé.

— Vous avez des noms ? s'enquit-il.

— Le Père Quinn dirige la Brigade… C'est le nom de leur groupe. Je sais que le Père Murray est un de leurs membres. Vous pouvez commencer par eux.

L'évêque McGuiness se passa une main sur le visage. Il soupira. Le cœur de Maria battait fort dans sa poitrine, elle attendait sa réponse. L'évêque hocha la tête.

— Je vais me renseigner.

Maria poussa un soupir soulagé.

— Merci.

— Vous semblez avoir besoin de vous restaurer, remarqua l'évêque McGuiness en agitant une clochette qui se trouvait quelque part sous son bureau.

La femme qui avait ouvert la porte apparut dans le bureau.

— Margaret, proposez quelque chose à manger à la sœur.

Maria sourit, mais demanda :

— Pourrais-je d'abord visiter votre chapelle ? C'est…

Elle s'obligea à lui sourire.

— Ça fait un moment que je ne suis pas entrée dans une chapelle.

L'évêque McGuiness lui lança un regard curieux, mais acquiesça. Maria se leva et suivit Margaret. Quand elle regarda derrière elle, l'évêque avait rejeté la tête en arrière et soupirait. Il semblait en proie à une grande détresse. L'espoir illumina son cœur. Maintenant, il savait. Il allait mettre fin à ces abus honteux. Le Bien l'emporterait.

Maria suivit Margaret dans un long couloir.

— La chapelle, dit la femme en s'arrêtant tout au bout. Quand vous aurez terminé, la cuisine est au deuxième étage à gauche, par ici.

Elle indiqua un autre couloir.

— De la nourriture vous y attendra.

— Merci.

Maria poussa la porte et entra dans la chapelle. L'odeur familière et réconfortante du bois imprégna ses sens et apaisa sa nervosité.

Elle parcourut la courte allée autour de laquelle étaient alignées trois rangées de bancs, et s'arrêta devant l'autel. Elle se laissa tomber à genoux et regarda Jésus sur la croix, au-dessus d'elle. Elle poussa un long soupir.

— Mon sauveur, j'espère que vous comprenez pourquoi j'ai fait ce que j'ai fait. Je ne pouvais le laisser continuer de souffrir.

Maria sourit.

— Je sais que vous comprenez. Je sais que c'est ce que vous auriez fait. Vous étiez l'homme le plus charitable de la terre.

Maria ferma les yeux et mit la main sur son cœur.

— Et comme vous, j'ai choisi une voie difficile.

Elle lâcha un rire sans joie.

— Ou vous l'avez choisie pour moi, je crois.

Elle ouvrit les yeux et reporta son attention sur la statue de Marie.

— Il mérite d'être pardonné pour ce qu'il a fait. Ils le méritent tous.

Elle repensa au regard tourmenté de tous les Déchus. De Gabriel, surtout. Cet homme bon, brisé par le fardeau de son devoir envers ses frères.

— Des hommes pèchent et commettent des actes diaboliques en votre nom. Ils profitent de leur pouvoir et de leur position pour blesser de jeunes garçons.

Elle soupira.

— J'ai rompu mes vœux. J'ai abandonné mon vœu de chasteté. Mais je ne le regrette pas.

Maria tenta de se sentir coupable, honteuse. Toutefois elle n'y parvint pas.

— Accueillir Raphaël dans mon corps était mon chemin. Prendre soin du pécheur était ma prière.

Le corps de Maria s'emplit de chaleur et d'amour, un amour fort, passionné.

— Et l'aimer… L'aimer a été à la fois son salut et le mien.

— Putain.

Maria se figea. Quelqu'un avait craché ce juron derrière elle. Elle bondit sur ses pieds et se retourna. Le Père Murray se tenait au centre de l'allée. La noirceur de ses yeux semblait étinceler comme l'étoile Polaire. Ses cheveux bruns étaient mouillés. Il était tôt, il devait sortir de la douche, supposa Maria.

Le Père Murray parcourut ses vêtements des yeux. Sa mâchoire se contracta.

— On a cru que tu étais morte.

Il se rapprocha. Maria essaya de reculer, mais elle n'avait nulle part où aller. La peur embrasa son ventre, tout son corps se mit à trembler.

— Quand il t'a enlevée, que tu n'es pas revenue, on a tous cru qu'il avait enfin réalisé son vœu le plus cher, dit-il en montrant ses longs cheveux.

Gabriel avait raison. Ils étaient au courant de l'obsession de Raphaël pour les cheveux longs.

Les mains de Maria tremblaient contre ses flancs, mais elle fit de son mieux pour se contrôler.

— Je sais ce que vous avez fait.

Elle s'avança vers un banc en bois, le plaçant stratégiquement entre eux.

— Je suis au courant pour la Brigade. Je sais ce que vous faites aux petits garçons.

Le regard de Maria devint dur comme de l'acier.

— Je sais ce que vous avez fait à Raphaël, reprit-elle. Je sais que vous l'avez torturé. Que vous avez abusé de lui.

Maria laissa sa colère prendre le dessus. Elle releva le menton.

— Vous l'avez violé encore et encore pour qu'il se repentisse. Vous vouliez le mettre au pas, qu'il plie.

Le visage du Père Murray devint écarlate. Il vibrait de haine, de fureur et, à en croire la lueur dans son regard, du désir de tuer lentement Maria.

— Vous êtes finis, continua-t-elle en longeant les bancs.

Il fallait qu'elle atteigne la porte. Mais le Père Murray l'imita et se déplaça en même temps qu'elle, dans l'allée.

— J'ai parlé de vous et de votre secte impie à l'évêque.

Un mouvement près de la porte attira l'attention de Maria. Le soulagement l'envahit. C'était l'évêque McGuiness. Il entra. Sa panique se dissipa. Néanmoins cela ne dura pas. Car le Père Quinn était derrière lui. Maria se figea. Elle croisa le regard de l'évêque McGuiness, un frisson la transperça jusqu'aux os.

— Non, murmura-t-elle.

— Père Murray, dit le Père Quinn. Attrape-la.

— Non, répéta Maria en regardant l'évêque McGuiness. Vous aussi ?

— Tu ignores tout de l'étendue de notre pouvoir, Sœur Maria, dit le Père Quinn.

Des larmes de colère montèrent aux yeux de la jeune femme. Elle était concentrée sur l'évêque et ne faisait donc pas attention au Père Murray. Il se glissa derrière elle et plaqua une main sur sa bouche. Elle se débattit de toutes ses forces, mais ses cris furent étouffés par la paume du Père Murray. Elle donna des coups de pied et se débattit, mais le prêtre la privait d'oxygène.

Elle avait la tête qui tournait, la vision floue, mais malgré tout, elle continua de fixer le Père Quinn et l'évêque.

Elle avait été trop naïve. Elle avait eu foi en son Église. Elle avait cru que la Brigade se cantonnait aux Saints-Innocents.

Ils allaient la tuer.

Qu'elle révèle leur secret au monde ? Impossible. Ils ne la laisseraient pas faire. Et Raphaël croyait qu'elle allait revenir. Dans sa lettre, elle lui en avait fait la promesse solennelle. Il allait croire qu'elle ne l'avait pas tenue.

Que quelqu'un d'autre le laissait tomber.

Je suis désolée, pensa-t-elle tandis que des points noirs dansaient devant ses yeux. *Je suis désolée,* pensa-t-elle encore quand son corps s'affaiblit et que ses jambes flanchèrent. *Je suis désolée,* se répéta-t-elle lorsque les ténèbres la submergèrent. *Je suis tellement désolée... mon Seigneur...*

***

Maria ouvrit les yeux. Il lui fallut un moment pour émerger du brouillard. La pièce était faiblement éclairée par des bougies et un feu qui flambait dans une cheminée. L'air était étouffant, sa peau était moite.

Elle balaya la pièce du regard et se raidit en découvrant ce qu'il y avait devant elle. Des appareils et des dispositifs qu'elle n'avait vus que dans les livres d'histoire. Des instruments de torture. Des tables d'écartèlement, des chaînes qui pendaient du plafond, des roues en bois, hérissées de pointes métalliques. Des fouets, des menottes, des bâtons de flagellation... Elle commença à se débattre, mais ses bras et ses jambes étaient attachés. Elle se rendit compte qu'elle était nue, on lui avait ôté tous ses vêtements.

La panique l'envahit. Elle tira sur ses entraves, mais elles ne bougèrent pas. Des larmes lui baignèrent les yeux pendant qu'elle fouillait la pièce.

Elle se souvint de ce que Gabriel lui avait dit sur le Purgatoire, sur la salle de torture où on les emmenait chaque jour.

— Non, murmura-t-elle.

Voilà où elle était.

Dans le bâtiment souterrain dont personne ne connaissait l'existence, personne, sauf la Brigade. Maria baissa les yeux et comprit qu'elle se trouvait sur une table en bois.

Soudain, une porte s'ouvrit. Son estomac se serra, elle était terrifiée. Le Père Murray. Quand il riva son regard marron au sien, ses narines se dilatèrent et un sourire sinistre étira ses lèvres.

— Sœur Maria, dit-il en s'arrêtant devant elle.

Ses yeux détaillèrent son corps, puis il leva la main et Maria tira sur ses liens. Quand il attrapa sa cheville, elle ravala le sanglot qui menaçait de jaillir de sa bouche. Sa peau passa de moite à glaciale, elle ne voulait pas qu'il la touche.

— Quand nous avons décidé de t'envoyer en mission..., commença-t-il.

Pendant qu'il parlait, sa main remontait le long de sa jambe.

— Quand j'ai vu tes cheveux, et qu'on a su pour ton passé... William Bridge... celui qui a tué ta famille et t'a retenue prisonnière...

Il secoua la tête.

— ... on a cru que tu serais capable de comprendre notre mission, celle que Dieu nous a confiée, que tu comprendrais qu'il fallait débarrasser le monde des hommes comme Raphaël.

La chair de poule recouvrit la peau de Maria. Les doigts du prêtre dansèrent sur sa cuisse, jusqu'à ses hanches. Elle avait envie de la repousser, ce contact la répugnait. Elle voulait se purifier, élimer ce poison qui courait sur sa peau.

Elle se figea quand la du prêtre main atteignit sa poitrine et commença à tracer des cercles autour de son téton. Le Père Murray secoua à nouveau la tête.

— Mais comme la traînée que tu es, tu t'es laissé corrompre par le mode de vie lubrique de ce pécheur. Les femmes sont comme ça.

Il pinça le téton de Maria si fort qu'elle poussa un cri, la douleur irradiant dans sa poitrine. Il le lâcha aussi vite qu'il l'avait attrapé et le lissa de sa paume.

— Tout ce que tu avais à faire, c'était nous dire où il était. Rester en sa compagnie le temps qu'on vienne le récupérer.

Maria l'observa. Elle regarda ses yeux sombres et ses cheveux hirsutes. Mais surtout, elle se concentra sur son visage. Sur l'expression malveillante qu'il ne révélait qu'ici, dans cette salle de torture. Maria lut la colère dans ses yeux, elle devina sa fureur à sa mâchoire contractée, à ses lèvres pincées. Elle les avait trahis. La main du Père Murray descendit. Une boule se forma dans la gorge de Maria quand ses doigts inquisiteurs se glissèrent entre ses jambes.

— Tu n'étais pas censée prendre sa défense, Sœur Maria. Tu n'étais pas censée apprendre l'existence de notre fraternité et encore moins essayer de nous arrêter.

La main du Père Murray s'immobilisa à l'intérieur de sa cuisse. Ses jambes étaient écartées à cause des entraves à ses chevilles ; elle ne pouvait rien faire. Le Père Murray arriva au sexe de la jeune femme. Elle poussa un cri quand ses doigts s'enfoncèrent dans sa peau, la douleur afflua entre ses jambes. Il tordit son clitoris et des larmes coulèrent sur son visage quand il plongea un doigt en elle. Il lui faisait mal. Son doigt allait et venait en elle, mais la douleur fut bientôt remplacée par un engourdissement bienvenu. Ses larmes se tarirent. Son corps se ramollit et elle cessa de se débattre.

Maria fixa le plafond et pensa à Raphaël. Elle visualisa le manoir, les hommes rassemblés autour de la table, qui parlaient, qui souriaient. Elle ne leur en voulait pas pour la vie qu'ils menaient. Après quelques minutes dans cette pièce, elle comprenait... Toutes ces années de torture avaient affecté leur esprit d'enfant, les avait projetés dans le Mal, dans les ténèbres. Ça leur avait enlevé tout le bon qu'il y avait en eux, ça leur avait donné envie de blesser les autres, comme eux avaient été blessés.

On les avait conditionnés à haïr l'Humanité. Et avec la Brigade comme exemple, comment pouvait-elle leur en vouloir ?

Le Père Murray retira ses doigts. Maria s'en rendit à peine compte, son esprit était ailleurs, la protégeant de ce qu'il lui faisait. Puis le prêtre entra dans son champ de vision et lui tourna brutalement la tête pour l'obliger à le regarder pendant qu'il se léchait les doigts, la goûtant sur sa langue. Elle ne put l'arrêter quand il lui attrapa le visage, lui ouvrit la bouche et fourra ses doigts dedans.

— Goûte-toi, cracha-t-il. Tu as un goût de putain, de femme influençable. Une fille d'Ève, tentée par le Diable.

Les larmes montèrent aux yeux de Maria, mais elle ne se débattit pas. Elle voyait la déception dans les yeux du Père Murray face à son absence de réaction. Il retira ses doigts de sa bouche et esquissa un sourire froid. Puis il se retourna et prit quelque chose sur une table. Il s'approcha de la cheminée, les flammes orange et rouge dansèrent sur ses vêtements, révélant un prêtre gangrené par le Mal.

Toute la force que Maria avait rassemblée disparut quand il se retourna. Il tenait un tisonnier, au fer en forme de croix inversée... comme celle que Raphaël avait sur la poitrine, ainsi que tous les Déchus. Le Père Murray se rapprocha. Le fer était orange, nourri par la chaleur du feu. Maria tenta de rester immobile, de se préparer à la douleur. Cependant elle n'était pas assez forte pour ça. Elle tira sur ses entraves, en vain. Le Père Murray leva le fer chauffé à blanc au-dessus de sa poitrine.

— Tu es diabolique, Sœur Maria. Tu as été déchue de la cause.

Il abaissa le tisonnier et quand le métal brûlant se pressa sur sa poitrine, une douleur insoutenable, comme Maria n'en avait jamais ressenti de sa vie, la brûla. Elle lutta pour ne pas perdre connaissance. Elle devait se battre pour Raphaël.

— Si tu aimes tant les Déchus, entendit-elle dire le Père Murray au loin, alors tu seras traitée comme eux.

Maria s'évanouit. Elle alterna entre inconscience et éveil, incapable de rester consciente assez longtemps pour penser à s'échapper. Quand ses yeux s'ouvrirent enfin pendant plus de quelques minutes, elle était plongée dans les ténèbres. Paniquée, fiévreuse à cause de la douleur qui irradiait dans tout son corps, elle tendit les mains. Elle se heurta à un plafond dur et rigide. Elle écarta les jambes et ses chevilles rencontrèrent des parois étroites.

— Non, croassa-t-elle.

Elle était incapable de hurler, paralysée par la peur qui l'avalait comme des sables mouvants.

— Non ! À l'aide ! S'il vous plaît !

Un cercueil. Maria était dans un cercueil. Un cercueil en métal, qui avait de petits trous pour lui permettre de respirer.

La douleur atroce provoquée par la marque au fer rouge sur sa poitrine diminuait son instinct de survie, et bientôt, elle dériva de nouveau vers l'inconscience. Avant de sombrer, elle pensa à Raphaël. Elle aurait aimé pouvoir le retrouver, et il ne le saurait jamais. Parce que mourir aux mains de la Brigade était la pire des morts.

Celle de Raphaël aurait été parfaite, elle le savait. La plus belle façon de partir.

CHAPITRE 14

Raphaël descendit les marches en courant. Son cœur battait comme un fou dans sa poitrine, il avait du mal à respirer. Il ouvrit la porte du bureau de Gabriel d'un coup d'épaule. Gabriel et John Miller levèrent brusquement les yeux.

— Il faut qu'on aille la chercher, grogna-t-il.

Le contrôle qu'il exerçait sur lui-même vacillait, la colère menaçait de le submerger.

Gabriel se mit debout.

— Quoi ? Qu'est-ce qui se passe ?

— Elle est partie. Elle est partie, putain ! s'écria Raphaël en plaquant la lettre de Maria sur le bureau.

À son réveil, il avait découvert qu'elle avait disparu. La rage qui l'avait envahi, mêlée à autre chose, lui étaient étrangers. Il ne savait pas comment gérer ces émotions. La douleur et la colère. Il n'y avait plus que ça en lui. Il n'avait même pas pris la peine de s'habiller ; il s'était contenté de sortir de sa chambre en courant pour faire irruption dans le bureau de Gabriel. Il n'avait besoin que de Maria, il devait la trouver. La pudeur, il n'en avait rien à foutre. Sa rose avait disparu.

Gabriel parcourut la lettre des yeux. Raphaël faisait les cent pas dans la pièce. Miller l'observait, il le sentait. Mais il s'en foutait. Il fallait qu'il retrouve Maria. Il repensa à la nuit précédente. Il lui avait dit qu'elle ne le quitterait jamais. Dans le cercueil… Dans la baignoire… Dans ses bras…

Il ferma les yeux et visualisa dans sa tête chaque mot qu'elle avait écrit.

Raphaël,

Je reviendrai. C'est important que tu le saches. Je ne m'enfuis pas. Je suis partie prévenir l'évêque, il faut qu'il connaisse les agissements de la Brigade. En tant que sœur novice de l'Église catholique, je ne peux pas supporter d'avoir leurs atrocités sur la conscience. Il faut prévenir les bonnes personnes pour que ces gens soient arrêtés.

J'ai vu ce qu'ils vous ont fait, à tes frères et toi. Personne ne devrait endurer ce que vous avez vécu tous les sept, encore moins des enfants innocents.

Quand tu liras ça, je serai avec l'évêque, si tout va bien. Je reviens dès que je peux. Je mémoriserai le chemin jusqu'au manoir. Je ne dirai à personne où tu vis, je ne parlerai pas de votre mode de vie. Tu as ma parole.

À toi, pour toujours,

Ta petite rose.

Gabriel posa la lettre sur le bureau et se passa une main lasse sur le visage.

— Qu'est-ce qui lui a pris ? demanda-t-il en se laissant tomber sur sa chaise.

Miller lut la lettre.

— On va aller la chercher, dit Raphaël. On va aller à Boston et la ramener.

Un incendie brûlait en lui.

— Laisse-moi passer deux ou trois coups de fil. Je veux voir si elle est allée chez l'évêque, dit Gabriel en prenant son téléphone.

Raphaël se rua hors du bureau pour aller s'habiller. Il enfila un pantalon de survêtement et une chemise. Quand il redescendit, ses frères étaient dans la salle à manger.

— Qu'est-ce qui se passe ? s'inquiéta Uriel.

— Elle est allée prévenir l'évêque de l'existence de la Brigade, répondit Raphaël en se servant un café noir.

Il le but comme un mort de soif, ignorant la brûlure dans sa gorge. La caféine s'infiltra dans ses veines.

Ses mains tremblaient. Il balança la tasse contre le mur, la porcelaine explosa. Il se remit à faire les cent pas. Son agitation était évidente, elle grandissait à chacun de ses pas. Quelque chose clochait. Il le savait.

— Tu as prévenu Gabriel ? demanda Diel.

Il fit craquer son cou d'un côté et de l'autre, son lourd collier toujours en place.

— Il est en train de chercher où elle est.

Le silence s'abattit sur la pièce.

— Tu lui as dit ?

Raphaël s'immobilisa et leva la tête. Sela l'observait.

— Tu lui as dit ce qu'ils nous ont fait ? La Brigade ?

Raphaël ouvrit la bouche.

— C'est moi qui le lui ai dit, intervint Gabriel en entrant dans la pièce. Je lui ai raconté ce qu'ils m'avaient fait. Je n'ai pas parlé de vous six.

Raphaël se mit à fixer le sol. Elle savait. Elle savait ce que le Père Murray lui avait fait subir. Les cicatrices, quand il l'avait cloué au sol… Pourquoi il avait besoin de souffrir.

Il avait du mal à respirer.

Elle savait, et elle ne l'avait pas repoussé. Ça ne l'avait pas répugnée. Elle l'avait enlacé, embrassé… Laissé entrer en elle.

Il était perdu dans les sombres pensées qui défilaient à toute vitesse dans son esprit quand Gabriel s'immobilisa devant lui. Raphaël releva la tête.

— J'ai des copies des caméras de sécurité de la maison de l'évêque McGuiness.

Gabriel pivota et repartit vers son bureau. Raphaël le suivit, ses frères sur les talons.

Miller était à côté du grand écran d'ordinateur de Gabriel. Il était pâle. Il retourna l'écran et lança la vidéo. Le corps de Raphaël se raidit quand il vit Maria, qui portait ses vêtements, entrer chez l'évêque. Puis plus rien… jusqu'à ce que deux hommes au visage familier franchissent le portail.

— Le Père Murray, grogna Diel.

— Le Père Quinn, enchérit Michaël.

Le cœur de Raphaël se mit à battre plus fort dans sa poitrine. Sur l'écran, la camionnette dans laquelle les prêtres étaient arrivés se remit en mouvement.

— Où elle est ? grogna-t-il, concentré sur l'écran.

L'écran montra l'angle de vue d'une autre caméra.

— Ces caméras sont protégées. Quelqu'un a payé la ville pour qu'elle ferme les yeux sur tout ce qui se passe ici. Par chance, on connaît des gens capables de pirater n'importe quoi, expliqua Miller.

Une autre image apparut sur l'écran. L'arrière de la maison de l'évêque. Rien ne se passa pendant plusieurs minutes, puis la porte de derrière s'ouvrit et le Père Murray sortit. Ce connard avait quelque chose dans les bras. Non, pas quelque chose.

— Maria, grogna Raphaël.

Maria. Sa Maria. Inconsciente. Enlevée par l'homme qui avait fait de sa vie un enfer pendant tant d'années.

Raphaël ne le supportait pas. Il ne supportait pas le sang qui affluait dans ses veines, ses muscles douloureux. Il ne supportait pas sa gorge nouée, son incapacité à respirer. Il serra les poings, mais ils tremblaient quand il regarda la camionnette traverser le centre-ville de Boston, jusqu'à...

— Les Saints-Innocents, dit Bara.

La tension dans la pièce augmenta.

— Le Purgatoire, ajouta Uriel. Ils l'ont emmenée au Purgatoire.

Maria était inconsciente. Ce connard de Murray l'avait emmenée au Purgatoire. Raphaël lâcha la bride de sa rage. Il la laissa consumer chaque cellule de son corps jusqu'à ce qu'il brûle dans les profondeurs de l'enfer. Un rugissement lui échappa, et d'un violent geste du bras, il balaya tout ce qui se trouvait sur le bureau, écran compris. L'entendre exploser contre le mur ne le calma pas. Il s'acharna sur le bureau. Ses frères, eux, étaient silencieux.

Ils avaient Maria. Ils avaient Maria, putain ! Sa Maria !

Sela vint se placer devant lui, lui bloquant le passage.

— Calme-toi, Raphe.

— Je ne peux pas, gronda-t-il.

Son corps était trop empli de fureur pour ça.

— Ils l'ont.

Raphaël regarda Gabriel, qui l'observait avec attention.

— On va la récupérer, dit-il en se frappant la poitrine. On va la récupérer, putain.

Plus il reprit d'une voix plus grave, vibrante de danger :

— Et je vais tuer le Père Murray. Je vais enfin tuer ce connard. Il m'a pris Maria.

Gabriel leva les mains.

— On a des contacts qui peuvent y aller et la récupérer…

— Non ! l'interrompit Raphaël.

Il secoua la tête et tira sur ses cheveux. Il était en train de devenir dingue. À cet instant, il était la Mort. Il était le Mal que les prêtres l'avaient accusé d'être tous les jours pendant des années. Et il l'accueillait avec joie. Il se délectait des ténèbres qui couraient dans ses veines.

— Je vais aller la chercher.

— Raphe, écoute…

— Non ! s'exclama Raphaël en montrant Gabriel du doigt.

Il fit un pas en avant.

— J'en ai marre de me planquer ! La Brigade s'en est pris à ce qui m'appartient, et je vais aller la récupérer. Pas un de tes contacts, pas tes hommes, pas les mercenaires qui nous ont fait sortir il y a des années. Moi. Je vais y aller, en personne.

Raphaël prit une grande inspiration. Un sourire cruel lui fendit le visage.

— Et je vais les tuer. Je vais en tuer autant que je peux… Après, je vais tuer le Père Murray, lentement, en le regardant droit dans les yeux.

— Raphe…, commença Gabriel.

— Il a raison, intervint Bara en s'arrêtant à côté de Raphaël. Ils méritent de mourir. Je l'accompagne.

Il sourit et se passa la langue les lèvres.

— Tu ne peux pas imaginer combien de fois je me suis imaginé entrer là-dedans avec un lance-flammes et péter les plombs. Ces salopards, ces pervers adorent tous ces trucs de feu et de soufre. Je suis ravi de leur en apporter sur un plateau.

— J'en suis aussi, lança Diel en regardant Gabriel. Sans mon collier.

Ses yeux brillaient.

— Il est temps que je m'amuse un peu, sans cette merde pour me contenir.

Un par un, les frères de Raphaël vinrent se placer à côté de lui, formant un mur de tueurs. Une armée. Enfin, Michaël se posta à sa droite, son bras effleurant celui de Raphaël.

Ce dernier leva le menton et regarda Gabriel.

— On y va.

Gabriel prit une grande inspiration, avant d'avancer lentement vers ses frères. Raphaël suivit chacun de ses mouvements. Il s'arrêta juste à côté d'Uriel, puis regarda Miller.

— Trouve-nous un moyen de transport. Et des voitures supplémentaires. S'il y a des gamins là-dedans, on doit les faire sortir et les emmener en sécurité.

— Tu y vas aussi ? lui demanda Miller.

Gabriel regarda Raphaël.

— Nous sommes les Déchus. Une fraternité. Là où l'un de nous va, nous y allons tous.

En voyant ses frères à ses côtés, Raphaël sentit à nouveau ce pincement peu familier dans sa poitrine. Ils étaient avec lui au Purgatoire. Ils avaient vécu, côte à côte, en Enfer. Et ils n'hésitaient pas à le suivre, quitte à se perdre dans l'obscurité.

Gabriel se tourna vers eux.

— Prenez toutes les armes que vous voudrez. Prenez-en beaucoup. On ne sait pas du tout dans quoi on s'engage.

Bara se frotta les mains.

— D'un seul coup, cette journée est bien plus marrante !

Avant qu'ils rejoignent l'arsenal au sous-sol, Gabriel ajouta :

— Vous savez qu'il y a un risque pour qu'on n'en revienne pas tous.

— On va revenir, affirma Uriel avec un sourire entendu. Ton Dieu ne peut pas nous refuser le droit de casser la gueule à ces connards une bonne fois pour toutes. Pas après tout ce qu'ils ont fait. Tu le sais, Il est capable de se mettre en colère. D'ailleurs, peut-être qu'Il a besoin d'un peu plus de violence dans Sa vie. Toutes ces conneries moralisatrices sont chiantes.

— Ne t'en fais pas, l'Ange, sourit Bara. J'assurerai tes arrières si ça part en vrille.

Ils coururent vers l'arsenal. Raphaël sangla des couteaux et des flingues à son corps. Le visage de Maria ne quittait pas son esprit. Il allait récupérer sa petite rose. Il la ramènerait chez eux. Et peut-être que cette tension dans sa poitrine disparaîtrait. Il n'aimait pas ça. Ne le comprenait pas. Tout ce qu'il savait, c'était qu'il voulait qu'elle revienne. Il avait besoin qu'elle revienne. Il le fallait, pour qu'il soit à nouveau capable de respirer.

Ensuite, il la tuerait. Et il la garderait dans sa chambre pour toujours, dans le cercueil. Elle était si belle dedans…

Et elle ne le quitterait plus jamais.

***

Les Déchus attendirent dans l'ombre jusqu'au plus noir de la nuit. Sous le couvert des arbres, Raphaël observait l'entrée du Purgatoire. Une drôle d'effervescence faisait bouillonner son sang. Une tension enivrante tourbillonnait dans ses veines. Il sentit que quelqu'un le regardait, sur sa droite. C'était Gabriel.

Raphaël ne comprenait pas les émotions étranges qui avaient pris le contrôle de son corps. À chaque fois qu'il imaginait Maria avec le Père Murray, qu'il envisageait la possibilité qu'il lui fasse du mal ou lui fasse subir Dieu sait quoi d'autre, sa poitrine se comprimait, il ne pouvait plus respirer, à deux doigts de craquer. Il ferma les yeux. Quand il les rouvrit, il brûlait de se mettre en mouvement, de franchir cette porte en métal par laquelle ils étaient partis tant d'années plus tôt. Il sentit à nouveau le regard de Gabriel posé sur lui.

— Tu vas bien ? lui murmura-t-il.

Quand ils avaient quitté le Purgatoire, Gabriel leur avait expliqué que Raphaël, Bara, Uriel, Michaël, Sela et Diel ne voyaient pas le monde comme les autres. Qu'eux six, ils ressentaient les choses différemment ; ou qu'ils ne ressentaient rien du tout, la plupart du temps.

Or, en cette seconde, Raphaël ressentait des choses. Lorsqu'il pensait au sourire de Maria, à ses caresses, cette chaleur désormais habituelle se lovait dans sa poitrine. Et quand il l'imaginait blessée, une vague de noirceur puissante déferlait en lui. Il avait l'impression d'être le Diable en personne.

Raphaël hocha la tête. Gabriel soupira, puis lança à ses frères :

— On ne saura pas combien ils sont tant qu'on ne sera pas entrés.

Il était tout de noir vêtu. Tous l'étaient. Mais Raphaël trouvait étrange de ne pas voir son frère porter son col de prêtre et son pantalon, ceux qu'il enfilait tous les jours.

— D'après mes souvenirs, il pourrait y avoir jusqu'à trente ou trente-cinq membres dans les différentes pièces.

Raphaël repensa à la pièce aux bougies. Celle où on les alignait pour les forcer à faire des fellations aux membres de la Brigade, où on les plaquait au sol et les violait encore et encore, jusqu'à ce que ça fasse partie de leur quotidien. Il grimaça de dégoût, le goudron noir et épais de la vengeance recouvrant toutes les cellules de son corps.

— Je prends les dortoirs, continua Gabriel. S'il y a des enfants là-bas, on doit les faire sortir. Miller a demandé à des hommes de nous attendre à l'entrée une fois qu'on sera à l'intérieur. Il faut qu'on les emmène loin de cet endroit.

Les Déchus hochèrent la tête. Gabriel s'attarda sur chacun de ses frères, le regard dur comme de l'acier.

— Personne ne va nulle part seul. On ne sait pas ce qu'on va devoir affronter, et on va avoir besoin de la force du nombre. C'est compris ? Hors de question qu'on perde quelqu'un ce soir. OK ?

— OK, répondirent ses frères.

L'un des contacts de Miller traversa la pelouse, en direction de la porte du Purgatoire. Les muscles de Raphaël tressaillirent pendant que l'ex-militaire payé par Gabriel ouvrait la porte en silence. La Brigade ne les verrait pas arriver. On avait dit d'eux que c'étaient des démons ; ce soir, les Déchus le seraient.

— J'attends ça depuis des années, dit Bara en se levant.

Il ajusta son flingue et son lance-flammes sur sa poitrine et son épaule. Un par un, les Déchus se levèrent et le suivirent.

Diel fit craquer son cou lentement d'un côté et de l'autre. Il se tourna vers Gabriel.

— Désactive le collier.

Gabriel hésita, mais plongea la main dans sa poche et ramena la télécommande à zéro. Diel ferma les yeux et prit une grande inspiration. Il était libre.

— Ne le réactive pas avant que ce soit terminé.

Diel esquissa un sourire et ouvrit les yeux. Ils étincelaient d'une excitation sans commune mesure, il allait tuer. Enfin. Sans avoir à se retenir. Il siffla d'extase quand il se débarrassa de toute retenue.

— Hmm… C'est bon…

Gabriel fit un pas en avant, toujours sous le couvert des arbres, et se plaça face à ses frères.

— On ne laisse personne en vie. Sinon, les conséquences risquent d'être désastreuses.

— Personne ne survivra, intervint Michaël à côté de Raphaël.

Son frère était bardé de couteaux et arborait une ceinture où étaient accrochées des fioles vides. Il voulait collecter le sang de ses victimes. Ces meurtres lui promettaient un vrai festin.

— Personne ne survivra, dit Raphaël, répétant les mots de son meilleur ami.

Michaël le regarda et, chose rare, il sourit, exhibant ses dents blanches parfaites et affûtées.

Des dents qui ne resteraient pas blanches longtemps.

Le contact de Miller s'écarta et fit signe à Gabriel et aux autres que la porte était déverrouillée.

Raphaël prit une longue inspiration et s'obligea à maîtriser sa respiration. Son cœur l'encourageait à passer à l'action, il battait fort, de manière erratique, à la promesse de la mort.

— Prêts ? demanda Gabriel.

Raphaël serra ses flingues. Ses couteaux étaient à portée de main, à la ceinture de son pantalon.

Ils suivirent Gabriel et traversèrent la pelouse comme un seul homme. Gabriel s'arrêta devant la porte, ferma les yeux et inclina la tête en avant. Raphaël savait qu'il adressait une prière à son Dieu qui n'en avait jamais rien eu à foutre d'eux. Il se concentra sur cette porte en métal. Il la reconnut. Malgré la fureur qui consumait son corps, il eut l'impression d'être plongé dans une cuve d'eau glacée à l'idée de ce qu'il y avait derrière. Les cicatrices sur son dos pulsèrent et il sentit la main du Père Murray lui frotter la peau. Le clouer au sol et se presser contre son dos. Il se mit à trembler, animé d'un besoin de vengeance tel qu'il ne pensait plus qu'à ça.

Ouvre la porte. Ouvre cette putain de porte !

Gabriel finit par lever la tête et ouvrir la porte. L'odeur brûlante du Purgatoire, que Raphaël sentait chaque nuit dans son sommeil, assaillit ses narines. De la bile lui remonta dans la gorge, mais Raphaël la repoussa et s'obligea à penser à Maria. Les ampoules s'allumèrent, et Raphaël en profita pour se rappeler que la mort les attendait de l'autre côté. Pas la leur, mais celle de leurs tortionnaires. L'odeur brûlante cessa bientôt d'être une offense pour devenir un carburant.

Raphaël battit du pied quand l'adrénaline envahit son corps. Il était agité, anxieux même. Il resserra sa prise sur son arme. Le temps était comme suspendu, le silence oppressant. Les Déchus échangèrent un regard. Ils étaient de retour. Dans cet endroit où ils s'étaient promis de ne jamais remettre un pied. Ils se rassemblèrent pour former un cercle vague, portés par la même énergie. Sept pécheurs prêts à semer le chaos parmi ces prétendus dévots.

Bara sourit et prépara son lance-flammes. Ils étaient prêts. Le jour du Jugement Dernier était venu pour la Brigade.

Gabriel fit un signe de tête et ils avancèrent dans le couloir, ensemble. Leurs pas d'abord prudents s'accélèrent, puis ils se mirent à courir. Raphaël avait l'impression que tous les cris qu'il avait poussés ici le suivaient et se joignaient à sa croisade.

Gabriel s'engagea dans le couloir qui menait à leur ancien dortoir. Ce dernier leur avait toujours paru plus froid que les autres. Quand la chair de poule recouvrit sa peau, Raphaël eut l'impression d'avoir à nouveau treize ans, de reculer en vacillant… Tout ça parce que le Père Murray venait de fourrer son sexe dans sa bouche. Cette image faillit le faire craquer. Seul le visage de Maria dans son esprit lui permit de rester concentré. De garder le contrôle.

Raphaël écarquilla les yeux quand Gabriel ouvrit la porte. Il l'entendit prendre une brusque inspiration.

— Allez, ordonna Gabriel.

Raphaël regarda par-dessus l'épaule de Gabriel. Neuf paires d'yeux mornes les fixaient. L'estomac de Raphaël se contracta, tout son être se mit à bouillonner, ses jambes tremblèrent. Le regard vide, des gamins émaciés, qu'on avait affamés, les observaient d'un air méfiant. Ils étaient comme eux, dix ans plus tôt.

Raphaël sentit la colère de ses frères pulser. Mais il ne pouvait pas quitter du regard ces enfants. Est-ce qu'eux aussi, ils ressemblaient à ça, quand ils étaient ici ? Sela se précipita en avant pour prendre dans ses bras celui qui gisait sur le lit et paraissait incapable de marcher. Du sang tachait l'arrière de son pantalon blanc… Un éclair de fureur partit des pieds de Raphaël pour remonter dans tout son corps quand les yeux vides du garçon se posèrent sur lui.

— Allez ! répéta Gabriel en se précipitant dans la pièce.

Il aida chaque gamin à se relever. Les fantômes vivants des Déchus du passé, voilà ce qu'ils étaient. Il entendit ses frères gronder et pousser des jurons autour de lui. Ils devaient penser la même chose.

— Mourir, grogna une voix sauvage dans son dos.

C'était Diel.

— Mourir. Ils vont tous mourir.

Raphaël ne bougea pendant qu'il regardait Gabriel guider les gamins jusqu'à la porte. Il était comme paralysé. Ils sortirent en courant. À la seconde où le dernier fut dehors, Raphaël revint dans son corps et laissa le feu le consumer.

Gabriel ferma la porte, un tir retentit dans le couloir. Raphaël pivota d'un mouvement brusque, en brandissant son arme. Mais Diel le dépassa en le bousculant, un sourire sinistre sur le visage.

— Enfin, gronda-t-il.

Il chargea, un couteau de cinquante centimètres dans chaque main. Raphaël aperçut les couleurs rouges et noires des prêtres de la Brigade. Elles eurent sur lui le même effet qu'un drapeau rouge agité devant un taureau. Le religieux qui avait tiré n'eut même pas le temps de viser Diel ; le frère de Raphaël lui planta sa lame en plein dans le front. Il la retira, le prêtre s'effondra, les yeux grands ouverts. Diel siffla de plaisir, puis partit en courant.

— Diel ! le rappela Gabriel d'une voix étouffée.

Mais la brume rouge qu'il chérissait tant recouvrit les yeux de Diel, et les ordres de Gabriel ne furent plus qu'un bourdonnement lointain pendant qu'il cédait à son envie de tuer. Le sang afflua à ses oreilles et Raphaël partit dans la même direction que Diel. Il ne ressentait rien. Le feu au fond de lui avait tout dévoré. Il ne restait que son besoin de retrouver Maria et la Brigade. D'autres coups de feu retentirent. Bara apparut à côté de lui quelques secondes plus tard, son lance-flammes prêt à l'emploi, un sourire dément sur le visage. Quand ils tournèrent au coin du couloir, Raphaël tira sur la rangée de prêtres vêtus de noir qui arboraient leur col de clerc rouge. Diel les attaqua l'un après l'autre. Michaël le suivit, poignardant et tranchant des gorges sur son passage. Des jets de sang lui éclaboussèrent le visage, et son meilleur ami lécha le couteau écarlate ainsi que les gouttes sur ses lèvres.

Un autre groupe d'écclésiastiques accourut dans leur direction, sur leur gauche. Bara se retourna et s'esclaffa quand le feu de son lance-flammes les engloutit. Les prêtres hurlèrent et une odeur de chair brûlée envahit l'air des couloirs. Ces cris étaient une merveilleuse symphonie aux oreilles de Raphaël, un baume sur certaines plaies béantes qui n'avaient jamais guéri. Les lambeaux de sa poitrine se recousirent à mesure que les prêtres tombaient au sol. Enfin, c'était à leur tour d'être prostrés aux pieds des Déchus.

Uriel courut vers les prêtres qui brûlaient pour les poignarder et les frapper dans les genoux à l'aide de son pied de biche. Malgré la cacophonie ambiante, le bruit des corps heurtant le sol était plus agréable que tous les hymnes qu'il avait pu entendre à l'église.

— Laissons-les crever lentement, grogna Uriel quand les prêtres se mirent à supplier pour qu'on les achève.

Raphaël les regarda hurler et demander grâce. Leur douleur le stimula, le revigora. Raphaël s'abandonna aux ténèbres. Les balles fusaient de son arme, et plus les hommes s'effondraient, plus il durcissait. Un carnage. Raphaël transperçait les crânes, les cœurs et les têtes comme un vrai sauvage, du sang lui éclaboussant le visage. La plus addictive des chaleurs. Sela s'accroupissait devant les corps au sol pour les priver de leurs oreilles, de leur langue ou de leurs doigts avec ses lames affûtées.

Puis Raphaël se sépara du groupe et courut vers le couloir menant à l'escalier. Il descendit les marches. Comme dans un film, ce trajet familier fit défiler des images dans sa tête. Des cierges, l'odeur de brûlé, la sueur des Pères, le sperme et les cris… Raphaël courut dans la salle aux bougies, guidé par son besoin de tuer. Il franchit la porte en trombe, et se figea.

Des enfants. Des enfants par terre, surplombés par des prêtres nus. Il vit rouge. Raphaël leva son arme, prêt à abattre tous les hommes en soutane, quand soudain, il entendit une voix :

— Laisse-moi faire, mon frère. Ces salopards méritent de brûler.

Bara arriva derrière lui et se dirigea vers les prêtres qui tentaient de s'échapper. Avant qu'ils aient pu faire un pas, Bara pressa le bouton du lance-flammes. Leur chair se mit aussitôt à bouillir. Raphaël entendit Gabriel demander aux garçons, nus eux aussi, de se lever, pour les faire sortir de la pièce. Cette fois, il garda les yeux rivés sur les religieux. Ils hurlèrent en s'embrasant. Ils se cognèrent aux murs, se jetèrent sur le sol pour tenter d'éteindre les flammes, mais Bara continua jusqu'à ce que leur corps soit carbonisé, dévoré vif par son brasier.

Uriel prit le bidon d'essence que les mercenaires de Gabriel venaient de lui apporter. Il le déboucha et versa lle carburant sur le sol. Raphaël regardait toujours les prêtres. Il ne pouvait détourner les yeux de leurs cheveux qui brûlaient, du feu qui leur ravageait la peau. Ses muscles tressaillirent de satisfaction quand il vit leur sexe brûler. Leur sexe corrompu de salauds de violeurs.

Le visage de Maria lui revint soudain en tête, le ramenant au présent. Il remonta les marches en courant et se dirigea vers une pièce qu'il ne connaissait que trop bien. Qu'ils connaissaient tous trop bien. La porte était fermée. Il ne regarda pas en arrière pour vérifier si l'un de ses frères l'avait suivi. Il s'en foutait.

Mû par l'adrénaline et la colère, Raphaël se rua à l'intérieur. Des appareils et des machines de torture… Sa peau se glaça, mais son sang bouillonnait toujours en lui. Il ajusta sa prise sur son flingue, prêt à tirer. Mais la porte claqua derrière lui et Raphaël pivota brusquement.

Sa peau se hérissa. Il grimaça en croisant le regard du prêtre qui venait de les enfermer dans cette pièce. Néanmoins, au lieu d'éprouver de la rage, Raphaël sentit ses pieds se clouer sur place et son cœur se mettre à battre trop vite.

Il était là. Le Père Murray était devant lui. Raphaël se noya dans les souvenirs de son passé. Pendant qu'il regardait le visage de celui qui tenait le premier rôle dans tous ses cauchemars, il eut l'impression que son corps se repliait sur lui-même. Il n'arrivait plus à bouger. Il ne pouvait que dévisager l'homme qui l'avait torturé. Qui l'avait plaqué au sol et baisé encore et encore. Les yeux marron du prêtre étaient rivés aux siens. La respiration de Raphaël s'accéléra, sa tête commença à tourner. Le Père Murray verrouilla lentement la porte.

— Tu es venu, dit le prêtre d'une voix grave.

Des dagues transpercèrent le dos de Raphaël.

— Prends ma queue.

Raphaël tressaillit, les souvenirs déferlèrent dans son esprit, menaçant de l'engloutir.

— Supplie, païen. Repends-toi, et je m'arrêterai.

Mais Raphaël ne le fit pas. Le Père Murray le jeta sur le sol et le retourna pour qu'il soit sur le ventre. Le sexe dur du prêtre glissa le long de ses cuisses... Raphaël refusa de hurler, il serra la mâchoire. Quand la douleur provoquée par les coups de boutoir du Père Murray menaça de le déchiqueter, il se promit de ne jamais se soumettre à cet homme.

Jamais.

Raphaël cilla, émergeant de ce souvenir pour revenir dans cette pièce. Il prit une grande inspiration et, la main tremblante, il leva son arme, sans quitter le Père Murray des yeux. Cependant au moment où il s'apprêtait à tirer la balle qui lui ôterait enfin la vie, le Père Murray lança :

— Tu es venu pour elle.

Raphaël se figea, son doigt s'immobilisa sur la détente. Il étrécit les yeux. Le religieux sourit.

— J'en étais sûr. Elle est l'incarnation de ton plus grand fantasme.

Il s'écarta de la porte et traversa la pièce, veillant à ne pas s'éloigner des murs couverts de couteaux, de marteaux et d'un millier d'autres instruments de torture. Raphaël les connaissait tous par cœur.

— Quand je l'ai vue au monastère, j'ai su qu'elle était faite pour toi.

Le prêtre s'arrêta à côté d'un cercueil en fer. Il était fermé.

— Tu me l'as dit, tu t'en souviens ?

Tout le sang de Raphaël déserta son visage quand il vit le cercueil... Quand il repensa à ce que Maria lui avait dit sur William Bridge.

— Lorsque je t'ai baisé pour la quatrième fois. Lorsque...

Le Père Murray décrocha le bâton en métal du mur et le tendit vers Raphaël. Ce dernier eut du mal à réprimer un hoquet d'horreur.

— Quand je t'ai baisé avec ça, dit le Père Murray en pencha la tête sur le côté. Tu t'en souviens, Raphaël ? Tu te rappelles m'avoir raconté qui tu voulais tuer, et pourquoi ?

Il sourit.

— Parce que c'est comme ça qu'est morte ta maman.

L'arme trembla dans la main de Raphaël. Il retira la sécurité et visa à nouveau.

— Tu ne m'as pas demandé où était Maria.

Un bruit étouffé s'éleva soudain du cercueil à côté duquel se tenait le Père Murray. Raphaël reporta son attention sur lui. Il entendit des ongles griffer le métal, quelqu'un essayait de sortir.

Le Père Murray montra un cadenas sur le cercueil. Pour l'ouvrir, il y avait une combinaison.

— Lâche ton arme, Raphaël. Tu ne pourras pas ouvrir ce truc, sauf si tu me gardes en vie. Lâche ton arme et je la laisserai respirer.

Il haussa les épaules.

— Il n'y a pas beaucoup d'air qui rentre là-dedans pour notre chère petite novice pécheresse.

Raphaël serra le flingue plus fort. Il avait envie d'abattre ce monstre, de le tuer et de libérer son propre corps de la paralysie traîtresse qui l'avait envahi à la vue du prêtre… Mais Maria se mit à crier et il lâcha l'arme sans réfléchir. Elle s'écrasa sur le sol. Les yeux du Père Murray s'embrasèrent face à cet acte de soumission. Raphaël serra les dents si fort que sa mâchoire lui fit mal. Il ne s'était pas soumis. Il ne s'était pas soumis, putain !

— Mets-toi à genoux.

La voix du Père Murray lui mit les nerfs à vif. Cet ordre qui résonnait dans sa tête tous les jours était la pire de toutes les tortures.

Toutefois Raphaël resta debout. Il avait besoin de voir ce Père saigner. De voir ses yeux figés par la mort. Et il ne pouvait pas se soumettre. Il ne se mettrait pas à genoux pour ce salopard. Plus maintenant. Plus jamais. Il ne se laisserait pas...

— Elle va manquer d'oxygène, constata le Père Murray, interrompant ainsi ses pensées.

Le prêtre recouvrit les petits trous percés dans le couvercle en métal, la privant d'air.

Les cris de Maria s'atténuèrent et Raphaël comprit qu'il ne bluffait pas. Chaque fibre de son être lui hurlait de ne pas obéir. Puis il entendit les sanglots qui sortaient du cercueil. La douleur dans sa poitrine réapparut, Maria était piégée dans le noir, plongée dans son enfer personnel. Il était piégé dans le sien. Ils étaient en Enfer, ensemble.

Raphaël se laissa tomber à genoux.

Le Père Murray gémit, le Déchu s'était enfin soumis. S'assurant que Raphaël le regardait, il entra la combinaison du cadenas et poussa le lourd couvercle du cercueil sur le côté. Le prêtre mit la main à l'intérieur. Raphaël dut mobiliser toute sa volonté pour ne pas bondir sur ses pieds et se ruer en avant, une étincelle de vie transperçant ses membres engourdis à l'idée que ce connard touche Maria. Le sang afflua dans ses muscles. Il se prépara à attaquer, à tirer son couteau de sa ceinture pour courir vers le prêtre.

Néanmoins Raphaël abandonna ce plan quand le Père Murray sortit Maria du cercueil, les mains serrées autour de ses bras ballants. Son corps s'était affaissé et elle ne bougeait pas. Les yeux de Maria roulèrent dans leurs orbites, mais elle lutta pour trouver Raphaël, même si elle était à peine consciente. À la seconde où elle le vit, un lourd sanglot s'échappa de sa bouche.

Une fissure craquela la poitrine de Raphaël, elle était si profonde qu'il hoqueta. Voir Maria sans force, Maria qui souffrait, le détruisait. Il tremblait de fureur, d'une rage non dissimulée. Puis il l'aperçut, et tout se déroula au ralenti. Les cheveux de Maria glissèrent, exposant ainsi sa poitrine. Là, sur son corps nu et meurtri, il y avait une croix inversée, comme la sienne, comme celle de ses frères. Sa peau parfaite était rouge et boursouflée, blanche là où l'infection commençait à s'installer. La jeune femme était d'une pâleur mortelle et ses lèvres étaient bleues à cause du manque d'oxygène.

Raphaël haïssait le prêtre qui lui avait infligé tant de sévices. Il n'aurait pas cru pouvoir le haïr davantage, il se trompait. Il se trompait lourdement. Le Père Murray avait fait du mal à Maria. Il l'avait fait tellement souffrir qu'elle luttait pour garder les yeux ouverts.

Le prêtre avait touché à ce qui lui appartenait.

Maria était à lui, putain.

Puis la main du prêtre se promena sur le corps nu de Maria, jusqu'à arriver à son sexe. Les yeux rivés sur Raphaël, il la pénétra d'un doigt. Elle ne protesta même pas.

Sa peur issue du passé s'écoula comme de la pluie sur un toit en tôle. Raphaël se redressa en quelques secondes, habité par une rage infernale. Il fonça à travers la pièce. Mais le Père Murray entraîna Maria derrière le cercueil, s'en servant comme bouclier, et mit les mains sur son cou. Raphaël s'arrêta net.

— Je vais lui tordre le cou. Si tu approches encore, je le brise en deux. Fini ton meurtre rêvé.

Raphaël réfléchit à la hâte, il fallait qu'il trouve quoi faire. Pendant ce temps, le Père Murray reprit la parole :

— Je t'ai dit de te mettre à genoux.

Raphaël lui obéit, même si tout en lui hurlait de se battre. Il fixait le prêtre. Ce dernier s'avança vers lui, sans lâcher Maria. Les pieds de la novice traînaient sur le sol, son corps paraissait brisé. Il s'arrêta devant Raphaël. D'un regard assassin, le jeune homme lui promit la mort.

Le Père Murray sourit.

— Baisse ma braguette.

Raphaël eut l'impression que son cœur s'était arrêté de battre. La fureur tordit les traits du religieux.

— J'ai dit, baisse ma braguette, démon !

Son cri rebondit sur les murs, le passé et le présent se mélangeaient. Il resserra les mains autour du cou de Maria pour forcer Raphaël à obéir.

Les yeux bleus un peu vitreux de Maria cherchèrent ceux de Raphaël.

— Non..., murmura-t-elle.

Sa tristesse était flagrante.

Le Père Murray l'interrompit en serrant son cou. Raphaël n'hésita pas une seconde quand le visage de Maria rougit sous la pression du prêtre. Il tendit la main et baissa la braguette du Père Murray. Maria garda les yeux rivés aux siens. Raphaël fit pareil. Il ne la laisserait pas mourir. Il ne laisserait pas ce connard la lui prendre.

Grâce au regard de Maria, il se sentait différent de la dernière fois où il s'était retrouvé dans cette pièce, dans cette position. Il avait l'impression de ne pas être seul.

Quand la braguette du Père Murray fut baissée, Raphaël vit que son sexe était en érection.

— Sors-le, ordonna-t-il d'une voix rauque.

Les mains de Raphaël tremblaient, mais il fit ce qu'on lui demandait. La jeune femme sanglota et tenta de se libérer. Raphaël ne pouvait lâcher des yeux la marque sur sa poitrine. Maria avait besoin d'aide. Il devait la sortir d'ici.

Un mouvement derrière le Père Murray attira son attention. Il ne détourna pas le regard. Mais quand il vit de longs cheveux noirs et des yeux sombres se rapprocher du prêtre, Raphaël passa à l'action. Il plongea la main dans sa ceinture, tira son couteau et, d'un geste vif, trancha le sexe du Père Murray. Celui-ci tomba au sol, là où Raphaël avait autrefois laissé couler son sang, sa sueur et son sperme. L'homme hurla et lâcha Maria, mais Sela était là pour la rattraper.

La vision de Raphaël s'assombrit. Il attrapa le Père Murray par les cheveux, le traîna dans la pièce et le plaqua contre le mur. Un rictus sur les lèvres, il mit les mains autour de son cou. Raphaël grogna juste devant le nez du prêtre et serra. Le Père Murray lui griffa les bras. Mais Raphaël n'avait plus conscience de rien, à part du pouls du prêtre qui ralentissait, de sa bouche béante qui essayait d'aspirer de l'air. Un air que Raphaël lui volait, qu'il convoitait. Il serra de plus en plus fort et le visage du Père passa de rouge à bleu. Ses yeux marron sortirent de leurs orbites et ses mains faiblirent, son corps s'alourdit.

Raphaël ne prononça pas un mot pendant qu'il ôtait la vie de celui qui avait été son bourreau. Néanmoins il ne songea pas à tout ce qu'on lui avait fait subir quand il était enfant. Il savoura juste la sensation de la mort imminente d'un connard qui le méritait. D'une poigne de fer, il serra une dernière fois. La trachée du Père Murray s'écrasa sous ses doigts, ses os se brisèrent.

Les yeux du prêtre étaient rivés sur Raphaël, sa tête penchait, sans vie, sur le côté. Raphaël rejeta la tête en arrière et hurla. Dans un rugissement, il se libéra de tout ce que le prêtre lui avait fait endurer. Ce qu'il avait fait à Maria…

Maria.

Raphaël lâcha le corps de cet être abject qui tomba sur le sol. Du sang s'échappait de son entrejambe et s'accumulait sous lui. Il rejoignit Sela et lui prit Maria des bras. Raphaël vit que ses autres frères observaient la scène. Ils étaient tous là, sauf Gabriel. Uriel commença à verser de l'essence sur le sol.

— Il faut qu'on parte, dit Sela.

Raphaël serra Maria contre sa poitrine. Il attrapa une serviette sur un crochet à l'extérieur de la salle de torture et l'enveloppa dedans, puis il courut vers la porte, suivant ses frères vers la sortie. Mais juste au moment où ils atteignaient le dernier couloir, un coup de feu retentit.

Diel s'écroula au sol.

Quand il vit son frère tomber, la peur parcourut le corps de Raphaël comme la foudre. Il se retourna. C'était le Père Quinn. La sortie était à quelques pas de lui. Les yeux du grand prêtre étaient emplis de tonnerre.

— Démons, grogna-t-il.

Diel leva la tête. Du sang coulait de son épaule. Contre toute attente, son frère lâcha un rire hystérique. Il enfonça son doigt dans le trou, retira la balle et la jeta aux pieds du religieux. Diel suça le sang sur son doigt, laissant une marque autour de sa bouche.

— Je ne pensais pas que vous pourriez être encore plus diaboliques, et pourtant vous êtes là, sous mes yeux, des démons de chair et d'os, dit le Père Quinn en levant son arme.

Raphaël et ses frères l'imitèrent, mais le prêtre se figea soudain, le visage paralysé de stupeur. Il s'écroula brusquement. Raphaël vit Gabriel, debout derrière lui, un couteau à la main. Un couteau couvert de sang. L'arme du Père Quinn tomba sur le sol. Bara l'écarta d'un coup de pied.

Les yeux du vieil homme s'emplirent d'horreur.

Ignorant le prêtre qui rampait, Raphaël se dirigea vers la sortie, Maria dans ses bras. Uriel vida le dernier bidon d'essence dans le couloir et sur le Père Quinn. Raphaël frémit, l'odeur était entêtante. Ses frères s'arrêtèrent sur le seuil du Purgatoire et regardèrent l'enfer de leur enfance pour la dernière fois. Cette fois, il ne ressentait plus rien. Le Père Murray était mort et cet endroit allait brûler, brasier de leur passé.

Bara leva son lance-flammes.

— Je peux ?

Raphaël hocha la tête. Mais juste au moment où Bara s'apprêtait à mettre le feu à l'essence pour qu'un incendie ravage les lieux, Gabriel leva la main.

— Attends.

Il s'avança vers le Père Quinn. Le vieil homme regarda Gabriel dans les yeux, une expression de haine à l'état pur sur le visage.

— Toi, cracha le prêtre. Tu étais le pire d'entre eux.

— Tu as voulu gâcher nos vies. Nous abattre, nous faire disparaître.

Gabriel prit une grande inspiration.

— Et pourtant tu n'as fait que nous rendre plus forts.

— Vous êtes des tueurs. Des meurtriers. Un jour, Dieu vous punira.

— Peut-être, admit Gabriel. Mais au moins, nous n'aurons pas à expliquer pourquoi nous avons violé des enfants innocents en Son nom.

Gabriel se redressa de toute sa hauteur. Il dominait ainsi le grand prêtre couvert de sang, à genoux devant lui.

— Tu es le pire des pécheurs. Le chrétien le plus antichrétien que je connaisse.

Gabriel se dirigea vers la sortie. Ses frères l'attendaient, il devait les ramener à la maison. Ils étaient une vraie fraternité, contrairement à ces connards.

— Vous n'avez même pas idée de la colère qui va s'abattre sur vous ! cria le Père Quinn.

Gabriel le regarda, sortit une boîte d'allumettes de sa poche et en alluma une. Le prêtre écarquilla les yeux et Gabriel sourit. Son visage n'avait rien de celui d'un saint en cet instant.

— Allez en Enfer, Mon Père.

Il jeta l'allumette, l'essence s'embrasa en une ligne de feu enragée. Les Déchus sortirent du Purgatoire et fermèrent la porte pour la dernière fois.

La fumée et l'odeur de chair brûlée les suivirent pendant qu'ils traversaient le terrain en courant, en direction des camionnettes un peu plus loin. Raphaël grimpa à l'arrière et serra Maria contre lui. Elle riva ses yeux bleus aux siens et malgré la douleur insoutenable qu'elle éprouvait, elle sourit.

Jamais il n'avait senti une telle chaleur dans la poitrine.

CHAPITRE 15

Raphaël s'assit à côté de Maria, qui dormait sur le lit. Ses muscles étaient encore douloureux après la visite du médecin. Maria était sous perfusion, c'était nécessaire pour lui donner des antibiotiques. Gabriel avait dû le retenir pour que le docteur puisse examiner le corps nu de la jeune femme. Uriel et Gabriel l'avaient plaqué contre le mur quand il avait refusé de quitter la pièce. Sans ça, le médecin n'aurait pas pu travailler. Quand ce dernier avait touché la croix inversée qu'ils avaient gravée sur la poitrine de Maria et qui s'était infectée, elle avait hurlé. Raphaël avait bondi. La colère avait brouillé sa vision, qui s'était teintée de rouge. Il avait eu l'impression qu'on le déchirait de l'intérieur.

Très vite, Maria avait été mise sous sédatifs.

— C'est pour son bien, avait dit le médecin. Pour qu'elle puisse guérir.

Raphaël s'était installé à côté d'elle, il ne lâchait pas sa main. La ficelle autour de son index était bien en place. Quand il avait entremêlé leurs doigts, la chaleur dans sa poitrine était revenue. Il voulait qu'elle ouvre les yeux. Qu'elle sourie. Raphaël en était sûr, cette douleur constante qui lui lacérait la poitrine s'en irait si elle le faisait.

Il l'écouta respirer. Il n'avait pas pris de douche depuis leur retour au manoir.

— Guéris, petite rose, lui murmura-t-il à l'oreille, la tête sur l'oreiller à côté d'elle. C'est un ordre. Je ne me répéterai pas. Est-ce que tu comprends ?

Mais il n'y eut pas de « oui, mon Seigneur ». Pas d'obéissance. Maria dormait trop profondément pour ouvrir les yeux.

Raphaël posa la main sur les cheveux de Maria. Ils étaient pleins de sueur et tout emmêlés. Il fallait qu'il les nettoie. Les brosse et les sèche ; ils devaient sentir la vanille et la rose. Ensuite, elle serait à nouveau parfaite.

Il se concentra sur la marque que le Père Murray avait gravée sur sa peau. Raphaël avait envie de la toucher. De faire disparaître la douleur. Toutefois, quand il regardait la marque, sa poitrine se comprimait. Pas de colère, mais... avec cette marque, Maria était comme lui, désormais. Elle arborait l'emblème du Diable sur la poitrine... Comme lui. Comme ses frères.

Comme si elle faisait partie des Déchus.

La fureur se mit à bouillonner en son for intérieur, quand il se rappela les doigts du Père Murray en elle. Ses mains autour de sa gorge. Raphaël caressa son cou. Des empreintes de doigts qui n'étaient pas les siens étaient imprimées sur son corps. Des bleus et des éraflures rouges marbraient sa peau parfaite. Raphaël regarda ses mains à lui. Elles tremblaient. Il les revit enserrant la gorge du Père Murray.

Il s'humecta les lèvres et son sexe durcit dans son jean. Le Père Murray l'avait regardé dans les yeux pendant que Raphaël lui ôtait la vie.

Il soupira en se souvenant du pouls de plus en plus faible du prêtre, de son visage bleu... et de son sexe tranché, de son sang qui aspergeait le sol. Le jean de Raphaël était encore taché de son sang. Hors de question de le laver. Il allait l'encadrer et l'accrocher au mur, en souvenir du connard qu'il avait tué.

Raphaël entendit la porte de sa chambre s'ouvrir. Michaël entra, toujours couvert de sang. Il en avait aussi sur les mains. Raphaël le savait, son frère n'était pas près de les laver non plus. En silence, Michaël entra dans la chambre et s'assit sur le fauteuil, à côté du lit. Son meilleur ami sourit, ses dents encore couvertes du sang de ses victimes. Il avait dû savourer sa nouvelle collection dès leur retour. Les pupilles de Michaël étaient dilatées, l'adrénaline de leurs meurtres courait encore dans ses veines. Raphaël le savait, c'était aussi son cas.

Il reposa la tête sur l'oreiller. Michaël sortit une fiole de sang de sa poche, plongea le doigt dedans et le suça.

— Elle va survivre ? s'enquit-il.

Il attendait la réponse de son frère, comme si elle était importante pour lui.

— Le médecin dit que oui. Mais elle va mettre des semaines à guérir.

Michaël hocha la tête, puis reporta son attention sur le sang. La porte s'ouvrit à nouveau. Sela et Diel entrèrent. Sans un mot, ils se dirigèrent vers le canapé contre le mur et s'assirent. Sela appuya la tête contre le dossier.

— Je suis crevé.

Les mains de Diel tressautaient sur ses genoux. Il ferma les yeux et Raphaël le vit prendre de grandes inspirations. Il fallait des heures à son frère pour se calmer après une tuerie. Il avait trop d'énergie dans les veines, il était comme ivre. Ils avaient tous du mal à redescendre, mais c'était pire encore pour Diel.

Vingt minutes plus tard, Bara et Uriel entrèrent à leur tour. Bara haussa un sourcil en voyant tout le monde dans la chambre.

— On est en retard, il y a une petite fête ?

Bara et Uriel allèrent chercher des chaises dans la salle à manger et les apportèrent près du lit, en face de Michaël. Bara observait Raphaël qui enlaçait Maria, un sourire narquois sur les lèvres. Raphaël se blottit un peu plus contre son corps chaud.

— Tu as réussi à te calmer ? s'enquit Uriel.

Il hocha la tête. Aucun de ses frères ne s'était douché. Ils étaient tous couverts du sang et des entrailles des prêtres. Bara ouvrit la bouche pour dire quelque chose, mais quelqu'un poussa la porte une dernière fois. Gabriel s'arrêta en voyant ses frères. Ses cheveux blonds étaient mouillés, il avait remis ses vêtements noirs et son col de clerc.

Il se dirigea vers une chaise à côté de Michaël. Ses yeux bleus parcoururent le corps de Maria, vérifiant qu'elle allait bien.

— Tu as besoin de quelque chose, Raphe ?

— Non, répondit-il.

Gabriel soupira et se laissa tomber sur sa chaise. Il grimaça, puis se passa une main sur le visage.

— Alors, le Purgatoire n'existe plus, lança Sela depuis le canapé.

Raphaël et ses frères échangèrent un regard complice. Il sentit quelque chose se dénouer dans son ventre. Une douleur dont il n'avait jamais eu conscience jusqu'à cet instant.

— Réduit en cendres, précisa Michaël, avant de froncer les sourcils et de regarder Gabriel.

Ce dernier était pâle, ses yeux étaient cerclés de rouge. Raphaël ne comprenait pas pourquoi.

— Tout ce sang gâché.

Bara soupira, puis se pencha sur sa chaise. Il étrécit les yeux en regardant ses frères.

— C'est donc ça, la codépendance.

Raphaël se demanda ce que ça voulait dire. Uriel, Sela, Diel et Michaël avaient l'air aussi perplexes que lui.

— De quoi tu parles ? demanda Michaël.

Bara haussa les épaules.

— Aucune idée. J'ai entendu Miller en parler, une fois. Il a dit qu'on souffrait tous de codépendance.

Il sourit.

— J'ai trouvé que c'était un mot du genre raffiné... J'espérais avoir l'opportunité de le placer dans une conversation.

— Peu importe ce que ça veut dire, intervint Gabriel, attirant ainsi leur attention. Il n'a jamais vécu ce qu'on a enduré.

Gabriel sourit. C'était le premier vrai sourire que Raphaël voyait sur ses lèvres depuis des années.

— On est des frères. On se soutient les uns les autres.

Il montra Maria du doigt.

— Et on soutient tous ceux qu'on accueille parmi nous.

Raphaël regarda Maria, qui dormait à ses côtés. Qu'elle était belle... Il voulait qu'elle se réveille, qu'elle lui parle. Il aimait sa voix. Ça ne lui plaisait pas, de ne pas l'entendre. Il voulait sentir sa main sur sa joue. Un jour, il l'avait punie parce qu'elle lui avait touché la joue sans permission. Maintenant, il lui ordonnerait de le faire, si elle se réveillait.

Sela se leva et alluma un feu dans la cheminée. La pièce se réchauffa, le bois crépitait et l'odeur des bûches flotta parmi eux. Quand Raphaël reporta son attention sur ses frères, ils s'étaient endormis. Ses propres paupières étaient lourdes. Il posa la tête sur les longs cheveux de Maria et sombra à son tour dans le sommeil.

***

Maria fut sous sédatifs pendant une semaine. Raphaël lui tint la main pendant que le médecin lui retirait la perfusion qui la maintenait endormie ; il attendit qu'elle se réveille. Ses doigts tressaillirent enfin. Ses lèvres remuèrent, puis ses paupières frémirent.

Raphaël serra sa main quand elle ouvrit les yeux. Ils étaient vitreux, et sa respiration trop rapide. La panique envahit son beau visage.

— Respire lentement, lui ordonna-t-il.

Aussitôt, Maria s'immobilisa et tourna la tête dans sa direction. Sa vision s'éclaircit très vite et elle vit son visage. Elle pressa sa main à son tour. Alors déferla en lui cette drôle de chaleur dans sa poitrine, celle que Raphaël n'éprouvait qu'en présence de Maria.

Sauf que cette fois, elle se répandait dans tout son corps, comme un feu de forêt, alors que la jeune femme lui souriait, les yeux emplis de larmes. Raphaël prit une grande inspiration, une boule s'était formée dans sa gorge.

Il ne comprenait rien à ce qui arrivait à son corps. Cependant il se rendit soudain compte qu'avant, il avait tout le temps froid. Avant Maria, il ne savait même pas ce qu'était la chaleur.

Maintenant qu'il savait, il n'était pas sûr de pouvoir vivre sans cette sensation addictive.

— Raph…

Maria grimaça.

— Chut, lui ordonna Raphaël.

Mais elle n'obéit pas. Le corps de Raphaël se raidit lorsqu'elle serra sa main avec force.

— Tu… es venu…, parvint-elle à articuler.

Elle tressaillit à nouveau et baissa les yeux sur sa poitrine. Une couette couvrait son corps, mais le haut de la croix inversée était visible. Maria ferma les yeux. Il amena sa main à ses lèvres et embrassa sa peau douce. Elle sourit. Raphaël se mit au lit avec elle.

Il s'allongea et l'attira contre son corps. Soudain, la porte s'ouvrit. Comme tous les soirs après le dîner, les frères de Raphaël entrèrent, pour dormir tous ensemble, comme ils l'avaient fait tant de fois étant enfants.

Michaël s'assit sur le fauteuil que Raphaël occupait quelques minutes avant. Maria écarquilla les yeux. Sela et Diel s'installèrent sur le canapé, Bara et Uriel sur des chaises à côté d'elle. Gabriel fut le dernier à passer la porte.

— Maria, dit-il avec un grand sourire, tu es réveillée.

Les yeux de Maria se mirent à briller. Raphaël se raidit, pensant qu'elle ne voulait pas que ses frères restent dans la même pièce qu'elle. Puis elle sourit, et il se rendit compte qu'elle pleurait de joie. Elle était heureuse d'être avec eux...

— Merci, dit-elle en regardant chacun d'entre eux. Merci... d'être venus me chercher.

Ils hochèrent tous la tête.

— C'était marrant, répondit Bara, affalé sur sa chaise. Ça faisait longtemps qu'on ne s'était pas marrés comme ça.

Il soupira.

— On devrait faire de la chasse à la Brigade une tradition. Un événement annuel, ou un truc du genre.

Sela alluma la cheminée et Raphaël écouta ses frères parler. Maria se blottit contre lui, la tête sur son épaule et écouta, elle aussi. Quand elle s'endormit, il l'embrassa sur le front, apaisé par sa respiration régulière.

Lorsqu'il leva la tête, il vit que ses frères le regardaient bizarrement. Surtout Gabriel. Mais il les ignora, ferma les yeux et s'endormit. Il ne savait pas ce que ces regards signifiaient.

À cet instant, il s'en foutait.

***

Une autre semaine s'écoula. Raphaël était dans sa serre et examinait les rosiers. Il entendit la porte s'ouvrir dans son dos. Il se retourna, Maria l'avait rejoint. Elle s'était levée cinq jours plus tôt. La croix inversée sur sa poitrine était presque guérie et elle avait recouvré quasiment toutes ses forces.

Il ne l'avait pas encore baisée. Les mains de Raphaël le démangèrent. Parce qu'il voulait mettre Maria dans son lit. Il la voulait sous lui... Et il voulait sentir ses cheveux dans ses mains. Il voulait les enrouler autour de sa gorge... Réaliser son plus grand rêve. Il voulait l'embaumer et la conserver dans son cercueil, pour qu'elle ne le quitte plus jamais. Ainsi, il aurait toujours chaud.

— Je savais que tu serais là, dit Maria.

Le soleil brillait derrière elle, formant une auréole de lumière autour de sa tête. On aurait dit un ange. Maria frôla du bout des doigts quelques roses qui venaient d'éclore. Elle s'arrêta devant la rose blanche, la cueillit et la ramena contre sa poitrine. Raphaël entrouvrit les lèvres.

Elle s'avança et s'immobilisa devant lui. Raphaël était bien plus grand qu'elle. Maria avait enfilé ses vêtements. Il aimait la voir dans les robes blanches. Toutefois, quand elle portait ses vêtements, ça lui faisait quelque chose dans la poitrine. Ça la rendait douloureuse. Il ne savait pas du tout pourquoi.

Elle leva ses yeux bleus vers lui. Puis elle lui prit la main et la mit sur sa poitrine.

— Je t'avais dit que je reviendrais, dit-elle.

Raphaël regarda sa main dans la sienne. Elle prit une grande inspiration. En le regardant dans les yeux, Maria lui offrit la rose blanche.

— Tiens, murmura-t-elle.

Il fronça les sourcils. Maria déglutit, mais garda la tête haute.

— Pour que je la tienne dans le cercueil.

Son cœur accéléra, l'excitation submergeant son corps. Maria acquiesça, répondant ainsi à la question qu'il ne lui avait pourtant pas posée.

— Je me donne à toi, mon Seigneur. Tout entière. Je veux que tu réalises ton rêve. Je l'accepte de mon plein gré.

Raphaël la dévisagea. Sa détermination vibrait dans ses yeux bleus. Une promesse. Il n'aurait jamais cru qu'elle lui donnerait ça.

— Tu es sérieuse ? demanda-t-il d'une voix rauque, incapable de maîtriser les battements de son cœur.

— Oui.

Elle se rapprocha, si près que sa poitrine toucha la sienne.

— Ramène-moi dans ta chambre, Raphaël. Je suis à toi. Garde-moi pour toujours, comme tu en rêvais.

Raphaël lui prit la main et la pressa contre son torse. Il prit son visage en coupe.

— Tu te donnes à moi ?

— De tout mon cœur.

Il replaça ses cheveux derrière son oreille et admira la femme devant lui. Quand les douces mèches glissèrent dans ses paumes, il se mit à fredonner. Maria se blottit contre lui, savourant ses caresses, et dans la lumière matinale, une chanson s'échappa des lèvres de Raphaël.

— Ring around the roses, a pocket full of posies, ashes, ashes… we all fall down.

Quand il se tut, Maria lui prit la main et la lui embrassa.

We all fall down…

L'impatience monta en lui. Raphaël se sentait léger, très léger. Il se retourna et récupéra ce dont il avait besoin, l'adrénaline alimentant le moindre de ses gestes. Il réunit ses roses préférées, puis guida Maria dans la serre. Elle marcha en silence et Raphaël étudia son visage. Elle avait la tête levée vers le soleil levant. Sa poitrine se serra quand elle sourit, comme si tout allait pour le mieux. Il aurait pu passer ses journées à admirer son visage. Du bout des doigts, elle effleurait tous les arbres et buissons sur son passage, savourant le baiser des feuilles humides sur sa peau. L'hiver s'effaçait, le printemps commençait à percer.

Mais elle n'aurait pas l'occasion de le voir. Elle devait se contenter de cet aperçu de la naissance du renouveau.

Raphaël resta à ses côtés quand ils passèrent devant la fontaine et que Maria s'arrêta pour plonger les mains dans l'eau. Il resta également à côté d'elle lorsqu'ils empruntèrent le sentier qui menait à la maison. Le gravier crissait sous ses pieds.

Il s'immobilisa sur le seuil du manoir, elle prit une dernière inspiration. Maria poussa un profond soupir et se tourna vers Raphaël.

— Je suis prête, mon Seigneur.

Il lui tendit la main. Des frissons lui parcoururent le dos quand ses doigts froids se refermèrent sur les siens. *C'est la sensation qu'elle aura,* pensa-t-il. *Dans quelques heures, elle sera froide pour toujours.* Raphaël fronça les sourcils, il venait de se rendre compte que la chaleur de sa peau allait lui manquer. Néanmoins cette pointe de tristesse disparut très vite, car ce qu'il allait obtenir… Elle, à ses côtés pour toujours. Dans l'impossibilité de partir, toujours aussi jeune et belle.

Sa parfaite petite rose pour l'éternité.

Raphaël conduisit Maria vers l'escalier. Le personnel s'affairait, préparant le petit déjeuner. Raphaël entendit ses frères dans la salle à manger. Maria tira sur son bras.

— Je peux les voir ? demanda-t-elle. Une dernière fois ?

Il acquiesça et ouvrit les portes de la salle à manger. Il était prêt à tout lui donner pour ce cadeau qu'elle lui offrait.

— Raphe, Maria, les salua Sela en levant sa tasse de café.

Puis il vit les roses dans les mains de Raphaël. Un par un, ses frères reportèrent leur attention sur les fleurs.

Ils savaient ce qu'elles signifiaient.

Raphaël regarda Gabriel en dernier. Le visage de son grand frère était devenu blanc comme un linge.

— Bonjour, dit Maria. Je voulais juste vous remercier.

Elle se racla la gorge. Attentifs, ils attendaient qu'elle poursuive.

— Merci pour tout ce que vous avez fait pour moi.

Elle rougit, sa peau se teinta de rose. Raphaël sentit son sexe remuer. Elle était sa faiblesse, dans tous les sens du terme.

Maria baissa les yeux et prit une grande inspiration. Quand elle releva la tête, ils étaient emplis de larmes. Une drôle de douleur lui tordit les tripes.

— J'ai adoré apprendre à vous connaître ces dernières semaines, dit-elle, en essuyant une larme sur sa joue du dos de la main. Vous m'avez accueillie à votre table. Et vous êtes restés à nos côtés...

Elle sourit à Raphaël.

— Quand j'étais blessée, et pendant ma convalescence.

Maria releva le menton et ses pleurs se tarirent.

— Ça fait longtemps que je n'ai pas de famille. Merci de m'avoir donné un aperçu de ce que ça fait. Ça me manquait, et je ne m'en étais pas rendu compte.

Elle replaça ses cheveux derrière son oreille et serra la main de Raphaël, qui ne l'avait pas lâchée.

— Ça a été un plaisir de tous vous connaître.

Tout le monde garda le silence, jusqu'à ce que Bara lève son verre.

— Ça a été un plaisir de te connaître aussi, Sœur Maria. Aussi bref et fugace qu'ait été le temps que nous avons passé ensemble.

Maria sourit à Bara, puis se tourna vers Raphaël.

— Je suis prête, maintenant. On y va ?

Raphaël hocha la tête et commença à la faire sortir de la pièce.

— Maria ?

Ils s'arrêtèrent en entendant la voix de Gabriel. Elle pivota sur ses talons. Gabriel s'était levé. Une pointe d'irritation traversa Raphaël. Pourquoi Gabriel les avait-il interrompus ? Maria s'avança. Gabriel ouvrit et referma la bouche, comme s'il ne savait pas quoi dire.

— J'ai pris ma décision, Gabriel. C'est mon choix, assura Maria.

Il planta ses yeux dans ceux de Raphaël. Ce dernier éprouva une drôle de sensation dans le ventre. Il n'arrivait pas à interpréter ce regard, mais il lui glaça la peau. Maria fit sortir Raphaël de la pièce. Ses yeux s'abreuvaient de tous les tableaux qu'ils dépassaient, de toutes les décorations et de tous les meubles.

— J'adore cette maison, dit-elle quand ils atteignirent la porte de ses quartiers. J'ai l'impression d'être chez moi.

Maria plongea dans les yeux dorés de Raphaël.

— C'est toi, Raphaël. Tu es mon chez-moi.

Le cœur de Raphaël se remit à battre très fort dans sa poitrine. Mais cette fois, ce n'était pas à cause de la promesse de ce qui allait se passer. C'était à cause de l'expression sur le visage de Maria, des mots qui sortaient de ses lèvres douces.

Maria poussa la porte et commença à se déshabiller. Raphaël posa les roses et l'observa. Il ouvrit les lèvres, sa respiration accéléra. Elle était désormais nue et se tourna vers lui. Les muscles de Raphaël se tendirent, elle était parfaite. Sa possessivité envers elle était exacerbée à cause de la croix inversée sur sa poitrine.

Maria lui tendit la main. Il s'avança vers elle, comme un papillon attiré par une flamme.

— Tu vas prendre les commandes, maintenant, mon Seigneur, murmura-t-elle. Je vais me donner à toi, cœur, corps et âme. Je te donne ma vie.

Un soupir échappa à Raphaël, il l'entraîna dans la salle de bains. Il tourna le robinet de la baignoire et la vapeur, accompagnée de chaleur, envahit la pièce. Sous les yeux bleus de Maria, Raphaël retira ses vêtements et s'avança vers elle. Il lui fit incliner la tête en plaçant un doigt sous son menton et l'embrassa sur les lèvres. C'était un doux baiser, qu'il sentit se répercuter jusqu'à la moelle de ses os. Elle était tout ce qu'il avait toujours désiré, la star parfaite de son rêve ultime.

Il porta Maria pour la mettre dans la baignoire, l'attira contre sa poitrine et entreprit de lui laver les cheveux. Des pétales de rose flottaient autour d'eux, effleurant la peau pâle de Maria.

— Ça me plaît, dit-elle en rompant le silence. J'aime me baigner avec toi. Les pétales, la vanille et l'huile de bain à la rose.

Elle s'adossa au torse mouillé de Raphaël.

— Te sentir derrière moi, être en sécurité dans tes bras.

— Ça me plaît à moi aussi, murmura-t-il.

Maria s'immobilisa, puis tourna la tête. Raphaël la laissa essayer de déchiffrer quelque chose sur son visage. Elle posa les mains sur ses joues.

— Promets-moi que tu prendras soin de toi, quand je ne serai plus là.

L'estomac de Raphaël se tordit.

— Parle des cauchemars à tes frères.

Elle pencha la tête.

— Arrête de te faire du mal, continua-t-elle, les yeux brillants. Sois heureux. Enfin, essaie de l'être. Tu le mérites, Raphaël. Crois-moi, tu le mérites.

Ses mains tremblèrent sur son visage.

— Promets-le-moi.

Raphaël acquiesça.

— C'est promis.

Il attrapa les poignets de Maria, se leva et la fit sortir de la baignoire. Il l'enveloppa dans une serviette en savourant chaque seconde de ce moment. L'odeur de vanille et de rose sur sa peau calmait les battements erratiques de son cœur.

Il la conduisit jusqu'au fauteuil, lui sécha les cheveux et les lui brossa tout en chantonnant. C'était l'air habituel.

— *Ring around the roses…*

Quand ses cheveux furent propres et lisses, il récupéra les roses et les apporta sur le lit. Il arracha un à un les pétales et les éparpilla sur le matelas. Puis une fois devant le cercueil, il fit de même. Deux lits de roses pour sa petite Maria, sa rose personnelle.

Elle ne perdit pas un seul de ses gestes, un petit sourire sur les lèvres. Il alluma la chaîne hi-fi. Une chanson tournait en boucle. Elle ferma les yeux.

— *Reste avec nous*.

Le sourire de Maria s'élargit.

— Ma chanson préférée.

Raphaël se pencha et l'embrassa sur la joue.

— Ta préférée, acquiesça-t-il.

Maria ouvrit les yeux et Raphaël tendit la main. Quand leurs doigts se touchèrent, Maria l'attira vers elle. Il pencha la tête, curieux.

— Je m'appelais Sophia, murmura-t-elle, les joues rouges. Sophia Wells.

Le cœur de Raphaël rata un battement.

— Je voulais juste que tu le saches avant…

Elle s'interrompit.

— Je suis Maria. Sophia est morte quand elle avait seize ans. Maintenant, il n'y a plus de secrets entre nous. Tu connais tout de moi. Je voulais que tout soit dit avant de commencer.

— Sophia, murmura Raphaël en prenant son visage en coupe.

Elle n'était pas une Sophia, à ses yeux. Elle était Maria. Elle serait toujours sa divine petite Maria. Pendant qu'elle le regardait dans les yeux, Raphaël se revit petit garçon. Un nom émergea dans sa tête. Un nom auquel il n'avait plus pensé depuis des années.

— Raphaël, qu'est-ce qu'il y a ? s'inquiéta Maria en s'agrippant à ses poignets.

— Adam, dit-il d'une voix rauque.

Il se racla la gorge et murmura :

— Adam Connors.

Ce fut tout. Pas d'explication, rien. Il vit, aux larmes qui s'accumulaient dans les yeux de Maria, qu'elle comprenait ce qu'était ce nom... Celui d'un petit garçon mort depuis des années, quand on l'avait traîné au Purgatoire et qu'il avait dû renaître.

Raphaël n'avait désormais plus de secret, lui non plus. Plus rien ne flottait entre eux. Ce moment était parfait.

Il lui prit la main et elle le suivit jusqu'au lit. Quand il voulut la prendre dans ses bras pour la soulever, elle mit la main sur son sexe.

— Sans ça, dit-elle en suivant du doigt la cage qui le faisait tant souffrir. Si je peux te demander une seule chose, c'est de me faire l'amour sans.

Sa main remonta sur son ventre et sa poitrine.

— Rien que toi et moi. Comme ça devrait être. Parfait.

Raphaël ferma les yeux, mais se rendit compte qu'il en avait envie, lui aussi. Il voulait la prendre sans restrictions. Il défit le verrou qui emprisonnait son sexe et la cage tomba sur le sol. Quand Maria fit courir sa main sur son membre et qu'il durcit, il n'y eut aucune douleur. Aucune suffocation. Juste la sensation des doigts doux de Maria enroulés autour de lui. Il grogna. Il n'avait jamais rien éprouvé de tel. Il ne pensait pas que ça lui plairait... mais c'était... Il n'y avait pas de mots pour décrire ce qu'il ressentait.

— Parfait, murmura Maria.

Raphaël la déposa sur le lit. Elle s'allongea sur le lit de roses rouges, ses cheveux blonds formant un halo autour de sa tête. Il s'arrêta le temps de graver la scène dans son esprit. Il n'avait jamais rien vu de plus beau qu'elle. Elle tendit les bras pour l'encourager à la rejoindre. Raphaël grimpa sur le lit et recouvrit lentement son corps. Il regarda Maria dans les yeux, la mémorisant.

Puis il posa les lèvres sur les siennes. L'embrassa. Il l'embrassa encore et encore, jusqu'à ce qu'elle se mette à remuer les hanches. Raphaël grogna à la sensation de son sexe à découvert entre ses jambes. Il interrompit le baiser et plaça son sexe contre son intimité. La musique résonnait autour d'eux, la chaleur de Maria l'enveloppa et, sans la quitter des yeux, il la pénétra. Les paupières de Maria s'alourdirent et Raphaël gémit Il la pénétra d'un coup de reins, puis s'arrêta. Immobile, les yeux fermés, il savoura la sensation de la prendre sans la cage. C'était… impossible à expliquer. C'était un pécheur. Il irait en Enfer. Mais il était sûr que le Paradis ressemblait à ça. La chaleur, la plénitude et un plaisir qui gagnait tout son corps.

Raphaël se mit à bouger. Il ouvrit les yeux et mémorisa la sensation des mains de Maria errant sur son dos couvert de cicatrices. Ses joues étaient rouges pendant qu'il allait et venait en elle. Ses yeux bleus brillaient, une pellicule de sueur luisait sur sa peau. Elle était parfaite.

Des frissons lui parcoururent le dos. Raphaël embrassa ses lèvres une dernière fois, puis prit ses cheveux. Les mèches douces et soyeuses lui caressèrent les paumes. Il les tordit, les enroula jusqu'à former une corde de soie dorée. Maria ouvrit les lèvres et laissa échapper un lent soupir. Puis elle leva la tête. Les hanches de Raphaël tressautèrent et il accéléra la cadence, ses mouvements guidés par les harmoniques qui emplissaient l'air.

Il fit passer les cheveux autour de sa jolie gorge fine. Un tour. Il la pilonna plus profondément. Un autre. Sa peau pâle rougit. Il resserra sa prise sur les cheveux. Un dernier tour. Il s'interrompit une seconde pour admirer le spectacle. Maria, aussi fascinante que Marie elle-même, le regardait dans les yeux, un sourire aux lèvres, les joues roses et les cheveux enroulés autour de son cou.

Maria posa une main sur sa joue.

— Je t'aime, murmura-t-elle, faisant exploser le monde de Raphaël. Je t'aime, mon Seigneur. Je t'aime, Raphaël. Tu mérites tant d'être aimé…

Raphaël grogna et s'enfonça plus profondément en elle. Elle posa la main sur celle qui tenait ses cheveux. Et elle l'encouragea à tirer. À serrer de plus en plus fort. La respiration de Raphaël devint laborieuse tandis que les cheveux de Maria se resserraient autour de sa gorge. Elle écarquilla les yeux lorsqu'il tira aussi fort qu'il le pouvait. Ses joues devinrent rouges de plaisir, ses poumons étaient privés d'oxygène. Raphaël la pilonna de plus en plus fort, jusqu'à ce que Maria referme les mains autour de lui et se cambre. Il sentit son sexe se contracter autour de lui et vit un gémissement silencieux s'échapper de ses lèvres entrouvertes. Les yeux de Maria commencèrent à se fermer. Les mains de Raphaël tremblaient pendant qu'il continuait encore et encore, sentant la pression grandir dans ses cuisses et au creux de ses reins. Puis, au moment où les yeux de Maria se fermèrent, un dernier sourire sur les lèvres, Raphaël jouit en rugissant. Il continua de remuer contre elle jusqu'à ce que son cœur se soit calmé. Quand il posa ses yeux sur son visage, il se figea.

Les yeux de Maria étaient clos, ses cheveux serrés autour de sa gorge. Il se pencha et l'embrassa sur les lèvres. Elles étaient encore chaudes. Il frotta sa joue contre la sienne. Il sentait la chaleur de son visage rouge. Le cœur de Raphaël jouait sa symphonie dans sa poitrine. Il la regarda et articula d'une voix rauque :

— Je t'aime aussi, petite rose. Je t'aimerai pour toujours. Tu as été faite pour moi. Le plus beau cadeau du monde.

Sans lâcher ses cheveux, il posa la tête sur sa poitrine et enroula un bras autour de sa taille. Et il resta allongé là, parfaitement satisfait pour la première fois de sa vie. Il resta allongé jusqu'à avoir repris son souffle, en jouant avec les cheveux de Maria. Puis Raphaël se leva, la prit dans ses bras et l'emporta jusqu'au cercueil. Il la déposa sur le lit de roses blanches, coiffa de sa main sa chevelure sur l'oreiller de soie pour dompter toute mèche rebelle. Il plaça un petit bouquet de roses blanches dans ses mains… et il sourit. Il déroula la ficelle autour de son doigt et le posa sur sa poitrine, au niveau de son cœur.

Il aurait sa petite rose pour toujours. Elle ne le quitterait jamais.

Enfin, il avait quelqu'un qui lui appartenait.

Pendant qu'il la regardait dans le cercueil, les roses dans les mains et les cheveux, il sentit un déclic dans sa poitrine. Une sensation si bouleversante qu'il dut se retenir au bord du cercueil en verre pour ne pas tomber.

Maria… Sa Maria… Elle avait éveillé quelque chose dans son âme noire, créé quelque chose qui n'avait jamais été là. Éradiqué une partie de la douleur.

Quelque chose se fissura dans sa poitrine et il hoqueta. Il tendit la main vers la sienne et, quand il prit une grande inspiration, pour la première fois de sa vie, Raphaël eut l'impression de pouvoir respirer.

Sa petite rose l'avait ramené à la vie.

Sa vie pour la sienne.

***

Gabriel se fouetta le dos si fort que sa vision s'assombrit. Il pensa à Maria, à Raphaël. Elle était en train de mourir. Une âme innocente qui méritait de vivre.

Alors il se frappa de plus belle. Quand est-ce que tout ça prendrait fin ? Le Mal, la mort dont ses frères se repaissaient tant. Il ne la laisserait pas être jugée pour ses péchés à sa mort. Il les endosserait. Elle entrerait au Paradis en étant parfaitement pure.

Il n'avait pas réussi à lui sauver la vie, une femme de Dieu comme lui, une alliée de sa foi. Malgré tout il n'échouerait pas, il devait sauver son âme.

Non, il n'échouerait pas. Quand le pain et le sang glissèrent dans sa gorge, il sentit son péché emplir son âme déjà damnée...

Il n'échouerait pas.

CHAPITRE 16

Maria hoqueta et ouvrit les yeux d'un coup. Un visage familier l'accueillit. Son cœur battait à un rythme effréné. Ses yeux entrèrent en collision avec les iris dorés qu'elle adorait. Elle se rendit compte qu'elle tenait un bouquet de fleurs blanches.

Elle était dans le cercueil.

Elle était allongée dedans, mais...

— Je suis vivante, murmura-t-elle.

Elle avait la voix rauque, Raphaël l'avait étranglée avec ses cheveux. Il l'avait étranglée. Elle avait regardé le plaisir sur son visage pendant qu'il enroulait ses cheveux autour de son cou et lui faisait l'amour si tendrement tout en lui ôtant la vie.

Raphaël l'observait. Ses joues étaient rouges et ses yeux brillants. Non, pas brillants. Ils étincelaient de... larmes...

Une boule se coinça dans sa gorge.

— Je suis vivante, murmura-t-elle encore.

Elle bougea les jambes pour s'assurer qu'elle en était encore capable. Raphaël se pencha sur le cercueil, son doigt se promena sur sa joue. Maria ferma les yeux ; que cette sensation était agréable...

— Je suis en vie, répéta-t-elle en sentant sa poitrine se contracter.

Elle ouvrit les yeux. Raphaël la prit dans ses bras pour la sortir du cercueil. Les roses blanches retombèrent sur le coussin en soie sous elle. Maria suivit la chute de ce bouquet, ce symbole de mort qu'elle ne tenait plus dans les mains.

Raphaël l'allongea sur le lit et grimpa au-dessus d'elle. Il prit son visage en coupe et sa bouche captura la sienne. Quand il s'écarta, il dit :

— Tu es à moi. Tu es à moi et tu ne me quitteras jamais. Jamais.

Sa mâchoire était crispée, ses yeux ne quittaient pas les siens.

— Tu seras avec moi tous les jours et tu ne me quitteras jamais. Tu vivras avec moi. Tu te baigneras avec moi. On baisera et on ne se séparera jamais.

Malgré ces paroles dures, Maria sentit ses mains trembler sur son visage, entendit la peur dans sa voix. Elle prit à son tour ses joues en coupe, puis une de ses mains se posa sur son cœur.

— Je t'aime, mon Seigneur.

Raphaël se figea, il écarquilla les yeux.

— Je t'aime de tout mon cœur… mon Raphaël.

Raphaël poussa un brusque soupir et l'embrassa à nouveau. Il enfouit les mains dans ses cheveux. Quand il s'écarta, les lèvres de Maria semblaient enflées. Elle écarta une mèche de cheveux de son front.

— Tu ne m'as pas tuée.

Raphaël détourna la tête, puis posa la main sur sa poitrine. Il fronça les sourcils, il avait l'air un peu perdu.

— Quand tu étais en train de mourir… Quand tes yeux se sont fermés, j'ai compris que je n'entendrais plus jamais ta voix.

Il déglutit avec peine et Maria retint son souffle. Il lui prit la main et contempla leurs doigts entremêlés.

— Quand j'ai compris que plus jamais tu ne me tiendrais la main, que plus jamais tu ne dormirais à mes côtés. Que ta main ne serait plus jamais sur mon torse, que tu ne te baignerais plus jamais avec moi, ou que tu ne m'accompagnerais plus dans la roseraie…

Il avait le souffle court.

— Chut, dit Maria pour le calmer et le rassurer.

Raphaël soupira.

— Je voulais que tu vives.

Le cœur de Maria gonfla dans sa poitrine, elle crut qu'il allait exploser.

— Je te voulais à mes côtés, vivante. À m'embrasser, m'enlacer… J'ai besoin de te baiser, de laver tes cheveux… De les sécher.

Maria rit. Elle était heureuse. Des larmes se mirent à couler. Raphaël les essuya.

— Pourquoi tu pleures ?

— Et toi ? répliqua-t-elle en passant un doigt sur la larme dévalant sa joue.

Raphaël se toucha la joue et regarda la larme, perplexe.

Elle l'aimait. Maria aimait Raphaël. Elle n'aurait jamais cru possible d'être capable d'aimer autant quelqu'un. Elle avait besoin de cet homme, c'en était douloureux. Oui, elle avait besoin de cet homme perdu, brisé… De cet homme qui avait capturé son cœur et qui l'avait revendiqué.

Et elle, elle avait le sien.

— Tu ne me quitteras jamais, répéta-t-il.

Cet ordre se referma autour du cœur de Maria, le liant à son âme. Elle serra sa main aussi fort qu'elle le pouvait et répondit :

— Oui, mon Seigneur.

Sa soumission… Raphaël la récompensa d'un sourire plus aveuglant que jamais, qui illumina son corps comme un feu d'artifice du 4 juillet.

— Ma petite rose.

Il fit courir son nez contre sa joue et fourra sa tête dans son cou.

— Tu ne mourras jamais. Je ne le permettrai pas, dit-il.

Maria rit et embrassa l'homme qu'elle aimait. Pendant qu'ils s'embrassaient et que Raphaël se glissait en elle, sans cage pour le faire souffrir, elle sut qu'elle était chez elle.

Elle savait sans l'ombre d'un doute qu'elle avait été sauvée cinq ans plus tôt pour se retrouver ici, avec Raphaël. Pour guérir son cœur avec de l'amour et pour marcher à ses côtés.

Elle n'était pas naïve. Elle savait qu'il continuerait de tuer. Il en avait besoin, c'était ce qu'il était. Toutefois le sexe et la mort ne seraient plus entremêlés dans son esprit. Alors elle l'aimerait. Elle l'aimerait comme personne n'avait jamais aimé.

Elle serait la sainte et lui le pécheur.

La lumière dans ses ténèbres.

La chasteté face à sa luxure.

Mais plus important encore, elle l'aimerait, et il l'aimerait. Ils combleraient les fissures et guériraient la douleur de leur cœur.

Et ils ne se quitteraient jamais.

***

Maria frappa à la porte de la salle de punition de Gabriel. Raphaël dormait, épuisé par cette journée. Maria allait bientôt le rejoindre, mais elle avait une chose à faire d'abord. Elle ouvrit la porte. Gabriel était blotti près du feu, des éclaboussures de sang autour de lui. Il était allongé, en position fœtale, sur le sol en pierre.

Gabriel ne l'avait pas entendue. Son corps nu était couvert de marques de fouet et de sang. Les cilices étaient serrés autour de ses cuisses et les muscles tressautaient autour des lames. Maria repéra son peignoir sur un crochet, le prit et l'étendit sur lui. Quand le tissu toucha son corps, Gabriel ouvrit les yeux. Ses iris bleus lourds de douleur fixèrent Maria. Son regard était vitreux, il cligna des paupières et son visage pâlit davantage.

— Maria, dit-il d'une voix rauque.

Il ferma les yeux, affligé.

— Tu es venue pour me hanter. Me torturer avec mes péchés.

Des larmes coulèrent sur la sueur et les taches de sang qui maculaient ses joues.

— Ton esprit est venu me tourmenter, je t'ai laissée mourir.

Le cœur de Maria s'emplit de tristesse, elle se figea un instant, avant de s'accroupir pour être à la hauteur de son visage.

— Je suis en vie, Gabriel.

Il lâcha un rire sans joie.

— Je rêve. J'hallucine. Je suis allé trop loin.

Maria serra sa main.

— Il m'a épargnée, Gabriel.

Il hoqueta.

— Il n'a pas pu me tuer.

La tristesse dans le cœur de Maria fut étouffée par l'amour qu'elle éprouvait pour Raphaël. À chaque seconde passée loin de lui, elle se languissait de le retrouver. Il était son âme. Son sauveur. Il était sa raison de vivre, désormais.

Gabriel cilla, puis se redressa. Maria se retourna pendant qu'il enfilait le peignoir.

— Il… t'a sauvée ?

Maria sourit. L'incrédulité s'était peinte sur le visage de Gabriel, puis quelque chose qui ressemblait à de la compréhension s'alluma dans ses yeux tourmentés.

— Il t'aime.

Maria acquiesça.

— Et moi aussi. Je l'aime…

Elle mit la main sur son cœur.

— Je n'aurais jamais cru qu'il était possible d'aimer quelqu'un à ce point. Il est mon cœur et je suis le sien. On m'a envoyée ici pour lui. On m'a tirée des griffes de William Bridge, parce que quelque part dans le monde, il y avait un jeune garçon qui souffrait dans une cellule, sous terre, et qui n'attendait que mon amour pour guérir.

Gabriel secoua la tête.

— Je ne… Je n'arrive pas à y croire. Je n'aurais jamais cru qu'il était capable d'aimer. Ni aucun de mes frères, d'ailleurs.

Maria s'assit sur la chaise. Gabriel resta par terre, il était trop affaibli pour bouger.

— Gabriel.

Il la regarda.

— Je crois que ce n'est pas la seule raison pour laquelle on m'a sauvée.

Gabriel fronça les sourcils.

— Comment ça ?

Maria se rapprocha du bord de la chaise.

— Un tueur en série m'a enlevée quand j'avais seize ans. Maintenant, j'ai plus de vingt ans, et je suis tombée amoureuse d'un tueur. Je les comprends, Gabriel.

Elle savait que c'était vrai. Les pécheurs avaient besoin d'amour, eux aussi. Ils avaient besoin de gens qui prennent soin d'eux, qui croient en eux et qui les aident à sortir de la noirceur des profondeurs où le Mal les entraînait. C'était là, au fond de son âme. Sa vocation. Elle n'avait pas enduré tout ça pour rien.

— Et toi, Gabriel, tu portes ce fardeau tout seul depuis trop longtemps.

Maria regarda Gabriel avec tristesse et d'un signe de tête, elle montra ses blessures.

— Je crois qu'on m'a aussi envoyée pour t'aider. Une femme de Dieu pour aider ton âme fatiguée.

Gabriel ouvrit la bouche pour protester.

— Je crois en ta cause. En ce que tu fais faire à tes frères : débarrasser le monde du Mal et des tueurs immoraux.

— Je ne peux pas damner ton âme, Maria. Je ne peux pas…, dit Gabriel en secouant la tête.

— Ce n'est pas à toi de prendre cette décision, Gabriel. Raphaël m'a demandé de vivre avec lui. Il est mon grand amour, je resterai ici. Et je veux t'aider.

— Je ne peux pas, je…

Maria prit la main de Gabriel.

— Cède-moi une partie de la responsabilité, Gabriel. Laisse-moi t'aider. Laisse-moi t'assister. C'est ma vocation, je le sais au fond de mes tripes. Je crois que Dieu m'a envoyée ici, au manoir, pour ça. Je suis forte, Père Gabriel. J'en suis capable.

Gabriel dévisagea Maria, puis reporta son attention sur le feu.

— Ce n'est pas une vie facile.

Elle soupira.

— Rien n'a jamais été facile, dans ma vie, Gabriel. Je suis abîmée mais je suis forte, et j'ai Raphaël à mes côtés, maintenant. Je l'aime et je veux le protéger, je n'ai pas besoin d'une autre raison.

Maria posa la main sur la poitrine de Gabriel. Il ferma les yeux.

— Cette vie est en train de te détruire, Gabriel.

Son cœur se brisa pour cet homme. Les Déchus étaient tellement brisés…

— Ne laisse pas les ténèbres te consumer. Accepte mon aide. Laisse-moi partager ton fardeau.

Quand Gabriel releva la tête, elle reprit :

— Tu as six frères, Gabriel. À partir de maintenant, tu as aussi une sœur. Une consœur de la foi. Tu as une amie.

Gabriel laissa retomber sa tête en avant.

— Je suis perdu, Maria. Je suis complètement perdu. Je prie, mais Dieu ne me répond pas. J'ai péché…

Il la regarda dans les yeux.

— Et cette noirceur, elle est aussi en moi. Elle grandit de jour en jour. J'ai… J'ai peur qu'un jour, elle me consume.

Maria inclina la tête sur le côté.

— Ça fait combien de temps que tu ne t'es pas confessé ?

Gabriel rit, mais dans ce rire, il n'y avait que sa souffrance.

— Treize ans, murmura-t-il.

Elle maintint la main posée sur sa tête.

— Alors confesse-toi, dit-elle. Confesse-toi à moi, une novice, ta sœur. Confesse-toi.

Comme si le poids sur ses épaules s'allégeait, Gabriel prit une grande inspiration et commença :

— Pardonne-moi, Ma Sœur, parce que j'ai péché. Treize ans se sont écoulés depuis ma dernière confession…

Maria écouta Gabriel purger son âme de ses péchés. Plus de treize années de péchés qui hantaient ses jours et ses nuits. Pendant des heures, elle l'écouta se confesser, et quand il eut terminé, il s'endormit, délesté d'un poids pour la première fois depuis très longtemps.

Lorsque Maria revint dans sa chambre, Raphaël l'attira au lit et la serra contre lui. Elle ferma les yeux et murmura une prière :

— Merci, Dieu. Merci de m'avoir donné cet homme. Merci de m'avoir envoyée ici avec ces hommes. Je les aimerai tous autant que Toi. Sans jugement, comme Tes enfants. Je les protégerai et les guiderai du mieux que je peux. Et je chérirai l'amour que Tu m'as donné pour Raphaël, mon cœur, mon âme, mon Paradis… Amen.

***

Il approchait des portes en bois, ses pieds traînaient sur le sol de pierre. Il arrivait à peine à marcher, il avait besoin de son fauteuil roulant, mais il refusait l'aide de tout le monde. La peau de ses jambes était tendue, elle le ralentissait. La colère alimentait chacun de ses gestes. Il avait un nouvel objectif dans le cœur, une nouvelle mission au fond de l'âme. Dieu l'avait épargné pour une raison. Sept raisons.

La porte s'ouvrit, des centaines de ses frères se levèrent et le regardèrent avancer lentement vers l'autel. Il entendit les hoquets et les murmures. Son apparence. Son physique. Il était abîmé. La vanité était un péché, mais il ne s'en souciait pas. Il atteignit l'autel et, remplaçant l'évêque McGuiness au pupitre, se tourna vers la congrégation.

— Mes frères, dit-il d'une voix rendue pâteuse à cause de ses lèvres abîmées. Nous sommes en guerre. Une croisade.

Il sentit l'excitation parcourir la pièce. Il leva la main pour calmer ses frères.

— La Brigade a déclaré une nouvelle guerre sainte, contre un groupe de pécheurs diaboliques connus sous le nom des Déchus.

Le Père Quinn sourit, sa peau couverte de cicatrices s'étira à cause de ce simple mouvement.

— Et nous les enverrons tous en Enfer.

ÉPILOGUE

Raphaël embrassa la poitrine de Maria, juste au centre. La douleur des tatouages s'était enfin estompée. Les plumes du jouet effleurèrent son entrejambe et elle se cambra. Quelle sensation... La langue de Raphaël joua avec chaque ligne du symbole des Déchus que Sela avait tatoué sur la croix inversée, celle que le Père Murray avait gravée dans sa chair.

— Écarte les jambes, lui ordonna Raphaël.

Maria gémit. Elle obéit et le regarda en se mordant la lèvre quand il se redressa, fit courir ses mains sur ses cuisses et prit son sexe dans sa main. Il jeta les plumes et plongea en elle.

Quand il l'emplit complètement, elle songea pour la énième fois qu'elle ne se lasserait jamais de cette sensation. Celle de son amant, la moitié de son âme, la pénétrant jusqu'à ce qu'ils ne fassent plus qu'un. Raphaël se pencha et captura la bouche de Maria.

— Je t'aime, dit-il d'une voix rauque.

Son cœur se gonflait encore quand il prononçait ces mots. Elle savait qu'il avait eu du mal à comprendre que ce qu'il ressentait pour elle, au fond de son cœur, était de l'amour. Il avait du mal à comprendre les sentiments qui n'étaient pas de la douleur ou de l'irritation, mais maintenant, il comprenait l'amour.

— Je t'aime, murmura-t-elle.

Raphaël grogna. Ses hanches remuèrent de plus en plus vite, jusqu'à ce que des frissons parcourent la peau de Maria. Son cœur battait à un rythme effréné, le plaisir grandit entre ses jambes.

— Jouis pour moi.

Dès que cet ordre s'échappa des lèvres de Raphaël, Maria rejeta la tête en arrière et jouit en gémissant. Raphaël rugit au-dessus d'elle et l'emplit de sa chaleur. Elle se raccrocha à lui et lorsqu'elle ouvrit les yeux, elle vit qu'il l'observait intensément.

— Reste, murmura-t-il.

Elle l'embrassa sur les lèvres.

— On va se retrouver très vite.

Elle sortit du lit et dépassa le cercueil qui n'avait pas quitté la chambre. Tous les soirs, pour Raphaël, elle s'allongeait dedans, silencieuse, les yeux clos, un bouquet de roses blanches dans les mains. Il restait là, à l'observer, pendant deux heures. Maria profitait de ce temps pour méditer. Et ainsi, elle donnait à Raphaël ce dont il avait besoin.

Maria se dirigea vers la Tombe. Quand elle eut enfilé sa robe, Gabriel lui donna le parchemin sur lequel était inscrit le nom.

— Prête ? demanda-t-il en s'approchant de la cloche.

Maria acquiesça. Oui, elle était prête.

Gabriel sonna la cloche pour ses frères. Quelques minutes plus tard, les battements de cœur de Maria s'accélérèrent lorsqu'elle entendit des pas descendre l'escalier de pierre. Les Déchus enfilèrent leur toge et vinrent les rejoindre, elle et Gabriel. Bara, Uriel, Diel, Sela, Michaël… Et enfin Raphaël. Il sourit en la voyant et lui lança un regard enflammé. Elle était là, devant lui, vêtue de son aube vermeille. Raphaël s'avança, les joues rouges, et Maria sentit l'odeur d'air frais et de fleurs sur sa peau. Il tenait une rose et la mit dans ses cheveux, coinçant la tige derrière son oreille. Le cœur de Maria fondit, comme à chaque fois. Elle savait que ça ne changerait jamais…

Raphaël rejoignit la ligne que formaient ses frères, elle lut sa fierté sur son beau visage. Pour ce que cet instant signifiait pour elle, pour lui et pour tous les Déchus. Elle était l'une d'entre eux, maintenant. Elle ne s'était jamais autant sentie chez elle.

Raphaël ramena sa capuche sur sa tête et Maria prit une grande inspiration pour se rassurer.

— Prêts ? demanda Gabriel aux Déchus.

Un par un, ils s'agenouillèrent. Raphaël ne luttait plus contre cet acte de soumission, encore moins devant elle. Elle était fière de son amant, il avait parcouru tant de chemin…

Gabriel regarda Maria et l'encouragea d'un signe de tête.

Le cœur cognant dans la poitrine, Maria fit un pas en avant. Elle se racla la gorge.

— Mes frères, dit-elle d'un ton affectueux en regardant sa famille, dont les têtes étaient dissimulées par leurs capuches noires. Il est temps de commencer…

Playlist

Sanctify — Years & Years
Churchyard — Aurora
Ruin My Life — Zara Larsson
Bury A Friend — Billie Eilish
Someone You Loved — Lewis Capaldi
Sing Me to Sleep — Alan Walker
Lay By Me — Ruben
Walls — Ruben
What Happened to Us — Chris Kläfford
Corpses — Saint Sister
Handmade Heaven — Marina & The Diamonds
Heal Me — Grace Carter
Strange Love — Halsey
I'm Shipping Up to Boston — Dropkick Murphys
Killer — Zeina
Kill Somebody — Yungblud
There You Are — Zayn
Love Me Anyway — P!nk (feat. Chris Stapleton)
Church — Fall Out Boy
Abide With Me — Katherine Jenkins
The Half — Ruben
Power — Ruben
1000 Nights — Friendship
When The Party's Over — Billie Eilish

REMERCIEMENTS

Merci à mon mari, Stephen, de m'avoir aidée à ne pas devenir folle. Cette dernière année avec toi et notre petit bonhomme, Roman, a été la meilleure de mon existence. Je ne changerais ça pour rien au monde !

Roman, je n'aurais jamais cru qu'il soit possible d'aimer autant quelqu'un. Tu es la meilleure chose que j'aie jamais faite de ma vie. Je t'aime plus que tout, mon petit gars !

Maman et Papa, merci pour votre soutien constant.

Samantha, Marc, Taylor, Isaac, Archie et Elias, je vous aime tous.

Thessa, merci d'être la meilleure assistante au monde. Tes corrections sont les meilleures qui soient, tu m'aides à m'organiser et en plus, tu es une super amie !

Liz, merci d'être ma super-agente et mon amie.

Merci à ma fabuleuse éditrice, Kia. Je n'aurais jamais pu y arriver sans toi. Sarah, merci pour tes excellentes révisions.

Hang Le, merci encore pour cette couverture éblouissante. Elle représente tout à fait ce roman ! J'aime tout ce que nous créons ensemble. J'espère qu'il y aura bien d'autres illustrations à venir !

Neda et Ardent Prose, je suis si contente d'être montée à bord avec vous, les gars. Vous avez rendu ma vie tellement plus organisée ! Vous êtes des as des relations publiques !

À mon équipe, je ne pourrais imaginer avoir de meilleurs amis de lecture. Merci pour tout ce que vous faites pour moi. Merci de lire mes romans, quel que soit le genre. Je vous dois tout.

Jenny et Gitte, vous savez ce que je pense de vous deux, mesdames. Je vous adore ! J'accorde beaucoup d'estime à tout ce que vous avez fait pour moi au fil des années, et tout ce que vous continuez à faire !

Merci à tous les MERVEILLEUX blogueurs qui soutiennent ma carrière depuis le début, et à ceux qui aident à partager mon travail en en parlant autour d'eux.

Et enfin, merci aux lecteurs. Sans vous, rien de tout ça ne serait possible. Votre soutien m'éblouit encore chaque jour qui passe. On se serre les coudes et on forme notre propre tribu. Je suis impatiente que l'aventure continue !

www.editions-alter-real.com

ISSN : 2646-6899

Dépôt légal : août 2024
Impression : CPI Black Print en août 2024
Imprimé en Espagne.

ALTER REAL (SARL PROVEXIM) bénéficie du soutien de la Région Centre-Val de Loire, de l'État (DRAC Centre-Val de Loire) et de Ciclic dans le cadre de l'aide aux entreprises d'édition imprimée ou numérique.